MANESSE BIBLIOTHEK DER WELTLITERATUR

Christoph Martin Wieland

Dschinnistan

oder

Auserlesene Feen- und Geistermärchen

Nachwort
von Willy Richard Berger
Mit 12 Kupferstichen

MANESSE VERLAG
ZÜRICH

Die Deutsche Bibliothek – CIP-Einheitsaufnahme

Wieland, Christoph Martin:
Dschinnistan oder auserlesene Feen-
und Geistermärchen / Christoph Martin Wieland
Nachw. von Willy Richard Berger
Zürich : Manesse Verlag, 1992
(Manesse Bibliothek der Weltliteratur)
ISBN 3-7175-1818-6 Gewebe
ISBN 3-7175-1819-4 Ldr.

Nadir und Nadine

Schellenberg. fec.

—

Zwischen unersteiglichen Felsen, die sich nur auf einer Seite auftun, wo das Meer einen kleinen Busen in das Land hinein macht, zieht sich ein langes, fruchtbares, der Welt unbekanntes Tal, das die Einwohner in ihrer Sprache «die ruhige Aue» nennen. Es wird seit undenklichen Zeiten von einer gutherzigen Art von Hirten bewohnt, die so glücklich sind, keinen andern Gesetzgeber zu kennen als die Natur. Sie haben kein gemeinschaftliches Oberhaupt, weil sie keinen Anführer gegen ihre Feinde und keinen Richter nötig haben, der ihre Händel entscheide oder ihre Verbrechen bestrafe; denn sie haben keinen Feind, fangen keine Händel an und begehen keine Verbrechen: sie sind alle gleich und leben zusammen wie gutartige Geschwister. Ihre Herden geben ihnen Nahrung und Kleidung, sie sind ihr vornehmster Reichtum; und wiewohl jede Familie ihre eigene hat, so werden sie doch von den benachbarten Bergen, die bis auf einen gewissen Grad von Höhe fruchtbar sind, so reichlich mit Weide und Futter versehen, daß nie kein Streit deswegen unter ihnen entstehen kann.

Diese guten Leute stehen, man weiß nicht warum, unter dem Schutze eines Zauberers, der in ihrer Nachbarschaft auf einem hohen Felsen wohnt und dem sie es zuschreiben, daß ihre Täler vor allen Arten von Raubtieren und ihre Herden vor anstekkenden Krankheiten gesichert sind. Indessen muß man gestehen, daß er sie diesen Schutz teuer genug bezahlen läßt, denn alle vier Jahre müssen ihm, vermöge eines Rechtes oder Herkommens, dessen Ursprung und Gültigkeit niemals untersucht worden ist, alle junge Mädchen von vierzehn Jahren vorgeführt werden; er nimmt sie in Augenschein, wählt sich aus, welche ihm am besten gefällt, und führt sie in seinem Wagen davon, ohne daß man weiter etwas von ihr zu hören bekommt. Weil nun im Tale der Ruhe alle Eltern ihre Kinder sehr zärtlich lieben und jedes Mädchen von vierzehn Jahren, unter den Knaben von sechzehn oder siebzehn, irgendeinen guten Freund hat, der im Notfall seine beiden Augen um sie gäbe, so ist dieser Tribut den guten Hirten überaus lästig; und die Angst, in der sie alle vier Jahre leben, wenn die Zeit des Besuchs von ihrem Beschützer herannahet, verbittert das Glück, dessen sie sonst genössen, nicht wenig. Indessen, da sie es nicht ändern können, begnügen sie sich, darüber zu seufzen, und suchen sich mit dem Gedanken zu trösten, daß der Zauberer noch immer gütig genug sei, sich alle vier Jahre an *einem* Mädchen zu begnügen; denn, sagen sie, was wollten wir machen, wenn er ihrer zwei oder drei mit sich nähme? Er würde es immer so anzugehen wissen, daß er am Ende recht behielte.

Einer von den guten Hirten dieses kleinen Arkadiens, namens Sadik, hatte eine Tochter, die der

Liebling aller ihrer Gespielinnen war, wiewohl sie einhellig für das schönste Mädchen im Lande gehalten wurde. Sadik hatte auch noch einen Pflegsohn, den er, um die Zeit, da ihm sein Weib die besagte Tochter geboren, am Ufer des Meeres in einem Korbe gefunden und aus Mitleiden wie sein eigen Kind erzogen hatte.

Die Erziehung ist, wie man leicht denken kann, in diesem kleinen Hirtenlande etwas sehr Einfaches; was die Kinder zu lernen haben, ist wenig; aber dafür brauchen sie, wenn sie zu Verstande gekommen sind, sich keine Mühe zu geben, wieder zu vergessen, was sie als Kinder gelernt haben. Ihre Spiele sind Übungen, die den Körper entwickeln, ihn stärken, geschmeidig machen und gesund erhalten; außerdem lernen sie, sich an wenigem genügen zu lassen, den Alten zu gehorchen, ihre Geschwister und Gespielen zu lieben und immer die Wahrheit zu sagen. Auch erzählen ihnen die Alten nach und nach, wie es die Gelegenheit gibt, was sie selbst in ihrer Jugend von *ihren* Alten gehört haben, lehren sie alles, was sie selbst können, und üben ihren Verstand durch Fragen, worauf die Kinder die Antwort aus ihrem eigenen Kopfe finden müssen. Und so kommt es dann, daß die jungen Leute in diesem Lande ganz verständige und gutartige Geschöpfe werden, ohne daß eines von ihnen sagen könnte, wie es damit zugegangen sei.

Wie Nadine und Nadir (so nannte man die Tochter und den Pflegsohn des guten Sadiks) ihr sechzehntes Jahr erreicht hatten, war nichts Liebenswürdigers im ganzen Lande als Nadir und Nadine; jedermann fand sie so, und so hatte auch jedes von ihnen beiden das andere gefunden. Sie hatten sich geliebt, ehe sie wissen konnten, was

Liebe war; es war ihnen nie eingefallen, ihr Herz deswegen zur Rechenschaft zu ziehen; ihre Liebe war ihnen immer ebenso natürlich gewesen wie das Atemholen, und nun fand sich's, daß sie ihnen auch ebenso unentbehrlich war. Sadik, der in ihren Herzen wie in seinem eigenen las, hatte immer seine Freude daran gehabt, dem Wachstum ihrer gegenseitigen Neigung zuzusehen: sie erfüllte seinen liebsten Wunsch; und da er keinen Begriff von einem glücklichern Leben hatte, als man in diesen Tälern lebte, so fiel ihm auch nicht ein, daß er etwas Bessers für Nadirn tun könnte, als ihn mit Nadinen zu vereinigen, wiewohl er vielleicht zu einem glänzendern Glücke geboren sein möchte. Ihre Verbindung war also eine beschlossene Sache, die ganze Gegend nahm Anteil daran; aber noch stand ihr ein Hindernis im Wege, das ihnen zuweilen bange Gedanken machte. Astramond (so hieß der Zauberer) hatte Nadinen noch nicht gesehen, seitdem sie das vierzehnte Jahr zurückgelegt. Die Zeit der Musterung rückte immer näher; endlich war sie so nahe, daß man schon die Anstalten dazu machte und von nichts anderm sprach, als wer wohl die Unglückliche sein möchte, auf die seine Wahl fallen werde. Nadine war nicht sehr unruhig, denn ihr däuchte, die meisten von ihren Gespielinnen seien schöner als sie und müßten den Vorzug vor ihr erhalten; aber Nadir dachte anders. Er fand es ganz unmöglich, daß der Zauberer, wenn er Augen hätte, eine andre wählen könnte als Nadinen. Die junge Schäferin hatte eine geheime Freude an Nadirs Unruhe, weil sie ihr ein Beweis seiner Liebe war; aber da die letzten Tage vor der Musterung herbeikamen, fing auch sie zu fürchten an; und der Gedanke, es sei gleichwohl nicht unmöglich, daß sie von ihrem Geliebten getrennt werden könnte, machte sie am ganzen Leibe zittern. Sie schwur ihm tausendmal zu, daß sie lieber sterben als eines andern Eigentum werden wollte, und dies war freilich einiger Trost für Nadirn; aber weil es ihm unmöglich war, sein Unglück nicht für etwas ganz Gewisses anzusehen, so brachte er die letzten vierzehn Nächte hin, ohne ein Auge zuschließen zu können. Nadinen erging es nicht besser, und ehe diese Zeit noch vorüber war, sahen beide so elend aus, daß sie nicht mehr kenntlich waren. Sadik wurde unruhig darüber und sprach mit seiner Tochter davon. «Seid ohne Kummer, lieber Vater», antwortete sie, «ich kann nicht zuviel von dem verlieren, was mir die Wahl des Zauberers zuziehen könnte; fällt sie auf eine andere, und bin ich so glücklich, mit demjenigen zu leben, den Ihr zu meinem Gatten bestimmt habt, so werde ich bald wieder so wohl auf sein, als Ihr es wünschet; hat hingegen der Himmel mein Unglück beschlossen, wozu hälfe mir dann ein Leben, das ich ferne von meinem Vater und von Nadirn hinschmachten müßte?»

Am letzten Morgen vor dem gefürchteten Tage ging Nadir mit Anbruch der Morgenröte zu Nadinen und sagte zu ihr: «Liebe Nadine, ich habe dir einen Vorschlag zu tun. Der Zauberer wird sich in dich verlieben, sobald er dich sieht, das ist ausgemacht; wir können gar nicht hoffen, daß er eine andere wähle als dich; aber vielleicht ist er kein ganz hartherziger Mann: er weiß nichts von unsrer Liebe, er weiß nicht, daß seine Wahl das Todesurteil eines Menschen ist, der ihn nie beleidiget hat. Ich will ihm entgegengehen, will ihm zu Füßen fallen, will ihn mit weinenden Augen um die einzige Gnade bitten, dich nicht zu sehen und zu erlauben, daß du von der Musterung wegbleibest. Entweder sterbe ich zu seinen Füßen, oder ich erweiche ihn. Kurz, liebste Nadine, wir haben keinen andern Ausweg; sieht er dich, so bist du für mich verloren!» Während Nadir so redete, brach seine Geliebte in einen Strom von Tränen aus; Tränen der Zärtlichkeit, die ihrem Herzen eine wollüstig schmerzliche Erleichterung verschafften und in das seinige den Trost, geliebt zu sein, wie einen heilenden Balsam träufelten. Der Gedanke ihres Geliebten kam Nadinen ganz vernünftig vor; sie begriff nicht, wie man Nadirn etwas abschlagen könnte; aber der alte Sadik, ohne dessen Einwilligung sie gleichwohl nichts tun wollten, mißbilligte dieses Vorhaben gänzlich. «Ihr bildet euch ein, alle Herzen seien wie das eurige», sagte er. «Hier, in diesen Tälern, meine Kinder, ist es wohl so; aber weiter hinaus ist alles ganz anders als bei uns. Wir kennen nichts als die unverdorbene Natur; die übrige Welt hat ihr einziges Geschäfte daraus gemacht, sie zu ersticken oder zu verfälschen. Der Schritt, den ihr tun wollt, würde keine andre Würkung auf Astramond haben, als ihn desto neugieriger zu machen. Erwartet euer Schicksal in Geduld, meine Kinder, und hoffet das Beste von den unsichtbaren Mächten, die den guten Menschen hold sind.» Die armen Kinder, denen mit ihrem Anschlage der letzte Strahl von Hoffnung verschwand, fühlten, wie wenig dieser Trost in einem Falle wie der ihrige vermag, und brachten den Rest des Tages und die Nacht in unaussprechlicher Beängstigung zu.

Endlich erschien der Morgen, der ihnen und allen Liebenden der ruhigen Aue so schrecklich war. Alle Mädchen über vierzehn Jahren wurden in einem großen Saal von grünen Zweigen, der mitten auf der Aue errichtet war, in Reihen gestellt. Der Zauberer selbst hatte es so angeordnet, daß der Saal kein ander Licht empfing als von oben herab, damit es sich auf alle Gesichter gleich verteilte. Außen um den Saal standen alle die jungen Hirten, deren Mädchen in demselben eingeschlossen waren. Die Angst, ihre Geliebten zu verlieren, war auf allen Gesichtern und in allen ihren Bewegungen sichtbar. Man hörte überall nichts als ein dumpfes Gemurmel, und sie zitterten und schwankten wie junge Bäumchen, die vom Sturm geschüttelt werden. Mitten unter ihnen unterschied sich Nadir durch seine Totenblässe und seinen fast wahnsinnigen Blick, die einzigen Merkmale, woran man ihn erkennen konnte, so sehr hatte die Furcht, Nadinen zu verlieren, sein schönes Gesicht entstellt. Der Zauberer wurde mit Ungeduld erwartet; endlich erschien er und trat in den Saal. Seine Gesichtszüge kündigten Güte und sein ganzes Betragen Ruhe an; ein Ausdruck von sanfter Traurigkeit war über seine ganze Person verbreitet; er zeigte wenig Lust, eine Wahl zu treffen, und seine Augen schweiften ziemlich kaltsinnig über eine so reizende Versammlung hin. Diese Gemütsfassung des Zauberers, welche von keiner anwesenden Person unbemerkt blieb, beruhigte die zärtliche Nadine und gab ihr den Mut, eine Bewegung zu machen, wodurch sie Gefahr lief, bemerkt zu werden.

Wir haben vergessen, einer kleinen schwarz und weißen Hündin zu erwähnen, welche der alte Sadik ehmals bei dem Korbe, worin Nadir als ein kaum gebornes Kind ans Ufer getrieben worden war, gefunden hatte. Dieses kleine Tier hatte sowohl damals, da es neben dem Korbe her schwamm und alle seine Kräfte anstrengte, ihn unbeschädigt an den Strand zu bringen, als in der Folge bei allen Gelegenheiten so viel Verstand und Geschicklichkeit gezeigt, daß Nadir, dem es auf eine außerordentliche Art ergeben war, sich nicht aus dem Kopfe bringen ließ, es müßte mehr als ein gewöhnlicher Hund und vielleicht eine Fee sein, die, aus welcher Ursache es auch geschehen möchte, sich in dieser Gestalt zu seinem Dienste gewidmet hätte. Es war nichts, das er seiner kleinen Hündin nicht zutraute. Er war also darauf bestanden, daß Nadine das Hündchen mit sich in den grünen Saal nehmen sollte, in Hoffnung, es werde seine Geliebte vor der Gefahr, die sie liefe, zu schützen wissen. Das kleine Tier hatte sich auch bisher ganz ruhig gehalten; aber sobald es den Zauberer hereintreten sah, fing es an, am ganzen Leibe zu zittern, und schien entfliehen zu wollen. Nadine, von welcher es sich schon einige Schritte entfernt hatte, besorgte, es zu verlieren, und verließ ihren Platz, um es auf ihren Arm zu nehmen. Diese Bewegung machte den Zauberer aufmerksam; er näherte sich und stand Nadinen gegenüber, eben da sie sich wieder aufgerichtet und das Hündchen auf den Arm genommen hatte. Man bemerkte, daß Astramond plötzlich in Bewegung geriet; er wurde feuerrot, und niemand zweifelte, daß eine für Nadinen gefaßte heftige Leidenschaft die Ursache davon sei. In der Tat berührte er sie mit seinem Stabe, und in einem Augenblicke befand sie sich an Astramonds Seite in einem Wagen, der sogleich von einer Wolke den Augen der Zuschauer entrückt wurde.

Alle übrigen Schäferinnen kamen haufenweise aus dem Saal hervor, und ihre entzückten Liebhaber, die von Astramond nun nichts mehr zu befürchten hatten, stürzten sich in ihre Arme. Aber in diesem Lande unverderbter Menschen machte die Liebe der Freundschaft nicht vergessen. In wenigen Augenblicken drängten sich alle diese Glücklichen um Nadir her, der auf die Nachricht von der Wahl des Zauberers in Ohnmacht gefallen war und nach Hause getragen wurde, ehe man ihn wieder zur Besinnung bringen konnte. Die ersten Lebenszeichen, die er von sich gab, waren Ausbrüche von Verzweiflung: alle seine Bewegungen waren wütend und seine Reden ohne Zusammenhang. Der tiefe Schmerz, worin er Nadinens Eltern versunken sah, brachte ihn allmählich zu sich selbst; sein Schmerz wurde gelassen; es kam endlich dazu, daß er sich beklagen, daß er weinen konnte; und zuletzt vermochte das flehentliche Bitten seiner Pflegeltern so viel über ihn, daß er einen schwachen Funken von Hoffnung zu nähren anfing und sein Leben zu erhalten beschloß, weil er es für möglich zu halten anfing, seine geliebte Nadine wiederzufinden und den Zauberer zu erbitten. In wenigen Tagen würkte dieser Gedanke schon so gewaltig auf seine Einbildung, daß er dem alten Sadik seinen Entschluß entdeckte, sie so lange zu suchen, bis er sie gefunden hätte. Keine Vorstellungen, keine Bitten, keine Gefahren konnten ihn zurückhalten; man mochte ihn noch so sehr versichern, daß Astramonds Aufenthalt unzugangbar, daß er sogar den Augen eines Sterblichen unerreichbar sei, es half alles nichts: er machte sich auf den Weg und ließ das ganze Hirtental in allgemeiner Betrübnis über seinen Verlust und sein Unglück. Sadik und seine Gattin wollten ihn begleiten; aber er erlaubte ihnen nicht, weiter mitzugehen als bis an die Berge, wo er den zärtlichsten Abschied von ihnen nahm, um sich, auf Geratewohl, in einen Labyrinth pfadloser Felsen zu wagen, welche vor ihm kein Menschenfuß betreten hatte und wo der Tod das einzige war, was er zu finden gewiß sein konnte.

Hier war es, wo er zum ersten Male gewahr wurde, daß er mit Nadinen auch sein Hündchen verloren hatte, dessen Treue und wunderbare Gaben ihm in seiner gegenwärtigen Lage so wohl zustatten gekommen sein würden. Dieser Umstand vermehrte seinen Kummer, ohne seine Entschließung wankend zu machen. Er stieg und kletterte zwei Tage und zwei Nächte an einem fort, ohne zu wissen, wo er hinkam, und beinahe, ohne sich aufzuhalten. Waldströme löschten seinen Durst, einige wilde Früchte waren seine Nahrung, und wenn die Finsternis der Nacht und die Ermattung ihn nötigten, stillzuhalten, so warf er sich unter einer hohen Klippe auf den harten Stein, um etliche Stunden schlaflos oder in ängstlichen Träumen hinzubringen. Der unglückliche Jüngling merkte nicht, daß er in diesen schrecklichen Felsen immer nur im Kreise ging; sein Kopf war zu verwirrt, um auf seinen Weg achtzugeben, und nach einem achttägigen, beinahe ununterbrochnen Marsch ward er endlich mit Schrecken gewahr, daß er sich kaum hundert Schritte von dem Orte befand, wo er von Sadik Abschied genommen hatte. Der Schmerz, der ihn bei dieser Entdeckung befiel, und der Gedanke, so viele Zeit gänzlich für seinen Zweck verloren zu haben, hätte ihn zu einem verzweifelten Entschluß bringen können, wenn er noch so viel Kräfte übrig gehabt hätte, ihn auszuführen; aber so abgemattet und erschöpft, als er war, blieb ihm einige Augenblicke nichts als das Gefühl seines Elendes. Bald überwältigte ihn auch dieses: er sank zu Boden, seine Sinnen verließen ihn, und aller Wahrscheinlichkeit nach hätte der arme Unglückliche in dieser Ohnmacht das Ende seines Lebens finden sollen.

Gleichwohl kam er wieder zu sich selbst, und seine erste Bewegung war, über sich zu zürnen, daß er sich in einer viel ruhigern Fassung fühlte; aber wie groß war sein Erstaunen, da er nun gewahr wurde, daß er in einem prächtigen Gemach auf einem schönen Bette lag, zu dessen Füßen er sein schwarz und weißes Hündchen und zur Seite eine weiße Taube von außerordentlicher Schönheit erblickte. Bei diesem Anblick fühlte er sich von der innigsten Freude durchdrungen; er küßte das Hündchen tausendmal mit Entzücken und fragte es, ob es ihm keine Nachricht von seiner lieben Nadine geben könne. Bei diesem Namen schlug die Taube mit den Flügeln, und das Hündchen schien durch seine Bewegungen lauter fröhliche Nachrichten anzukündigen. Diese stumme Unterhaltung dauerte eine gute Weile. Nadir konnte es nicht müde werden, diesen Tieren Liebkosungen zu machen, und fühlte mit jedem Augenblicke Ruhe und Hoffnung in seinem Gemüte wieder aufleben, als auf einmal ein Mann von majestätischem Ansehen in das Zimmer trat. «Du siehest», sagte er zu Nadirn, indem er sich dem Bette näherte, «denjenigen vor dir, der dir das Leben gerettet; aber es ist eben der, der dir Nadinen und dein Hündchen entrissen hat.» Bei diesen Worten sprang Nadir in einer Bewegung, worin Zorn und Ehrfurcht einander bekämpften, vom Bette auf, und eine zweite Bewegung warf ihn dem Zauberer zu Füßen. Er überströmte sie mit Tränen, ohne daß er vermögend war, ein Wort herauszubringen; die kleine Hündin und die Taube weinten mit, und sogar dem Zauberer fielen einige Tränen aus den Augen. Aber er nahm sich zusammen, hob Nadirn freundlich auf und redete ihn folgendermaßen an: «Du betrachtest mich als einen strengen Richter, von dem dein Leben oder Tod abhängt; und du selbst bist gleichwohl so notwendig zu meinem Glücke als ich zu dem deinigen. Liebe immerhin Nadinen, wie sie dich liebt; ich werde euch nicht entgegen sein; aber besitzen kannst du sie nie, wofern du mir nicht den Ring der Gewalt überlieferst, der im Palaste des Geisterkönigs Geoncha verwahrt wird. Gehe, und wenn du sieben Tage lang gegen Mittag gegangen bist, wirst du vor diesem Palaste anlangen. Nimm daselbst den Ring in Empfang, den man dir nicht verweigern wird; und sei gewiß, wenn du mir ihn eingehändigt haben wirst, sollst du Nadinen dagegen erhalten, um nie wieder von ihr getrennt zu werden. Noch kann ich dir weder dein Hündchen noch die Taube verabfolgen lassen; aber ich bewahre dir beide getreulich auf. Gehe, und sei nochmals versichert, daß ihr Glück und das meinige, ebensowohl als das deinige, davon abhängt, daß deine Unternehmung wohl vonstatten gehe.»

Diese Rede des Zauberers gab Nadirn großen Mut; er dankte ihm für seinen guten Willen und machte sich mit Freuden anheischig, ihm den wundervollen Ring zu verschaffen, und wenn er ihn auch aus dem Mittelpunkt der Erde holen müßte, wofern Nadine die Belohnung sein sollte. Er bezeugte freilich große Lust, das Hündchen und die Taube, für die er eine sonderbare Zuneigung gefaßt hatte, mitzunehmen, aber der Zauberer fand nicht für gut, sich ihrer zu entäußern, und Nadir mußte sich gefallen lassen, allein abzureisen.

Astramond hatte ihm einen Beweggrund zur Eilfertigkeit gegeben, der ihn Tag und Nacht anspornte. Er machte so große Schritte, daß er schon am Morgen des siebenten Tages den Palast des Geisterkönigs erblickte, der, wegen des Funkelns der Edelsteine, woraus er erbaut ist, in großer Ferne schon zu sehen war. Dieser Anblick verdoppelte seine Ungeduld, aber seine Kräfte versagten ihm auf einmal, da er sie aufs neue anstrengen wollte; er fühlte sich ganz erschöpft und war genötigt, sich unter einen Palmbaum hinzulegen. Er schlief ein, und beim Erwachen fand er sich zu seiner Verwunderung unter einem Zelt von goldnem Stoffe auf einem reichen Sofa, an dessen einem Ende ein Mann von einer etwas düstern, aber majestätischen Miene saß, dessen Züge einige Ähnlichkeit mit Astramonds hatten und der ihn in einem einnehmenden Ton also anredete: «Du siehest ein unglückliches Opfer der Bosheit Astramonds vor dir. Dieser Grausame ist mein Bruder; aber die Gefühle der Natur sind ihm etwas Unbekanntes, und er verfolgt mich seit dem Augenblicke meiner Geburt. Wir sind einander an Macht gleich; er hat mich der meinigen nicht berauben können, aber er hat mir was noch Schlimmeres zugefügt: er hat mir meine Geliebte geraubt. Du seufzest?» fuhr er fort, da er den Eindruck sah, den dieses Wort auf Nadirn machte. «Laß uns unsre Tränen und unsre Rache vereinigen! Er hält die Fee, die ich liebe, unter der Gestalt einer schwarz und weißen Hündin und deine Nadine in Gestalt einer weißen Taube gefangen; aber der Ring der

Gewalt kann uns beiden helfen. Weder er noch ich können Besitzer desselben sein; dir allein, liebenswürdiger und unglücklicher Nadir, ist er aufbehalten. Bediene dich seiner zu unserem Glücke und zu unserer Rache. Sobald du im Besitze des Ringes bist, brauchst du nur zu wünschen, in meinem Palaste zu sein, so wirst du im Nu dahin versetzt werden. Du wirst mir den Ring anvertrauen, und in einem Augenblicke soll der grausame Feind unsrer Liebe gestraft und Nadine in deinen Armen sein. Du hast dann nichts mehr von Astramond zu befürchten: der Ring macht dich zu seinem Herrn; und da man ihn nie anders als mit gutem Willen des Besitzers erhalten kann, so würde jeder Versuch, ihn dir mit Gewalt abzunehmen, fruchtlos sein. Lebe wohl, lieber Nadir! Ich könnte dir noch mehr sagen, könnte dich mit einem Namen nennen, der dir Liebe und Ehrerbietung einflößen würde; aber ich will alles bloß deiner Dankbarkeit und deinem Mitleiden schuldig sein. Verliere nun keine Zeit, und wenn du den Dienst erkennest, den ich dir leiste, indem ich dich mit den Ursachen deines Unglücks und den Mitteln, dir zu helfen, bekannt mache, so vergiß nicht, mich an deinem Glücke teilnehmen zu lassen! Ich erwarte dich morgen in meinem Palaste.»

Mit diesen Worten verschwand der Unbekannte, ohne Nadirn zu einer Antwort Zeit zu lassen, der sich in keiner kleinen Unruhe befand, indem er sich bemühte, alles, was er gehört hatte, wieder vor seine Stirne zu rufen. Sein gutes Herz, dem Argwohn so fremde war als Betrug, neigte sich schon auf die Seite dieses Unbekannten, bloß weil er unglücklich war; überdies schien ihn sein eigner Vorteil mit demselben zu verbinden; und wie zurückhaltend er sich auch am Schlusse seiner Rede ausgedrückt hatte, so glaubte Nadir doch zu merken, daß er am Ende wohl gar sein Vater sei. Diese Vermutung schien sehr gut zu der Erzählung zu stimmen, die ihm Sadik von den Umständen gemacht hatte, worin er ihn gefunden, und wie er von der kleinen schwarz und weißen Hündin ans Gestade gebracht worden, welche ohne Zweifel seine Mutter und von Astramond, wie der Unbekannte sagte, so verwandelt worden war. Alles dies gab Nadirn so viel zu denken, daß er seinen Weg ziemlich langsam fortsetzte und daher erst mit Einbruch der Nacht in dem Palaste ankam, wo der Geisterkönig seinen Hof hält und alle Begebenheiten in der Welt nach seinem Belieben lenket, weil die unsichtbaren Mächte, welche die Hand im Spiele haben, von seinen Winken abhangen. Nadir wurde auf seinen Befehl wohl aufgenommen und, als es Schlafenszeit war, in das Traumgemach geführt; etwas, das nur denen widerfuhr, die der Geisterkönig vorzüglich begünstigte. Den Menschen ihr künftiges Schicksal ganz aufzudecken, ist ihren unsichtbaren Beschützern nicht erlaubt; aber sie dürfen denen, welche sie dessen würdig achten, einen Fingerzeig geben, der sie aufmerksam macht, ohne sie gänzlich zu belehren; und sie tun dies gemeiniglich durch Träume.

Nadir, der von der Reise müde war, legte sich an der Hinterwand des Zimmers auf eine mit Sammet beschlagene Estrade und entschlief. Gegen das Ende der Nacht, wenn die Träume den lebhaftesten Eindruck zu machen pflegen, däuchtete ihm, er befinde sich wieder in der nehmlichen Ebene, wo er Tages zuvor den Unbekannten unter dem goldbrokatnen Zelte angetroffen hatte. Er war nicht allein. Zu seiner Linken stund der Zauberer Astramond, der ihn bei der Hand hielt, zur Linken Astramonds ein ehrwürdiger Greis und neben diesem ein Mann, den er sogleich für eben den erkannte, den er gestern unter dem Zelte angetroffen und für seinen Vater hielt. Ihnen gegenüber sah er einen Mann, der, ungeachtet seiner menschlichen Gestalt, etwas so Großes und Übermenschliches in seinem ganzen Ansehen hatte, daß Nadir von seinem Anblick ebenso geblendet wurde, als ob er in die Sonne gesehen hätte. Dieser Mann empfing aus der Hand des Greises einen Ring mit einem geschnittnen Türkis, den er Nadirn überreichte. Kaum hatte dieser den Ring am Finger, so verschwand dieser Mann, der Greis und Astramond, und Nadir blieb einen Augenblick allein. Aber eh' er sich aus seiner Verwunderung erholen konnte, sah er den Unbekannten, der Nadinen an der Hand hatte und sie ihm mit freundlichem Blicke zuzuführen schien. Er flog ihnen mit Entzückung entgegen; aber kaum hatte er sie berührt, so verwandelte sich Nadine in eine andre Person, und der Unbekannte versank in die Erde.

Die Bestürzung über einen so unerwarteten Ausgang weckte Nadirn aus seinem Traume; aber alle Erscheinungen desselben standen noch so lebendig vor seiner Seele da, daß es ihm beinahe unmöglich war, sie für einen bloßen Traum zu halten. Er fiel darüber in ein tiefes Nachdenken; und da er einen geheimen Unterricht darin zu finden glaubte, so bemühte er sich, seinen Traum mit der Rede des Unbekannten, der selbst darin aufgetreten war, zu vereinigen; aber er fand es schwer, aus allen diesen Ideen ein Ganzes zu machen, und arbeitete noch vergebens daran, als ihm gemeldet wurde, vor dem Geisterkönige zu erscheinen. Beim ersten Blicke erkannte Nadir den Mann in ihm, den er in seinem Traume den Türkis aus der Hand des Greises empfangen gesehen; und wie er damals schon von seinem Anblick wie geblendet worden war, so würde er jetzt, da er den mächtigsten der Geister (wiewohl in einer menschlichen Hülle) würklich vor sich sah, seine Gegenwart kaum ausgehalten haben, wenn Geoncha ihm nicht mit einem Blick voll Milde und Huld entgegengekommen wäre. «Ich kenne dich, Jüngling», sprach er zu ihm, «und liebe dich, weil du edel bist und gut. Sei auch weise und hüte dich für den Fallstricken, die dir gelegt sind. Vergiß niemals empfangene Wohltaten, wenn du gleich von derselben Hand Unrecht erlitten hättest. Du bist im Begriffe, der Besitzer eines Schatzes zu werden, der dir zugehört und der dich mächtiger machen wird als die größten Könige der Erde. Sei immer eingedenk, daß Macht ohne Gerechtigkeit weder ihrem Besitzer noch andern wohltätig ist und daß Gerechtigkeit eine genaue Kenntnis der Wahrheit voraussetzt. Nimm meine Warnungen wohl zu Herzen, lieber Nadir! Traue nie dem äußern Schein; siehe alles selbst und tue alles selbst, soviel es nur immer möglich ist: nur dadurch wirst du bald dich selbst und alles, was ein Recht an deine Liebe hat, glücklich machen.» Mit diesen Worten überreichte er ihm den Talisman hin; aber wie groß war die Verwirrung, in welche Nadir geriet, da er den Türkis mit den eingegrabenen magischen Zeichen für eben den erkannte, den er im Traum empfangen hatte! «Nimm ihn hin, Nadir», fuhr Geoncha fort, wie er den Jüngling mit niedergesenktem Blicke zaudern sah, «nimm, was dein ist, und denke an nichts, als wie du ihn wohl gebrauchen wollest! Erinnere dich deines Traumes und meiner Warnungen! Ich weiß, wohin du gehest. Säume dich nicht, dein Schicksal wird sich dort entwickeln.»

Nadir empfing itzt den Ring mit Ehrfurcht aus der Hand des Geisterkönigs, und da er sich in den Palast des unbekannten Zauberers wünschte, wurde er auf einmal gewahr, daß er würklich darin sei. Dieser Palast wich an Pracht und Schönheit keinem andern Zauberschlosse in der Welt und war mit einer Menge sehr schöner Personen beiderlei Geschlechtes angefüllt, in deren Mitte der Zauberer Nadirn entgegen kam. Dieser ganze Hof hatte mit allem seinem Glanze ein so trauriges Aussehen, daß es Nadirn, wie unerfahren er auch war, hätte auffallen müssen, wenn ihm der Herr des Palastes Zeit dazu gelassen hätte. Aber dieser bemächtigte sich seiner sogleich mit der verbindlichsten Freundlichkeit; und nachdem er ihm alle Herrlichkeiten seines Palastes, die von keiner geringen Macht zeugten, gewiesen hatte, führte er ihn in einen prächtigen Garten, setzte sich mit ihm unter eine einsame Laube und fing damit an, daß er ihm zu dem Schatze, der ihm zuteil worden, in Ausdrücken, die eine mehr als gewöhnliche Teilnehmung und Zärtlichkeit zu verraten schienen, Glück wünschte, aber ihn zugleich zu überreden suchte, das, was nun weiter zu tun sei, um Nadinen in Freiheit zu setzen und den Verräter Astramond zu bestrafen, ihm, dem Unbekannten, zu überlassen und ihm zu diesem Behuf den magischen Ring anzuvertrauen. Wie groß auch immer die Gewalt sei, die dieser Ring seinem Besitzer mitteile, so würde sie ihm doch, sagte er, gegen Astramond wenig helfen, weil er sich ihrer nicht zu bedienen wisse; man müsse hiezu in den Geheimnissen der Magie eingeweiht sein, und ohne diese Kunst seien die mächtigsten Talismane nichts. Nadir habe sich nicht das geringste Bedenken zu machen, ihm dieses Vertrauen zu schenken, da er solches unmöglich mißbrauchen könnte, wenn er es auch zu wollen fähig wäre, indem keine Macht in der Welt ihm den Ring wider seinen Willen rauben oder vorenthalten könne. Sie hätten gleiches Interesse, gleiche Hoffnungen, und natürlicherweise müßte auch ihre Rache gemeinschaftlich sein. Er selbst besitze alle die Kenntnisse und Erfahrenheit, die ihr Vorhaben erfordere; und wofern ihm Nadir seinen Talisman sogleich anvertrauen wolle, so sollte er noch vor Sonnenuntergang ihren gemeinschaftlichen Feind zu seinen Füßen und Nadinen in seinen Armen sehen.

Der Zauberer sah nach dieser Rede dem Jüngling sehr scharf in die Augen und erwartete stillschweigend seine Antwort, mit welcher aber Nadir sich nicht übereilen wollte. Er erinnerte sich seines Traumes und der Warnungen des Geisterkönigs, der ihm so ernstlich empfohlen hatte, dem Scheine nicht zu trauen und alles, was er könnte, selbst zu tun. Überdies glaubte er in den Reden und dem Betragen des Unbekannten Dunkelheiten zu finden, die ihm eine geheime Absicht zu verraten schienen. Er begriff nicht, warum dieser Mann sich nicht geradezu für seinen Vater erkläre, wie er es schon bei ihrer ersten Unterredung und jetzt abermal zu verstehen gegeben hatte. Kurz, Nadir faßte, nachdem er alles wohl überlegt hatte, die Entschließung, seinen Ring nicht von seiner Hand zu geben und seinen und Nadinens Trübsalen mit

Hülfe desselben selbst ein Ende zu machen. Der Zauberer schien mit dieser Entschließung sehr übel zu frieden zu sein: seine Stirne zog sich einen Augenblick zusammen; aber er brauchte auch nicht mehr als diesen Augenblick, um seinem Gesichte wieder die vorige Heiterkeit zu geben. Er nahm das Wort wieder mit der treuherzigsten Miene von der Welt, und ohne sich über Nadirs Eigensinn zu beschweren, begnügte er sich, ihm zu sagen, daß der Weg, den er einschlagen wolle, der längste und unsicherste sei. «Das Schwerste ist nicht, Nadinen wiederzubekommen», fuhr er fort; «das getraue ich mir wohl allein durch meine Kunst zu bewerkstelligen; aber was kann uns das helfen, wenn wir Astramonden nicht außerstand setzen, sie noch einmal zu entführen? Der Ring, dessen Besitzer du bist, dieser Ring allein ist stärker als alle Beschwörungen Astramonds; aber dir fehlt es an der Wissenschaft, den gehörigen Gebrauch davon zu machen; dein Mißtrauen hilft also zu nichts, als dein Glück und das meinige aufzuziehen. Indessen soll dies meinen Eifer, dir zu dienen, nicht erkälten, und ich hoffe, bevor die Sonne wieder aufgegangen sein wird, dir Nadinen wiederzugeben. Vielleicht wird mir diese neue Probe meiner Liebe deine Freundschaft verdienen, und du wirst dann nicht länger glauben, gegen die Klugheit zu handeln, wenn du mir diesen mächtigen Ring anvertrauest, dessen sehr schwerer Gebrauch allein mein Glück machen und das deinige befestigen kann.»

Nach diesen Worten klatschte der Zauberer in die Hand, und sogleich eilte sein ganzer Hof herbei, seine Befehle zu vernehmen. «Meine Freunde», sagte er zu ihnen, «ich empfehle euch meinen liebenswürdigen Gast; wendet in meiner Abwesenheit alles an, seine Schwermut zu zerstreuen und ihm soviel Vergnügen zu machen, als nur immer in eurem Vermögen ist.» Er forderte hierauf seinen Wagen, bestieg ihn und erhob sich in die Lüfte, wo man ihn bald aus den Augen verlor. Nadir kehrte in den Palast zurück; aber das Nachsinnen über alle die Wunderdinge, die ihm begegnet waren, und die Ungewißheit, was er davon denken und wozu er sich entschließen sollte, ließ ihn wenig Anteil an den Vergnügungen nehmen, die man ihm zu machen suchte. Man zeigte ihm alle die schönen und seltnen Dinge, womit der Palast angefüllt war; man gab ihm ein Schauspiel und führte ihn endlich in einen herrlich beleuchteten Saal, wo eine köstliche Tafel für ihn gedeckt war, bei welcher die Höflinge des Zauberers ihn bedienten und alle die schönen Personen, die in diesem bezauberten Orte beisammen waren, sich in die Wette bestrebten, ihn mit Musik und Tänzen zu unterhalten. Aber das alles machte nur einen schwachen Eindruck auf seine Sinnen. Hingegen fiel ihm der Zwang und die Traurigkeit, die er auf allen Gesichtern ausgedrückt sah, desto stärker auf, je mehr er mit der Beeiferung, ihm Vergnügen zu machen, kontrastierte; und sobald er es nur mit Anständigkeit tun konnte, stund er von der Tafel auf, bedankte sich sehr höflich gegen die Personen, die sich so viele Mühe mit ihm gegeben hatten, und ließ sich in das für ihn bereitete Schlafgemach führen.

Kaum glaubte er allein zu sein und sich seinen Gedanken ungestört überlassen zu können, so öffnete sich die Tür, und man stelle sich sein Entzükken vor, als er Nadinen an der Hand des Zauberers hereintreten sah. In diesem Augenblicke verlor sich alle seine Unruhe, die reinste Freude durchdrang alle seine Sinnen, er flog seiner geliebten Schäferin entgegen, umfaßte mit Tränen der Liebe im Auge ihre Knie und konnte nur Töne des Entzückens und abgebrochne Worte hervorstammeln, so sehr war er vor Zärtlichkeit und Freude außer sich. Nadine hob ihn auf, indem sie ihm ihre Hand zu küssen erlaubte, und sprach zu ihm mit einem Gesichtsausdruck, der mehr Sanftheit und Sittsamkeit als Freude zeigte: «Nadir, wenn du in meiner Seele liesest, so wirst du sehen, wie gerührt ich bin und wie sehr die Empfindungen, die ich bei dir errege, auch die meinigen sind. Aber in diesem Augenblicke sei unsre erste Sorge, die Pflichten der Freundschaft zu befriedigen. Oder wollte Nadir undankbar gegen denjenigen sein, der ihn seine Nadine sehen läßt? Laß uns ihm zu Füßen fallen und seine Wohltaten mit der Erkenntlichkeit annehmen, die wir ihm dafür schuldig sind.» – «Nein», unterbrach sie der Zauberer, «du bist mir nichts schuldig, Nadir; ich habe für mich selbst getan, was ich für dich tat, vielleicht wirst du mir nun dein Vertrauen schenken. Aber es ist Zeit, daß ich euch allein lasse; nach einer so langen Trennung müsset ihr euch, denke ich, sehr viel zu sagen haben.» Mit diesen Worten entfernte er sich, ehe Nadir, noch ganz von seinem Glücke betäubt, ein Wort herauszubringen vermochte.

Sobald sich dieser mit seiner Geliebten allein sah, brach sein Entzücken mit verdoppelter Stärke aus; er näherte sich ihr mit einer Inbrunst, die der Trunkenheit ähnlich war, aber sie stieß ihn sanft zurück, setzte sich in einiger Entfernung von ihm auf den Sofa und brach in einen Strom von Tränen aus. «Was fehlt dir, liebste Nadine», rief Nadir bestürzt; «du durchborst mir das Herz.» – «Nadir», sagte sie, «berühret mich mit Eurem Ringe und wünschet mich zu sehen, wie ich bin: der Zauberer ist ein Verräter, und ich bin nicht Nadine.» Nadir fühlte bei diesen Worten einen Todesschauer durch seine Adern rinnen. Bestürzt, verwirrt und unschlüssig, sich einer so süßen Täuschung zu berauben – wiewohl er im nehmlichen Augenblick über sich selbst zürnte, daß er sich durch einen Betrug hatte täuschen lassen, den sein Herz, wie er glaubte, hätte ahnen sollen –, stand er unbeweglich und ohne die Dame auf dem Sofa zu hören, die ihn zu beruhigen suchte: als auf einmal der Zauberer, der durch seine Kunst erfahren hatte, daß seine List entdeckt sei, mit Grimm im Auge und mit aufgehobenem Stabe hereintrat, um die Verräterei der untergeschobenen Nadine (weil Nadirn sein Talisman gegen alle Zaubergewalt schützte) wenigstens an dieser Unglücklichen zu rächen, die er gezwungen hatte, sich zu einem Werkzeuge seines schwarzen Betruges mißbrauchen zu lassen. Diese, sobald sie ihn erblickte, fuhr erschrocken vom Sofa auf und verbarg sich hinter Nadirn, indem sie ihn flehentlich um Rettung bat. Zu ihrem Glück erholte sich Nadir aus seiner Bestürzung, ging auf den Zauberer los und berührte ihn, da er eben im Begriff war, die falsche Nadine mit seinem Zauberstabe zu schlagen, mit seinem Ringe, indem er zugleich, auf eine instinktmäßige Weise, wünschte, daß der Zauberer dadurch außerstand gesetzt werden möchte, Schaden zu tun; und alsbald schien dieser in der Stellung, worin er war, sich zu versteinern und blieb unbeweglich und starr wie eine Bildsäule vor ihm stehen.

Es bedurfte einer guten Weile, bis Nadir sich

an den Gedanken der außerordentlichen Gewalt, womit er sich bekleidet sah, gewöhnen konnte. Er betrachtete den unbeweglichen Zauberer eine Zeitlang mit Erstaunen, das nicht gänzlich ohne Furcht war. «Unglücklicher», rief er ihm endlich zu, «deine Verräterei ist, wie du siehst, entdeckt; du wolltest mich um diesen wundervollen Ring betrügen, und vielleicht um Nadinen auch? Sage mir, was aus ihr worden ist! Sprich die Wahrheit, ich befehle dir's.»

Bei diesen letzten Worten schien der Zauberer auf einmal wieder zu sich selbst zu kommen, seine Zauberrute fiel ihm aus der Hand, und er fing unfreiwillig also an zu reden: «Die stärkere Gewalt, welche die meinige vor dir vernichtet, nötigt mich auch, dir gern oder ungern die Wahrheit zu sagen. Sei für Nadinen unbesorgt, sie ist nicht in meiner Gewalt; aber vernimm, wie sehr ich strafbar und deines ganzen Grimms würdig bin. Meine Absicht war nicht bloß, dir Nadinen zu rauben und mich an Astramond zu rächen; ich hatte sogar *deinen* Untergang beschlossen. Du erstaunest, weil du nicht begreifen kannst, wie du mir in einem solchen Grade habest verhaßt werden können; aber du wirst aufhören, dich zu wundern, wenn du hörest, wer ich bin.»

Geschichte des Zauberers

«Ich habe dich nicht betrogen, da ich dir sagte, daß ich Astramonds Bruder sei. Mein Name ist Neraor, und wir sind beide die Söhne eines berühmten Weisen, dem unter allen, welche die magische Kunst über die Sterblichen erhebt, keiner den ersten Platz streitig machte. Er arbeitete viele Jahre lang an dem geheimnisvollen und alles vermögenden Talisman, dessen Besitzer du bist. Ich war ungefehr fünfzehn Jahre alt, als dieses bewundernswürdige Werk der Magie zustande kam, und mein Bruder hatte nur ein Jahr mehr; aber da wir von Kindheit an zu den geheimen Wissenschaften erzogen worden waren, so begriffen wir beide, unsrer Jugend ungeachtet, die Wichtigkeit des Schatzes sehr wohl, den unser Vater besaß. Er stund bereits in einem hohen Alter, und da sein Tod in unsren Gedanken nicht mehr ferne sein konnte (denn das Geheimnis der Unsterblichkeit haben die Götter sich selbst vorbehalten), so fingen wir an, jeder in dem andern einen Mitwerber um den Ring zu sehen, dessen Besitz das Ziel unsrer ungeduldigsten Wünsche war. Ich hatte meinen Bruder nie sonderlich geliebt; aber diese Rivalität setzte meine Antipathie gegen ihn in ihre volle Würksamkeit, und es verging kein Tag, wo sie nicht in Zänkereien und Händel ausbrach, die unsern Vater endlich beunruhigten. Er hatte sich schon lange vergebens Mühe gegeben, eine dauerhafte Einigkeit unter uns zu stiften; Vernunft, Zärtlichkeit und väterliches Ansehen blieben ohne Würkung. Er merkte endlich, daß das Verlangen, den Ring zu besitzen, die wahre Quelle unsrer Zwietracht war, und in der Absicht, das Übel von Grund aus zu heben, ließ er uns eines Tages vor sich kommen. ‹Undankbare und unnatürliche Söhne›, so ließ er uns mit zürnender Stimme an, ‹ihr seufzet nach dem Augenblick, wo ich nicht mehr sein werde, und streitet euch schon um das Kostbarste, was ich besitze; aber eure Strafe soll sein, daß es keinem von beiden zuteil werden soll.› Mit diesem Worte zog er den Ring vom Finger und warf ihn in ein Gefäß, das mit Wasser und wohlriechenden Kräutern angefüllt war; und kaum hatte er einige geheime Worte ausgesprochen, so fing das Wasser an aufzubrausen, und ein Adler, der den wundervollen Ring im Schnabel trug, stieg aus der Tiefe des Gefäßes und erhob sich in die Luft. ‹Eile›, sagte er zu ihm, ‹und trage diesen Talisman in den Palast des Geisterkönigs; dort werd' er aufbehalten, bis die Schlüsse des Schicksals erfüllt sein werden!› Hierauf wandte er sich wieder zu uns: ‹Ihr habt ihn verloren und werdet nie zu seinem Besitze gelangen; er ist einem Sohne von einem unter euch bestimmt. Der erste von euch beiden, der sich der aufrichtigen Gegenliebe einer geliebten Person würdig machen, sich mit ihr vermählen und einen Sohn von ihr haben wird, dieser wird der Vater des mächtigsten Sterblichen sein. Keine menschliche noch übermenschliche Gewalt oder List kann den Ring aus dem Palaste des Geisterkönigs entführen; aber dieser glückliche Sohn wird ihn ohne Mühe erhalten. Geht nun, und möchtet ihr künftig in beßrer Eintracht leben, da der Zunder euers Hasses aus dem Wege geräumt ist!› Mein Vater verfehlte seine Absicht. Hatte ich Astramonden vorher als einen Mitwerber gehaßt, so betrachtete ich ihn jetzt als einen Feind, der mir den Gegenstand meiner feurigsten Wünsche geraubt hatte. Indessen blieb mir (wiewohl der Gedanke, der Vater desjenigen zu werden, dem er aufgehoben war, wenig Reiz für mich hatte) doch ein Mittel, meinen Groll gegen meinen Bruder zu befriedigen: wir durchliefen beide die Welt; er, um eine Gemahlin zu suchen, wie unser Vater sie verlangte; ich, um ihm, sobald sein Herz eine Wahl getroffen haben würde, in den Weg zu treten und, wo möglich, sein Glück zu vereiteln.

Der König der unbekannten Insel hatte eine Tochter, von deren Schönheit so viel gerühmt wurde, daß mein Bruder Lust bekommen hatte, sich um sie zu bewerben. Kaum erhielt ich Nachricht davon, so erschien ich gleichfalls am Hofe dieses Königs. Ich fand die Prinzessin bei ihrem Vater und meinen Bruder bei der Prinzessin. Meine Augen wurden von ihrem Anblick geblendet, und die Leidenschaft, die sich in meinem Busen entzündete, brannte desto ungestümer, da ich Zeichen eines geheimen Verständnisses in den Blicken meines Bruders und der Prinzessin wahrzunehmen glaubte. Der stolze Ton, worin ich meine Bewerbung anbrachte, und die sichtbare Gewalt, die ich mir antun mußte, um meine Wut über Astramond zurückzuhalten, setzte den König in Verlegenheit: er kannte unsre Macht, er wollte sich weder meine noch Astramonds Feindschaft auf den Hals laden; und um uns eine völlige Unparteilichkeit zu zeigen, tat er uns einen Vorschlag, den beide, wie er glaubte, billig finden müßten. ‹Prinzen›, sagte er zu uns; ‹ich liebe mein Volk, und seine Glückseligkeit ist immer der erste meiner Wünsche gewesen. Ich kann keinen von euch beiden zum Eidam erwählen, ohne gegen den andern ungerecht zu sein; ich will also gar nicht wählen, sondern derjenige von euch, der vermittelst seiner Macht meinen Untertanen das wünschenswürdigste Gut verschafft, soll der Gemahl meiner Tochter sein; die Stimme des Volkes soll den Ausspruch tun!› Wir ließen uns den Vorschlag des Königs gefallen; er gab uns acht Tage Zeit, um unsre Anstalten zu machen, und ich wandte sie dazu an, der Prinzessin überall wie ihr Schatten zu folgen und sie mit den Äußerungen einer Leidenschaft zu verfolgen, welche sie wenigstens auf keine zu merkliche Art abzuweisen wagen durfte. Mein Haß gegen Astramond wuchs indessen täglich, je mehr ich aus tausend geheimen Zeichen merken konnte, daß er der Prinzessin nicht gleichgültig war; und ich genoß wenigstens das boshafte Vergnügen, zu sehen, wie lästig ihnen meine Gegenwart war. Inzwischen dachte ich ernstlich auf ein Mittel, den aufgesetzten Preis zu gewinnen; und da ich immer gefunden hatte, daß die Menschen nichts ärger scheuen und ungeduldiger ertragen als die Armut, so hielt ich mich überzeugt, die Untertanen des Königs der unsichtbaren Insel nicht glücklicher machen zu können, als indem ich sie mit Reichtum überhäufte. Ich war so gewiß, daß es mir auf diesem Wege nicht fehlen könne, daß ich keine andre Furcht hatte, als mein Bruder, dem dieser Gedanke natürlicherweise auch gekommen sein müßte, möchte mir in der Ausführung zuvorkommen. Ich erklärte mich also in Gegenwart der Prinzessin, ich würde es nie zugeben, wenn Astramond, unter dem Vorwande des Rechts der Erstgeburt, sich anmaßen wollte, der erste zu sein, der seine Macht sehen ließe; ich verlangte, daß wir entweder beide zugleich agieren oder das Los entscheiden lassen sollten, wer den Anfang zu machen hätte. Astramond versicherte, mit einem Lächeln, das mich desto mehr erbitterte, da es mir von böser Vorbedeutung schien, er glaube nicht nötig zu haben, sein Recht bei dieser Gelegenheit geltend zu machen, und sei es sehr wohl zufrieden, mir einen Rang zu lassen, der ihm keinen Nachteil bringen könne. Die Prinzessin mußte ihr ganzes Ansehen anwenden, um den Ausbruch der Wut zu verhindern, in welche mich diese verächtliche Antwort setzte; und wenn ich mich aus Gehorsam gegen sie zu besänftigen schien, so geschah es bloß, weil ich meine Rache bis nach dem entscheidenden Tage verschob.

Dieser mit allgemeiner Ungeduld erwartete Tag war endlich gekommen. Ich erhob mich nach dem großen Platze der Stadt, wo das ganze Volk schon versammelt war. ‹Lieben Leute›, sprach ich, ‹ich werde euch alle reich machen›; und indem ich das letzte Wort aussprach, schlug ich die Erde mit meiner Zauberrute. Sie eröffnete sich, und man sah allmählich einen großen Berg von lauter Gold und Silbermünzen sich erheben. Auf einmal stieg ein allgemeines Freudengeschrei in die Luft, welches aber bald durch das Jammergeschrei derjenigen unterbrochen ward, die im Gedränge des auf den Berg einstürmenden Volkes zerdrückt und zertreten wurden. Die Geldbegierde der Leute tat eine ebenso schnelle Würkung als meine Kunst, und der Berg verschwand beinahe in ebenso kurzer Zeit, als er zu seiner Entstehung gebraucht hatte. Ich glaubte des Sieges gewiß zu sein, als, sobald der erste Tumult sich gelegt hatte, Astramond nun auch auf den Platz kam, ohne daß das Volk, das mit Zählen seines erbeuteten Goldes und Silbers beschäftigt war, die mindeste Acht auf ihn gab. Inzwischen zog er mit seinem Stabe einen Kreis in die Luft, murmelte einige Worte und rief dann dem Volke mit lauter Stimme zu: ‹Bürger, morgen sollt ihr entscheiden, wem der Preis gebührt; ich habe ein Recht an eure Dankbarkeit, denn ich werde euch glücklich machen.› Seine Rede machte wenig Eindruck; der Tag ward in lauter Lustbarkeit zugebracht; man erhob meine Freigebigkeit bis in die Wolken; von Astramond war nur die Rede nicht, ohne daß er sich im mindesten darum zu bekümmern schien. Diese Sicherheit fing an, mir Unruhe zu machen; ich konnte mir gar nicht vorstellen, was er denn so Großes getan haben könnte. Während daß ich mir den Kopf darüber zerbrach, wurde ich mit Erstaunen gewahr, daß eben diese Leute – welche kaum einen so unersättlichen Durst nach Golde gezeigt hatten, daß ein unermeßlicher Schatz kaum hinreichte, sie zu befriedigen – nun auf einmal sich wenig aus den Reichtümern, womit ich sie überschüttet hatte, zu machen schienen und sie vielmehr selbst aneinander verschwendeten. Jedermann schien etwas sehr Angelegenes auf dem Herzen zu haben: man suchte sich, man sprach vertraulich zusammen, man umarmte sich und teilte Hab und Gut miteinander; einige gaben alles weg, was sie hatten, andere schlugen alles aus, was man ihnen anbot; und überall zeigte sich eine Herzinnigkeit, wovon ich nie einen Begriff gehabt hatte. Bestürzt über ein so unerwartetes Schauspiel, machte ich mich unsichtbar und folgte ihnen in ihre Häuser. Hier sah ich Ehegatten, Eltern und Kinder einander umarmen und mit den zärtlichsten Liebesproben überhäufen; die reinste Freude glänzte in allen Augen, und alle Herzen schlossen sich einander auf. Alle Augenblicke wurde das Haus von Gästen voll; bald waren's Freunde, die einander ewige Treue schwuren, bald Feinde, die sich schämten, einander gehasset zu haben, oder Undankbare, die es nicht mehr waren und um Verzeihung baten, es gewesen zu sein. Nie hatten die Weiber ihre Männer so liebenswürdig, nie die Männer ihre Weiber so schön gefunden; mit einem Worte: ich merkte, daß Astramond den Geist der Liebe über die Einwohner der Stadt ausgegossen hatte; und was brauchte es mehr, um ihn des Sieges gewiß zu machen?

Die Prinzessin wurde ihm einhellig zuerkannt; und ich, halb unsinnig vor Wut und Rachgier, schloß mich ein und sann auf Mittel, das Glück der Neuverbundenen zu vernichten. Mit Gewalt war nichts gegen Astramond auszurichten; ich nahm also meine Zuflucht zum Betrug. Ich verbarg meine innern Bewegungen unter eine Larve von Großmut und Gelassenheit; ich söhnte mich mit meinem Bruder aus, bat ihn und seine Gemahlin um ihre Freundschaft und um Vergebung, daß ich den Wünschen ihres Herzens im Wege gestanden; ich nahm Anteil an allen Lustbarkeiten, die den Neuvermählten zu Ehren angestellt wurden; kurz, ich betrug mich so künstlich, daß mein Bruder, dessen schöne Seele ohnehin zum Argwohn ungeneigt war, dadurch hintergangen und gänzlich überredet wurde, daß ich der Hoffnung, den magischen Ring zu erhalten, und mit ihr auch allem Groll gegen ihn selbst auf ewig entsagt hätte. Seine gutherzige Sicherheit erleichterte die Ausführung meines geheimen Anschlages, die Prinzessin auf einer großen Jagd, die der König einige Tage nach der Vermählung anstellte, zu entführen. Meine Anstalten waren so gut getroffen, daß der Anschlag nach Wunsche gelang; kurz (um dich nicht mit überflüssiger Weitläufigkeit aufzuhalten), ich brachte die Prinzessin in meine Gewalt, eilte mit ihr dem Ufer zu, ging unter Segel und war in wenig Stunden weit genug entfernt, um vor dem Einholen sicher zu sein. Rachbegierde, nicht Liebe war es, was mir diesen Anschlag eingegeben hatte; ich labete mich an den Tränen und Klagen der Prinzessin, und die Vorstellung der Verzweiflung, worin sich mein Bruder itzt befinden würde, hatte etwas Entzückendes für mich. Indessen tat gleichwohl die Schönheit meiner Gefangenen, die von ihrer Traurigkeit neue Reize erhielt, ihre Würkung auf meine Sinnen; und da mir die Abscheu gegen mich keine Hoffnung ließ, sie durch Güte zu gewinnen, so blieb mir zu meiner Befriedigung nur ein Mittel übrig, nehmlich, zu den Täuschungen meiner Kunst Zuflucht zu nehmen.

Wir landeten nach einigen Tagen in dieser Gegend an, wo ich den Palast aufführte, den du hier siehest, und wo ich, um die untröstliche Prinzessin zu zerstreuen, alle nur ersinnliche Ergötzlichkeiten vergebens zusammenhäufte. Ich kam nie von ihrer Seite; aber an dem Tage, den ich zu Ausführung meines Anschlages erwählt hatte, belebte ich ein Phantom, dem ich meiner Gestalt gegeben hatte, und schickte es an meiner Statt zu ihr. Gegen Mitternacht hörte sie ein schreckliches Getöse vor der Pforte des Palastes; bald darauf erschien ich unter der Gestalt Astramonds, drang auf das Phantom an ihrer Seite ein und bekämpfte es so lange, bis es, von verschiedenen Wunden durchbohrt, zu Boden fiel und seine Seele in Strömen von Blut auszusprudeln schien. ‹Liebste Gemahlin›, sagte ich zur Prinzessin, ‹sehen Sie Ihren Astramond wieder vor sich; der Schändliche, der uns trennte, hat sein Verbrechen mit seinem Leben gebüßt. Dieser schöne Palast, der zu lange die Szene Ihres Kummers gewesen ist, soll hinfür der Schauplatz unsrer Glückseligkeit sein; nichts steht ihr mehr entgegen, wenn Sie mich lieben, wie ich Sie anbete.› Mit diesen Worten flog ich in ihre Arme; aber das Entsetzen über das blutige Schauspiel, dessen Zeugin sie eben gewesen war, machte sie unfähig, meine Liebkosungen zu erwidern, wiewohl sie nicht zweifeln konnte, daß ich der wahre Astramond wäre. Ich ließ ihr einige Zeit, wieder zu sich selbst zu kommen, führte sie in ein anderes Gemach, und nachdem ich alles angewandt hatte, den Abscheu vor einem Brudermörder durch die Liebe zu Astramond in ihrem Herzen auszulöschen, ließ ich sie unter den Händen der Nymphen, die ich ihr zur Bedienung gegeben hatte. Nach einer Weile wurde ich benachrichtiget, daß sie ausgekleidet wäre; ich fand sie in einem herrlich erleuchteten und von den köstlichsten Wohlgerüchen durchdufteten Zimmer bereits zu Bette gebracht. Aber in dem Augenblicke, da ich im Begriff war, es mit ihr zu teilen, fühlte ich, daß mich eine unsichtbare Gewalt zurückzog, welcher ich vergebens entgegenkämpfte und gegen welche alle meine Zauberkünste ohne Würkung blieben. Mit der äußersten Anstrengung wagte ich endlich einen letzten Versuch, den Zauber, der mich fesselte, zu zerreißen, als ich die Stimme meines vor kurzem verstorbenen Vaters hörte. ‹Zurück, Unseliger›, rief sie mir schrecklich zu, ‹zurück!› Ich schauderte zurück, und in dem nehmlichen Augenblicke fuhr die Prinzessin mit äußerstem Entsetzen aus dem Bette. ‹Götter, es ist Neraor!› rief sie und rettete sich eilends in ein anderes Gemach. Ich sah nun, daß meine Bezauberung vernichtet war und daß ich meinen Anschlag aufgeben müsse. Bald darauf stieg meine Verzweiflung aufs höchste, da mir von den Nymphen, die der Prinzessin aufwarteten, die Nachricht gegeben wurde, daß sie unzweideutige Zeichen von Schwangerschaft an ihr bemerkten. Dieser Umstand verdoppelte meine Wut gegen meinen Bruder und sie selbst; der vollständigste und unersättlichste Haß war von nun an die einzige Leidenschaft, die mich beseelte, und sie zu quälen und unglücklich zu machen meine einzige Sorge. Ich ließ sie in ein unterirdisches Gewölbe einsperren, wohin die Sonne nie geschienen hatte und wo tausend ekelhafte Arten von Ungeziefer ihre einzige Gesellschaft waren; und da, vermöge der noch immer fortdaurenden Bezauberung meines Vaters, weder ich noch meine Diener ihr nahe genug kommen konnten, um an ihrer eigenen Person Gewalttätigkeiten auszuüben, so machte ich Veranstaltungen, daß sie alle Tage, beim fürchterlichen Schein brennender Pechfackeln, mit dem Anblick der ausgesuchtesten Torturen gequält wurde, womit ich eine Menge belebt scheinender Phantomen, die sie für wahre Menschen hielt, vor ihren Augen martern ließ.

Sieben ganzer Monate hatte sie bereits in diesem schrecklichen Zustande geschmachtet, als mir in der Stille der Nacht mein Vater erschien, in eben der ehrwürdigen Gestalt, die er hatte, da er noch unter den Menschen lebte; ein strahlendes Schwert blitzte in seiner Hand, und der zürnende Blick seiner Augen warf mich vor ihm zu Boden. ‹Unwürdiger, mein Sohn zu sein›, sprach er, ‹wirst du nicht endlich müde werden, deine Macht bloß zum Bösestun zu mißbrauchen? Gehorche den Befehlen, die ich dir geben werde, oder du bist des Todes. Verlaß diesen Ort, besteige ein Schiff und durchlaufe alle Meere; nimm deines Bruders Weib mit dir, aber höre auf, sie unglücklich zu machen; auf diese Weise wird sich dein Schicksal erfüllen, und du wirst noch glücklich werden, weil du tugendhaft werden wirst.› So sprach er und verschwand, indem er mir mit einer drohenden Gebehrde das Schwert in seiner Zeit zeigte, dessen Griff aus einem einzigen Rubin geschnitten war. Ich wagte es nicht, den Befehlen meines Vaters ungehorsam zu sein; ich ließ unverzüglich ein Schiff ausrüsten und bestieg es mit der Prinzessin und meinem Gefolge.

Wir irrten einen Monat lang auf dem Meere herum, ohne daß uns etwas Merkwürdiges begegnet wäre; nach Verlauf dieser Zeit gebar die Prinzessin einen Sohn, und du, Nadir, bist diese Frucht von Astramonds Liebe. Bald darauf ließ sich ein Schiff sehen, das mit vollen Segeln auf uns zukam; als wir nahe genug waren, wie groß war mein Erstaunen, da ich sahe, daß es von Astramond geführt wurde! Der Augenblick, da wir uns erkannten, war auch das Zeichen zum Angriff. Ich suchte meinen Bruder, um den Streit durch einen einzigen Streich zu entscheiden; ich fand ihn bald; aber wiewohl ich von Natur nicht leicht erschrecke, so erstarrte doch alles Blut in meinen Adern, und meine Haare drehten ihre Spitzen empor, da ich das nehmliche Schwert in seiner Hand blitzen sah, das ich in meines Vaters Hand gesehen hatte. Ich konnte diesen Anblick nicht aushalten, ich wandte mich plötzlich um; mein Beispiel machte meine Leute mutlos, und in wenig Augenblicken wurden wir übermannt und in Ketten geschlagen. Astramond ließ mich vor sich führen, und zu gleicher Zeit wurde die Prinzessin mit ihrem neugebornen Kinde herbeigebracht. Mein Bruder, welcher nicht zweifelte, die Prinzessin habe sich mit gutem Willen von mir entführen lassen, geriet bei diesem Anblick in Wut, und in der ersten Bewegung seines Grimms verwandelte er sie in eine kleine schwarz und weiße Hündin und ließ dich, in der Wiege von Bambusrohr, worin du lagst, samt ihr ins Meer werfen. Zugleich befahl er, mir die Fesseln abzunehmen. ‹Du bist nicht wert, von meiner Hand zu sterben›, sagte er zu mir; ‹lebe, um von ewiger Reue gefoltert zu werden und (wenn du anders so viel Gefühl hast) den Verlust des unwürdigen Gegenstandes deiner Liebe zu betrauern.› Hierauf befahl er, mich in ein Boot zu setzen, und überließ mich der Willkür der Wellen. Nach zweien Tagen erreichte ich das Land und begab mich wieder in diesen Palast.

Meines Vaters Weissagung schwebte mir noch lebhaft vor; aber ich begriff nicht, was er damit gemeint haben konnte, da ich so wenig Anscheinung zu ihrer Erfüllung sah. Um mich von den traurigen Gedanken, die mich peinigten, zu zerstreuen, brachte ich durch verschiedene Zauberkünste alle die Schönen hieher, die das Unglück hatten, in meine Netze einzugehen; aber Rache an Astramond war die einzige Wollust, die einen Reiz für meine Seele hatte, und das Unvermögen, ihm weder durch Gewalt noch List beizukommen, verbitterte mir alle andern Ergötzungen. Mein einziger Trost war noch, zu wissen, daß er nicht glücklicher war als ich. Keine von allen den Schäferinnen der ruhigen Aue hatte ihm die Prinzessin aus dem Sinne bringen können, deren Andenken ihn peinigte und unfähig machte, etwas anderes zu lieben. Endlich erfuhr ich vor einigen Tagen, daß er sie unter der Gestalt einer kleinen schwarz und weißen Hündin wiedergefunden und daß sie sich erboten habe, ihm ihre Unschuld dadurch zu beweisen, wenn er ihren Sohn nach dem Ringe der Gewalt schicken wollte. Alle meine Leidenschaften erwachten wieder mit Ungestüm bei dieser Zeitung;

der Gedanke, daß Astramond wieder glücklich werden und durch seinen Sohn zum Besitze des Ringes der Gewalt gelangen sollte, war mir unerträglich. Um mich durch mich selbst von allen Umständen zu unterrichten und desto sichrer einen Plan zu Vereitlung seines Glückes anlegen zu können, versetzte ich mich unsichtbarerweise in Astramonds Palast; aber eine neue Leidenschaft bemächtigte sich meiner Sinnen beim Anblick der unvergleichlichen Nadine. Ich verliebte mich bis zum Wahnsinn in sie, und vielleicht wäre ich noch bei Astramond, um mich im verborgenen in ihrem Anschauen zu berauschen, wenn er sie nicht, um deine Reise nach dem Palast des Feenköniges zu beschleunigen, in eine weiße Taube verwandelt hätte. Doch wozu verlängere ich meine Erzählung? Das übrige ist dir schon bekannt. Mein Anschlag war, Astramonden, die Prinzessin und dich selbst, die Frucht einer verhaßten Liebe, der ich alles Unglück meines Lebens zuschreibe, zu vertilgen. Ich hoffte Nadinen und den Ring der Gewalt zu besitzen; und kein Mittel, das mir zu einem so großen Gute verhelfen konnte, war in meinen Augen unerlaubt. Alle diese Anschläge sind zu Wasser worden; alle meine Wünsche haben mir fehlgeschlagen. Was säumst du? Räche dich! Vertilge den, der dich vertilgen wollte!»

«Ich spare dich zu einer andern Rache auf», sagte Nadir.

In diesem Augenblicke wünschte er, daß Astramond, die Prinzessin und Nadine erscheinen möchten; und kaum hatte er den Wunsch getan, so sah er sie in einem von weißen Tauben gezogenen Wagen anlangen; und weil die sechzehn Jahre, welche die Prinzessin unter der Gewalt einer Hündin hingebracht, an ihrem Alter nicht gerechnet wurden, so schien sie nicht älter als Nadine zu sein. Nadir warf sich zu ihren und Astramonds Füßen. «Hier», sagte er zu ihnen, «ist der Ring der Gewalt; behaltet ihn, ich verlange nichts als Nadinen.» Astramond und seine Gemahlin umarmten ihren Sohn, aber sein Geschenk wollten sie nicht annehmen. «Nur auf einen Augenblick», sagte Astramond; «gib mir den Ring, damit ich diesen Verräter bestrafen könne.» – «Nein», antwortete Nadir, «vergönnet mir, daß ich um Gnade für ihn bitte, er soll ihrer würdig werden.»

Bei diesem Worte berührte er die Stirne des Zauberers mit seinem Ringe. «Werde tugendhaft!» sagte er zu ihm; und sogleich wurde es Neraorn, als ob ein dichter Nebel, der sein Gehirn bisher umzogen hätte, sich auf einmal zerstreue; seine ganze Vorstellungsart wurde das Gegenteil dessen, was sie gewesen war; aber Neraor war darum nicht glücklicher. Die Reue über das Vergangene peinigte ihn nun ebenso arg und noch ärger als vormals die Wut seiner Leidenschaften.

Nadir wurde es kaum gewahr, so berührte er seine Stirne zum zweiten Male, indem er ihm befahl, alles Vergangene zu vergessen. Nun erheiterten sich seine Augen, sein Gesicht wurde ruhiger, seine Physiognomie mild und offen; er warf sich seinem Bruder in die Arme und wurde liebreich von ihm empfangen. Nadir schenkte allen den Prinzen und Fräulein, welche Neraor in seinen Palast gezaubert hatte, die Freiheit wieder. Diejenige, die unter Nadinens Gestalt so viel zu dieser glücklichen Entwicklung beigetragen, ließ sich bewegen, Neraorn ihre Hand zu geben, der nun fähig zu lieben und würdig, geliebt zu sein, worden war.

Das dreifache glückliche Paar erwählte die ruhige Aue zu seinem beständigen Aufenthalt; und Nadir bediente sich des Ringes der Gewalt nur, um die Bewohner desselben, wo möglich, noch glücklicher zu machen, als sie es schon durch ihre Einfalt und Unschuld waren.

Adis und Dahy

Schellenberg fec.

—

In der Gegend von Masulipatnam, einer Stadt des Königreichs Golkonde, wohnte eine gute Frau, die ihr verstorbener Mann, mit zwei sehr artigen Töchtern auf dem Halse, in geringen Umständen hinterlassen hatte. Die älteste, namens Fatime, hatte siebzehn Jahre, und Kadidsche, die jüngste, kaum zwölfe. Sie wohnten in einer einsamen abgelegenen Hütte und nährten sich bloß von der Arbeit ihrer Hände. Ein Bach, der nicht weit von ihrer Hütte entsprang, lieh ihnen sein Wasser, um das Leinengeräte einiger Personen in Masulipatnam zu waschen, die schon von langem her ihre Kundsleute waren. Sobald die gute Bäurin und ihre Töchter ein Stück Wäsche recht schön gewaschen und getrocknet hatten, pflegten sie es mit Blumen zu überstreuen, damit es wohlriechend würde.

Eines Tages, da die Mutter in dieser Absicht Blumen auf der Wiese pflückte, kneipte sie, ohne es gewahr zu werden, eine Natter, die unter einer Hyazinthe verborgen lag, in den Schwanz. Der giftige Wurm rächte sich auf der Stelle und biß die arme Frau so heftig in den Finger, daß sie laut aufschreien mußte. Ihre Töchter liefen erschrocken herbei und fanden den Finger schon gewaltig aufgeschwollen; in weniger als einer Viertelstunde war das Gift schon in die edlern Teile eingedrungen, und es griff so schnell um sich, daß keine Rettung war. Da die unglückliche Frau sich ihrem Ende so nahe sah, wollte sie noch die letzte Pflicht einer guten Mutter erfüllen und sprach zu ihren Töchtern: «Liebe Kinder, mir ist leid, daß ich zu einer Zeit, wo ihr meiner noch so nötig hättet, von euch scheiden muß: aber meine Stunde ist gekommen; ich sehe den Todesengel sich nähern, und wir müssen uns trennen. Was mich tröstet, ist, daß ich mir wegen eurer Erziehung keinen Vorwurf zu machen habe und daß ich euch, Dank sei dem lieben Gott, als gutartige fromme Kinder hinterlasse. Bleibet immer auf dem guten Wege, auf den ich euch geführt, und habt die Gebote unsers großen Propheten immer vor Augen. Nährt euch von eurer kleinen Arbeit, wie wir bisher getan haben; der liebe Gott wird euch nicht verlassen. Besonders empfehle ich euch, im Frieden beisammen zu leben und, wo möglich, euch nie voneinander zu trennen; denn euer ganzes Glück beruht auf eurer Einigkeit. Du, liebe Kadidsche, bist noch ein Kind; gehorche deiner Schwester Fatime; sie wird dir niemals einen schlimmen Rat geben.»

Nach dieser Vermahnung fühlte die gute Frau, daß die Kräfte sie verließen; sie umarmte ihre Kinder zum letzten Mal und starb in ihren Armen. Der Schmerz ist über allen Ausdruck, der die armen Mädchen überfiel, da sie ihre Mutter ohne Leben vor sich liegen sahen; sie zerflossen in Tränen und erfüllten die ganze Gegend mit ihrem Jammergeschrei. Endlich, da sie sich die Augen schier ausgeweint hatten, sanken sie in eine Art von Betäubung, woraus sie durch die Notwendigkeit erweckt wurden, dem Leichnam ihrer Mutter die letzte Ehre anzutun. Sie nahmen jede ein Grabescheit, dessen sie sich sonst bedienten, ein kleines Gemüsgärtchen an ihrer Hütte zu bauen; gruben, etwa fünfzig Schritte weit davon, ein Grab; trugen mit vieler Mühe den Leichnam hinein und bedeckten ihn mit Erde und Blumen. Hierauf kehrten sie in ihre Hütte zurück, wo der Schlaf, den ihnen die Abmattung von dieser traurigen Arbeit verschaffte, sie auf einige Stunden in ein erquickendes Vergessen ihres Kummers senkte.

Des folgenden Tages stellte Fatime, als die Verständigere, ihrer Schwester vor, daß sie nun wieder an ihre Arbeit gehen müßten, und hieß sie zwei Körbe mit der Wäsche füllen, welche sie den Tag vor ihrem Unglück gewaschen hatten; hierauf setzten sie die Körbe auf den Kopf und traten den Weg nach Masulipatnam miteinander an. Sie hatten kaum hundert Schritte zurückgelegt, so begegnete ihnen ein kleiner, sehr häßlicher, kahlköpfichter und bucklichter alter Mann, der aber ziemlich reich gekleidet war und sie mit großer Aufmerksamkeit betrachtete. Er schien nahe an hundert Jahre alt zu sein und stützte sich auf einen Stab, mit dessen Hülfe er gleichwohl, für sein hohes Alter, noch stattlich genug einherstapfte. Der Greis fand die beiden Schwestern nach seinem Geschmacke. «Wo hinaus, ihr schönen Kinder», redete er sie mit einem Ton an, den er so sanft und gefällig, als ihm möglich war, zu machen suchte. «Wir gehen nach Masulipatnam», sagte die Älteste. «Darf ich euch, ohne allzu große Zudringlichkeit, fragen», versetzte er, «was eure Lebensart ist und ob man euch nicht irgend einige Dienste leisten könnte?» – «Ach, guter Herr», erwiderte Fatime, «wir sind nur einfältige Bauernmädchen und arme Waisen, wir haben erst gestern durch den unglücklichsten Zufall unsre Mutter verloren.» Und darauf erzählte sie ihm die Geschichte mit allen Umständen, nicht ohne von neuem viele Tränen zu vergießen. «Oh, wie leid tut es mir», sagte der Greis, «daß ich eure Mutter nicht vor ihrem Tode noch gesehen habe! Ich hätte ihr ein Geheimnis gegen alle giftige Wunden geben können, das sie in zwei Tagen wieder gesund gemacht haben sollte. Meine lieben Kinder», fuhr er fort, «euer Kummer geht mir zu Herzen, und ich erbiete mich, Vatersstelle bei euch zu vertreten, wenn ihr so viel Vertrauen zu mir fassen könnt, die Sorge für euer Schicksal meiner Erfahrenheit und meinem guten Willen zu überlassen. Ich gestehe euch», fügte er hinzu, indem er einen Blick auf die junge Kadidsche warf, «daß ich eine starke Zuneigung zu diesem liebenswürdigen Mädchen in mir finde. Ihr erster Anblick hat Empfindungen in mir erregt, die ich noch nie gefühlt habe. Wenn ihr beide mit mir kommen wollt, so will ich euch in eine Lage setzen, die weit über euerm Stand ist; und ihr sollt Ursache finden, den Tag, da ihr mir begegnet seid, auf ewig glücklich zu preisen.»

Hier hielt der kleine bucklichte Greis mit Reden ein und wartete mit sichtbarer Unruhe auf die Antwort, die man ihm geben würde. Er hatte freilich alle Ursache, unruhig zu sein. Sein Alter und seine Figur waren nicht so beschaffen, daß sie diesen jungen Personen Lust machen konnten, seinem Vorschlage Gehör zu geben. Indessen hatte doch Fatime schon Verstand genug, um einzusehen, daß es, in Umständen wie die ihrige, eben nicht die schlimmste Partie wäre. Der Alte bemerkte ihre Unschlüssigkeit mit Betrübnis. «Mein schönes Kind», sagte er ihr, «wenn ihr die Gefahr, in einer so abgelegenen Gegend so allein zu wohnen, gehörig überlegt hättet, so würdet ihr euch nicht lange bedenken, mein Anerbieten anzunehmen. So ohne allen Schutz, wie ihr seid, glaubt ihr den Fallstricken entgehen zu können, welche man eurer Unschuld legen wird? Wenn ihr auch Tugend genug habt, um zu lasterhaften Anträgen eure Einwilligung zu verweigern, so wird es euch doch an Macht fehlen, gewaltsame Anfälle abzuhalten. Bei mir habt ihr nichts dergleichen zu fürchten. Mein Alter sichert euch vor Anfechtungen von mir selbst, und meine Erfahrenheit soll euch gegen die von andern Leuten sicherstellen. Gebt eine mühselige Arbeit auf, die euch kaum den notdürftigsten Unterhalt verschaffen kann: ihr sollt bei mir alles finden, was ihr zur Notdurft und zur Annehmlichkeit des Lebens verlangen könnt; und ich will euch Dinge sagen, die euch begreiflich machen werden, daß der Vorschlag, den ich euch tue, euer und mein Glück sein wird. Kommt, liebe Mädchen, ihr könnt nichts Bessers tun. Wenn eure Mutter noch lebte, würde sie gewiß meinen Gründen nachgeben und euch unter meinem Schutze sichrer glauben als in der Hütte, die ihr bewohnet.» Kurz, der kleine alte Mann sprach so gut, daß Fatime anfing, sich überreden zu lassen. «Guter Herr», sagte sie, «ich glaube Euch zum Teil zu verstehen und bin ganz geneigt, von Eurer Güte für mich und meine Schwester Gebrauch zu machen; aber da Euer Antrag, nach dem Geständnis Eurer besondern Neigung zu ihr, hauptsächlich *sie* angeht, so muß ich doch vorher ihre Gesinnung wissen, eh' ich Euch eine genaue Antwort geben kann. Rede also, Kadidsche: fühlst du dich geneigt, dem Antrag dieses Herrn Gehör zu geben und ihn zum Gemahl anzunehmen? Denn ich halte ihn für zu rechtschaffen, als daß er ein paar unschuldige Waisen, die ihm ihre Ehre anvertrauen, könnte hintergehen wollen.» – «Nein, Schwester», antwortete Kadidsche errötend, «er ist gar zu alt und gar zu häßlich.»

Die kindische Offenherzigkeit dieses jungen Mädchens setzte Fatimen in einige Verlegenheit. «Liebe Schwester», sprach sie, «man sieht wohl, daß du noch in einem Alter bist, wo man wenig Überlegungen macht, weil du die Ehre, die dir dieser Herr erweisen will, so schlecht erkennst. Anstatt ihm solche Unhöflichkeiten zu sagen, solltest du es für ein Glück ansehen, daß du ihm gefallen hast.» – «Ja, wahrhaftig», erwiderte Kadidsche weinend, «das ist auch eine Sache, worüber eins sich viel zu freuen hat! Ich weiß nicht, ob es eine Ehre für mich ist; aber das weiß ich recht gut, daß es ein schlechtes Vergnügen ist, einen Mann, wie dieser da, immer vor Augen zu haben.» – «Du mußt nicht so reden», sagte ihre Schwester. «Ich kann nicht anders reden», antwortete die Jüngere; «wenn es ein so großes Glück ist, ihm zu gefallen, warum macht er sich nicht an dich, da du doch schöner und verständiger bist als ich? Ich möchte wohl sehen, wenn er *dich* liebte, ob du ihn wiederlieben würdest.»

Der kleine bucklichte Greis spielte keine angenehme Rolle während diesem Wortwechsel. «Wie unglücklich doch mein Schicksal ist», rief er mit Betrübnis aus; «ich habe die berühmtesten Schönheiten aller Morgenländer gesehen und lebe nun bis auf das Alter, worin ihr mich seht, ohne daß ich jemals mein Herz hätte überraschen lassen; und nun muß ich in diesem Augenblick in die stärkste Leidenschaft für eine Person fallen, die mit einem unüberwindlichen Widerwillen gegen mich eingenommen ist! Ich sehe, welch ein schreckliches Los ich mir selbst zubereite, und gleichwohl nötigt mich mein Verhängnis, einer Neigung zu folgen, die mich wider Willen fortzieht.» Die Augen stunden dem Alten voll Wassers, indem er dies sagte, und er schien so bewegt, daß Fatime, die von Natur sehr weichherzig war, Mitleiden mit ihm haben mußte. «Lieber Herr», sagte sie, «höret auf, Euch so zu betrüben! Laßt Euch die ersten Reden eines Kindes nicht beunruhigen, das noch nicht weiß, was ihm gut ist; ihr Verstand wird mit den Jahren reifer werden. Ihr habt freilich die Annehmlichkeiten der Jugend nicht mehr, aber ich halte Euch für einen wackern Herrn. Eure Liebe und Eure Gefälligkeiten werden sie gewiß noch gewinnen. Wir wollen inzwischen mit Euch gehen, und ich verspreche Euch, daß ich mein Bestes bei ihr tun will.» – «Gut, Schwester», fiel ihr die Kleine verdrießlich ins Wort; «aber wenn er mich quält und haben will, daß ich ihn liebe, so bin ich euch nicht gut dafür, daß ich nicht davonlaufe.» – «Nein, schöne Kadidsche», sagte der Greis, «du sollst nicht gequält werden; ich schwör' es bei allem, was heilig in der Welt ist! Ich will dir nicht den geringsten Zwang auflegen. Du sollst unbeschränkte Gebieterin über alles, was ich habe, sein. Hättest du gern ein reiches Kleid oder irgendeinen andern Putz, so sollst du's auf der Stelle haben; ich werde mir eine Pflicht daraus machen, allen deinen Wünschen entgegenzukommen. Noch mehr, wenn ich merken werde, daß dir mein Anblick lästig sein wird, so will ich dich damit verschonen, wie schwer es mich immer ankommen mag.»

Fatime nahm nun wieder das Wort und sagte zum Alten: «Weil denn meine Schwester nicht abgeneigt scheint, auf die versprochnen Bedingungen mit Euch zu gehen, so erlaubet nur, daß wir vorher diese Wäsche zu den Personen tragen, denen sie zugehört; wir wollen bald wieder bei Euch sein.» – «Ach! ich bitte Euch inständig», rief der Alte, «wenn Ihr mir nicht das Leben nehmen wollt, so nehmt mir Eure holdselige Schwester nicht! Es sei nun Vorsichtigkeit oder Ahndung, genug, ich fürchte, euch nie wiederzusehen, wenn ihr mich beide verlaßt, und darüber würde ich mich zu Tode kränken. Ihr wollt bald wiederkommen? Nun, so laßt sie bei mir, bis Ihr wiederkommt! Was habt Ihr zu besorgen? Könntet Ihr ein Mißtrauen...» – «Nein, nein», fiel Kadidsche hastig ein, «ich gehe mit meiner Schwester, ich bleibe nicht allein bei ihm.» – «Und warum denn nicht?» sagte Fatime, die dem Alten eine Probe ihrer versprochenen guten Dienste geben wollte, «warum wolltest du nicht bei ihm bleiben? Ich werde in einem Augenblick wieder hier sein. Ich bitte dich, Schwester, bleibe und warte hier auf mich. Du bist dem Herrn diesen Beweis deines Zutrauens schuldig, um ihn über die unangenehmen Dinge zu trösten, die du ihm gesagt hast.»

Kadidsche, so hart es sie ankam, allein bei ihm zu bleiben, wagte es doch nicht, sich dem Willen ihrer ältern Schwester zu widersetzen, die sie als eine zweite Mutter betrachtete. Fatime nahm also beide Körbe und machte sich auf den Weg, nachdem sie dem Alten wohl empfohlen hatte, mit dem Eigensinn der kleinen Person, die sie bei ihm zurückließ, behutsam zu verfahren. Allein, anstatt bald wiederzukommen, wie sie versprochen hatte, kam sie den ganzen Tag nicht wieder. Kadidschens Unruhe war mit nichts zu vergleichen; und wie sie endlich gar die Nacht einbrechen sah, verlor sie alle Geduld und überschüttete den armen Alten mit Vorwürfen. «Ihr allein bringt uns Unglück», sagte sie; «ohne Eure leidige Bekanntschaft wär' ich itzt bei meiner Schwester. Was für ein Unfall ihr auch zugestoßen sein mag, so wollt' ich ihn lieber mit ihr teilen als hier bei Euch sein.»

Diese Reden machten dem Alten große Unlust. Er wußte nicht, was er antworten sollte, so sehr scheute er sich, die junge Person noch mehr aufzubringen, die, wie er sich wohl bewußt war, nur zu viel Ursache hatte, wider ihn eingenommen zu sein. Indessen tat er sein äußerstes, sie zu beruhigen; aber alles, was er vornahm, vermehrte nur ihre Unruhe und ihren gegen ihn gefaßten Widerwillen. Sie sagte ihm, er sollte schweigen, und sie wollte nach Masulipatnam gehen, trotz der Finsternis der Nacht und einem großen Regen, der inzwischen eingefallen war. Im Grunde war es noch mehr, um nicht die Nacht bei dem Alten zubringen zu müssen, als aus Verlangen, von ihrer Schwester Nachricht einzuziehen, wie groß dieses auch immer sein mochte. Indessen brachte er sie doch endlich davon ab, indem er ihr vorstellte: Aller Wahrscheinlichkeit nach werde Fatime, da sie das Gewitter im Anzuge gesehen, bei einer ihrer Bekanntschaften zurückgeblieben sein und morgen früh unfehlbar wiederkommen. Kurz, er vermochte endlich, ungeachtet ihres Widerwillens und Eigensinns, so viel über sie, daß sie ihm nach ihrer Hütte folgte, wo sie, über einer leichten

Mahlzeit von trocknen Datteln und Brunnenwasser, von nichts als den unglücklichen Zufällen dieses Tages reden konnten. Das junge Mädchen tat die ganze Nacht nichts als weinen und jammern; man kann sich vorstellen, wie ihrem alten Liebhaber dabei zumute war.

Sobald der Tag anbrach, verließen sie die Hütte und gingen zusammen nach Masulipatnam. Sie erkundigten sich allerorten nach Fatimen, wo Kadidsche wußte, daß sie Wäsche hingetragen hatte; aber niemand konnte ihr sagen, was aus ihr geworden sei. Sie begnügten sich nicht hieran. Sie suchten sie von Gasse zu Gasse und fragten in allen Häusern nach ihr; aber ihr Nachforschen war vergeblich. Diese Dunkelheit über Fatimens Schicksal setzte sie in den äußersten Kummer. Sie konnten nicht zweifeln, daß dem armen Mädchen etwas Außerordentliches begegnet sein müsse. Ihre junge Schwester blieb ganz untröstbar und sagte dem Alten die härtesten Dinge von der Welt, so oft er es versuchen wollte, sie zu beruhigen.

Sie brachten die sieben oder acht folgenden Tage damit zu, die ganze benachbarte Gegend zu durchlaufen. Es war kein Schloß, kein Haus und keine Hütte auf vier Meilen in die Runde, wo sie nicht nachgesucht hätten, aber immer mit gleich schlechtem Erfolge. Endlich, da sie sich nicht anders zu helfen wußten, kehrten sie ganz niedergeschlagen in die Hütte zurück. Wie nun der kleine Greis sah, daß Kadidsche sich ohne Maß über den Verlust ihrer Schwester grämte, beschwor er sie mit tränenden Augen, einen Ort, wo alles ihren Schmerz nährte und wo er sie überdies nicht hätte schützen können, zu verlassen und ihm in die Stadt, wo er sich gewöhnlich aufhielt, zu folgen. Er legte ihr alle nur möglichen Beweggründe vor; und da sie ihm keine Antwort gab, fing er wieder von vornen an und drang so lange und so inständig in sie, bis sie endlich mehr aus Verzweiflung als gutwillig sich erklärte, er möchte sie hinführen, wohin es ihm beliebte. Sie machten sich also auf den Weg; aber ehe sie sich entfernten, schrieb der Alte mit einer Kohle über die Tür, wohin er Kadidschen führe, damit Fatime, wenn sie etwa wiederkäme, Nachricht von ihnen hätte. Hierauf schlossen sie die Tür zu und steckten den Schlüssel in einen benachbarten hohlen Baum, wie sie es sonst immer zu tun gewohnt waren.

Die Stadt, wohin der kleine bucklichte Greis Kadidschen zu führen gedachte, war nur drei Tagreisen von Masulipatnam entfernt; aber ein Mann von hundert Jahren und ein Mädchen von zwölf können keine lange Tagreisen machen. Sie brachten sieben Tage damit zu und waren gleichwohl beide von Müdigkeit und Hunger ganz erschöpft, als sie anlangten. Das erste, was Dahy tat (so nannte sich der Alte), war, daß er in die Stadt schickte und in größter Eile das Beste, was man auftreiben konnte, holen ließ, um seine junge Freundin und sich selbst zu erfrischen. Nachdem der Hunger gestillt war, führte er sie in ein ziemlich feines Gemach, das er für sie bestimmt hatte, und er selbst ging, in einem andern Zimmer auszuruhen. Des folgenden Tages ging er in die Kaufläden und kaufte eine Menge schöne Zeuge zu Kleidern für Kadidsche und zu ihrer Aufwartung eine alte Sklavin, die man ihm als eine große Meisterin in der Kunst, Damen zu coiffieren, anpries. Kadidsche konnte sich über die Veränderung ihrer Umstände nicht genug verwundern. Sie merkte zwar wohl, was für Gesinnungen der Alte für sie hatte; aber sie begriff nicht, wie sie zu einer so unumschränkten Herrschaft über ihn gekommen sei. Zuweilen, wenn sie dachte, daß sie ihm gleichwohl alle die Vorteile, in deren Besitz sie war, schuldig sei, erhob sich eine Bewegung von Dankbarkeit in ihrem Herzen; indessen konnte doch, was sie auch sich selbst hierüber sagte, die Zärtlichkeit eines so abgelebten Liebhabers ihren Abscheu vor seiner Figur nicht vermindern. Was ihr indessen noch am besten an ihm gefiel, war die große Ehrerbietung, womit er ihr begegnete; und daß er, seines Versprechens eingedenk, sie so viel, als ihm nur immer möglich war, mit seiner unangenehmen Gegenwart verschonte.

Verschiedene Wochen waren schon verflossen, ehe Kadidsche nur einigermaßen sich wieder zu fassen schien. Das Andenken an ihre Schwester verbitterte alles, was ihr ihre gegenwärtige Lage hätte angenehm machen können, und immer fielen ihr die letzten Worte ihrer sterbenden Mutter ein, die ihr so ernstlich anbefohlen hatte, sich nie von ihrer Schwester zu trennen. Indessen wurde doch das Gefühl ihres Schmerzes nach und nach ein wenig stumpfer, und wahrscheinlich trugen die angenehmen Zerstreuungen, die ihr Dahy zu verschaffen suchte, nicht weniger dazu bei als die Zeit und die Lebhaftigkeit der Jugend.

Eines Tages, da sie sich durch Spazierengehen ermüdet hatte, legte sie sich früher als gewöhnlich nieder. Sie fiel in einen tiefen Schlaf, und gegen Morgen, wenn die Bilder, die sich der Seele darstellen, am reinsten und lebendigsten sind, hatte sie einen Traum, der einen sehr starken Eindruck auf sie machte. Ihr träumte, es erscheine ihr ein

Jüngling von außerordentlicher Schönheit, dessen Miene und lockichtes blondes Haar sie bezauberte. Indem sie ihn mit großer Aufmerksamkeit betrachtete, sprach er zu ihr: «Wo denkst du hin, Kadidsche? Hast du deine Fatime so bald vergessen können? Glaubst du, die schönen Kleider, die dir Dahy verehrt hat, überheben dich der Pflicht, sie aufzusuchen? Nein, gewiß nicht; und ich sage dir, daß du nicht anders glücklich werden kannst, als wenn du gehest und sie in der Insel Sumatra suchest. Betrachte mich wohl, denn du siehest denjenigen, den dir das Schicksal zum Gemahl bestimmt hat.» Mit diesem Worte verschwand der schöne Jüngling, und Kadidsche erwachte; aber sie konnte sich's kaum ausreden, daß es eine Erscheinung und kein Traum gewesen sei, so tief hatte sich das reizende Bild in ihre Seele eingedrückt. Sie glaubte den schönen Jüngling mit seinem krauslockichten blonden Haare noch vor sich zu sehen, und seine Stimme tönte noch wie Musik in ihren Ohren nach. Sie konnte zwar nicht glauben, daß es in der ganzen Welt einen Sterblichen von solcher Schönheit geben könnte; aber demungeachtet war ihr Glaube an ihren Traum so stark, daß sie ihn sogleich dem alten Dahy erzählte und ihm sogar zumutete, noch an selbigem Tage Anstalt zur Reise nach Sumatra zu machen. Auch er, es sei nun aus wirklicher Überzeugung oder aus Gefälligkeit gegen die kleine Schwärmerin, schien ihr Traumgesicht für etwas mehr als ein bloßes Spiel der Phantasie zu halten, und wiewohl er alle Ursache hatte, sich vor dem schönen Nebenbuhler, den es ihm gegeben, zu fürchten: so erklärte er sich doch, daß er keinen andern Wunsch habe, als die ihrigen zu befriedigen, und daß er bereit sei, mit ihr nach der

Insel Sumatra abzugehen. Kadidsche betrieb die Abreise mit solcher Ungeduld, daß sie ihm kaum Zeit ließ, die nötigen Anstalten zu machen. Jedoch wollten sie, ehe sie zu Schiffe gingen, vorher eine Reise nach der Hütte machen, um zu sehen, ob sie keine Spur finden würden, daß Fatime indessen zurückgekommen sei. Aber sie fanden alles, wie sie es gelassen hatten; und da sie dieser Umstand in der Entschließung, dem Befehle des Traumes zu gehorchen, bestärkte, so gingen sie nach Masulipatnam zurück, wo Dahy auf einem Schiffe von Achem, welches im Begriffe stund, mit einer reichen Ladung unter Segel zu gehen, eine kleine Kammer mietete und sie mit allen Bequemlichkeiten versah, die das Beschwerliche einer langen Seereise erleichtern können.

Die kleine Kadidsche machte sehr große Augen, da sie zum ersten Mal in ihrem Leben nichts als Himmel und Wasser sah; aber das Verlangen nach ihrer Schwester unterstützte ihren Mut; eine gewisse aus Neugier und Liebe zusammengesetzte Empfindung für den schönen Jüngling, der ihr im Traum erschienen war, trug wohl auch das ihrige dazu bei. Sie wollte sich zwar nicht gestehen, daß sie Hoffnungen in ihrem kleinen Herzen brütete, die ihr zuweilen selbst lächerlich vorkamen; aber sie war doch neugierig, wie sich das alles enden würde, und sie fragte den Alten alle Augenblicke, wie lange sie noch bis nach Sumatra zu fahren hätten. Um ihre Ungeduld soviel möglich zu täuschen und ihre Aufmerksamkeit auf andere Dinge zu ziehen, suchte er alles hervor, was ihm seine Kenntnisse und die großen Reisen, die er gemacht hatte, zu ihrer Unterhaltung an die Hand gaben; und da die Gewohnheit ihr das Unangenehme seiner Gestalt und seines hohen Alters ziemlich erträglich gemacht hatte, so hörte sie ihm gerne zu und fand immer mehr Belieben an seinem Umgang, je mehr ihr eigener Verstand sich dardurch bildete und je heller es darin wurde. Die neue Verbindlichkeit, die sie ihm dafür schuldig wurde, nahm mit dem neuen Werte zu, den sie in ihren eigenen Augen erhielt; und die Achtung und Bewunderung, die ihr die Vorzüge seines Geistes einflößten, stiegen in eben dem Verhältnisse wie ihre Fähigkeit, sie gewahr zu werden. Rechnet man nun noch das Vertrauen hinzu, das ihr sein immer gütiges und von dem feinsten Gefühle geleitetes Betragen gegen sie einflößen mußte, und ein gewisses Wohlwollen, das man sich nicht entbrechen kann, zu einer jeden Person zu tragen, von welcher man außerordentlich geliebt wird, wie abgeneigt wir uns auch immer fühlen mögen, ihre Liebe zu erwidern: so wird man begreiflich finden, wie aus diesem allem unvermerkt eine Art von Freundschaft wurde, die sich bei Gelegenheit auf eine so zärtliche Art ausdrückte, daß der gute Alte beinahe zu entschuldigen war, wenn er sich zuweilen mit der ausschweifenden Hoffnung täuschte, es könnte doch wohl am Ende noch Liebe daraus werden – eine Hoffnung, die er in seiner besonderen Lage, trotz aller ihrer Unwahrscheinlichkeit, sich um so mehr verzeihen konnte, da sie das einzige war, was ihm sein Dasein erträglich machte.

In diesem süßen Wahne überredete er sich, daß es nun Zeit sei, sie nicht länger unwissend zu lassen, wer er sei, was für ein seltsames Schicksal ihn zu ihrem Liebhaber gemacht habe und wie sehr er ihr Mitleiden verdiene. «Wäre es denn das erste Mal», sagte er zu sich selbst, «daß Mitleiden in dem

Herzen eines Mädchens zu Liebe geworden wäre?» Der gute Dahy vergaß, wie man sieht, in diesem Augenblicke seine kleine bucklichte Figur, seine Triefaugen, seinen Glatzkopf und seine hundert Jahre!

«Liebe Kadidsche», sprach er eines Tages zu ihr, da sie an einem schönen Abend bei dem heitersten Wetter ihre Augen an der untergehenden Sonne, die zur See ein gar herrliches Schauspiel macht, geweidet und sie sich hierauf in ihr Kämmerchen zurückgezogen hatten, «so abgelebt und baufällig ich dir auch in dieser Gestalt vorkommen muß, so wirst du dich doch nicht wenig wundern, wenn ich dir sage, daß ich unsterblich bin.» – «Unsterblich?» sagte Kadidsche, indem sie ihn sehr aufmerksam betrachtete, mit einem Ton und mit einer Miene, worin Erstaunen und Unglauben zu ziemlich gleichen Teilen miteinander vermischt waren; «wenn *Ihr* es nicht wäret, der es mir sagte», fuhr sie fort und hielt auf einmal inne ... «Nichts ist gewisser», versetzte Dahy und schwieg abermal, um zu bemerken, was in der Seele des jungen Mädchens bei einem so unerwarteten Geständnis vorging. «So beklage ich Euch von Herzen», erwiderte sie traurig; «es würde grausam sein, Euch in *solchen* Umständen zu einem Vorzug Glück zu wünschen, den Ihr selbst unmöglich als ein Gut betrachten könnet.» – «Auch würde er», fuhr Dahy fort, «die unerträglichste Last für mich sein, wenn ich das würklich wäre, was ich scheine; aber du wirst noch mehr erstaunen, schönste Kadidsche, wenn ich dir sage, daß du mich unter einer fremden Gestalt siehest. Meine eigene ist, ohne Ruhm zu melden, geschickter, deinem Geschlechte Liebe als Abscheu einzuflößen, und ist um so gewisser, immer zu gefallen, weil sie den Vorteil einer ewigen Jugend hat. Lilien und Rosen blühen auf meinen Wangen, und – mit einem Worte: alles, was man schön und liebreizend nennt, ist über mein Gesicht und über meine ganze Person ausgegossen.» – «Lieber Himmel», rief das Mädchen (der in diesem Nu der wunderschöne Jüngling aus ihrem Traume wieder vor die Stirne kam), «wie könnt Ihr nur einen Augenblick zaudern, eine so vorteilhafte Gestalt wieder anzunehmen?» – «Leider steht dies nicht in meiner Macht», antwortete Dahy mit einem tiefen Seufzer; «darin besteht eben mein Unglück; aber ich habe es nie so schmerzlich gefühlt, liebe Kadidsche, als seitdem es mich *dir* in einer so widrigen Verkleidung vor die Augen gebracht hat.» – «Und es wird nie aufhören, dieses Unglück?» sagte sie. «Das liegt bloß an dir», erwiderte er. «An mir?» versetzte Kadidsche mit neuem Erstaunen; «wie soll ich das verstehen? Was kann ich tun, um ein so unbegreifliches Wunder zu würken?» – «Nichts, als mich lieben», erwiderte Dahy, indem er sie mit einem Ausdruck von Zärtlichkeit ansah, der in einem Gesichte wie das seinige zur abscheulichsten Grimasse wurde und also gerade die umgekehrte Würkung tat. «Wenn das ist», sagte sie, «so besorge ich sehr, Ihr werdet ewig bleiben, wie Ihr seid. Aber, mein guter Herr, wie wollt Ihr, daß ich so unbegreiflichen Dingen Glauben beimesse?» – «Wenn du mich nur anhören willst, meine Königin, so wirst du nicht länger an der Wahrheit meiner Reden zweifeln.

Ich habe dir schon genug gesagt, um zu merken, daß ich zu der Klasse von Wesen gehöre, die ihr Genien nennt. Ich habe einen Bruder, der von Natur ebenso schön und ebenso mächtig ist als ich.

Wir sind Zwillinge; sein Name ist Adis, der meinige Dahy. Vermöge unseres angebornen Standes sind uns alle Dinge diesseits des Mondes unterworfen; aber dies konnte nicht hindern, daß wir selbst nicht der Willkür eines gewissen Brahminen von Wisapur untertan wären, der sich durch seine Wissenschaft eine unumschränkte Herrschaft über unsere Gattung erworben hat. Zu unserm Unglücke warf er eine besondere Zuneigung auf mich und meinen Bruder; und zum Beweis seines Vertrauens bestellte er uns zu Hütern eines Frauenzimmers, die er heftig liebte, deren Treue aber ihm etwas unsicher schien. Vielleicht hätte er besser getan, ihr ohne Wächter zu trauen oder ihr wenigstens keine von unsrer Figur zuzugeben. Indessen ging eine Zeitlang alles sehr gut: wir versahen unsern Dienst auf das pünktlichste, die Dame hatte immer einen von uns beiden zur Seite, und wir bemerkten nicht das geringste, weder in ihren Neigungen noch in ihrem Betragen, das uns ihre Treue gegen den Brahminen verdächtig machen konnte. Aber unvermerkt fiel sie in eine Art von Schwermut, die sich bald in ein sanft trauriges Schmachten verwandelte. Sie seufzte mitten unter den Lustbarkeiten, die der Brahmine ihr zulieb anstellte; und zuweilen sah sie uns, mich und meinen Bruder, an, als ob sie uns um Mitleiden mit einem geheimen Gram, der sie verzehrte, bitten wollte. Wir waren beide so weit entfernt, Arges zu denken, daß wir einander um die Ursache dieser Veränderung, unter welcher ihre Schönheit bereits merklich zu leiden anfing, befragten und mit allem unserm Genienverstande uns eher alles andere einbildeten, als daß wir selbst die unschuldige Ursache ihrer verborgenen Krankheit sein könnten. Und gleichwohl war es nicht anders: die arme Dame, die uns tagtäglich vor Augen haben mußte, hatte sich endlich, vielleicht bloß aus Langerweile, nicht erwehren können, auf unsre Gestalt aufmerksam zu werden, und diese Aufmerksamkeit wurde ihr Unglück. Sie mochte sich selbst darüber sagen, was sie wollte, sie konnte sich (wie sie uns in der Folge selbst gestand) die schönen blonden Haare, die uns in großen natürlichkrausen Locken auf die Schultern fielen und am Rücken hinunterwallten, gar nicht aus dem Sinne bringen.»

Die junge Kadidsche, die sich bei diesem Zug ihres Traumes erinnerte, betrachtete das alte Männchen mit großen Augen und fühlte, daß seine Erzählung sie zu interessieren anfing.

«Kurz», fuhr der Alte fort, «die Dame verliebte sich in uns, ohne daß wir etwas davon merkten, und die Zeit, von welcher man immer das Beste hofft, tat so wenig zu Linderung ihres Übels, daß es vielmehr alle Tage schlimmer mit ihr wurde. Es wäre unbegreiflich, wie Kansu (so nannte sich der Brahmine) mit aller seiner großen Wissenschaft nicht klarer in den Angelegenheiten seiner Geliebten sah, wenn man nicht wüßte, daß gerade die größten Geister die Leute sind, die nie sehen, was vor ihren Füßen liegt. Genug, der Brahmine merkte so wenig davon als wir und machte sich auf eine Reise nach den Grenzen der großen Tartarei, wo er in einer Versammlung von weisen Meistern präsidieren mußte, ohne sich wegen seiner geliebten Farsana die geringste Unruhe zu machen. Wir beschlossen, Adis und ich, uns seine Abwesenheit zunutze zu machen, um, was es auch kosten möchte, hinter ihr Geheimnis zu kommen. Der kürzeste Weg schien uns, wenn wir sie dahin bringen könnten, uns ihr Herz selber aufzuschließen. Wir redeten sie also deswegen an; wir baten sie aufs inständigste, uns nicht länger ein Geheimnis aus ihrem Übel zu machen, und erboten uns in den stärksten Ausdrücken zu allem, was nur immer in unserm Vermögen sein könnte, um die Ruhe ihres Gemütes wiederherzustellen.

Die Anrede des Adis, der in unser beider Namen das Wort geführt hatte, schien sie in große Verlegenheit zu setzen; allein, da sie dadurch einen Anlaß, sich uns zu entdecken, erhielt, den sie schon lange gesucht hatte, so faßte sie sich auf der Stelle und beschloß, die gute Gelegenheit nicht ungenutzt aus den Händen zu lassen. ‹Ihr seid gar zu großmütig, liebenswürdiger Adis›, antwortete sie ihm, ‹Euch um eine Unglückliche zu beunruhigen, die sich dieser Ehre unwürdig fühlt. Lasset mir, ich bitte Euch, den armseligen Trost, ein Übel, dem nicht zu helfen ist, im verborgenen zu beweinen.› – ‹Was sagt Ihr, schöne Dame›, rief ich ganz erstaunt; ‹Euerm Übel sollte nicht zu helfen sein? So begreife ich wahrlich nicht, was für ein Übel das sein kann, denn ich kenne kein unheilbares.› – ‹Das meinige›, erwiderte sie, ‹ist von einer so besondern Art, daß, wofern es ja durch etwas in der Welt gelindert werden könnte, Euer Mitleiden das einzige wäre, wovon ich diese Würkung hoffen dürfte.› – ‹Oh, wenn es nur an unserm Mitleiden liegt›, rief ich ein wenig zu voreilig, ‹auf das könnt Ihr rechnen! Aber wozu könnte Euch unser bloßes Mitleiden helfen? Wir werden uns nicht eher zufriedengeben, bis dieser tiefen Schwermut geholfen ist, die Euch allmählich aufreibt. Ist irgendein verborgenes körperliches Übel die Ursache, so wißt Ihr, daß uns die geheimsten Heilkräfte der Natur zu Gebote stehen;

oder sollte das Betragen des Brahminen nicht so beschaffen sein, wie es Euer Wert und Eure Liebe um ihn verdienen: so ist Euch ebenfalls nicht unbekannt, wieviel wir über ihn vermögen. Redet also, liebenswürdige Gebieterin; setzet uns in den Stand, Euch unsern Diensteifer tätig zu beweisen und uns dadurch zugleich um den Brahminen, unsern Gebieter, und um eine Person, die ihm so lieb ist, verdient zu machen.›

Farsana erseufzte bei diesen Worten. ‹Meine Gesundheit ist nicht angegriffen›, erwiderte sie, ‹und Kansu hat mir keine Ursache gegeben, mich über ihn zu beklagen. Gleichwohl leide ich auf die grausamste Weise, und ich weiß nicht, mein lieber Dahy, ob Ihr mit allem dem Diensteifer, dessen Ihr mich versichert, so geneigt wäret, meinem Leiden abzuhelfen, wenn Ihr es kenntet.› – ‹Ah, meine Gebieterin›, rief mein Bruder, ‹Ihr tut uns das größte Unrecht. Stellt uns auf die Probe, so werdet Ihr bald vorteilhafter von uns denken!› – ‹Und wenn ich Euch nun sagte›, antwortete sie errötend, ‹daß ihr beide ganz allein Ursache des Übels seid, das ihr heilen wollt.› – ‹Wer? Wir?› riefen wir beide zu gleicher Zeit voll Erstaunen, aber durch die seltsamste Verblendung noch immer weit entfernt, zu verstehen. ‹Wie sollte das möglich sein›, setzte ich hinzu, ‹daß wir Urheber einer Würkung sein könnten, die so gänzlich unsrer Absicht entgegen wäre?› – ‹Eine solche Frage, nach dem, was ich euch schon gesagt habe, sollte mir zwar den Mund auf ewig schließen›, versetzte die Dame; ‹aber ich habe mich schon zu weit herausgelassen, um mein Geständnis nicht zu vollenden. Wisset also, weil ihr es doch wissen wollt, allzu liebenswürdige Brüder, daß ich nicht stark genug gewesen bin, gegen den

Eindruck eurer Reizungen auszuhalten. Ich habe vergebens allen meinen Kräften aufgeboten, ihren täglich zunehmenden Würkungen Einhalt zu tun, und dieser Widerstand hat mich endlich dahin gebracht, wo ihr mich sehet.› Sie begleitete diese Worte mit einem Strom von Tränen, der das Feuer ihrer Augen nur desto stärker anzufachen schien. Unsere Bestürzung bei einem so unerwarteten Geständnis ist unbeschreiblich; aber wir erholten uns bald genug, um sie zu überzeugen, daß sie sich keine Hoffnung machen dürfe, uns zu Teilnehmung an ihrem Vergehen gegen den Brahminen, unsern Gebieter, verleiten zu können. Wir beeiferten uns in die Wette, sie zur gehörigen Empfindung ihres Unrechts gegen Kansu und zur Überlegung der schrecklichen Folgen zu bringen, die ihre Leidenschaft für sie und uns haben würde. Aber es war schon zu weit mit ihr gekommen. Sie hörte uns zwar mit Gelassenheit an, weil das Geständnis, so sie uns getan, ihr Herz von einer drückenden Last erleichtert hatte, aber unsre Vorstellungen machten nicht den geringsten Eindruck auf ihr Gemüt. Sie schmeichelte sich eine Zeitlang mit der Hoffnung, durch ihre Beharrlichkeit und durch immer wiederholte Angriffe endlich den Sieg über uns zu erhalten; aber da sie sich von einem Tage zum andern in ihrer Erwartung betrogen sah, so verfiel sie wieder in ihren vorigen Zustand. Unglücklicherweise verpflichtete uns der ausdrückliche Befehl des Brahminen, sie nicht aus den Augen zu lassen. Ihre Begierden erhielten dadurch immer neue Nahrung, und wir befanden uns täglich und stündlich ihren Klagen und Vorwürfen ausgesetzt. Das Seltsamste bei dem allem war, daß ihre Leidenschaft nicht auf *einen* von uns, sondern mit gleicher Heftigkeit auf beide gerichtet war. Auch hierüber, wie anstößig es uns immer sein mußte, half keine Vorstellung bei ihr. Sie warf die Schuld auf ihr Verhängnis und auf die Unmöglichkeit, einen von uns dem andern vorzuziehen. Sie könnte und würde nie ruhig werden, sagte sie, wofern wir nicht beide ihre grenzenlose Liebe zu uns teilten. Bei der innigen Freundschaft, die uns gleichsam nur zu *einer* Person machte, könnte ja keine Eifersucht zwischen uns stattfinden. Kurz, es hälfe hier kein Widerstand, und wenn wir grausam genug sein könnten, sie noch länger ohne Hülfe schmachten zu lassen, so bliebe ihr kein anderer Trost, als daß wir bald genug das Ende ihres elenden Lebens sehen würden.

Es war keine leichte Sache, liebe Kadidsche, gegen die vereinigte Würkung der Reizungen der schönen Farsana, des Mitleidens, das uns der Anblick ihres Leidens einflößte, und der unaufhörlichen Stürme, so sie täglich auf unsere Standhaftigkeit tat, auszuhalten; und gleichwohl blieb ich immer unbeweglich, wiewohl ich die Verblendung und den Starrsinn der armen Unglücklichen von ganzem Herzen beklagte. Aber wer könnte sich vermessen, daß er, in einer solchen Lage, unter solchen Versuchungen, immer Herr über seine Sinnen bleiben werde?

Eines Abends, da ich allein bei ihr war und sie noch mehr als gewöhnlich niedergeschlagen sah, fragte ich, was für eine neue Ursache sie wohl haben könnte, sich so zu grämen. ‹Grausamer Dahy›, antwortete sie mir, ‹kannst du eine solche Frage an mich tun? Brauche ich eine andere Ursache, um aufs äußerste gebracht zu sein, als die unerbittliche Strenge, die du gegen mich beweisest? Oh, warum, da ihr Brüder einander sonst in allem so ähnlich seid, kannst du hierin allein deinem Bruder so unähnlich sein?› – ‹Meinem Bruder unähnlich?› fragte ich erstaunt; ‹wie soll ich das verstehen?› – ‹Er hat alles für mich getan, was ich von ihm erwartete›, versetzte sie mit schmachtender Stimme. Ich glaubte falsch gehört zu haben. ‹Wie?› rief ich, ‹mein Bruder Adis? Er hätte Eure Wünsche befriediget?› – ‹Ja›, versetzte sie ganz kalt; ‹und was ist denn daran, das dich in solches Erstaunen setzen kann? Meinst du, jedermann müsse so hartherzig sein wie du? Er hat sich durch meine Tränen erweichen lassen; er hat sein Herz der Liebe geöffnet, er ist glücklich und bedauert itzt nur, daß er so viele Zeit verloren hat, wo er es hätte sein können.› – ‹Und Ihr seid noch nicht zufrieden?› rief ich mit Heftigkeit; ‹Ihr habt nicht an *einem* Schlachtopfer genug und hofft auch mich zu verführen, wie Ihr den allzu nachgiebigen Adis verführt habt?› – ‹Ja, mein liebster Dahy›, antwortete sie, indem sie einen Blick auf mich schoß, worin alle Pfeile der feurigsten Leidenschaft zusammengedrängt waren; ‹ja, dein Herz allein mangelt mir noch, um glücklich zu sein. Weh mir! Haben alle Leiden, die ich schon so lange um deinetwillen erdulde, mir nicht endlich einiges Mitleiden von dir verdienen können?› – ‹O Farsana›, erwiderte ich, ‹was Ihr mir sagt, überzeugt mich, daß Ihr meinen Bruder nicht liebet; unmöglich, wenn Ihr ihn liebtet, könntet Ihr auch noch für einen andern seufzen?› – ‹Ich bete ihn an›, versetzte sie. ‹Hundertmal wollte ich mein Leben hingeben, um ihm meine Liebe zu beweisen; aber eben diese grenzenlose Liebe, die ich für *ihn* fühle, hat die ganze Stärke derjenigen, die ich zu *dir* trage, wieder angefacht.

Wie oft hab' ich dir's schon gesagt: ich kann keinen von euch weniger lieben als den andern. Alles, was Adis für mich empfindet, so teuer es meinem Herzen ist, kann mich nicht glücklich machen, wenn ich *dir* nicht die nehmlichen Empfindungen einzuflößen vermag. Mit einem Worte, liebenswürdiger Dahy: ich sterbe, wenn du dich nicht erbitten lässest. Kannst du gefühlloser sein als dein Bruder oder dich schämen, seinem Beispiele zu folgen? Oh, höre einmal auf zu widerstehen, wenn du nicht willst, daß ich mir vor deinen Augen einen Dolch ins Herz stoßen soll!›

Bei diesen Worten warf sie sich mit einem Strom von Tränen zu meinen Füßen und überhäufte mich mit so lebhaften Beweisen der heißesten Inbrunst, daß ich fürchten mußte, sie würde ihre Drohung wahr machen, wenn ich mich ihren Wünschen länger widersetzte. Ich bekenne es, ich wurde überwältigt; ich verlor die Kraft, länger zu widerstehen; kurz, ich wurde so schwach wie mein Bruder, zu dessen Verführung sich die listige Farsana (wie er mir hernach gestand) des nehmlichen Kunstgriffs bedient hatte. Eine natürliche Folge ihres über uns erhaltenen Sieges war, daß sich ihre Gesundheit in kurzer Zeit wiederherstellte; sie bekam ihre ganze Munterkeit wieder, wurde schöner als jemals und würde uns durch einen Reichtum von Liebe, der für beide groß genug war, vielleicht beide glücklich gemacht haben, wenn sie die Vorwürfe, womit unser Herz unsre Treulosigkeit an dem Brahminen bestrafte, zum Schweigen hätte bringen können. Bei allem dem führten wir einige Tage ein ganz angenehmes Leben, als unsere Sorglosigkeit uns auf einmal in das Unglück stürzte, dessen Folgen ich bis auf diese Stunde tragen muß.

Unter den Bedienten des Brahminen war ein sehr häßlicher schwarzer Sklave namens Torgut, dessen gewöhnliche Verrichtung war, eine tartarische Stute zu striegeln, welche Farsana zu reiten pflegte, wenn sie sich Bewegung im Freien machen wollte. Diesen häßlichen Unhold kam die Verwegenheit an, seine Augen bis zu seiner Gebieterin zu erheben und ihr eine Liebeserklärung zu tun. So übel gebaut er am Leibe war, so hatte ihn die Natur dafür mit einem sehr kurzweiligen Geiste begabt; und wenn er so neben seiner zu Pferde sitzenden Gebieterin einherging, pflegte er sie mit allerlei drollichten Geschichtchen zu unterhalten, an welchen Farsana großes Belieben fand.

Einsmals fiel ihm ein, ihr von verschiedenen Mädchen vorzuschwatzen, von welchen er Gunstbezeugungen genossen zu haben vorgab. ‹Wie, Torgut›, sagte die Dame mit Lachen, ‹eine Figur wie du kann sich seines Glückes bei den Damen rühmen?› – ‹Warum das nicht›, antwortete der Schwarze; ‹bin ich etwa nicht so gut als ein anderer? Oh, wahrhaftig, wenn das wäre, so hätte ich meine Rechnung ohne den Wirt gemacht, denn ich habe mir in den Kopf gesetzt, schöne Dame, die Liste meiner Eroberungen auch mit Euerm Namen zu vermehren.› Bei diesen Worten des Negers brach Farsana in ein noch größeres Gelächter aus; denn sie dachte nichts anders, als er sage es bloß, um ihr Spaß zu machen. ‹Du hast Absichten auf mich?› sagte sie. ‹Es ist mir lieb, daß ich's weiß; ich werde mich vor einem so gefährlichen Menschen, wie du bist, in acht nehmen zu wissen.› Torgut antwortete im nehmlichen Tone, und so kam es mit lauter Scherzen endlich so weit, daß der rohe Kerl aus Scherz Ernst machte und sich so benahm, daß

Farsana sich genötigt sah, ihn nicht nur sehr ernsthaft und mit der Verachtung, die ihm gebührte, abzuweisen, sondern, weil er unverschämt genug war, ihren Unwillen noch immer für Scherz zu nehmen, ihm sogar zu drohen, daß sie sich bei dem Brahminen über seine Verwegenheit beklagen würde.

Der Neger wurde über eine Begegnung, die seinen vermeinten Verdiensten so schlecht entsprach, boshaft. Die gute Meinung, die er von sich selber hatte, ließ ihn nicht begreifen, daß ihm Farsana hätte widerstehen können, wenn ihr Herz nicht schon für einen andern begünstigten Liebhaber eingenommen gewesen wäre. Er nahm sich vor, sie genau zu beobachten, und es glückte ihm so gut, daß unser heimliches Verständnis mit ihr gar bald kein Geheimnis mehr für ihn war. Aus Neid und Rachgier entdeckte er es dem Brahminen, dem die Sache so unglaublich vorkam, daß er sie nur dem Zeugnis seiner eignen Augen glauben wollte. Um uns sicher zu machen, schützte er abermal eine Reise vor; aber er kam unzeitig genug wieder, um uns, mich und meinen Bruder Adis, mit Farsanen im Bade zu überraschen. Die Vorkehrungen, die wir gemacht hatten, um von niemand entdeckt werden zu können, halfen nichts gegen die Wissenschaft des Brahminen. Alle Türen öffneten sich ihm; der magische Nebel, der uns einhüllte, zerrann, und auf einmal stand Kansu als der furchtbarste Richter vor uns da. ‹Nichtswürdige›, sprach er, indem er einen Blick auf mich und meinen Bruder warf, der schon ein Anfang seiner Rache war, ‹die grausamsten Martern wären eine zu leichte Strafe für euer Verbrechen; aber ich will euch in einen so elenden Zustand herabstürzen, daß ihr das Vorrecht der Wesen euerer Art, nicht sterben zu können, als das äußerste Unglück beweinen sollt!› Und sogleich, ohne ein Wort zu unsrer Entschuldigung anhören zu wollen, fing er seine Beschwörungen an. In einem Augenblick erfüllte das Gemach, wo wir waren, die dickste Finsternis. Wir hörten den Donner mit schrecklichem Getöse über unsrer Scheitel rollen, die Erde zitterte unter unsern Füßen, und fürchterlich brüllende Wirbelwinde schienen den Untergang der Natur anzukünden. Wir blieben zwei ganzer Stunden in dieser entsetzlichen Finsternis und in bebender Erwartung der Strafe, die uns zubereitet würde. Endlich wurde es wieder so heiter als zuvor; aber wie groß war unser Erstaunen, als wir beide, ich und mein Bruder, uns, anstatt in einem prächtigen Palast und in dem herrlichsten Bade, mitten auf einer dürren Heide befanden, beide mit Lumpen bedeckt und in Gestalt zweier kleiner mißgestalteter Greise, so wie ich, schöne Kadidsche, in diesem Augenblick vor dir erscheine. ‹Undankbare›, sagte Kansu, ‹von diesem Augenblicke an seid ihr aller Vorrechte eurer Natur beraubt und zum Stande gewöhnlicher Menschen, wie ihr zu sein scheint, herabgesetzt. Ihr werdet nicht *mehr* wissen, nicht *mehr* vermögen als sie, und den Tod allein ausgenommen, werdet ihr allen Zufällen und allem Ungemach der Sterblichen unterworfen sein.›

Nachdem der Brahmine dieses Urteil über uns ausgesprochen hatte, verlangte er nun auch die Umstände unsers an ihm begangenen Hochverrats zu wissen. Wir erzählten ihm alles, von Anfang an, mit der größten Aufrichtigkeit: in welche Bestürzung uns Farsanens Erklärung gesetzt; welche Mühe wir uns gegeben, sie auf andere Gedanken zu bringen; wie lange und ernstlich wir uns gegen sie und gegen unsre eigene Neigung gewehrt; was für eine List die Dame gebraucht, um uns zu verführen; und wie schmerzlich uns der Gedanke sei, seinem Vertrauen so übel entsprochen zu haben.

Dieser Bericht und die Aufrichtigkeit unsrer Reue stimmte den Brahminen zu milderen Gesinnungen gegen uns herab. Er schien sich selbst zu tadeln, daß er unsre Treue einer so gefährlichen Prüfung ausgesetzt hätte; und da wir ihm immer sehr lieb gewesen waren, so konnte er sich nicht entbrechen, uns mit Mitleiden anzusehen. ‹Meine Kinder›, sprach er, ‹es ist nicht mehr in meiner Gewalt, euch eure vorige Gestalt ohne Bedingung wiederzugeben; aber ich will euch, soviel ich kann, die Strenge euers Schicksals erträglich zu machen suchen; und ihr werdet eure natürliche Figur mit allen ihren Vorrechten wiederbekommen, sobald jeder von euch ein Mädchen unter zwanzig Jahren, die ihn liebt, gefunden haben wird.› Mutlos schlugen wir bei diesen Worten die Augen nieder, denn es brauchte nur einen Blick auf uns selbst, um uns alle Hoffnung, unter einer solchen Bedingung, auf ewig zu verbieten. Kansu erriet unsre Gedanken. ‹Wie unwahrscheinlich es auch immer sein mag›, sagte er, ‹daß ihr unter *dieser* Gestalt Liebe einflößen könntet, so ist es doch nicht unmöglich. Lebet dieser Hoffnung und seid versichert, daß ihr unter keiner andern Bedingung wieder in euern vorigen Stand gelangen könnt! Geht nun, Kinder, und erfüllt euer Schicksal! Ihr müßt euch trennen, damit jeder auf seiner Seite suchen könne, was er vonnöten hat.› Hierauf wies er jedem von uns einen gewissen Ort, ungefehr sechzig Meilen voneinander, zum gewöhnlichen Aufenthalt an, ließ uns anständige Kleider geben und jedem an Gold und Juwelen den Wert von fünfzigtausend Zechinen aus seinem Schatze auszahlen, damit wir während unserer Verbannung gemächlich leben könnten. Hierauf umarmte er uns und wünschte uns ein baldiges Ende unseres unglücklichen Zustandes.

Aber gegen die arme Farsana blieb er unerbittlich. Er verwandelte sie in einen Frosch und verbannte sie in einen Sumpf, wo er ihr den Sklaven Torgut zum Unglücksgefährten gab, nachdem er durch seine Kunst entdeckt hatte, daß dieser aus bloßer Rachgier zum Verräter an seiner Gebieterin worden war. Solchergestalt wurde der Ankläger und die Verklagte, beide in Frösche verwandelt, dazu verurteilt, ihr übriges Leben in dem nehmlichen Sumpfe zuzubringen, wo die Hoffnung, einander zu quälen, allenfalls noch der einzige elende Trost war, der ihnen übrigblieb.

Ohne dich, liebste Kadidsche, mit Beschreibung des traurigen Abschieds aufzuhalten, den wir Brüder mit so wenig Hoffnung, uns im nächsten Jahrtausend wiederzusehen, voneinander nahmen, will ich die Fortsetzung meiner Geschichte sogleich von der Stadt anfangen, die mir Kansu zum Hauptaufenthalt angewiesen hatte. Meine erste Sorge war, meine fünfzigtausend Zechinen (als das Kapital, von welchem ich vielleicht länger, als ich wünschte, leben sollte) in der Handlung geltend zu machen; worin es mir dann so gut gelang, daß ich in weniger als drei bis vier Jahren imstande war, ohne Nachteil meines Hauptstammes einen ganz artigen Aufwand zu machen. Wenn die Weissagung des Brahminen in Erfüllung gehen sollte, mußte ich also eine junge Person finden, die von so sonderbarem Geschmacke wäre, eine zärtliche

Neigung für mich zu fassen. Glücklicherweise war das schöne Geschlecht in unsrer Stadt nicht so eingesperrt wie in den meisten Morgenländern, sondern lebte in einer anständigen Freiheit. Ich hatte also alle Tage Gelegenheit, Damen zu sehen. Ich machte ihnen artige kleine Geschenke, stellte ihnen zu Ehren kleine Lustpartien an und war bei allen öffentlichen Ergötzungen; kurz, ich tat mein möglichstes, um den Einfluß des Unglückssterns, der mich verfolgte, von mir abzuleiten. Auf diesem Wege machte ich mich in kurzem bei jedermann beliebt. ‹Die gute ehrliche Haut!› sagte man; ‹er ist aus lauter Fröhlichkeit und guter Laune zusammengesetzt. Was muß er erst in seiner Jugend gewesen sein, da er mit einem Fuß im Grabe noch so ein großer Liebhaber vom Vergnügen ist?› Vor allem erhoben mich die Weiber himmelhoch und stellten mich ihren Männern zum Muster vor. Die Sauertöpfe unter den Männern waren die einzigen, die über mein Betragen Glossen machten. ‹Was doch der Mensch für ein Narr sein muß›, sagten sie, ‹daß er noch immer nach Vergnügungen läuft, die er in seinem Alter nicht mehr genießen kann!› Ich, meines Ortes, der am besten wußte, wie und warum, ließ die Leute reden, was sie wollten, und ging meinen Gang fort. Indessen, wie ich's auch anstellte und wie viele Mühe ich mir gab, mit dem Liebeeinflößen wollte mir's gar nicht vonstatten gehen. Ich schränkte mich nicht auf die Stadt ein, wo ich wohnte, wiewohl es da nicht an jungen Mädchen fehlte; ich machte Reisen auf mehr als fünfzig Meilen in die Runde; aber alles, was ich dabei gewann, war die Überzeugung, daß ich nicht gefallen könne – ein Gedanke, der mich beinahe unsinnig machte, ohne gleichwohl meine Geduld zu überwältigen. Mehr als zweihundert Jahre sind schon über diesem vergeblichen Suchen hingegangen. Man wußte endlich nicht mehr, was man von mir denken sollte. Ich hatte die Welt schon viermal wieder jung gesehen und alle diejenigen begraben, die mich in ihrer Kindheit just so alt und abgelebt gesehen hatten als ihre Urenkel. Alle Leute sagten sich in die Ohren: ‹Was für eine Art von Mensch ist das? Man sieht gar keine Veränderung an ihm.› Die ältesten Greise zeigten mich ihren Kindeskindern mit dem Finger: ‹Seht da den guten alten Dahy›, sagten sie. ‹Bildet euch nicht ein, daß ich ihn jemals jung gekannt habe. Er war bei meinem Denken immer so alt und gebrechlich, wie ihr ihn jetzt seht, und ich hörte in meiner Jugend meinen Großvater sagen, er habe ihn nie anders gesehen.› Du kannst dir leicht vorstellen, meine Liebe, daß ich wenig Freude daran hatte, ein solches Wunder in den Augen der Leute zu sein. Die Hoffnung, welche mir Kansu gelassen hatte, wurde indessen immer stärker, je länger sie mich schon getäuscht hatte; ich machte immer neue, wiewohl immer fruchtlose Reisen; und so geschah es endlich, da ich eben im Begriff war, von Masulipatnam wieder nach Hause zu kehren, daß ich dir und deiner Schwester in den Weg kam. Was ich euch damals sagte, holde Kadidsche, zeigte dir deutlich genug, wie sehr mich dein Anblick bezauberte; aber leider! sah ich zugleich nur gar zu wohl, wie unangenehm dir der meinige war.»

Die Stimme brach dem guten alten Manne bei dieser Vorstellung; er hörte auf zu reden, und Kadidsche, die von seinem Unglück würklich gerührt war, hätte ihm gerne was Tröstliches gesagt, und sagte ihm würklich alles, was ihm ihr mitleidiges und erkenntliches Herz beweisen konnte, nur nicht das einzige, wovon sein Glück abhing; und dies war es doch allein, was er zu hören wünschte. Sie gerieten öfters in kleine Wortwechsel darüber, wobei beider Geduld mehr als einmal zu reißen drohte. Dahy beklagte sich über ihre Härte und Kadidsche über seine Unbilligkeit; und immer endigte sich ihr Streit damit, daß beide über sich selbst ungehalten waren; er, daß er ihr das Unmögliche zumuten wollte, sie, daß es ihr unmöglich war, einen Mann zu lieben, dem sie doch so herzlich gerne hätte geholfen sehen mögen. Übrigens, wenn das holde Mädchen seufzte (welches ihr oft genug begegnete), so geschah es nicht immer aus Mitleiden mit dem armen Dahy. Ihr kleines Herz hatte ganz in geheim seine eigenen Beklemmungen. Es war ihr unmöglich, sich den schönen Jüngling mit den dichtlockichten gelben Haaren aus dem Sinne zu bringen; sein Bild stahl ihr manche Stunde von ihrem Schlaf. Seine Ähnlichkeit mit der Beschreibung, welche der alte Dahy von dem, was er vor seiner Verwandlung gewesen sei, gemacht hatte, und die Worte: «Betrachte mich wohl, denn du siehest denjenigen, den dir das Schicksal zum Gemahle bestimmt hat», erweckten ihr Gedanken, aus welchen sie sich nicht herauszuhelfen wußte. «Sollte wohl», dachte sie zuweilen, «Dahy selbst dieser Gemahl sein, der mir bestimmt ist?» Wie liebenswürdig fand sie ihn unter der Gestalt, worin er ihr im Traum erschienen war! Aber dann brauchte es nur einen einzigen Blick auf den Dahy, der würklich vor ihr stand, um zu fühlen, daß es ihr immer unmöglich sein werde, die Bedingung zu erfüllen, unter welcher sie ihm seine ursprüngliche Gestalt und ewige Jugend wiedergeben könnte. Und doch war ihr ein Jüngling von dieser Gestalt zum Gemahl bestimmt! Und Kansu hatte den unglücklichen Brüdern Hoffnung gemacht, daß sie endlich die Mädchen finden würden, die ihrer Bezauberung ein Ende machen sollten!

Inzwischen hatte das Schiff, worauf sie sich befanden, in vierzehn Tagen mehr als fünfhundert Seemeilen zurückgelegt, und sie konnten, nach Dahys Rechnung, nicht weit mehr von der Küste, wohin ihr Lauf gerichtet war, entfernt sein: als der Wind sich auf einmal umlegte und ein heftiger Sturm sie mit solcher Gewalt in die weite See hineintrieb, daß es ihnen unmöglich war, länger einen gewissen Lauf zu halten. Sie wurden etliche Tage lang hin und her getrieben und endlich an eine Insel geworfen, die weder dem Schiffshauptmann noch einem von seinen Leuten bekannt war.

Sie erblickten eine große Stadt, die in Gestalt eines halben Mondes sich über das Ufer erhob und einen geräumigen und bequemen Hafen bildete. Kaum waren sie in denselben eingelaufen, so sahen sie sich von allen Seiten mit einer Menge kleiner Boote umringet, aus welchen eine unendliche Menge menschenähnlicher Dinge hervorwimmelte, die mit unglaublicher Behendigkeit an ihrem Schiffe hinaufkletterten. In ihrem Leben hatten unsre Reisenden keine so seltsame Geschöpfe gesehen. Sie waren alle klein, häßlich und übel gebaut und hatten etwas so lächerlich Verzerrtes in ihrer Gesichtsbildung, eine so groteske Lebhaftigkeit in ihren Bewegungen und Gebehrden, mit einem Worte: etwas so Affenmäßiges in ihrem ganzen Wesen, daß, wenn sie nicht eine Sprache, die unsern Reisenden bekannt war, gesprochen hätten, man sie eher für eine Art von Waldteufeln als für Menschen hätte halten sollen. Ihre Kleidung war ebenso seltsam als ihre Figur und ihre Manieren. Sie hatten hohe dreieckichte Hüte von buntem Kartenpapier auf dem Kopfe und trugen lange Röcke von baumwollenem Zeuge, die über und über mit gelben, blauen und grünen Klecksen und grotesken Figuren bemalt waren und das abgeschmackte Aussehen dieser sonderbaren Insulaner nicht wenig vermehrten. In wenig Augenblicken war das ganze Schiff dermaßen mit ihnen angefüllt, daß die Leute im Schiffe sich kaum regen konnten und, weil Widerstand hier zu nichts geholfen hätte, alles mit sich anfangen lassen mußten, was ihnen beliebte. Es zeigte sich gar bald, daß sie, vermöge der Gesetze ihrer Insel, alles, was auf dem Schiffe war, als ein ihnen zugefallenes Eigentum behandelten. Diesem zufolge war ihr erstes, daß sie alle Personen vom Equipage in eine lange Reihe stellten, eine nach der andern von vorn und hinten besahen, die Haare und Zähne sehr aufmerksam untersuchten und vornehmlich die Runzeln, wenn sie deren in einem Gesichte antrafen, mit vieler Genauigkeit abzählten. Die Leute hätten sich über die Grimassen, die sie dazu machten, totlachen müssen, wenn das Erstaunen und die Ungewißheit, was in den Händen solcher Unholden aus ihnen werden würde, sie nicht wider Willen ernsthaft gemacht hätte.

Sie fingen schon an, einige alte Matrosen auszusondern, und schienen sie mit besonderer Achtung zu unterscheiden, als sie Dahy, Kadidsche und die alte Sklavin erscheinen sahen, die sich bisher noch in der Kajüte verborgen hatten und also nicht mit in den Reihen gekommen waren. Bei diesem Anblick kam der Befehlshaber, der eine ansehnliche Stelle am Hofe der Königin dieser Insel bekleidete, vor Entzücken ganz außer sich. Besonders verweilten seine Augen auf der alten Sklavin, die er auf den ersten Blick so liebenswürdig fand, daß er sich auf der Stelle entschloß, sie an die Spitze seines Harems zu setzen. Er warf sich ihr zu Füßen, erklärte ihr seine Leidenschaft in den feurigsten Ausdrücken und beschwor sie, das Opfer seines Herzens günstig aufzunehmen. Da es vergebens gewesen wäre, hier die Spröde machen zu wollen, so ergab sich die alte Sklavin mit guter Art und machte ihn dadurch, wie es schien, zum glücklichsten aller Menschen. Er übergab sie unverzüglich dem vertrautesten unter seinen Dienern, sagte ihm, daß er mit seinem Kopfe für sie stehen würde, und empfahl ihm über alles, ja auf seiner Hut zu sein, daß sich niemand die geringste Freiheit bei ihr herausnehmen könnte.

Der weise Dahy wußte nicht, wie er sich einen so verkehrten Geschmack erklären sollte. «Die Weiber müssen was sehr Rares in dieser Insel sein», sprach er bei sich selbst, «weil sogar ein altes Hausratsstück wie diese Sklavin fähig ist, einen so starken Eindruck zu machen.» Dieser Gedanke setzte ihn Kadidschens wegen in große Unruhe, deren Reizungen unfehlbar schreckliche Folgen für ihn haben würden; aber es zeigte sich bald, daß er sich vergebliche Sorge gemacht hatte. Seine junge Geliebte hatte nichts, das ihr in den Augen dieser Insulaner einen Wert gab; und wofern sie bei ihnen einige Gefahr lief, so war es wenigstens nicht diejenige, die er befürchtete. Der Befehlshaber hatte kaum die alte Sklavin in seinen Harem abführen lassen, als er von ungefehr einen Blick auf die junge Person fallenließ. Erstaunt, sie so reich gekleidet zu sehen, sagte er in einem rauhen Tone zu ihr: «Für ein so häßliches Tierchen bist du gut genug angezogen, kleines Mädchen!» Und sogleich befahl er einem seiner Bedienten, das garstige Ding in seine Gesindewohnung abzuführen und sie zu den niedrigsten Verrichtungen anzuhalten. Eine so unwürdige Behandlung war mehr, als das gute Mädchen, die immer der zärtlichsten Begegnung gewohnt gewesen war, ertragen konnte. Sie brach in einen Strom von Tränen aus und bat ihren alten unvermögenden Beschützer mit aufgehobenen Händen, sich ihrer anzunehmen. Die Bewegung, die er in diesem Augenblick gegen sie machte, und sein ängstliches Geschrei, da er sie mit Gewalt wegschleppen sah, zog auf einmal die Aufmerksamkeit der Insulaner auf ihn. Seine kleine zusammengekrümmte Figur, seine kurzen auswärtsgebogenen Beine, seine Runzeln und Triefaugen, seine grüngelbe verschrumpfte Haut, die behaarten Warzen, die sein Gesicht bedeckten – kurz, alles, was Kadidschen widerlich und ekelhaft an seiner Person war –, wurde der Gegenstand der Bewunderung dieses widersinnischen Volkes. Ihr Erstaunen war so groß, daß es eine Weile stumm blieb; aber auf einmal brach es in Ausdrücke der lebhaftesten und unmäßigsten Freude aus, und man hörte von allen Seiten nichts als ein verwirrtes Getöse von Lobeserhebungen und Jubelgeschrei. Der Befehlshaber selbst vergaß auf einen Augenblick den Wohlstand seiner Würde und ließ sich von der allgemeinen Schwärmerei hinreißen. Aber er faßte sich sogleich wieder, warf sich dem bewunderten Greise zu Füßen, stieß mit seinem spitzigen Hut von Pappe gegen den Boden und bat ihn in den ehrerbietigsten Ausdrücken um Vergebung, daß man ihm die gebührende Ehre nicht eher erwiesen habe.

«Ich, meines Orts, bekenne», fuhr er fort, «daß ich von dem Glanze der schönen Dame aus Eurem Gefolge, die nun in meinem Harem ist, zu stark geblendet war, um meiner selbst mächtig zu bleiben. Indessen, wie sehr ich auch für sie eingenommen bin, muß ich gestehen, daß Eure Schönheit alles übertrifft, was in dieser Insel jemals gesehen worden. Erlaubet, daß man Euch in den Palast unsrer Königin Scheherbanu führe. Ich bin gewiß, diese große Fürstin wird von Euerm Anblick bezaubert werden und Euch alle Ehrenbezeugungen, wozu Ihr berechtigt seid, erweisen lassen.» Der Befehlshaber wollte fortfahren, ihm das Glück anzupreisen, das ihn erwartete, als ihm Dahy, dem die Geduld ausging, in die Rede fiel und sagte: «Anstatt mir solch abgeschmacktes Zeug vorzuschwatzen, gebt mir die junge Person wieder, die Ihr mir weggenommen habt!» – «Wen?» antwortete der Befehlshaber; «den kleinen Wechselbalg? Ah, schöner Greis, fasset Gesinnungen, die Eurer würdiger sind, und denket jetzt nur darauf, wie Ihr unsrer großen Königin gefallen wollt, vor welche wir Euch zu führen im Begriff sind.» Mit diesen Worten packte er und sein Lieutenant den guten Alten unter den Armen, und führten ihn, wie sehr er sich auch sträubte, nach dem Palaste der Königin ab.

Dahy, der diese Gewalt, die man gegen ihn brauchte, als eine leichtfertige Verspottung seiner Figur und seines Alters ansah, stellte darüber schmerzliche Betrachtungen an. «Welch ein unseliges Schicksal!» sprach er zu sich selbst, indem man ihn fortschleppte. «Wer dächte, daß ein Genie zu diesem Grade von Unmacht und Unvollkommenheit erniedrigt werden könnte? Es ist wahrlich keine der erträglichsten Folgen meines Unglücks, daß ich mir gefallen lassen muß, den Kindern Adams zum Spielwerke zu dienen.»

So natürlich dieser Gedanke auf seiner Seite war, so fehlte doch sehr viel, daß er den Insulanern dadurch ihr Recht angetan hätte. Denn in der Tat war es ihnen mit allem, was sie ihm sagten, völliger Ernst. Die Königin selbst, sobald sie ihn erblickte, konnte sich nicht enthalten, ihn zu bewundern und ihm die Leidenschaft, die sie für ihn zu empfinden anfing, in den schmeichelhaftesten Ausdrücken zu erkennen zu geben. Sie pries den Tag glücklich, an welchem ihrem Reiche das Heil widerfahren sei, von einer so wundervollen Person besucht zu werden; und wiewohl sie sich Gewalt antat, ihm nicht sogleich den ganzen Umfang der Zärtlichkeit zu zeigen, die er ihr einflößte, so sagte sie doch genug, um die Hofleute über das, was in ihrem Herzen vorging, nicht in Ungewißheit zu lassen; und diese verstunden ihr Handwerk zu gut, als daß sie nicht auf den ersten Wink in die Gesinnungen der Königin eingegangen wären. Der alte Dahy wurde diesem nach mit den ausschweifendsten Ehrenbezeugungen überhäuft und, nachdem alle Großen des Reichs ihm, mit gebogenen Knien und abgenommenen Mützen, gehuldigt hatten, auf Befehl der Königin in ein nach Landesart prächtiges, mit bunten Strohmatten möbliertes Gemach begleitet, welches sie ihm, ganz nahe an ihrem eigenen, zur Wohnung angewiesen hatte.

Die gute Königin konnte nicht länger warten,

als bis die Hofleute sich wieder entfernt hatten, ihrem bezaubernden Gast einen geheimen Besuch zu geben und ihm, kraft ihres königlichen Vorrechts, einen Liebesantrag zu tun, den der Alte, wie empfindlich ihm auch die vermeinte Verspottung war, doch anfangs, als einen gnädigen Scherz, mit aller Ehrerbietung, die er einer Dame von ihrem Rang schuldig war, beantwortete. Da er aber aus ihren Antworten sah, daß es würklich Ernst war und Ihre Majestät immer feuriger und dringender wurde, je mehr er sich zurückzog, so überlief ihm endlich die Galle, und er konnte sich nicht länger halten, ihr, mit Hintansetzung alles Respekts, Dinge zu sagen, die noch keiner Königin gesagt worden sind und die keine Königin, wie sehr sie auch für den Redner eingenommen sein möchte, mit Gelassenheit anhören kann. Gleichwohl hielt sie ihren Unwillen zurück und machte noch verschiedene Versuche, ihn mit Sanftmut auf bessere Gedanken zu bringen. Da aber alles nichts verfangen wollte und Dahy vielmehr immer beleidigender in seinen Ausdrücken wurde, so ließ sie den Hauptmann ihrer Wache rufen. «Führet mir», sagte sie zu ihm, «diesen Alten in den schwarzen Turm, wo er dem andern Gesellschaft leisten mag, der die Zärtlichkeit meiner Schwester Mulkara verschmäht hat. Sie werden dort Gelegenheit finden, sich's gereuen zu lassen, daß sie die Grausamen mit uns haben spielen wollen.» Nach diesen Worten entfernte sich Ihre Majestät mit gebührendem Stolze, und ihr Befehl wurde stracks vollzogen.

Dahy ließ sich ganz willig nach dem schwarzen Turme abführen und stellte sich's als keinen geringen Trost in seinem Unglücke vor, daß er einen andern ebenso unglücklichen Alten daselbst zum Gesellschafter haben würde. Aber wie groß war sein Erstaunen, da er beim ersten Blick in dem Gefährten seiner Trübsale seinen Bruder Adis erkannte! Sie gingen mit offnen Armen aufeinander zu und hielten sich mit tränenvollen Augen eine lange Zeit umarmt, ohne ein Wort hervorbringen zu können. Indessen fanden sie doch zuletzt die Sprache wieder, und man kann sich leicht vorstellen, wieviel zwei Brüder, die sich so zärtlich liebten, sich seit mehr als zweihundert Jahren nicht gesehen hatten und nun wieder durch die alte Gleichförmigkeit ihres Schicksals zu einerlei Leiden vereinigt waren, einander zu sagen haben mußten. Natürlicherweise gab ihr gegenwärtiger Zustand und der widersinnige Geschmack der Einwohner dieser Insel, wovon er die Folge war, den ersten Stoff zu ihren Gesprächen. «Begreifst du was davon?» sagte Dahy zu seinem Bruder. «Es ist freilich ein albernes Gesindel um diese Adamskinder. Ich kenne wohl Völker, bei denen eine platte Nase, kleine Schweinsaugen, ein spitziger Kopf und ein Hängebauch für Schönheiten gelten. Aber wie man über Figuren wie die unsrige in Entzükkung geraten kann, davon habe ich keinen Begriff.» – «Ich will dir das Rätsel mit zwei Worten auflösen», versetzte Adis. «Diese Insulaner haben einen großen häßlichen Affen zum Gott, und dieser Gott hat Priester. Wenn du die Sache nun nicht begreifst, so kann ich dir nicht helfen. Wo ein Affe das Urbild der Vollkommenheit ist und Tempel und Priester hat, da geht es ganz natürlich zu, wenn seine Anbeter nach und nach zu Affen werden. Ein jedes Volk bildet sich unvermerkt nach seinem Gotte.»

Dahy hatte nichts gegen diese Auflösung einzuwenden, als – daß ihr Schicksal dadurch nicht besser wurde. Sie fingen hierauf an, einander zu fragen, wie es jedem in der langen Zeit ihrer Trennung ergangen sei, und Dahy ermangelte nicht, seinem Bruder die ganze Geschichte seiner Bekanntschaft mit Kadidschen zu erzählen und alles, was ihm seit derselben begegnet war, ohne den geringsten Umstand auszulassen. Sobald er damit fertig war, sagte Adis: «Was du mir da erzählt hast, läßt mir keinen Zweifel übrig, daß unser Unglück bald ein Ende nehmen wird. Ja, mein lieber Bruder, wir sind dem Augenblick nahe, der uns unsre eigene Gestalt und mit ihr die Rechte unsrer Gattung wiedergeben wird, deren wir schon so lange beraubt sind. Du wirst ebensowenig daran zweifeln als ich, wenn du gehört haben wirst, was ich dir erzählen will.

Ich hatte mir in dem Lande, welches mir der Brahmine Kansu angewiesen, bereits über zweihundert Jahre lang vergebens alle Mühe von der Welt gegeben, eine junge Schöne zu finden, die sich in meine abscheuliche Figur verlieben könnte, als mir einsmals eine junge Bäurin von siebzehn bis achtzehn Jahren im Traum erschien, die mir sagte: ‹Du hoffest umsonst, das Ende deiner Verbannung in dieser Stadt zu finden. Wenn du dieses Wunder erleben willst, so schiffe dich nach der Insel Sumatra ein. Betrachte mich wohl, denn du siehest in mir diejenige, die dir das Schicksal zur Gemahlin bestimmt hat.› Das Mädchen war von ungemeiner Schönheit. Ich fühlte mein Herz bei ihrem Anblick in Liebe entbrennen; ich wollt' es ihr sagen, aber sie verschwand, und ich erwachte. Dieser Traum schien mir mehr als ein gewöhnlicher Traum zu sein. Ich betrachtete ihn als einen geheimen Fingerzeig, schiffte mich nach Sumatra ein und wurde, wie du, durch einen Sturm, den ich nicht für natürlich halte, auf diese Insel geworfen. Hier begegnete mir mit der Prinzessin Mulkara, welche damals in Abwesenheit ihrer Schwester regierte, alles, was dir mit der Königin Scheherbanu begegnet ist. Sie erklärte mir ihre Liebe; ich glaubte, sie treibe ihren Scherz mit mir; sie überzeugte mich vom Gegenteil und erhielt die Antwort, die du dir vorstellen kannst. *Sie* wurde dringend, *ich* wurde ungeduldig; wir erhitzten uns endlich beide, und das Ende davon war, daß ich in diesen Turm geworfen wurde, wo ich so lange büßen soll, bis ich mich geneigt finden werde, zu den Füßen meiner Prinzessin die ihren Reizungen zugefügte Beleidigung wiedergutzumachen. Unter dieser Bedingung könnte ich wohl ewig in diesem Turme schmachten müssen; aber daß wir uns so unverhofft hier zusammenfinden und die Mittel, die uns zusammengebracht haben, und die wunderbare Ähnlichkeit meines Traumes mit dem Traume deiner Geliebten und die Ähnlichkeit der jungen Bäurin, deren Bild seitdem nicht aus meiner Seele gekommen ist, mit ihrer Schwester Fatime: das alles überredet mich, daß eine verborgene Hand im Spiele ist, und daß wir...»

Ehe Adis seine Rede vollenden konnte, öffnete sich die Tür ihres Kerkers, und der Hauptmann der Leibwache trat herein. Er stieß abermal mit seiner spitzigen Mütze gegen den Fußboden und redete die beiden Brüder also an: «Glorwürdigste unter allen Greisen, ich komme im Namen unsrer erlauchten und mildherzigen Fürstinnen, euch anzukünden, daß sie alles, was ihnen an euerm Betragen hätte mißfällig sein können, in den Abgrund der Vergessenheit versenkt haben. Zu dessen Beweis und aus Überzeugung, daß eine so übermenschliche Schönheit wie die eurige nur das Anteil der Familie des großen Affen sein kann, haben sie mit Beistimmung der ehrwürdigen Priesterschaft beschlossen, daß sein Tempel von nun an eure Wohnung sein und daß euch daselbst alle die Ehre widerfahren soll, wozu ihr als nahe Verwandte desselben berechtigt seid.»

Die beiden Brüder waren über diesen neuen Ausbruch der seltsamen Torheit dieses abenteuerlichen Volkes nicht wenig betroffen und hatten schlechte Lust, die Hauptpersonen des neuen Possenspiels zu sein, das man mit ihnen spielen wollte. Indessen, weil doch, Kerker gegen Kerker, ein Tempel immer besser war als der schwarze Turm und weil sie entschlossen waren, ihrem Schicksal in allen Dingen nachzugeben, so folgten sie dem Hauptmann gutwillig nach der Pagode, wo sie von dem Oberpriester und den übrigen Dienern des Tempels an der Pforte mit großer Feierlichkeit empfangen wurden. Die Königin, ihre Schwester, der Hof und die ganze Stadt waren bereits zugegen; es wurden Hymnen den beiden Vettern des großen Affen zu Ehren angestimmt; und nachdem man sie, unter einer Menge possierlicher Zeremonien und Kniebeugungen, wohl besungen und beräuchert hatte, ließ man sie auf ein großes, sieben Fuß hohes Gerüste steigen, wo zwei prächtige Thronen von bunten Strohmatten für sie bereitet waren. Die beiden Brüder nahmen geduldig ihren Platz; und während die Priester die Zurüstungen zu dem Opfer machten, das ihnen auf dem Altare, hinter welchem das Gerüste aufgerichtet war, dargebracht werden sollte, tanzte ein Chor junger Mädchen singend um den Altar, und die Augen aller Anwesenden waren in schwärmerischer Entzükkung auf die neuen Götter gerichtet, die in den Talaren von buntem Stroh, womit man sie behangen hatte, eine sehr komische Figur machten und so aussahen, als ob sie an allem diesem Unsinn kein sonderliches Belieben fänden. Aber plötzlich wurde Gesang und Tanz und Opfer durch eine Begebenheit unterbrochen, die der Freude und Andacht der Anwesenden auf einmal ein schreckliches Ende machten. Adis und Dahy verloren die Gestalt abgelebter Greise und glänzten wieder in ihrer eigenen. Auf ihren Stirnen und Wangen blühte wieder die Blume der ewigen Jugend auf; dichtes blondes Haar wallte in großen Locken um ihren milchweißen Nacken; kurz, sie wurden auf einmal wieder, was sie waren, als Farsana zu ihrem Unglück ein zu zärtliches Auge auf sie warf. Welch eine fürchterliche Verwandlung in den Augen der Insulaner! Ein allgemeiner gräßlicher Schrei verkündigte die allgemeine Bestürzung. Die Priester, die eine so unnatürliche Verwandlung für ein Wunder von böser Vorbedeutung hielten, rannten in größter Verwirrung davon; die Mädchen, die um den Altar tanzten, wandten voller Schrecken um und flohen; die Königin und die Prinzessin, ihre Schwester, deren Zärtlichkeit sich auf einmal in Abscheu verwandelte, eilten in ihren Palast zurück. In einem Augenblicke war die ganze Pagode leer, und die beiden Genien blieben allein und staunten einander an. Da sie aber mit ihrer Gestalt auch ihre übrigen Vorzüge wiedererhalten hatten, so erkannten sie sogleich, daß ihre Bezauberung durch zwei junge Personen aufgelöset worden war, die sich während der Zeremonien in ihre Greisengestalt verliebt hatten und aus Ekel vor ihrer jetzigen mit den übrigen davongelaufen waren.

Sie bezeugten einander noch ihre Freude über diese glückliche Überraschung, als sie den Brahminen Kansu mit Fatimen an der Hand in die Pagode treten sahen. Auf den ersten Blick erkannte Adis das reizende Bauernmädchen seines Traumes. «Ah!» rief er mit Entzücken, «das ist sie, das holde Mädchen, dessen Bild so fest in meinem Herzen sitzt!» – «Ja, Adis, da ist sie», sagte der Brahmine; «um Euer Glück vollständig zu machen, habe ich sie mitgebracht. Sie war, seitdem sie von ihrer Schwester getrennt wurde, in meinem Schutze. Endlich, meine Kinder», fuhr er fort, «habe ich die Freude, euch wieder aus dem traurigen Zustande gezogen zu haben, in welchen mein zu rascher Zorn euch versetzte. Es war mir schmerzlich, euch so lange darin zu sehen; aber es war unmöglich, das, was ich für euch getan habe, früher zu tun. Denn *ich* bin es, Dahy, der dich die beiden Schwestern finden ließ, die dazu bestimmt sind, euch alle eure Leiden durch ihre Liebe zu vergüten. Ich bin der Urheber der Träume, die den Gedanken, nach Sumatra zu reisen, in euch erweckten; und ich habe euch durch von mir erregte Stürme an diese Insel geworfen, weil ich wußte, was da geschehen würde. Ja, ich läugne nicht, daß ich, zu Beförderung meiner Absicht, der gewöhnlichen Narrheit dieser äffischen Insulaner durch meine Kunst ein wenig nachgeholfen habe. Nun fehlt uns nur noch *eine* Person. Dahy, geh, hole Kadidschen, und mach ihr das Vergnügen, ihre Schwester und den schönen Jüngling ihres Traumes wiederzusehen.»

Dahy flog wie ein Blitz in die Küche des Hauptmanns von der Leibwache und brachte Kadidschen in die Pagode. Die Umarmungen der beiden Schwestern, das Entzücken der beiden Brüder und die Freude des alten Brahminen über das Glück dieses doppelten Paares, welches sein Werk war, machten eine Szene, die über alle Beschreibung geht. Ihr Glück vollkommen zu machen, gab Kansu den beiden Genien auch ihre Freiheit wieder und erlaubte ihnen, mit ihren Geliebten zu leben, wo es ihnen beliebte. Er verschwand hierauf aus ihren Augen, und die beiden Brüder flogen mit den schönen Schwestern in eine Insel von Dschinnistan, die, von ihnen bewohnt und bevölkert, ein Nachbild des irdischen Paradieses wurde.

Neangir und seine Brüder,
Argentine und ihre Schwestern

—

Der junge Neangir hatte die Jahre, worin man sich selbst zu erkennen anfängt, in einem Dorfe ungefehr zwanzig Meilen von Konstantinopel hingebracht. Ein alter Musulmann namens Muhammed, der mit seiner Gattin Zinebi von einem kleinen Gütchen lebte, hatte sich seiner während dieser Zeit angenommen, und Neangir wurde für seinen Sohn gehalten. Er hatte nun sein achtzehntes Jahr erreicht, und seine Gestalt sowohl als seine Sinnesart versprach weit mehr, als man von dem Stande, worin er aufgenommen war, erwarten konnte.

Eines Tages nahmen ihn Muhammed und Zinebi beiseite, umarmten ihn mit Zärtlichkeit und kündigten ihm an, sie hätten sich entschlossen, ihn nach Konstantinopel zu schicken, damit er sein Glück in der Welt versuchen könnte. «Du würdest zu nichts kommen, mein lieber Sohn», sagte ihm der alte Muhammed, «wenn du länger bei uns bliebest: wir haben dich so weit gebracht, daß du dir nun selbst forthelfen kannst; du weißt deinen Koran so gut als auswendig, und es kann dir nicht fehlen, entweder bei der Armee oder im Zivildienst unterzukommen. Laß uns wissen, wie es dir geht: wir wollen dich nicht im Stiche lassen.» Nach diesem Bescheide gaben sie ihm acht Zechinen in die Hand, gesellten ihn zu einer nach Konstantinopel gehenden Karawane, bezahlten das Kost- und Reisegeld für ihn, umarmten ihn noch einmal und ließen ihn ziehen.

Nach einer Reise von etlichen Tagen langte Neangir in Konstantinopel an. Man kann sich leicht einbilden, wie ihm zumute war, sich auf einmal in einer so großen Stadt zu sehen, wo er weder Straßen noch Menschen kannte und ihm folglich alles so neu und fremde vorkam, als ob er unmittelbar aus dem Monde herabgestiegen wäre. Je mehr man Verstand hat, je verlegener fühlt man sich unter lauter Gegenständen, die man noch nie gesehen und wovon man nie reden gehört hat. Der gute Neangir dachte eben nach, wie er sich helfen wollte, als ein Mann von sehr gutem Ansehen mit höflicher Art zu ihm trat, den obern Teil seines Turbans befühlte und, nachdem er ihn einige Augenblicke scharf betrachtet hatte, ihm den Antrag tat, mit ihm zu gehen und, bis er etwa einen bessern Platz gefunden hätte, seinen Tisch und seine Wohnung anzunehmen. Neangir, der nichts Bessers zu tun sah, nahm den Antrag willig an und ging mit.

Der Unbekannte führte ihn in ein ganz artiges Gemach, wo sie ein schönes junges Mädchen von ungefehr zwölf Jahren im Begriff fanden, den Tisch für drei Personen zu decken, gleich als ob sie vorausgesehen hätte, daß der Unbekannte Gesellschaft mitbringen würde. «Zelide», sprach er zu ihr, «sagte ich nicht, ich würde dir einen Gast mitbringen und er würde mir keinen Korb geben?» – «Ihr sagt immer wahr, lieber Vater», versetzte das Mädchen, «Ihr habt Euch selbst noch nie betrogen und betrügt keinen andern Menschen.» Eine alte Sklavin, die in diesem Augenblick aus der Stadt ankam, trug etliche Schüsseln mit Pilau* von verschiednen Farben auf, setzte drei Becher mit Scherbet** auf den Tisch und entfernte sich.

Während der Mahlzeit unterhielt der Herr des Hauses seinen Gast mit allerlei Dingen, die ihm viel Vergnügen machten; aber was ihn am meisten bezauberte, war die kleine Zelide. Er lieh dem Unbekannten wohl die Ohren, aber die Augen konnte er von dem holden Mädchen nicht verwenden. Sie war aber auch unbeschreiblich schön und lieblich; ihre pechschwarzen, mit dem sanftesten Feuer erfüllten Augen schienen so groß als ihr Mund, dessen Röte den Glanz des Rubins übertraf. Ihre Haare fielen in schönen Locken auf einen Busen, der nur eben aufzuquellen anfing; ihre Figur war lauter Ebenmaß, ihre Bewegungen lauter Anmut, und eine Kleidung von grünem Goldstoff trug auch das ihrige bei, alle diese Reize in ein vorteilhaftes Licht zu setzen.

«Lieber Vater», sagte Zelide ein wenig stokkend, «der junge Mensch sieht mich unaufhörlich an; wenn Hassan es erfährt, wird er eifersüchtig werden.» – «Nein, nein», versetzte der Vater, «du bist nicht für diesen jungen Menschen; hab' ich dir nicht schon gesagt, daß er deiner Schwester Argentine bestimmt ist? Ich will die Sache sogleich richtig machen.» Mit diesem Worte stand der Unbe-

* Der Pilau, das gewöhnlichste Gerichte der Türken, ist eine Art von Ragout aus gekochtem Fleische und Reis. Sie lieben, ihm verschiedene Farben zu geben, z. B. die gelbe mit Safran, die grüne mit Pistazien usw.

** Eine Art von Limonade, die bei den Türken die Stelle des Weins vertreten muß, der ihnen durch den Koran verboten ist.

kannte auf, öffnete einen Schrank und holte etliche Körbchen mit Früchten und eine Flasche mit Likör heraus. Außerdem zog er noch eine kleine Dose von Perlenmutter, in Silber gefaßt, daraus hervor und setzte sie auf den Tisch.

Nachdem er wieder Platz genommen, sprach er zu dem jungen Menschen: «Kosten wir einmal von diesem Elixier!», und sogleich schenkte er ihm davon in sein Glas ein. «Gebt mir auch ein paar Tropfen», sagte Zelide. «Nein, nein», erwiderte der Unbekannte; «du hast deinen Teil schon davon bekommen, und Hassan auch.» – «So trinkt doch *Ihr* davon», sagte sie; «der junge Mensch wird sonst denken, wir geben ihm Gift.» – «Das will ich», versetzte der Unbekannte; «in meinem Alter ist dies Elixier nicht so gefährlich wie in dem deinigen.»

Der Unbekannte, sobald er selbst davon gekostet und Neangir sein Glas ausgetrunken, öffnete die Dose, die er auf den Tisch gelegt hatte, und bot sie dem Jüngling dar. Neangir erblickte mit Entzücken das Bildnis einer jungen Person, welche höchstens vierzehn Jahre alt schien und ihm noch zehnmal liebreizender als Zelide vorkam. Er geriet ganz außer sich bei diesem Anblick, und sein Herz, das noch nie erfahren hatte, was Liebe war, wurde von tausend unbekannten Regungen in die angenehmste Beklemmung gesetzt. Der Unbekannte schien Neangirs Gemütszustand mit Vergnügen zu bemerken, und Zelide sprach zu ihrem Vater, indem sie ihre Hand auf die seinige legte: «Lieber Vater, wir werden sie wiedersehen!»

«Aber so erklärt mir doch alle diese Rätsel», sagte Neangir. «Warum habt Ihr mich hiehergeführt? – wiewohl ich mich darüber nicht beklage, da Ihr mir wie einem Sohn begegnet. Warum habt Ihr mich von diesem gefährlichen Tranke, der mich wie in lauter Feuer setzt, trinken lassen? Und warum zeigt Ihr mir ein Bildnis, das mich des Verstandes beraubt?» – «Ich will einen Teil deiner Fragen beantworten», versetzte der Unbekannte; «alles ist mir nicht erlaubt zu sagen. Ich nehme den Himmel und meine liebe Zelide zu Zeugen, das einzige Gut, so mir mein Unglück übriggelassen hat, daß ich dich nicht hintergehe. Das Bildnis, so du in Händen hast und womit ich dir ein Geschenk mache, stellt eine Schwester Zelidens vor: du liebest sie und wirst beständig in deiner Liebe sein. Wende alles mögliche an, sie zu finden; findest du sie, so wirst du auch dich selbst wiederfinden.» – «Aber ums Himmels willen, *wo* soll ich sie suchen?» rief Neangir, indem er das reizende Bildnis küßte, das ihm der Unbekannte gegeben hatte; «Ihr macht mich auf einmal zum glücklichsten und zum unglücklichsten Menschen auf der Welt.» – «Ich kann Euch nichts weiter sagen», antwortete der Unbekannte. «So will ich's tun», sprach Zelide. «Morgen, sobald es Tag ist, geht in den Bazar der Juden und kauft Euch in der zweiten Bude rechter Hand eine silberne Uhr, und sobald es nahe um Mitternacht ist...» Zelide konnte nicht ausreden, denn ihr Vater hielt ihr die Hand vor den Mund und sagte: «So schweig doch, Kleine! Willst du durch deine Unbesonnenheit auch *dir* das Schicksal deiner Schwester zuziehen?»

Durch die Bewegung, die der Unbekannte machte, um Zeliden den Mund zu schließen, stieß er die Flasche mit dem Elixier um, wovon Neangir getrunken hatte; auf einmal erhob sich ein dicker Rauch, der die Lichter auslöschte; die alte Sklavin stürzte mit einem lauten Schrei herein, und Neangir, voller Schrecken über dieses Abenteuer, schlich im Dunkeln davon.

Er brachte die Nacht auf den Stufen einer Moschee zu; aber die seltsamen Dinge, die ihm begegnet waren, und seine Liebe zu dem schönen Geschöpfe, dessen Bild sich unauslöschlich in seine Seele eingedrückt hatte, ließen ihm keinen Augenblick Ruhe. Sobald der Tag anbrach, verbarg er das ihm so kostbar gewordene Bildnis in seinen Turban und erkundigte sich ungesäumt nach dem Bazar und der Bude, wovon Zelide gesprochen hatte.

Der Jude, bei welchem er eine silberne Uhr besprach, empfing ihn sehr freundlich und suchte ihm selbst eine aus, die er für die beste gab und wofür er sechs Zechinen verlangte. Neangir gab sie ihm, ohne lange zu handeln; aber der Kaufmann wollte ihm die Uhr nicht einhändigen, bis er ihm seine Wohnung gesagt hätte. «Die weiß ich selbst nicht», erwiderte Neangir; «ich bin erst seit gestern hier, und ich würde das Haus, wo ich bei meiner Ankunft aufgenommen wurde, schwerlich wiederfinden können.» – «Gut», versetzte der Kaufmann, «so will ich Euch zu einem wackern Musulmann führen, wo Ihr Euch um einen sehr leidlichen Preis für Kost und Wohnung herrlich wohl befinden sollt; kommt nur mit.» Neangir folgte dem Kaufmann durch verschiedene Gassen und trat endlich in einem Hause ab, wo er auf Empfehlung des Juden aufgenommen wurde und seine zwei noch übrigen Zechinen vorausbezahlte.

Nach dem Mittagessen schloß er sich in sein Kämmerchen ein, um das reizende Bildnis wieder zu betrachten, das ihm beständig im Sinne lag. Aber indem er es aus seinem Turban hervorlangte, zog er einen versiegelten Brief mit heraus, worauf er sogleich die Hand der Zinebi erkannte. Er erbrach ihn mit Ungeduld und las darin, wie folget:

Mein lieber Sohn!

Ich schreibe Euch diesen Brief, den ich mit Vorwissen meines Mannes in Euern Turban gesteckt habe, um Euch zu berichten, daß Ihr nicht mein Sohn seid: wir vermuten, Euer Vater sei ein großer Herr, der aber weit von uns entfernt ist; aus der Beilage könnt Ihr sehen, wie er uns bedroht, wofern wir Euch nicht zurückgeben. Schreibet nicht an uns und suchet uns nicht auf; beides würde vergebens sein, weil wir nicht mehr zu finden sind. Ihr werdet uns immer lieb bleiben – lebet wohl!

Die Beilage lautete folgendermaßen:

Nichtswürdige, Ihr seid ohne Zweifel mit den Kabbalisten in Verständnis, die dem unglücklichen Siroco seine Töchter geraubt und ihre Talismane entwendet haben. Ihr haltet mir meinen Sohn zurück; aber ich habe Euern Schlupfwinkel entdeckt, und Euer Verbrechen soll nicht lange ungestraft bleiben. Ich schwör' es bei dem Propheten! Die Schneide meines Säbels soll Euch schneller vertilgen, als der Blitz die Wolke zerreißt.

Neangir schöpfte ebensowenig Trost als Licht aus diesen Briefen. Sie schienen ihm zwar zu sagen, daß er der Sohn des vornehmen Mannes sei, der diesen Brief an Muhammed und sein Weib geschrieben hatte; aber was half ihm diese Nachricht? Er wußte nicht, wo er ihn aufsuchen sollte, und hatte keine Hoffnung mehr, diejenigen zu finden, die man bisher für seine Eltern gehalten hatte. «Wie unvorsichtig war es doch von meinem Vater», rief er traurig aus, «meine Pflegeltern durch solche Drohungen zu erschrecken! Er hätte kommen sollen, mich bei ihnen abzuholen, anstatt ihnen eine solche Angst einzujagen, daß sie mich so allein und hülflos von sich schickten, ohne daß ich weiß, was nun aus mir werden soll.» Die Gedanken, die alles dies in ihm erweckte, waren so niederschlagend, daß er, um ihrer loszuwerden, aus dem Hause ging und nicht wieder zurückkam, als bis es gänzlich Nacht war. Er war eben im Begriff, wieder in das Haus hineinzugehen, als er im Mondschein etwas Glänzendes auf der Türschwelle liegen sah; er hob es auf und fand, daß es eine goldene, mit Edelsteinen reich besetzte Uhr war. Er sah sich auf allen Seiten um, ob jemand vorhanden wäre, dem sie zugehörte; und da er sich ganz allein sah, steckte er sie in seinen Busen zu der silbernen, die er diesen Morgen gekauft hatte. Er betrachtete sie als ein Geschenke, das ihm das Glück mache, um ihn aus der Verlegenheit seiner gegenwärtigen Umstände zu ziehen. «Ich werde», dacht' er, «mehr als tausend Zechinen für diese Steine bekommen und wenigstens was zu leben haben, bis ich meine Eltern wiederfinde.»

Es war etwas so Tröstliches in diesem Gedanken, daß er sich ganz ruhig schlafen legte, nachdem er seine beiden Uhren auf die Estrade neben sich hingesetzt hatte. Da er zufälligerweise mitten in der Nacht erwachte, hörte er eine kleine Stimme, aber so rein wie ein Silberglöckchen, die aus einer von den beiden Uhren zu kommen schien und sagte: «Liebe Schwester Aurore, bist du um Mitternacht aufgezogen worden?» – «Nein, meine beste Argentine», antwortete eine andre Stimme, «und du?» – «Ich?» versetzte die erste, «man hat mich auch vergessen.» – «Wie unglücklich!» erwiderte die andre; «es ist schon über eins, und wir müssen nun noch einen ganzen Tag warten, bis wir unsrer Gefangenschaft entledigt werden können.» – «Ja», sagte die erste, «wenn man uns nicht wieder vergißt wie heute.» – «Für jetzt haben wir hier nichts mehr zu tun», sprach Aurore, «wir müssen fort, wohin uns unsre Bestimmung nötigt – komm!»

In diesem Augenblicke sah Neangir, der, ganz bestürzt über ein so seltsames Wunderding, sich mit halbem Leibe aufgerichtet hatte, beim Mondscheine die beiden Uhren auf den Fußboden herabhüpfen und durch das Katzenloch in der Türe* aus seiner Kammer wegrollen. Er sprang eilends auf, öffnete die Tür und lief der Treppe zu, um sie einzuholen; aber er kam zu spät, und sie waren schon unter der Pforte, die auf die Gasse ging, weggeschlüpft. Er versuchte sie zu öffnen, aber sie war abgeschlossen; und aus der Behendigkeit, womit sich die beiden Uhren davongemacht hatten, urteilte er sehr richtig, daß, wenn er auch Lärm machen und sich die Türe aufschließen lassen wollte, er sie doch nimmer einholen würde. Er kehrte also wieder um und legte sich nieder; aber sein Unglück und der Gedanke, sich ohne Eltern, ohne Freunde, ohne Geld, und nun auch auf eine

* Die Mohammedaner haben, weil ihr Prophet die Katzen besonders liebte, großen Respekt vor diesen Haustieren; und daher ist es bei ihnen gewöhnlich, daß in allen Türen unten eine Öffnung ist, damit die Katzen zu allen Zeiten freien Aus- und Eingang haben.

so seltsame Weise seiner beiden Uhren wieder beraubt zu sehen, beschäftigte seine Einbildung auf eine sehr unangenehme Art.

Sobald es Tag war, steckte er seinen Dolch in den Gürtel und eilte in voller Wut, den Juden aufzusuchen, der ihm die silberne Uhr verkauft hatte. Er fand ihn nicht in dem Bazar und in der Bude, wo er ihn anzutreffen hoffte; aber dafür fand er einen andern darin sitzen, der einem wackern Manne gleichsah und ihn sehr freundlich empfing. «Die Person, die Ihr sucht, ist mein Bruder», sagte er zu Neangir, «und wir pflegen es so zu halten, daß immer einer von uns hier ist, während der andere unsere Geschäfte in der Stadt besorgt.» – «Saubere Geschäfte», schrie Neangir; «Ihr seid der Bruder eines Betrügers, der mir gestern eine Uhr verkaufte, die mir diese Nacht wieder davongelaufen ist; aber ich will ihn wiederfinden, oder Ihr sollt mir für ihn gutstehen, da Ihr sein Bruder seid.» – «Was sagt Ihr da», versetzte der Jude in Beisein einer Menge Volkes, das um die Bude herumstand; «eine Uhr, die davonläuft! Wenn von einem Faß Öl oder Wein die Rede wäre, da könntet Ihr recht haben; aber daß eine Uhr weglaufe, ist unmöglich.» – «Das wollen wir vor dem Kadi sehen», antwortete Neangir; und da er in dem nehmlichen Augenblicke seinen Kaufmann gewahr wurde, packte er ihn flugs beim Arme und schleppte ihn, so sehr er sich sträubte (denn der Pöbel half dem jungen Menschen Hand anlegen), mit sich vor die Wohnung des Kadi.

Während dem Lärmen, den diese Szene verursachte, näherte sich derjenige, den Neangir in der Bude angetroffen hatte, seinem Bruder und sagte leise, doch daß Neangir es hören konnte, zu ihm:

«Ich bitte dich, Bruder, gestehe nichts, oder wir sind beide verloren.»

Sobald man bei dem Richter angelangt und das herzudrängende Volk mit Prügeln (nach türkischer Manier) auf die Seite geschafft war, hörte der Kadi vor allem die Klage des Neangir an, die ihm sehr außerordentlich vorkam. Er befragte hierauf den Juden, der aber, anstatt zu antworten, die Augen gen Himmel erhob und in Ohnmacht fiel. Der Richter, der noch mehr Geschäfte auszumachen hatte, sagte ganz gelassen zu Neangirn: Seine Klage sei ohne alle Wahrscheinlichkeit und er würde sogleich den Kaufmann wieder nach Hause bringen lassen. Dies brachte Neangirn aus aller Fassung: «Er soll mir», schrie er, «sogleich wieder zu sich selbst kommen und die Wahrheit gestehen!» Und damit zog er seinen Dolch und gab dem Juden einen tüchtigen Stoß in das Dickbein. Der Jude schrie laut auf: «Ihr seht», sprach er zum Kadi, «daß dieser junge Mensch rasend ist und seinen Verstand verloren hat; ich verzeihe ihm die Wunde, die er mir beigebracht; aber, um Gottes willen, gnädiger Herr, befreiet mich aus seinen Händen.»

In diesem Augenblicke ritt der Bassa vom Meere vor dem Hause des Kadi vorbei, und da er einen so großen Lärm hörte, stieg er ab, um sich nach der Ursache zu erkundigen. Nachdem man ihm berichtet hatte, was vorgegangen war, betrachtete er Neangirn sehr aufmerksam und fragte ihn freundlich, wie das alles möglich sein könne. «Gnädiger Herr», versetzte Neangirn, «ich schwöre Euch zu, daß alles wahr ist, und es wird Euch nicht mehr so seltsam vorkommen, wenn Ihr höret, daß ich selbst ein Opfer der kabbalistischen

Künste dieser Art von Leuten gewesen bin; ich selbst war drei Jahre lang in einen kupfernen Tiegel mit drei Füßen verwandelt und bin nicht eher wieder Mensch geworden, bis man einen Turban auf meinen Deckel setzte.»

Kaum hatte Neangir die letzten Worte ausgesprochen, so fiel ihm der Bassa um den Hals und rief mit Entzückung aus: «O mein Sohn, mein lieber Sohn! Ist's möglich, daß ich dich wiederfinde? Kommst du nicht aus dem Hause von Muhammed und Zinebi?» – «Ja, mein gebietender Herr», antwortete Neangir; «*sie* sind es, die sich meiner in meinem Unglück angenommen und mich durch ihre guten Lehren und Beispiele dahin gebracht haben, eines solchen Vaters weniger unwürdig zu sein.» – «Gelobet sei der große Prophet», versetzte der Bassa, «der mir in dem Augenblicke, wo ich's am wenigsten hoffte, einen von meinen Söhnen wiedergibt! Ihr wißt», fuhr er gegen den Kadi fort, «daß ich in den drei ersten Jahren meiner Ehe mit der schönen Zambak, mit welcher nur die unsterblichen Jungfrauen des Paradieses zu vergleichen sind, drei Söhne von ihr bekam. Als sie das dritte Jahr zurückgelegt hatten, schenkte ein weiser Derwisch von meiner Bekanntschaft dem Ältesten einen Tesbusch* von überaus schönen Korallen und sagte dabei: ‹Mein Sohn, trage große Sorge zu diesem Kleinod und sei dem Propheten getreu, so wirst du glücklich sein.› Dem zweiten, den Ihr hier sehet, gab er ein Stück Kupferblech, worauf der Name des Gesandten Gottes in sieben verschiedenen Sprachen eingegraben war, und

* Der Tesbusch ist eine Art von Rosenkranz von neunundneunzig kleinen Kügelchen, an welchem die Türken zu beten pflegen.

sagte: ‹Der Name des Freundes des Allerhöchsten beschirme dein Haupt, und der Turban, das Zeichen der Rechtgläubigen, begleite ihn allezeit, so wird dein Glück vollkommen sein!› Endlich gab er auch meinem dritten Sohn ein Armband, das er ihm mit eigner Hand um den rechten Arm befestigte, und sprach: ‹Rein sei deine rechte Hand und deine Linke unbefleckt! Bewahre dieses Kleinod, das in der heiligen Stadt Medina gewebt wurde, und nichts wird deine Glückseligkeit stören können!› Mein ältester Sohn hat die Lehre des weisen Derwisch nicht wohl beobachtet, und oh! wie unglücklich ist er dadurch geworden! Sein Schicksal ist so beklagenswürdig als der Zustand meines Jüngsten. Um denjenigen, den Ihr hier sehet, vor einem ähnlichen Unglück zu verwahren, hatte ich ihn unter der Aufsicht eines getreuen Sklaven namens Guluku an einem abgelegenen Orte erziehen lassen, während daß ich gegen die Feinde unsers Gesetzes zu Felde zog. Bei meiner Zurückkunft fand ich weder Guluku noch meinen Sohn wieder. Urteilet selbst, wie groß seit dieser Zeit meine Verzweiflung war. Erst seit etlichen Monden habe ich erfahren, daß dieser mir so liebe Sohn sich bei einem gewissen Muhammed und seinem Weibe Zinebi aufhalte. Ich muß gestehen, daß ich ihnen seine Entführung Schuld gab. Melde mir doch, mein Sohn, wie du in ihre Hände geraten bist.»

«Mein gebietender Herr», antwortete ihm der junge Mensch, «ich erinnere mich der ersten Jahre meines Lebens nicht mehr; dies weiß ich nur, daß ich mit einem alten Schwarzen, dessen Namen Ihr mir eben jetzt wieder ins Gedächtnis gebracht habt, in einem Schlosse am Ufer des Meeres lebte. Ich war ungefehr zwölf Jahre alt, als wir einsmals, da er mich auf einen Spaziergang herausführte, einen Menschen, der genau wie dieser Jude aussah, antrafen, der sich mit Tanzen und Springen an uns machte und uns durch seine Gaukeleien sehr belustigte. Was darauf weiter erfolgte, davon kann ich nichts sagen, als daß mich auf einmal eine Betäubung überfiel, wovon mir der Kopf ganz schwindlicht wurde: wie ich meine Hände dahin bringen wollte, um zu fühlen, was mit mir vorgehe, verwandelten sie sich in Henkel; kurz, ich wurde in einen kupfernen Kochtiegel umgestaltet. Ich weiß nicht, wie mein Aufseher sich bei dieser Begebenheit benahm; aber das weiß ich noch recht wohl, daß ich vor Erstaunen ganz außer mir war. Doch fühlte ich, daß man mich aufhub und in großer Eilfertigkeit mit mir davonlief. Einige Tage darauf, soviel ich erkennen konnte, setzte mich derjenige, der mich davongetragen hatte, bei einer Hecke auf die Erde, und bald darauf hörte ich ihn an meiner Seite schnarchen. Sogleich entschloß ich mich, ihm zu entfliehen. Ich schlüpfte, so gut ich konnte, durch die Hecke durch und lief wohl eine Stunde lang. Ihr könnt Euch nicht vorstellen, mein gebietender Herr, wie unbequem es ist, auf drei Füßen zu gehen und dazu noch mit so steifen Beinen, als ich damals hatte. Bei jedem Schritte blieb mein vorderster Fuß im Sande stecken, und wenn ich den hintersten heben wollte, war ich in Gefahr umzukippen. Nach einer sehr mühsamen Wanderschaft merkte ich endlich, daß ich in einem Küchengarten angelangt war, und versteckte mich in einem Kohlfelde, wo ich eine ziemlich ruhige Nacht zubrachte. Am folgenden Morgen wurde ich gewahr, daß jemand neben mir ging; ich fühlte, daß man mich aufhob und von allen Seiten betrachtete. Endlich hörte ich die Stimme eines herzukommenden Mannes, der seinem Weibe mit dem Namen Zinebi rief. ‹O mein lieber Muhammed›, antwortete sie, indem sie mich forttrug, ‹da finde ich in unserm Garten den schönsten Kochtiegel in der ganzen Welt.› Muhammed, der, wie ich merkte, ihr Mann war, nahm mich in die Hände und schien viel Gefallen an mir zu haben. Kurz, ich wurde nun ein Teil ihres Küchengerätes, und Zinebi trug große Sorge für mich. Sie war noch ziemlich jung, und da ich sie mir, nach dem Klang ihrer Stimme und der Sanftheit ihrer Hände, sehr liebenswürdig einbildete, so war es kein kleines Vergnügen für mich, alle Morgen von einer so hübschen Frau ausgescheuert zu werden. Es ist wahr, meine Lebensart hatte außerdem wenig Unterhaltendes: ich arbeitete nicht, ich dachte nichts Sonderliches; aber wie viele wackere Leute gibt es in der Welt, die in ihrem ganzen Leben nichts mehreres tun und doch sehr wohl mit sich selbst zufrieden sind. Ich will damit nicht gesagt haben, daß der Stand eines Kochtiegels etwas sehr Beneidenswürdiges sei; indessen ist gewiß, daß ich in diesem Stande drei ganze Jahre recht vergnügt bei diesen guten Leuten zubrachte. Nach dieser Zeit trug sich's zu, daß Zinebi, da sie mich eines Morgens mit einer Hammelsbrust angefüllt, das gehörige Gewürze dazugetan und mich auf ein gelindes Feuer gesetzt hatte, aus Besorgnis, ihr Ragout möchte verdünsten – vermutlich, weil mein Dekkel nicht genau mehr einpaßte –, etwas suchte, womit sie ihn bedecken könnte. Weil sie in der Eile nichts anders finden konnte als einen alten Turban von ihrem Manne, so bediente sie sich dessen, deckte mich damit zu und ging davon. Kaum war sie fort, so fühlte ich, daß das Feuer, von welchem ich bisher keine Ungelegenheit verspürt hatte, mich an die Fußsohlen zu brennen anfing; ich sprang eilends zurück und erstaunte, wie Ihr denken könnt, nicht wenig, da ich mich auf einmal wieder in einen Menschen verwandelt sah.

Um die Zeit, da das dritte Gebet gesprochen wird, kamen Muhammed und Zinebi zurück. Aber wie groß war ihre Bestürzung, da sie ihren Kochtiegel nicht mehr fanden, hingegen an seiner Statt einen jungen Menschen, der ihnen ganz unbekannt war. Ich erzählte ihnen die Geschichte meiner Verwandlung, welcher sie anfangs keinen Glauben beimessen wollten; endlich schien doch meine Jugend und die unschuldige Treuherzigkeit, womit ich sie der Wahrheit meiner Erzählung versicherte, ihr gutes Herz zu überwältigen; und nachdem sie sich heimlich miteinander besprochen hatten, umarmte mich Muhammed, gab mir den Namen Neangir und erklärte mich für seinen Sohn. In der Tat hätte er mich in den zwei Jahren, die ich noch in seinem Hause lebte, nicht besser halten können, wenn ich es wirklich gewesen wäre. Was mir seitdem begegnet ist, gnädige Herren, habt ihr bereits von mir vernommen; und hier sind noch die zwei Briefe, die ich in meinem Turban fand und woraus ihr euch von der Wahrheit meiner Reden vielleicht noch besser überzeugen werdet.»

Während Neangir seine Geschichte erzählte, hatte man mit Erstaunen wahrgenommen, daß die Wunde des Juden auf einmal von selbst zu bluten aufhörte, und in diesem Augenblicke zeigte sich an der Pforte des Gerichtssaals eine junge Person, die man an ihrer Kleidung für eine Jüdin erkannte. Sie schien ungefehr zweiundzwanzig Jahre alt zu sein und war, ungeachtet der Unordnung ihres Anzugs, äußerst reizend. Ihr Kopfputz sah ganz zerstört aus, und die Haare fielen ihr in großen Locken auf die Schultern und auf den halbentblößten Busen; sie hatte, um desto schneller laufen zu können, eine Seite ihres langen Kleides aufgebunden, und ihr Gesicht sah so erhitzt aus wie bei einer Person, die in der äußersten Unruhe ist. Sie hatte zwei Krücken von weißem Holze in der Hand, und hinter ihr drein kamen zwei Männer, deren einen Neangir sogleich für den Bruder des von ihm Verwundeten erkannte; der andere schien ihm demjenigen völlig gleich zu sein, den er in dem Augenblicke seiner Verwandlung gesehen hatte. Beide hatten den rechten Schenkel mit einer breiten Wundbinde von Leinwand umwickelt und stützten sich jeder auf ein paar ebensolche Krücken, wie die junge Frauensperson in der Hand trug.

Die schöne Jüdin näherte sich demjenigen, welchen Neangir verwundet hatte; sie legte die Krükken neben ihn, betrachtete ihn mit großer Gemütsbewegung und konnte ihre Tränen nicht zurückhalten. «Unglückseliger Izuf», rief sie endlich aus, «muß dich denn deine gefährliche Neigung in so verderbliche Händel verwickeln? Siehe nun, in was für einen Zustand du dich selbst und deine beiden Brüder gesetzt hast!» Während sie ihm diese Vorwürfe machte, waren die beiden Mannspersonen, wie durch eine verborgene Gewalt genötigt, hereingekommen und hatten sich auf den Fußteppich neben den verwundeten Juden niedergelassen.

Der Bassa, der Kadi und Neangir, ebenso verwundert über diese Begebenheit als betroffen über die außerordentliche Schönheit der Jüdin, verlangten von ihr, daß sie ihnen ein so seltsames Geheimnis erklären möchte. «Gnädige Herren», antwortete sie ihnen, «Sie sehen ein unglückliches Mädchen vor sich, die durch die stärkste Leidenschaft wider ihren Willen an einen von diesen drei Männern gefesselt ist. Mein Name ist Sumi, und ich bin die Tochter des Moyses, eines unsrer berühmtesten Rabbinen. Der Mann, den ich liebe, ist Izaf», setzte sie hinzu, indem sie auf denjenigen zeigte, der zuletzt hereingetreten war, «und trotz seiner Undankbarkeit kann ich nie aufhören, ihn zu lieben. Grausamer Feind der Unglücklichen, die dich anbetet, und deiner selbst», fuhr sie fort, sich an Izaf wendend, «rede du selbst an meiner Statt und suche durch deine Aufrichtigkeit und Reue von deinen Richtern Gnade für dich und deine beiden Brüder zu erhalten!»

Während daß Sumi dieses sagte, schlugen die Juden die Augen nieder und beobachteten ein tiefes Stillschweigen. Aber der Kadi hieß die schöne Jüdin sich auf den Sofa niedersetzen, und nachdem er dem Izaf ihr zu gehorchen befohlen, fing dieser seine Geschichte, die zugleich die Geschichte seiner beiden Brüder war, folgendermaßen zu erzählen an.

Geschichte der drei Juden

«Wir sind drei Zwillingsbrüder, die Söhne des berühmten Nathan Ben Sadi und der weisen Dizara; unser Vater nannte den ältesten von uns dreien Izif, den zweiten Izuf, und mich, den jüngsten, Izaf. Er unterwies uns von unsrer zartesten Jugend an in den verborgensten Geheimnissen der

Kabbala, und unsre Fähigkeit betrog seine Erwartungen nicht. Da wir unter der nehmlichen Konstellation geboren sind, so findet sich auch in unserm Genie und in unsern Neigungen die vollkommenste Gleichheit; aber die Natur hat überdies noch eine ganz sonderbare Gleichförmigkeit in uns gelegt, und es waltet eine so außerordentliche Sympathie zwischen uns, daß, was einem von uns widerfährt, zu gleicher Zeit auch den beiden andern begegnet: stößt ihm ein Glück auf, so verbreitet es sich sogleich auch auf die übrigen; trifft ihn ein Unfall, so leiden seine Brüder das nehmliche; wird einer von uns zum Beispiel verwundet, so werden es, wie ihr sehet, die andern auch, zur nehmlichen Zeit und auf die nehmliche Art, wenn wir gleich tausend Meilen voneinander entfernt wären.»

«Also und dergestalt», fiel der Kadi ein, «daß, wenn einer von euch beiden gehenkt oder verbrannt würde, die beiden andern das nehmliche Schicksal hätten, ohne daß es darum mehr Holz oder Stricke kostete?» – «Gnädiger Herr», antwortete ihm Izaf, «wir haben zwar das Experiment noch nicht gemacht; ich bin aber fest überzeugt, daß es nicht fehlen würde.» – «Mir ist lieb, daß ich das weiß», versetzte der Kadi; «fahre nur in deiner Erzählung fort!»

«Wir hatten unsre Mutter in unsrer Kindheit schon verloren», fuhr Izaf fort; «und als wir das fünfzehnte Jahr erreicht hatten, wurde unser Vater von einer Krankheit überfallen, gegen welche weder die gewöhnlichen Mittel noch die Geheimnisse seiner Kunst anschlagen wollten. Da er sich dem Tode nahe fühlte, rief er uns zu sich. ‹Meine Kinder›, sprach er, ‹ich werde euch keine großen

Schätze hinterlassen; mein Reichtum bestand in den Geheimnissen, die ich euch bereits mitgeteilt habe; ihr besitzt verschiedene Talismane und versteht die Kunst, andere, noch mächtigere zu verfertigen; aber was euch mangelt, sind die drei Ringe der Töchter des Siroco; trachtet ihrer habhaft zu werden, nur hütet euch, wenn ihr dieser schönen Kinder ansichtig werdet, daß die Liebe euer Herz nicht überwältige! Sie sind einem andern Glauben zugetan als der eurige; sie sind den drei Söhnen des Bassa vom Meere bestimmt; sie können niemals die eurigen werden: wenn sie euch Liebe einflößen, so würdet ihr die unglücklichsten aller Menschen werden. Was euch vor dem Unglücke, das euch bedrohet, verwahren kann, ist das Buch der Geheimnisse, das die Tochter des Rabbi Moyses von ihrem Vater geerbt hat; ihr wisset, daß Izaf von ihr geliebt wird; ihre Macht ist größer als die eurige; versäumet ja nicht, ihre Freundschaft zu unterhalten, und suchet ihren Beistand, wenn ihr in Not geratet.›

Kaum hatte Nathan Ben Sadi diese Worte ausgesprochen, so verschied er und ließ uns in einer tödlichen Ungeduld, die drei Talismane der Töchter Sirocos zu besitzen. Wir erkundigten uns bei Sumi nach seinem Aufenthalt und erfuhren, daß man ihn zwar nach dem Treffen bei Lepante totgesagt habe, daß er aber Mittel gefunden, sich zu retten, und daß er sich in einem abgelegenen Hause verborgen halte, aus Furcht, das Unglück, das der Seemacht des Großherrn zugestoßen, mit seinem Kopfe zu bezahlen. Wir erfuhren zugleich, daß seine drei Töchter Wunder von Schönheit seien und daß sich die älteste Aurore, die zweite Argentine und die dritte Zelide nenne.»

Der Bassa und sein Sohn machten eine Bewegung des Erstaunens, da sie diese Namen hörten, hielten aber an sich, um die Erzählung nicht zu unterbrechen.

«Wir beschlossen», fuhr Izaf fort, «uns in fremde Kaufleute zu verkleiden, um uns den Zutritt zu diesen jungen Personen zu verschaffen. Wir nahmen die schönsten und kostbarsten Juwelen auf Kredit auf und wurden, unter dem Vorwande, ihnen etwas davon zu verkaufen, von einer Sklavin eingeführt, die wir uns durch ein ansehnliches Geschenke günstig gemacht hatten. Bei ihrem Anblick konnten wir die Klippe nicht vermeiden, vor welcher uns Nathan Ben Sadi gewarnet hatte. Aber wer hätte auch den Reizungen widerstehen können, die sich unsern Augen darstellten? Die drei Schwestern saßen beisammen auf einem Sofa, und es schien, als ob eine der andern ihre Reize noch zu ihren eigenen leihe, um ihre Wirkung desto unwiderstehlicher zu machen. Die schöne Aurore war in einen Kaftan von goldnem Mohr, Argentine, welche blond war, in Silberstoff, und Zelide, die ungeachtet ihres noch zarten Alters den tiefsten Eindruck auf mich machte, in den niedlichsten persischen Zitz gekleidet. Wenn auch keine Sympathie zwischen mir und meinen Brüdern gewesen wäre, so würden wir doch alle drei nicht weniger auf einmal in voller Flamme gestanden sein.

Unter den Seltenheiten, die ich bei mir hatte, war auch ein Fläschgen, mit einem Elixier angefüllt, welches die Eigenschaft hatte, die vollkommenste Liebe zwischen einer Mannsperson und einem Frauenzimmer hervorzubringen, sobald sie einander darin zugetrunken hatten. Es war ein Geschenk der schönen Sumi, wovon sie selbst zu meinen

Gunsten Gebrauch gemacht, wiewohl ich mich immer geweigert hatte, für sie das nehmliche zu tun. Ich zeigte dieses Elixier den drei Schwestern, die sich aus unsern Kostbarkeiten auswählten, was ihnen gefiel; und ich hatte eben eine kristallne Tasse genommen, um ihnen davon einzuschenken und sie zu bereden, mit uns davon zu trinken, als Zelide, der ich das Fläschgen in die Hand gegeben, die Augen auf ein Stück Papier warf, womit es umwickelt war, und plötzlich ausrief: ‹Ah, ihr Bösewichter! Was lese ich hier? ‚Kostet nicht von diesem Tranke außer mit dem, der Euch zum Gemahl bestimmt ist; jeder andere sucht Euch bloß zu verführen.'› Ich warf einen Blick auf das Papier und erkannte die Handschrift der Sumi.

Inzwischen hatten meine beiden Brüder bereits die Ringe, welche Aurore und Argentine an ihren Fingern trugen und die das vornehmste Ziel unsrer Wünsche waren, gegen einige ihrer Juwelen eingetauscht; aber wie groß war unser Erstaunen, da wir, sobald die beiden Schwestern ihre Ringe von sich gegeben hatten, eine goldne Uhr und eine silberne, die schönsten, die man sehen konnte, an ihrer Stelle sahen! In eben dem Augenblicke kam die alte Sklavin, die uns aufgeführt, mit einem schwarzen Verschnittnen hereingelaufen, um uns Zelidens Vater anzukündigen. Wir zitterten vor Angst. Meine Brüder steckten die beiden Uhren in ihren Busen; die alte Sklavin, voller Bestürzung, zwei von ihren Gebieterinnen nicht mehr zu finden, riß Zeliden, die in Ohnmacht gefallen war, das Fläschgen aus der Hand; und während daß der Verschnittne und die Sklavin nicht wußten, was sie anfangen sollten, machten wir uns so eilfertig, als wir konnten, davon.

Da wir uns nicht in unsre gewöhnliche Wohnung zurückzukehren getrauten, so flüchteten wir uns zu Sumi, die wir in Tränen fanden, weil sie besorgte, uns nicht wiederzusehen. ‹Was habt ihr getan, Unglückliche›, rief sie uns entgegen, ‹ist dies euer Gehorsam gegen die letzten Befehle eines sterbenden Vaters? Eine sonderbare Ahnung bewog mich diesen Morgen, das Buch der Geheimnisse nachzuschlagen, und da sahe ich, daß ihr euer Herz in diesem Augenblick einer Leidenschaft überließet, die euer Verderben sein wird. Glaubet nicht, daß ich es dulden werde. Ich bin es, die das Papier in Zelidens Hände gespielt hat, das sie verhinderte, von dem Elixier der vollkommnen Liebe mit dir zu trinken. Und ihr›, setzte sie hinzu, indem sie sich an meine Brüder wandte, ‹lernet aus diesem Buche den Wert des Schatzes kennen, dessen ihr euch mit den beiden Uhren bemächtigt habt; aber bildet euch nicht ein, jemals eures Raubes zu genießen; was ihr davon erfahren werdet, wird bloß dazu dienen, euch unglücklicher zu machen.› Mit diesen Worten hielt uns Sumi das Buch des weisen Moyses vor, und wir lasen darin folgendes: ‹Wenn die beiden Uhren mit dem goldnen und mit dem silbernen Schlüssel um Mitternacht aufgezogen werden, so werden sie während der ganzen ersten Stunde des Tages ihre wahre Gestalt wiedererhalten. Sie werden immer in der Verwahrung eines Frauenzimmers sein und immer zu ihr zurückkehren: die Tochter des Moyses ist bestimmt, sie in Verwahrung zu haben.›

Meine beiden Brüder waren über diese Entdeckung äußerst aufgebracht. ‹Weil wir es doch nicht verhindern können›, sagten sie zu der Tochter Moyses, indem sie ihr die beiden Uhren hingaben, ‹so magst du dann im Besitze des Schatzes bleiben, der uns zugehört; wenigstens sollst du doch die Talismane nicht zu sehen kriegen, die wir ihnen abgenommen haben.› Mit diesen Worten begaben sie sich voller Unmut hinweg; ich, meines Orts, blieb bei Sumi, und wir erwarteten die Nacht mit Ungeduld, um den Verfolg dieses Abenteuers zu sehen.

Gegen Mitternacht zog Sumi die beiden Uhren, jede mit ihrem eigenen Schlüssel, auf, und im Nu sahen wir die schöne Aurore und ihre Schwester zum Vorschein kommen. Sumi wurde von ihrer Schönheit fast verblendet. Die beiden jungen Personen schienen aus einem sanften Schlafe zu erwachen. Sie waren erstaunt und unruhig darüber, daß sie sich an einem ganz unbekannten Orte sahen; und als Sumi ihnen das schreckliche Geheimnis ihres Schicksals eröffnet hatte, sanken sie ihr mit einem Strom von Tränen in die Arme. Die schöne Sumi suchte sie zu trösten, mit dem Versprechen, daß sie auf ihren Beistand rechnen könnten und daß auf dieses ihr Unglück die vollkommenste Glückseligkeit folgen werde. Sobald die erste Stunde vorbei war, wurden sie wieder Uhren.

Ich brachte den Rest der Nacht bei der Tochter Moyses zu, und als der Tag anbrach, fühlte ich ganz außerordentliche Bewegung in mir. Meine Seele wurde wechselweise mit Wut und Schrecken angefüllt; eine unsichtbare Gewalt riß mich wider Willen fort und trennte mich von Sumi. ‹Ach!› rief ich, ‹ich fühle, daß einer von meinen Brüdern ins Gefängnis geführt wird. Lebe wohl! allzu liebenswürdige Sumi, ich muß ihm folgen.›

Ich eilte wirklich aus ihrem Hause, und indem

ich, ohne zu wissen wohin, durch die Straße lief, stieß ich auf Izif, der mir sagte, daß er die nehmliche Beängstigung fühle und daß Izuf ohne Zweifel für einen von den Männern, die im Hause des Siroco gewesen, erkannt worden sein müsse. Sogleich fiel mir ein Mittel ein, meinen Bruder zu befreien. Ich sagte zu Izif, daß er ihm nachlaufen und ihm einen Säbel, um sich wehren zu können, in die Hand zu spielen suchen sollte. Ich selbst aber ging in das nächste Bagno, das in meinem Wege lag, wo verschiedene Häscher täglich zusammenzukommen pflegten, um Wein zu trinken. Da es mir nicht an Gelde fehlte, so tat ich neun oder zehn von diesen Gesellen den Antrag, jedem von ihnen zwei Zechinen zu geben, wenn sie sich, solange mir's beliebte, von mir durchwalken lassen wollten. Diese Kerls, die für Geld alles zu leiden und zu unternehmen bereit sind, nahmen meinen Antrag mit Vergnügen an. Kaum hatten sie das Geld voraus empfangen, so stürmte ich mit einem Säbel, den ich von dem Herrn des Bagno geborgt hatte, auf sie ein; und indessen, daß ich auf diese Leute, die dafür bezahlt waren, Hiebe regnen ließ, begegnete sympathetischerweise meinen Brüdern das nehmliche mit denen, die nichts dafür bekommen hatten. Ich kam siegreich aus den Händen der Häscher, die ich in die Flucht trieb, und traf unterwegs meine beiden Brüder an, die durch Sympathie das nehmliche Glück mit denen, welche sie ins Gefängnis führen wollten, gehabt hatten. Indessen hielten wir nicht für ratsam, länger in Konstantinopel zu verweilen, und wir machten uns aus dem Staube, ohne von der schönen Sumi Abschied zu nehmen.

Des folgenden Tages erfuhren wir, daß man

unser Haus niedergerissen und alles, was wir besaßen, geplündert habe. So verdrießlich uns diese Nachricht war, so könnt ihr doch leicht denken, gnädige Herren, daß wir uns nicht einfallen ließen, Klage darüber bei der Obrigkeit anzustellen. Wir hatten nichts mehr, als was uns von den Juwelen und andern Waren übriggeblieben war, und die beiden Ringe der Töchter des Siroco. Um nicht so leicht erkannt zu werden, beschlossen wir, uns zu trennen und ein irrendes Leben zu führen.

Nach einigen Tagen befand ich mich am Ufer des Meeres; ich sah einen alten Kämmerling vor der Pforte eines einsamen Schlosses sitzen und näherte mich ihm. Er wollte mir anfangs aus dem Wege gehen; aber mit etlichen Kleinigkeiten, die ich ihm zum Geschenk anbot, machte ich ihn so zahm, daß er mir neben ihm Platz zu nehmen erlaubte und sich von freien Stücken mit mir in ein Gespräch einließ. Er sagte mir, er wäre bei einem jungen Herrn von Stande, einem Sohne des Bassa vom Meere, der schon eine lange Zeit wegen des Krieges, den man damals mit den Christen führte, abwesend sei. Er sprach mir von einem Talisman, den sein Zögling besitze und dessen Tugend mir nicht unbekannt war. Endlich berichtete er mir auch, dieser junge Herr sei, nebst zweien Brüdern, die er habe, von seiner Kindheit an bestimmt, die Töchter des Siroco zu heuraten, deren Abenteuer er mir erzählte, ohne sich beigehen zu lassen, daß ich es besser wisse als er. Während er so schwatzte, loderte alle die Liebe, die Zelidens erster Anblick in mir entzündet hatte, wieder in meinem Busen auf und erfüllte mich mit Eifersucht. ‹Wie?› sprach ich zu mir selbst, ‹vielleicht ist es dieser Knabe, dem sie zugedacht ist, vielleicht ist er's, mit dem sie von dem Elixier der vollkommnen Liebe trinken soll? Nein! das kann und will ich nicht geschehen lassen!›

Ich beschloß sogleich, den Sohn des Bassa zu entführen, und um desto leichter zu meinem Zwecke zu kommen, geriet ich auf den Einfall, mich wahnwitzig zu stellen, und fing an, zu singen und zu tanzen, was das Zeug hielt. Der alte Kämmerling, der seinen jungen Herrn auch an diesem Spaß Anteil nehmen lassen wollte, holte ihn herbei, und ich tanzte von neuem wie ein Mensch, der nicht klug ist. Der junge Herr hatte große Lust an meinen Bockssprüngen, und der alte Kämmerling wollte sich zu Tode lachen. Endlich tat ich ihnen den Antrag, daß ich sie die Künste, die ich machte, lehren wollte, und sie ließen sich's gefallen. Der Alte war gar bald so außer Atem, daß er's aufgeben mußte, und der junge Mensch zerfloß in Wasser. Ich bat den Kämmerling, er möchte etwas zu trinken holen; und während er hineinging, ersah ich meinen Vorteil und riet dem jungen Menschen, die Leinwand von seinem Turban abzulegen, weil er ihm gar zu warm mache. Er folgte meinem Rate; aber in dem nehmlichen Augenblicke wurde er in einen dreifüßigen Kochtiegel verwandelt, dessen ich mich sogleich bemächtigte und so behende mit ihm davonlief, daß der Alte, wiewohl er sogleich wieder herauskam, mich nicht einholen konnte. Ich sah von ferne, daß er, aus Verzweiflung, seinen Zögling nicht mehr vorzufinden, sich ins Meer stürzte; aber es kam mich keine Lust an, ihn wieder herauszufischen.»

Hier unterbrach der Bassa den Juden, indem er ausrief: «O du weiser Derwisch, wohl hattest du recht! Sobald das kupferne Blech nicht mehr von dem Zeichen der Rechtgläubigen bedeckt war, war mein Sohn nicht mehr! Aber du, Unglücklicher», sagte er zu Izaf, «sieh diesen Jüngling recht an: ist es nicht derjenige, den deine Bosheit unglücklich gemacht hat?» – «Ich glaube, ihn zu erkennen», versetzte Izaf; «allein, da er seine erste Gestalt wiedererlangt hat, so bin ich nicht mehr so schuldig, als ich es befürchtete.»

«Aber, in meiner Erzählung fortzufahren, so lief ich mit meiner Beute etliche Tage lang, indem ich mich immer weiter von Konstantinopel entfernte, als ich mich eines Abends auf einmal so matt fühlte, daß ich nicht mehr konnte, wiewohl ich an selbigem Tage keinen großen Weg gemacht hatte; und ich war am ganzen Leibe so zerbleut, als ob ich eine Menge Schläge bekommen hätte. Ich legte mich neben einem Garten ins Gras nieder, setzte meinen Tiegel neben mich und schlief ein. Mein Schlaf wurde durch tausend unruhige Bewegungen unterbrochen. Bald schwamm ich in lauter Fröhlichkeit, bald schnürte mir die Furcht die Kehle zu, bald verging ich schier vor Traurigkeit. Endlich, da ich wieder erwachte, sah ich, daß mein Kochtiegel weg war; ich befand mich in bloßen Schlafhosen und erkannte meine beiden Brüder, die im nehmlichen Aufzuge mir zur Seite schliefen. Als sie aufwachten, fragte ich sie zitternd, ob sie wüßten, warum wir uns alle drei in solchen Umständen befänden. ‹Leider ja!› antwortete Izuf, nachdem er uns beide eine Weile betrachtet und endlich einen Blick auf sich selbst fallenlassen, ‹ich seh' es nur zu wohl, daß wir gänzlich zugrunde gerichtet sind! Was für ein unseliges Abenteuer!› Ich lag ihm an, mir zu entdecken, was ihnen denn zugestoßen sei. ‹Diese verwichnen Tage›, sagte er, ‹waren wir, mein Bruder und ich, ungewöhnlich vergnügt; vermutlich mußte dir irgend etwas Glückliches begegnet sein, worüber wir die Freude aus Sympathie, wie gewöhnlich, mit dir teilten.› – ‹Dem ist wirklich also›, versetzte ich; ‹es sind nur etliche Tage, seit ich den Sohn des Bassa vom Meere entführte, den ich in einen Kochtiegel verwandelt hatte.› – ‹Nun, dann›, fuhr mein Bruder fort, ‹indem wir so wohlgemut einherzogen, kamen wir bei einem Karawanserei vorbei, wo wir hörten, daß lustige Lieder gesungen wurden, daß man aus vollem Halse lachte; kurz, daß man alle mögliche Zeichen der Fröhlichkeit von sich gab. Dies lockte uns hinein. Wir fanden einige Türken, welche zirkassische Tänzerinnen von ungemeiner Schönheit bei sich hatten. Unter diesen stachen uns gar bald ein Paar in die Augen, deren feine Gesichtszüge und außerordentlicher Reiz alle übrigen auslöschte. Wir wurden freundlich aufgenommen und an einen Tisch gesetzt, um Wein zu trinken, der in Überfluß vorhanden war und reichlich eingeschenkt wurde. Man hatte uns zu den beiden schönsten Zirkasserinnen gesetzt, die uns durch ihr einnehmendes Wesen ganz bezauberten. Die Männer, die bei ihnen waren, bezeugten nicht die mindeste Eifersucht darüber. Nachdem wir uns einige Zeit auf diese Weise erlustiget hatten, sagte eine von den beiden schönen Zirkasserinnen zur andern: ‚Ihr Bruder hat getanzt, sie müssen auch tanzen.' Diese Worte waren ein Rätsel für uns . . .› – ‹Für mich nicht›, unterbrach ich meinen Bruder, ‹ich tanzte, als ich den Sohn des Bassa entführen wollte.› – ‹Vermutlich wollten sie das damit sagen›, fuhr Izuf fort; ‹und damit nahmen die beiden Mädchen uns bei der Hand und machten uns mit einer unmäßigen Lebhaftigkeit tanzen. Eine Weile darauf, da wir uns wieder zu Tische setzten und von neuem zu trinken anfingen, stieg uns der Wein, der viel stärker als der erste war, zu Kopfe; die Männer, in deren Gesellschaft wir die Zirkasserinnen gefunden hatten, zogen ihre Säbel und drohten uns niederzumetzeln. Der Wein und die Ermüdung hatte uns so entkräftet, daß wir uns nicht wehren konnten; wir fielen in Ohnmacht und schliefen ein; und diesen Morgen finden wir uns neben dir in dem Zustande, worin du uns siehest. Man hat uns völlig ausgeplündert; aber was wir am meisten zu beklagen Ursache haben, ist der Verlust der beiden Talismane der Töchter Sirocos, die wir, um sie besser zu verbergen, als Siegelringe hatten fassen lassen und bei uns trugen.›

Nachdem wir unser Unglück eine Weile bejammert hatten, fanden wir keinen bessern Rat, als nach Konstantinopel zurückzukehren, wo man uns vermutlich nicht mehr suchen würde, und unsre Zuflucht zu der guten Sumi zu nehmen. Wir machten uns auf den Weg und langten, nach überstandnem vielem Ungemach, endlich bei diesem liebenswürdigen Mädchen an. Der Anblick unsers Elends rührte sie, aber sie hatte es schon lange in dem Buche der Geheimnisse gelesen. Da sie nicht reich genug war, uns auf andre Art wieder aufzuhelfen, so schlugen wir ihr vor, alle Tage die silberne Uhr zu verkaufen, in welche Argentine verwandelt worden war. ‹Du weißt›, sagten wir ihr, ‹daß sie täglich wieder zu dir zurückkommen muß; es wäre denn, daß der silberne Schlüssel sie um Mitternacht aufzöge; und du läufst also keine Gefahr, sie zu verlieren.› Sumi willigte endlich ein, doch mit der Bedingung, daß wir uns allemal nach der Wohnung des Käufers erkundigen sollten, damit sie auch die goldne Uhr dahin tragen könne und Argentine sich also nicht allein befinde, falls man sich's etwa von ungefehr einfallen ließe, sie zur gesetzten Zeit aufzuziehen.

Seit dieser Zeit treiben wir diesen Uhrenhandel, der uns alle Tage jedem zwei Zechinen einträgt, und die beiden Töchter des Siroco sind noch allemal zu ihrer Hüterin zurückgekommen. Gestern verkaufte Izuf die silberne Uhr an diesen jungen Menschen und legte auf Sumis Befehl auch die goldne auf seine Türschwelle. Vermutlich, junger Herr, habt Ihr vergessen, sie aufzuziehen, denn diesen Morgen in aller Frühe waren sie schon wieder da.»

«Ich möchte verzweifeln», rief Neangir. «Hätte ich mehr Verstand gehabt, so hätte ich die anbetenswürdige Argentine gesehen, deren bloßes Bild mich schon bezauberte!» – «Das war nicht Eure Schuld», sagte der Kadi, «Ihr seid kein Hexenmeister. Wer könnte auch erraten, daß er seine Uhr gerade um Mitternacht aufziehen müsse? Aber dem soll bald geholfen werden: ich werde diesen Kaufmann anhalten, sie Euch wiederzugeben, und diese Nacht werdet Ihr sie nicht vergessen.» – «Heute», sprach Izuf, «ist es uns unmöglich, sie wiederzugeben; sie war schon verkauft, ehe dieser junge Herr uns aufsuchte.» – «Nun gut», sagte der Kadi, «so sollt Ihr ihm wenigstens sein Geld zurückgeben! Waren's nicht sechs Zechinen, die er Euch für die Uhr bezahlte?» Der Jude, sehr vergnügt, so leicht davonzukommen, griff schon in seine Tasche, als Neangir, voll Unwillen über die Entscheidung des Kadi, ausrief: «Es ist auch wohl die Rede hier von meinem Gelde! Die unvergleichliche Argentine will ich haben; ohne sie kann mir alles übrige nichts helfen.» – «Mein lieber Kadi», sagte der Bassa, «seht Ihr nicht, daß Ihr Unrecht habt und daß ein Schatz wie der, den mein Sohn verloren hat, mit keinem Gelde zu vergüten ist?» – «Gnädiger Herr», antwortete der Richter, «Ihr habt mehr Verstand und Ansehen als ich; tut selbst den Ausspruch in diesem Handel; ich, meines Ortes, bekenne, daß ich mich nicht dareinfinden kann.» – «Ich lasse mir's gefallen», sagte der Bassa; «komm du mit mir, mein Sohn, komm in meinen Palast; Ihr, schöne Sumi, bleibet bei uns, und man führe auch die drei Brüder dahin: ich hoffe, in kurzem sollen wir alle zufrieden sein.» – «Nur bitte ich», versetzte der Kadi, «wohl Sorge zu tragen, daß uns keiner von diesen drei Schelmen entwische; er könnte gehen und irgendeinem Bassa oder Kadi Geld geben, um sich eine Tracht Schläge geben zu lassen, und dann käme heraus, daß wir von seinen beiden Brüdern, vermöge der saubern Sympathie, die sie unter sich haben, zu Tode geprügelt würden.» – «Gnädiger Herr», antwortete Izuf, «Ihr habt nichts dergleichen zu besorgen; wenn die Kadis Geld annehmen, so geschieht es gewiß nie, um sich Schläge dafür geben zu lassen.» – «Verlaßt Euch auf mich», sagte der Bassa; «es liegt niemanden mehr daran, das Ende dieses Abenteuers zu sehen, als mir.» Mit diesen Worten stund er auf und ließ den Kadi Händel von geringerer Schwierigkeit ausmachen. Neangir und die schöne Sumi mußten sich auf ein paar Handpferde setzen, er selbst ritt zwischen ihnen, und die drei Juden folgten, unter Begleitung einiger Sklaven des Bassa, auf ihren Krücken langsam hinterher.

Wie der Zug vor dem Palaste des Bassa anlangte, sah man auf einer steinernen Bank im Vorhofe zwei verschleierte Frauenspersonen sitzen, die ihrer Gestalt und übrigem Ansehen nach ungemein jung zu sein schienen. Sie waren aufs zierlichste gekleidet; ihr Kaftan und ihre Beinkleider waren von hellblauem Atlas mit Silber gestickt; und ihre Pantoffeln, vom feinsten weißen Leder, dessinierten die niedlichsten Füßchen, die man sehen konnte. Eine von ihnen hatte einen ziemlich großen Sack von rosenfarbnem Taft auf den Knien liegen, in welchem etwas steckte, das sich zu bewegen schien. Die beiden jungen Frauenzimmer standen auf, wie sie den Bassa herankommen sahen, um ihm entgegenzugehen, und diejenige, die den Sack trug, sprach zu ihm: «Mein guter Herr, habt Ihr nicht Lust, uns unsern Sack, mit dem, was drin ist, unbesehen abzukaufen?» – «Wie teuer wollt Ihr ihn geben?» sagte der Bassa. «Um dreihundert Zechinen», antwortete die Unbekannte. Der Bassa lachte über eine so ausschweifende Forderung und ritt fort, ohne sie einer Antwort zu würdigen. «Der Kauf wird Euch nicht gereuen», rief ihm die Unbekannte nach; «wir kommen vielleicht morgen wieder, und dann bezahlt Ihr vierhundert Zechinen dafür – denn, das sag' ich Euch, der Sack wird mit jedem Tage um hundert Zechinen teurer.» – «Komm, komm», sagte die andere, indem sie ihre Gefährtin beim Ärmel zog, «wir wollen uns nicht aufhalten; es könnte schreien, und vielleicht wäre dann unser Geheimnis auf einmal verraten.» Mit diesen Worten entfernten sich die beiden jungen Frauenzimmer, und man verlor sie bald aus dem Gesichte.

Neangir, welchem Dinge begegnet waren, die keinem Menschen begegnen, würde vermutlich diese Begebenheit mehr als andere zu Herzen genommen haben, wenn seine Gedanken nicht alle bei seiner geliebten Argentine gewesen wären; die übrigen waren gleich damit fertig, die beiden Weibspersonen für Närrinnen zu erklären, und gingen in den Palast hinein, ohne weiter an die Sache zu denken.

Man ließ die drei Juden, von einigen Sklaven bewacht, in einem Saale des Vorhofes; Neangir aber mit der Jüdin folgte seinem Vater in das Innere des Harems, dessen Pracht seine ungewohnten Augen ganz verblendete. In allen Zimmern war das Gold an Decken und Wänden verschwendet; die Fußböden waren mit kostbaren Tapeten belegt und aufs herrlichste möbliert; in einem prachtvollen Saale saßen eine Anzahl schöner Sklavinnen von verschiedenen Nationen auf dem Sofa im Kreise herum, und eine große Menge von Kämmerlingen, stehend und mit über die Brust gelegten Armen, erwarteten in tiefster Stille die Befehle ihres Gebieters, bereit, sie augenblicklich mit unumschränktem Gehorsam zu vollziehen.

In der Vertiefung des Saales erblickte man auf einer mit reichen Teppichen bedeckten Estrade eine Frau von ungefehr fünfunddreißig Jahren, welche ungeachtet der tiefen Schwermut, worin sie versunken schien, eine Person von außerordentlicher Schönheit war; sie lag unter einem Thronhimmel auf übereinander geschichteten Polstern, mit dem Gesicht auf dem Inwendigen ihrer rechten Hand. Sobald der Bassa hereintrat, stunden die Frauenspersonen allesamt aus Ehrfurcht auf; er ging mit Neangirn an der Hand auf diejenige zu, die auf der Estrade stand, und sprach zu ihr: «Schöne Zambak, holdes Licht meiner Augen, freue dich mit mir; hier ist dein Sohn wieder, der dich so viele Tränen gekostet hat und den ich endlich wiedergefunden.» Die schöne Zambak fuhr vor Freude zusammen. «O mein gebietender Herr und Gemahl», sagte sie zum Bassa, «mögen alle Feinde unsers unüberwindlichen Sultans zu Euern Füßen gelegt werden, und wenn einst der Engel des Todes Eure Augen schließt, möge Euch für dies Geschenke, so Ihr mir macht, die schönste Jungfrau des Paradieses durch ihre Liebe belohnen!»

Neangir, der hieraus erkannte, daß Zambak seine Mutter sei, warf sich ihr zu Füßen. Die schöne Zambak nahm sein Haupt in ihre beide Hände und küßte ihn auf die Stirne. «Das ganze Haus nehme Anteil an meiner Freude», sprach der Bassa; «man rufe meinen Söhnen Ibrahim und Hassan, daß sie kommen und ihren Bruder umarmen!» – «Ach, mein gebietender Herr», sagte Zambak, «erinnert Ihr Euch nicht, daß es ihre Stunde ist: Hassan weint auf seine Hand und Ibrahim sucht.» – «Gelobet sei der Prophet ewiglich!» rief der Bassa; «wenn das ist, so muß man sie machen lassen.» – «Mein Sohn Neangir, wir werden sie diesen Abend sehen.»

«Verzeihet meiner Neugier, gnädiger Herr», sagte die schöne Sumi, «wenn ich Euch bitte, mir dieses Rätsel zu erklären; vielleicht kann ich Euch dienen. Das Buch der Geheimnisse, so ich besitze, enthält deren vermutlich, die Euch nicht gleichgültig sind.» – «Reizende Sumi», erwiderte der Bassa, «wieviel würde ich Euch dafür schuldig sein! Folget mir in ihr Zimmer: der Anblick meiner unglücklichen Söhne wird Euch besser unterrichten, als es meine bloße Erzählung tun könnte.»

Sumi und Neangir folgten dem Bassa in ein großes Gemach, wo sie zwei junge Leute von der liebenswürdigsten Gestalt antrafen; der eine schien kaum neunzehn Jahre und der andere etwa siebzehn alt. Der Jüngere saß neben einem Tische, über den er sich herbückte, indem seine Tränen auf seine rechte Hand, die er vor die Augen hielt, tröpfelten. Er blickte einen Augenblick auf; aber wie erschraken Neangir und die schöne Jüdin, da sie sahen, daß die Hand, die er mit Tränen badete, von Ebenholz war! Die Traurigkeit des Jünglings schien sich bei ihrem Anblick zu verdoppeln; er legte die Augen wieder auf seine Hand, holte einen tiefen Seufzer und fing von neuem an, bitterlich zu weinen. Der andere junge Mensch war inzwischen beschäftigt, mit großer Eilfertigkeit eine Menge von Korallkügelchen aufzulesen, die unter den Tischen und Möbeln im Saale herumrollten; er legte eines nach dem andern auf den nehmlichen Tisch, auf den der andre Jüngling sich stützte. Neangir und Sumi bemerkten, daß er ihrer bereits achtundneunzig beisammen hatte; aber indem er sich eben darüber zu erfreuen schien, rollte alles wieder den Tisch herab und im ganzen Saale herum, und so ging die Arbeit des armen Jünglings wieder von vornen an.

«Ihr seht nun», sagte der Bassa, «das Schicksal meiner unglücklichen Söhne: der eine sucht alle Tage drei Stunden lang die Korallen, die ihr da herumrollen sehet; und der andere, dessen Hand schwarz worden ist, weint eine ebenso lange Zeit darüber, ohne daß ich erfahren kann, was die Ursache dieses seltsamen Unglücks ist.»

«Bleiben wir nicht länger hier», sagte Sumi; «unsre Gegenwart scheint ihre Betrübnis zu vermehren. Erlaubet mir, das Buch der Geheimnisse zu holen, welches uns ohne Zweifel die Ursache ihres Unglücks und vielleicht auch das Mittel dagegen lehren wird.» Der Bassa ließ sich den Vorschlag der schönen Jüdin wohl gefallen; aber Neangir konnte sich nicht entschließen, die Person von sich zu lassen, von welcher es abhing, ihm in dieser Nacht den Anblick seiner geliebten Argentine zu verschaffen, und versicherte, daß es sein Tod sein würde, wenn er noch eine Nacht mehr auf diesen Trost warten müßte.

«Beruhiget Euch», sagte Sumi; «ich werde vor Nacht wieder hier sein; wie könnt Ihr fürchten, daß ich Euch verlassen möchte, da ich Euch meinen geliebten Izaf als Geisel hinterlasse?» Da Neangir nichts hiegegen einzuwenden hatte, so führte er sie bis an die äußerste Pforte des Palasts, nachdem sie noch einen Augenblick die drei Juden besucht und einen Befehl durch ihn ausgewürkt hatte, daß man es ihnen an nichts fehlen lassen sollte.

Kaum hatte sich Sumi von Neangirn entfernt, der sich noch in dem Vorsaale bei den drei Juden verweilte, als er eine alte Sklavin mit einem Manne hereinkommen sah, den er nicht gleich für den nehmlichen erkannte, der ihn vor zwei Tagen so freundlich bewirtet hatte, weil er jetzt in einem ganz andern Aufzug erschien; denn er war in einen prächtigen, mit Zobel gefütterten Kaftan gekleidet und trug einen Busch von Reigerfedern (das Zeichen der Feldherrnwürde) auf seinem Turban und einen reich mit Edelsteinen besetzten Säbel an seinem Gürtel. Aber die alte Sklavin erkannte er sogleich für die nehmliche, die er bei dem Unbekannten gesehen hatte. «Mein gebietender Herr», sagte die Sklavin zu dem Feldherrn, «ich habe mich nicht geirret, da ich ihnen von dem Hause des Kadi bis zu diesem Palaste nachging; es sind die nehmlichen; Ihr könnet Eure Rache sicher an ihnen nehmen.»

Alsbald entflammte sich das Angesicht des Unbekannten; er zog seinen Säbel und war im Begriff, auf die drei Juden einzuhauen, wenn ihn Neangir und die Bedienten des Bassa nicht zurückgehalten hätten. «Was habt Ihr vor, mein Herr», rief ihm Neangir zu; «wollt Ihr Leute anfallen, denen der Bassa in seinem Hause Zuflucht gegeben hat?» – «O mein Sohn», antwortete der Feldherr, der ihn augenblicklich erkannte, «wenn dies ist, so kennt der Bassa weder die Leute, denen er Zuflucht gibt, noch Euch selbst.» – «Herr», erwiderte Neangir, «er kennt sie und weiß, daß ich sein Sohn bin; erlaubet, daß ich Euch zu ihm führe; er wird Euern Unwillen am besten besänftigen können.»

Der Unbekannte und die alte Sklavin folgten Neangirn in das Innere des Palastes; aber wie groß war das Erstaunen des jungen Menschen, da er seinen Vater den Feldherrn mit allen Zeichen der lebhaftesten Freude umarmen sah! «Wie», rief der Bassa, «seid Ihr's, mein liebster Siroco? Ihr, der, nach der allgemeinen Sage in jenem unglücklichen Treffen, wo die Feinde des Glaubens obsiegten, umgekommen war? Aber warum sehe ich Euer Gesicht von eben dem Feuer glühen, wovon es flammte, da wir gegen die Feinde unsers allgebietenden Sultans stritten? Stillet Euern Grimm und überlaßt Euch den frohesten Hoffnungen; daß ich meinen Sohn wiedergefunden habe, den Ihr hier sehet, ist mir ein sicherer Vorbote unsers gemeinschaftlichen Glückes.»

«Ich zweifelte nicht», sagte Siroco, nachdem sie sich gesetzt hatten, «Ihr würdet bald die Freude haben, einen so geliebten Sohn wiederzusehen; es sind erst drei Tage, seitdem mir der Prophet im Traum erschien und mir befahl, daß ich um die Stunde des Sonnenuntergangs nach dem Tore von Galata gehen sollte. ‹Du wirst›, sagte er zu mir, ‹einen jungen Menschen daselbst finden, den du in deine Wohnung führen sollst; er ist der zweite Sohn deines alten Freundes, des Bassa vom Meere; und damit du nicht irren könnest, so greife ihm oben an seinen Turban; du wirst das kupferne Blech fühlen, worein mein Name in sieben Sprachen gegraben ist.› Ich gehorchte dem Befehle des Propheten», fuhr Siroco fort, «und ich fand diesen jungen Menschen; er gefiel mir, und mit dem größten Vergnügen habe ich ihn in Argentinen, deren Bildnis ich ihm gab, verliebt gemacht; aber während daß ich dem Vergnügen nachhing, meiner Tochter einen so liebenswürdigen Gatten zu versichern und Euch Euern Sohn wiederzugeben, wurden durch einen Zufall etliche Tropfen von dem Elixier der vollkommenen Liebe auf den Tisch verschüttet, und in dem dicken Rauche, der dadurch verursacht wurde, verlor ich Euern Sohn. Diesen Morgen berichtete mich die Sklavin, die Ihr hier sehet, sie habe die Verräter entdeckt, die mir meine beiden Töchter geraubt haben; ich flog zur Rache, aber wenn sie, wie Ihr mich versichert, zu nichts helfen würde, so will ich mich Eurer Leitung und meinem Schicksal unterwerfen.»

«Ich hoffe, es wird uns günstig sein», versetzte der Bassa; «wenigstens sind wir so gut als gewiß, daß wir diese Nacht die goldene und die silberne Uhr haben werden. Schicket sogleich nach der jungen Zelide; laßt sie in Zambaks Arme kommen, um das Vergnügen, zwei so zärtlich geliebte

Schwestern wiederzusehen, mit ihr teilen zu können.» Siroco winkte der alten Sklavin seinen Befehl zu, und sie ging ab.

In diesem Augenblicke traten Ibrahim und Hassan, deren Buße für heute vorüber war, herein und umarmten Neangirn, welchen der Bassa ihnen als ihren Bruder darstellte. Es schien, als ob sie in diesem Augenblick alle ihren Kummer vergessen hätten; und auf die Nachricht, die man ihnen von dem Versprechen der Tochter Moyses gab, öffneten sich ihre Seelen den tröstlichen Hoffnungen.

Gegen Abend stellte sich die schöne Jüdin mit ihrem Buche ein. Sie öffnete es und rief den Hassan auf, zu kommen und sein Schicksal darin zu lesen. Wirklich fand man in hebräischer Sprache diese Worte auf einem eigenen Blatte: «Die rechte Hand ist schwarz und zu Ebenholz geworden, weil sie das Fett eines unreinen Tieres angerührt, da die christliche Sklavin ihren Kuchen knetete; und sie wird so lange Ebenholz bleiben, bis das letzte von der Rasse des unreinen Tieres im Meer ersäuft worden sein wird.»

«Leider!» sagte Hassan, «erinnere ich mich dessen nur zu wohl; ich sah eine christliche Sklavin einen Kuchen zubereiten; sie warnte mich, ihn nicht anzurühren, weil er mit Schweinfett gemacht sei; ich tastete ihn aber demungeachtet an, und plötzlich wurde meine Hand so, wie Ihr sie sehet.»– «O weiser Derwisch», rief der Bassa aus, «du hattest wohl recht: sobald mein Sohn der Lehre ungehorsam ward, die du ihm gabst, als du ihm das Armband schenktest, so wurde er nach der Strenge dafür bestraft. Aber, gute Sumi, wo werden wir das letzte von der Rasse des unreinen Tieres finden, das zum Unglück meines Sohnes den Anlaß gab?» – «Leset», antwortete Sumi, nachdem sie ein paar Blätter umgeschlagen; und der Bassa fand diese Worte: «Das schwarze Ferkel ist in dem Sacke von rosenfarbem Taft, den die zwei zirkassischen Tänzerinnen tragen.» Bei diesen Worten stürzte der Bassa voll Verzweiflung auf den Sofa hin. «Oh, ganz gewiß», rief er, «ist das der Sack, den mir diesen Morgen zwei unbekannte Weibspersonen um dreihundert Zechinen verkaufen wollten; und allem Ansehen nach sind sie es eben die Zirkasserinnen, welche die beiden Brüder der schönen Sumi tanzen machten und ihnen die Talismane der Töchter Sirocos entwendeten. Wehe mir, daß ich sie davongehen ließ! Sie hätten aller unsrer Not ein Ende machen können. Man eile, sie aufzusuchen, sie wiederzubringen; ich bin bereit, ihnen die Hälfte meiner Schätze zu geben.»

Während daß der Bassa seinen Unmut so ausließ, hatte Ibrahim das Buch der Geheimnisse ebenfalls aufgeschlagen und mit Beschämung diese Worte darin gefunden: «Der Tesbusch wurde abgereihet, um Gerad oder Ungerad zu spielen: der Eigentümer desselben wollte betrügen und ein Kügelchen heimlich auf die Seite schaffen; der Unredliche mag so lange suchen, bis er die fehlende Koralle findet.» – «O Himmel», rief Ibrahim, «itzt besinne ich mich der unseligen Geschichte wieder; ich hatte den Faden der Betschnur abgeschnitten, um mit der schönen Aurore zu spielen; ich hatte alle neunundneunzig Korallen in der Hand, und sie riet *ungerade;* um zu gewinnen, ließ ich eine fallen; es war nun *gerade,* und sie verlor; aber wiewohl ich täglich drei ganzer Stunden suchen muß, hab' ich doch mit allem meinem Suchen das

Kügelchen, das ich fallenließ, nicht wiederfinden können.» – «O du weiser Derwisch», sagte der Bassa, «wohl behältst du recht! Sobald der Tesbusch, den du meinem Sohne schenktest, nicht mehr vollzählig war, mußte er schwer dafür büßen! Aber sollte uns das Buch des Moyses kein Mittel zeigen, wie der arme Ibrahim seiner täglichen Marter wieder loswerden könnte?» – «Höret», sagte Sumi, «was ich hier lese: ‹Die Koralle ist in die fünfte Falte der Robe von goldnem Mohr gefallen.›» – «Wie glücklich», rief der Bassa; «wir werden die schöne Aurore nun bald zu sehen bekommen; vergiß ja nicht, mein Sohn, in der fünften Falte ihrer Robe zu suchen: denn gewiß meint das Buch der Geheimnisse keine andre.»

Kaum hatte die schöne Jüdin das Buch wieder zugemacht, so erschien die alte Sklavin mit der jüngsten Tochter des Siroco, unter der Bedeckung verschiedener Kämmerlinge. Die Freude, ihren geliebten Hassan zu sehen, hatte das holde Kind noch reizender gemacht, als Neangir an dem Abend, da er mit ihr zu Nacht speiste, sie gefunden hatte. Hassan war vor Entzücken außer sich; und Zambak, welche Zelide noch nie gesehen hatte, konnte nicht müde werden, sie mit Liebkosungen zu überschütten, so sehr war sie von ihrer Anmut und Artigkeit bezaubert. Die beiden andern Brüder hätten sich kaum erwehren können, Hassans Glück mit neidischen Augen anzusehen, wenn die Hoffnung, womit Sumi sie bei guter Laune zu erhalten suchte, ihrer Erfüllung nicht mit jeder Stunde nähergekommen wäre.

Indessen war es Abend geworden, und die Gesellschaft stieg in die Gärten des Bassa herab, um der frischen Luft zu genießen, die den Wohlgeruch unzähliger Gattungen von Blumen und blühenden Büschen überall umherstreute. Was die größte Schönheit dieser Gärten ausmachte, waren verschiedene große Terrassen, von denen man nach und nach wie auf Stufen bis zum Meerufer herabstieg. Die schöne Zambak erwählte die unterste dieser Terrassen, um daselbst unter einer großen Laube von Jasminen, die am äußersten Ende stand, mit der ganzen Gesellschaft auszuruhen. Sie hatten sich kaum niedergelassen, als sie durch ein Getöse überrascht wurden und, indem sie aufmerksam gegen die Mauer, woher es kam, hinhorchten, mit großer Heftigkeit reden hörten. «Undankbare», sagte eine männliche Stimme, «können fünf Jahre, seit ich Euch mit der feurigsten Leidenschaft liebe, mir keine bessere Begegnung von Euch verschaffen? Sehet selbst, was für eine unerträgliche Beleidigung Ihr mir da wieder zugefügt habt! Ich muß mich nun gänzlich aus der Welt verbannen, und diese Höhle selbst ist noch nicht finster genug, mich vor den Augen aller Menschen zu verbergen.» Diese Rede erregte eine allgemeine Aufmerksamkeit; aber man hörte statt der Antwort nichts als ein Gelächter, das kein Ende nehmen wollte. «Ah, ihr treulosen Geschöpfe», fuhr die nehmliche Stimme fort, «hätte ich mich nach den großen Wohltaten, die ich euch erwiesen, einer solchen Begegnung zu euch versehen sollen? Ist's das, was ihr mir versprachet, als ich euch die Talismane der Schönheit in die Hände spielte? Leider seid ihr dadurch nur angereizt worden, mich treuloserweise zu verlassen; und da ich euch endlich wiedergefunden, so macht ihr euch kein Bedenken, mir den empfindlichsten Schimpf anzutun! Ist das der Dank dafür, daß ich euch das kleine schwarze Ferkel geschenkt habe, womit ihr das größte Glück machen könnt?»

Bei diesen Worten stieg die Verwunderung und die Begierde, noch mehr zu wissen, bei den Zuhörern auf den höchsten Grad. Der Bassa ließ sogleich alle seine Leute zusammenrufen und befahl ihnen, die Mauer einzureißen, die ihn von den Unsichtbaren trennte, deren Stimme man gehört hatte. Sein Befehl war in wenig Augenblicken ins Werk gesetzt; aber man fand den Mann, der gesprochen hatte, nicht mehr: man sah bloß zwei junge Personen von außerordentlicher Schönheit, die, ohne die mindeste Unruhe über diesen Vorgang blicken zu lassen, mit leichten tanzenden Schritten der Gesellschaft auf der Terrasse sich näherten. Ein alter Schwarzer kam hinter ihnen drein, den der Bassa für eben den Guluku erkannte, dem er Neangirn anvertraut hatte, ehe er in einen kupfernen Kochtiegel verwandelt wurde.

Sobald der Sklave den Bassa ansichtig wurde, warf er sich mit dem Angesicht auf die Erde vor ihm hin und sprach sich selbst sein Urteil. «Ich verdiene den Tod», sprach er, «weil ich Euern Sohn verlorengehen ließ; aber mein Verbrechen war unvorsetzlich und verdient keine grausame Bestrafung.» – «Stehe auf, Guluku», sagte der Bassa; «ich habe meinen Sohn wiedergefunden; dein Versehen soll dir verziehen sein, zumal da du dich, wie man mir sagte, selbst bestrafen wolltest und dich ins Meer stürztest, als mein Sohn verschwunden war. Aber sage mir, wie es zuging, daß ich dich noch am Leben finde? Und vor allem sage, wer sind diese beiden schönen Mädchen, und was bedeuten die Reden, die soeben in dieser Höhle geführt wurden?» – «Mein gebietender Herr», antwortete Guluku, «aus Verzweiflung über den Verlust meines jungen Herrn hatte ich mich zwar ins Meer gestürzt; aber sobald ich im Wasser war, behielt die Liebe zum Leben die Oberhand. Ich schwamm, so lang ich konnte, und erreichte endlich mit vieler Mühe das Ufer. Dort fand ich einen guten Derwisch, der mich das eingeschluckte Wasser wieder von mir geben ließ und Sorge zu mir hatte. Ich erzählte ihm das Unglück, das mir zugestoßen, und er schien alles für bekannt anzunehmen. ‹Ich weiß, was aus deinem jungen Herrn geworden ist›, sagte er; ‹er wird sich wiederfinden; aber inzwischen wirst du wohl tun, wenn du deinem Herren aus dem Wege gehst. Ich will dich als Bedienten zu einem Paar junger Frauenzimmer bringen; du sollst sie heute noch zu einer großen Lustbarkeit begleiten und in allem zu ihrem Befehle sein.› Ich folgte also dem Derwisch, und so stellte er mich diesen beiden jungen Damen vor, die ich seit diesem immer als ihr getreuer Sklave begleitet habe; aber was ihren Stand und ihre Geschichte betrifft, darüber werden sie Euch selbst die beste Auskunft geben können.» – «Vor allem sagt mir», fuhr der Bassa etwas rasch heraus, «wo ist das schwarze Ferkel, dessen ich erwähnen hörte?» – «Herr», antwortete sogleich eine von den beiden Mädchen, wiewohl die Frage nicht an sie gerichtet war, «sobald der Alte, bei dem wir waren, die Mauer einreißen hörte, entfloh er durch eine Öffnung, die ins Feld hinausgeht, und da hat er den Sack zusamt dem Ferkel mitgenommen.» – «Man laufe ihm eilends nach», rief der Bassa, «und ergreife ihn!» – «Ihr könnt ganz ruhig sein, mein Herr», sagte das andere Mädchen; «der Mann ist ein Derwisch, er ist in uns verliebt, und er kommt ganz gewiß wieder; gebt nur Befehl, daß man den Eingang bewache, um ihm, sobald er wieder drin ist, den Ausgang zu versperren.»

Weil der Tag beinahe gesunken war, kehrte die ganze Gesellschaft in den Palast zurück. Der Bassa und Siroco schienen sehr von den Reizungen der beiden Unbekannten eingenommen und erwiesen ihnen große Achtung; aber was ihnen eigentlich am Herzen lag, war doch, je bälder, je lieber herauszubringen, ob sie nicht diejenigen seien, die im Besitz der zwei Talismane waren, welche Izif und Izuf Auroren und Argentinen entwendet hatten.

Man trat in einer prächtigen Galerie ab, die den Harem von dem vordern Teile des Palastes absonderte. Sie war durch eine große Anzahl kristallner Kronleuchter mit silbernen Lampen beleuchtet. Sobald man Platz genommen hatte, wurde die Gesellschaft mit Kaffee, Sorbet, trocknen und eingemachten Früchten und einer Menge anderer Erfrischungen bedient. Der Bassa, dem seine Zweifel lästig zu werden anfingen, befahl die drei Juden herbeizuholen, um zu sehen, ob sie die beiden jungen Personen für diejenigen erkennen würden, die ihnen in dem Karawanserei ihre Kostbarkeiten abgenommen; aber man brachte ihm die Nachricht: Während daß die Sklaven gegangen seien, die Mauer einzureißen, hätten sich die drei Juden aus dem Staube gemacht. Die schöne Sumi erblaßte bei dieser Zeitung, beruhigte sich aber bald wieder, nachdem sie, ohne bemerkt zu werden, ihr Buch hervorgezogen und einen Blick dareingetan hatte. Sie steckte es geschwind wieder ein und sagte halblaut: «Sie werden den Derwisch erwischen, man braucht ihrentwegen in keiner Unruhe zu sein.» Indessen konnte sich Hassan doch nicht enthalten, seinen Unmut laut werden zu lassen. «Wir sind doch sehr unglücklich», rief er aus; «wenn uns das Glück auf der einen Seite in die Hände läuft, so geschieht es immer nur, um uns auf der andern wieder zu entwischen.»

Ein Leibpasche des Bassa, der alles bei ihm galt, konnte sich über diesen Gedanken des Lachens nicht enthalten. «Gnädiger Herr», sagte er zu Hassan, «was kümmern Euch die drei Juden? Ich würde mich an Eurer Stelle an diesen beiden jungen Personen erholen, die ich nicht gegen alle Juden in der Welt vertauschen wollte. Dies Glück kam uns tanzend, jenes lief auf Krücken davon; es wird nicht sehr weit laufen.» Der Bassa, dem diese Freiheit seines Paschen in der bösen Laune, worin er sich eben befand, anstößig war, befahl ihm, sich sogleich zu entfernen und ihm nicht wieder vor die Augen zu kommen. «Ich gehorche, mein Gebieter», sagte der Pasche; «aber es soll nicht lange anstehen, so will ich in so guter Gesellschaft wiederkommen, daß Ihr mich mit Vergnügen sehen sollt.» Und damit verschwand er, ohne daß man begriff, was er sagen wollte.

Die Ungeduld, zu wissen, ob die beiden schönen Unbekannten die Talismane der Töchter Sirocos in ihrer Gewalt hätten oder nicht, wurde inzwischen immer dringender; und Neangir konnte sich endlich nicht länger halten. «Ihr sehet hier», sagte er zu ihnen, «drei junge Leute, die von der heftigsten Leidenschaft eingenommen sind. Nichts ist liebenswürdiger als die Gegenstände unsrer Sehnsucht; aber zwei von ihnen leiden großes Ungemach und sind aller ihrer Vorzüge beraubt. Wenn es nur bei Euch stände, wolltet Ihr ihnen nicht ihre Reize und ihre Freiheit wiedergeben?»

Bei diesen Worten schienen die beiden Unbekannten vor Zorn feuerrot zu werden. «Was?» sagte eine von ihnen mit einer Heftigkeit, die ans Komische grenzte. «Wir? Wir sollten den Leiden irgendeines Liebenden abhelfen? Nein, macht Euch keine Hoffnung dazu! Wir sind Eure Sklavinnen nicht, und Ihr könnt uns nicht dazu zwingen. Nachdem das Schicksal so grausam gegen uns gewesen ist, uns unsrer Geliebten auf ewig zu berauben, möchte doch die ganze Welt ebenso unglücklich sein als wir. Ja, meine liebe Schwester», setzte sie hinzu, sich zu ihrer Gefährtin wendend, «wiewohl mein Kopf leicht geworden ist, so werde ich doch unsrer Schwüre nie vergessen; und sofern es in unsrer Macht steht, soll niemand, den die Liebe begünstigen will, unsers Unglücks durch seine Freude spotten!»

Diese Reden setzten alle Anwesenden in große Verwunderung, und man ersuchte die Unbekannte, sich zu erklären, was es mit ihrem Unglück für eine Bewandtnis habe und durch was für einen Zufall ihr Kopf leicht geworden sei. Sie bezeugte sich dazu nicht abgeneigt, und nachdem sie einen Blick auf ihre Gesellin geworfen, als ob sie sich ihre Einwilligung ausbäte, begann sie ihre Erzählung folgendermaßen:

«Mein Name ist Dely, und meine Schwester hier nennt sich Tezile. Wir sind in Zirkassien geboren und wurden von unsern Eltern, die sich große Hoffnungen von unsrer Gestalt machten, von früher Kindheit an für den Harem des Großherrn bestimmt; eine Spekulation, womit Leute von geringem Stande und Vermögen in unserm Lande sehr gewöhnlich ihre Glücksumstände zu verbessern pflegen. Zu diesem Zwecke wurden wir frühzeitig in allen Künsten geübt, die den natürlichen Reiz der Jugend und Schönheit erhöhen; und ich darf sagen, daß wir schon als sehr junge Mädchen auf allen Arten von Instrumenten, im Singen und vornehmlich im Tanzen wenige unsersgleichen hatten. So hart es auch unsre Eltern anzukommen schien, sich von uns zu trennen, so vergnügt waren sie doch, als diejenigen, welche sich damit abgeben, Odalisken für den Harem des Großherrn aufzukaufen, nachdem sie uns in Augenschein genommen hatten, uns würdig fanden, dem obersten Beherrscher der Gläubigen dargestellt zu werden. Der Tag, an welchem wir nach Konstantinopel abgehen sollten, war nun bestimmt, als wir des Abends zuvor zwei junge Unbekannte von der einnehmendsten Gestalt in unsre Wohnung treten sahen. Der eine schien zwanzig Jahre alt; seine Haare waren rabenschwarz, seine Augen voll Feuer, und sein Gesicht glühte in der lebhaftesten Farbe der Gesundheit; der andere, der kaum fünfzehn zu haben schien, war blond, hatte himmelblaue Augen, eine blendendweiße Haut, die das frischeste Rosenrot durchschimmern ließ, und überhaupt so feine Züge und eine so zarte Bildung, daß er für das schönste Mädchen hätte verkauft werden können. Sie redeten uns mit einem furchtsamen Anstand an und gaben vor, daß sie sich verirret und wegen einbrechender Nacht genötiget gesehen hätten, eine Zuflucht bei uns zu suchen. Unsre Mutter, wiewohl nicht ohne Angst vor unsern Käufern, denen ein solcher Besuch nicht anständig hätte sein mögen, konnte es doch nicht über ihr Herz bringen, sie abzuweisen, und erlaubte ihnen also, die Nacht in unsrer Hütte zuzubringen. Wenn diese beiden jungen Fremdlinge auf unsre Eltern selbst Eindruck gemacht hatten, so war es wohl kein Wunder, daß wir junge Mädchen, die außer unserm Vater noch keinen Mann gesehen hatten, ganz von ihrem Anblick bezaubert wurden. Vorher hatten wir uns auf unsre Abreise gefreut, in der kindischen Hoffnung, daß es uns nicht fehlen werde, große Damen im Harem des Sultans zu werden; nun stellten wir uns unser Schicksal als das fürchterlichste Elend vor: wir seufzten wider Willen bei jedem Atemzuge, und kurz, die heftigste Leidenschaft hatte sich in einem Augenblick unsrer kleinen Herzen bemeistert.

Inzwischen ward es Nacht. Ich lag neben Tezilen; aber beide ganz mit dem Bilde der jungen Fremdlinge beschäftigt, hatte keine von uns den Schlaf finden können. Endlich hörte ich dicht an meinem Ohre flüstern; ich war im Begriffe, laut aufzuschreien, aber zum Glücke ließ mich der erste anbrechende Tagesschimmer sehen, daß es der jüngste der beiden Fremden war, der neben mir saß, indes sein Gefährte sich auf der andern Seite mit Tezilen unterhielt. ‹Ruhig, schöne Dely›, flüsterte er mir zu, indem er mich bei der Hand nahm, ‹höre einen Prinzen an, den im ersten Augenblicke, da er dich sah, die Liebe zu deinem Sklaven gemacht hat.› Ich war außer mir, zitterte und verstummte und hatte nicht so viel Kraft, meine Hand zurückzuziehen, die er mit der zärtlichsten Inbrunst küßte. Er sagte mir hierauf, er nenne sich Alidor, sei der Sohn des Königs der schwarzen Marmorinsel; sein Gefährte sei zwar kein Königssohn, aber er besitze Geheimnisse, die ihn den größten Königen gleich machten; er selbst sei von dem Hofe seines Vaters heimlich entflohen, weil man ihn mit der Prinzessin Okimpare, einer

Nichte des Königs, habe vermählen wollen, die zwar ein Wunder von Verstand und Schönheit sei, aber das rechte Auge ein wenig größer habe als das linke. Meine kleine Eitelkeit fand sich von einer so glänzenden Eroberung unendlich geschmeichelt, und ich kehrte ihm mit einem schmachtenden Blicke beide Augen zu, um ihm zu zeigen, daß die meinigen einander vollkommen gleich seien, aber dieser Blick hätte ihm beinahe den Verstand gekostet; ich sah, daß er die Augen verdrehte und in Gefahr war, unmächtig hinzusinken. Ich hatte nichts um mich als die Haut eines Tigers, den mein Vater auf der Jagd erlegt und womit er mir ein Geschenke gemacht hatte; ich konnte also unmöglich aufstehen, aber Tezile, die meine Verlegenheit merkte, warf einen Rock um und kam ihm mit Thelamir zu Hülfe. Als Alidor wieder zu sich selbst kam, fand er sich in einer Lage, die ihm mehr als die stärkste Liebeserklärung von meiner Seite wert sein mußte, denn ich hatte mich mit dem halben Leibe aufgerichtet, um seinen Kopf zu unterstützen, der, anstatt auf den Boden (wie ich gefürchtet hatte), an meinen Busen gesunken war. Meine Schwester, die vor Angst zitterte, daß man uns in diesem Zustande überraschen möchte, mußte alle ihre Stärke anwenden, ihn von mir wegzureißen.

Einen Augenblick darauf hörten wir ein Getöse, und unsre jungen Liebhaber hatten kaum noch Zeit, uns die Hand zu küssen und sich unsichtbar zu machen. Es waren unsre Führer, die uns abzuholen kamen. In der Verwirrung, worin wir uns befanden, mußten wir alles mit uns machen lassen, was man wollte. Wir sahen eine Karawane von mehreren Kamelen, deren jedes zwei große hölzerne Kasten trug. Unsre Eltern umarmten uns zum letzten Male, und man packte uns, mich und meine Schwester, in eines dieser Gehäuse ein, das oben durch ein Fenster Licht empfing und worin wir ganz bequem sitzen und liegen konnten. Wir reiseten auf diese Weise etliche Tage lang in großer Unruhe, was aus unsern Liebhabern geworden sei, die indessen Tag und Nacht der Inhalt unsrer Gespräche und Träume waren. Endlich erblickte ich eines Morgens durch das Fenster, das über meinem Kasten war, eine junge Person in einer Kleidung wie die unsrige, die mich bei meinem Namen rief. Ich sprang in Entzückung auf und erkannte den Prinzen Alidor, der mir sagte, Thelamir habe ihn auf diese Art verkleidet, indem er sich für einen Sklavenhändler ausgegeben, der dem Sultan eine wunderschöne Sklavin zum Geschenke bringen wollte. Diesem zufolge habe er einen Kasten auf eben dem Kamele, wo der unsrige war, gemietet und ihn als die vorgebliche Sklavin darein verschlossen; und durch Thelamirs Beihülfe habe er Mittel gefunden, den Deckel seines Kastens aufzuheben und über den Saumsattel des Kamels bis an unser Fenster zu steigen. Wir waren außer uns vor Freude über diese schlaue Erfindung, die uns, verschiedene Tage durch, das Vergnügen verschaffte, einander zu sprechen oder wenigstens zu sehen; denn um nicht entdeckt zu werden, mußten wir bescheidener sein, als uns lieb war. Aber inzwischen näherten wir uns täglich dem fürchterlichen Orte unsrer Bestimmung, und die Frage war, wie wir es anstellen wollten, um uns in Freiheit zu setzen. Endlich meldete uns Alidor, Thelamir habe unterweges einen guten Derwisch gefunden, dem er weisgemacht, wir wären seine Schwestern, die ihm wider seinen Willen entführt würden; er habe ihn um eine Zuflucht gebeten, auf den Fall, daß er uns den Händen unsrer Räuber entreißen könnte; der Derwisch habe sich erbitten lassen, und es käme also nur darauf an, in der nächsten Nacht, wenn unsre Führer schliefen, durch die obere Öffnung unsrer Gehäuse herauszusteigen und mit ihm davonzugehen. Die Sache kam mit Hülfe unsrer Liebhaber glücklich zustande; wir stiegen heraus, ließen das Kamel stehen, und unsre Führer langten ohne Zweifel des folgenden Tages mit den leeren Kasten bei guter Zeit in Konstantinopel an.

Thelamir war inzwischen unser Wegweiser; wir gingen wieder zurück, und nachdem wir eine Zeitlang durch Pfade, die sonst keinem Menschen bekannt waren, fortgekrochen waren, langten wir an die Einsiedelei des Derwischen an, der uns erwartete. Wir fanden bei ihm eine gute Mahlzeit bereitet, wozu ihm Thelamir Geld gegeben hatte, und entschädigten uns nun für die auf unserm Kamele ausgestandene Langeweile durch das Vergnügen, an einem Orte, der der ganzen Welt verborgen war, in Freiheit und beisammen zu sein. Thelamir und Tezile, die einander seit vielen Tagen nicht gesehen hatten, schienen über dem Vergnügen ihrer Wiedervereinigung alles andere zu vergessen; ich hingegen überließ mich meiner natürlichen Fröhlichkeit. Da ich bemerkte, daß der gute Derwisch mich und meine Schwester nicht gleichgültig ansehen konnte, so verführte ich ihn, mehr Wein zu trinken, als seiner Weisheit zuträglich war, um ihn noch mehr zu entzünden und mit seiner lächerlichen Leidenschaft unser Spiel zu treiben. Tezile sang ein paar Liedchen, die ihn ganz aus seiner Fassung brachten; und ich selbst machte ihm, boshafterweise, so viele Liebkosungen, daß mein geliebter Alidor beinahe eifersüchtig darüber geworden wäre. So brachten wir die Nacht sehr kurzweilig hin. Des folgenden Tages schenkte uns der Derwisch einen schwarzen Sklaven zu unsrer Bedienung und sagte, es läge nur an uns, so wollte er uns zu den schönsten Personen in der ganzen Welt machen. ‹Folget mir alle›, sprach er, ‹in ein Karawanserei, das nicht weit von hier liegt; ihr werdet dort zwei Juden finden, die im Besitze unschätzbarer Kleinode sind, so sie gestohlen haben: trachtet sie in euere Gewalt zu bekommen.› Thelamir riet uns, von dieser Nachricht Gebrauch zu machen; wir folgten dem Derwisch in das Karawanserei, wo wir von einigen Kaufleuten wohl empfangen wurden und uns mit ihnen zu Tische setzten. Es währte nicht lange, so sahen wir die beiden Juden anlangen, die uns der Derwisch beschrieben hatte. Wir setzten sie zwischen uns; und da uns der Derwisch (ohne daß wir begriffen, was er damit sagen wollte) ins Ohr raunte, ihr Bruder habe getanzt, so mußten sie auch mit uns tanzen. Sie können sich rühmen, einen sehr vergnügten Abend mit uns zugebracht zu haben. Wir setzten sie in einen solchen Zustand, daß wir ihnen ohne Mühe alles, was sie hatten, abnahmen, und so überließen wir sie ihrem Schicksal.

Wir hatten sie kaum verlassen, so kam es dem Prinzen und Thelamir und mir selber vor, als ob Tezile hundertmal schöner geworden sei, als sie zuvor war; und das nehmliche sagten sie auch von mir. Thelamir, der selbst eine Menge Geheimnisse besaß, wünschte uns zu dem Schatze, den wir besäßen, Glück, sagte aber nicht, was es wäre.»

Siroco und der Bassa sahen einander hier mit einer Miene an, welche zu erkennen gab, daß sie einerlei Gedanken hatten: sie wollten aber die schöne Dely in ihrer Erzählung nicht unterbrechen.

«Wiewohl Alidor mehr als jemals von mir bezaubert schien, so mißbilligte er doch unsre Unternehmung und wollte schlechterdings nicht, daß wir zu dem gefährlichen Derwisch zurückkehren sollten. Wir schifften uns also, weil es doch nirgends sichrer für uns war, nach der schwarzen Marmorinsel ein und langten ohne einen widrigen Zufall in einem Schlosse an, das mitten in einem großen Walde lag und dem Thelamir zugehörte.

Wir erfuhren hier, daß des Prinzen Vater über seine heimliche Entweichung sehr aufgebracht sei, daß er noch immer auf seiner Vermählung mit der Prinzessin Okimpare bestehe und es also nicht ratsam für den Prinzen wäre, ihm unter die Augen zu kommen. Ich gestehe, wiewohl ich eben nicht ehrgeizig bin und meinen Prinzen bloß um seiner selbst willen liebte, so würde es mir doch unendlich geschmeichelt haben, an einem Hofe zu schimmern und alles dort unter mir zu sehen. Da es aber unter solchen Umständen nicht sein konnte, so überredeten wir einander ohne Mühe, daß wir, um glücklicher als Könige zu sein, nichts als unsre Liebe nötig hätten, zumal da unsre Liebe noch so jung war und uns in Thelamirs Schlosse nichts abging, was wir zu unserm Vergnügen wünschen konnten. Es glich einem wahren Zauberpalaste und war aus einem so glatt polierten Marmor erbaut, daß sich die Gärten, wovon es umgeben war, mit allen ihren Bäumen, Springbrunnen, Lauben, Teichen und Gebüschen darin wie in einem Spiegel abbildeten. Es war von einem ungeheuren

Umfang und inwendig aufs prächtigste, bequemste und zierlichste eingerichtet. Besonders war da ein kleines, mit blaßgelbem Taft und Silber möbliertes Appartement, das ich für mich auswählte, weil es zu meinen pechschwarzen Haaren einen ganz entzückenden Effekt machte. Meine Schwester und ich wurden wie ein Paar kleine Königinnen gehalten. Wir hatten eine Menge bildschöner Sklavinnen zu unsrer Bedienung und alle Tage andere Kleider anzuziehen; kurz, wir waren über alle Maßen glücklich; und leider! fehlte nichts als – daß es nicht länger dauerte. Doch eines hätte ich bald vergessen, wiewohl es in der Tat mehr dazu diente, unsre Glückseligkeit zu erhöhen als zu unterbrechen. Meine Schwester, die von Natur reicher an Zärtlichkeit ist als ich, befand sich in einem solchen Überflusse, daß ihr, nach allem, was sie davon an Thelamir verschwendete, noch etwas für den Prinzen übrigblieb und würklich (mit ihrer Erlaubnis) mehr als nötig war, um den armen Thelamir in die heftigste Eifersucht zu setzen. Dies brachte von Zeit zu Zeit kleine Stürme hervor, die aber durch Tezilens Tränen und meine gefällige Vermittlung sich immer wieder zu ihrem Vorteile legten und Aussöhnungen veranlaßte, wobei wir alle gewannen.

Mitten in diesem wonnevollen Leben kam uns die Nachricht zu, daß der König gefährlich krank liege. Ich riet dem Prinzen, nach Hofe zu gehen, um selbst zu sehen, wie es stünde, und sich den Großen des Reichs zu zeigen. Er konnte sich lange nicht entschließen, sich von uns zu trennen; aber endlich redete ihm Tezile an einem Morgen in Thelamirs Gegenwart so stark zu, daß er ihr nicht widerstehen konnte. Aber da ihm seine Liebe zu mir näher am Herzen lag als die Krone, so versprach er uns, daß er noch vor Nacht wieder bei uns sein wollte. Indessen brach die Nacht herein, ohne daß wir ihn wiederkommen sahen. Tezile, die an seiner Abreise schuld war, ließ eine Unruhe darüber blicken, in welcher Thelamir gar zu viel Zärtlichkeit zu sehen glaubte. Ich, meines Ortes, befand mich in einer unbeschreiblichen Bewegung. Ich stund mitten in der Nacht auf und machte mich, in der Hoffnung, ihm zu begegnen, ganz allein auf den Weg, den ich ihn durch den Wald hatte nehmen sehen. Mein Vorgefühl hatte mich nicht betrogen; ich hörte ein Geräusch: es war mein geliebter Prinz; er stieg vom Pferde, sobald er mich erkannte, und wir setzten uns zusammen ins Gras, um uns unserer beiderseitigen Empfindungen zu erleichtern. Wir hatten keine Zeit, von seiner Reise zu sprechen; das Vergnügen, wieder beisammen zu sein, beschäftigte uns ganz allein. ‹Liebster Prinz›, sagte ich zu ihm, ‹möchte ich Euch doch meine ganze Liebe zeigen können. O gewiß, meine Schwester, mit aller ihrer Zärtlichkeit, kann nicht lieben wie ich!› Mein geliebter Alidor war außer sich vor Vergnügen; und sein Gesicht auf das meinige gedrückt, antwortete er mir: ‹O gewiß, wie feurig auch Thelamir lieben mag, seine Liebe wird die meinige nie erreichen!› Kaum hatte Alidor diese Worte ausgesprochen, so hörte ich ein Geräusch hinter uns; wir hatten nicht Zeit, uns umzusehen, von einem einzigen Säbelzug flogen unsre beiden Köpfe und rollten etliche Schritte von uns im Grase.»

«Beim Mahomed», rief Siroco, «es geschah euch recht: wer wird sich auch so abgenutzter Wendungen bedienen, um seine Liebe auszudrücken? Und was soll das heißen: ‹Ich liebe dich so viel und so viel› – oder: ‹Andre Leute lieben nicht wie ich!› Das nenn' ich Plattheiten und klaren Unsinn. Hättet ihr einander was Gescheuteres oder lieber gar nichts gesagt, so würde euch diese Verdrießlichkeit nicht begegnet sein.» – «Oh, was das betrifft», fiel Tezile ein, um sich ihrer Schwester anzunehmen; «wenn das Herz recht voll ist, so hat der Kopf keine Zeit, auf Ausdrücke zu studieren.» – «Ihr seid auch gar zu streng, mein Herr», sagte Dely; «es wäre kein Bleiben mehr in der Welt, wenn man allen Leuten, die ohne Sinn reden, die Köpfe abschlagen wollte.

Aber, um meine Erzählung zu Ende zu bringen, in eben dem Augenblicke, da unsre Köpfe herunterflogen, hörte ich die Stimme Thelamirs, der in äußerstem Grimme zu uns sagte: ‹Treulose, antwortet mir, ich gebe euch auf etliche Augenblicke die Macht dazu: ungetreue Tezile, falscher Alidor, es ist heute nicht zum ersten Male, daß ich euer Einverständnis entdecke; was für Ursache habe ich euch gegeben, mir so mitzuspielen?› Nun sahe ich erst, daß mich Thelamir für meine Schwester gehalten hatte. ‹Ich bin nicht Tezile›, antwortete ihm mein Kopf mit schwacher Stimme; ‹ich bin die arme Dely, die Ihr mit Euerm Freunde unschuldig ums Leben bringt.› – ‹Wenn das ist›, versetzte Thelamir, indem er sich augenblicklich wieder faßte, ‹so seid ohne Kummer, ich kann euch das Leben wiedergeben.› Sogleich suchte er auch den Kopf des Prinzen, schob einem jeden von uns eine magische Pastille in den Mund und setzte uns unsre Köpfe wieder auf, die denn auch, durch die Wunderkraft der magischen Zeltchen, im Nu wieder so gut einpaßten und so fest saßen, daß nicht die mindeste Narbe daran zu sehen war; aber weil es

Nacht und Thelamir in Eile war, hatte er sich vergriffen und meinen Kopf auf Alidors Hals und des Prinzen seinen auf den meinigen gesetzt.

Wir wunderten uns nicht wenig über die ungewohnten Vorstellungen, die aus unserm Herzen in unsern Kopf aufstiegen. Wir langten mit den Händen an unsre Stirne; des Prinzen seine waren ebensowenig gewohnt, einen weiblichen Kopfputz, als die meinigen, einen Turban da zu finden; wir konnten gar nicht begreifen, was mit uns vorgegangen sein müsse. Aber bei unsrer Zurückkunft in den Palast, wo uns meine Schwester mit Lichtern entgegenkam, wie groß war mein Erstaunen, da ich meinen Kopf auf einem andern Rumpf als auf dem meinigen stehen sah! Meine Schwester glaubte anfangs, daß ich die Kleider mit dem Prinzen verwechselt hätte; aber da sie ihren Irrtum gewahr wurde, so war ihr Erstaunen nicht kleiner als das unsrige; und weil es unmöglich war, ihr die Geschichte dieser seltsamen Versetzung unsrer Köpfe zu verbergen, so hatte Thelamir, der bei diesem allem die schlimmste Rolle spielte, nicht wenig zu tun, wegen eines so übel angebrachten Beweises seiner Liebe zu ihr, Verzeihung zu erhalten. Um seinen Fehler wiedergutzumachen, sagte er uns: Er habe noch ein paar Zeltchen von gleicher Kraft und Tugend, und wenn es uns gefällig wäre, wollte er die Operation wiederholen und jedem das seinige wiedergeben. Aber wir konnten uns nicht entschließen, die Probe noch einmal an uns machen zu lassen, und begnügten uns, die magischen Pastillen anzunehmen, die er uns anbot, um davon Gebrauch zu machen, falls wir jemals in den Fall kommen sollten, unsre Köpfe zu verlieren.

Inzwischen hatte der Irrtum des Thelamir natürlicherweise eine Menge Folgen, die uns alle Augenblicke in kleine Verlegenheiten setzten. Mein Kopf führte den Prinzen, ohne daran zu denken, in mein gelbes Zimmer, wo ihm aber meine Sklavinnen die Türe vor der Nase zuschlossen, mit der Versicherung, es wäre nichts darin, das ich brauchen könnte; und man führte mich in die Zimmer des Prinzen. Aber da man mich auskleiden wollte, hätte ich gleich vor Beschämung sterben mögen, so viele Mannsgestalten um mich herum zu sehen. Am allermeisten setzte mich meine eigene Person in Befremdung: ich war wie schlaftrunken und konnte mich gar nicht daran gewöhnen, Alidor zu sein, da ich doch in meinen Gedanken Dely war. Ich stellte mir vor, daß es dem Kopfe des Prinzen, der in diesem Augenblick auf meinem Körper in meinem Zimmer war, nicht besser ergehen würde, und ich hätte gar zu gerne sehen mögen, wie er sich dabei benähme; aber mit allen diesen Gedanken war mein Schlaf nicht der ruhigste. Indessen brauchte es doch nur wenige Tage, um uns selbst und alle Personen im Schlosse an diese Metamorphose zu gewöhnen. Ich wurde mit Alidors Kopfe die schönste Blondine von der Welt; Alidor wurde mit dem meinigen, so wie ihr ihn hier vor euch sehet (denn ich bekam ihn in der Folge wieder), ein Brünett, der die Miene hatte, einiges Unheil unter den Weibern anzurichten.

Bald darauf erhielten wir Nachricht, daß der König gestorben sei. Alidor, der mit meinem Kopfe eine Menge Ambition bekommen hatte, war voller Ungeduld, sich nach der Hauptstadt zu erheben und zum König ausrufen zu lassen. Aber nun wurden wir erst der schlimmsten Folge unsers Kopfwechsels gewahr, denn welches von uns beiden sollte den neuen König vorstellen? Die Person, die des Prinzen Gesichtszüge hatte, war ein Mädchen; der Prinz war unkennbar mit einem andern Gesichte als dem, so er immer geführt hatte; und den Großen des Reichs unsre Geschichte zu erzählen, hätte zu nichts helfen können, denn man würde sie nicht geglaubt haben. Es wäre schwer gewesen, uns durch einen vernünftigen Ausweg aus dieser Verlegenheit zu finden; aber mein Kopf ersparte uns diese Mühe: er tat, was er wollte, und so gingen wir, mein Liebhaber und ich, uns den Ständen darzustellen. Allein, wir fanden unsre Sache bereits in einer sehr schlimmen Lage. Der König, da er seinen Tod vor Augen sah, hatte seinen Sohn noch vorher enterbt und die Prinzessin Okimpare auf den Thron gesetzt. Die Großen des Reichs hatten eine Antwort für uns bereit, gegen welche gar nichts einzuwenden war: Sie würden, sagten sie, dem Sohne des verstorbenen Königs ohne Bedenken den Vorzug vor der Prinzessin gegeben haben; aber sie könnten ihn weder in Alidor noch in mir erkennen. Wir wurden also für Betrüger erklärt, man machte uns den Prozeß, und man verurteilte uns, noch zu allem Glücke, den Kopf zu verlieren. Unter andern Umständen würde uns diese Entwicklung unsrer Geschichte nicht die angenehmste gewesen sein, aber jetzt trösteten wir uns mit dem Gedanken, daß dies eine Gelegenheit sei, unsre eigne Köpfe wiederzubekommen und vielleicht dadurch den Sachen eine andre Wendung zu geben. Wir verließen uns auf den Beistand Thelamirs und Tezilens, welche Mittel gefunden hatten, auf das Schafott gelassen zu werden. Alles ging nach Wunsche vonstatten. Sobald unsre Köpfe herunter waren, steckte uns Thelamir die Pastillen, die er noch übrig hatte, in den Mund, setzte uns die Köpfe wieder auf und stellte nun, zu allgemeinem Erstaunen, dem versammelten Volke in Alidor den Sohn des Königs und den rechtmäßigen Thronfolger dar, welcher auch augenblicklich von jedermann dafür erkannt wurde. Okimpare, die auf einem Balkon des königlichen Palastes zusah, fiel in Ohnmacht und wurde weggetragen. Ich lief in Entzückung auf meinen geliebten Prinzen zu, um ihn in meine Arme zu schließen; aber wie groß war mein Entsetzen, da ich sah, daß sein Gesicht leichenblaß wurde, seine Augen allen Glanz verloren und da er mit schwacher Stimme zu mir sagte: ‹Ich sterbe, meine liebe Dely, aber ich sterbe als König und getreu.› Itzt sah ich, daß eine Pulsader seines Halses nicht recht eingepaßt war und das Blut meines lieben Prinzen unter seinem Rocke herabfloß. Kurz, der arme Alidor konnte sich nicht länger auf seinen Füßen erhalten; er sank in unsre Arme und atmete seine Seele aus. In diesem Augenblicke machte mich die Verzweiflung wütend. Ich ergriff das Schwert, das auf den Boden des Schafotts gefallen war. Thelamir wollte mir in die Hand fallen, weil er glaubte, daß ich mich selbst durchbohren wolle; aber ich bestrafte *ihn* dafür, daß er den Kopf meines geliebten Prinzen nicht besser aufgesetzt hatte, und stieß ihn mitten durchs Herz; er fiel tot zu den Füßen meines Liebhabers hin.»

Jedermann hörte mit größter Aufmerksamkeit einer so wundervollen Geschichte zu, als man gewahr wurde, daß Dely auf einmal todblaß wurde und daß Tezile auf die Polster, worauf sie saß, hingesunken war; so sehr hatte die Erinnerung an diese unglückliche Szene beide Schwestern angegriffen. Zambak befahl ihren Sklavinnen, alles anzuwenden, um sie wieder zurechte zu bringen, und ließ sie in ein Zimmer nahe an dem ihrigen tragen.

Inzwischen, und während daß man über die Geschichte, welche Dely erzählt hatte, allerlei Betrachtungen anstellte, rückte die Mitternacht herbei. Neangir, der neben der schönen Jüdin saß, zeigte ihr das Bildnis der reizenden Argentine und hörte mit großem Vergnügen von ihr, daß sie noch schöner sei, als sie da gemalt war. Die ganze Gesellschaft wartete nun mit Ungeduld auf die beiden Uhren, welche zu Sumi zurückkehren sollten, und der Bassa hatte deswegen befohlen, alle Türen im Palast offenstehen zu lassen; aber man war zugleich in großer Angst, derjenige, der sie diesen Morgen gekauft hatte, möchte sie von ungefehr aufgezogen haben und sie möchten also diese Nacht nicht wiederkommen, als man den jungen Paschen hereintreten sah, den der Bassa diesen Abend aus seiner Gegenwart verbannt hatte. Der Bassa warf einen zürnenden Blick auf ihn. «Asemi», sprach er zu ihm, «ist das der Gehorsam, den du meinen Befehlen leistest? Habe ich dir nicht verboten, mir vor die Augen zu kommen?» – «Mein gebietender Herr», antwortete Asemi mit Demut, «ich stand im Vorsaal bei der Türe und hörte der Erzählung dieser schönen Tänzerinnen zu. Ihr seid ein Liebhaber von Historien: ich weiß eine, die gar nicht lang ist, die Euch aber sehr interessieren wird; habt die Gnade, sie anzuhören, und wenn sie Euch nicht gefällt, so laßt mich nach der Strenge züchtigen.» – «Es sei darum», sagte der Bassa; «gib wohl acht, was du sagen wirst.»

«Mein gnädigster Gebieter, ich lustwandelte

diesen Morgen in der Stadt herum. Von ungefehr komme ich neben einem Manne zu gehen, dem ein Sklave von gutem Aussehen mit einem großen Korbe folgte. Der Mann geht vor einen Bäckerladen, läßt sich vom besten Brote geben und beladet den Sklaven damit. Hierauf geht er zu einem Obsthändler, kauft von seinen schönsten Früchten ein und übergibt sie dem Sklaven. Von da gehen wir auf den Markt, wo er das beste Wildbret und alle Arten Gewürz zur Zubereitung einkauft und es ebenfalls dem besagten Sklaven gibt.»

«Nun – bei meinem Leben», sagte Siroco, «Asemi wird unter zweihundert Prügeln auf die Fußsohlen nicht davonkommen; seine Erzählung ist nichts weniger als interessant.»

«Ich bin aber auch noch nicht damit zu Ende», sagte der Pasche; «das Interessante wird schon kommen, wenn man mich nur fortfahren läßt. Der Unbekannte sagte hierauf zu seinem Sklaven: ‹Trage nun das alles nach Hause und sorge dafür, daß das Essen bis Mitternacht auf den Punkt fertig ist; ich werde Gesellschaft haben, aber wir können nicht länger als eine Stunde bei Tische sein.› Der Sklave trabte mit diesem Befehle fort, und ich folgte meinem Unbekannten noch immer in einiger Entfernung. Da sah ich, daß er eine Uhr kaufte, sie in seinen Busen steckte und davonging. Einige Schritte vorwärts sah ich, daß er sich bückte, um eine goldne Uhr aufzuheben, die er vor seinen Füßen fand. Ich lief eilends hinzu, um meinen Anteil zu fordern, weil ich die Uhr zu gleicher Zeit gesehen hätte. ‹Das ist billig›, sagte er, führte mich in seine Wohnung, gab mir vierhundert Zechinen für die Hälfte der Kostbarkeit, die er in meiner Gegenwart gefunden hatte, und ließ mich damit gehen. Ich eilte nach Hause, um meinen Dienst zu tun, und begleitete Euch, gnädiger Herr, da Ihr bei dem Kadi abstieget. Hier hörte ich aus der Geschichte der drei Juden, was die beiden Uhren auf sich hätten; ich lief sogleich nach der Wohnung meines Unbekannten; aber ich traf niemand an als den Sklaven, der mich kurz zuvor bei ihm gesehen hatte und mich für einen seiner Freunde halten mochte. Da ich vorgab, ich hätte seinem Herrn etwas Wichtiges zu sagen, so ließ er mich hineingehen, um zu warten, bis sein Herr zurückkäme. Ich sah die beiden Uhren auf einem Tische liegen, steckte sie zu mir, legte statt der goldnen die vierhundert Zechinen und sechse statt der silbernen auf den Tisch und ging davon. Ich vergaß nicht, die Uhren zur gehörigen Zeit aufzuziehen, und in diesem nehmlichen Augenblicke sind Aurore und Argentine unter einem doppelten Schloß in meiner Kammer.»

Bei diesen Worten fiel Siroco, vor Freude außer sich, dem Paschen um den Hals, und alle übrigen liefen hinzu und erstickten ihn beinahe mit Umarmungen. Neangir und seine Brüder sprangen wie unsinnig herum, indessen Asemi auf einmal unsichtbar wurde, aber einen Augenblick darauf mit Auroren an der einen und Argentinen an der andern Hand in den Saal zurückkam.

Die Szene, die nun folgte, läßt sich besser denken als beschreiben. Zelide flog in die Arme ihrer so lange beweinten Schwestern; Siroco weinte vor Freunden, daß er seine Kinder wieder hatte; Zambak ließ sie neben sich auf den Sofa sitzen und konnte sich nicht satt an ihnen sehen; die drei Jünglinge standen und verschlangen sie mit ihren Augen; und Neangir fand seine geliebte Argentine tausendmal reizender, als er sie in ihrem Bilde gefunden hatte.

Inzwischen nahte sich Ibrahim der schönen Aurore, warf sich zu ihren Füßen und suchte und fand in der fünften Falte ihres Kleides die Koralle, die er verloren hatte. Voller Freude reihte er sie geschwinde mit den achtundneunzig übrigen an einen Faden und rief entzückt: «Der Tesbusch ist wieder vollständig, ich werde nicht länger suchen!» – «Aber ich Armer», rief Hassan, «ich werde noch immer weinen müssen und bin nun allein unglücklich. Es war doch wenigstens eine Art von Trost für mich, mein lieber Bruder, wenn ich dich in unserm Zimmer so herumrennen sah, während ich, in der tiefsten Traurigkeit versunken, auf meine schwarze Hand herab weinte!» Man tröstete den armen Hassan so gut als möglich, indem man ihm vorstellte, daß der Derwisch mit dem rosenfarbtaftenen Sack ganz unfehlbar würde eingeholt werden.

Neangir, dem vor dem bloßen Gedanken schauderte, daß seine geliebte Argentine in Gefahr gewesen war, von einem Unbekannten aufgezogen zu werden, erkundigte sich bei ihr, ob sie nicht wisse, wer dieser Mann sei und wie er hinter ihr Geheimnis habe kommen können. «Alles, was ich davon weiß», sagte sie, «ist, daß es der nehmliche Musulmann war, bei dem ihr gestern euer Nachtlager hattet; und daß ich, während ihr eure Tür aufschlosset, um uns auf der Treppe einzuholen, jemand sagen hörte: ‹Geht nur, ihr artigen Kinder, morgen will ich euch kaufen und nicht so nachlässig sein wie er.› Neangir fiel dem Paschen von neuem um den Hals und konnte nicht Worte genug finden, ihm seine Dankbarkeit auszudrücken.

Inzwischen wurde eine Kollation für die beiden Schwestern aufgetragen, und nachdem Siroco das Fläschgen mit dem Elixier der vollkommnen Liebe hatte holen lassen, brachten es Neangir und Ibrahim jeder seiner Geliebten zu. Sobald sie davon getrunken hatten, blitzten ihre Augen von einem noch schönern Feuer, und sie wurden nicht müde, einander ewige Zärtlichkeit zuzuschwören. Die Freude war so groß, daß man ganz vergessen hatte, daß sie nur eine Stunde dauern würde. Diese glückliche Stunde war nur zu bald vorbei; auf den Schlag eins verschwanden die Töchter Sirocos und wurden wieder Uhren. Allgemeine Traurigkeit folgte nun auf die allgemeine Freude; aber Asemi versprach bei Verlust seines Kopfes, der Bezauberung binnen vierundzwanzig Stunden ein Ende zu machen, wenn man ihm die Uhren anvertrauen wollte. Seine Bitte wurde ihm zugestanden, und der Bassa, um ihm desto mehr Lust zur Sache zu machen und ihn für die Zechinen, die er dem Unbekannten wiedergegeben, zu entschädigen, warf ihm einen Beutel mit tausend Dukaten zu.

Sobald es tagte, stieg Asemi (den die Freude über seinen Reichtum und sein Versprechen, die Töchter Sirocos zu entzaubern, die ganze Nacht durch wach erhalten hatte) in die Gärten herab. Nachdem er einige einsame Gänge durchloffen, machte ihn eine schöne Stimme aufmerksam, die aus einem nicht weit entfernten Gebüsche zu kommen und sich mit den erwachenden Vögeln, deren anmutig wildes Wirbeln und Gluchzen die Luft erfüllte, wie in die Wette hören zu lassen schien. Der junge Mensch folgte der Stimme, schlich unbemerkt hinzu und erkannte die beiden Zirkasserinnen. Die Sängerin (es war Dely) saß auf dem

Rasen und hatte eine Menge Blumen in ihrem Schoße, womit Tezile die Haare ihrer Schwester zu durchflechten beschäftigt war; und da sie ohne Zeugen zu sein glaubten, so dachten sie auch an keine Zurückhaltung. Delys Haare wallten, größtenteils noch aufgelöst, um ihre bloßen Schultern und um ihren Busen; und Tezile, welche die weiten Ärmel ihres Kaftans zurückgeschlagen hatte, ließ Arme von unbeschreiblicher Schönheit sehen. Asemi, der selbst äußerst wohlgebildet und noch in der ersten Jugend war, konnte bei einem so reizenden Schauspiel keinen gleichgültigen Zuschauer abgeben; und beinahe hätte er, über den Regungen, die er fühlte, das Interesse seiner Gebieter und der Töchter Sirocos vergessen. Nachdem er seinen Augen eine Zeitlang gütlich getan, wollte er sich den lieblichen Schwestern nähern. Diese waren, beim ersten Geräusche, das sie hörten, im Begriff davonzulaufen, als er die schöne Dely zurückhielt. «Warum vor mir fliehen», sagte er; «was könnt ihr in den Gärten dieses Palastes fürchten?» – «Was wir fürchten?» versetzte Tezile lächelnd; «nichts, als daß Ihr eine von uns mehr lieben möchtet als die andere und also *eine* unglücklich sein müßte. Ihr seid nicht der alte Derwisch, der nur die unglücklich macht, der er den Vorzug gibt.» – «Der Derwisch liegt euch sehr am Herzen, wie ich sehe», erwiderte Asemi; «aber erlaubet mir, mich hier neben euch zu setzen, und erzählet mir, wenn ich bitten darf, wie es euch, nach dem unglücklichen Schicksal eurer Liebhaber, in der schwarzen Marmorinsel erging und wie ihr dem alten Derwisch wieder in die Hände geraten seid.»

«Von Herzen gerne», sagte Tezile. «Sobald ich meinen geliebten Thelamir fallen sah...»

«Oh», fiel ihr der Pasche ein, «ich bitte gar schön, laßt Dely erzählen; nicht, als ob Ihr nicht Verstand wie ein Engel hättet, aber *sie* hat so einen gewissen Ton der Stimme, daß man Musik zu hören glaubt, wenn sie spricht.» – «Gut», sagte Dely, «damit Ihr seht, daß wir die gefälligsten Mädchen von der Welt sind, so will *ich* erzählen, weil Ihr's so haben wollt.

Sobald also der arme Prinz und Thelamir das Leben verloren hatten, ließ uns die Königin Okimpare in ihrem Palast abholen; und um sich zu rächen, daß ich ihre Nebenbuhlerin gewesen war, legte sie uns die Strafe auf, noch am nehmlichen Tage in einem großen öffentlichen Schauspiele zu singen und zu tanzen. Es war sehr natürlich, wie Ihr seht, daß mein Kopf, während er zweimal von einem Leibe auf einen andern versetzt wurde, sich ein wenig auslüftete. Würklich war er dadurch so leicht geworden, daß ich nicht merkte, wie übel es sich schicke, an dem nehmlichen Tage zu tanzen, da ich einen Liebhaber wie Alidor verloren hatte: ich bezauberte alle Menschen durch meine Leichtigkeit. Was meine Schwester betrifft, die immer ein weiseres Mädchen gewesen ist als ich, die sang so zärtliche und schmachtende Arien, daß man vor Langerweile dabei seufzte; und die Worte, die sie dazu wählte, waren so albern, daß sie alle Sängerinnen der Welt hätten um den Kopf bringen sollen. Indessen, weil man sich immer wieder am Ballett erholte, so fehlte es unsern Schauspielen nicht an Zuspruch. Um diese Zeit war es, daß meine Schwester mich endlich dahin brachte, den Schwur mit ihr zu tun, daß wir alle Liebhaber so unglücklich machen wollten, als wir es selbst gewesen wären. Sobald wir ein paar Herzen einverstanden sahen, boten wir allen unsern Verführungskünsten auf, um den Liebhaber in unser Garn zu ziehen; die Geliebte wußten wir durch die boshaftesten Afterreden gegen ihn einzunehmen; kurz, es war keine Möglichkeit, dem Gifte zu widerstehen, das wir über alle diejenigen ausspritzten, welche durch Herz, Geschmack oder Konvenienz miteinander verbunden waren. Die Damen machten endlich gemeine Sache gegen uns und bestürmten die Königin mit so bittern Klagen, daß sie uns auf ewig aus ihrer Insel verbannte. Man brachte uns mit unserm Sklaven Guluku auf ein Schiff und setzte uns in der Gegend von Konstantinopel ans Land, ohne sich weiter um unser Schicksal zu bekümmern. Am Ufer der See sahen wir einen Alten in einer Beschäftigung, die uns sonderbar vorkam. Er vertrieb sich die Zeit damit, kleine schwarze Schweinchen, eines nach dem andern, im Meere zu ersäufen, und sprach während dieser Operation mit ihnen, als ob sie ihn hätten verstehen können. ‹Eure unselige Rasse›, sprach er zu ihnen, ‹hat den jungen Menschen unglücklich gemacht, dem ich das Armband von Medina schenkte: dafür sollt ihr mir auch alle sterben!› Wir näherten uns ihm aus Vorwitz und erkannten in ihm den nehmlichen Derwisch, der uns bei sich aufgenommen hatte, als wir den Kaufleuten, die uns ins Serail führten, entflohen waren. Sobald der Derwisch auch uns erkannte, gab er seine Arbeit auf und lief mit unbeschreiblicher Freude auf uns zu. Wir wollten von ihm wissen, was das zu bedeuten hätte, was wir soeben gehört und gesehen hatten. Aber ohne sich in eine Erklärung einzulassen, führte er uns in eine Höhle, die er bewohnte, und machte uns mit dem einzigen Schweinchen, das noch lebte, ein Geschenke. Der Bassa vom Meere, sagte er, würde uns soviel dafür geben, als wir nur verlangen wollten. Da sein Geschenk von solcher Wichtigkeit war, so leerte ich meinen Arbeitssack aus und steckte das Schweinchen hinein. Diesen Morgen wollten wir es dem Bassa anbieten, aber er wies uns spöttisch ab. Wir beschlossen, uns an dem Derwisch, der uns zum besten gehabt hatte, zu rächen; und da wir ihn bei unsrer Zurückkunft schlafend fanden, schnitten wir ihm den ganzen Bart bis auf die Stoppeln ab, so daß er sich vor keinem Menschen mehr sehen lassen darf. Das war es, was uns so großen Spaß machte, als man die Mauer der Höhle einschlug, worin wir uns mit ihm befanden.»

Asemi, dem es nicht an Lebhaftigkeit fehlte, scherzte mit Dely über diese neue Probe der Leichtigkeit ihres Kopfes, und von Scherz zu Scherz kam er endlich so weit, daß er den beiden Schwestern, im ganzen Ernste, wie es schien, die zärtlichsten Sachen von der Welt vorsagte. Die Zirkasserinnen schienen, aus Koketterie oder zur Kurzweil, Gefallen daran zu finden; und wiewohl sie sich die Miene gaben, als ob sie einen hohen Wert auf ihre kleinsten Gnadenbezeugungen legten, so schienen sie doch nicht abgeneigt, zugunsten des schönen Paschen eine Ausnahme von ihrem Gelübde zu machen, wofern er Mittel finden könnte, sie von der Aufrichtigkeit seiner Liebe zu überzeugen. Asemi erbot sich zu jeder Bedingung und Probe. «Die sichersten Mittel, euch zu gefallen, meine reizenden Gebieterinnen», sagte er, «werden diejenigen sein, die ihr mich selbst lehren werdet. Sagt mir nur, was ich tun soll und wie ihr mich haben wollt.» – «Das ist so schwer nicht», versetzte Dely, «wer gefallen will, muß angenehm, aufmerksam und verschwiegen sein, muß der geliebten Person immer tausend kleine Dienste erweisen, ihr immer etwas Verbindliches zu sagen haben.» – «Oh», fiel Tezile ein, «wir haben von unsern Gespielinnen auf der Marmorinsel noch ein weit hübscheres Geheimnis gelernt.» – «Und was ist das?» fragte Asemi mit Lebhaftigkeit. «Freigebig sein», antwortete Tezile lachend; «nichts gewinnt die Herzen so schnell als das!» – «Gut, daß ihr mich erinnert», versetzte der kleine Schalk, der seine geheimen Absichten hatte; «darf ich bitten, schöne Dely, diese Uhr von mir anzunehmen, die Euch, eh' ich hieherkam, schon zugedacht war?» (Mit diesen Worten gab er ihr die goldne Uhr in die Hand, und Dely nahm sie mit Bewunderung an.) «Und weil Ihr eine Liebhaberin von kleinen Diensten seid, so erlaubet mir, Euern Kopfputz zu vollenden.» – «Ich bin's zufrieden», sagte die junge Zirkasserin; «wir wollen sehen, wie Ihr Euch dazu anschicken werdet.»

Asemi kniete vor sie hin und schien vor Vergnügen außer sich, ihre langen rabenschwarzen Haare, die ihr bis unter den Gürtel reichten, zu streicheln und auszumessen; er machte sich nun darüber her, sie aufzuwinden und mit Blumen zu durchflechten, aber alle Augenblicke ließ er eine Blume auf ihren Nacken oder in ihren Busen fallen, wo er sich die kleine Freiheit nahm, sie wieder hervorzuholen. Die junge Zirkasserin lachte über diese Kinderei oder bestrafte sie wenigstens nicht sehr strenge. «Aber, wenn man es sagen darf, Tezile», sprach er zu dieser, «Ihr habt eben nicht die schönsten Blumen in diesem Garten ausgesucht; wenn Ihr so gut sein wolltet, andre aus dem Blumenstücke dort zu wählen, so wollte ich Euch mit Vergnügen diese silberne Uhr geben; seht nur, sie ist nicht zu verachten, wiewohl sie nur von Silber ist.» Tezile, die schon darüber eifersüchtig war, daß Asemi ihrer Schwester deutlich genug den Vorzug über sie gab, lachte über das Präsent aus voller Kehle. «Eine wahre Paschen-Galanterie!» rief sie aus; «wenn ist jemals erhört worden, Frauenzimmern von unserer Gattung silberne Uhren anzubieten?» – «Ihr seid etwas schwer zu befriedigen, sehe ich», erwiderte Asemi; «indessen wollte ich darauf wetten, daß eine von euch einen silbernen Siegelring hat, der vollkommen zu dem Geschenke, das ich der schönen Tezile mache, passen sollte.» – «Das ist wahr», sagte Dely; «Schwester, hänge einmal deinen silbernen Siegelring an diese Uhr: ich habe einen goldenen, wie du weißt, ich will ihn sogleich an die meinige hängen.» Die beiden Zirkasserinnen hängten also, gleichsam zum Scherz, den Uhren die Talismane an, die sie den Gebrüdern Izif und Izaf im Karawanserei abgenommen hatten; aber in dem nehmlichen Augenblicke schlüpften ihnen die Uhren aus der Hand, und Aurore und Argentine standen leibhaftig vor ihnen da, jede mit ihrem Talisman der Schönheit am Finger.

Die beiden Töchter Sirocos schienen anfangs ganz verblüfft, da sie sich selbst so unverhofft wiederfanden; das Sonnenlicht schien sie zu verblenden, so lange war's, daß sie den Tag nicht gesehen hatten; es war ihnen, als ob alles um sie her wie durch den Schlag einer Zauberrute ans nichts hervorspringe. Endlich, da sie die Talismane an ihren Händen wiedererkannten und daraus abnahmen, daß ihre Bezauberung nun gänzlich aufgehört habe, brach ein Schimmer von Entzücken aus ihrem Gesichte hervor; sie fielen einander um den Hals und bezeugten sich in den lebhaftesten Ausdrücken ihre Freude über eine so glückliche Veränderung.

Man kann sich vorstellen, wie groß das Erstaunen der beiden Zirkasserinnen war, da sie auf einmal zwei so liebreizende und ihnen völlig unbekannte Personen vor ihren Augen entstehen sahen; aber wie sie gewahr wurden, daß ihre Talismane dies Wunder gewürkt und daß diese nun für sie verloren seien, fingen sie bitterlich zu weinen an. Asemi, der aus Ehrfurcht für die Töchter des Bassa von Alexandrien auf die Seite getreten war, näherte sich jetzt der schönen Dely mit schüchterner Gebehrde und bemühte sich, ihren Schmerz zu besänftigen; aber sie wollte ihn nicht anhören, sondern stieß ihn, das Gesicht von ihm wendend, mit der Hand zurück. Aurore und Argentine, welche nun klar in der Sache zu sehen anfingen, bemühten sich, ihnen auf das freundlichste Trost zuzusprechen. Sie machten ihnen begreiflich, daß sie mit diesen Talismanen nichts verloren hätten, als was ihre angebornen Reizungen ihnen sehr entbehrlich machten, dahingegen sie dasjenige wiedergefunden, woran das Glück oder Unglück ihres Lebens geheftet sei. Überdies versprachen sie ihnen, daß ihr Vater nicht ermangeln würde, sie für ihren Verlust auf eine andere Weise reichlich zu entschädigen.

Inzwischen war Asemi nach dem Palaste geflogen und hatte die Nachricht von der Entzauberung der beiden Uhren überall verbreitet. Zambak, Zelide und Sumi eilten in den Garten; in wenig Augenblicken folgten auch Siroco und der Bassa mit seinen beiden Söhnen, denn Hassan, der damals just auf seine Hand von Ebenholz weinen mußte, konnte nicht mit ihnen kommen. Die Freude war allgemein und unbeschreiblich. Die einzige Zelide konnte sich nicht enthalten, über die Abwesenheit ihres geliebten Hassan zu seufzen und die Dauer seines unglücklichen Schicksals, woran das ihrige hing, zu beklagen, als man plötzlich die Sklaven, welchen der Bassa die Bewachung der Höhle des Derwischen anbefohlen hatte, wiederkommen sah, und Hassan in ihrer Mitte, der schon von ferne in die Hände klopfte und Zeichen der lebhaftesten Freude von sich gab. Er eilte in vollem Sprung herbei, um zu zeigen, daß seine Buße ein Ende habe und seine Hand wieder geworden sei, wie sie gewesen, ehe er den Speckkuchen der christlichen Sklavin angerührt hatte. Wie es damit zugegangen, konnte er nicht sagen; man zweifelte aber nicht, das schwarze Ferkel müsse ersäuft worden sein, wiewohl man nicht wußte, bei wem man sich dafür zu bedanken habe. Alles, was die Sklaven berichten konnten, war, sie hätten diesen Morgen drei Männer gesehen, die einem vierten nachgelaufen und gewaltig auf ihn zugeschlagen hätten; dieser habe sich endlich in die Höhle geflüchtet, die drei Männer wären ihm gefolgt, und sogleich hätten sie (ihrem obhabenden Befehle gemäß) die Öffnung der Höhle mit großen Felsenstücken zugestopft.

Kaum hatten die Sklaven ihren Bericht geendigt, so hörte man ein großes Geschrei auf der Terrasse, und man sah einen Mann angelaufen kommen, den die Zirkasserinnen sogleich für ihren alten Derwisch erkannten, wiewohl er beide Hände vors Gesicht hielt, um seinen abgestutzten Bart zu verbergen. Zu gleicher Zeit erkannte man auch die drei Juden, die ihn, ohne Krücken, so behend und hitzig verfolgten, als ob sie nie am Schenkel verwundet gewesen wären. Sobald der alte Derwisch einer so zahlreichen Gesellschaft gewahr wurde, so suchte er auf einer andern Seite zu entfliehen; aber weil ihm die Sklaven des Bassa in die Flanke fielen, so blieb ihm nichts übrig, als sich gutwillig zu ergeben. Wie groß war itzt das Erstaunen des Bassa, indem er in diesem Derwisch denjenigen erkannte, der seinen drei Söhnen ehemals den Tesbusch, das kupferne Blech und das Armband gegeben hatte! Da er (wie man bereits hat bemerken können) der weichherzigste Bassa von der Welt war, so konnte er sich nicht enthalten, mit offnen Armen auf ihn zuzugehen. «Seid ohne Furcht, mein ehrwürdiger Vater», sprach er zu ihm; «Ihr seid in dem Hause eines echten Musulmanns, der Euern Habit verehrt, und wehe dem, der Euch beleidigen wollte! Aber sagt mir, wer durfte sich erfrechen, Euch des ehrwürdigen Zeichens Euers Standes zu berauben? Nennet mir ihn: es soll ein schreckliches Exempel an ihm statuiert werden!»

Die beiden Zirkasserinnen brachen bei dieser Drohung in ein lautes Gelächter aus. «Gnädiger Herr», sagten sie, «das ist ein Stück von unsrer Arbeit; aber es widerfuhr ihm nicht mehr, als er verdient hat.» Und darauf erzählten sie der ganzen Gesellschaft, daß es eben der Derwisch sei, der ihnen ehmals aus ihrem Käfig geholfen und sich in sie verliebt habe, und alles übrige, was sie dem Asemi bereits erzählt hatten. Der arme Mann, der schon durch seine niedergeschlagenen Augen und sein Stillschweigen alles eingestanden, was die leichtfertigen Mädchen von ihm sagten, hatte nun nichts Bessers zu tun als sich – wie ein Derwisch aus der Sache zu ziehen.

«Ich gestehe meine Verblendung mit Schamröte», sagte er; «wie konnte ich von den leichtsinnigen Geschöpfen, von denen mein Herz sich hatte überraschen lassen, jemals eine bessere Begegnung erwarten? Aber selbst die weisesten Menschen sind nicht vor einem unglücklichen Augenblick sicher, worin sie sich vergessen können, und sind um so mehr zu beklagen, da die Weiber, die über ihre Tugend siegen, gemeiniglich nicht zur Klasse derjenigen gehören, die nach Grundsätzen leben. Die Tugend dieser letztern unterstützt die unsrige: nur an Leichtsinn und Torheit scheitert die Vernunft. Glücklich ist es indessen, daß es auch um so viel leichter ist, von einer solchen Leidenschaft geheilt zu werden. Meine Augen sind nun wieder offen, und der Zauber, den diese jungen Dirnen auf mich geworfen, ist aufgelöst. Um euch aber, gnädige Herren, nichts zu verschweigen, was mich meine törichte Leidenschaft gekostet hat, so will ich euch sagen, daß ich, wie die Mauer, welche die Rückenwand meiner Höhle ausmachte, eingerissen wurde, aus Scham, in diesem Zustande bei diesen zwei jungen Personen gefunden zu werden, so schnell ich konnte mit dem Sacke von rosenfarbem Taft davonlief. Ich brachte diese Nacht auf dem Felde zu. Diese drei Männer hier kamen und setzten sich neben mich. Sie sagten mir, sie wären soeben einer großen Gefahr entgangen, und sie wären, da einer von ihnen eine Wunde bekommen, alle drei auf die nehmliche Weise verwundet worden. Ich konnte ihnen dies unmöglich glauben; aber um die Probe zu machen, pflückte ich einige Wundkräuter, deren Kräfte mir bekannt sind; und sobald ich sie einem von ihnen auf seine Wunde gelegt hatte, fand sich nach einigen Stunden, daß alle drei geheilt waren, wiewohl ich den beiden andern nichts aufgelegt hatte. Wir brachten nun den Rest der Nacht ganz ruhig zu; aber wie der Tag anbrach, betrachtete mich einer von ihnen mit Aufmerksamkeit. ‹Ah›, rief er seinen Gefährten zu, ‹das ist der nehmliche, der die Tänzerinnen begleitete, die uns im Karawanserei ausplünderten!› Diese Rede machte mich bestürzt. Ich sah nun auch *ihnen* schärfer ins Gesichte und erkannte die beiden Männer, denen die jungen Zirkasserinnen die Talismane der Töchter Sirocos und alle Waren, so sie bei sich trugen, genommen hatten. Nun wurde mir angst; ich wollte mich davonmachen, aber sie fielen grimmig über mich her, und wie schnell ich ihnen zu entlaufen suchte, so fielen doch nicht alle ihre Schläge auf die Erde. Instinktmäßig lief ich meiner Höhle zu, und sie verfolgten mich bis auf die Terrasse dieses Gartens. Im Laufen bemächtigte sich einer von ihnen meines Sackes, und vermutlich aus Unwillen, nichts als das kleine schwarze Schweinchen darin zu finden, warf er ihn samt dem unreinen Tier ins Meer, wie ich selbst schon lange getan haben würde, wenn die beiden Undankbaren, die ich liebte, meine Vernunft nicht benebelt hätten. Ich weiß, gnädiger Herr», setzte der Derwisch hinzu, indem er sich gegen den Bassa wandte, «daß das Glück eines Eurer Söhne von diesem Umstande abhing; diese drei Juden sind die Werkzeuge, die ihn von seiner schweren Buße befreiet haben; und anstatt einiger Bestrafung haben sie vielmehr die größte Belohnung um Euch verdient. Alles, was ich noch wünsche, ist, daß der Prophet, um sie derselben würdig zu machen, ihnen die Gnade verleihe, unsern allein wahren Glauben anzunehmen.»

Der Derwisch, wie man sieht, sprach und wünschte, wie es einem Derwisch zukommt. Während seiner Rede hatten die Gebrüder Izif und Izuf ihre Augen auf die reizenden Zirkasserinnen geheftet, und die Zauberkraft derselben, die sie bereits erfahren, als sie ihnen im Karawanserei in die Hände fielen, würkte neuerdingen so sichtbarlich auf sie, daß alle Anwesenden den frommen Wunsch des ehrwürdigen Derwisch für erfüllt ansahen, sobald diese holden Verführerinnen sich ihre Bekehrung zu Herzen nehmen wollten.

Der Bassa und sein Freund Siroco fanden, nachdem alles auf so gutem Wege war, daß nun nichts weiter übrig sei, als mit Hülfe des Kadi (welchen man hatte einladen lassen, um an der Wonne einer so glücklichen Entwicklung teilzunehmen) so viel Paare aus den Personen des Dramas zu machen, als nur immer herauszubringen waren. Die drei Töchter Sirocos wurden den drei Söhnen des Bassa vom Meere zuteil, mit denen sie bereits das Elixier der vollkommnen Liebe gekostet hatten; die schöne Sumi nahm es auf sich, ihren geliebten Izaf glücklich zu machen; und die beiden Zirkasserinnen ließen sich ohne Mühe bereden, den Brüdern Izif und Izuf die Hand zu geben unter der Bedingung, daß sie sich gefallen ließen, das Gesetz des Propheten anzunehmen; eine Sache, die dem alten Derwisch so große Freude machte, daß er sich durch die Zeremonie, ihnen den Turban aufzusetzen, für den Verlust seines Bartes reichlich entschädiget hielt.

Um die Einigkeit unter diesen Neuvermählten desto fester zu gründen, präsentierte man nun auch der schönen Dely und ihrer Schwester das Elixier der vollkommnen Liebe, wovon sie allein noch nicht gekostet hatten; sie tranken alles aus, was noch in der Flasche war, und ließen keinen Tropfen für alle Tänzerinnen übrig, die nach ihnen gekommen sind.

Der Stein der Weisen

Eine Erzählung

—

In den Zeiten, da Cornwall noch seine eigenen Fürsten hatte, regierte in dieser kleinen Halbinsel des großen Britanniens ein junger König namens Mark, ein Enkel desjenigen, der durch seine Gemahlin, die schöne Yselde, auch Yseult die Blonde genannt, und ihre Liebesgeschichte mit dem edeln und unglücklichen Tristan von Leonnois so berühmt geworden ist.

Dieser König Mark hatte viel von seinem Großvater: er war hoffärtig ohne Ehrgeiz, wollüstig ohne Geschmack und geizig, ohne ein guter Wirt zu sein. Sobald er zur Regierung kam, welches sehr früh geschah, fing er damit an, sich seinen Leidenschaften und Launen zu überlassen und auf einem Fuß zu leben, der ein weit größeres und reicheres Land als das seinige hätte zugrunde richten müssen. Als seine gewöhnlichen Einkünfte nicht mehr zureichen wollten, drückte er seine Untertanen mit neuen Auflagen; und als sie nichts mehr zu geben hatten, machte er sie selbst zu Gelde und verkaufte sie an seine Nachbarn.

Bei allem dem hielt König Mark einen glänzenden Hof und wirtschaftete, als ob er eine unerschöpfliche Goldquelle gefunden hätte. Nun hatte er sie zwar noch nicht gefunden, aber er suchte sie wenigstens sehr eifrig; und sobald dies ruchtbar wurde, stellten sich allerlei sonderbare Leute an seinem Hofe ein, die ihm suchen helfen wollten. Schatzgräber, Geisterbeschwörer, Alchimisten und Beutelschneider, die sich Schüler des dreimal großen Hermes nannten, kamen von allen Enden herzu und wurden mit offnen Armen aufgenommen; denn der arme Mark hatte zu allen seinen übrigen Untugenden auch noch die, daß er der leichtgläubigste Mensch von der Welt war und daß der erste beste Landstreicher, der mit geheimen Wissenschaften prahlte, alles aus ihm machen konnte, was er wollte. Es wimmelte also an seinem Hofe von solchem Gesindel.

Der eine gab vor, er hätte eine natürliche Gabe, alle Schätze zu wittern, die unter der Erde vergraben lägen; ein andrer wußte sie mit Hülfe der Wünschelrute zu entdecken; ein dritter versicherte, daß das eine und das andere vergeblich sei; wenn man nicht das Geheimnis besitze, die Geister, die in Gestalt der Greifen, oder unter andern noch fürchterlichern Larven, die unterirdischen Schätze bewachten, einzuschläfern, zu gewinnen oder sich unterwürfig zu machen; und er ließ sich's auf eine bescheidene Art anmerken, daß er im Besitze dieser Geheimnisse sei.

Noch andere sahen auf alle magischen Künste mit Verachtung herab: bei ihnen ging alles natürlich zu. Sie verwarfen alle Talismane, Zauberworte, Kreise, Charaktere, und was in diese Rubrik gehört, als eitel Betrügerei und Blendwerk. Was jene durch übernatürliche Kräfte zu leisten vorgaben, das leisteten sie, wenn man ihnen glaubte, durch die bloßen Kräfte der Natur. Wer in das innerste Heiligtum derselben eingedrungen ist, sagten *sie*; wer in dieser ihrer geheimen Werkstätte die wahren Elemente der Dinge, ihre Verwandtschaften, Sympathien und Antipathien kennengelernt hat; wer den allgestaltigen Naturgeist mit dem allauflösenden Natursalze zu vermählen weiß und durch Hülfe des alldurchdringenden Astralfeuers diesen Proteus festhalten und in seiner eigenen Urgestalt zu erscheinen zwingen kann: der allein ist der wahre Weise. Er allein verdient den hohen Namen eines Adepten. Ihm ist nichts unmöglich, denn er gebietet der Natur, welcher alles möglich ist. Er kann die geringern Metalle in höhere verwandeln; er besitzt das allgemeine Mittel gegen alle Krankheiten; er kann, wenn es ihm und den Göttern gefällt, Tote ins Leben zurückrufen, und es steht in seiner Macht, selbst so lange zu leben, bis es ihm angenehmer ist, in eine andere Welt überzugehen.

König Mark fand dies alles sehr nach seinem Geschmacke; aber weil er sich doch nicht entschließen konnte, nur *einen* von seinen Wundermännern beizubehalten und die übrigen fortzuschicken, so behielt er sie alle und versuchte es mit einem nach dem andern. Der Tag wurde mit Laborieren, die Nacht mit Geisterbannen und Schatzgraben zugebracht; und wie die Betrüger sahen, daß er kein Freund von Monopolien war, so vertrugen sie sich, zu seiner großen Freude, gar bald so gut zusammen, als ob alles in *einen* Beutel ginge.

Verschiedene Jahre verstrichen auf diese Weise, ohne daß König Mark dem Ziele seiner Wünsche um einen Schritt näherkam. Er hatte die Hälfte seines kleinen Königreichs aufgraben lassen und keinen Schatz gefunden; und über die Hoffnung, alles Kupfer und Zinn seiner Bergwerke in Gold zu verwandeln, war alles Gold, das seine Vorfahren daraus gezogen hatten, zum Schornstein hinausgeflogen.

Einem andern wären nach so vielen verunglückten Versuchen die Augen aufgegangen; aber Mark, dessen Augen immer trüber wurden, wurde desto hitziger auf den Stein der Weisen, je mehr er sich vor ihm zu verbergen schien. Seine Hoffnung, den allgestaltigen Proteus endlich einmal festzuhalten, stieg in eben dem Verhältnisse, wie die Schale seines Verlustes sank: er glaubte, daß er nur noch nicht an den rechten Mann geraten sei; und indem er zehn Betrüger fortjagte, war ihm der elfte neu angelangte willkommen.

Endlich ließ sich ein ägyptischer Adept aus der echten und geheimen Schule des großen Hermes bei ihm anmelden. Er nannte sich Misfragmutosiris, trug einen Bart, der ihm bis an den Gürtel reichte, eine pyramidenförmige Mütze, auf deren Spitze ein goldner Sphinx befestigt war, einen langen, mit Hieroglyphen gestickten Rock und einen Gürtel von vergoldetem Blech, in welchen die zwölf Zeichen des Tierkreises gegraben waren. König Mark schätzte sich für den glücklichsten aller Menschen, einen Weisen von so viel versprechendem Ansehen an seinem Hofe ankommen zu sehen; und wiewohl der Ägypter sehr zurückhaltend tat, so wurden sie doch in kurzem ziemlich gute Freunde. Alles an ihm, Gestalt, Kleidung, Sprache, Manieren und Lebensart, kündigte einen außerordentlichen Mann an. Er aß immer allein, und nichts, was andere Menschen essen; er hatte einige große Schlangen und ein ausgestopftes Krokodil bei sich in seinem Zimmer, denen er mit großer Achtung begegnete und mit welchen er von Zeit zu Zeit geheime Unterredungen zu halten schien. Er sprach die wunderbarsten und rätselhaftesten Dinge mit einer Offenheit und Gleichgültigkeit, als ob es die gemeinsten und bekanntesten Dinge von der Welt wären; aber auf Fragen antwortete er entweder gar nicht, oder wenn er es tat, so geschah es in einem Tone, als ob nun weiter nichts zu fragen übrig wäre, wiewohl der Fragende jetzt noch weniger wußte als zuvor. Von Personen, die vor vielen hundert Jahren gelebt hatten, sprach er, als ob er sie sehr genau gekannt habe; und überhaupt mußte man aus seinen Reden schließen, daß er wenigstens ein Zeitgenosse des Königs Amasis gewesen sei, wiewohl er sich nie deutlich darüber erklärte. Was ihm bei Mark den meisten Kredit gab, war, daß er viel Gold und eine Menge seltner Sachen bei sich hatte und von sehr großen Summen als von einer Kleinigkeit sprach. Alle diese Umstände schraubten nach und nach die Neugier des leichtgläubigen Königs von Cornwall so hoch hinauf, daß er es nicht länger aushalten konnte; und, wie er es nun auch angefangen haben mochte, genug, der weise Misfragmutosiris ließ sich endlich erbitten, oder sein Herz erlaubte ihm nicht länger undankbar gegen die Ehrenbezeigungen und Geschenke zu sein, womit ihn der König überhäufte; und so entdeckte er ihm endlich – doch nicht eher, als bis er ihn mittelst verschiedener Initiationen durch einige höhere Grade des Hermetischen Ordens geführt hatte – das ganze Geheimnis seiner Person.

«Die Götter», sagte Misfragmutosiris, «geben ihre kostbarsten Gaben, wem sie wollen. Ich war nichts weiter als ein Mensch wie andre, noch jung, doch nicht ganz unerfahren in den Mysterien der ägyptischen Philosophie, als mich die Neugier anwandelte, in das Innere der großen Pyramide zu Memphis, deren Alter den Ägyptern selbst ein Geheimnis ist, einzudringen. Eine gewisse hieroglyphische Aufschrift, die ich schon zuvor über dem Eingang des ersten Saales entdeckt und abgeschrieben hatte, brachte mich, nach vieler Mühe ihren Sinn zu erraten, auf die Vermutung, daß diese Pyramide das Grabmal des großen Hermes sei. Ich beschloß, mich in einer Stunde hineinzuwagen, worin gewiß noch kein Sterblicher sich dessen unterfangen hat; und noch jetzt wäre mir meine Verwegenheit unbegreiflich, wenn ich nicht überzeugt wäre, daß dieser Gedanke, dessen meine eigene Seele nicht fähig war, von einer höhern Macht in mir erschaffen wurde. Genug, ich stieg um Mitternacht, ohne Licht und mit gänzlicher Ergebung in die Führung desjenigen, der mir ein so kühnes Unternehmen eingegeben, in die Pyramide hinab. Ich war auf einem sanften Abhang eine Zeitlang abwärts- und dann wieder ebenso unvermerkt emporgestiegen, als ich auf einmal ein helles Licht erblickte, das wie eine Kugel vom reinsten gediegenen Feuer vor mir her schwebte.» Hier hielt Misfragmutosiris einige Augenblicke ein.

«Und Ihr hattet den Mut, diesem Lichte zu folgen?» fragte König Mark, der in der Stellung eines versteinerten Horchers, den Leib vorwärtsgebogen, mit straff zurückgezogenen Füßen, beide Hände auf die Knie gestützt, ihm gegenübersaß und, furchtsam, nur eine Silbe von der Erzählung zu verlieren, wiewohl unter beständigem Schaudern vor dem, was kommen würde, mit zurückgehaltnem Atem und weitoffnen Augen zuhörte.

«Ich folgte dem Lichte», fuhr der Ägypter fort, «und kam durch einen immer niedriger und enger werdenden Gang in einen viereckigen Saal von poliertem Marmor, dessen Ausgang mich in einen andern Gang leitete. Als ich ungefehr fünfzig Schritte fortgekrochen war, fand ich zwei Wege vor mir. Der eine schien ziemlich steil in die Höhe zu führen, der andere, linker Hand, lief gerade fort. Ich folgte der Lichtkugel auf diesem letztern, bis ich an den Rand eines tiefen Brunnens gelangte. Bei dem sehr lebhaften Lichte, das die Kugel umherstreute, wurde ich gewahr, daß eine Anzahl kurzer eiserner Stangen, eine ungefehr zwei Spannen weit von der andern, von oben bis unten aus der Mauer hervorragten; eine gefährliche Art von Treppe, auf welcher man zur Not in den Brunnen hinabsteigen konnte. Ohne mich lange zu bedenken, schickte ich mich an, diese schwindlige Fahrt anzutreten, und war schon drei oder vier Stufen hinabgestiegen, als die Lichtkugel plötzlich verschwand und mich in der schrecklichsten Dunkelheit zurückließ.

Ich begreife nicht, wie ich in diesem entsetzlichen Augenblicke nicht vor Schrecken in den Abgrund hinunterstürzte. Genug, ich faßte mich und fuhr mit verdoppelter Behutsamkeit fort, hinabzuklettern, indem ich mich mit einer Hand an einer Stange über mir festhielt, während ich eine andere unter mir mit den Füßen suchte. Endlich merkte ich, daß keine Stangen mehr folgten; ich hörte das Wasser unter mir rauschen; aber zugleich ward ich an der Seite, woran ich heruntergestiegen, einer Öffnung gewahr, aus welcher mir ein dämmernder Schein entgegenkam. Ich sprang in diese Öffnung hinein und gelangte auf einem abschüssigen

Weg in eine ungeheure Höhle von glimmerndem Granit, die durch einen mitten aus der gewölbten Decke herabhangenden großen Karfunkel erleuchtet war. Wie groß war meine Bestürzung, als ich mich auf einmal an dem Rande eines reißenden Stromes sah, der sich mit entsetzlichem Geräusch aus einer Öffnung dieser Höhle über schroffe Felsenstücke herabstürzte! Indessen bedachte ich mich nur einen Augenblick, was ich zu tun hätte. Ich war schon zu weit gegangen, um wieder zurückzugehen, und ein Genius schien mir zuzuflüstern, daß mir alle diese Schwierigkeiten nur um meinen Mut zu prüfen entgegengestellt würden. Ich zog alle meine Kleider aus, band sie in einen Bündel über meinem Kopfe zusammen und stürzte mich in den Strom. In wenigen Augenblicken wurde ich von der Gewalt desselben durch ein dunkles Gewölbe fortgerissen. Nun merkte ich, daß das Wasser unter mir seicht wurde; bald darauf verlor es sich gänzlich und ließ mich in einer großen Höhle auf einem moosigen Grunde sitzen. Eine ungewöhnliche Hitze, die ich hier verspürte, trocknete mich so schnell, daß ich mich sogleich wieder anzog, um zu sehen, wohin mich eine ziemlich enge Öffnung führen würde, aus welcher ein lebhafter Schein in die Höhle eindrang. So wie ich der Öffnung näher kam, hörte ich ein zischendes Geprassel, wie von einem lodernden Feuer. Ich kroch hinein, die Öffnung erweiterte sich allmählich, und ich befand mich am Eingang eines weiten gewölbten Raumes, wo mein Fortschritt durch ein neues Hindernis gehemmet wurde, das noch viel fürchterlicher als alle vorigen war.

Ich sah einen feurigen Abgrund vor mir, der beinahe den ganzen Raum erfüllte und dessen wallende Flammen, wie aus einem Feuersee, über die Ufer von Granitfelsen, womit es ringsum eingefaßt war, emporloderten und bis an meine Füße heraufzuzücken schienen. Statt einer Brücke war eine Art von Rost, aus vierfach nebeneinanderliegenden schmalen Kupferblechen zusammengefügt, hinübergelegt, der von einem Ufer zum andern reichte, aber kaum drei Palmen breit war. Ich gestehe aufrichtig, ungeachtet der großen Hitze dieses schrecklichen Ortes lief mir's eiskalt durchs Rückenmark auf und nieder; aber was war hier anders zu tun, als auch dieses Abenteuer zu wagen, ohne mich lange über die Möglichkeit zu bedenken? Wie ich hinübergekommen, weiß ich selbst nicht; genug, ich kam hinüber; und eh' ich Zeit hatte, wieder zu mir selbst zu kommen, fühlte ich mich von einem Wirbelwind ergriffen und mit unbeschreiblicher Geschwindigkeit durch die grauenvolleste Finsternis fortgezogen. Ich verlor alle Besinnung, kam aber bald wieder zu mir selbst, indem ich mich etwas unsanft gegen eine Pforte geworfen fühlte. Sie sprang auf, und ich befand mich, auf meinen Füßen stehend, in einem herrlich erleuchteten Saale, dessen gewölbte, mit Azur überzogene Decke die Halbkugel des Himmels vorstellte und mit einer unendlichen Menge von Karfunkeln, als ebensoviel Sternbildern, eingelegt war. Sie ruhete auf zwei Reihen massiv goldener Säulen, an welchen unzählige Hieroglyphen aus Edelsteinen von allen möglichen Farben schimmerten. Ich stand etliche Minuten ganz verblendet und entzückt von der Herrlichkeit dieses Ortes.»

«Das glaub' ich», rief König Mark, «und nach solchen ausgestandenen Fährlichkeiten! Ich möcht' da wohl an Euerm Platze gewesen sein!»

«Als ich mich wieder in etwas gefaßt hatte», fuhr Misfragmutosiris in seiner Erzählung fort, ohne auf die lebhafte Teilnehmung des Königs achtzugeben, «fiel mir eine hohe Pforte von Ebenholz in die Augen, vor welcher zwei Sphinxe von kolossalischer Größe einander gegenüberlagen. Sie waren aus Elfenbein geschnitzt und von wunderbarer Schönheit; aber zu meinem großen Bedauern lagen sie so dicht an der Pforte und so nahe beisammen, daß es schlechterdings für mich unmöglich schien, sie zu öffnen und die Begierde zu befriedigen, welche mich in ein so gefahrvolles Abenteuer verwickelt hatte. Indem ich nun, der verbotenen Pforte gegenüberstehend, vergebens auf ein Mittel sann, diese Schwierigkeit zu überwinden, erblickte ich über der Tür, in diamantnen Charakteren der heiligen Priesterschrift, die mir nicht unbekannt war, den Namen Hermes Trismegistos. Ich las ihn mit lauter Stimme; und kaum hatte ich ihn ausgesprochen, so öffnete sich die Pforte von selbst, die beiden Sphinxe belebten sich, sahen mich mit funkelnden Augen an und wichen so weit zurück, daß ich zwischen ihnen durchgehen konnte. Sobald ich über die Schwelle der Pforte von Ebenholz geschritten war, schlossen sich ihre Flügel, wie von einem inwohnenden Geiste bewegt, von sich selbst wieder zu, und ich befand mich in einem runden Dome von schwarzem Jaspis, dessen furchtbares Dunkel nur von Zeit zu Zeit, in Pausen von zehn bis zwölf Sekunden, durch eine Art von plötzlichem Wetterleuchten erhellt wurde, das an den schwarzen glattgeschliffnen Wänden herum zitterte und ebensoschnell verschwand als entstand.

Bei dieser majestätischen geheimnisvollen Art von Beleuchtung erblickte ich in der Mitte des

Doms ein großes Prachtbette von unbeschreiblichem Reichtum, worauf ein langer ehrwürdiger Greis, mit kahlem Haupte und einem schlohweißen Barte, die Hände auf die Brust gelegt, sanft zu schlummern schien. Zu seinen Häupten lagen zwei Drachen von so seltsamer und schrecklicher Gestalt, daß ich sie noch jetzt, nach so viel Jahrhunderten, vor mir zu sehen glaube. Sie hatten einen flachen Kopf mit langen herabhangenden Ohren, runde gläserne Augen, die weit aus ihren Kreisen hervorragten, einen Rachen gleich dem Krokodil, einen langen, äußerst dünnen Schwanenhals und ungeheure lederne Flügel wie die Fledermäuse; der vordere Teil des Leibes war mit starren spiegelnden Schuppen bedeckt und mit Adlersfüßen bewaffnet, und der Hinterleib endigte sich in eine dicke, siebenmal um sich selbst gewundene Schlange. Ich bemerkte bald, daß das Wetterleuchten, das diesen Dom alle zehn Sekunden auf einen Augenblick erhellte, aus den Nasenlöchern dieser Drachen kam und daß dies ihre Art zu atmen war. Wie schauderhaft auch der Anblick dieser gräßlichen Ungeheuer war, so schienen sie doch nichts Feindseliges gegen mich im Sinne zu haben, sondern erlaubten mir, den majestätischen Greis, der hier den langen Schlaf des Todes schlief, bei dem flüchtigen Lichte, das sie von sich gaben, so lang' ich wollte zu betrachten. Ich bemerkte eine dicke Rolle von ägyptischem Papier, die zu den Füßen des Greises lag und mit Hieroglyphen und Charakteren beschrieben schien. Eine unsägliche Begierde, der Besitzer dieser Handschrift zu sein, bemächtigte sich meiner bei diesem Anblick; denn ich zweifelte nicht, daß sie die verborgensten Geheimnisse des großen Hermes enthalte. Zehnmal streckte ich die Hand nach ihr aus, und zehnmal zog ich sie wieder mit Schaudern zurück. Endlich wurde die Begierde Meister, und meine Hand berührte schon den heiligen Schatz, gegen welchen ich alle Schätze über und unter der Erde verachtete, als mich ein Blitz aus dem Munde eines der beiden Drachen plötzlich zu Boden warf und alle meine Glieder dergestalt lähmte, daß ich unfähig war, wieder aufzustehen. Sogleich fuhr eine kleine geflügelte und gekrönte Schlange, die den hellsten Sonnenglanz von sich warf, aus der Kuppel des Doms herab und hauchte mich an: ich fühlte die Kraft dieses Anhauchs gleich einer lieblich scharfen, geistigen Flamme alle meine Nerven dergestalt durchdringen, daß ich etliche Augenblicke wie betäubt davon war. Als ich mich aber wieder aufraffte, sah ich einen Knaben vor mir, der auf einem Lotusblatte saß und, indem er den Zeigefinger der rechten Hand auf den Mund drückte, mir mit der linken die Rolle darreichte, die ich zu den Füßen des schlafenden Greises gesehen hatte. Ich erkannte den Gott des heiligen Stillschweigens und warf mich vor ihm zur Erde: aber er war wieder verschwunden; und nun wurde ich erst gewahr, daß ich mich, ohne zu begreifen, wie es damit zugegangen, anstatt in der großen Pyramide bei Memphis, in meinem Bette befand.»

«Wunderbar! Seltsam, bei meiner Ehre!» rief König Mark mit allen Zeichen des Erstaunens und der Überraschung auf dem glaubigsten Gesichte von der Welt.

«So kam es mir auch vor», erwiderte Misfragmutosiris; «und ich würde mich sicher selbst beredet haben, daß mir alle diese wunderbaren Dinge bloß geträumt hätten, wenn die geheimnisvolle

Rolle in meiner Hand mich nicht von der Wirklichkeit derselben hätte überzeugen müssen. Ich betrachtete sie nun mit unbeschreiblichem Entzükken, ich betastete und beroch sie auf allen Seiten und konnte es gleichwohl kaum meinen eignen Sinnen glauben, daß ein so unbedeutender Mensch als ich der Besitzer eines Schatzes sei, um welchen Könige ihre Kronen gegeben hätten. Das Papier war von der schönsten Purpurfarbe, die Hieroglyphen gemalt und die Charaktere von dünn geschlagenem Golde.»

«Das muß ein schönes Buch sein», sprach König Mark; «ich weiß nicht, was ich nicht darum gäbe, es nur eine Minute lang in meiner Hand zu haben. Dürft' ich bitten?»

«Von Herzen gern, wenn es noch in *meinen* Händen wäre.»

«Wie? Es ist nicht mehr in Euern Händen?» rief Mark mit kläglicher Stimme.

«Ich besaß es nur sieben Tage. Am achten erschien mir der Knabe auf dem Lotusblatte wieder, nahm die Rolle aus meiner Hand und verschwand damit auf ewig. Aber diese sieben Tage waren für mich hinreichend, mich zum Meister von sieben Geheimnissen zu machen, deren geringstes von unschätzbarem Wert in meinen Augen ist. Seit dieser merkwürdigen Nacht sind nun über tausend Jahre verstrichen.»

«Über tausend Jahre?» unterbrach ihn König Mark abermal. «Ist's möglich? Über tausend Jahre?»

«Alles ist möglich», antwortete der tausendjährige Schüler des großen Hermes mit seinem gewöhnlichen Kaltsinne; «dies ist es kraft des siebenten Geheimnisses. Seitdem ich im Besitze desselben bin, ist der ganze Erdboden mein Vaterland, und ich sehe Königreiche und Geschlechter der Menschen um mich her fallen wie die Blätter von den Bäumen. Ich wohne bald hier, bald da, bald in diesem, bald in jenem Teile der Welt; ich rede alle Sprachen der Menschen, kenne alle ihre Angelegenheiten und habe bei keiner zu gewinnen noch zu verlieren. Ich verlange über niemand zu herrschen und bin niemanden untertan; aber wenn ich (was mir selten begegnet) einen *guten* König antreffe, so habe ich mein Vergnügen daran, sein Vermögen, Gutes zu tun, zu vermehren.»

König Mark versicherte, er wünsche und hoffe, einer von den guten Königen zu sein: wenigstens habe er immer seine Lust daran gehabt, Gutes zu tun; und bloß, um unendlich viel Gutes tun zu können, habe er sich immer gewünscht, den Stein der Weisen in seine Gewalt zu bekommen.

Misfragmutosiris gab ihm zu verstehen, dazu könne wohl noch Rat werden; er schien die Sache als eine Kleinigkeit zu betrachten, wollte sich aber diesmal nicht näher darüber erklären.

König Mark, der einen Mann, dem nichts unmöglich war, zum Freunde hatte, glaubte den Stein der Weisen schon in seiner Tasche zu fühlen und gab, auf Abschlag der Goldberge, in welche er seine Kupferberge bald zu verwandeln hoffte, alle Tage glänzendere Feste; denn der Wundermann mit dem goldnen Sphinx auf der Mütze, der schon tausend Jahre alt war, alle Krankheiten heilen konnte und einen Krokodil zum *spiritus familiaris* hatte, war bereits im ganzen Land erschollen, und mit der hohen Meinung, die das Volk von ihm gefaßt hatte, war auch der gesunkene Kredit des Königs wieder höher gestiegen.

Die Königin Mabillje mit ihren Damen und Jungfrauen trug nicht wenig bei, diese Hoflustbarkeiten lebhafter und schimmernder zu machen. Es war schon lange, daß König Mark, der die Veränderung liebte, seiner Gemahlin einige Ursachen gab, sich von ihm für vernachlässiget zu halten; und die Eifersucht, womit sie ihm ihre Zärtlichkeit zu beweisen sich verbunden hielt, war ihm so beschwerlich gefallen, daß ihm zuweilen der Wunsch entfahren war, daß sie (ihrer Tugend unbeschadet) irgendein anderes Mittel, sich die Langeweile zu vertreiben, ausfündig machen möchte, als das Vergnügen, das sie daran zu finden schien, wenn sie ihm seine kleinen Zeitkürzungen verkümmern konnte. Er schien es daher entweder nicht zu bemerken oder (wie einige Hofleute wissen wollten) es heimlich ganz gern zu sehen, daß ein schöner junger Ritter, der seit kurzem unter dem Namen Floribell von Nikomedien an seinem Hoflager erschienen war, sich auf eine sehr in die Augen fallende Art um die Gunst der Königin bewarb und alle Tage größere Fortschritte in derselben machte. In der Tat war es schon so weit gekommen, daß Mabillje ihre Parteilichkeit für den schönen Floribell sich selbst nicht länger läugnen konnte; da sie aber fest entschlossen war, einen tapfern Widerstand zu tun, so nahmen ihr die Angelegenheiten ihres eigenen Herzens so viel Zeit weg, daß sie keine hatte, den König in den seinigen zu beunruhigen.

Wie lebhaft auch König Mark seine Geschäfte auf dieser Seite treiben mochte, so verlor er doch das Ziel seiner Hauptleidenschaft keinen Augenblick aus dem Gesichte. Es waren nun bereits einige Monate verstrichen, seit der Erbe des großen Trismegistos an seinem Hofe wie ein König bewirtet wurde, und Mark glaubte sich einiges Recht an seine Freundschaft erworben zu haben. Misfragmutosiris hatte sich zwar bei aller Gelegenheit gegen Belohnungen und große Geschenke erklärt; aber *kleine* Geschenke, pflegte er zu sagen, die ihren Wert bloß von der Freundschaft erhalten, deren Symbole sie sind, kann sich kein Freund weigern, von dem andern anzunehmen. Weil aber die Begriffe von Klein und Groß relativ sind und unser Adept von Sachen, die nach der gemeinen Schätzung einen großen Wert haben, als von sehr unbedeutenden Dingen sprach: so hatten die kleinen Geschenke, die er nach und nach von seinem Freunde Mark anzunehmen die Güte gehabt hatte, die Schatzkammer des armen Königs ziemlich erschöpft, und es war hohe Zeit, ihr durch neue und ergiebige Zuflüsse wieder aufzuhelfen. Der Ägypter schien die Billigkeit hiervon selbst zu fühlen; und bei der ersten Anregung, welche der König von den sieben Geheimnissen tat, trug er kein Bedenken mehr, ihm zu gestehen, daß das erste und geringste derselben die Kunst, den Stein der Weisen zu bereiten, sei. Mark beteuerte, daß er mit diesem geringsten gern fürliebnehmen wolle, und der Adept machte sich ein Vergnügen daraus, ihm ein Geheimnis zu entdecken, worauf er selbst zwar keinen großen Wert legte, das aber gleichwohl, wie er weislich sagte, um des Mißbrauchs willen allen Profanen ewig verborgen bleiben müsse.

«Der wahre Hermetische Stein der Weisen», sagte er, «kann aus keiner andern Materie als aus den feinsten Edelsteinen, Diamanten, Smaragden, Rubinen, Saphiren und Opalen gezogen werden. Die Zubereitung desselben, vermittelst Beimischung eines großen Teils Zinnober und einiger Tropfen von einem aus verdickten Sonnenstrahlen gezogenen flüchtigen Öle, ist weniger kostbar oder verwickelt als mühsam und erfordert beinahe nichts als einen ungewöhnlichen Grad von Aufmerksamkeit und Geduld; und dies ist die Ursache, warum es der Mühe nicht wert wäre, einen Versuch im Kleinen zu machen. Das Resultat der Operation, welche unter meinen Händen nicht länger als dreimal sieben Tage dauert, ist eine Art von purpurroter Masse, die sehr schwer ins Gewicht fällt und sich zu einem feinen Mehle schaben läßt, wovon eines halben Gerstenkorns schwer hinreichend ist, zwei Pfund Blei zu ebensoviel Gold zu veredeln; und dies ist, was man den Stein der Weisen zu nennen pflegt.»

König Mark brannte vor Begierde, sobald nur immer möglich einige Pfund dieser herrlichen Komposition zu seinen Diensten zu haben. Er fragte also, ein wenig furchtsam, ob wohl eine sehr große Quantität Edelsteine vonnöten wäre, um ein Pfund des philosophischen Steines zu gewinnen.

«Oh», sagte Misfragmutosiris, «ich merke, wo die Schwierigkeit liegt. An Edelsteinen soll es uns nicht fehlen; denn ich besitze auch das Geheimnis, die feinsten und echtesten Edelsteine zu machen. Ich muß gestehen, die Operation ist etwas langweilig; sie erfordert gerade soviel Monate als der Stein der Weisen Tage; aber...»

«Nein», fiel ihm Mark in die Rede, «so lange kann ich unmöglich warten! Lieber will ich meine Kronen und mein ganzes übriges Geschmeide dazu hergeben! Einundzwanzig Monate sind eine Ewigkeit! Wenn wir nur erst den Stein aller Steine haben, so soll es uns an den übrigen nicht fehlen.

Für Gold ist alles zu bekommen; und allenfalls habe ich nichts dagegen, wenn Ihr bei guter Muße auch Edelsteine machen wollt.»

«Wie es beliebig ist», sagte der Adept. «Von zwei Unzen Diamanten und zweimal soviel Rubinen, Smaragden und dergleichen erhalten wir genau einen Stein von zwölftausend Gran an Gewicht, und damit läßt sich schon was machen. Ich für meinen Teil brauche in hundert Jahren nicht so viel.»

«Kleinigkeit», rief König Mark; «ich wette, an meiner schlechtesten Hauskrone müssen mehr Steine sein, als Ihr verlangt; aber wenn wir einmal an die Arbeit gehen, so muß es auch der Mühe wert sein. Laßt mich dafür sorgen! Wir müssen einen Stein von vierundzwanzigtausend Gran bekommen, oder ich heiße nicht König Mark!»

«Das beste ist», sagte der Adept, «daß ich mit dem Sonnenöle schon versehen bin, welches von allen Ingredienzen das kostbarste ist und dessen Zubereitung einundzwanzig Jahre dauert. Ich bin immer besorgt, einige Violen davon vorrätig zu haben; denn außerdem, daß es bei Verfertigung des Steins die Hauptsache ist, so ist es auch die Materie, woraus, vermittelst einer Konzentration, welche dreimal einundzwanzig Jahre erfordert, das Hermetische Öl der Unsterblichkeit bereitet wird, von dessen wunderbaren Kräften ich dir künftig so viel entdecken werde, als mir erlaubt sein wird.»

König Mark war vor Freude außer sich, einen Freund zu besitzen, der solche Entdeckungen zu machen hatte, und eilte, was er konnte, alles Nötige zu dem großen Werke veranstalten zu helfen. An Öfen und allen Arten chemischer Werkzeuge konnte es an einem Hofe, wo schon so lange laboriert wurde, nicht fehlen; aber Misfragmutosiris erklärte sich, daß er, außer einem kleinen Herde, den er in einem kleinen Kabinette seines Zimmers bauen ließ, und einem Sacke voll Kohlen, nichts vonnöten habe, weil er alles, was zur Operation erforderlich sei, bei sich führe. Als man mit den Zurüstungen fertig war, zog er die Gestirne zu Rate und setzte den Anfang der geheimen Arbeiten auf einen gewissen Tag um die erste Stunde nach Mitternacht fest. Vorher aber initiierte er den König in einem neuen Grade der Hermetischen Mysterien, welcher ihn fähig machte, ein Augenzeuge aller zu dem großen Werke gehörigen Arbeiten zu sein. Eine einzige höchst geheimnisvolle war hiervon ausgenommen, bei welcher der Geist des dreimal großen Hermes selbst erscheinen mußte, um zu dem vorhabenden Werke seinen Beifall zu geben. Die Gegenwart dieses Geistes ertragen zu können, war ein Vorrecht der Eingeweihten des höchsten Grades; und Misfragmutosiris gab dem Könige zu verstehen, daß er selbst unter allen Lebendigen der einzige, der sich dieses Vorrechtes rühmen könne, und kraft desselben das unsichtbare Oberhaupt des ganzen Hermetischen Ordens sei.

Endlich, als die sehnlich erwartete Mitternacht herannahte, übergab König Mark dem Adepten eigenhändig ein goldenes Kästchen, mit Dicksteinen, Smaragden, Rubinen, Saphiren und morgenländischen Opalen angefüllt, die er aus zwei oder drei von seinen Vorfahren geerbten Kronen hatte ausbrechen lassen. Bei dieser Gelegenheit wurde er zum ersten Male in das geheime Kabinett eingelassen, welches bisher, außer dem Adepten, kein sterblicher Fuß hatte betreten dürfen. Es war um und um mit ägyptischen Götterbildern und Hieroglyphen ausgeziert und nur von einer einzigen Lampe, die von der Decke herabhing, beleuchtet; in der Mitte stand ein kleiner runder Herd von schwarzem Marmor, in Form eines Altars, auf welchem das große Werk zustande kommen sollte. Misfragmutosiris, in der Kleidung eines alten ägyptischen Oberpriesters, fing die Zeremonie damit an, daß er den König mit einem angenehm betäubenden Rauchwerk beräucherte. Er zog hierauf einen großen hermetisch-magischen Kreis um den Altar, und in denselben einen kleinern, den er mit sieben, wie jenen mit neun, hieroglyphischen Charakteren bezeichnete. Er befahl dem Könige, in dem äußern Kreise stehenzubleiben; er selbst aber trat in den innern Kreis vor den Altar, warf etliche Körner Weihrauch in die Glutpfanne und murmelte einige dem König unverständliche Worte. Sowie der Rauch in die Höhe stieg, erschien über dem Altar ein langohriger Knabe, auf einem Lotusblatte sitzend, den Zeigefinger der rechten Hand an den Mund gelegt und in der linken eine brennende Fackel tragend. Mark wurde bei dieser Erscheinung leichenblaß und konnte sich kaum auf den Beinen erhalten; aber der Adept näherte seinen Mund dem rechten Ohre des Knaben und flüsterte ihm etwas zu, worauf dieser mit einem bejahenden Kopfnicken antwortete und verschwand. Misfragmutosiris hieß den König gutes Mutes sein, gab ihm, um seine Lebensgeister wieder zu stärken, einen Löffel voll von einem Elixier von großer Tugend und empfahl ihm, morgen in der siebenten Stunde sich wieder einzufinden, indessen aber sich zur Ruhe zu begeben, während er selbst wachen werde, um der Erscheinung des großen Hermes, welche ihm angekündigt worden, abzuwarten und die Mysterien zu vollziehen, womit das große Werk angefangen werden müsse, wenn man sich eines glücklichen Ausgangs versichern wolle.

König Mark begab sich voll Glauben und Erwartung in sein eigenes Gemach; und weil das, was ihm der Adept gegeben hatte, ein Schlaftrunk gewesen war, so schlief er hart und ununterbrochen zwei Stunden länger als die Zeit, auf welche er bestellt war. Endlich erwachte er, warf sich in seine Kleider und eilte dem geheimen Zimmer zu. Er fand alles in eben dem Stande, wie er es verlassen hatte: nur der weise Misfragmutosiris und das goldne Kästchen mit den Edelsteinen waren unsichtbar geworden.

Es gibt keine Worte, um die Bestürzung des Königs zu schildern, wie er seine sanguinischen Hoffnungen und sein grenzenloses Vertrauen auf das Haupt des Hermetischen Ordens so grausam betrogen sah. Auf die erste Betäubung des Erstaunens folgte Unwillen über sich selbst, und dieser brach endlich in Verwünschungen und wütende Drohungen gegen den Betrüger aus, der in einer sichern Freistätte seiner Leichtgläubigkeit spottete. Er war im Begriff, in die Halle herunterzusteigen und alle seine Reisigen und Knechte aufsitzen zu lassen, um dem Flüchtling auf allen Seiten nachzusetzen, als auf einmal ein wunderschöner Jüngling in einem hell glänzenden Gewande, mit einer goldnen Krone auf dem Haupte und einem Lilienstengel in der Hand, vor ihm stand und ihn anredete. «Ich kenne den Unfall», sprach der Jüngling, «der dich beunruhiget, und bringe dir Entschädigung. Du suchest den Stein der Weisen. Nimm diesen Stein, bestreiche dreimal mit ihm deine Stirne und deine Brust hin und wieder, und du wirst die Erfüllung deines Wunsches sehen.» Mit diesen Worten gab ihm der Jüngling einen purpurroten Stein in die Hand und verschwand.

König Mark sank aus einer Bestürzung in die andre. Er betrachtete den Stein, den er auf eine so wunderbare und unverhoffte Art empfangen hatte, von allen Seiten; und wiewohl er nicht begriff, wie die Erfüllung seiner Wünsche und das Bestreichen seiner Stirne und seiner Brust mit diesem Steine zusammenhange, so war er doch zu sehr gewohnt, Dinge, von denen er nichts begriff, zu glauben und zu tun, als daß er hätte Anstand nehmen sollen, dem Befehle des Genius Folge zu leisten. Er bestrich sich also Stirne und Brust dreimal mit dem magischen Steine hin und wieder und stand beim dritten Mal – in einen Esel verwandelt da.

Während daß dieses mit dem Könige vorging, erhob sich auf einem andern Flügel des Schlosses, wo die Königin wohnte, auf einmal ein entsetzlicher Lärm. Der schöne junge Ritter Floribell (der, wie wir nicht läugnen können, in Verdacht stand, die Nacht im Schlafzimmer der Königin zugebracht zu haben) hatte sich mit dem besten Teile ihrer Juwelen diesen Morgen unsichtbar gemacht. Mabillje war die erste Person am Hofe, die es gewahr wurde. Sie war im Begriff, vor Scham und Ärger sich ihre schönen Haare aus dem Kopfe zu raufen, als eine Dame von unbeschreiblicher Schönheit, in rosenfarbnem Gewand und mit einer Krone von Rosen auf dem Haupte, vor ihr stand und zu ihr sagte: «Ich kenne dein Anliegen, schöne Königin, und komme dir zu helfen. Nimm diese Rose und stecke sie an deine Brust, so wirst du glücklicher werden, als du jemals gewesen bist.»

Mit diesen Worten reichte sie ihr eine Rose aus ihrer Krone und verschwand. Die Königin wußte nichts Besseres zu tun als zu gehorchen; sie steckte die Rose an ihren Busen und sah sich in dem nehmlichen Augenblick in eine rosenfarbne Ziege verwandelt und in eine unbekannt wilde Einöde versetzt.

Als die Kammerfrauen des Morgens um die gewöhnliche Stunde hereinkamen und weder die Königin noch ihre Juwelen, noch den schönen Floribell fanden, war die Bestürzung und der Lärm so arg, als man sich's vorstellen kann. Man konnte nicht zweifeln, daß sie sich von dem jungen Ritter habe entführen lassen, und man ging, es dem König anzuzeigen. Aber wie groß ward erst der Schrecken und die Verwirrung, da auch der König und sein neuer Günstling, der Mann mit dem großen weißen Barte, nirgends zu finden waren! Sich vorzustellen, daß König Mark sich von dem alten Graubart habe entführen lassen, war keine Möglichkeit. Man stellte sich also gar nichts vor, wiewohl acht Tage lang in ganz Cornwall von nichts anderm gesprochen wurde. Die Ritter und Knappen setzten sich alle zu Pferde und suchten den König und die Königin vier Monate lang in allen Winkeln von Britannien. Aber alles Suchen war umsonst. Sie kamen wieder so klug nach Hause, wie sie ausgezogen waren; und das einzige, womit sich das Volk tröstete, war die Überzeugung, daß es ihnen leicht sein werde, wieder einen König zu finden, wenn sie keinen weisern haben wollten als König Mark.

Der königliche Esel hatte sich indessen mit vieler Behutsamkeit, um nicht entdeckt zu werden, aus seiner Burg ins Freie hinausgemacht und war, mißmutig und mit gesenkten Ohren, schon einige Stunden lang durch Wälder und Felder dahergetrabt, als er in einem Hohlwege eine junge, mit einem Quersack beladene Bäuerin antraf, deren Wohlgestalt, frische Farbe und schönen blonden Haare ihm beim ersten Anblick etwas einflößten, das sich besser für seinen vorigen als gegenwärtigen Zustand schickte. Er blieb stehen, um das junge Weib anzugaffen, die sich ganz außer Atem gelaufen hatte und vor Müdigkeit nicht weiter konnte. Die Teilnehmung, die sie diesem allem Ansehen nach herrenlosen Tiere einzuflößen schien, erregte ihre Aufmerksamkeit: sie näherte sich ihm, streichelte ihn mit einer sehr weißen atlasweichen Hand; und da er ganz ruhig stillhielt und (zum Zeichen, daß es ihm wohl behage, von einer so weichen Hand gekrabbelt zu werden) die Zähne bleckte und beide Ohren ellenlang vorstreckte, so bekam sie auf einmal Lust, ihn in ihre Dienste zu nehmen, und schwang sich auf seinen Rücken. Der Esel bequemte sich zu dem ungewohnten Dienste mit einer Gefälligkeit, von deren geheimem Beweggrunde die schöne Bäuerin sich wenig träumen ließ; er schien stolz auf die angenehme Bürde zu sein und trabte so munter mit ihr davon wie der beste Maulesel aus Andalusien. Wiewohl sie nichts hatte, womit sie ihn lenken konnte, als seine kurze Mähne, schien er doch die Bewegungen ihrer Hände, ja sogar den Sinn ihrer Worte zu verstehen; und so brachte er sie, durch eine Menge Abwege, die sie ihm andeutete, gegen Einbruch der Nacht in eine wilde Gegend an der Seeküste, die von Felsen und Gehölz eingeschlossen und nur gegen die benachbarte See ein wenig offen war.

Sie hielten vor einer mit Kiefern und wildem Gebüsche umwachsenen Höhle still, wo die junge Bäuerin kaum mit etwas heller Stimme zwei- oder dreimal «Kasilde» rief, als ein feiner wohlgewachsner Mann von dreißig bis vierzig Jahren, in Matrosenkleidung, aus der Höhle hervoreilte und, mit großer Freude über ihre Ankunft, ihr von dem lastbaren Tier herunterhalf. «Dank sei dem Himmel», rief er, sie umarmend, «daß du da bist, liebe Kasilde; mir war schon herzlich bang, es möchte dir ein Unfall zugestoßen sein.» – «Sage lieber Dank diesem guten Esel», versetzte die Bäuerin lachend; «denn ohne ihn würdest du mich schwerlich so bald, vielleicht gar nicht wiedergesehen haben.» – «Dafür soll er nun auch ausrasten und so viel Gras oder Disteln fressen, als er in dieser hungrigen Gegend finden kann», sagte jener; «ich bin unendlich in seiner Schuld, daß er dich, und, wie ich sehe, auch den lieben Quersack, so glücklich in meine Arme geliefert hat.»

Der König-Esel stutzte mächtig, da er eine Stimme hörte, die ihm nur gar zu wohl bekannt war. Er betrachtete die beiden Personen (denen er unvermerkt in die Höhle gefolgt war) beim Schein einer Lampe, die aus dem Felsen herabhing, und es kam ihm vor, als ob ihm die Züge des Matrosen und der jungen Bäuerin nicht ganz fremde wären. Er schaute dem ersten schärfer ins Gesicht: die Ähnlichkeit schien immer größer zu werden; und wie er von ungefehr nach einer Art von steinernem Tische sah, der aus einer von den Felsenwänden hervorragte, fiel ihm ein langer weißer Bart in die Augen, der auf einmal ein verhaßtes Licht in seinen dumpfen Schädel warf.

«Ha, ha», rief die Bäuerin lachend; «da ist ja

auch der Hermetische Bart!» – «Ich weiß wahrlich nicht», sagte der Mann im nehmlichen Tone, «warum ich ihn nicht unterwegs in eine Hecke geworfen habe: er hat nun seine Dienste getan, und wir werden ihn schwerlich wieder nötig haben.» – «Dafür ist gesorgt», versetzte jene, indem sie auf den Quersack klopfte. «Sieh einmal, und sage, ob ich nicht würdig bin, die Geliebte eines Zeitgenossen des Königs Amasis zu sein.»

«O gewiß», rief der weise Misfragmutosiris, «und des dreimal großen Hermes selbst, wenn du willst. Aber», fuhr er fort, indem er den Sack ausleerte, «wo hast du deine schimmernde Hofritter-Kleidung gelassen, Kasilde?» – «Wie du siehst, hab' ich sie mit der ersten hübschen Bäuerin, die ich nach der Stadt zu Markte gehen sah, vertauscht.» – «Der Schade ist zu verschmerzen», sagte das unsichtbare Haupt des Hermetischen Ordens, indem er den kostbaren Inhalt des Quersakkes durchmusterte; «aber damit du mir nicht gar zu stolz auf deine Talente wirst, Mädchen – sieh einmal her, ob ich mir die Abenteuer in der großen Pyramide zu Memphis und den Schrecken, den mir die wetterleuchtenden Drachen am Prachtbette des großen Hermes eingejagt, nicht teuer genug habe bezahlen lassen.»

Man stelle sich vor, wie des armen Esels Majestät dabei zumute war, da er alle die Geschenke, die der schelmische Adept nach und nach von ihm erhalten hatte, mit den gesamten Edelsteinen seiner Kronen und dem größten Teile des Schmuckes der Königin, in funkelnder Pracht auf dem steinernen Tisch ausgebreitet sah. Wär' ihm nicht die unbegrenzte Duldsamkeit zustatten gekommen, die als eine charakteristische Tugend der Gattung, zu welcher er seit kurzem gehörte, von jeher gepriesen worden ist, er würde sich unmöglich haben halten können, die Wut, die in seinem Busen kochte, auf die fürchterlichste Art ausbrechen zu lassen. «Oh, warum mußte ich nun auch gerade in einen Esel verwandelt werden?» dacht' er. «Wär' ich ein Leopard, ein Tiger, ein Nashorn, wie wollte ich! Aber wozu kann das helfen? Mit einem Esel würden sie bald fertig werden.» So sprach der arme König Mark zu sich selbst und lag in seinem Winkel so still und in einen so kleinen Raum zusammengeschmiegt, als ihm nur immer möglich war, um wenigstens seine Neugier zu befriedigen, indem er dem vertraulichen Gespräche dieser zu seinem Unglück verschwornen Schlauköpfe zuhörte.

Nachdem sie ihre Augen an der kostbaren Beute satt geweidet hatten, regte sich ein Bedürfnis von einer dringendern Art; denn sie hatten beide den ganzen Tag nichts gegessen. Der Adept, der immer an alles dachte, hatte, da ihm in der Burg noch alles zu Gebote stand, sich aus der königlichen Küche mit Vorrat auf etliche Tage reichlich versehen lassen. Er zog einen Teil davon nebst einer Flasche köstlichen Weins aus seinem Sacke, und während sie sich's trefflich schmecken ließen, vergaßen sie nicht, sich durch tausend leichtfertige Einfälle über die Leichtgläubigkeit des Königs von Cornwall und die Schwachheit seiner tugendreichen Gemahlin lustig zu machen.

«Nun muß ich dir doch erzählen, lieber Gablitone», sagte die schöne Spitzbübin, «wie ich es anfing, um die Tugend der guten Königin so kirre zu machen, daß ich Gelegenheit bekam, unsern Anschlag auszuführen.»

«Wie du das anfingst, Kasilde? So wie du in

deiner Hofritterkleidung aussahest, und bei allen deinen übrigen Gaben – welche Königin in der Welt hätte sich nicht von dir fangen lassen?»

«Schmeichler! Die meinige zappelte noch im Garne so heftig, daß sie es beinahe zerrissen hätte. Meinen Verführungskünsten würde sie vielleicht widerstanden haben: aber die Eifersucht über die Buhlereien des Königs, die Langeweile, die Gelegenheit, eine gereizte Einbildungskraft und unbefriedigte Sinne kämpften für mich, und sie wurde endlich überwältigt, indem sie sich bis auf den letzten Augenblick wehrte. Das Fest, das der König am Tage vor unsrer Entweichung gab, beförderte mein Glück nicht wenig. Ich verdoppelte die Lebhaftigkeit meiner Anfälle auf ihr Herz; Tanz und griechische Weine hatten ihr Blut erhitzt; eine gewisse Fröhlichkeit, der sie sich überließ, machte sie sorglos und zuversichtlich; sie tat, was sie noch nie getan hatte, sie machte sich ein Spiel aus meiner Leidenschaft und verwickelte sich unvermerkt immer stärker, je weniger sie Gefahr zu sehen schien. Endlich wirkte das Opiat, das ich zu gehöriger Zeit in ihren Wein hineinpraktiziert hatte. Eine angenehme Mattigkeit überfiel ihre Sinne, ihre Augen funkelten lebhafter, aber ihre Knie erschlafften; sie schrieb es der Müdigkeit vom Tanze zu und begab sich in ihr Schlafgemach. Sobald ihre Jungfrauen sie zu Bette gebracht hatten, kamen sie in den Tanzsaal zurück, und ich schlich mich davon. Mabillje erschrak nicht wenig, da sie, schon halb eingeschlummert, mich vor ihrem Bette sah. Gleichwohl merkte ich, daß ich nicht ganz unerwartet kam und daß ein anderer an meinem Platze klüger getan hätte, etwas später zu kommen. Genug, die Delikatesse, womit ich, vermöge der Vorteile meines Geschlechts, meine vorgebliche Leidenschaft in diesen kritischen Augenblicken zu mäßigen wußte, ohne darum weniger zärtlich und feurig zu scheinen, gewann unvermerkt so viel über die gute Dame, daß ich mich, wenn der Schlaftrunk nicht so würksam gewesen wäre, in keiner geringen Verlegenheit befunden haben würde. Aber er überwältigte sie gar bald unter so zärtlichen Liebkosungen, daß sie beim Erwachen sich vermutlich für viel strafbarer halten wird, als ich sie machen konnte; und dieses Kästchen von Ambra mit dem besten Teil ihres Geschmeides ist der Beweis, daß ich meine Zeit nicht mit Betrachtung ihrer schlummernden Reize verlor, wie vielleicht der weise Misfragmutosiris selbst an meinem Platze getan haben möchte.»

«Spitzbübin», sagte Gablitone, indem er sie auf die Schulter klopfte; «jedes von uns war auf seinem gehörigen Posten. Du hast deine Rolle wie eine Meisterin gespielt; und weniger konnt' ich auch nicht von dir erwarten, als ich dich beredete, das Theater zu Alexandria zu verlassen und mir den Plan ausführen zu helfen, der uns so glücklich gelungen ist. Wir haben nun genug, um künftig bloß unsre eigenen Personen zu spielen. Morgen soll uns ein Fischerboot nach Kleinbritannien hinüberbringen, und von dort wird es uns nicht an Gelegenheit fehlen, in unser Vaterland zurückzukehren. Inzwischen, schöne Kasilde, laß uns dem guten Beispiel unsers Esels folgen, der dort im Winkel eingeschlafen ist. Wir sind hier vor allen Nachsetzern sicher und bedürfen der Ruhe.»

Der königliche Esel war nichts weniger als eingeschlafen, wiewohl er sich so gestellt hatte. Der Verdruß, sich so schändlich hintergangen zu sehen, ein Augen- und Ohrenzeuge der Ränke und des glücklichen Erfolges der Betrüger und (was noch das ärgste war) aus einem König in einen Esel verwandelt zu sein, seine Feinde vor Augen zu sehen und sich nicht an ihnen rächen zu können, ja in seiner Eselsgestalt noch sogar selbst ein Werkzeug ihres Glückes gewesen zu sein, alles das schnürte ihm die Kehle so zusammen, daß er kaum noch atmen konnte. Aber eine andre Szene, die in alle Leidenschaften, welche in seinem Busen kochten, noch das Furiengift des Neides goß, setzte ihn auf einmal in solche Wut, daß er nicht länger von seinen Bewegungen Meister war. Er sprang mit einem gräßlichen Geschrei von seinem Lager auf und über die beiden Glücklichen her, die sich einer solchen Ungezogenheit zu ihrem Esel so wenig versehen hatten, daß sie etliche tüchtige Hufschläge davontrugen, ehe sie sich seiner erwehren konnten. Aber der Handel fiel doch zuletzt, wie natürlich, zum Nachteil des unglücklichen Königs aus; denn der ergrimmte Adept fand bald einen Knüttel, womit er einen so dichten Hagel von Schlägen auf den Kopf und Rücken des langohrigen Geschöpfes regnen ließ, daß es halb tot zu Boden fiel und zuletzt, nachdem jener auf inständiges Bitten der mitleidigen Kasilde seiner Rache endlich Grenzen setzte, in einem höchst kläglichen Zustande zur Höhle hinausgeschleppt wurde.

Der arme Mark war nunmehr auf einen Grad von Elend gebracht, wo der Tod das einzige zu sein scheint, was einem, der ein Mensch und ein König gewesen war, in einer solchen Lage noch zu wünschen übrig ist. Aber der mächtige Trieb der Selbsterhaltung ringt in jedem lebenden Wesen dem Tode bis zum letzten Hauch entgegen. Der gemißhandelte Esel kroch, so weit er konnte, von der verhaßten Höhle ins Gebüsche, und ein paar Stunden Ruhe, die freie Luft und etwas frische Weide, die er auf einem offnen Platze des Waldes fand, brachten ihn so weit, daß er mit Anbruch des Tages seine Beine wieder ziemlich munter heben konnte. Er lief den ganzen Tag in der Wildnis herum, ohne einen andern Zweck, als sich von den Wohnungen der Menschen zu entfernen, in deren Dienstbarkeit zu geraten er nun für das einzige Unglück hielt, das ihm noch begegnen konnte; denn von Wölfen und andern reißenden Tieren war das Land ziemlich gereinigt. So trabte er den ganzen Tag auf ungebahnten Pfaden daher, stillte seinen Hunger, so gut er konnte, trank, wenn er Durst hatte, aus einer Quelle oder Pfütze und schlief des Nachts in irgendeinem dicken Gebüsche, wiewohl ihn die Erinnerung an seinen vorigen Zustand wenig schlafen ließ. Das Seltsamste bei dem allen war, daß er die unselige Grille, die ihm so teuer zu stehen kam, das Verlangen nach dem Besitze des Steins der Weisen, auch in seinem Eselsstande nicht aus dem Kopfe kriegen konnte. Den Tag über dachte er an nichts andres, und des Nachts träumte ihm von nichts anderm.

Der wohltätige Genius, der den Entschluß gefaßt hatte, ihn von dieser Torheit zu heilen, machte sich diese Disposition seines Gehirnes zunutze und wirkte durch einen Traum, was vielleicht die Vorstellungen und Gründe aller Weisen des Erdbodens wachend nicht bei ihm bewirkt haben würden.

Ihm träumte, er sei noch König von Cornwall, wie ehemals, und stehe voll Unmut über einen mißlungenen Versuch an seinem chemischen Herde. Auf einmal sah er den schönen Jüngling wieder vor sich stehen, von welchem er den purpurroten Stein empfangen zu haben sich sehr wohl erinnerte. «König Mark», sprach der Genius mit einer Stirne voll Ernstes zu ihm, «ich sehe, daß das Mittel, wodurch ich dich von deinem Wahnsinne zu heilen hoffte, nicht angeschlagen hat. Du verdienst, durch die Gewährung deiner Wünsche bestraft zu werden. Vergeblich würdest du bis ans Ende der Tage den Stein der Weisen suchen, denn es gibt keinen solchen Stein; aber nimm diese Lilie, und alles, was du mit ihr berührst, wird zu Golde werden.» Mit diesen Worten reichte ihm der Jüngling die Lilie dar und verschwand.

König Mark stand einen Augenblick zweifelhaft, ob er dem Geschenke trauen sollte; aber seine Neugier und sein Durst nach Golde überwogen bald alle Bedenklichkeiten: er berührte einen Klumpen Blei, der vor ihm lag, mit der Lilie, und das Blei wurde zum feinsten Golde. Er wiederholte den Versuch an allem Blei und Kupfer, womit das Gewölbe angefüllt war, und immer mit dem nehmlichen Erfolge. Er berührte endlich einen großen Haufen Kohlen: auch dieser wurde in einen ebenso großen Haufen Gold verwandelt. Die Wonnetrunkenheit des betörten Königs war unaussprechlich. Er ließ unverzüglich zwölf neue Münzhäuser errichten, wo man Tag und Nacht genug zu tun hatte, alles Gold, das er mit seiner Lilie machte, in Münzen aller Arten auszuprägen. Da in Träumen alles sehr schnell vonstatten geht, so befanden sich in kurzem alle Gewölbe seiner Burg mit mehr barem Gelde angefüllt, als jemals auf dem ganzen Erdboden im Umlauf gewesen ist. «Nun», dachte Mark, «ist die Welt mein.» Er fragte sich selbst, was ihn gelüstete, und sein Gold verschaffte es ihm, es mochte noch so kostbar oder ausschweifend sein. Mit der Willkür, über eine unerschöpfliche Goldquelle zu gebieten, geriet er sehr natürlicherweise in den Wahn, daß er alles vermöge; er wollte also auch seine Wünsche ebenso schleunig ausgeführt wissen, als sie in ihm entstanden, und was er gebot, sollte auf den Sturz dastehen. Seine Untertanen zogen daher wenig Vorteil von dem unermeßlichen Aufwande, den er machte; denn er ließ ihnen keine Zeit, weder die zu seinen Unternehmungen nötigen Materialien herbeizuschaffen noch sie zu verarbeiten. Zudem fehlte es auch in seinem Lande an Künstlern; und zu warten, bis er durch seine Unterstützung welche erzogen hätte, konnte ihm gar nicht einfallen. Wozu hätte er das auch nötig gehabt? Es fanden sich Künstler und Arbeiter aus allen Enden der Welt bei ihm ein, und alle nur ersinnliche Produkte und Waren wurden ihm aus Italien, Griechenland und Ägypten in unendlichem Überfluß zugeführt. Er ließ Berge abtragen, Täler ausfüllen, Seen austrocknen, schiffbare Kanäle graben; er führte herrliche Paläste auf, legte zauberische Gärten an, erfüllt diese und jene mit allen Reichtümern der Natur, mit allen Wundern der Künste, und das alles, sozusagen, wie man eine Hand umwendet. Die schönsten Weiber, die vollkommensten Virtuosen, die sinnreichsten Erfinder neuer Wollüste, alles, was jede seiner Leidenschaften, Gelüste und Launen reizen und befriedigen konnte, stand zu seinem Gebot. Er gab Turniere, Schauspiele und Gastmäler, wie man noch keine gesehen hatte, und verschwendete oft in einem Tage mehr Gold, als die reichsten Könige im ganzen Jahre einzunehmen hatten.

Bei allem diesem zog die ungeheure Menge Gold, die er auf einmal in die Welt ergoß, einige sehr beträchtliche Unbequemlichkeiten nach sich. Die erste war, daß die Fremden, die aus allen Ländern der Welt herbeiströmten, ihm ihre Waren, ihre Köpfe, Hände oder Füße anzubieten, sobald sie von der Unerschöpflichkeit seiner Goldquelle benachrichtigt waren, ihre Preise in kurzer Zeit erst um hundert, dann um tausend, zuletzt um zehntausend Prozent steigerten. Alle Produkte des Kunstfleißes wurden so teuer, das Gold hingegen wegen seines Überflusses so wohlfeil, daß er endlich ganz unfähig ward, als ein Zeichen des Wertes der Dinge im Handel und Wandel gebraucht zu werden. Aber bevor er soweit kam, zeigte sich eine noch weit schlimmere Folge der magischen Lilie, die in den Händen des Königs die Stelle des Steins der Weisen vertrat. Denn während seine grenzenlose Hoffart, Üppigkeit und Verschwendung die halbe Welt mit Gold überschwemmte, verhungerte der größte Teil seiner eigenen Untertanen, weil ihnen beinahe alle Gelegenheit, etwas zu verdienen, abgeschnitten war. Ackerbau und Gewerbe lagen darnieder; denn wer hätte sich im Lande noch damit abgeben sollen, da man alle Notwendigkeiten und Überflüssigkeiten des Lebens in allen Häfen des Königreiches zu allen Zeiten in größrer Güte und Vollkommenheit haben konnte und da überdies alle hübschen jungen Leute vom Lande nur nach der Hauptstadt zu gehen brauchten, um tausend Gelegenheiten zu finden, durch Müßiggehen dort ein ganz anderes Glück zu machen, als sie an ihrem Orte durch Arbeit und Wirtschaft zu machen hoffen konnten?

König Mark, sobald er von der Not des Volkes

Bericht erhielt, glaubte ein unfehlbares Mittel dagegen zu besitzen und säumte nicht, in allen Städten, Flecken und Dörfern des Landes so viel Gold austeilen zu lassen, daß sich der ärmste Tagelöhner auf einmal reicher sah, als es vormals sein Edelmann gewesen war. Mark glaubte dadurch dem Übel abgeholfen zu haben: aber er hatte aus übel ärger gemacht. Denn nun hörte vollends aller Fleiß und alle häusliche Tugend auf: jedermann wollte sich nur gute Tage machen, und in kurzem waren alle diese Reichtümer, die so wenig gekostet hatten, in Saus und Braus und unter den zügellosesten Ausschweifungen durchgebracht. Der König konnte nicht Gold genug machen; und wie es endlich seinen Wert gänzlich verlor, so stellte sich wieder der vorige Mangel ein, der aber nun durch die Erinnerung der goldnen Tage des Wohllebens desto unerträglicher fiel und unter einem Volke, das alles sittliche Gefühl und alle Scheu vor den Gesetzen verloren hatte, ein allgemeines Signal zu Raub, Mord und Aufruhr wurde. Der König, der sich und sein Volk vor lauter Reichtum in Bettler verwandelt sah, wußte sich nicht zu helfen; aber er hatte noch nicht alle Früchte seines wahnsinnigen Wunsches gekostet. Sie blieben nicht lange aus. Sein von allen Arten der Schwelgerei erschöpfter und zerrütteter Körper erlag endlich den übermäßigen Anstrengungen der Lüste; sein Magen hörte auf zu verdauen, seine Kräfte waren dahin, seine abgenützten Sinne taub für jeden Reiz des Vergnügens; scheußliche Krankheiten, von den empfindlichsten Schmerzen begleitet, rächeten die gemißbrauchte Natur und ließen ihn in den besten Jahren seines Lebens alle Qualen einer langsamen Vernichtung fühlen.

In diesem Zustande merkte König Mark, daß es noch ein elenderes Geschöpf gebe als einen halb tot geprügelten Esel und daß dieses elendeste aller Geschöpfe ein König sei, dem irgendein feindseliger Dämon die Gabe, Gold zu machen, gegeben und der unsinnig genug habe sein können, ein so verderbliches Geschenk anzunehmen. Aber wie unbeschreiblich war dafür auch seine Freude, da er mitten in diesem peinvollen Zustand erwachte und im nehmlichen Augenblicke fühlte, daß alles nur ein Traum und er selbst glücklicherweise der nehmliche Esel sei, wie zuvor! Er stellte jetzt, in der lebhaften Spannung, die dieser Traum seinem Gehirne gegeben hatte, Betrachtungen an, wie sie vermutlich noch kein Geschöpf seiner Gattung vor ihm angestellt hat; und das Resultat davon war, daß er aus voller Überzeugung bei sich selbst festsetzte, lieber ewig ein Esel zu bleiben, als ein König ohne Kopf und ein Mensch ohne Herz zu sein.

Während der Nutzanwendung, welche der königliche Esel aus seinem Traume zog, war der Morgen angebrochen; und wie er sich aufmachte, um die Gegend, in die er geraten war, ein wenig auszukundschaften, ward er am Fuß eines mit Tannen und Kiefern bewachsenen Felsens eine Art von Einsiedelei gewahr, um welche einige Ziegen herumkletterten und hier und da, wo sich zwischen den Spalten oder auf den flachern Teilen des Felsens etwas Erde angesetzt hatte, ihre Nahrung suchten. Vor der Einsiedelei zog sich ein schmaler, sanft an den Felsen angelegter Hügel hin, wovon der Fleiß des Menschen, der auch die wildeste Gegend zu bezähmen weiß, einen Teil zu einem Küchengarten angebaut und den andern mit allerlei Arten von Obstbäumen bepflanzt hatte, die unter dem Schirme der benachbarten Berge sehr wohl zu gedeihen schienen und das romantische Ansehen dieser Wildnis vermehrten. Indem der gute Mark ziemlich nahe, aber von einem dünnen Gesträuche bedeckt, alles dies mit einigem Vergnügen betrachtete, sah er eine Magd mit einem großen Krug auf dem Kopf aus der Hütte hervorgehen, um an einer Quelle, welche fünfzig Schritte davon aus dem Felsen hervorsprudelte, Wasser zu holen. Sie schien eine Person von vierundzwanzig Jahren zu sein, wohlgebildet, schlank, etwas bräunlich, aber dem Ansehen nach von blühender Gesundheit und munterm gutlaunigem Wesen, wie Mark, der jetzt seine Menschheit wieder fühlte, aus ihrem leichten Gange und seinem Liedchen, das sie vor sich her trallerte, zu erkennen glaubte. Sie ging in einem leichten, aber reinlichen bäurischen Anzuge daher, ohne Halstuch, die Haare in einen Wulst zusammengebunden, und indem sie sich im Vorbeigehen bückte, um eine frisch aufgeblühte Rose zu brechen und vorzustekken, hatte er einen Augenblick Gelegenheit, eine Bemerkung zu machen, die den Hofbusen, an die er gewöhnt war, wenig schmeichelte. Das wenige, was ihn ein nicht allzu langer Rock von ihrem Fuße sehen ließ, bestärkte ihn vollends in der günstigen Meinung, die er nach diesem Muster von den Töchtern der kunstlosen Natur zu fassen anfing. Aber mit allen diesen Bemerkungen ward auch der Verdruß über seine gegenwärtige Gestalt wieder so lebhaft, daß er Kopf und Ohren voll Verzweiflung sinken ließ und (was noch nie ein Esel getan hat noch jemals tun wird) mit dem Gedanken umging, sich von einem der benachbarten Felsen in die Schlucht herabzustürzen. Er entfernte sich mit einem schweren Seufzer von dem Orte, wo er ein so schmerzliches Gefühl seiner zur Hälfte verlornen Menschheit bekommen hatte, und war im Begriff, den Gedanken der Verzweiflung auszuführen, als ihm unversehens eine aus dem Gras emporprangende Lilie in die Augen fiel. Ihn schauderte vor ihrem Anblick; aber zu gleicher Zeit wandelte ihn eine so starke Begierde an, diese Lilie aufzuessen, daß er sich dessen nicht enthalten konnte. Kaum hatte er sie mit Blume und Stengel hinabgeschlungen, o Wunder! so verschwand seine verhaßte Eselsgestalt, und er fand sich in einen wohl gewachsnen, nervigen, von Kraft und Gesundheit strotzenden Bauerkerl von dreißig Jahren verwandelt, der (außer dem, was in der menschlichen Bildung allen gemein ist) mit dem, was er sich erinnerte, vor seiner ersten Verwandlung gewesen zu sein, wenig Ähnliches hatte. Das Sonderbarste dabei war, daß er mit dem völligsten Bewußtsein, noch vor wenig Tagen Mark, König von Cornwall, gewesen zu sein, und mit deutlicher Erinnerung aller Torheiten, die er in dieser Periode seines Lebens begangen, eine ganz andere Vorstellungsart in seinem Gehirn eingerichtet fand, eine ganz andre Art von Herz in seinem Busen schlagen fühlte und an Leib und Seele bei diesem Tausche stark gewonnen zu haben glaubte.

Man kann sich einbilden, wie groß seine Freude über eine so unverhoffte Veränderung war. Er dachte mit Schaudern daran, was sein Schicksal hätte sein können, wenn er wieder König Mark geworden wäre; und so lebhaft war der Eindruck, den er von seinem Traume noch in seiner Seele fand, daß ihn däuchte, wenn er wählen müßte, er wollte lieber wieder zum Esel als zum König Mark von Cornwall werden.

Unter diesen Gedanken befand er sich unvermerkt wieder vor der Hütte, aus welcher er die Frauensperson mit dem Krug auf dem Kopfe hatte hervorgehen sehen. Ihm war, als ob ihn eine unsichtbare Gewalt nach der Hütte hinzöge. Er ging hinein und fand einen steinalten Mann mit einem eisgrauen Bart in einem Lehnstuhle und gegenüber ein zusammengeschrumpftes Mütterchen an einem Spinnrocken sitzen. Beim Anblick des eisgrauen Bartes wandelte ihn eine Erinnerung an, die ihn einen Schritt zurückwarf; aber alles übrige in dem Gesichte des alten Mannes paßte so gut zu diesem ehrwürdigen Barte und flößte zugleich so viel Ehrfurcht und Liebe ein, daß er sich augenblicklich wieder faßte und die ehrwürdigen Bewohner dieser einsamen Hütte um Vergebung bat, daß er ohne Erlaubnis sich bei ihnen eingedrungen habe. «Ich irre», sprach er, «durch einen Zufall, der mich aus meinem Wege warf, schon zwei Tage in dieser wilden Gegend herum, und meine Freude, endlich eine Spur von Menschen darin anzutreffen, war so groß, daß es mir unmöglich gewesen wäre, vorbeizugehen, ohne die Bewohner dieser Hütte zu grüßen, wenn mich auch kein anderes Bedürfnis dazu getrieben hätte.» Die beiden alten Leutchen hießen ihn freundlich willkommen, und da die Magd inzwischen ihr Frühstück hereingebracht hatte, nötigten sie ihn, sich zu ihnen zu setzen und mitzuessen. In kurzem wurden sie so gute Freunde, daß Mark, der sich den Namen Sylvester gab, sich aufgemuntert fühlte, ihnen seine Dienste anzubieten. «Ich bin», sprach er, «ein rüstiger junger

Mann, wie ihr seht; ihr seid alt, und die junge Frauensperson hier mag doch wohl einen Gehülfen zu Beschickung dessen, was das Haus erfordert, nötig haben, wiewohl sie flink und von gutem Willen scheint. Ich habe Lust und Kräfte zum Arbeiten; wenn ihr mich annehmen wollt, so will ich alle Arbeit, die einen männlichen Arm erfordert, übernehmen und euch in Ehren halten wie meine leiblichen Eltern.»

Die Magd, die inzwischen ab- und zugegangen war und den Fremden seitwärts, wenn sie nicht bemerkt zu werden glaubte, mit Aufmerksamkeit betrachtet hatte, errötete bei dieser Erklärung, schien aber vergnügt darüber zu sein, wiewohl sie tat, als ob sie nicht zugehört hätte, und ungesäumt wieder an ihre Arbeit ging.

Die Alten nahmen das Erbieten des jungen Mannes mit Vergnügen an, und Sylvester, der unter einer Schuppe neben der Wohnung das nötige Feld- und Gartengeräte fand, installierte sich noch an demselben Tage in seinem neuen Amte, indem er rings um die Wohnung alle noch unbepflanzten Plätze auszustocken und umzugraben anfing, um sie teils zu Kohl- und Rübenland, teils zum Anbau des nötigen Getreides zuzurichten. Diese Arbeit beschäftigte ihn mehrere Wochen; und wie er damit fertig war, fing er an, einen Keller in den Felsen zu hauen, und brachte alle Zeit damit zu, die ihm die Garten- und Feldarbeit übrigließ. Das alte Paar gewann ihn so lieb, als ob er ihr leiblicher Sohn gewesen wäre, und er fühlte sich alle Tage glücklicher bei einer Lebensart, die ihm so leicht und bekannt vorkam, als ob er dazu geboren und erzogen gewesen wäre. Nie hatte ihm als König Essen und Trinken so gut geschmeckt, denn ihn hatte nie gehungert noch gedürstet; nie hatte er so wohl geschlafen, denn er hatte sich nie müde gearbeitet noch sich mit so ruhigem Herzen niedergelegt; nie war er zu den Lustbarkeiten des Tages so fröhlich aufgestanden als jetzt zu mühsamer Arbeit; nie hatte er das angenehme Gefühl, nützlich zu sein, gekannt; kurz, nie hatte er solche Freude an seinem Dasein, solche Ruhe in seinem Gemüt und so viel Wohlwollen und Teilnehmung an den Menschen, mit denen er lebte, empfunden; denn nun war er selbst ein Mensch, und nichts als ein Mensch; und wie hätte er das sein können, als er König, und was noch ärger ist, ein törichter und lasterhafter König war?

Mittlerweile hatten Sylvester und die junge Frauensperson, die sich Rosine nannte, täglich so manche Gelegenheit, sich zu sehen, daß es in ihrer Lage ein gewaltiger Bruch in die Naturgesetze gewesen wäre, wenn die Sympathie, welche sich schon in der ersten Stunde bei ihnen zu regen anfing, nicht zu einer gegenseitigen Freundschaft hätte werden sollen, die in kurzem alle Kennzeichen der Liebe hatte und, ungeachtet sie einander noch kein Wort davon gesagt, sich auf so vielfältige Art verriet, daß das Einverständnis ihrer Herzen und Sinne keinem von beiden ein Geheimnis war. Endlich kam es an einem schönen Sommerabend zur Sprache, da sie im Walde – er, bei der Beschäftigung, dürres Reisholz zusammenzubinden, sie, indem sie junges Laub für ihre Ziegen abstreifte – wie von ungefehr zusammenkamen. Anfangs war der Kreis, innerhalb dessen sie in der Entfernung eines ganzen Durchmessers arbeiteten, ziemlich groß; aber er wurde unvermerkt immer kleiner und kleiner; und so geschah es zuletzt, daß sie, ohne daß es eben ihre Absicht zu sein schien, sich nahe genug beisammen fanden, um während der Arbeit ein freundliches Wort zusammen zu schwatzen. Die Wärme des Tages und die Bewegung hatte Rosinens bräunlichen Wangen eine so lebhafte Röte, und ich weiß nicht was andres, das ihren Busen aus seinen Windeln zu drängen schien, ihren Augen einen so lieblichen Glanz gegeben, daß Sylvester sich nicht erwehren konnte, vor ihr stehenzubleiben und sie mit einer Sehnsucht zu betrachten, die den beredtesten Liebesantrag wert war. Rosine war vierundzwanzig Jahr alt und eine unverfälschte Tochter der Natur. Sie stellte sich nicht, als ob sie nicht merke, was in ihm vorging, noch fiel es ihr ein, ihm verbergen zu wollen, daß sie ebenso gerührt war wie er. Sie sah ihm freundlich ins Gesicht, errötete, schlug die Augen nieder und seufzte.

«Liebe Rosine!» sagte Sylvester, indem er sie bei der Hand nahm, und konnte kein Wort weiter herausbringen, so voll war ihm das Herz.

«Ich merke schon lange», sagte Rosine, nach einer ziemlichen Pause, mit leiserer Stimme, «daß du mir gut bist, Sylvester.»

«Daß ich dir gut bin, Rosine? Was in der Welt wollt' ich nicht für dich tun und für dich leiden, um dir zu zeigen, wie gut ich dir bin!» rief Sylvester und drückte ihr die Hand stark genug an sein Herz, daß sie sein Schlagen fühlen konnte.

«So ist mir's auch», versetzte Rosine, «aber...»

«Aber was? Warum dies Aber, wenn ich dir nicht zuwider bin, wie du sagst?»

«Ich weiß nicht, was ich dir antworten soll, Sylvester: ich bin dir herzlich gut; ich wollte lieber dein sein, als die vornehmste Frau in der Welt heißen – aber mir ist, es werde nicht angehen können.»

«Und warum sollte es nicht angehen können, da wir uns beide gut sind?»

«Weil es – eine gar besondere Sache mit mir ist», sagte Rosine stockend.

«Wieso, Rosine?» fragte Sylvester, indem er ihre Hand erschrocken fahrenließ.

«Du wirst mir's nicht glauben, wenn ich dir's sage.»

«Ich will dir alles glauben, liebe Rosine, rede nur!»

«Ich bin nur zwei Tage, eh' ich dich zum ersten Male sah, eine – rosenfarbne Ziege gewesen.»

«Eine rosenfarbne Ziege? Doch wenn's nichts weiter ist als dies, so haben wir einander nichts vorzuwerfen, liebes Mädchen; denn um eben dieselbe Zeit war ich, mit Respekt, ein Esel.»

«Ein Esel?» rief Rosine ebenso erstaunt wie er; «das ist sonderbar! Aber wie ging es zu, daß du es wurdest und daß du nun wieder Mensch bist?»

«Mir erschien in einem Augenblicke, da ich mir aus Verzweiflung das Leben nehmen wollte, ein wunderschöner Jüngling mit einer Lilie in der Hand, gab mir einen Stein, mit welchem ich mich bestreichen sollte, und sagte mir, dies würde mich glücklich machen. Ich bestrich mich mit dem Stein und wurde zum Esel.»

«Erstaunlich!» sprach Rosine. «Mir erschien, da ich mir eben vor Herzeleid alle Haare aus dem Kopfe raufen wollte, eine wunderschöne Dame mit einer Rosenkrone auf der Stirne. Sie gab mir eine von diesen Rosen. ‹Stecke sie vor den Busen›, sagte sie, ‹so wirst du glücklicher werden, als du jemals gewesen bist.› Ich gehorchte ihr und wurde stracks in eine rosenfarbne Ziege verwandelt.»

«Wunderbar! Aber wie kam es, daß du wieder Rosine wurdest?»

«Ich irrte beinahe einen ganzen Tag in Wäldern und Gebirgen herum, bis ich von ungefehr in diese Wildnis und an die Hütte der beiden Alten kam. Nicht weit davon, am Fußsteige, der nach der Quelle führt, erblickte ich einen großen Rosenbusch. Da wandelte mich eine unwiderstehliche Begierde an, von diesen Rosen zu essen; und kaum hatte ich das erste Blatt hinabgeschluckt, so war ich, wie du mich hier siehest, aber nicht, was ich zuvor gewesen war.»

«Mit mir ging's gerade ebenso», erwiderte Sylvester. «Ich fand eine Lilie dort im Walde; mich kam eine unwiderstehliche Begierde an, sie zu verschlingen; und da ward ich, was du siehest und was ich vorher nicht gewesen war. Es ist eine wunderbare Ähnlichkeit in unsrer Geschichte, liebe Rosine. Aber was warst du denn vorher, ehe du in eine Ziege verwandelt wurdest?»

«Die unglücklichste Person von der Welt. Ein Betrüger, der sich durch die feinste Verstellung in meine Gunst eingeschlichen hatte, fand, ich weiß nicht wie, ein Mittel, sich in mein Schlafzimmer zu schleichen, und machte sich mit allen meinen Juwelen aus dem Staube.»

«Immer wunderbarer!» rief Sylvester. «Ein andrer Betrüger spielte ungefehr die nehmliche Geschichte mit mir. Er machte mir weiß, er besitze ein Geheimnis, mich zum reichsten Mann in der Welt zu machen; aber es war ein Mittel, mich um den Wert einiger Tonnen Goldes zu prellen und damit unsichtbar zu werden. Aber diesem nach müssen wir, wie es scheint, alle beide sehr vornehme Leute gewesen sein?»

«Du magst mir's glauben oder nicht, aber ich war wirklich eine Königin.»

«Desto besser, liebste Rosine!» rief Sylvester, «so kannst du mich ohne Bedenken heuraten: denn ich selbst war auch nichts Geringers als ein König.»

«Seltsam, wenn es dein Ernst ist! – Aber...»

«Wie, Rosine, schon wieder ein Aber, da ich's mir am wenigsten versehen hätte?»

«Du kannst mich nicht heiraten, denn mein Gemahl ist noch am Leben.»

«Die Wahrheit zu sagen, ich fürchte, dies ist auch bei mir der Fall.»

«Du liebtest also deine Gemahlin nicht?»

«Sie war eine ganz hübsche Frau, wiewohl bei weitem nicht so hübsch wie du. Aber was willst du? Ich war ein König, und in der Tat keiner von den besten. Ich liebte die Veränderung; meine Gemahlin war mir zu einförmig, zu zärtlich, zu tugendhaft und zu eifersüchtig. Du kannst dir nicht vorstellen, wie sehr sie mir mit allen diesen Eigenschaften zur Last war.»

«So warst du ja um kein Haar besser als der König, dessen Gemahlin ich war, als ich noch die Königin Mabillje hieß.»

«Wie, Rosine, dein Gemahl war der König Mark von Cornwall?»

«Nicht anders.»

«Und der schöne junge Ritter, der sich in dein Schlafzimmer schlich und dir deine Juwelen stahl, nannte sich Floribell von Nikomedien?»

«Himmel!» rief Rosine bestürzt, «wie kannst du das alles wissen, wenn du nicht...»

«Mein Mann selber bist?» fiel ihr Sylvester ins

Wort, indem er ihr zugleich um den Hals fiel. «Das *bin* ich, liebste Rosine, oder Mabillje, wenn du dich lieber so nennen hörst; und wenn du mir als Sylvester nur halb so gut sein kannst, wie ich dir als Rosine bin, so haben der Jüngling mit dem Lilienstengel und die Dame mit der Rosenkrone ihr Wort treulich gehalten.»

«Oh, wie gern wollt' ich nichts als Rosine für dich sein! Aber, armer Sylvester», sprach sie weinend, indem sie sich aus seinen Armen wand, «ich fürchte, ich bin deiner nicht mehr wert. Zwar, mit meinem Willen geschah es nicht, aber der Bösewicht muß Zauberei gebraucht haben. Denn es überfiel mich ein übernatürlicher Schlaf, leider! gerade da ich aller meine Kräfte am nötigsten hatte, um mich von ihm loszumachen; und was kann ich besorgen, als daß er sich ...»

«Über diesen Punkt kannst du ruhig sein», sagte Sylvester lachend; «dein Bösewicht war ein verkleidetes Mädchen, eine Tänzerin von Alexandrien, die sich mit dem Goldmacher Misfragmutosiris heimlich verbunden hatte, uns in Gesellschaft zu bestehlen. Ein glücklicher Zufall brachte mich, da ich noch ein Esel war, in die Höhle, wohin sie sich mit ihrer Beute flüchteten, und ich hörte alles aus ihrem eigenen Munde.»

«Wenn dies ist», sprach Rosine, indem sie sich in seine Arme warf, «so bin ich das glücklichste Geschöpf, solange du Sylvester bleibst ...»

«Und ich der glücklichste aller Männer, wenn du nie aufhörst, Rosine zu sein.»

«Seid ihr das?» hörten sie zwei bekannte Stimmen sagen; und als sie sich umsahen, wie erschraken sie, den Greis mit dem eisgrauen Bart und das gute alte Mütterchen vor sich zu sehen!

Sylvester wollte eben eine Entschuldigung vorbringen; aber bevor er noch zu Worte kommen konnte, verwandelte sich der Greis in den Jüngling mit dem Lilienstengel und das Mütterchen in die Dame mit der Rosenkrone.

«Ihr sehet», sprach der schöne Jüngling, «diejenigen wieder, die es auf sich nahmen, euch glücklich zu machen, als ihr euch für die unglücklichsten aller Wesen hieltet, und ihr seht uns zum letzten Male. Noch steht es in eurer Willkür, ob ihr wieder werden wollt, was ihr vor eurer Verwandlung waret, oder ob ihr Sylvester und Rosine bleiben wollt. Wählet!»

«Laßt uns bleiben, was wir sind», riefen sie aus *einem* Munde, indem sie sich den himmlischen Wesen zu Füßen warfen; «der Himmel bewahre uns, einen andern Wunsch zu haben!»

«So haben *wir* unser Wort gehalten», sprach die Dame, «und *ihr* habt in dieser Wildnis den Stein der Weisen gefunden!»

Mit diesen Worten verschwanden die beiden Geister, und Sylvester und Rosine eilten beim lieblichen Scheine des Mondes Arm in Arm nach ihrer Hütte zurück.

»Sylvester wollte eben eine Entschuldigung vorbringen, aber bevor er noch zu Worte kommen konnte, verwandelte sich der Greis in den Jüngling mit dem Lilienstengel und das Mütterchen in die Dame mit der Rosenkrone.

»Ihr seht«, sprach der schöne Jüngling, »diejenigen wieder, die es auf sich nahmen, euch glücklich zu machen, als ihr euch an die glücklichsten aller Wesen wandtet, und ihr seht uns zum letzten Male. Noch steht es in eurer Willkür, ob ihr wieder werden wollt, was ihr vor eurer Verzauberung waret, oder ob ihr Sylvester und Dryas bleiben wollt. Wählet!«

»Laßt uns bleiben, wie wir sind«, riefen aus einem Munde, indem sie sich den himmlischen Wesen zu Füßen warfen, »der Himmel bewahre uns, einen andern Wunsch zu haben!«

»So habt ihr unser Wort gehalten«, sprach die Dame, »und ihr habt [illegible] aus den [illegible] ler Wesen geschöpft.«

Mit diesen Worten verschwanden die beiden Geister und Sylvester und Dryas gingen beim hellen Scheine des Mondes Arm in Arm nach ihrer Hütte zurück.

Timander und Melissa

—

In den Zeiten, da die Königreiche noch ziemlich klein waren, regierte in einer Gegend des schönen Thessalien ein König namens Siopas; ein Name, den er bekommen hatte, weil er ein Mann von sehr wenig Worten war und auf das, was man ihm sagte – es mochten Vorschläge, Einwendungen oder Bitten sein –, gemeiniglich mit Stillschweigen zu antworten pflegte. Er war übrigens eine gute Art von König; er hatte eine Menge negativer Tugenden, war nicht grausam, nicht ungerecht, nicht treulos, nicht ehrsüchtig, nicht unruhig, nicht unbeständig, nicht launisch, quälte seine Untertanen nicht mit unnötigen Verordnungen, wollte nicht alles besser wissen, war kein Verschwender, betrank sich nicht, hielt keine Mätressen, und so weiter; er hatte sogar seine Augenblicke, wo er mitleidig und freigebig war; und doch, weil er bei allen diesen guten Eigenschaften (oder wie man's nennen will) immer finster und mürrisch aussah, wenig sprach, an nichts besondere Lust hatte, also auch andern Leuten keine Freude machte, und weder die Pracht noch den Krieg liebte, noch sonst etwas tat, womit er Aufsehen in der Welt gemacht hätte: so war er von seinem Volke mehr gehaßt und verachtet, als wenn er der ärgste Tyrann gewesen wäre; und es kam endlich so weit, daß einer seiner entfernten Verwandten, ein ehrgeiziger unternehmender Mann, eine Verschwörung gegen ihn anstiftete, die ihm Thron und Leben zugleich kosten sollte.

An dem Morgen vor der Nacht, in welcher der mörderische Anschlag ausgeführt werden sollte, sah er auf einmal ein kleines altes Weibchen vor ihm stehen, die ihn folgendermaßen anredete. «König Siopas», sprach sie, «ich bin immer eine gute Freundin deines Hauses gewesen; du kannst es mir um so eher glauben, weil ich nichts von dir verlange, wiewohl du ein König bist. Hier, nimm diesen Ring von mir: du wirst, wenn du ihn an dem kleinen Finger der rechten Hand trägst und die Hand auf die linke Brust legst, die Gabe erhalten, in den Herzen der Menschen zu lesen, die dich umgeben. Wenn die Zeit kommt, wo du seiner nicht mehr vonnöten hast, so stelle dich mit dem Gesichte gegen Mitternacht, sprich mit lauter Stimme die heiligen Worte: ‹Aski, Kataski, Tetrax›, und wirf ihn in die Luft!»

In Thessalien, wo Feerei und Zauberkünste von uralten Zeiten her zu Hause waren, befremdete so etwas weniger als in einem Lande, wo man sich von jeher auf die Naturwissenschaft gelegt hätte. Der König empfing den Ring (der aus einem unbekannten Metall gemacht und mit magischen Charakteren bezeichnet war) aus der runzlichten Hand des alten Weibchens, und in dem Augenblicke, da er ihn besah und an den kleinen Finger steckte, war die Alte wieder verschwunden.

Der Ring hätte nicht zu gelegnerer Zeit kommen können. Denn bald darauf, wie sich die Hofleute einstellten, um dem Könige nach Gewohnheit ihre Aufwartung zu machen, entdeckte er in dem Busen einiger Anwesenden den Anschlag, der in dieser Nacht gegen sein Leben hätte ausgeführt werden sollen. Er ließ sie sogleich in Verhaft nehmen; sie gestunden ihr Verbrechen und empfingen ihre Strafe.

Siopas erkannte nun den unendlichen Wert des Kleinodes, das ihm die unbekannte Fee anvertraut hatte, und machte so fleißig Gebrauch davon, daß ihm sein Hof in kurzer Zeit ein unerträglicher Aufenthalt wurde. Entweder log der Ring oder sein ganzes Hofgesinde war ein Pack falscher, ränkevoller, undankbarer, kriechender, raubgieriger Schmeichler und Verräter, deren einziges Dichten war, einander zu überlisten, ihn zu betrügen und zu mißbrauchen und sich selbst auf seine Unkosten zu bereichern, wiewohl sie bei allem dem ihren Schalk unter einem glatten Balg und einer schönen Larve zu verbergen wußten. Seine übrigen Untertanen waren nicht um ein Haar besser. Die armen und geringern schmälten auf die vornehmern und reichern und gaben sich das Ansehen, als ob sie an ihrem Platze viel bessere Leute sein wollten; aber wer, wie König Siopas, in ihren Herzen lesen konnte, sah wohl, daß sie entweder andere belügen wollten oder sich selbst belogen.

Der gute Siopas konnte es nicht länger ertragen, über ein so garstiges Menschengeschmeiß König zu sein. Er entschloß sich, die Krone dem besten Manne zu übergeben, den er im Lande finden könnte, und sich in ein Landgut zurückzuziehen, welches er, nicht weit vom Parnaß, an den Ufern des Flusses besaß, den die Verwandlung der Daphne in einen Lorbeerbaum so berühmt gemacht hat. Weil er sich ohne Erben sah (denn seine einzige Tochter war in ihrer Kindheit, da die Amme mit ihr spazierenging, von einer ungeheuren Bärin geraubt und vermutlich gefressen worden), so hatte sein Vorhaben keine andere Schwierigkeit, als wo er den besten Mann im Lande finden sollte. Er besann sich lange hin und her, bis ihm endlich eine seiner ältesten Bekanntschaften, ein gewisser Euthyfron, einfiel, der im Ruf eines sehr verständigen Mannes stund und den er seit mehr als zwanzig Jahren nicht an seinem Hofe gesehen hatte. «Ein gutes Zeichen!» dachte Siopas und ließ den Mann von seinem Gute, wo er der Landwirtschaft oblag und seinem eigenen Hause vorstund, zu sich berufen. Der König hatte kaum seine rechte Hand in den Busen geschoben, so zeigte sich's, daß seine Vermutung richtig gewesen war. Er fand in diesem Euthyfron einen Mann voll gesunder Vernunft, Tätigkeit und Klugheit, der Fleiß und Ordnung liebte und Freude daran hatte, wenn alles um ihn her wohl stand. Siopas entdeckte ihm seine Entschließung, und Euthyfron, wie er sah, daß es Ernst war, dachte: Wer sein eignes Haus zu regieren verstünde, könnte auch wohl ein kleines Königreich regieren. Er willigte also, da das Volk seine Wahl bekräftigte, wiewohl mit etwas schwerem Herzen ein, sein glückliches Privatleben mit der Sorge für das Glück eines undankbaren und lasterhaften Völkchens zu vertauschen.

Der neue König wurde gekrönt, und der gute Siopas, dem in diesem Augenblick eine schwere Last von den Schultern fiel, eilte, was er konnte, nach seinem Gute an den Ufern des Peneus, wo es ihm, beim ersten Blick in das blühende, von waldichten Bergen umfangene und von der weißen

Felsenstirne des Pindus beherrschte Tal und beim ersten vollen Zuge reiner Luft, den er mit freier Brust ein- und wieder ausatmete, nicht anders zumute war, als ob er neu erschaffen aus dem Kräuterkessel der Medea herausgestiegen wäre. Die Hirten und Landleute in diesem Tale schienen ein guter unschuldiger Schlag von Menschen zu sein; und Siopas, der keine Lust hatte, zu sehen, ob der Schein auch hier betrüge, und es lieber nicht so genau nehmen, als des Trostes, unter guten Menschen zu leben, entbehren wollte, stellte sich gegen Mitternacht, rief, so laut er konnte: «Aski, Kataski, Tetrax», und warf seinen Ring in die Luft.

König Euthyfron ließ sich's inzwischen eifrig angelegen sein, das kleine Reich, das ihm Siopas in ziemlich schlechtem Stande übergeben hatte, in einen bessern zu setzen. «Wenn nur erst die Menschen besser wären», dachte er, «das übrige sollte sich wohl von selbst finden.» Und so war seine erste Sorge, wie er seine Untertanen zu bessern Menschen machen könnte. «Als ich noch ein Landwirt war», sagte er zu sich selbst, «hatte ich immer gutes Hausgesinde; sie mußten tüchtig arbeiten, aber dafür nährte ich sie gut, sorgte für sie, wenn sie krank waren, und machte ihnen zuweilen einen frohen Tag. Ich wette, hätt' ich sie müßiggehen und hungern lassen, sie wären bald so schlecht worden als die Untertanen des Königs Siopas.» Dieser Theorie zufolge wandte Euthyfron alle möglichen Mittel an, Fleiß und Wohlstand in seinem Lande zu befördern. Er munterte alle Nahrungszweige auf, schützte den Landmann vor Unterdrückung, beschäftigte die Handwerker und Künste und ließ der Handelschaft ihren freien Lauf. Er bestrafte den Müßiggang als das ärgste aller

Laster, weil er der Vater aller übrigen ist. Er machte wenig Polizeiverordnungen, aber die er machte, waren zweckmäßig, und er hielt scharf darüber. Er hatte selbst die Augen überall, und wo er einen geschickten und emsigen Mann, einen guten Hausvater, einen Mann, der durch Fleiß und Sparsamkeit emporzukommen anfing, sah, der konnte sich auf seine Unterstützung verlassen. Kurz, König Euthyfron regierte sein Volk als ein verständiger Landesvater, geradeso, wie er ehmals sein Haus als ein kluger Hausvater regiert hatte; und wiewohl sein Volk eine harthäutige ungeschlachte Art von Menschen war, so zeigte sich doch in wenigen Jahren, daß sie unter seiner Regierung besser, sittlicher und wohlhabender zu werden anfingen.

Euthyfron hatte einen Sohn namens Timander, dem bei einem Wettstreit um den Vorzug der Schönheit niemand in ganz Thessalien den Preis hätte streitig machen können. Er war seines Vaters nicht unwürdig; indessen liebte er, wie alle jungen Leute, die Vergnügungen. Bisher waren starke Leibesübungen, vornehmlich die Jagd, beinahe das einzige gewesen, wozu er einen entschiedenen Hang gezeigt hatte; aber endlich fing er doch an zu fühlen, daß ein Leeres in seinem Herzen war, welches diese Dinge nicht ausfüllen konnten. Die Schönen am Hofe seiner Mutter, die er bisher mit Gleichgültigkeit angesehen hatte, setzten ihn jetzt in eine halb angenehme, halb unbehagliche Art von Unruhe; er wünschte einen Gegenstand zu finden, der seine ganze Einbildungskraft ausfüllen und ihn in den Genuß aller der Entzückungen setzen möchte, die er ahnete, ohne die Person zu sehen, welche sie ihm verschaffen könnte.

Eines Tages, da er, um seine Gedanken zu zerstreuen, sich dem Vergnügen der Jagd ziemlich unmäßig überlassen hatte und darüber von allen seinen Leuten abgekommen und in ein ungepfadetes Gebirge verirret war, wurde er durch ein Schauspiel, das gleich beim ersten Anblick dem Anfang irgendeines schönen Abenteuers ähnlich sah, nicht wenig in Erstaunen gesetzt. Eine unzählbare Menge schneeweißer Tauben trugen eine Art von Thron, der aus lauter Rosen von allen Farben zusammengesetzt war, durch die Luft daher und setzten ihn vor seine Füße auf die Erde. Er hatte kaum Zeit genug, diese seltsame Erscheinung, die er für eine Würkung seiner Phantasie zu halten versucht war, etwas genauer zu betrachten, als eine dieser Tauben, deren Hals und Schwingfedern in der schönsten Purpurfarbe glühten, ihm in ihrem Schnabel ein Rosenblatt überreichte, worauf mit goldnen Buchstaben eine Einladung, sich in diesen wunderbaren Rosenthron zu setzen, geschrieben war. Timander besann sich einige Augenblicke; aber Neugier und eine Art von Ahnung und gutem Zutrauen zu einem Abenteuer, das so artig begann, überwogen bald alle Bedenklichkeiten. Man nimmt es der unerfahrnen Jugend übel, daß sie sich, durch einen natürlichen Instinkt zum Erfahren hingerissen, so gern in unbekannte und mißliche Dinge einläßt, gleich als ob man durch etwas anders als Erfahrungen zur Erfahrenheit kommen könnte. Wie dem auch sei, der junge Prinz entschloß sich, zu sehen, was das Ende dieser seltsamen Begebenheit sein würde, und setzte sich in den Rosenthron. In diesem Augenblick stimmten eine Menge bunt durcheinander flimmernder Kanarienvögel, die mit den Tauben gekommen waren, einen so lauten und durchdringenden Jubelgesang an, daß der Prinz bei minder starken Nerven sein Gehör darüber hätte verlieren können; und ehe man die Hand umkehren konnte, war der Thron wieder aufgehoben und schwebte so schnell wie ein Luftballon unter leichten Rosenwölkchen daher. Es würde dem Prinzen schwer gewesen sein, zu sagen, wie viele Zeit er mit dieser Reise zugebracht habe; genug, sie schien ihm die kurzweiligste, die er in seinem Leben gemacht; und nur die unendliche Menge von Städten, Dörfern, Landhäusern, Flüssen, Seen, Bergen, Tälern und Ebnen, die in der angenehmsten Mannichfaltigkeit unter ihm wegflogen, hieß ihn schließen, daß er einige tausend Meilen zurückgelegt haben müsse: als die Tauben ihn mitten auf einer höchst anmutigen Insel, in einem Duftkreise der süßesten Wohlgerüche, wieder niedersetzten. Dieser Ort machte die lieblichsten Träume seiner Kindheit und Jugend alle auf einmal in ihm rege. Es war ein Garten oder ein Lustwald, wie sich die Phantasie eines Verliebten denjenigen einbilden kann, worin die Göttin der Liebe ihren Adonis vor den neidischen Blicken der Götter und der Sterblichen verbarg. Ein ewiger Sommer teilte sich mit Zephyrn und Floren in die Herrschaft über diese Zaubergefilde; nie verloren die Bäume ihr Laub, nie die Fluren ihre Blumen; jede sterbende wurde von einer neuen ersetzt, die an ihrer Stelle hervorsproßte. Stürme, Regen und Ungewitter waren auf ewig aus dieser glücklichen Insel verbannt; die Auen und Haine wurden nur von tausend schlängelnden Silberbächen und die Blumen allein von den süßen Tränen der Aurora angefeuchtet. Tausend Vögel, die durch die Anmut ihres Gesanges oder die Schönheit ihres Gefieders dieses Ortes würdig waren, Nachtigallen und schimmernde Kolibris, kleine Papageien von den buntesten und lebhaftesten Farben, Goldfasanen und cayennische Feuerhähne, belebten die Pomeranzenwäldchen und die immerblühenden Gebüsche, und unzählige Schmetterlinge, deren Farben die schönsten aus Surinam auslöschten, gaukelten, gleich ebensoviel lebendigen Blumen, zwischen den Gesträuchen im Sonnenstrahl. Alles atmete Eintracht und Liebe in diesem irdischen Elysium. Da war keine Pflanze, die mit ihrem gifthauchenden Schatten die Blumen um sie her entfärbte, kein Raubvogel, der die friedsamen Kinder der Lüfte in ihren Liebesgeschäften und häuslichen Freuden störte; kein reißendes Tier, keine Schlangen, keine beschwerlichen Insekten entweihten den Wohnsitz der Freuden und der wollüstigen Ruhe. Nur schneeweiße Hündinnen und muntere Rehe mit diamantnen Halsbändern durchstrichen unverfolgt und ohne Furcht die luftigen Gehölze und sprangen, von einer schönen Nymphe gerufen, folgsam herbei, um Blumen aus ihrer weißen Hand zu fressen.

Timander konnte es nicht satt werden, seine Augen an allem dem Reichtum der schönen Natur zu weiden, der hier auf einem Raume von wenigen Stunden, in einer so reizenden Unordnung, daß sie das Werk der sinnreichsten Kunst schien, zusammengehäuft war. Ungeachtet der üppigsten Fülle und der reichsten Mannichfaltigkeit drängte keines das andere: alles schien sich von selbst zusammengefunden und einander gleichsam das Wort gegeben zu haben, um dieses bezauberte Eiland zur Wohnung irgendeiner Göttin zu machen. So dachte Timander und sah sich halb betroffen, halb ungeduldig nach den Bewohnern desselben um, als er durch einen der breiten Lustgänge des Gartens einen leichten muschelförmigen Wagen, mit zwei Hirschen bespannt, vorübereilen sah. Der Wagen war von Elfenbein, das Geweihe der Hirsche von Golde, und in der Muschel saß eine junge Person, so schön, als man sich die junge Hebe denken kann, da sie dem vergötterten Herkules die erste Nektarschale reichte. Der Prinz, von ihrem Anblick bezaubert, hätte sich gern in ihren Weg gestellt; aber die Hirsche eilten zu schnell vorüber, um sie einholen zu können. In wenig Augenblicken folgten mehr als zwanzig andere Wagen, die mit weißen Einhörnern bespannt und mit einer Menge junger Nymphen angefüllt waren, wovon immer eine schöner als die andere schien. Sie flogen ebenso schnell vorüber als die erste und ließen den Prinzen vor Erstaunen unbeweglich. Da er indessen aus der wunderbaren Art, wie er hiehergekommen, nichts anders schließen konnte, als daß er keine unerwartete Person sei, so folgte er diesen Wagen durch verschiedene krumme Gänge eines Lustwäldchens von Myrten- und Rosenbüschen, die hier zu einer ungewöhnlichen Höhe aufgeschossen waren und in voller Blüte standen, bis er endlich, auf einem sanften, kaum merklichen Abhang, zu einem mit Akazien und Silberpappeln umschlossenen Platz gelangte, der, anstatt des Sandes, mit lauter kleinen Perlen dicht bestreut war und ein großes porphyrnes Wasserbecken umgab, worin verschiedene Schwäne stolz und langsam daherschwammen, und mit wollüstig gebogenen Hälsen sich selbst in der dunkelhellen Flut bespiegelten, ohne auf das entzückende Schauspiel achtzugeben, dessen plötzlicher Anblick Timandern in Stein verwandelte. Man stelle sich hundert junge Nymphen von der blühendsten Schönheit in allen ihren mannichfaltigen Formen und Reizen vor, die eine junge Göttin von achtzehn Jahren bloß darum zu umringen schienen, um von ihrer vollkommenern Schönheit wie die Sterne von dem vollen Monde verdunkelt zu werden. Diese hundert Nymphen schienen in vier Ordnungen abgeteilt, deren jede sich durch eine andere Farbe der Kleidung von den übrigen unterschied. Sie trugen alle die Arme bloß und den Busen nur leicht verdeckt; und weil sie überdies zum Tanzen aufgeschürzt waren, so würde es einem Künstler hier nicht an Gelegenheit, die Natur zu studieren, gefehlt haben. Ihre Gebieterin allein war in ein langes rosenfarbes Gewand gekleidet, welches sie auf eine sehr wohlanständige Art bedeckte, ohne gleichwohl, je nachdem sie ihre Lage und Stellung veränderte, eine ihrer schönen Formen unangedeutet zu lassen. Sobald Timander nahe genug war, um von der Beherrscherin dieses Ortes bemerkt zu werden, kam ihm die eine Hälfte der Nymphen tanzend entgegen, während die andere, die einen halben Mond um ihre Königin zog, die anmutigste Musik aus den elfenbeinernen Zithern und Pandoren, die an silbernen Bändern um ihre milchweißen Schultern hingen, hervorzauberte. Die Tänzerinnen umwanden ihn mit Kränzen von Rosen und Jasminen und führten ihn gleichsam im Triumphe zu den Füßen ihrer schönen Gebieterin, die unter einem Thronhimmel von Rosen die Huldigung seines Herzens zu erwarten schien. Er ließ sich auf ein Knie vor ihr nieder; aber sie bückte sich mit unbeschreiblicher Anmut zu ihm herab, hieß ihn willkommen und befahl ihm, neben ihr auf ihrem Rosenthrone Platz zu nehmen.

Die Nymphen fingen itzt neue Tänze an, die von Zeit zu Zeit durch entzückende Wechsel- und Chorgesänge unterbrochen wurden, worin sie die Freuden der Liebe besangen, die aus ihren Augen zu strahlen und aus allen ihren Bewegungen zu atmen schienen. Timander, berauscht von allem, was er sah und hörte, glaubte einer der seligen Götter zu sein. Er vergaß auf einmal aller seiner Verhältnisse, seiner Eltern, seines Vaterlandes, seiner Freunde und der Würde, für die er geboren war: vergaß sie so gänzlich, wie man die Gegenstände vergißt, die unsrer ersten Kindheit Freude oder Schmerz gemacht haben. Ein unbekannter, aber unaussprechlich angenehmer Zauber hatte sich aller seiner Sinne bemächtigt; und er schien sich selbst sein neues Wesen bloß dazu empfangen zu haben, um es in Seufzer der Liebe wieder auszuatmen. Die Göttin oder Fee, unter deren süßer Gewalt sein Herz erlag, las in seinen Augen alles, was er in Worte auszuströmen zu bescheiden war, und kam seiner Schüchternheit zu Hülfe, indem sie ihm sagte, wer sie sei und was für Absichten sie auf ihn habe. «Mein Name ist Pasithea», sprach sie mit einer Stimme, deren Klang sein Herz in Liebe schmelzte; «ich bin eine Tochter der Feenkönigin, und diese Insel erkennt keine andere Macht als die meinige. Man nennt sie die Roseninsel, denn sie ist unter den Inseln, was die Rose unter den Blumen. Vergnügen und Ruhe, Scherze und Freuden haben sie, unter meiner Herrschaft, auf ewig in Besitz genommen. Aber was ist Ruhe und Vergnügen, was sind Scherze und Freuden ohne Liebe?» Ein kaum hörbarer Seufzer, so leise wie das Fächeln eines Sommervogels um eine neu aufgequollene Rose, unterbrach ihre Rede einen Augenblick. «Ich sah dich diesen Morgen», fuhr sie fort, «indem ich, von dir unbemerkt, über der Gegend, wo dich die Jagd beschäftigte, vorüberschwebte. Ich glaubte in deinen Zügen das süße Bedürfnis der Liebe zu lesen, und du scheinst mir würdig, durch sie glücklich zu sein. Frage nun dein Herz – ich will ihm Zeit lassen – und sage mir...»

Hier konnte sie der liebestrunkne Timander nicht länger fortreden lassen. Er unterbrach sie, um ihr bei allen Göttern der Liebe zu bezeugen, daß er keine Zeit brauche, mit einer Gewißheit, die dem Gefühle seines Daseins gleich sei, *sie* für die unumschränkte Beherrscherin seines Herzens zu erklären. Er schwur ihr – was allen jungen Liebhabern im ersten Feuer der unbefriedigten Leidenschaft so leicht zu beschwören und so leicht zu halten scheint, und doch, wenn der Taumel vorüber ist, so leicht vergessen wird! – ewige Liebe, ewige Treue. Er konnte nicht aufhören, ihr die feurigsten Versicherungen von der Wahrheit dieser Erklärung zu geben, und die zärtliche Fee schien nicht müde zu werden, ihm zuzuhören, wiewohl er im Grunde immer das nehmliche sagte.

Indessen hörten die Nymphen zu tanzen auf, und die Schönheit des Abends diente Pasitheen zum Vorwand, seine Sinnen mit einem andern Schauspiele zu ergötzen. Die Gärten, wo sie sich befanden, waren in verschiedene große Terrassen abgeteilt, deren unterste von den Wellen des Meeres, wenn es hoch ging, angespült wurde. Eine Menge zierlich geschnitzter und vergoldeter Barken lagen hier in einer kleinen Bucht bereit, die Fee mit ihrem Hofe einzunehmen. Sie bestieg an Timanders Hand die größte derselben, die, in Gestalt einer Muschel gebaut und mit Perlenmutter überzogen, dem Wagen nicht ungleich sah, in welchem Dichter und Maler die Göttin des Ozeans auf den vor ihr her gebahnten Wellen daherschwimmen lassen. Ein leichtes Segel von Purpur, an einem vergoldeten Maste befestiget, blähte sich vom sanften Hauch eines gelinden Abendlüftchens, und auf jeder Seite schienen drei Knaben, schön wie Liebesgötter und wie Liebesgötter gekleidet, mit ihren versilberten Rudern mehr zu spielen als zu arbeiten. Pasithea und Timander saßen auf einer erhöheten Estrade, die mit reichen Tapeten belegt und mit goldnem Gitterwerk umgeben war, unter einem Bogen von Rosen und Orangenblüten. Zu beiden Seiten wimmelten eine Menge kleinerer Fahrzeuge voll Nymphen und Amoretten um sie her, die durch allerlei mutwillige Scherze ihre Augen auf sich zu ziehen suchten. Aber der Prinz hatte keine Augen als für seine reizende Fee, deren kleinste Bewegung seine Aufmerksamkeit um so mehr beschäftigte, weil ein dichter Schleier, den sie alles seines Bittens ungeachtet nicht ablegen wollte, ihm noch immer die Reize ihres Gesichtes entzog, welche ohne allen Zweifel der ausnehmenden Schönheit ihrer übrigen Person würdig waren. Die Fee bestand darauf, daß sie ihm diese Gunst nicht eher erweisen könne, bis sie von der Stärke und Beständigkeit seiner Liebe überzeugt sei.

«Aufrichtig zu reden», sagte sie zu ihm, «ich würde nicht wahrhaft geliebt zu sein glauben, wenn ich dein Herz nicht ohne Hülfe meines Gesichtes gewinnen könnte. Ich wünsche dir mehr durch meinen Charakter als durch meine Schönheit zu gefallen. Ein schönes Gesicht ist wie eine schöne Blume; beide entzücken das Auge in ihrer frischen Blüte; aber es braucht nur einen einzigen zu brennenden Sonnenstrahl, um beide welk zu machen. Gesetzt auch, ein reizendes Gesicht wüßte sich vor allen Zufällen zu verwahren, die ihm schaden könnten: so kann es doch den Würkungen der Jahre nicht entgehen. Und wenn bei einer Person meiner Art auch diese nicht zu befürchten wären: so ist die bloße Gewohnheit hinlänglich, das Auge des wärmsten Liebhabers kalt und stumpf zu machen. Laß dich indessen diese kleine Grille, wenn es eine ist, nicht betrüben! Ich werde diesen Schleier, der dir so verhaßt ist, nicht immer tragen. Er soll nur deine Treue auf die Probe stellen; und sobald ich mich derselben gänzlich versichert halten werde, will ich dich zum Besitzer und Herrn meiner Person machen, wie du es schon von meinem Herzen bist.»

Timander hatte gegen diese schöne Rede vieles einzuwenden; aber am Ende war doch nichts zu tun, als Geduld zu haben. In der Tat konnte er dies um so leichter, da das, was sie seinen Blicken freigab, sie zur vollkommensten Person der Welt in seinen Augen machte. Sie war groß, schlank und in allen Teilen nach dem feinsten Ebenmaße gebaut; ihr Busen, ihre Arme und Hände waren von der höchsten Schönheit, und über ihr ganzes Wesen, wie über ihre kleinsten Bewegungen, war eine Anmut ausgegossen, die von dem unsichtbaren Teile ihrer Person die angenehmsten Ahnungen erweckte und der man um so weniger widerstehen konnte, weil sie durch Witz, Gefühl und Lebhaftigkeit, unterstützt von den Grazien ihres Geistes, alle Augenblicke neuen Reiz entlehnte. Der Schleier selbst – wieviel man auch durch ihn verlieren mochte – kleidete sie so gut, daß er ausdrücklich für sie erfunden schien und alle ihre übrigen Reizungen um desto rührender machte.

Die Lustpartie auf dem Wasser wurde bis in die Nacht verlängert, um der magischen Würkungen zu genießen, die der Vollmond hervorbrachte, indem sie auf den breiten Kanälen daherfuhren, die den Garten von verschiedenen Seiten durchschnitten und in ebensoviel kleine Inseln abteilten, zwischen welchen das Auge wie in einer Zauberwelt zweifelhafter Schattenwesen und lieblich verworrener Umrisse umherschwamm. Sie ländeten endlich an den marmornen Stufen eines prächtig erleuchteten Pavillons an, der nicht schöner, als er war, hätte sein können, wenn er auch, wie die Gräfin d'Aulnoy versichert, aus Quaderstücken von Diamant erbaut gewesen wäre. Alle Säle dieses Palastes wimmelten von schönen Personen, die zum Hofe der Fee gehörten; alles schimmerte und funkelte und war dazu gemacht, um die Größe und Liebenswürdigkeit der Gebieterin zu erheben, die mitten in dieser Welt voll Pracht und Schönheit und Reichtum doch immer in Timanders Augen das einzige blieb, was seine Aufmerksamkeit fesselte. Man setzte sich zur Tafel, während welcher sich eine bezaubernde Musik hören ließ; und so oft diese eine Pause machte, unterhielt die Fee ihren Gast mit so muntern und witzigen Einfällen und gab ihm so viele Gelegenheit, seinen eigenen Witz zu zeigen, daß er sie, wenn sie dessen auch selbst weit weniger gehabt hätte, gleichwohl für die unterhaltendste Gesellschafterin in der Welt erklärt haben würde. Als die Tafel aufgehoben war, brachte man ihr eine Laute; und nachdem sie eine Weile mit ebensoviel Geschmack als Fertigkeit präludiert hatte, ließ sie den halb vergeisterten

Prinzen eine Stimme hören, die allein mehr als hinlänglich gewesen wäre, ihn zum verliebtesten aller Menschen zu machen. Endlich vollendete ein großer Ball die Lustbarkeiten dieses Tages und den Triumph der schönen Pasithea. Eine unzählbare Menge schöner Nymphen und Hirten versammelten sich in einem Saale, den die Kunst und eine verschwenderische Beleuchtung in einen bezauberten Garten verwandelt hatte. Alle tanzten unverbesserlich; aber die Fee allein tanzte so schön, daß die Grazien selbst darüber neidisch worden wären, wenn die Grazien neidisch werden könnten. Timander, dessen Trunkenheit mit jeder Stunde zugenommen hatte, verlor in dieser alles, was ihm noch von seiner Vernunft übriggeblieben war. Er warf sich im Taumel seines Entzückens der Fee zu Füßen und schwur ihr von neuem, in Ausdrücken, die einem Dithyrambendichter Ehre gemacht hätten, daß alle Reize aller Göttinnen des Himmels und der Erde, die eine einzige zusammengedrängt, nicht vermögend sein sollten, die Treue, die er ihr von neuem auf ewig angelobte, nur einen Augenblick wanken zu machen.

Die verlobte Gräfin versichert, Timander hätte auf diese Weise sechs ganzer Monate bei der schönen Pasithea zugebracht, ohne daß ihm zur Vollständigkeit seines Glückes etwas anderes als ihr Besitz gemangelt habe. Die gute Dame hat sich entweder verschrieben und Monate anstatt Tage aus der Feder schlüpfen lassen, oder sie dachte nicht, was sie sagte. Unsere Nachrichten geben, daß er es in dem halb wahnsinnigen Zustande, wozu ihn die Fee brachte, indem sie seinem Herzen mit allen ihren Reizen und Talenten auf einmal so heftig zusetzte, nicht länger als sechs bis acht Tage habe aushalten können; und wir glauben, daß alle Leute, welche wissen, was möglich ist, sich für unsere Lesart erklären werden.

Der Prinz, dem man übrigens seine wenige Geduld auf Rechnung seiner großen Jugend schreiben muß, wurde binnen dieser kurzen Zeit, die ihm sehr lang vorkam, so dringend, daß die schöne Fee sich nicht länger weigern konnte, seine Probezeit abzukürzen und in einem Tempel des Hymen, den sie auf dem anmutigsten Platze ihrer Gärten aufführen ließ, mit ihm zusammenzukommen. Da ihr die schönsten Gebäude und die herrlichsten Feste nur ein Wort kosteten, so kann man sich diesen Tempel und das Fest, womit sie den schönsten Tag ihres Lebens feierte, so schön und herrlich einbilden, als man nur immer will. Timandern würde eine alte schwarzgeräucherte Kapelle bei dieser Gelegenheit so schön vorgekommen sein als ein Tempel von Porphyr, mit azurnen Säulen und einer goldnen Kuppel; und von allen Szenen der Freude, die einander an diesem Tage drängten und die er sehr langweilig fand, war die Prozession, welche die verschleierte Braut unter Anstimmung des hochzeitlichen Gesanges in den Hymenstempel führte, die einzige, die nach seinem Geschmacke war. Dieser Tempel verwandelte sich, sobald die Fee seine Schwelle betrat, in das herrlichste Brautgemach; aber kaum war sie von ihren Nymphen zu Bette gebracht worden, so befahl sie, die Karfunkeln wegzunehmen, die zu beiden Seiten desselben von zwei goldnen Liebesgöttern emporgehalten wurden und einen Schein von sich warfen, der das ganze Zimmer erleuchtete. Wie unangenehm auch dieser Befehl dem Prinzen war, so wagte er es doch nicht, sich ihm zu widersetzen. Er glaubte der zarten jungfräulichen Empfindung dieses letzte Opfer schuldig zu sein; überdies kam ihm die Nacht, nach der Versicherung der Dame d'Aulnoy, so erstaunlich kurz vor, daß er den Tag um so leichter erwarten konnte, der ihm das so sehnlich verlangte Glück endlich gewähren würde. Da ihn seine Ungeduld keinen Augenblick schlafen ließ, so benutzte er den ersten Morgenstrahl dazu, sich diese Wonne zu verschaffen. Er zog ganz leise den Vorhang und blickte mit gierigen Augen nach der Fee, die indessen fest eingeschlafen war. Himmel! wie groß war seine Bestürzung: diese Abgöttin seines Herzens, die er so inbrünstig liebte, die, seinem Wahne nach, alles, was schön und vollkommen ist, in ihrer Person vereinigte, hatte ein kleines Affengesicht, das würklich ziemlich drolligte Grimassen im Schlafe machte, aber dem betrogenen Prinzen in diesem Augenblick so abscheulich vorkam, daß er zusammenfuhr und sich nicht halten konnte, sein Entsetzen durch einen lauten Schrei und einige sehr starke Redensarten kund werden zu lassen. Die Fee, die davon erwachte, war vor Erstaunen außer sich, in ihrem zärtlich geliebten und kaum noch so entzückten Gemahle auf einmal einen Undankbaren zu finden, der sie mit den bittersten Vorwürfen überschüttete und ihr sogar zum Verbrechen machte, was ihn auf ewig hätte an sie fesseln sollen. Sie konnte sich in eine so unnatürliche Veränderung seiner Gesinnungen gar nicht finden; denn die gute Dame war so weit entfernt, sich über ihr kleines Affengesicht, an das sie längst gewöhnt war, Gerechtigkeit widerfahren zu lassen, daß sie sich vielmehr, dessen ungeachtet, mit allen ihren übrigen Reizungen und Gaben für die liebenswürdigste Person in der Welt hielt. Es ist wahr, der Schleier, hinter den sie sich verbarg, bewies einiges Mißtrauen in die Würkung des ersten Anblicks: aber nachdem der Prinz von den Reizen ihrer Person und ihres Geistes so bezaubert geschienen, nachdem er ihr unbegrenzte Liebe und Treue geschworen und nachdem sie ihn so glücklich gemacht hatte, als es ein Sterblicher sein kann, konnte sie doch wohl erwarten, daß er ein Gesicht, das zwar nicht das regelmäßigste war, dem es aber bei allem dem (wie sie glaubte) nicht an einer gewissen Grazie fehlte, mit Augen der Liebe betrachten würde. Überhaupt (sagt die mehrbelobte französische Gräfin) wollen alle Damen, daß man ihnen schmeichle, und die Wahrheit gefällt ihnen nur insofern, als sie der guten Meinung, die sie von ihrer Schönheit haben, keinen Abbruch tut. In der Tat hatte Pasithea von ihren Höflingen immer nichts als Komplimente über die ihrige gehört; und sogar die Spiegel in ihrem Schlosse waren so gefällig gewesen, ihr nie was anders zu sagen. Stolz und Liebe waren also bei ihr in gleichem Grade durch das unartige Betragen des Prinzen beleidiget; und da er, anstatt sich zu besinnen und zu ihren Füßen Gnade zu suchen, es vielmehr immer ärger machte, so geriet sie endlich in eine Wut, wodurch ihr Gesicht in der Tat nicht liebenswürdiger wurde. Aber zu stolz, in Gegenvorwürfe auszubrechen, die vielleicht durch ihre Tränen würden erstickt worden sein, berührte sie ihren Ungetreuen bloß mit ihrem Stäbchen und verwandelte ihn, weil sie im höchsten Zorne nicht grausam sein konnte, in einen Schmetterling.

Der arme Timander sank, von Schrecken betäubt, zu Boden; aber die Sonnenstrahlen, die auf ihn fielen, und der Morgenduft, der ihm durch ein offnes Fenster entgegenkam, riefen ihn bald wieder ins Leben: er entfaltete seine Flügel und flatterte so geschickt, als ob er den besten Schmetterling zum Lehrmeister gehabt hätte, zum Fenster hinaus.

Wie ihm zumute war, da ihm die Fee das Bewußtsein seines vorigen Wesens und Standes gelassen hatte (als ohne welches seine Verwandlung keine Strafe gewesen wäre), kann man sich leicht vorstellen. Timander als Schmetterling gefiel sich in seinem neuen Stande ganz gut; aber der Schmetterling als Timander war der unglücklichste Prinz von der Welt. Indessen, wie sich der Mensch endlich in alles schicken lernt, so fügte sich Timander endlich auch in seinen Schmetterlingsstand; und wenn die leidige Furcht vor den Elstern, Staren und ihresgleichens nicht gewesen wäre, wovon ein gemeiner Schmetterling nichts weiß, so würde ihm das freie, sorglose, vagabunde Leben seiner neuen Kameraden ganz wohl gefallen haben.

Sein Abscheu vor der Fee hatte ihn so weit von der Roseninsel weggeführt, daß er nach einigen Tagen wieder in dem Lande anlangte, woraus ihn die jugendliche Begierde nach Abenteuern zu seinem Unglück entfernt hatte. Er erkannte es und stellte traurige Betrachtungen über das an, was er hier sein sollte und was er war oder zu sein schien. Welche Möglichkeit, sich für den Prinzen Timander zu erkennen zu geben? Und wenn er es auch könnte, wozu würde es ihm helfen? Welches Volk in der Welt würde einen Schmetterling zum Fürsten haben wollen? Unter diesen Gedanken geriet er von ungefehr in ein Gebüsche, wo ein junges Mädchen sich ins Gras hingestreckt hatte, um nach einem Bade in einem vorüberrieselnden Bache auszuruhen. Ein weißes leinenes Gewand und einige blaue Kornblumen in ihrem braunen Haare machten ihren ganzen Putz aus. Weil der Tag sehr warm war und sie hier ganz allein zu sein glaubte, war sie beinahe entkleidet, ihr Busen offen, ihre Arme und Füße bloß, ihr Haar halb aufgelöst und ihr Gewand nur nachlässig um den Leib geworfen. Das holde unbesorgte Mädchen war eingeschlummert, und es möchte gefährlich für sie gewesen sein, von einem andern als einem Schmetterling in diesem Zustande überrascht zu werden. Bei dem Schmetterling hatte es nichts zu bedeuten; er mochte sie für einen Haufen Lilien und Rosen ansehen und würde sich vermutlich begnügt haben, etliche Mal um sie her zu flattern, sie mit feinen Fühlhörnern hie und da zu beschnüffeln und dann wieder davonzufliegen, wenn Timander aus dem, was ihm seine Schmetterlingssinnen entdeckten, vermittelst des feinern Menschensinnes, der ihm geblieben war, nicht durch Verbindung alles dessen, was er bei öfterm Umflattern und leiser Berührung dieses anziehenden Gegenstandes bemerkte, herausgebracht hätte, daß es ein artiges junges Mädchen von sechzehn Jahren sein müßte. Mehr brauchte es nicht, seine Einbildungskraft und sein Herz mit ins Spiel zu ziehen. *Jene* bildete sie ihm als eine zweite Pasithea vor; aber eine Pasithea mit dem schönsten Kopfe von der Welt, mit den Augen der Venus, den Wangen der Hebe, den Lippen der Suada und dem Lächeln der Grazien; *dieses* verliebte sich auf der Stelle in das zauberische Traumbild – und fühlte, anstatt seine Schmetterlingsfigur zu verwünschen, ein unbeschreibliches Vergnügen in dem Gedanken, die holde Schöne ohne alle eigennützige Begierden bloß um ihrer selbst willen zu lieben und sich an dem reinen

Anschauen ihrer Vollkommenheiten zu weiden, ohne sie, wie ein gemeiner Liebhaber, durch seine eigennützige Liebe zu zerstören. Unter allen Wesen ist vielleicht keines, das sich besser zu einem würdigen Schüler der berühmten Platonischen Diotima schickt, als ein denkender und empfindsamer Schmetterling. Timander flatterte in dieser Eigenschaft so lange und so unvorsichtig bald um die Lippen, bald um den Busen, bald um das runde wächserne Knie der jungen Schläferin herum, bis sie erwachte und bei Eröffnung ihrer schönen Augen einen neuen himmlischen Tag, wie ihn däuchte, aufgehen ließ. Der Schmetterling konnte dem Mädchen nicht lange unbemerkt bleiben. Seine Größe und die seltne Schönheit seiner Farben würden ihre Augen auf ihn gezogen haben, wenn er auch nicht so ungewöhnlich zahm gewesen wäre und ein so sonderbares Belieben, um sie zu sein, gezeigt hätte. Sie bemerkte dies mit Verwunderung; und ungeachtet ihr nichts weniger in den Sinn kam, als daß ein Jüngling und ein Königssohn unter diesem Tierchen verborgen sein könnte, so war doch das erste, was sie tat, daß sie ihr allzu loses Gewand zusammenzog und in gehörige Ordnung brachte. Sie bemühte sich hierauf, den schönen Sommervogel zu haschen; aber anstatt sich fangen zu lassen, setzte er sich von freien Stücken bald auf ihren Kopf, bald auf ihre Schultern und flatterte nicht eher fort, bis sie die Finger nach ihm spitzte, entfloh aber jedesmal bloß, um von selbst wiederzukommen. Sie wurde endlich des Spiels müde, pflückte einen großen Strauß frischer Rosen im Gebüsche und ging einer nicht weit entlegenen Hütte zu. Timander setzte sich sogleich auf den Strauß, den sie in der Hand trug, und wich und wankte nicht, auch wenn sie tat, als ob sie ihn abschütteln wollte. Sie wunderte sich dessen immer mehr, weil sie sich nicht begreiflich machen konnte, wie ein so wildes und flatterichtes kleines Ding so zahm und standhaft sein könne.

Das junge Mädchen trat in eine ländliche Wohnung, worin alles sehr hübsch und reinlich aussah. Sie war von einem großen Obst- und Küchengarten umgeben, durch den man in eine Wiese hinaussah, wo einige Kühe im Grase gingen; ein Bach, der an beiden Ufern mit Weiden besetzt war, schlängelte sich in verschiedenen Krümmungen durch sie hin; und das alles zusammengenommen machte ein angenehmes kleines Gütchen aus, das einer guten alten Frau namens Sofronia zugehörte, welche die Mutter des jungen Mädchens war oder zu sein schien. «Meine liebe Melissa», sagte die Alte, an ihrem Spinnrocken sitzend, zu dem Mädchen, als sie mit ihrem Strauß in der Hand in die Stube trat, «wie froh bin ich, dich wiederzusehen! Dein langes Außenbleiben hat mir große Unruhe gemacht. Tu es mir zulieb, mein Kind, und entferne dich künftig nicht mehr so lange von mir. Mädchen von deinem Alter und Aussehen laufen gar zu leicht Gefahr, daß ihnen was Widriges zustoßen kann, wenn sie nicht unter den Augen der Mutter sind.» Das junge Mädchen nahm diese Erinnerung des alten Mütterchens sehr wohl auf und versprach, künftig ihrem Rate zu folgen. «Indessen», sagte sie, «ist mir nichts bei meinem Spaziergang aufgestoßen als dieser schöne Schmetterling»; und sie erzählte darauf, wo sie ihn angetroffen und wie außerordentlich artig und zahm er gewesen, wie er sich von freien Stücken auf ihren Strauß gesetzt und sie nach Hause begleitet habe, und wie sie sich vorgenommen habe, Sorge zu dem artigen Tierchen zu tragen und es ihm, solang es bei ihr bleiben wolle, nie an frischen Blumen fehlen zu lassen. Die Alte schien dies als eine schuldlose Kinderei des Mädchens anzusehen und wenig darauf zu achten; aber Prinz Schmetterling hörte mit großem Vergnügen, daß er der schönen Melissa so wichtig sei, und suchte ihr seine Dankbarkeit durch tausend kleine Liebkosungen, Neckereien und Scherze, die ihm sein Schmetterlingsinstinkt eingab, zu erkennen zu geben. Unvermerkt entspann sich ein so gutes Verständnis zwischen ihnen, daß die junge Melissa kein Bedenken mehr trug, ihn wie eine vertraute Gespielin ihres eigenen Geschlechtes zu behandeln. Er hatte sogar die Erlaubnis, sie alle Morgen im Bette zu besuchen; und es sei nun, daß eine geheime, ihr selbst unbekannte Ahnung sich ins Spiel mischte oder daß auch dem unschuldigsten jungen Mädchen, in Ermanglung eines schicklichern Gegenstandes, selbst die Zärtlichkeit eines Schmetterlings nicht gleichgültig sein kann: genug, sie fand so viel Vergnügen an der Gesellschaft ihres kleinen geflügelten Liebhabers, daß sie ganze Stunden mit ihm spielen konnte, ohne es überdrüssig zu werden. Wir getrauen uns eben nicht zu behaupten, daß Timander bei diesen Gelegenheiten große Fortschritte in der platonischen Liebe gemacht habe: im Gegenteil ist nicht zu läugnen, daß die schmetterlingische Natur von Tag zu Tag mehr über die menschliche gewann und daß in manchen Augenblicken die Gefühle des Schmetterlings mit den Imaginationen des Prinzen Timander dergestalt zusammenflossen und durch die letztern auf eine so seltsame Art erhöht wurden, daß der gute Prinz auf einmal wieder er selbst zu sein wähnte, und wenn er (wie es nicht fehlen konnte) bald genug erinnert wurde, daß er doch nur ein Schmetterling sei, in eine lächerliche Art von Verzweiflung darüber geriet, die desto quälender für ihn war, je mehr die Ausbrüche derselben die junge und unwissende Melissa zu belustigen schienen.

Unter diesen Freuden und Leiden waren bereits mehrere Tage hingegangen, als einsmals, da die schöne Melissa (nach der Sitte des griechischen Mädchen) an ihrem Webstuhle saß und von der guten Alten beim Spinnrocken mit allerlei anmutigen und lehrreichen Geschichten unterhalten wurde, der unruhig herumflatternde Schmetterling ein kleines Fläschchen vom Gesimse herunterwarf, das zufälligerweise zu weit hervorgestanden hatte. Das Fläschchen zerbrach, und ein himmelblaues Wasser, das darin gewesen war, floß auf den Boden. Die Alte geriet darüber in große Betrübnis. «Der leidige Schmetterling!» rief sie; «war mir doch immer, als ob er uns noch Unglück bringen würde, wenn ich dich so viel mit ihm schäkern und kurzweilen sah!» – «Verzeiht ihm!» sagte Melissa mit bittender Stimme; «er hat es gewiß nicht mit Fleiß getan; aber ist es denn etwas so Kostbares um dieses Fläschchen, daß Ihr Euch so darum betrübet?» – «Nicht um das Fläschchen», antwortete Sofronia, «aber um das, was darin war. Mein gutes Kind, ein einziger Tropfen von diesem blauen Wasser, das nun hier leider! auf den Boden fließt, ist hinlänglich, die stärkste Bezauberung aufzulösen. Ich bekam es von einer Dame, die ich für eine große Fee halte und von der ich dir noch viel erzählen könnte, wenn sie mir nicht...»

Hier wurde das gute Mütterchen von einer Begebenheit unterbrochen, die uns freilich nicht so unerwartet kommt als ihr. Der Schmetterling nehmlich hatte in einem Winkel, wohin er sich nach vollbrachter Tat geflüchtet, alle Worte der Alten mit angehört und, sobald er die Tugend des verschütteten Wassers vernommen, sich keinen Augenblick besonnen, die Probe davon zu machen. Er war also hinzugeflogen, und kaum hatte er den Ort, der noch naß davon war, berührt, so stieg eine dichte und lieblich duftende Rauchsäule vom Boden auf, und als sie vergangen war, siehe! da stund Prinz Timander, in seiner eigenen Gestalt und in dem nehmlichen Jagdkleide, worin ihn die Tauben der schönen Pasithea nach der Roseninsel abholten, leibhaftig vor den beiden Frauenspersonen da, die vor Erstaunen über ein so unverhofftes Wunder die Sprache und beinahe die Sinnen verloren hatten. Ungeachtet er viel zu schön aussah, um ein junges Mädchen sehr zu erschrecken, so würde doch Melissa, sobald sie die Füße wieder heben konnte, davongelaufen sein, wenn er sie nicht mit ebensoviel Ehrerbietung als Zärtlichkeit zurückgehalten hätte. Er bat sie und ihre gute Mutter, sich nicht vor ihm zu fürchten, sagte ihnen, wer er sei und welche seltsame Zufälle ihm das Glück verschafft hätten, auf eine so ungewöhnliche Art in ihre Bekanntschaft zu kommen. Er schlüpfte, wie billig, sehr leicht über die Ursache hin, die ihm den Zorn der Fee Pasithea und seine Verwandlung in einen Schmetterling zugezogen; hingegen breitete er sich mit desto vollerem Herzen über die tugendhafte Liebe aus, welche ihm die holdselige Melissa schon in seinem Schmetterlingsstande eingeflößt habe, und erklärte ihnen, daß ohne sie kein Glück für ihn sei und daß er nicht zweifle, die Einwilligung seines Vaters zu erhalten, wenn er hoffen dürfe, ihr eigens Herz und den Beifall ihrer Mutter auf seiner Seite zu haben.

Man kann sich vorstellen, wie erstaunt die beiden Frauenzimmer waren, den Schmetterling in einen so liebenswürdigen Prinzen verwandelt zu sehen. Melissa, wiewohl sie dadurch ein Spielding verlor, das ihr kurz zuvor um keinen Preis feil gewesen wäre, war doch im Herzen über den Verlust desselben nicht unzufrieden; aber die Erinnerung an die kleinen Freiheiten, welche sie, zwar unschuldigerweise, dem Prinzen als Schmetterling verstattet hatte, benahmen ihr alle Fassung. Sie errötete, schlug die Augen nieder und schwieg. Die alte und weise Sofronia merkte ihre Verlegenheit und sagte dem Prinzen, sie könnte seine Gesinnungen für ihre Tochter weder mißbilligen noch aufmuntern; aber sie müßte ihn bitten, sich ohne Verzug wieder an den Hof seines Vaters zu begeben, der nur wenige Stunden von ihrem Orte entlegen sei. Könnte er die Einwilligung desselben erhalten, so zweifle sie nicht, daß Melissa, die ihm als Schmetterling so gut gewesen sei, seine Umgestaltung für keine Ursache ansehen werde, ihre Gesinnungen gegen ihn zu ändern; widrigenfalls aber traue sie einem Prinzen, dessen Äußerliches so viel Gutes verspreche, Klugheit und Tugend genug zu, daß er, auch ohne ihre Erinnerung, die Notwendigkeit einsehen werde, diese Gegenden zu vermeiden und, was dem Schmetterling allenfalls zu verzeihen sein möchte, als Prinz Timander nicht zu einer strafbaren Sache zu machen. «Seid ohne Sorge, gute Mutter», sagte der Prinz; «mein Herz weissagt mir den glücklichsten Ausgang; entweder ich komme als der Gemahl der schönen

Melissa zurück – oder Thessalien hat mich zum letzten Mal gesehen.» Mit diesen Worten ergriff er die sanft sich sträubende Hand des erröteten Mädchens, drückte sie an sein Herz und eilte davon.

Inzwischen geschah es an eben dem Morgen, da sich diese Dinge in der Hütte der guten Sofronia zutrugen, daß der gewesene König Siopas, indem er, der Morgenluft zu genießen, an den schattenreichen Ufern des Peneus lustwandelte, auf einmal wieder das kleine alte Weibchen vor sich stehen sah, deren Vermittlung er die Erhaltung seines Lebens und seine gegenwärtige Ruhe zu danken hatte. «Kennst du mich noch, König Siopas?» sagte sie lächelnd zu ihm, indem sie ihm den Ring wieder an den Finger steckte, den er vor einigen Jahren von ihr empfangen und, nach ihrer Anweisung, wieder in die Luft geworfen hatte. Der König war im Begriff, ihr zu antworten, aber er blieb vor Erstaunen sprachlos; denn das alte Weibchen war verschwunden, und an ihrer Statt sah er eine große Frau von majestätischer Schönheit, in einem langen himmelblauen Talar, mit langen fliegenden Haaren, mit einer kleinen goldnen Krone auf dem Haupte und einem Stäbchen von Elfenbein in der Hand, vor sich stehen. «Ich bin die Königin der Feen», sprach sie, «und komme zu vollenden, was ich bisher zu deines Volkes Glück, und zum deinigen, getan habe. Du hattest eine Tochter, Siopas, und hast sie noch. Du glaubtest, eine Bärin habe sie geraubt und gefressen. Diese Bärin war ich. Ich sah vorher, daß die junge Melissa an deinem Hofe schlecht erzogen werden würde. Ich nahm sie weg und übergab sie einer verständigen guten Frau, welche sie, ohne ihren Stand zu wissen, wie ihr eigenes Kind auf dem Lande erzog. Deine Tochter ist, durch diese Veranstaltung, gegenwärtig ein gutes, gefühlvolles und unschuldiges Mädchen, bescheiden, sanft, mitleidig, wohltätig, jeder edeln Gesinnung fähig und jeder Menschenfreude offen; ihr Blut ist so rein wie ihr Herz, sie ist, gesund und munter wie ein junges Reh und wird euch alle glücklich machen, weil sie es selbst sein wird. Sie war schon als zweijähriges Kind, da du sie verlorest, das leibhafte Ebenbild ihrer Mutter, sie ist es noch, und die Figur einer Biene, die sie unter dem linken Arme mit auf die Welt brachte, wird sie dir, wenn du sie wieder siehest, vollends kenntlich machen. Vermähle sie mit dem Sohne deines Freundes Euthyfron, und ihr werdet alle glücklich sein.»

Kaum hatte die Feenkönigin das letzte Wort gesprochen, so stiegen Sofronia und Melissa aus einem Wagen, von Schwänen gezogen, worin sie von einer der Sylphiden, die der Königin dienten, abgeholt worden waren. Sofronia erkannte die Dame, die ihr Melissen übergeben hatte, und warf sich ihr zu Füßen, indem sie auf das holde Mädchen wies und ihr für die Freude dankte, die ihr die Erziehung eines so gutartigen Kindes gemacht hatte. Die Fee hob sie auf und umarmte sie; darauf nahm sie Melissen bei der Hand und stellte sie dem Siopas als seine Tochter dar. «So wäre sie freilich bei Hofe nicht geworden», sagte Siopas, indem er sie umarmte und küßte. Melissa, die zu dieser Szene nicht vorbereitet war, betrachtete ihn mit einer aus Furcht, Liebe und Erstaunen vermischten Miene, die ihrem schönen Gesichte einen wundervollen Reiz gab; aber sie faßte sich sogleich, kniete vor ihm hin und küßte seine Hand. Er hob sie auf, drückte sie an sein Herz und sah die Feenkönigin mit Augen an, die in dankbaren Tränen schwammen. «Aber sie bleibt doch meine Mutter?» sagte Melissa, indem sie auf Sofronia wies. «Das soll sie», antwortete Siopas, «und wenn sie will, soll sie hier so glücklich sein, als ich es selbst bin.» – «Kommt», sprach die Feenkönigin, «unsre Freude vollkommen zu machen.» Sie stiegen alle in ihren Wagen ein und langten in wenigen Minuten bei dem Könige Euthyfron an. «Mein Bruder», sprach Siopas zu ihm, «ich bringe dir eine Braut für deinen Sohn: hier ist meine wiedergefundene Tochter!» Melissa wurde bei diesen Worten so blaß wie eine sterbende Lilie; sie dachte an ihren geliebten Schmetterling und fühlte, daß sie kein Herz mehr zu verschenken hätte. «Ach!» antwortete der König mit einem tiefen Seufzer, «es sind nun vierzehn Tage, seit sich mein Sohn auf der Jagd verloren hat und in ganz Thessalien nicht zu finden ist.» Melissa lebte wieder auf. In diesem Augenblicke stürzte ein Diener mit der Nachricht herein, der Prinz Timander sei im Vorhofe angekommen. Der König eilte ihm entgegen. Der Prinz umarmte seine Knie, erzählte ihm seine Abenteuer und endigte damit, ihn in den stärksten Ausdrücken zu bitten, daß er seine Liebe zu Melissen billigen möchte. «Zu einem gemeinen Landmädchen?» sagte der König. «Nein, mein Sohn, ich habe dir eine Königstochter ausersehen, die dich gewiß ebenso glücklich machen wird: alles ist schon ins reine gebracht.» – «Wie, mein Vater», versetzte der Prinz, «ohne mich?» – «Ich rechnete auf deinen Gehorsam.» – «In allem, mein Vater, nur in diesem einzigen nicht. Ich liebe Melissen, sie hat mein Herz, sie soll meine Hand haben; und bei Jupiter und Apollo, ich verschmähe gegen dieses Landmädchen alle Königstöchter, und wenn sie mir so viele Kronen zubrächten, als sie Haare auf dem Kopfe haben!» – «Du wirst unartig, mein Sohn», sprach der König; «aber ich verzeihe dir, wenn du kommen und wenigstens nur sehen willst, was du verschmähest.» Mit diesen Worten zog ihn der König in den Saal, wo Melissa, Siopas, Sofronia und die Feenkönigin seiner warteten. Denket selbst, wie unbeschreiblich sein Entzücken war, als ihm die gefürchtete Prinzessin – in Melissen dargestellt wurde.

Die Feenkönigin legte ihre besten Gaben auf sie, indem sie ihre Hände vereinigte. «Mein Werk ist vollendet», sagte sie. «Selbst das einzige, was euer Glück stören konnte, habe ich schon verhütet. Meine Tochter Pasithea darf euch nicht mehr furchtbar sein. Sie hat dir vergeben, Timander. Ich habe einen andern Liebhaber für sie erzogen, der sie für deinen Verlust tröstet; und damit sie keines Schleiers bei ihm bedürfe, hab' ich ihn von seiner Kindheit an unter so häßlichen Affen erziehen lassen, daß Pasithea mit ihrem kleinen Meerkatzengesicht eine Venus in seinen Augen ist. Ihr bedürft nun ferner meines Beistandes nicht. Ihr seid glücklich und werdet es so lange bleiben, als ihr einander liebet und Freude daran findet, Gutes zu tun.» Mit diesen Worten zog die Feenkönigin mit ihrem Stab einen Kreis um sie und verschwand.

Himmelblau und Lupine

—

Die Fee Lupine hatte das Unglück, fünf Tage in jeder Woche eine außerordentlich häßliche kleine Person zu sein; in den beiden übrigen hätte sie das Modell zu einer Liebesgöttin abgeben können. Es ist noch immer etwas, wöchentlich zwei schöne Tage zu haben, woferne man sie benutzen kann. Aber für Lupinen ging dieser Vorteil durch einen andern Umstand verloren, und das war, daß sie, so wie sich ihre Figur änderte, auch eine andere Denkart und andere Gesinnungen bekam. In ihren fünf häßlichen Tagen war sie sanft, zärtlich, gutherzig, gefühlvoll, mit einem Worte: liebenswürdig, wenn man es mit einer widerlichen und zurückstoßenden Außenseite sein könnte. Sie war in dieser Zeit die gefälligste, die verbindlichste Person von der Welt und tat ihr möglichstes, um irgendeinen Genie, Zauberer oder auch nur einen bloßen Sterblichen aufzutreiben, der edel genug wäre, sich von wahren und soliden Verdiensten, von Vollkommenheiten des Geistes und Herzens, ohne einen Zusatz von körperlichen Reizungen, einnehmen zu lassen; aber leider! wo findet man solche Männer in der Welt? Bei allem dem muß man sich nicht einbilden, als ob die gute kleine Fee darum eine Kokette gewesen wäre; sie tat es bloß, weil es nun einmal geschrieben stand, daß sie ihre ursprüngliche Gestalt, welche sehr liebreizend gewesen war, nicht eher wiederbekommen würde, bis sie einen Mann fände, dem sie in ihrer Häßlichkeit eine wahre Liebe einzuflößen vermöchte. So stand es in dem Buche des Schicksals geschrieben, einem Buche, das jedermann kennt, wiewohl kein Mensch jemals darin gelesen hat.

Wie die gute Lupine zu diesem Unglück gekommen, wird wohl niemand erst fragen, der ein wenig in der Feerei bewandert ist. Natürlicherweise hatte sie sich's durch eine hartnäckige Sprödigkeit gegen irgendeinen häßlichen, boshaften, abscheulichen Zauberer zugezogen, welcher mächtiger als sie. So etwas versteht sich von selbst; und gleichwohl gibt es Leute, denen man alles sagen muß und die gleich ungehalten über euch werden, wenn ihr ihnen das Vergnügen machen wollt, etwas zu erraten, das – sich von selbst versteht.

Lupine hatte, wie gesagt, auch zwei Tage in der Woche, wo sie zum Entzücken schön war. Sie besaß in dieser kurzen Zeit alle Reizungen und Annehmlichkeiten, womit Schönheit und Jugend die Sinne bezaubern können; und wäre es in ihrer Gewalt gestanden, die nehmlichen Gesinnungen und das nehmliche Betragen, womit sie in den Tagen ihrer Häßlichkeit so wenig ausrichtete, beizubehalten: welches Herz hätte gegen sie aushalten können? Aber sobald sie schön wurde, wurde sie auch albern, eitel, übermütig und, mit einem Worte: unausstehlich; ihr hochmütiges Wesen, ihre Kälte, ihr Eigensinn, ihre Geringschätzung anderer, ihr Mangel an Geschmack und Empfindung, kurz, alle ihre Manieren, stießen einen jeden wieder zurück, den ihre Figur angezogen hatte; und man brauchte sie nur reden zu hören oder sich mit ihr einzulassen, um in wenig Augenblicken die gute Meinung von ihr zu verlieren, die man gewöhnlich von einer schönen Person hat und worin man sich so ungern betrogen findet.

Es war eine von den Bedingungen, von welchen ihre Wiederherstellung in den vorigen Stand abhing, daß es ihr nicht erlaubt war, weder denen, die sie anbeteten, wenn sie schön war, noch denen, deren Herz sie als häßlich gerne gewonnen hätte, zu entdecken, daß sie unter beiderlei Gestalt die nehmliche Person sei. Man glaubte bei Hofe (die Rede ist vom Hofe der Feenkönigin), es seien zwei Lupinen, eine schöne und eine häßliche. Dieser Hof ist ein Land, wo man zuweilen alles und noch mehr sieht, als zu sehen ist, dafür aber auch zuweilen die auffallendsten Dinge übersieht, so daß viele Zeit verstrich, ohne daß man die Bemerkung machte, daß die beiden Lupinen sich nie zugleich sehen ließen.

Inzwischen hatte die kleine Fee fünf Tage in jeder Woche hintereinander den Verdruß, sich von eben den Liebhabern verachtet und verspottet zu sehen, die in den beiden übrigen Tagen alles in der Welt darum gegeben hätten, sie ebenso liebenswürdig und gefällig zu finden, als sie schön und reizend war. Diese Lage ist traurig genug; auch war es Lupine nicht wenig, und sogar noch mehr in den Tagen, wann sie schön, als in denen, wann sie häßlich war: woraus sich schließen läßt, daß es noch besser ist, mit Verstand und Empfindung häßlich, als mit aller möglichen Schönheit eine Gans zu sein.

So stund es indessen mit der guten Fee, als das Schicksal sie mit einer Mannsperson zusammenbrachte, die aus einerlei Ursache ebenso übel behandelt worden war. Es war ein junger Prinz (wie man leicht denken konnte), aber was man so leicht nicht erraten hätte, ist, daß er sich «Himmelblau» nennen ließ: teils, weil seine Augen von dieser Farbe waren, teils, weil er sich den ganzen Sommer durch in himmelblauen Schielertaft zu kleiden pflegte und diese Art von Zeug eine Zeitlang zur Mode gemacht hatte. Er war ursprünglich einer von den Adonissen gewesen, die das Vorrecht haben, den Weibern den Kopf zu verrücken, ohne daß sie recht sagen könnten, warum. Sobald sich einer von diesen privilegierten Herren sehen läßt, so sind die alten Feen gemeiniglich nicht die letzten, welche Jagd auf sie machen; wiewohl mit so schlechtem Erfolge, daß sie längst von dieser kleinen Schwachheit geheilt sein sollten, wenn man sich von einer Schwachheit, die man gerne hat, heilen ließe. Die erste Fee, die sich über Himmelblaus Grausamkeit zu beklagen hatte, nahm ihre Rache auf der Stelle. Sie tat ihm, wie der Zauberer Lupinen getan hatte: der ganze Unterschied war, daß Himmelblau nur für zwei Tage in der Woche mit der vollständigsten Häßlichkeit begabt war, in den fünf andern aber seine angeborne Schönheit behielt. Im übrigen war es mit ihm wie mit Lupinen: häßlich hatte er alle nur ersinnliche Vorzüge des Geistes und Herzens; aber sobald er wieder schön wurde: weg war Seele, Witz, Geschmack und Empfindung; er wurde so kalt und gleichgültig wie eine Bildsäule, sah ohne Gefühl, sprach ohne zu denken, kurz, wurde so albern und abgeschmackt, daß er mit aller seiner Schönheit kaum erträglich war.

Die beiden Tage, wo Himmelblau unter dem

Namen Magotin häßlich und gefühlvoll war, waren gerade dieselben, wo Lupine verurteilt war, schön und gleichgültig zu sein; die fünf Tage hingegen, wo sie häßlich und geistvoll war, waren diejenigen, an welchen sich der Prinz im Besitz aller Reizungen und aller Kälte einer schönen Statue befand. In diesem letztern Stande mußte er Liebe einflößen, um jemals daraus befreit zu werden; und was für ihn das mißlichste war, es mußte wahre Liebe und die Liebhaberin eine Dame von Verstand und vortrefflichem Charakter sein. In diesem Stücke war er würklich schlimmer daran als die Fee. Eine häßliche Person kann durch die Schönheit ihrer Seele gefallen; aber daß ein verständiges Frauenzimmer einen gefühllosen Gecken bloß um seiner Figur willen liebgewinne, scheint beinahe eine Unmöglichkeit.

Die Übereinstimmung in Himmelblaus und Lupinens Schicksalen brachte noch eine andere hervor, die man leicht voraussehen konnte. Der Prinz wurde in den zwei Tagen, wo er Magotin war, sterblich in Lupinen verliebt, die dann just ihre zwei schönen Tage hatte; und sie begegnete ihm so unartig und verächtlich, als man es von einem Charakter wie der ihrige erwarten kann. Aber dafür kam auch, sobald die zwei Tage vorbei waren, die Reihe an den Prinzen. Lupine wurde dann wieder auf fünf Tage das häßlichste Geschöpf von der Welt; und der schöne Himmelblau nahm mit seiner Gestalt und seinem Namen auch seine Eiskälte und sein verächtliches Bezeugen wieder an. Die arme Fee gab alle ihre Blicke und Seufzer umsonst bei ihm aus; sie schien nur desto häßlicher zu werden, je zärtlicher sie aussah und je mehr sie zu gefallen suchte.

Bei allem dem sah sich der schöne Himmelblau bald genug von dem Gedränge verlassen, das seine Figur anfangs um ihn her gemacht hatte. Koketten und Prüden, die davon geblendet worden waren und sich viel von ihm versprochen hatten, wurden seiner Kälte und unhöflichen Gleichgültigkeit überdrüssig; die einzige Lupine, die keine Wahl hatte, hielt bei ihm aus. Sie hatte dann doch wenigstens das Vergnügen, allein bei dem, was sie liebte, zu sein und keine Nebenbuhlerin zum Zeugen der Gleichgültigkeit, womit ihr begegnet wurde, zu haben; und das ist kein geringer Trost. Wenn diese Gleichgültigkeit nicht abnahm, so schien sie doch auch nicht zuzunehmen; und auch das ist ein Trost: die Liebe nährt sich von dem leichtesten Anschein von Hoffnung; und Hoffnung ist vielleicht der größte Zauber der Liebe. Auch in diesem Stücke hatte es Himmelblau schlimmer, wenn die Reihe an ihn kam, häßlich zu sein. Lupine, sowenig Unterhaltung auch ihre Liebhaber bei ihr fanden, behielt doch immer einen kleinen Hof von Anbetern um sich. Die Eigenliebe der Mannsleute scheint von einer zähern und hartnäckigern Natur zu sein als der Damen ihre, und es braucht eine weit längere Zeit, bis ein Liebhaber, der das Unglück hat zu mißfallen, sich's gesagt sein läßt. Und wenn denn auch einem die Geduld ausging, so stellten sich immer wieder zwei neue dafür ein, die ihren eignen Verdiensten und Gaben mehr zutrauten und desto hitziger wurden, das Abenteuer zu versuchen, je mehr Vorgänger dabei verunglückt waren. Himmelblau-Magotin hatte also immer die Demütigung auszustehen, daß ihm unter allen seinen Nebenbuhlern am schlimmsten mitgespielt wurde. Freilich besaß er, zu seinem Glücke, soviel

Verstand, daß er noch immer besser als ein andrer davonkam; aber litt er darum weniger?

Ein so stürmischer Hof, wie Lupinens, hatte oft genug lauter neue Gesichter aufzuweisen: der einzige Magotin hielt sie alle aus; keine Mißhandlung konnte ihn ermüden, geschweige zum Abzug bewegen. Anfangs gab niemand darauf acht; aber da es lange genug gewährt hatte, bemerkte man es endlich. Man zog ihn darüber auf; er hielt fest. Seine Beständigkeit schien ein Wunder; die Damen stellten ihre Betrachtungen darüber an: man beschloß Mitleiden mit ihm zu haben und, wo möglich, seine Figur zu vergessen, wenn man ihm auch mit geschlossenen Augen Audienz geben müßte. Man begriff, es müßte was Außerordentliches hinter ihm stecken; kurz, er wurde Mode; und eh' man eine Hand umkehrte, war keine Dame von einer gewissen Gattung, die sich nicht eine sehr ernsthafte Angelegenheit daraus gemacht hätte, diesen Liebhaber der schönen Unerträglichen zu entführen. Denn unter diesem Namen war Lupine in ihren zwei schönen Tagen bekannter als unter ihrem eigenen.

Die Geschichte sagt nicht, ob Magotin alle die Gütigkeit, womit man ihn auf einmal überhäufen wollte, so wie man es von ihm erwartete, beantwortet habe. Lupine, die ihn abscheulich gefunden hatte, da er ihr so unablässig aufwartete, fand ihn nun ebenso abscheulich wegen seiner Abwesenheiten und strafte ihn mit gleicher Strenge für beides; jeder Vorwand war ihr recht, wenn sie ihn nur quälen konnte.

Man will bemerkt haben, daß ein Fratzengesicht, wenn es einmal in die Mode gekommen ist, das Talent hat, sich länger darin zu erhalten als ein anderes; der Geschmack, den die Damen an ihm finden, wird, ehe man sich's versieht, eine ordentliche Wut.

Eine gewisse Fee, die man Confidante hieß, war die einzige am ganzen Hofe, die noch keine besondern Konversationen mit dem Prinzen Magotin gehabt hatte. Diese Fee Confidante war zum wenigsten ebenso schön als Lupine, aber sie war noch unempfindlicher; und in Rücksicht dieser allgemein bekannten Tugend verziehen ihr die übrigen Feen ihre Schönheit. Wiewohl diese letztere eben keine gute Eigenschaft an einer Confidante ist, so setzte man demungeachtet ein großes Vertrauen in sie. Niemand hatte sich noch übel dabei befunden; es war die beste, gefälligste, harmloseste Seele von einer Fee am ganzen Hofe. Man konnte ihr in einem ganzen Tage nicht mehr als zwei oder drei unbesonnene Streiche und ebensoviel grillenhafte Einfälle vorwerfen. Ein so gleichförmiger Charakter ist was Seltenes; auch machte sie der ihrige bei allen ihren Gespielen außerordentlich beliebt. Sie erfuhr also alles, was die übrigen von Magotins Verdiensten wußten; und sie erfuhr soviel davon, daß die Neugier, die Tochter und Mutter aller Übel unterm Monde, ihr endlich den bösen Gedanken eingab, den Prinzen allen seinen Beschützerinnen zu entführen.

Unter allen den kleinen Tyrannen, die sich anmaßen, den Kopf einer Schönen zu regieren, ist Neugier oder Vorwitz (wie man's lieber nennen will) der allerunbeschränkteste, wiewohl es sonst noch einige sehr mächtige gibt; aber sobald er spricht, schweigen sogleich alle andern und stehen seinen Winken zu Gebot. Die Fee Confidante hatte alle Augenblick Gelegenheit, mit Magotin zu sprechen, denn sie war immer mit tausend kleinen unbedeutenden Aufträgen von ihren Freundinnen an ihn beladen. Bisher hatte sie immer in fremdem Namen mit ihm gesprochen; aber nun, da ihre Partie genommen war, sprach sie für ihre eigene Rechnung und nicht so undeutlich, daß der Prinz, der seit kurzem große Aufschlüsse über das Geheimnis des weiblichen Herzens bekommen hatte, nicht sehr gut erraten hätte, was er erraten sollte. Er erriet sogar noch mehr; und das bewies eben, daß er sich aufs Raten verstand.

Confidante war nur vorwitzig; aber sie war es auf eine so passionierte Art, daß ihr Vorwitz wie Liebe aussah. Die Freundinnen, deren Vertraute sie gewesen war, blieben nicht lange im Irrtum und empfanden ihre Treulosigkeit, wie man sich's vorstellen kann. Die Beleidigung war gemeinschaftlich, die Rache mußte es nicht minder sein. Kurz, man trat in eine ordentliche Verbindung zusammen, ihr ihren Magotin wieder abzujagen; und man trieb die Sache mit solchem Eifer, daß Confidante, die sich aus bloßem Vorwitz vielleicht kaum vierundzwanzig Stunden mit dem kleinen Scheusal abgegeben hätte, nun einen Ehrenpunkt daraus machte, ihn zu behaupten, sobald sie sah, daß man sie mit Gewalt aus dem Besitze werfen wolle.

Lupine wurde in diesen Umständen als die geschickteste Person betrachtet, die zusammen verschwornen Feen an Confidanten zu rächen: die Leidenschaft des Prinzen für sie war bekannt, und es kostete sie nur einen Blick, um ihn auf immer von ihrer Rivalin abzuziehen. Aber die Schwierigkeit war, ihr den Willen dazu zu machen. Von Liebe oder Vorwitz war hier nicht die Rede, die schöne Lupine hatte für diesen sowenig Empfänglichkeit als für jene; man bemühte sich also, ihr wenigstens Eifersucht über ihre Nebenbuhlerin beizubringen.

Man würde sich sehr betrügen, wenn man sich einbildete, daß die Eifersucht einer Schönen immer Liebe voraussetze. Sie kann ebensowohl aus bloßer Abneigung gegen eine Rivalin, aus Eitelkeit, Stolz und Begierde nach einem Vorzug entstehen, wovon man zwar keinen Gebrauch für sich selbst machen will, aber sich doch auch nicht entschließen kann, ihn einer andern zu überlassen. Diese Art von Eifersucht war es, was die Feen Lupinen in den Busen hauchten; und die erste Frucht davon war, daß sie Confidanten so herzlich zu verabscheuen anfing, als man nur wünschen konnte. Noch liebte sie den Magotin nicht; aber sie hatte eine ganz sonderbare Lust, beide recht unglücklich zu sehen. Sie machte sich eine Freude und ein Geschäfte daraus, ihnen heimliche Streiche zu spielen, ihre Unterredungen zu stören und ihre Zusammenkünfte rückgängig zu machen. Bald affektierte sie ein schmachtendes und zärtliches Wesen, auf eine Art, die den Prinzen hoffen ließ, daß es *ihm* gelten könnte, bald setzte sie ihn wieder in Unruhe und Verzweiflung; aber beides immer auf den Moment, wo es für ihre Rivalin nicht ungelegner kommen konnte. In den Augenblicken, wo Magotin Confidanten hätte sehen können, hielt sie ihn auf, hatte zwanzig Fragen an ihn zu tun, hörte ihm mit anscheinender Teilnehmung zu und schien etwas auf dem Herzen zu haben, das er für einen Anfang von Liebe halten mußte; in andern hingegen, wo sie von Confidanten nichts zu besorgen hatte und wo Magotin die Belohnung für die Opfer, die man von ihm gefordert hatte, zu erhalten hoffte, begegnete sie ihm wieder mit einer Härte, die ihn zur Unsinnigkeit hätte treiben mögen. Bei allem dem sah sie ihn öfter und länger als ehedem, war mehr allein mit ihm, und das Ende von dieser ganzen Komödie war, daß es die nehmliche Würkung bei ihr hervorbrachte, die der Vorwitz bei Confidanten gehabt hatte: sie spielte die Eifersüchtige und die Verliebte so lange, bis sie es im Ernste wurde. Und so hat Amor seine Kurzweile mit unsern Anschlägen; so enden sich alle seine Spiele!

Sobald Lupine ihres Übels gewahr wurde, gab sie sich alle Mühe, es zu verheimlichen; eine Mühe, die man sich, in ihrem Falle, ebensowohl ersparen könnte; denn sie dient zu nichts, als das, was man verbergen will, desto sichtbarer zu machen. Diese Veränderung zog gar bald eine andere nach sich: so wie Magotin geliebt zu werden anfing, verminderte sich seine Häßlichkeit. Es ging so langsam mit dieser Verwandlung zu, daß sie für andere Leute beinahe unmerklich war; aber in Lupinens Herzen und in ihren Augen ging es desto schneller. Mit jedem Male, wo sie ihn wiedersah, fand sie ihn liebenswürdiger; und das war gerade, was er brauchte, um es immer mehr zu werden.

Diese angehende Liebe konnte den übrigen Feen nicht lange verborgen bleiben; sie sahen sich dadurch an Confidanten gerochen; und in Rücksicht auf Lupinens Charakter zweifelten sie nicht, sich bald genug auch an Magotin gerochen zu sehen. Sie vergaßen, daß die Liebe, die so viel Wunder zu tun vermag, auch Seelen umgestalten und neue Sinnesarten machen kann.

Während alles dies mit Lupinen der Schönen und Himmelblau dem Häßlichen vorging, kam ein glücklicher Zufall auch Lupinen der Häßlichen zustatten. Es trug sich nehmlich zu, daß der schöne Himmelblau, da er einsmals seine Gleichgültigkeit und seine Reizungen in einem benachbarten Gehölze spazierenführte, von einer Räuberbande angefallen wurde; er setzte sich, wie man leicht erachtet, mit großer Tapferkeit zur Wehre, verwundete verschiedene und verjagte die übrigen; aber er kam mit einer Wunde zurück, die er durch einen Pfeilschuß an der linken Hand bekommen hatte. Die Verwundung war an sich sehr unbedeutend; aber unglücklicherweise war der Pfeil vergiftet, und der Wundarzt gab mit aller in solchen Fällen gebräuchlichen Behutsamkeit zu verstehen: das einzige Mittel, den Prinzen zu retten, sei, je bälder, je lieber eine Person zu finden, die sich entschließen könne, das Gift aus der Wunde zu saugen.

Der Wundarzt hatte kaum ausgeredt, als Lupine, in Tränen zerfließend, sich der Hand ihres Geliebten bemächtigte und, wie sehr er sich auch dagegen sträubte, sie nicht eher wieder fahrenließ, bis sie alles Gift, das bereits in das Blut eingedrungen sein konnte, ausgesogen hatte. Welcher Unempfindliche hätte nicht in einem solchen Augenblicke eine Seele bekommen? Der Prinz, der von dieser edelmütigen Liebesprobe mehr als von seiner eigenen Gefahr gerührt wurde, betrachtete Lupinen mit Tränen in den Augen, ohne daß er ein Wort herausbringen konnte. Aber wie groß war sein Erstaunen, sie auf einmal so schön zu finden, als sie ihm wenige Augenblicke zuvor häßlich vorgekommen war! War es die Schönheit dieser Handlung oder das Auge der Liebe, womit er sie ansah, oder nicht vielmehr beides zugleich, was sie so schön machte? Genug: Hochachtung, Mitleiden und Dankbarkeit bemeisterten sich seines Herzens auf ewig. Von dem Augenblicke, da er Lupinen mit diesen Empfindungen ansah, war sie nicht mehr die vorige. Ihre Häßlichkeit verschwand, sie erhielt ihre ursprünglichen Reizungen wieder, seine Zärtlichkeit wurde Liebe; in einem Nu war *sie* die schönste aller Feen und *er* der gefühlvollste aller Liebhaber. Die schöne Lupine hörte auf, unempfindlich, die gefühlvolle Lupine hörte auf, häßlich zu sein; Himmelblau war nicht mehr Magotin, und Magotin war der liebenswürdigste aller Prinzen. Sie erkannten sich nun für diejenige, die einander unter jener zweifachen Gestalt so viel Leiden verursacht hatten. Die Sache wurde bald auch allen übrigen bekannt, und jedermann wollte es schon lange gemerkt haben, wiewohl kein Mensch vorher daran gedacht hatte.

Die Königin der Feen, die sich zuvor nicht in ihre Angelegenheiten gemischt hatte, tat es nun bloß, um die Wünsche der Liebenden zu krönen und sie auf ewig miteinander zu vereinigen. Lupine teilte Himmelblauen ihre Unsterblichkeit mit, und noch jetzt sind sie so glücklich, als ob jeder Tag ihres Lebens der erste ihrer Liebe wäre.

Der goldene Zweig

—

In einem Lande, das an das Reich der Feen grenzet, war einmal ein König, dessen finstre und übellaunige Sinnesart alle Herzen von ihm abwendig machte. Er war gewalttätig, argwöhnisch und grausam, gab alle Tage neue Gesetze, damit er nur immer viel zu strafen hätte, ärgerte sich, wenn er die Leute fröhlich sah, und tat sein möglichstes, alle Freuden aus seinem Reiche zu verbannen. Weil er immer die Stirne runzelte, so nannte man ihn den König Runzelwig. Dieser König hatte einen Sohn, der von allem diesem gerade das Gegenteil war. Er war offen, leutselig, großmütig und tapfer, hatte einen durchdringenden Verstand und fand großes Belieben an Künsten und Wissenschaften; kurz, er wäre der liebenswürdigste Prinz von der Welt gewesen, wenn die Ungestaltheit seines Körpers nicht alles wieder verdorben hätte. Von dieser Seite hätte ihm die Natur unmöglich ärger mitspielen können. Er hatte krumme Beine, einen Höcker wie ein Kamel, schiefe Augen, einen Mund, der von einem Ohr zum andern reichte, und eine Nase, die einem Schweinsrüssel ähnlich sah; mit einem Worte: er war ein zweiter Äsop, und man konnte ihn nicht ansehen, ohne sich zu ärgern, daß eine so schöne Seele in einem so häßlichen Gehäuse stekken sollte. Der arme Prinz durfte sich's mit einer solchen Figur nicht verdrießen lassen, daß man ihn «Krummbuckel» nannte, wiewohl sein wahrer Name Alazin war; aber trotz seinem Spottnamen und seiner Gestalt hatte er die Gabe, sich beliebt zu machen; und sein Verstand und seine angenehme Gemütsart erwarben ihm gar bald die Herzen wieder, die sein erster Anblick zurückschreckte.

Der König Runzelwig, dem seine Vergrößerungsprojekte näher am Herzen lagen als das Glück seines Sohnes, warf seine Augen auf ein benachbartes Königreich, das er schon lange gern mit guter Art seinen Staaten einverleibt hätte; denn er war ein großer Liebhaber von dem, was man in der politischen Kunstsprache arrondieren nennt. Ein Heuratstraktat zwischen seinem Sohne und der Erbin dieses Landes schien ihm hiezu das schicklichste Mittel zu sein; und er war, ohne den ersten zu fragen, schon so weit damit gekommen, daß nichts mehr daran fehlte als die Hochzeit. Die Partie schien ihm um so schicklicher, weil man schwerlich in allen fünf Weltteilen eine Prinzessin hätte finden können, welcher es weniger geziemt hätte, sich über die Mißgestalt des Prinzen Krummbuckels aufzuhalten, als diese. Denn, um ihr Bild mit einem Zuge zu machen, sie war an Seele und Leib das wahre Seitenstück des Prinzen: ebenso abscheulich von außen und ebenso liebenswürdig von innen. Sie war so zusammengewachsen, daß man, ohne etwas, das einem Kopfe (wiewohl eher von einem Affen als von einem Menschen) ähnlich sah, gar nicht gewußt hätte, was man aus ihrer Figur machen sollte. Dafür aber hatte sie Verstand wie ein Engel, und wenn es erlaubt gewesen wäre, sich die Augen verbinden zu lassen, wenn man Audienz bei ihr hatte oder in ihrer Gesellschaft war, so würde man ganz bezaubert von ihr weggegangen sein.

Sobald der König Runzelwig das Bildnis der Prinzessin Marmotte (denn so nannte man sie, wiewohl ihr wahrer Name Klaremonde war) für seinen Sohn erhalten und es unter den Thronhimmel in seinem Audienzsaal aufgestellt hatte, ließ er den Prinzen rufen und sagte ihm in einem gebieterischen Tone, er müßte nun seine Augen daran gewöhnen, in diesem Bildnisse die Prinzessin zu sehen, die ihm zur Gemahlin bestimmt sei. Krummbuckel warf einen Blick auf das Bildnis (welches der Maler gleichwohl, wie man sich vorstellen kann, soviel möglich zu verschönern gesucht hatte) und fand es so abscheulich, daß er sogleich die Augen davon wegwandte. «Sie gefällt dir also nicht?» sagte der König. «Nein, Herr Vater», antwortete der Prinz, «und ich will nicht hoffen, daß Sie mir zumuten werden, einen Wechselbalg zu heuraten.» – «Wahrhaftig», rief Runzelwig, indem er Stirne und Nase zugleich rümpfte, «dir steht es auch wohl an, eine Prinzessin, die ich selbst für dich ausgesucht habe, nicht schön genug zu finden, da du doch selbst ein kleines Scheusal bist, wovor man davonlaufen möchte!» – «Eben darum will ich mich mit keinem andern Scheusale vermählen», sagte Krummbuckel; «ich habe genug zu tun, mich selbst zu ertragen; wie ginge mir's erst, wenn ich noch eine solche Gesellschafterin hätte?» – «Ich verstehe», erwiderte der König in einem beleidigenden Tone; «du besorgest, eine neue Zucht Affen in die Welt zu setzen? Aber sei darum unbekümmert! Du *sollst* sie heuraten; gern oder ungern, gilt mir gleich; genug, daß ich es so haben will!» Der Prinz antwortete nichts, machte eine tiefe Verbeugung und begab sich weg.

Runzelwig, der nie den geringsten Widerstand hatte leiden können, ward über die Widerspenstigkeit seines Sohnes so aufgebracht, daß er ihn alsbald in einen Turm einsperren ließ, der vor alters für rebellische Prinzen erbaut worden war. Weil sich seit ein paar hundert Jahren keine dergleichen gefunden hatten, so war alles darin in ziemlich schlechtem Stande. Zimmer und Möbeln schienen von undenklichen Zeiten her zu sein. Der Prinz verlangte zu seiner Unterhaltung Bücher: man erlaubte ihm, deren soviel er wollte aus der Bibliothek des Turms zu nehmen; aber da er sie lesen wollte, fand er die Sprache so alt, daß er nichts davon verstehen konnte. Er ließ sie liegen, nahm sie über eine Weile wieder vor, und da er nicht nachließ, bis er endlich hier und da einen Sinn herausbrachte, so halfen sie ihm wenigstens die Zeit in seiner Einsamkeit zu kürzen.

Inzwischen hatte der König Runzelwig durch Abgesandte bei seinem Nachbar förmlich um Marmotten anhalten lassen. Das Bildnis des Prinzen Krummbuckel wurde in einer prächtigen Galerie aufgestellt und die Prinzessin herbeigeholt, um ihren künftigen Gemahl in Augenschein zu nehmen. Da sie den feinsten Geschmack und eine nicht gemeine Zärtlichkeit der Empfindung besaß, so kann man sich einbilden, wie ihr dabei zumute ward. Die arme Prinzessin fühlte auf den ersten Blick die ganze Grausamkeit ihres Schicksals; sie schlug die Augen nieder und weinte bitterlich. Der König, ihr Vater, ungehalten über ein solches Betragen, das nach seiner Vorstellungsart äußerst albern und unschicklich war, nahm einen Spiegel, hielt ihn seiner Tochter vor die Nase und sagte in einem unfreundlichen Tone: «Da ist auch wohl noch viel zu weinen! Schau einmal *hieher* und bekenne, daß du dich nichts zu beklagen hast!» – «Wenn mir's so not um einen Mann wäre, gnädiger Herr», antwortete sie, «so hätte ich vielleicht unrecht, so delikat zu sein; aber ich wünsche und verlange ja nichts anders, als mein Schicksal allein zu tragen, ohne den Verdruß, mich zu sehen, mit jemand teilen zu wollen. Man lasse mich doch die unglückliche Prinzessin Marmotte bleiben, so will ich wohl zufrieden sein oder mich doch wenigstens über nichts beklagen!» Die arme Prinzessin hatte keine Mutter mehr, die sich ihrer hätte annehmen können; der König, ihr Vater, dessen Fehler die Weichherzigkeit nie gewesen war, blieb bei ihren Vorstellungen und Tränen ungerührt, und sie mußte mit den Gesandten des Königs Runzelwig abreisen.

Während nun alles dies vorging, hatte Prinz Krummbuckel schlimme Zeit in seinem Turme. Kein Mensch durfte ein Wort mit ihm reden; er hatte außer seinen alten Büchern nicht den geringsten Zeitvertreib; man gab ihm schlecht zu essen, und seine Hüter hatten Befehl, ihn durch alle Arten von übler Begegnung mürbe zu machen. König Runzelwig war ein Mann, der sich Gehorsam zu verschaffen wußte; aber gleichwohl hatten die Leute den Prinzen so lieb, daß die Befehle seines hartherzigen Vaters eben nicht aufs strengste vollzogen wurden.

Eines Tages, da er in einer großen Galerie auf und ab ging und den Gedanken über sein trauriges Schicksal nachhing, das ihn so häßlich und mißgeschaffen hatte geboren werden lassen und ihm nun mit aller Gewalt auch noch ein Scheusal von einer Gemahlin aufdringen wollte, warf er die Augen von ungefehr auf die Fensterscheiben, die er mit Gemälden von trefflicher Zeichnung und von den lebhaftesten Farben bemalt sah. Weil er ein großer Liebhaber der Kunst war, so verweilte er sich mit desto mehr Vergnügen bei dieser Glasmalerei; aber was die darauf vorgestellten Historien bedeuten sollten, konnte er nicht herausbringen. Seine Verwunderung nahm nicht wenig zu, da er auf einem dieser Gemälde einen Menschen erblickte, der ihm so ähnlich sah, als ob es sein Bildnis gewesen wäre. Dieser Mensch befand sich in dem obersten Geschosse des Turmes und suchte in der Mauer, wo er einen goldenen Kugelzieher fand, mit welchem er ein Kabinett aufschloß. Es war noch viel anderes, das ihm sonderbar vorkam; aber das allersonderbarste däuchte ihm doch, daß er beinahe auf allen Scheiben sein Bildnis antraf. Unter anderm sah er auch eine wunderschöne junge Dame von so feiner und geistreicher Gesichtsbildung, daß er sich gar nicht satt an ihr sehen konnte. Sein Herz schien ihm etwas bei diesem Bilde zu sagen, das es ihm noch nie gesagt hatte, und er verweilte sich so lange dabei, bis die Nacht einbrach und er nichts mehr unterscheiden konnte.

Wie er wieder in sein Zimmer zurückkam, nahm er das erste alte Manuskript vor, das ihm in die Hände fiel. Die Blätter waren von Pergament mit zierlich bemalten Rändern, und die Deckel, in die es geheftet war, von Gold, mit verschlungnen Namensbuchstaben von blauem Schmelz. Aber wie groß war sein Erstaunen, da er es aufschlug und die nehmlichen Personen und Geschichten darin gemalt fand, die er auf den Fensterscheiben gesehen hatte! Es war auch etwas darunter geschrieben; aber er konnte, mit aller Mühe, die er sich gab, nicht herausbringen, was es bedeutete. Indem er so herumblätterte, fand er ein Blatt, worauf ein Chor Musikanten gemalt war, die sich sogleich zu beleben schienen und zu musizieren anfingen. Er kehrte das Blatt um und fand ein anderes, wo Ball gegeben wurde; die Damen waren alle sehr schön und prächtig geputzt, und alles fing zu tanzen und zu springen an. Er kehrte noch ein Blatt um, und ihm kam der Geruch eines herrlichen Gastmahls entgegen: eine Menge kleiner Figuren saßen um eine lange Tafel und ließen sich's schmecken. Eine davon wandte sich an ihn. «Auf deine Gesundheit, Prinz Krummbuckel», sagte sie; «laß dir's angelegen sein, uns unsre Königin wiederzugeben; wenn du es tust, so wird es dein Schade nicht sein; tust du es nicht, so wird dir's übel bekommen.»

Bei diesen Worten überfiel den Prinzen, wie natürlich, eine solche Furcht, daß er das Buch aus der Hand fallen ließ und mit einem Schrei in Ohnmacht sank. Seine Hüter liefen herbei und ließen nicht nach, bis sie ihn wieder zu sich selbst brachten. Wie er wieder reden konnte, fragten sie ihn, was ihm denn begegnet wäre. Er antwortete ihnen: Man gebe ihm so schlecht und wenig zu essen, daß er ganz schwach davon würde und tausend seltsame Einbildungen ihm durch den Kopf liefen; und so wäre es ihm vorgekommen, er sehe und höre in diesem Buche so erstaunliche Dinge, daß er vor Entsetzen die Besinnung verloren habe. Seine Hüter betrübten sich darüber und brachten ihm sogleich was Besseres zu essen, wiewohl es ihnen scharf verboten war. Als er gegessen hatte, nahm er das Buch in ihrer Gegenwart wieder vor, und da er von allem dem, was er vorhin gesehen zu haben glaubte, nichts mehr fand, so zweifelte er nicht mehr, daß es bloße Einbildungen gewesen sein müßten.

Am folgenden Tage ging er wieder in die Galerie und sah alles wieder, was er gestern auf den gemalten Fensterscheiben gesehen hatte; auch sah er die schöne junge Person wieder, die einen Abdruck ihres Bildes in seinem Herzen zurückgelassen hatte. Überall fand er sich selbst, in einer eben solchen Kleidung wie die seinige; und immer stieg diese Figur in das oberste Geschoß des Turmes und fand einen goldenen Kugelzieher in der Mauer. «Dahinter muß ein sonderbares Geheimnis stekken», sprach er zu sich selbst; «diesmal habe ich gut gegessen; es kann keine Einbildung sein. Vielleicht finde ich im obersten Geschoß etwas, das mir Licht in der Sache gibt.» Er stieg hinauf, schlug mit einem Hammer gegen die Mauer, glaubte, eine Stelle, welche hohl schallte, zu bemerken, schlug ein Loch hinein und fand einen zierlich gearbeiteten goldenen Kugelzieher. Indem er sich bedachte, wozu er ihn wohl gebrauchen könnte, ward er in einem Winkel eines alten Schrankes von schlechtem Holze gewahr. Er sah sich überall daran nach einem Schlosse um, aber vergebens; er konnte nirgends finden, wie er aufzumachen wäre. Endlich bemerkte er ein kleines Loch; und da ihm sogleich einfiel, daß ihm sein Kugelzieher hier dienlich sein könnte, so steckte er ihn hinein, zog hierauf mit aller Gewalt, und der Schrank ging auf. Nun fand sich's, daß er von innen so schön war, als er von außen alt und schlecht geschienen hatte. Alle

Schubladen waren von zierlich ausgestochenem Ambra oder Bergkristall; und wenn man eine herauszog, fand man oben, unten und zu beiden Seiten wieder kleinere, die mit Deckeln von Perlenmutter voneinander abgesondert und mit einer unendlichen Menge seltner und kostbarer Sachen angefüllt waren. Der Prinz fand darin die schönsten Waffen von der Welt, reiche Kronen, schöne Bildnisse, herrliche Juwelen und andre Dinge, die ihm großes Vergnügen machten. Er zog immer heraus, ohne müde zu werden und ohne daß es ein Ende nehmen wollte. Endlich fand er auch einen kleinen Schlüssel, der aus einem einzigen Smaragd geschnitten war und womit er eine kleine Türe am Boden des Schrankes aufmachte. Als sie aufging, wurde er von dem Glanz eines Karfunkels ganz verblendet, der den Deckel einer aus dem nehmlichen kostbarn Steine gearbeiteten großen Schale ausmachte. Er hob ihn ab; aber wie wurde ihm zumute, als er sie mit Blut angefüllt und eine abgehauene Manneshand darin sah, die ein reich besetztes Bildnis zwischen den Fingern hielt! Er fuhr bei diesem Anblick zusammen, seine Haare richteten sich empor, seine Knie schlugen gegeneinander, und er konnte sich kaum auf seinen Füßen erhalten. Er setzte sich auf den Boden und hielt die Schale immer noch mit weggewandten Augen in der Hand, unschlüssig, ob er sie wieder hinlegen, wo er sie gefunden, oder was er mit ihr anfangen sollte. Daß irgendein großes Geheimnis unter allem dem, was ihm in diesem Turme begegnet war, verborgen sein müsse, schien ihm nicht zweifelhaft. Die Worte, welche die kleine Figur in dem wundervollen Buche zu ihm gesprochen hatte, kamen ihm wieder in den Sinn. Sein Glück oder Unglück konnte davon abhangen, wie er sich in diesem Augenblicke benehmen würde; und diese außerordentlichen Dinge schienen ihn auch zu außerordentlicher Entschlossenheit aufzufordern. Kurz, er rief allen seinen Mut zusammen, tat sich Gewalt an, die Augen auf diese in Blute badende Hand zu heften, und: «O du unglückliche Hand», sprach er, «wenn du mich durch irgendein Zeichen von deinem Schicksale benachrichtigen kannst und ich fähig bin, dir zu dienen, so sei gewiß, daß ich ein Herz habe, alles für dich zu tun.»

Bei diesen Worten schien die Hand sich auf einmal zu beleben, sie bewegte ihre Finger und sprach mit ihm durch Zeichen, die er, weil er diese Art von Sprache ehmals gelernt hatte und viele Fertigkeit darin besaß, so gut verstund, als ob jemand in seiner Muttersprache mit ihm gesprochen hätte. «Wisse», sagte sie ihm, «daß du alles für denjenigen tun kannst, von welchem die Wut eines Eifersüchtigen mich abgesondert hat. Du siehst in diesem Bilde die Anbetenswürdige, die meines Unglücks Ursache ist. Sehe unverzüglich in die Galerie und gib acht auf die Stelle, die von den einfallenden Sonnenstrahlen am stärksten vergüldet wird; dort suche, und du wirst meinen Schatz finden.» Hier hörte die Hand auf zu reden, wiewohl der Prinz noch verschiedene Fragen an sie tat. Endlich fragte er, wo er sie hintun sollte, und sie antwortete ihm wieder durch Zeichen, er sollte sie wieder in den Schrank legen. Er gehorchte, schloß alles wieder zu, verbarg den Kugelzieher in der Mauer, wo er ihn gefunden hatte, und stieg, voll Ungeduld nach dem weitern Erfolg, wieder in die Galerie hinab.

Bei seinem Eintritt fingen die Fensterscheiben

außerordentlich an zu zittern und zu klirren; er sah umher, um zu bemerken, wohin die Sonnenstrahlen fielen, und sah, daß es auf das Bildnis eines jungen Menschen war, dessen Schönheit und große Miene ihn ganz bezauberte. Er rückte dieses Gemälde weg und fand nichts als ein Getäfel von Ebenholz mit goldenen Leisten wie an den übrigen Wänden der Galerie; aber da er seine Fensterscheiben zu Rate zog, sah er, daß es sich aufschieben ließ. Er schob es also auf und befand sich nun am Eingang eines Vorsaals von Porphyr, der mit schönen Bildsäulen geziert war und zu einer breiten Treppe von Agat führte, deren Seitenlehnen mit Gold eingelegt waren. Er stieg hinauf, kam in einen Saal, wo die Wände mit spiegelhellem Lasur überzogen waren, und aus diesem in eine lange Reihe herrlicher Zimmer, deren immer eines das andere an Pracht und Glanz und Schönheit der Malereien und Kostbarkeit der Möblierung übertraf, bis er sich endlich in einem Kabinett befand, wo er auf einem prächtigen Ruhebette eine Dame von außerordentlicher Schönheit erblickte, die zu schlafen schien. Indem er so leise als möglich hinzutrat, glaubte er zu sehen, daß sie vollkommen dem Bildnis gleiche, welches ihm die abgehauene Hand gezeigt hatte. Ihr Schlummer schien unruhig zu sein, und ihr reizendes Gesicht schien etwas Schmachtendes und die Spuren eines langwierigen Grams zu verraten.

Der Prinz betrachtete sie noch mit großer Aufmerksamkeit und Rührung, indem er, aus Furcht, sie aufzuwecken, den Atem zurückhielt, als sie im Schlafe zu sprechen anfing und in diese von Seufzern halb erstickte Worte ausbrach: «Denkst du, Treuloser, daß ich dich jemals lieben könne, nachdem du mich von meinem Alzindor entfernt hast? Du, der vor meinen Augen sich unterstund, eine so liebe Hand von einem Arme zu trennen, der dir ewig furchtbar bleiben muß! Denkst du mir auf solche Art deine Ehrerbietung und Zärtlichkeit zu beweisen? O Alzindor, mein Geliebter! soll ich dich denn niemals wiedersehen?» Der Prinz sah mit äußerster Bewegung, wie die Tränen bei diesen Worten unter ihren geschloßnen Augenlidern hervorzudringen suchten und über ihre blassen Wangen, wie die Tränen der Aurora an sinkenden Lilien, herunterrollten. Er stund noch am Fuße des Ruhebettes, ungewiß, ob er sie wecken oder noch länger in einem so traurigen Schlummer lassen sollte, als ihn auf einmal eine liebliche Musik, wie von einer Menge zusammenstimmender Nachtigallen und Distelfinken, stutzen machte; und gleich darauf kam ein Adler von ungewöhnlicher Größe herangeflogen, der einen goldenen Zweig voller kirschenförmigen Rubinen in seinen Klauen hielt. Er heftete seine Augen unverwandt auf die schlafende Schöne, als ob er in die Sonne sähe; dann entfaltete er plötzlich seine Flügel, um mit einer brünstigen Sehnsucht, die in allen seinen Federn und Schwingen zitterte, auf sie zuzufliegen; aber eine unsichtbare Gewalt schien einen magischen Kreis um sie gezogen zu haben, den er nicht durchdringen konnte. Itzt betrachtete er den Prinzen mit großer Aufmerksamkeit, näherte sich ihm und gab ihm den goldenen Zweig. In diesem Augenblick erhoben die Vögel, die ihn begleiteten, ein melodisches, aber so durchdringendes Getöne, daß es in allen Gewölben des Palastes widerhallte.

Der Prinz, dessen Verstand nicht müßig war, alle diese Ereignisse miteinander zu vergleichen, schloß daraus, daß diese Dame ohne Zweifel bezaubert und die Ehre, sie zu befreien, ihm vorbehalten sei. Er näherte sich ihr, setzte ein Knie auf den Boden und berührte sie mit dem goldnen Zweige. Alsbald erwachte die schöne Dame, erblickte den entfliehenden Adler und rief ihm mit ausgebreiteten Armen nach: «Bleibe, mein Geliebter, bleibe!» Aber der königliche Vogel stieß einen traurigen und durchdringenden Laut aus und flog mit allen seinen befiederten Sängern aus ihrem Gesichte.

Die Dame wandte sich sogleich gegen den Prinzen: «Verzeihe», sprach sie, «daß eine Empfindung, welche stärker ist als ich, der Dankbarkeit zuvorgekommen ist. Ich weiß, was ich dir schuldig bin: du hast mich an das Licht zurückgerufen, das ich seit zweihundert Jahren nicht gesehen habe; du allein konntest es; und der Zauberer, dessen verhaßte Liebe die Ursache alles meines Unglükkes ist, vermochte nicht zu verhindern, was das Schicksal durch dich zu bewürken beschlossen hatte. Es steht in meiner Macht, dir meine Dankbarkeit zu beweisen, und ich brenne vor Verlangen, sie auszuüben. Sage mir, was du wünschest: ich bin eine Fee und will meine ganze Macht anwenden, dich glücklich zu machen.» – «Große Frau», antwortete Krummbuckel, «wenn Eure Wissenschaft bis ins Innere der Herzen eindringen kann, so müßt Ihr sehen, daß ich mit allem, was ich mein Unglück nennen muß, weniger zu beklagen bin als jemand anders.» – «Dies ist eine Würkung deines guten Verstandes», versetzte die Fee; «aber gleichwohl kann ich den Gedanken nicht ertragen, deine Schuldnerin zu bleiben. Was wünschest du? Rede!» – «Ich wünsche, Euch den schönen Alzindor wiederzugeben», sagte der Prinz. Die Fee heftete einen Blick auf ihn, worin Bewunderung und Freundschaft sich auf eine Art ausdrückten, die über alle Worte ist. «Ich fühle den Wert dieser Großmut», sprach sie; «aber was du wünschest, muß durch eine andere Person zustande gebracht werden, die dir nicht gleichgültig ist. Dies ist alles, was ich davon sagen kann. Laß mich also nicht länger vergebens bitten! Verlange etwas, das dich selbst angeht!» – «Schöne Fee», antwortete der Prinz, «Ihr sehet, wie mich die Natur mißhandelt hat; zum Spotte nennt man mich Krummbuckel. Ich verlange kein Adonis zu sein, aber wenn ich nur nicht lächerlich aussähe.» – «Du verdienest mehr als dies», sagte die Fee, indem sie ihn dreimal mit dem goldnen Zweige berührte; «gehe und sei so schön von außen, als du es von innen bist!»

Mit diesen Worten verschwand die Fee aus seinen Augen; der Palast und alle die Wunderdinge, die der Prinz darin gesehen hatte, verschwanden mit ihr, und er befand sich in einem dicken Walde, mehr als hundert Meilen von dem Turme, worein ihn der König Runzelwig hatte setzen lassen.

Während sich dieses mit dem Prinzen zutrug, gerieten seine Wächter in die entsetzlichste Verlegenheit, wie sie ihn um die Zeit des Abendessens nicht in seinem Zimmer fanden. Sie suchten ihn überall im ganzen Turme und fielen schier in Verzweiflung, da nirgends die geringste Spur, was aus ihm geworden sein könnte, zu sehen war. Dem Könige die Wahrheit von der Sache zu hinterbringen, war keine Möglichkeit: er würde ihnen nicht geglaubt, sie für Mitschuldige an der Flucht seines Sohnes gehalten und sie dafür aufs grausamste bestraft haben. Nach langem Beratschlagen fanden sie keine bessere Auskunft, als den kleinsten aus ihrem Mittel mit einem großen Buckel auszustaffieren, ihn, als ob es der Prinz wäre, bei gezogenen Vorhängen in Krummbuckels Bette zu legen und dem Könige die Nachricht zu bringen, daß sein Sohn sehr unpäßlich sei. Dieser Anschlag wurde ungesäumt ins Werk gesetzt. Runzelwig, der sich einbildete, der Prinz stelle sich nur krank, um ihn zu erweichen und seine Freiheit wiederzuerhalten, würdigte die Nachricht von seiner vorgegebenen Krankheit keiner Aufmerksamkeit; je gefährlicher sie die Sache machten, je gleichgültiger zeigte sich der König dabei, und dies war es eben, was die Hüter gehofft hatten.

Immittelst war die Prinzessin Marmotte, in eine Sänfte bestmöglich eingepackt, am Hofe Königs Runzelwigs glücklich angelangt. Der König ging ihr entgegen; aber wie man sie, nicht ohne viele Mühe, aus ihrer Maschine herausgehoben hatte und er sie so verwachsen, krüppelhaft und mißgeschaffen fand, daß sie kaum einer menschlichen Figur ähnlich sah, konnte er sich nicht entbrechen, ihr ein Kompliment zu machen, das für eine Schwiegertochter und zum Willkomm eben nicht sehr verbindlich war. «Ei, zum Henker, Prinzessin Marmotte», sagte er, «es steht Ihnen auch wohl an, meinen Krummbuckel zu verachten! Ich läugne es nicht, er ist ein häßliches Tier; aber, wahrhaftig, er ist es noch bei weitem nicht so sehr als Sie.» – «Gnädiger Herr», antwortete die Prinzessin, «ich gefalle mir selbst nicht wohl genug, um über die Unhöflichkeiten, so Sie mir sagen, empfindlich zu werden; indessen weiß ich nicht, ob Sie es für ein Mittel halten, mich desto eher zur Liebe Ihres reizenden Krummbuckels zu verführen. Aber dies erkläre ich hiermit, daß ich ihn, ungeachtet meiner armseligen Gestalt, nicht heuraten werde und lieber ewig die Prinzessin Marmotte als die Königin Krummbuckel heißen will.» Der König Runzelwig entrüstete sich nicht wenig über diese Antwort. «Sie irren sich stark», versetzte er, «wenn Sie damit loszukommen denken. Da ich mich einmal in die Sache eingelassen habe, so muß sie zustande kommen, das können Sie versichert sein. Ich mute Ihnen nicht zu, daß Sie meinen Sohn lieben sollen; aber, bei Gott! Sie sollen ihn heuraten, Prinzessin, und wenn Sie an ihm ersticken müßten! Ihr Herr Vater, der über Sie zu befehlen hat, hat mir sein Recht abgetreten, indem er Sie in meine Hände geliefert hat, und ich werde es geltend zu machen wissen.» – «Es gibt Fälle», erwiderte die Prinzessin, «wo uns das Recht zu wählen zusteht. Man hat mich wider meinen Willen hiehergebracht, und ich werde Sie als meinen tödlichen Feind ansehen, wenn Sie Gewalt gegen mich gebrauchen.» Der König, den diese Rede noch mehr aufbrachte, entfernte sich, ohne ihr weiter zu antworten, ließ sie in die Zimmer des Palastes bringen, die er für sie hatte zurechte machen lassen, und gab ihr einige Hofdamen, die den Auftrag hatten, alles zu versuchen, um sie auf andere Gedanken zu bringen. Diese Damen taten ihr möglichstes, sich bei ihr in Gunst zu setzen. Sie fanden bald Ursache genug, die Prinzessin wegen der Vorzüge ihres Geistes zu bewundern, und ihre ungemeine Leutseligkeit kam ihnen, indem sie sich um ihr Vertrauen bewarben, auf halbem Wege entgegen; aber sobald sie die Saite, deren Ton der Prinzessin so zuwider war, berühren wollten, hörte ihre Gefälligkeit auf, und sie mußten alle Hoffnung aufgeben, über diesen Punkt etwas bei ihr auszurichten.

Bald hernach kamen die Hüter des Prinzen, welchen bange ward, daß der König ihre List und die Flucht seines Sohnes auf die eine oder andere Art entdecken möchte, und kündigten ihm in großer Bestürzung an, daß er gestorben sei. Runzelwig, so hartherzig er vorher gewesen war, kam bei dieser Nachricht schier von Sinnen; er heulte und tobte wechselweise; und weil er sonst niemand fand, über den er seine Wut mit einigem Schein rechtens hätte auslassen können, so mußte es die Prinzessin Marmotte entgelten, und er ließ sie unverzüglich statt des Verstorbenen in den Turm einsperren.

Die arme Prinzessin wußte nicht, wie ihr geschah, da sie sich auf einmal so übel behandelt sehen mußte; und da es ihr nicht an Herz fehlte, so sprach sie, wie es ihr zustund, gegen ein so ungebührliches Verfahren. Sie glaubte, man würde es dem Könige hinterbringen, aber es unterstund sich niemand, ihm davon zu sprechen. Sie schrieb auch an ihren Vater, wie übel man mit ihr umginge, und lebte immer der Hoffnung, daß er bald Mittel finden würde, sie wieder in Freiheit zu setzen. Aber sie hoffte vergebens: alle ihre Briefe wurden aufgefangen und dem Könige gebracht.

Inzwischen suchte sie sich ihre Gefangenschaft so gut sie konnte zu erleichtern und ging alle Tage in die Galerie, um die Gemälde auf den Fensterscheiben zu betrachten. Nichts kam ihr sonderbarer vor als die Menge außerordentlicher Dinge, die sie darauf vorgestellt sah, und daß sie überall sich selbst vorgestellt fand. «Es muß», dachte sie, «seit ich in diesem Lande bin, die Maler eine seltsame

Krankheit überfallen haben, daß sie so viel Vergnügen daran finden, mich zu malen, als ob es sonst keine lächerlichen Figuren gäbe als die meinige. Oder ist ihre Absicht nur, die Schönheit dieser reizenden jungen Schäferin durch den Kontrast noch mehr zu erheben?» Gleich darauf fiel ihr auch ein junger Schäfer in die Augen, dessen ungemeine Schönheit sie nicht gleichgültig betrachtete. «Wie sehr ist man zu bedauren», sagte sie, «wenn man von der Natur so unmütterlich behandelt worden ist wie ich! Wie glücklich müssen sich diese schönen Leute fühlen!» Bei diesen Worten traten ihr die Tränen in die Augen. Sie warf einen Blick in einen Spiegel und fand sich so abscheulich, daß sie sich nicht schnell genug wieder umdrehen konnte. Indem sah sie, nicht ohne Entsetzen, ein kleines altes Weibchen vor sich stehen, die noch weit häßlicher war als sie selbst; ihre Gestalt und schlechte Kleidung, welche völlig so waren, wie man in den Märchen die Feen zuweilen erscheinen sieht, und diese plötzliche Art, auf einmal dazusein, brachte die Prinzessin sogleich auf die Vermutung, daß sie eines dieser wundervollen Wesen sein müsse.

«Prinzessin», sprach das alte Mütterchen zu ihr, «wie du mich hier siehest, bin ich mächtig genug, dir das zu geben, dessen Ermangelung dir so schmerzlich ist. Wähle zwischen Schönheit und Tugend! Willst du schön sein, du sollst es werden; aber sobald du schön bist, wirst du eitel, einbildisch, kokett und – noch etwas Ärgers werden; willst du bleiben, wie du bist, so wirst du gut, verständig und bescheiden bleiben. Wähle!» – «Da ist nichts zu wählen», antwortete Marmotte, indem sie der Fee in die Augen sah; «aber ist denn die Schönheit mit der Tugend so unverträglich?» – «Nicht schlechterdings», antwortete die Alte; «aber wenn sie nun gerade bei dir unverträglich sind?» – «Nun», rief die Prinzessin in entschloßnem Tone, «so will ich ewig häßlich bleiben!» – «Bedenke dich wohl, Marmotte», sprach die Fee; «ich will dir nichts Unangenehmes sagen, aber es ist doch was Seltsames, daß jemand lieber Grausen erwecken als gefallen wollen kann.» – «Lieber alles Unglück in der Welt», erwiderte die Prinzessin, «als einen Augenblick aufhören, edel und gut zu sein.» – «Ich hatte bloß für dich meinen weiß und gelben Muff mitgebracht», fuhr die Alte fort; «hättest du am gelben Ende hineingeblasen, so würdest du auf der Stelle so schön geworden sein wie diese Schäferin, die du so sehr bewundert hast, und du würdest den schönen Hirten, dessen Bild deine Augen mehr als einmal auf sich zog, zum Liebhaber bekommen haben. Hauchest du hingegen am weißen Ende hinein, so wirst du bleiben, wie du bist, aber immer fester auf dem Wege der Tugend fortschreiten, den du schon so mutig betreten hast.» – «O mein liebes Mütterchen», rief die Prinzessin, «versagt mir diese Wohltat nicht; sie wird hinlänglich sein, um mich über die Verachtung der Welt hinwegsetzen zu können.» Die Fee gab ihr den Muff, und Marmotte vergriff sich nicht: sie hauchte in das weiße Ende, und die Fee nahm ihren Muff wieder und verschwand.

Wir müssen aufrichtig sein: es gab Augenblicke, wo die gute Prinzessin – nicht ihre Wahl bereuete, aber wo sie doch sehr lebhaft den Wert des Opfers fühlte, das sie der Tugend gebracht hatte. Indessen fehlte es ihr, auch in solchen Augenblicken, nicht an guten Gedanken, die sie nicht nur bald wieder mit sich selbst zufrieden machten, sondern ihre Seele noch mit einem Licht und einem Wonnegefühl erfüllten, das nur das innige Bewußtsein unsers innern Wertes und daß wir gedacht und gehandelt haben, wie wir sollen, gewähren kann.

Inzwischen hoffte sie noch immer, daß ihre Briefe an ihren Vater nicht ohne Würkung bleiben und daß er, wenn Runzelwig in Güte nicht zu bewegen wäre, an der Spitze eines Kriegsheeres kommen würde, seine einzige Tochter zu befreien. Sie erwartete diesen Augenblick mit Schmerzen und hätte gar zu gern in das oberste Geschoß des Turmes hinaufsteigen mögen; aber mit einer Figur wie die ihrige schien es eine völlige Unmöglichkeit. Doch was ist dem Entschloßnen und Geduldigen unmöglich? Genug, sie versuchte es, und wiewohl sie mehr als zwanzigmal absetzen und ausruhen mußte und beinahe einen halben Tag darüber zubrachte, so erkroch sie doch endlich mit unsäglicher Mühe die oberste Stufe. Ihr erstes war, durchs Fenster ins Feld hinauszusehen. Da sie aber immer nichts kommen sah, entfernte sie sich vom Fenster, um ein wenig auszuruhen; und indem sie sich an die Mauer anlehnte, welche Prinz Krummbuckel aufgerissen und ziemlich schlecht wieder zugeflickt hatte, ging ein Stückchen Pflaster los, und der goldene Kugelzieher fiel klingelnd auf den Boden vor sie hin. Sie hob ihn auf und bedachte sich, wozu er wohl dienen könnte; und da sie an dem Schranke kein Schloß, sondern nur eine Öffnung sah, in welche der Kugelzieher paßte, so fiel ihr sogleich ein, zu versuchen, ob sich der Schrank nicht mit Hülfe desselben öffnen lassen würde. Es gelang ihr auch, wiewohl mit vieler Mühe, und sie war nicht weniger als der Prinz über alle die schönen und seltnen Sachen entzückt, womit die unzähligen Schubladen angefüllt waren. Endlich fand sie auch das goldene Türchen, die Schale von Karfunkel und die im Blut schwimmende Hand. Sie fuhr über ihrem Anblick zusammen und würde das Gefäß vor Entsetzen haben fallen lassen, wenn eine unsichtbare Gewalt sie nicht gehalten hätte. Indem hörte sie eine liebliche Stimme, die zu ihr sagte: «Fasse Mut, Prinzessin, deine Glückseligkeit hängt an diesem Abenteuer.» – «Ach Gott!» sprach sie zitternd, «was vermag ich zu tun?» – «Du mußt», sprach die Stimme, «diese Hand mit dir in dein Zimmer nehmen und sie unter deinem Hauptpfühle verbergen; und wenn du einen Adler an dein Fenster kommen siehst, so öffne ihm das Fenster und gib sie ihm.»

Es sind wohl wenig Dinge, vor denen die weibliche Natur mit solchem Grauen zurückschaudert wie vor dem, was die Stimme der Prinzessin zumutete. Das Herz kehrte sich ihr bei dem bloßen Gedanken im Leibe um. Aber auf der andern Seite war es augenscheinlich, daß höhere Mächte hier im Spiele waren, und sie fühlte sich aufgefordert, in einer so außerordentlichen Gelegenheit auch außerordentlichen Mut zu äußern, denn ohne Zweifel hing irgendeine große Entwicklung von ihrer Entschließung in diesem Augenblicke ab. Sie nahm also alle ihre Herzhaftigkeit zusammen, ergriff schaudernd die abgehauene Hand, die einem Körper von großer Schönheit und Stärke angehört zu haben schien, und erstaunte nicht wenig, sie, sobald sie aus dem Gefäße herausgenommen war, so rein zu sehen, als ob sie aus dem weißesten Wachse gebildet wäre. Sie hüllte sie in ein reines Tuch, das sie bei sich hatte, und verbarg sie in ihrem Rocke, schob hierauf alle Schubladen wieder hinein, schloß den Schrank zu und verbarg den goldenen Kugelzieher, so gut sie konnte, wo sie ihn gefunden hatte. Bald darauf kamen ihre Aufwärterinnen, die über ihr ungewöhnliches Verschwinden in große Unruhe geraten waren und sie überall im ganzen Turme gesucht hatten, bis es ihnen endlich einfiel, sie unter dem Dache zu suchen. Sie konnten nicht begreifen, wie Marmotte ohne ein Wunderwerk habe heraufkommen können, und trugen sie wieder herunter, ohne daß sie ihnen etwas von den außerordentlichen Dingen, die ihr begegnet waren, verraten hätte.

Es vergingen zwei Tage, ohne daß sich etwas Ungewöhnliches sehen ließ; aber in der dritten Nacht hörte sie ein Geräusche an ihren Fenstern. Sie zog ihren Vorhang und erblickte beim Mondschein einen großen Adler, der mit seinen Flügeln an das Fenster schlug. Sie kroch, so gut sie konnte, aus ihrem Bette heraus, rutschte ans Fenster und öffnete es, um den Adler hereinzulassen, der durch das Getöse, so er mit seinen Flügeln machte, ihr seine Freude und Dankbarkeit bezeugen zu wollen schien. Sie säumte nicht, ihm die Hand darzureichen. Er nahm sie in seine Klauen und verschwand; und wenig Augenblicke darauf sah sie den schönsten Jüngling vor sich stehen, den sie jemals gesehen hatte. Er war von mehr als gewöhnlicher Größe; seine Gesichtsbildung hatte etwas unbeschreiblich Edles und Anmutsvolles; ein reiches Diadem funkelte um seine Stirne, und in seinem ganzen Ansehen war etwas Blendendes, das ein Wesen von höherer Ordnung anzukünden schien. «Prinzessin», sagte er, «eine höhere Macht waltet über mein Schicksal wie über das deinige; sie bediente sich deiner, um mich in meinen natürlichen Stand wiederherzustellen; du hast ein Recht an meine wärmste Dankbarkeit.» Bei diesen Worten berührte er die Prinzessin mit dem Bilde der Fee, das er in der Hand hatte, und verschwand.

In dem nehmlichen Augenblicke sank die Prinzessin wie in eine angenehme Ohnmacht. Sie kam aber bald wieder zu sich selbst und war nicht wenig erstaunt, sich, ohne zu wissen, wie es zugegangen, am Ufer eines Bachs, der von hohen Gebüschen überschattet war, in der anmutigsten Gegend von der Welt zu finden. Aber wie groß war erst ihr Erstaunen, da sie die Veränderung, welche während ihrer kurzen Ohnmacht mit ihrer Person vorgegangen, inne wurde und bei einem Blick in das ruhige spiegelhelle Wasser erkannte, daß sie eben diese Schäferin war, deren Bild auf den Fensterscheiben der Galerie ihr so bezaubernd geschienen hatte. Sie mußte aller ihrer Vernunft aufbieten, und kaum reichte sie zu, um sich zu überreden, daß ihr Selbst noch das nehmliche sei. Bald besorgte sie, den Verstand verloren zu haben, bald, daß alles nur Täuschung sei und daß sie unversehens wieder in die vorige Marmotte zusammensinken würde. In der Tat hätte die Veränderung, wiewohl sie nur das Äußerliche betraf, nicht wohl größer sein können, denn aus der elendesten und grauenhaftesten Menschenfigur, die jemals gewesen war, sah sie sich in die schönste liebreizendste Person verwandelt. Ihr Wuchs hätte zu einer Diane oder Aurore und ihre Gesichtsbildung und jugendliche Blüte zu einer Hebe oder Psyche das Modell abgeben können. Sie trug (wie die Schäferin, von welcher sie nun das Original war) einen weißen, mit den feinsten Spitzen garnierten Anzug; ein Gürtel von kleinen Rosen und Jasminen, die feinste Schmelzarbeit, hielt ihr Gewand um die schmalen Weichen zusammen; ihre schönen halbaufgebundnen Haare waren mit frischen Blumen durchwunden, und zierliche Halbstiefel von weißem Leder bekleideten den schönsten Fuß, der jemals den Samt eines kurzbewachsnen Grasbodens betreten hatte. Sie fand einen vergoldeten Schäferstab und einen mit Bändern und Blumen gezierten Hut neben sich im Grase, nebst einer Herde Schafe, die längs dem Ufer weideten und auf ihre Stimme ebenso folgsam hörten als der neben ihnen wachende Hund, der sie zu kennen schien und ihr liebkosete.

Welch eine wundervolle Verwandlung! und wie viele Betrachtungen hatte sie darüber anzustellen! Vorher war sie das häßlichste aller Geschöpfe gewesen, aber eine Prinzessin; jetzt das schönste Mädchen, das die Sonne jemals beschienen hatte, aber dafür auch nichts als eine Schäferin. Hatte sie beim Tausche gewonnen oder verloren? «Gewonnen, ohne allen Zweifel», wenigstens sagte sie es sich selbst mit der lebhaftesten Freude; aber es gab doch auch Augenblicke, wo ihr der Verlust ihres hohen Rangs nicht ganz gleichgültig war. Da die Sonne noch sehr hoch stand und nur schwache Lüftchen, die unter dem Laubgewölbe, wo sie sich befand, zu wohnen schienen, die Hitze des Tages milderten, so schlummerte sie unter diesen Betrachtungen unvermerkt ein – und wir benutzen diese Gelegenheit, um zu sehen, was indessen aus dem Prinzen Alazin (wie wir ihn künftig nennen wollen) geworden ist.

Wir verließen ihn, bei Verschwindung der Fee und des Zauberpalastes, wo ihm so wunderbare Dinge begegnet waren, hundert Meilen von seinem Turme, in einem ihm unbekannten Walde, wo er, sobald er zu sich selbst kommen konnte, über die Verwandlung, die mit ihm vorgegangen war, nicht weniger als die Prinzessin Marmotte über die ihrige, in die angenehmste Bestürzung geriet. Die Veränderung, welche das Berühren mit dem goldnen Zweige in seiner Figur hervorgebracht hatte, war so groß, daß Alazin den vormaligen Krummbuckel gar nicht mehr erkannte. Es brauchte einige Zeit, bis er das fortdauernde Gefühl, daß er die nehmliche Person sei, die er kaum gewesen war, mit seiner jetzigen Gestalt, die ein ganz neues Wesen aus ihm zu machen schien, in den gehörigen Einklang stimmen konnte. Er kam inzwischen unvermerkt an einen von hohen Erlen beschatteten Teich, wo sein Erstaunen aufs höchste stieg, indem er die Entdeckung machte, daß er Zug vor Zug dem schönen Schäfer glich, den er so vielmals, nicht ohne eine schmerzliche Vergleichung mit seiner damaligen Mißgestalt, auf den bemalten Fensterscheiben betrachtet hatte. Die Ähnlichkeit erstreckte sich bis auf die Kleidung; auch fand sich, damit ihm nichts zu einem Schäfer nach der Weise der Asträa oder der Hirten des Geßnerischen Arkadiens abginge, unvermerkt eine Herde schöner Schafe bei ihm ein, die ihn für ihren Herrn und Führer erkannte. Sogar für eine Hütte hatte die dankbare Fee gesorgt: Alazin fand sie, mit allem Zugehör einer schäferischen Haushaltung, am Ende des Waldes in einem anmutigen Tale, durch welches sich ein Bach schlängelte, an dessen Ufern zu beiden Seiten hie und da verschiedene Schäferwohnungen zwischen fruchtbaren Bäumen oder aus halbverdeckenden Gebüschen hervorragten. Das süße Gefühl der Freiheit und das Vergnügen, eines verhaßten Namens mit einer noch verhaßtern Gestalt los zu sein, ließen ihn eine gute Weile nicht daran denken, daß er mit dieser Figur und diesem Rahmen auch sein Königreich verloren hatte und daß der Sohn und Erbe eines Königs sich nun gefallen lassen mußte, seinem Szepter nichts als eine Herde Schafe und einen getreuen Hylas untertan zu sehen. Aber endlich dachte er doch daran; und seine Betrachtungen darüber würden vielleicht nicht die angenehmsten gewesen sein, wenn sein guter Verstand ihn nicht fähig gemacht hätte, sich seinem Schicksale mit guter Art zu unterwerfen; zumal, da er aus allem, was ihm begegnet war, augenscheinlich erkennen mußte, daß es von einer wohltätigen Macht geleitet werde.

Alazin hatte schon einige Zeit in diesem Hirtenlande gelebt, wo ihm seine Gestalt und sein gefälliges Betragen in wenig Tagen die Herzen der rohen, aber gutartigen Einwohner gewonnen hatte, als ihn ein geheimer Zug, den er für Zufall hielt, an den Ort führte, wo die schöne Schäferin schlummerte. Kaum war er nahe genug hinzugetreten, um sie genau zu betrachten, Himmel! wie wurde ihm zumute, da er das Original eben dieser reizenden Schäferin in ihr erkannte, die er auf den Fensterscheiben der Galerie so vielmals abgebildet gefunden und niemals ohne die zärtlichste Regung hatte ansehen können! Er würde, wofern er sich nicht gleich an einen Baum angehalten hätte, von der heftigen Würkung, die diese Überraschung auf sein ganzes Wesen machte, der Länge nach hingestürzt sein. Aber er erholte sich bald wieder, um sie aufs neue anzuschauen, oder vielmehr, das unbeschreibliche Vergnügen, das er beim Anschauen eines so vollkommnen Gegenstandes – einer

Schönheit, die er bloß für den glücklichen Traum eines gefühlvollen Künstlers gehalten hätte – empfand, war die beste Stärkung seiner vom ersten Anblick betäubten Sinnen. Er ließ sich vor ihr auf die Knie nieder; sein Auge, sein Herz, sein ganzes Wesen schien in eine einzige von ihr ausgefüllte Empfindung zusammengezogen, und er würde bis in die Nacht in diesem wonnevollen Anschauen unverwandt beharret haben, wenn sie nicht von selbst erwachet wäre. Klaremonde (denn wir werden ihr nun, wie billig, ihren eigenen Namen wiedergeben) hatte kaum die Augen aufgeschlagen, als sie in dem schönen Schäfer, den sie in der ehrerbietigsten Stellung vor sich knien sah, eben denjenigen erkannte, dessen Bild ihr in der Galerie öfters vorgekommen war. Dieser Umstand, der ihn gewissermaßen zu einer alten Bekanntschaft machte, milderte bei ihr die Verlegenheit, in welcher sie sich befunden hätte, wenn er ihr ganz fremde gewesen wäre. Ihre Augen waren schon mit seiner Schönheit bekannt, und ihr Herz, an eine gewisse zärtliche Regung bei seinem Anblick ebenso gewöhnt, war bereits zu sehr dazu gestimmt, gut von ihm zu denken, als daß es ihr hätte einfallen können, einiges Mißtrauen in ihn zu setzen. Zwei so vollkommene Personen, wie sie beide waren und deren Inneres so schön und rein zusammengestimmt ist, können einander nicht ansehen, ohne daß jedes das andere seiner würdig finde; sie verstehen einander in der ersten Minute besser als gemeine Menschen nach einem jahrelangen Umgang. Das erste, was sie für einander fühlen, ist Wohlwollen, und dieses Wohlwollen ist Freundschaft, und diese Freundschaft ist, bei einem jungen Schäfer und einer jungen Schäferin, Liebe. Hiezu kommt noch, daß Klaremonde, mit ihrer Verwandlung aus einem mißgeschaffnen Murmeltiere in das schönste aller Mädchen, zugleich aus einer Prinzessin in eine Schäferin verwandelt worden war. Zwar nicht so, daß sie die Erinnerung an ihre Geburt und an die Vorrechte ihres vorigen Standes ganz darüber verloren hätte; aber bei einer Person von *ihrem* Geiste und Herzen mußten diese Vorrechte in ihrem neuen Stande viel von ihrem anscheinenden Werte verlieren. Der Rang einer Prinzessin hat seine Ungemächlichkeiten, der niedrige Stand einer Schäferin seine Vorteile. Überdies, was für Ursache hätte die Schäferin Klaremonde haben können, ihren ehmaligen Stand noch immer geltend machen zu wollen? Was für Hoffnung konnte sie sich machen, wofern sie auch den Weg in die Staaten ihres Vaters gefunden hätte, jemals für die Prinzessin Marmotte erkannt zu werden? Sie hätte die Geschichte ihrer Umgestaltung noch so lebhaft erzählen mögen, wer würde sie geglaubt haben?

Mit dem schönen Alazin hatte es vollkommen die nehmliche Bewandtnis. Wir können also versichern, daß alles, was die Geschichtschreiberin der Begebenheiten dieses wundervollen Paares, die Gräfin d'Aulnoy, von dem strengen Betragen der Prinzessin Brillante (wie sie ihre verwandelte Marmotte nennen läßt) gegen den schönen Schäfer erzählt, aus verfälschten Urkunden gezogen sein muß; daß der Schäfer und die Schäferin kein Wort von allem, was diese Dame sie sprechen läßt, miteinander gesprochen haben; und daß beide viel zuviel Verstand und Geschmack besaßen, um die Verse gemacht zu haben, die sie ihnen in den Mund legt. Da wir berechtigt sind, unsre Nachrichten für die zuverlässigern zu halten, so fahren wir fort, ihnen in unsrer Erzählung zu folgen, und sagen demnach, daß Klaremonde und Alazin, bei aller der Verwunderung, womit sie einander in der ersten Überraschung ansahen, ein Zutrauen gegen einander zeigten, welches uns zu beweisen scheint, daß ihre Herzen schon einverstanden waren, ehe sie Zeit hatten, sich gegen einander zu erklären.

«Ist's möglich?» rief Alazin, «Sie sind es selbst?» – «Eben diese Frage schwebt auch auf *meinen* Lippen», sagte Klaremonde. «Es sind nur wenige Wochen, seit ich Ihr Bild auf den gemalten Glasscheiben eines alten Turmes gesehen habe, worin ich gefangengehalten wurde», sagte der schöne Schäfer. «Es sind nur wenige Stunden, seit mir eben das mit dem Ihrigen geschehen ist», sprach die schöne Schäferin. «Meine Geschichte ist seltsam: Sie würden sie unglaublich finden, wenn ich sie Ihnen erzählte», sagte der Schäfer. «Eben das würde Ihnen mit der meinigen begegnen», sagte die Schäferin. «Ich wurde von meinem Vater in einen alten Turm gesperrt, weil ich eine gewisse Prinzessin nicht heuraten wollte, die selbst in ihrem Bildnisse, wiewohl ihr der Maler unfehlbar geschmeichelt hatte, so häßlich aussah, daß es keine Möglichkeit war, sie zu heuraten.» – «Und ich wurde von meinem Schwiegervater eingesperrt, weil ich nicht die Gemahlin seines Sohnes werden wollte, den ich zwar selbst nie gesehen habe, aber vor dessen bloßem Bildnis das Herz sich mir im Leibe umkehrte.» – «Ich war damals nicht, was ich jetzt bin», fuhr der Schäfer fort; «und wie häßlich auch derjenige sein mochte, den man Ihnen zum Gemahl aufdringen wollte, so konnt' er's doch gewiß nicht mehr sein als ich.» – «Ich war damals auch nicht, was ich jetzt scheinen mag», versetzte die Schäferin; «aufrichtig zu reden: meine Figur war so krüppelhaft, daß mich niemand ohne Jammer ansehen konnte, und doch so lächerlich dabei, daß man sich in die Lippen beißen mußte, um mir nicht ins Gesicht zu lachen.» – «Man nannte mich aus Verspottung Krummbuckel», sagte der Schäfer. «Und mich aus eben der Ursache Marmotte», sagte die Schäferin. «Himmel!» riefen beide zu gleicher Zeit, «so sind wir ja eben die, die man zwingen wollte, einander zu heuraten! Wie unglücklich», fuhr der schöne Schäfer fort, «daß die wundertätigen Mächte, deren Werk unsre Verwandlung ist, es nicht einige Wochen früher vorgenommen haben!» – «Oder daß sie uns nicht ließen, wo sie uns fanden!» setzte die schöne Schäferin hinzu. «Doch nein, nicht unglücklich», sagte jener, «wenn meine liebenswürdige Schäferin von den Empfindungen gerührt werden könnte, die mir ihr Bildnis beim ersten Anblick einflößte.» Klaremonde errötete und schlug die Augen nieder, und Alazin war so bescheiden, auf keine deutlichere Antwort zu dringen.

Sie erzählten einander darauf ihre Begebenheiten mit allen Umständen; und wiewohl der schöne Schäfer ein zu zartes Gefühl hatte, um die schon einmal berührte Saite so bald wieder anzuschlagen, so schienen doch beide in dem Gedanken, was sie einander sein könnten, überflüssige Ursache zu finden, mit ihrem Schicksale zufrieden zu sein. Wie es gegen Abend ging, ersuchte Klaremonde ihren neuen Freund, der in dieser Gegend schon wohlbekannt war, sie zu einer anständigen Person ihres Geschlechtes zu führen, unter deren Aufsicht sie leben könnte, da es für eine junge Person in ihrer Lage doch nicht wohl schicklich wäre, unter einem unbekannten Volke ganz allein zu wohnen. Er führte sie in eine der geräumigsten und reinlichsten Hütten dieses Tales, wo sie, auf seine Empfehlung (wiewohl ihr bloßes Ansehen schon Empfehlung genug war), von einem guten alten Mütterchen aufs freundlichste empfangen und bewirtet wurde. Sie brauchte nur sehr wenig Zeit, um das ganze Herz der Alten zu gewinnen, die sich nicht wenig darauf zugut tat, eine so liebenswürdige Pflegetochter zu bekommen. Daß der Prinz-Schäfer und die Prinzessin-Schäferin von dieser Zeit an, die Nacht ausgenommen, sich selten lange voneinander trennten, ist leicht zu erraten. Verschiedene Wochen kamen ihnen auf diese Weise wie einzelne Tage vorüber. Aber da sie einander auch alle Tage lieber wurden, so gerieten sie zuletzt ganz natürlich auf die Frage, was das Schicksal wohl über sie beschlossen haben möchte, und diese Frage schien sich aus dem Wege, den es mit ihnen gegangen, von selbst auf eine sehr entscheidende Art zu beantworten. Der Rückweg in ihren angebornen Stand schien ihnen auf immer abgeschnitten zu sein, und ihr neuer, niedriger, der Welt verborgener, aber glücklicher Zustand bekam alle Tage neuen Reiz für sie. Ohne Zweifel hatte das Schicksal ihre Vereinigung beschlossen, die in ihren vormaligen Umständen unmöglich gewesen war – oder, wenn sie endlich auch erzwungen worden wäre, ihr beiderseitiges Elend nur vergrößert hätte. Kurz, sie mochten sich als Königskinder oder als Hirten betrachten, so stand dem, was nun der einzige Wunsch ihrer Herzen war, nichts im Wege. Sie vereinigten sich also, und der Tag ihrer Vermählung war ein Fest für dieses ganze Hirtenland.

Alazin hatte sich, da er noch der Prinz Krummbuckel hieß, mit besonderm Fleiße auf verschiedene Teile der Naturwissenschaft gelegt. In seinem Hirtenstande machte er die Zucht der eßbaren und heilsamen Pflanzen und der fruchtbaren Bäume zu seiner Hauptbeschäftigung, und er wurde dem Hirtenvolke dadurch auf mehr als eine Art nützlich. Die schöne Klaremonde lehrte die jungen Schäferinnen die Pflege der Seidenwürmer und die Zubereitung ihres kostbaren Gespinstes. Beide trugen nicht wenig dazu bei, das Leben dieser gutartigen Naturmenschen zu verschönern und ihren Wohlstand zu vermehren, ohne die Unschuld ihrer Sitten zu verderben. Eine Reihe schöner Kinder, wie sie von *solchen* Eltern kommen mußten, vervielfältigten die Arbeit und die süßen Sorgen ihres häuslichen Standes, indem sie ihre Glückseligkeit vollkommen machten. Die Fee und der Genie Alzindor waren mit ihrem Werke zufrieden. Die Frau d'Aulnoy versichert uns zwar, sie wären unserm glücklichen Paare wieder erschienen und hätten es mit einem Palaste von Diamanten und mit einem Garten beschenkt, worin alle Bäume von Golde, alle Blätter von Smaragd und alle Blumen und Früchte von gewachsnen Rubinen, Saphiren, Türkisen, Amethysten und Chrysolithen gewesen seien. Aber wir können versichern, daß kein wahres Wort daran ist. Um was hätte ein solches Haus und ein solcher Garten die Glücklichen glücklicher machen können?

Die Salamandrin und die Bildsäule

Eine Erzählung

—

Es war an einem schwülen Sommertage, da die Sonne sich bereits zu neigen anfing, als ein plötzlich einbrechendes Ungewitter einen wandernden Fremdling, dessen äußerliches Ansehen eher Dürftigkeit als Wohlstand ankündigte, ein einer ziemlich wilden und ihm gänzlich unbekannten Gegend überfiel und ihn nötigte, sich nach irgendeinem Orte umzusehen, wo er Schirm gegen den daherbrausenden Sturm finden könnte. Die natürliche Dunkelheit eines finstern Tannenwaldes, durch die Schwärze der Gewitterwolken, womit der ganze Horizont umzogen war, verdoppelt, hüllte ihn auf einmal in eine so grauenvolle Nacht ein, daß er ohne das blendende Licht der Blitze nicht zwanzig Schritte vor sich hätte sehen können. Glücklicherweise entdeckte er bei dieser furchtbaren Art von Beleuchtung einen alten halbverfallnen Turm, der auf einer kleinen Anhöhe aus wildem Buschwerk hervorragte und ihm, wenn er ihn erreichen könnte, eine erwünschte Zuflucht anzubieten schien.

Bei diesem Anblick fiel ein Strahl von Freude in die Seele des Wanderers; eine Freude, die sich in Entzücken verwandelte, da ein neuer, sehr heller Strahl ihn wahrnehmen ließ, daß unter den zerfallenen Zinnen dieses Turms noch *drei* ganz unbeschädigt waren.

«Endlich», rief er, «hab' ich gefunden, was ich schon so lange vergebens suche; denn es ist unmöglich, daß mich Kalasiris betrügen könnte. Ganz gewiß ist dies der Turm, wo ich das Ziel meiner Wünsche finden soll.»

Indem erblickte er einen schmalen Fußpfad, der sich durch das Gebüsche zu dem Turm hinaufzuwinden schien. «Eine gute Vorbedeutung!» dacht' er; und würklich führte ihn dieser Pfad einen so kurzen Weg, daß er in wenigen Minuten bei dem Turm anlangte, dem einzigen Überbleibsel eines dem Ansehen nach uralten zerstörten Schlosses, dessen majestätische Ruinen, mit Buschwerk und Farnkraut durchwachsen, in wilden seltsamen Gestalten umherlagen.

Der Fremdling, dem der einfallende Platzregen keine Zeit ließ, diese rauhen Schönheiten zu betrachten, eilte, was er konnte, das Innere des Turms zu gewinnen, dessen Eingang offenstand; und er befand sich nun in einer großen gewölbten Halle, die durch den Eingang und von oben herab durch eine schmale Öffnung in der dicken Mauer nur gerade so viel Licht empfing, daß er eine Wendeltreppe gewahr werden konnte, die in den obern Teil des Gebäudes führte. Ungeachtet des freudigen Ausgangs, den sich seine Seele weissagte, überfiel ihn eine Art von Grauen, und das Herz klopfte ihm wie einem, der zwischen Furcht und Hoffnung der Entscheidung seines Schicksals entgegengeht, indem er, mit beiden Händen um sich tappend, die finstre Treppe hinaufstieg. Er fand, daß sie ohne Stufen sich in ziemlich sanfter Erhebung dreimal um den Turm herumwand, bis sie ihn zu einem kleinen Vorsaal führte, der so schwach beleuchtet war, daß er nichts darin erkennen konnte als eine steinerne Bank an der einen Seitenwand und den schmalen Eingang in ein anderes Gemach, aus welchem das wenige Licht hervorbrach, das in dem kleinen Saale dämmerte. Er blickte durch diesen Eingang hinein, und was er auf den ersten Blick entdeckte, gab seiner Erwartung auf einmal eine solche Gewißheit, daß er zurückbebte und, um einen ruhigern Schlag seines Herzens abzuwarten, sich auf die mit Latten belegte Bank im Vorsaal niedersetzte. Er betrachtete seinen Aufzug und schämte sich zum ersten Mal der armseligen Figur, die er darin machte. In der Tat sah er keiner Person gleich, die zum Eintritt in ein so prächtiges Gemach berechtigt war. Ein brauner Leibrock von grober Leinwand, der ihm bis an die Knöchel reichte, und ein sehr abgetragener, an den Enden zerrissener Mantel von blauem Tuche, mit einem ledernen Gürtel um den Leib, machte seine ganze Kleidung aus. Er trug eine Art von Halbstiefeln, denen man es nur zu sehr ansah, daß sie durch lange Dienste mitgenommen waren; und den Kopf hatte er in einer großen Mütze von braunem Tuche stecken, die von seinem schwarzbraunen, runzligen und abgezehrten Gesichte nur soviel sehen ließ, als nötig war, seinen Anblick widerlicher zu machen. Dies alles, mit einem auf die Brust herabhangenden roten Bart, machte ein Ganzes aus, das jedermann beim ersten Anblick für einen Bettler halten mußte, und war nicht sehr geschickt, weder das Auge noch das Herz für ihn einzunehmen. Indessen, da er mit dieser nehmlichen Figur schon über ein ganzes Jahr durch die Welt gekommen war, raffte er sich zusammen und entschloß sich, es darauf ankommen zu lassen, wie er in dem schimmernden Zimmer würde aufgenommen werden.

Er ging hinein, und es däuchte ihn, er trete in das Schlafgemach einer Göttin. Der Fußboden war mit einer Decke von goldnem Stoffe belegt; die Wände mit blaßgrünen atlaßnen Tapeten beschlagen und ringsum mit Kränzen von vergoldetem Schnitzwerk eingefaßt, woran große Ketten von frischen natürlichen Blumen herabhingen. Mit eben dergleichen waren auch die rosenfarbnen Vorhänge eines prächtigen zeltförmigen Ruhebettes aufgebunden, welches nebst einigen an den Wänden aufgeschichteten Polstern von blaßgelbem Atlas, mit Silber durchwirkt, alle Gerätschaft in diesem Zimmer ausmachte. Das Ganze empfing durch die buntbemalten Glasscheiben eines einzigen großen eirunden Fensters eine Art von gebrochnem Lichte, das die angenehmste Würkung tat und diesen Ort zum unbelauschten Genuß eines geheimnisvollen Glückes zu bestimmen schien.

So unerwartet alles dies unserm Wanderer in dem halbverfallnen Turm eines alten zertrümmerten Schlosses war, so war ihm doch noch unerwarteter, daß er, anstatt dessen, was er zu finden hoffte, einen jungen Menschen auf dem Ruhebette liegen sah, der bei seiner Annäherung sich aufrichtete und einen finstern, aber ruhigen Blick auf ihn warf, ohne das mindeste Zeichen von Furcht oder Verlegenheit über die plötzliche Erscheinung einer Gestalt von so schlimmer Vorbedeutung von sich zu geben.

Der Jüngling war in einen abgenutzten Mantel von Scharlach gehüllt; seine Haare (die schönsten gelben Haare, die man sehen konnte) hingen nachlässig in langen natürlichen Locken um seine Schultern; seine Augen lagen tief im Kopfe, seine Gesichtsfarbe war blaß und kränklich, und über sein ganzes Wesen war ein Ausdruck von Schwermut ausgegossen, der den Resten einer welkenden, aber noch immer seltnen Schönheit etwas unwiderstehlich Rührendes gab.

Der Fremde fühlte sich beim ersten Blick so stark zu dem liebenswürdigen Unbekannten hingezogen und mit so viel Teilnehmung für ihn erfüllt, daß er verlegen war, Worte für das zu finden, was er ihm auf einmal hätte sagen mögen. Er fing an, eine Entschuldigung hervorzustottern, die ihn der Jüngling nicht zu Ende bringen ließ.

«Du scheinst», sagte er, «nach deinem Ansehen zu urteilen, dem Glücke wenig schuldig zu sein. Wenn du unglücklich bist, so bist du mein Bruder und mir willkommen, wer du auch sein magst.»

«Ich bin ein Fremdling», antwortete der Wanderer; «ein Ungewitter, das mich in diesem Walde überfiel, trieb mich hierher. Ich erblickte, indem ich nach einem Schirmort mich umsah, diesen Turm; und das Wunderbarste ist, daß es gerade der war, den ich schon seit fünf bis sechs Monaten in diesem Lande suche.»

Bei diesen Worten richtete der schöne Jüngling sich noch mehr in die Höhe, um den Fremden mit verdoppelter Aufmerksamkeit zu betrachten. Wie abschreckend auch das Äußerliche desselben war, so glaubte er doch den Klang seiner Stimme im Innersten seines Herzens widerhallen zu hören; und bloß um dieses Klanges willen, der auf einmal die süßesten und schmerzlichsten Erinnerungen in ihm rege machte, fühlte er sein Herz gegen den Unbekannten aufgehen, der ihm, ohne daß er sich sagen konnte, warum, ganz etwas andres zu sein schien, als seine Außenseite zu erkennen gab. Kurz, sie wurden in wenig Minuten so gute Freunde, als ob sie sich schon ebenso viele Jahre gekannt hätten. Der schöne Jüngling hieß den Alten neben sich auf das Ruhebette sitzen und stand auf, um aus einem verborgenen Schrank in der Mauer einige Früchte, etwas Brot und eine Flasche zyprischen Wein zu holen.

«Diese Flasche», sprach er, «steht schon einige Tage unerbrochen hier; ich kann sie nicht besser anwenden, als dich damit zu erfrischen. Du scheinst dessen zu bedürfen, Freund; ich nähre mich seit mehr als einem Monat von bloßem Brot und Wasser.»

Der Alte dankte ihm mit einem Blick der zärtlichsten Teilnehmung für seine Güte. «Und um dir wenigstens meinen Willen, dankbar zu sein, zu beweisen», sprach er, «will ich damit anfangen, mich dir in meiner eigenen Gestalt zu zeigen.» Mit diesen Worten lösete er eine unter seinem Bart verborgene Schnur auf, nahm seine Mütze und sein schwarzbraunes runzliges Mumiengesicht mit dem langen roten Barte (welches nichts weiter als eine sehr künstlich gearbeitete Larve war) ab, warf seinen Mantel von sich und zeigte dem schönen Jüngling einen schwarzlockigen jungen Menschen von *seinem* Alter, der an Schönheit nur ihm allein weichen konnte; wiewohl er, so wie er selbst, von irgendeinem geheimen Grame noch mehr als von ausgestandenen Mühseligkeiten gelitten zu haben schien.

Der Unbekannte war bei den Worten «ich will mich dir in meiner eigenen Gestalt zeigen» in eine Bewegung geraten, die er nicht verbergen konnte;

aber wiewohl er sich einen Augenblick darauf in der seltsamen Hoffnung, die sie in ihm entzündet hatten, betrogen sah, so fand er doch etwas so Besonderes und Anziehendes in der Gesichtsbildung des schönen Fremden, daß er nicht satt werden konnte, ihn anzusehen. Endlich hielt er sich nicht länger; er sprang auf, fiel ihm um den Hals, drückte ihn mit feuriger Wärme an seine Brust und überschwemmte seine Wangen mit einem Strome von Tränen.

Der Fremde, wie gerührt er sich auch von einem so plötzlichen und sonderbaren Ausbruch von Zärtlichkeit fühlte, konnte sich doch nicht enthalten, ein Erstaunen darüber in seinem Gesichte zu zeigen, welches dem Jüngling vom Turme nicht unbemerkt blieb.

«Du sollst alles erfahren», sprach dieser, indem er ihn von neuem umarmte; «aber vorher schwöre mir, wenn du anders willst, daß ich das Leben wieder liebgewinne, schwöre mir, daß du mich nie wieder verlassen willst und daß uns von nun an nichts als der Tod trennen soll!»

«Ich schwöre dir's», antwortete der Fremde mit halb erstickter Stimme und tränenden Augen, «ich schwöre dir's bei dem Leben derjenigen, für die ich selbst atme, die ich so lange schon suche und die ich hier zu finden hoffte.»

«Hier in diesem Turme?» rief der andere mit einer sichtbaren Bewegung. «Doch ich denke, das hast du mir schon gesagt. Es ist etwas Geheimnisvolles in deinen Reden, in deinen Gesichtszügen und in unserm Zusammentreffen in diesem Turme. Sage mir, ich beschwöre dich, wer du bist und wen du hier suchest; und ich will deine Offenherzigkeit erwidern und deinem Busen ein Geheimnis anvertrauen, das noch niemals aus dem meinigen gekommen ist und woran das Schicksal meines Lebens hängt.»

«Eine unfreiwillige Sympathie zieht mich zu dir, seitdem meine Augen den deinigen begegneten», antwortete der Fremde; «was könnt' ich dir vorenthalten wollen, da ich alle Augenblicke bereit bin, dir die Stärke der Zuneigung, die du mir einflößest, mit Darsetzung meines Lebens zu beweisen? Aber mache dich auf eine seltsame Geschichte gefaßt!»

«Sie kann schwerlich seltsamer sein», erwiderte jener, «als diejenige, die ich dir zu erzählen habe, wenn du erst so gefällig gewesen sein wirst, meine Ungeduld zu befriedigen.»

Während diese beiden Jünglinge, zu sehr miteinander und mit sich selbst beschäftigt, um auf etwas andres aufmerksam zu sein, in diesem Gespräche begriffen waren, langten zwei bis an die Augen eingehüllte Reiter an, welche der noch fortdauernde Sturm hier ebenfalls Schirm zu suchen nötigte. Sie ließen einen Knecht bei ihren Pferden und stiegen die Wendeltreppe hinauf. Aber bevor sie den Vorsaal erreichten, merkten sie, daß sie hier nicht allein seien und daß in dem daranstoßenden Zimmer ziemlich laut gesprochen werde. Bescheidenheit oder Vorwitz, oder was es sonst war, hielt sie ab, die Unbekannten in ihrer Unterredung zu stören. Sie setzten sich also, ohne von jenen bemerkt worden zu sein, auf die steinerne Bank nahe bei dem Eingang in das offene Zimmer, wickelten sich aufs neue in ihre Mäntel ein und horchten mit hingerecktem Ohre und zurückgehaltnem Atem, um, wo möglich, kein Wort von dem, was gesprochen wurde, zu verlieren.

«Der Ort, wo ich geboren bin», fing der Fremde an, «ist Memphis in Ägypten, wo Kalasiris, mein Vater, Oberpriester und Statthalter des Königs ist.»

«Was hör' ich?» unterbrach ihn der Jüngling vom Turme; «Kalasiris dein Vater? und du sein Sohn Osmandyas?»

«Wie?» rief der Ägypter erstaunt, «du kennest uns also?»

«Vergib mir, Osmandyas», versetzte der andere, «ich werde dich nicht wieder unterbrechen. Du sollst alles wissen – aber jetzt fahre fort!»

Die Namen Osmandyas und Kalasiris setzten auch die beiden Vermummten im Vorsaal in eine so sonderbare Bewegung, daß ihre Gegenwart dadurch hätte verraten werden müssen, wenn die beiden Jünglinge nicht im nehmlichen Augenblick unfähig gewesen wären zu hören, was außer ihnen vorging. Sie faßten sich aber bald wieder, winkten einander zu, ruhig zu sein, und rückten noch ein wenig näher, um mit allen ihren Ohren aufzuhorchen.

«Da du mit Ägypten nicht unbekannt zu sein scheinst», fuhr der Fremde fort, «so wär' es überflüssig, dir zu sagen, wie die Söhne unsrer Oberpriester erzogen werden. Als ich das sechzehnte Jahr zurückgelegt hatte, schickte mein Vater, um meine Erziehung zu vollenden, mich unter der Aufsicht eines alten Priesters nach Griechenland, um in den Kabirischen, Orfischen und Eleusinischen Mysterien eingeweiht zu werden und dadurch meine zu Memphis und Sais erlangte Einsicht in die Geheimnisse der Urwelt, welche seiner Meinung nach alle Wissenschaften der spätern Zeiten weit hinter sich lassen, vollständig zu machen.

Ich brachte über zwei Jahre mit diesen Reisen zu und kehrte, nachdem ich in Samothrake, in Kreta, zu Lemnos, zu Eleusis und andrer Orten alles erfahren hatte, was mir die Mystagogen sagen konnten, mit der Überzeugung nach Hause, daß ich von allem, was ich zu wissen am begierigsten war, gerade soviel wußte als zuvor.

Bei meiner Zurückkunft wurde ich von meinem Vater sehr gütig empfangen; und da er fand, daß der Zweck meiner Reisen nicht verfehlt war, so machte er sich (vermutlich, um mich vor dem Eigendünkel junger Leute, die viel zu wissen glauben, zu verwahren) ein eignes Geschäft daraus, mich von dem wenigen Wert aller meiner erworbenen Kenntnisse zu überzeugen. ‹Was›, sagte er mir, ‹kannst du nun mit allen diesen vorgeblichen Geheimnissen würken? Der wahre Weise ist nicht der, der schwatzen kann, was wenige wissen und niemand zu wissen verlangt noch braucht, sondern der Mann, der ein vollkommneres Leben lebt als die gemeinen Menschen, der die Kräfte der Natur zu seinen eigenen zu machen weiß und der durch sie Dinge tun kann, die in den Augen der Unwissenden Zauberei und Wunderwerke sind. Die wahren Mysterien, zu welchen dich nur langwieriger Fleiß und unermüdetes Forschen vorbereiten kann, sind der Treue und Weisheit einer kleinen Anzahl von Günstlingen des Schicksals anvertraut; und selbst diese Geheimnisse sind nur schwache Überreste dessen, was die Menschen ehemals wußten und konnten, ehe die letzte Katastrophe unsers Planeten dieser edlern Menschengattung ein Ende machte. Du selbst wirst davon Proben sehen, die dich in Erstaunen setzen werden – und die doch nur ein geringer Teil dessen sind, was der Mensch hervorzubringen vermag, der im würklichen Besitz aller seiner Kräfte ist.›

Durch dergleichen Reden suchte Kalasiris», wie ich glaube, «meine Wißbegierde zu entflammen und mich zu einem Fleiße anzusporen, ohne welchen ich (wie er sagte) keine Empfänglichkeit für die Geheimnisse haben könnte, die allein diesen Namen verdienten. Aber das Schicksal scheint mich nicht zum Erben seiner Weisheit bestimmt zu haben. Eine Leidenschaft, die er mit aller seiner Philosophie nicht verhindern konnte (die seltsamste und unsinnigste, wenn du willst, die vielleicht jemals die Einbildung eines Sterblichen überwältigt hat), bemächtigte sich meines ganzen Wesens und vernichtete alle Pläne meines vorigen Lebens, alle Bestrebungen, mich des Unterrichts von Kalasiris würdig zu machen, indem sie mich – an die Füße einer Bildsäule anheftete.»

«Einer Bildsäule?» rief der Jüngling vom Turme lächelnd und erstaunt.

«Höre mich an», sagte Osmandyas, «und entschuldige oder verdamme mich alsdann, wie dein Herz dir's eingeben wird. Denn von Sachen des Herzens kann nur das Herz urteilen. Seit meiner Zurückkunft nach Memphis hatte mir Kalasiris den freien Zutritt in sein Zimmer verstattet, welches ich zuvor nie anders, als wenn er mich rufen ließ, betreten durfte. An dieses Zimmer stieß ein Kabinett, das niemand in seinem Hause um irgendeinen Preis zu öffnen sich unterstanden hätte, wiewohl es gewöhnlich unverschlossen war; denn man machte sich eine sehr fürchterliche Vorstellung von diesem Kabinette. Man war fest überzeugt, daß die Tür von einem Geiste bewacht werde, welcher außer dem Oberpriester jeden andern, der sich erkühnen wollte, sie zu öffnen, auf der Stelle töten würde. Auf *mich* hätte ein bloßes Verbot meines Vaters stärker gewirkt als die Furcht vor diesem Geiste, denn ich war von Kindheit an gewohnt, alle seine Befehle oder Verbote als unverletzbare Gesetze anzusehen. Aber da er mir über diesen Punkt gar nichts gesagt hatte, so überwog endlich der Vorwitz, was in diesem geheimnisvollen Kabinette zu sehen sein möchte, jede andere Betrachtung; und ich benutzte dazu die erste Stunde, wo ich gewiß war, nicht von ihm überfallen zu werden.

Ich gestehe, daß ich an allen Gliedern zitterte, als ich den Riegel zurückzog. Aber der furchtbare Geist war so gefällig, mich einzulassen; und sobald ich mich wieder gefaßt hatte, war das erste, was mir unter einer Menge sonderbarer Sachen in die Augen fiel, ein alter Mann in priesterlicher Kleidung, dessen majestätisches Ansehen und sanft ernster Blick mich so sehr überraschte, daß ich im Begriff war, mich zu seinen Füßen niederzuwerfen, wenn seine Unbeweglichkeit, die mir nicht ganz natürlich vorkam, mich nicht zurückgehalten hätte. ‹Sollte es›, dachte ich, ‹eine bloße Bildsäule sein?› Ich hatte aller meiner Herzhaftigkeit nötig, um mich von der Wahrheit dieser Vermutung zu überzeugen; aber es blieb mir unbegreiflich, wie die Kunst, ein so vollkommenes Werk zu bilden, einer toten Masse diesen Schein von atmendem Leben und diesen Ausdruck eines inwohnenden Geistes zu geben vermocht hätte.

Ich war noch mit dieser Betrachtung beschäftigt, als mir in einer andern Ecke des Kabinetts ein wunderschönes junges Mädchen in die Augen fiel, das, auf einem Ruhebettchen sitzend, mit einer

Taube spielte, die etwas aus ihrer schönen Hand zu picken schien. Sie war in eine lange Tunika von feinem Byssus mit goldenen Streifen gekleidet, die oben auf den Schultern mit einem Knopfe befestigt und dicht unter dem leicht bedeckten Busen mit einem goldenen Bande umschlungen war; Arme und Schultern waren bloß, und das leichte Gewand, wiewohl es sie nach morgenländischer Weise sehr anständig bekleidete, bezeichnete doch auf die ungezwungenste und reizendste Art alle schönen Formen ihres mit vollkommenstem Ebenmaß gebauten Körpers. Ich erstaunte, eine so reizende Person in dem geheimen Kabinette des Kalasiris zu finden, den seine Weisheit, sein Alter und seine Würde über allen Verdacht von dieser Seite weit erhob; und wiewohl ich soeben gesehen hatte, wie weit es die Kunst im Nachahmen der Natur bringen kann, so täuschte mich doch der erste Anblick zum zweiten Male, und der Gedanke, daß auch dieses liebenswürdige Mädchen eine bloße Bildsäule sei, kam mir nicht eher, bis mich ihre gänzliche Unbeweglichkeit davon überzeugte.

Ich bin unvermögend, dir zu beschreiben, was in diesen Augenblicken in mir vorging; man müßte selbst durch meinen damaligen Zustand gegangen sein, um etwas davon zu begreifen. Ich konnte nicht zweifeln, daß es ein bloßes lebloses Bild sei; und doch bestand mein Herz hartnäckig darauf, es lebe und atme und höre, was ich ihm sage. Meine Phantasie half die Täuschung unterhalten; und diese Täuschung war so stark, daß ich eine halbe Stunde auf den Knien vor ihr lag und ihr alles sagte, was der zärtlichste und ehrerbietigste Liebhaber der Geliebten seines Herzens sagen kann, ohne daß ich gewagt hätte, sie anzurühren, um mich zu überzeugen, daß sie nichts als eine Masse ohne Leben sei. ‹Unfehlbar›, dachte ich, ‹ist sie bloß bezaubert; sie lebt, wiewohl sie nicht atmet; sie hört mich, wiewohl sie mir nicht antworten kann: ganz gewiß wird sie gegen die unbegrenzte Liebe, womit sie auch mich bezaubert hat, nicht immer unempfindlich bleiben; ich werde sie durch die Beständigkeit meiner Leidenschaft rühren, und vielleicht ist es mir aufbehalten, den Zauber, der ihre Sinne gebunden hält, aufzulösen und zur Belohnung in ihren Armen der glücklichste aller Sterblichen zu sein.›

Ich begreife, daß dir eine solche Leidenschaft unsinnig vorkommen muß, und ich habe nichts zu ihrer Rechtfertigung zu sagen, als daß ich (wie es auch damit zugegangen sein mag) von dem Augenblick an, da ich dieses himmlischen Mädchens ansichtig wurde, meiner selbst nicht mehr mächtig war. Ich war es so wenig, daß ich endlich ihre nicht widerstehende, aber leider! auch nicht fühlende Hand ergriff und sie mit ebenso schüchterner und ebenso inniger Inbrunst an meinen Mund drückte, als ob sie lebendig gewesen wäre.

In dem nehmlichen Augenblicke trat mein Vater in das Kabinett und überraschte mich, auf meinen Knien vor dem leblosen Mädchen liegend und mein Gesicht über eine ihrer Hände gebückt. Ich fuhr über seinen Anblick zusammen und erwartete, hart von ihm angelassen zu werden; aber ich irrte mich glücklicherweise; seine Miene hatte nichts Strenges. ‹Du bist, wie ich sehe, bei den Griechen ein großer Bewunderer der Kunst geworden, Osmandyas?› sagte er lächelnd. ‹Ich habe in meinem Leben nichts so Liebenswürdiges gesehen›, antwortete ich errötend. ‹Liebenswürdig?› versetzte Kalasiris, indem er mir mit Aufmerksamkeit in die Augen sah. ‹So Vollkommnes wollt' ich sagen, mein Vater›. – ‹Das kann sein›, erwiderte er; ‹es ist das Werk eines großen Meisters.› Und hiermit brach er die Unterredung ab. Wie gern ich auch eine Menge Fragen an ihn getan hätte, so wagte ich's doch nicht, eine einzige laut werden zu lassen; so groß war die Ehrfurcht, an die ich von Kindheit an gegen ihn gewöhnt war. Es war mir nie erlaubt gewesen, durch Fragen mehr über eine Sache von ihm erfahren zu wollen, als er mir von freien Stücken zu sagen für gut befand.

Ich entfernte mich aus dem Kabinett, aber mein Herz blieb bei der schönen Bildsäule zurück, der es einen ganz andern Namen gab. Ich bestärkte mich immer mehr in dem Wahne, daß es eine wirkliche Person in einem sonderbaren Zustande von Bezauberung sei. Dieser Wahn schmeichelte meiner Leidenschaft und erhöhte sie in wenigen Tagen auf einen solchen Grad, daß ich an nichts andres dachte und, weil ich sonst nichts, das sich auf sie bezog, tun konnte, im eigentlichsten Verstande gar nichts tat.

Mein Vater unterließ einige Wochen lang, dieser Sache nur mit einem Worte zu erwähnen. Er schien sogar nicht zu bemerken, daß ich allen meinen gewohnten Arbeiten und Ergetzungen entsagte und unvermerkt in eine Art von Schwermut verfiel, die mich die einsamsten Orte suchen und allen Umgang mit Menschen fliehen machte. Indessen däuchte es mir sein Werk zu sein (wiewohl keine besondere Veranstaltung von seiner Seite dabei in die Augen fiel), daß ich in dieser ganzen Zeit keine Gelegenheit fand, in sein Kabinett zu kommen.

Die Folgen davon wurden endlich sichtbar, daß sie seiner Aufmerksamkeit nicht entgehen konnten: ich wurde niedergeschlagen und traurig, verlor Eßlust und Schlaf, bekam Ringe um die Augen und veränderte mich, mit einem Worte, so sehr, daß ich mir selbst unkenntlich wurde. Kalasiris allein schien es nicht gewahr zu werden; aber auf einmal erhielt ich wieder Gelegenheit, ganze Stunden unbeobachtet in seinem Kabinette zuzubringen.

Die Entzückung, mit welcher ich das erste Mal, da mir dieses Glück wieder zuteil wurde, dem geliebten Mädchen zu Füßen fiel, wie ich ihre Knie umarmte, was ich ihr sagte und wie glücklich ich war, kannst du dir nur vorstellen, wenn du jemals wahrhaftig geliebt hast.»

«O gewiß kann ich's», rief der Jüngling vom Turme mit einem tiefen Seufzer.

«Dieses erste Wiedersehn wirkte so stark auf mein Gemüt und auf meine Gesundheit, daß ich auf einmal wieder ein ganz anderer Mensch zu sein scheinen mußte. Kalasiris bemerkte immer nichts; aber ich fand acht bis zehn Tage lang täglich eine Stunde, die ich zu den Füßen meines bis zum Wahnsinn geliebten Bildes zubringen konnte. Es gab Augenblicke, wo meine Betörung so weit ging, daß ich mir einbildete, sie von meinen Tränen gerührt zu sehen und als ob ihre Lippen sich bewegen wollten, mir etwas Gütiges zu sagen. Meine Überredung, daß sie kein lebloses Bild, sondern nur bezaubert sei, bekam, wie natürlich, neue Stärke dadurch; und ich konnte mich endlich nicht länger zurückhalten, diese Hypothese meinem Vater als eine Sache vorzutragen, die mir keinem Zweifel unterworfen zu sein scheine.

Kalasiris hörte mich ruhig an; aber als ich fertig war, warf er einen ernsten Blick auf mich und sagte: ‹Allerdings ist hier jemand bezaubert, wie ich sehe; und dies ist sonst niemand als du selbst. Es ist hohe Zeit, Osmandyas, einem so lächerlichen Spiel ein Ende zu machen; oder wohin glaubst du, daß dich deine Liebe für eine Bildsäule endlich führen werde?›

So hart mir diese auf einmal angenommene Strenge meines Vaters auffiel, so war ich doch froh, daß er mir selbst Gelegenheit gab, ihm den Zustand meines Herzens zu entdecken. Die Stärke meiner Leidenschaft durchbrach jetzt auf einmal den Damm, in welchen die Ehrfurcht vor ihm sie bisher eingezwängt hatte; ich warf mich zu seinen Füßen, bat ihn um Mitleiden und erklärte ihm zugleich in den stärksten Ausdrücken, daß diese Liebe, wie unsinnig sie auch immer scheinen möge, das Glück oder Unglück meines Lebens entscheiden werde.

Die Leidenschaft pflegt in solchen Fällen wortreich zu sein; gleichwohl hörte mich Kalasiris mit großer Geduld an, ohne von dem Feuer, womit ich sprach, beleidiget zu scheinen. Aber er sagte mir demungeachtet alles, was ein so weiser Mann nur immer aufbringen konnte, um einen einzigen geliebten Sohn von einer in seinen (und ohne Zweifel in eines jeden andern) Augen so widersinnigen Verirrung des Verstandes und Herzens zurückzubringen. Er brachte mich endlich zum Stillschweigen, aber ohne mich überzeugt zu haben, und entließ mich auf eine gütige Art, jedoch mit einigem Ausdruck von Mißvergnügen, daß ich mir (wie er sagte) so wenig Mühe gäbe, meiner Vernunft den Sieg über eine unwürdige und abenteuerliche Schwachheit zu verschaffen.

Von dieser Zeit an verflossen mehrere Wochen, ohne daß es dieser Sache halben wieder zwischen uns zur Sprache kam. Die Gelegenheiten, den Gegenstand meiner Leidenschaft zu sehen, wurden seltner, und Kalasiris machte dagegen täglich andere entstehen, wodurch er meine Sinne zu zerstreuen und meiner Phantasie eine andere Richtung zu geben hoffte. Bald waren es Aufträge oder kleine Verschickungen, bald Lustfahrten auf dem Nil, bald andere meinem Alter angemessene Vergnügungen. Aber alle diese vermeinten Heilmittel bewirkten gerade das Gegenteil. Wo mein Leib auch immer sein mochte, meine Seele war bei dem, was ich liebte; ich ertrug den Verdruß, mich oft viele Tage lang davon getrennt zu sehen, bloß darum mit einiger Gelassenheit, weil eine einzige Viertelstunde, die ich wieder im Anschauen meiner lieben Bildsäule zubrachte, mir alles vergütete und ein Glück war, das ich mit noch viel größern Leiden willig erkauft haben würde.

Es schien, als ob Kalasiris ein besonderes Augenmerk darauf habe, keine Gelegenheit zu verabsäumen, wo ich die schönsten jungen Personen in Memphis zu sehen bekommen könnte. Das Fest der Isis kam ihm dazu ganz erwünscht. Eine feierliche Prozession führte alle junge Mädchen aus Memphis und der umliegenden Gegend, unverschleiert und in ihrem schönsten Putze, vor meinen Augen vorbei. Ich sah einige, die als außerordentliche Schönheiten gerühmt wurden, wiewohl ich sie unter den übrigen entweder übersehen oder nichts Besonderes an ihnen gefunden hatte. Mein Vater ergriff diese Gelegenheit. Er fragte mich in einem scherzenden Tone, der mir an ihm ungewöhnlich war, ob ich unter dieser Menge von schönen Personen keine gesehen hätte, die mir das Original meiner Bildsäule zu sein schiene. ‹Keine›, antwortete ich in eben dem Tone, ‹die mir schön genug vorgekommen wäre, ihre Aufwärterin zu sein.› – ‹Das tut mir leid›, versetzte Kalasiris etwas ernsthafter; ‹denn du hast unter diesen Jungfrauen diejenige gesehen, die ich dir zur Gemahlin bestimmt habe.› – ‹Mir, mein Vater?› rief ich, bestürzt über einen Antrag, auf den ich gar nicht vorbereitet war. ‹Sie ist die liebenswürdigste unter allen›, fuhr er fort, ‹und, wenn meine Augen mich nicht sehr betrügen, auch die schönste; wenigstens gewiß schöner als diese Dame von emailliertem Ton, an der du einen so sonderbaren Geschmack findest.› – ‹Das ist unmöglich›, rief ich. ‹Wenn es auch wäre›, sagte Kalasiris, ‹so ist Schönheit nicht das, was die Wahl einer Gattin bei einem verständigen Menschen entscheidet. Aber da du selbst nicht imstande bist, eine vernünftige Wahl zu treffen›, fuhr er mit großem Ernste fort, ‹so habe ich für dich gewählt. Ich bin meiner Sinne mächtig, ich weiß, was sich für dich und mich schickt, und du kannst keine Einwendung gegen meine Wahl zu machen haben.›

Diese Rede stürzte mich wie ein Blitz zu meines Vaters Füßen. Wenn du dir vorstellest, daß ich meine Bildsäule über alles liebte, daß meine Leidenschaft, ihrer Ungereimtheit ungeachtet, alle Eigenschaften der wahrsten, zärtlichsten und entschiedensten Liebe hatte, die jemals eines Menschen Brust entflammte: so kannst du auch leicht ermessen, was ich sagte und tat, um das Herz meines Vaters zu rühren und ihn von dem Vorhaben, das er mir mit einer so auffallenden Härte angekündigt hatte, zurückzubringen. Er hörte mich lange an, und da er mich zu heftig bewegt sah, um durch Vernunftgründe etwas auszurichten, stand er auf und ließ mich allein, mit dem Bedeuten, mich zu fassen, damit ich ihm, wenn er wiederkäme, mein letztes Wort über diese Sache sagen könnte.

Kaum hatte er das Kabinett verlassen, so warf ich mich meiner geliebten Bildsäule zu Füßen und schwor ihr in einer Begeisterung, die ich noch nie in diesem Grade gefühlt hatte, ewige Treue, und wenn auch das Unglück meines Lebens oder ein grausamer Tod die Folge davon sein sollte. Zum ersten Mal überwältigte in diesem Augenblick die Heftigkeit meiner Empfindungen die zärtlich ehrerbietige Zurückhaltung, die mir bisher nie etwas mehr erlaubt hatte, als ihre Füße zu umfassen oder meinen Mund auf ihre Hand zu drücken. Ich umarmte sie mit der feurigsten Inbrunst, ich drückte mein Herz an ihren unelastischen Busen, ich überdeckte ihr holdseliges Gesicht mit Tränen und Küssen, und mein Wahnsinn ging so weit, daß ich mir auf einen Augenblick einbildete, sie erwarme unter meinen Umarmungen.

Die Täuschung konnte nicht lange dauern, und es war ein Glück für meinen Kopf, daß ich sie so bald gewahr wurde. Aber wie unzufrieden auch mein Herz darüber war, so veränderte es doch nichts an meiner schwärmerischen Liebe, und als Kalasiris zurückkam, fand er mich entschloßner als jemals, ihr alles, wenn es sein müßte, aufzuopfern. Mit dieser Entschließung in meinem Blick und Tone ging ich ihm entgegen. ‹Mein Vater›, sprach ich, ‹ich bin überzeugt, daß etwas Außerordentliches in dieser Bildsäule und in den Gesinnungen, die sie mir einflößt, ist. Sie ist entweder durch Zauberei in diesen Zustand versetzt worden, oder sollte sie ja nichts als eine tote Masse sein, so lebt ganz gewiß eine Person, die das Urbild dieses bis zur Täuschung der Sinne und der Vernunft vollkommnen Nachbildes ist. In beiden Fällen hängt das Schicksal meines Lebens von dieser Person ab; sie wird bis zum letzten Atemzug der Gegenstand meiner feurigsten Liebe bleiben, und es ist vergebens, das Unmögliche von mir zu fordern. Ich kann nur mit meinem Leben aufhören, sie zu lieben, und wer das Verlangen, sie zu besitzen, aus meiner Seele verbannen will, muß mir zuvor dies Herz aus meinem Busen reißen. Laß mich, mein Vater, deiner Güte das Glück des Lebens, das du mir gabst, zu danken haben! Ich bin gewiß, das Geheimnis dieser wundervollen Bildsäule, die, ebenso wie jener ehrwürdige Greis, zu leben und zu atmen scheint, ist kein Geheimnis für dich. Ich kann diesen Zustand der Ungewißheit und des Schmachtens nicht länger ertragen! Du, mein Vater, ich bin es gewiß, kannst ihm ein Ende machen. Sage mir, ich beschwöre dich bei den ehrwürdigen Geistern unsrer Voreltern, was ich tun muß, um meiner Liebe zu genießen, oder sage mir, daß es unmöglich ist, und gib mir den Tod!›

‹Ist dies dein letztes Wort, mein Sohn?› fragte mein Vater mit einem furchtbar ruhigen Ernst in seinem Blicke. ‹Mein letztes›, antwortete ich unerschrocken und mit fester Stimme. ‹So komm morgen mit Anbruch der Sonne wieder hierher und vernimm, was ich dir sagen werde›, sprach er mit einem Blick, worin ich mehr Teilnehmung als Strenge zu fühlen glaubte, und winkte mir, mich zu entfernen.

Ich verließ ihn mit Ehrerbietung, aber in einem Gemütszustande, den ich dir nicht zu schildern versuchen will. Die Erwartung verschlang alle meine Gedanken, und jede Minute, bis die Sonne unter- und bis sie wieder aufgegangen war, schien mich an einer ausdehnenden Folter langsam aufzuschrauben.

Kaum fing der Himmel an zu dämmern, so fand ich mich schon in dem Vorzimmer meines Vaters ein; aber ich mußte noch eine äonenlange Stunde warten. Ich zählte meine Pulsschläge, indem ich dabei unverwandt nach dem Punkte des Himmels sah, wo die Entscheidung meines Schicksals im Anbruch war. Endlich ging die Sonne auf, die Tür meines Vaters öffnete sich, ich trat hinein und fand ihn vor dem majestätischen Alten stehend, in einer Stellung, als ob er in einer geheimen Unterredung mit ihm begriffen sei. Weil er mir den Rücken zukehrte und nicht auf mich achtzugeben schien, so bediente ich mich dessen, um mich meiner geliebten Bildsäule zu nähern. Sie schien mich gütiger als jemals anzublicken, und da ich meine Lippen auf ihre Hand drückte, fühlte ich ganz deutlich einen sanften Gegendruck.

In diesem Augenblicke wandte sich mein Vater gegen mich. ‹Du willst es so, mein Sohn!› sprach er ruhig und in einem Tone, der mir Gutes vorzubedeuten schien; ‹wir müssen uns trennen. Eine so wunderbare Liebe wie die deinige muß jede Probe aushalten können, oder sie würde nur Zauberwerk und Täuschung sein. Hier, Osmandyas, lege diese Kleider an und verbirg dein Gesicht in dieser Larve! Beide werden dir das Ansehen eines dürftigen Greises geben, dem niemand nachstellen und der im Notfall überall Mitleiden finden wird. Hier ist dein Wanderstab und hier ein Beutel, worin so viel Drachmen sind, als du Tage deiner Wanderschaft zählen wirst. Geh, mein Sohn, und der Genius deiner Liebe geleite dich! Wandre so lange nordwestwärts, bis du nach Gallien kommst; und wenn du die Grenze von Armorika erreicht haben wirst, so suche darin einen alten Turm, an welchem nur noch drei Zinnen unbeschädigt sind. Dort wirst du das Ende deiner Wanderschaft und das Ziel deiner Wünsche finden.›»

Indem der junge Ägypter diese Worte sprach, schien der Jüngling vom Turm auf einmal in ein tiefes Nachdenken zu fallen, und Osmandyas hielt ein. Aber jener bemerkte es in wenig Augenblikken, erheiterte sich plötzlich wieder und bat ihn, seine Erzählung zu vollenden.

«Kalasiris half mich ankleiden und band mir mit eigner Hand die Larve um, die so künstlich gemacht war und sich so genau an mein Gesicht anschmiegte, daß sie bei jedermann für das meinige gelten konnte, zumal da sich niemand versucht fühlte, mir lange und scharf ins Gesicht zu schauen. ‹Ich sehe Fragen auf deiner Zunge schweben, mein Sohn›, sagte Kalasiris, indem er mich so ausrüstete; ‹aber frage mich nichts und unterwirf dich deinem Schicksal. Verlaß dich nie selbst, so wird dich auch dein Genius nicht verlassen. Mein Herz weissagt mir Gutes. Lebe wohl, Osmandyas, wir werden uns wiedersehen!›

Bei diesen Worten umarmte er mich mit vieler Liebe, küßte mich auf die Stirne und hieß mich mit diesem Schritte meine Wanderschaft antreten.

Es sind nun zehn Monden, seit ich Memphis verließ. Die Beschwerden meiner langen Pilgrimschaft würden mich vielleicht mehr als einmal zu Boden gedrückt oder den Gedanken zurückzukehren in mir hervorgebracht haben, wenn ich mit der

Hoffnung ausgegangen wäre, eine Krone zu finden. Aber was ich suchte, konnte nach der Schätzung meines Herzens um keinen Preis zu teuer erkauft werden. Ich sollte die Belohnung meiner Beharrlichkeit in den Armen meiner geliebten Bildsäule finden! Ich hatte das Wort eines Mannes dafür, dessen Worte mir immer Göttersprüche gewesen waren; und ich hielt mich des glücklichen Erfolges gewiß, wiewohl mir die Mittel dunkel und unbegreiflich waren. Diesen Morgen hatte ich meine letzte Drachme ausgegeben, und der Turm, den ich suchte, entzog sich noch immer meinen Augen. Unverhofft mußte ich ihn mit Hülfe eines Sturmes finden und in ihm einen Freund, den ich nicht suchte; aber ach! das Ziel meiner Wünsche ...»

«Ist dir vielleicht näher, als du glaubst», fiel ihm der Jüngling vom Turm ins Wort. «Wenigstens hast du Ursache, so zu denken, da die übrigen Umstände mit deines ehrwürdigen Vaters Vorhersagung so genau zugetroffen haben. Wollte der Himmel, ich hätte nicht mehr Ursache zur Verzweiflung als du! Du selbst, Osmandyas, in den neu belebten Armen deiner wiederliebenden Bildsäule würdest nicht glücklicher sein, als ich war, als ich noch wäre und immer hätte sein können, wenn ich nicht aus eigener Schuld – denn wozu hälf' es mir, das Schicksal anzuklagen? – durch den unwiederbringlichen Verlust dessen, was ich einzig liebe, der elendeste aller Menschen geworden wäre!»

Der Jüngling vom Turm, indem er dies mit halb erstickter Stimme sagte, sank mit dem Gesichte auf ein Polster, das neben ihm gegen die Mauer angelehnt war, um eine Flut von Tränen zu verbergen, deren eindringende Gewalt er nicht zurückzuhalten vermochte. Osmandyas wurde von dem Schmerz seines jungen Freundes so gerührt, daß er seines eigenen darüber vergaß. Er näherte sich ihm, nahm seine herabhängende Hand, drückte sie mit teilnehmender Wärme und blieb so eine gute Weile stillschweigend neben ihm stehen. Der schöne Jüngling blieb nicht lange unempfindlich gegen das Mitgefühl seines neuen Freundes; er schien sich seiner übermäßigen Weichheit zu schämen und raffte sich zusammen, um etwas mehr Gewalt über seine Leidenschaft zu zeigen.

Endlich, als Osmandyas ihn wieder ruhiger sah, sprach er: «Es ist zuweilen wohltätig für ein gepreßtes Herz, sich in den Busen eines Freundes erleichtern zu können. Glaubst du, daß dies Mittel dir gegenwärtig zuträglich sein könne, so entdecke mir, wenn meine Bitte nicht unbescheiden ist, die Ursache des Kummers, wovon ich dich verzehrt sehe. Vielleicht ist dein Zustand nicht so verzweifelt, als eine von Schmerz und Gram verdüsterte Phantasie ihn darstellt. Vielleicht sieht das ruhigere Auge der Freundschaft einen Ausweg, wo du selbst keinen sehen kannst.»

«Höre meine Geschichte», antwortete ihm der Jüngling, «und urteile dann, ob ich noch etwas hoffen kann. Ich habe sie dir versprochen, ich bin sie deiner Offenherzigkeit schuldig; auch ist es, selbst für den, der das Glück seines Herzens auf ewig verloren hat, noch immer Wonne, mit einem mitfühlenden Wesen von seiner ehemaligen Glückseligkeit zu reden.

Die Natur hat mich mit einem weichen Herzen begabt und mit einem Hang, lieber in einer Welt von schönen Ideen als in dem Gedränge der gewöhnlichen Menschen und in dem unreinen

Dunstkreis ihrer so widerlich zusammen gärenden Leidenschaften zu leben. Meine Erziehung nährte diesen Hang, wiewohl ich von edler Herkunft bin; denn ich wuchs in einer sehr einsamen Lebensart auf; und so erzeugte sich, unter andern Folgen derselben, als ich die Jahre der Mannbarkeit erreichte, eine seltsame Abneigung gegen die Weiber und Töchter der Menschen, die ich zu sehen Gelegenheit hatte; desto seltsamer, weil schwerlich jemals ein Sterblicher mit einem zärtlichern Gefühl für das Schöne und mit mehr Empfänglichkeit für die reinste und erhabenste Art zu lieben auf die Welt gekommen ist als ich.

In einer solchen Gemütsstimmung fielen mir aus einer Sammlung von seltnen Handschriften, welche mein Vater (der das Haupt der Druiden dieses Landes ist) zusammengebracht hatte, einige in die Hände, woraus ich die Einwohner der reinen Elemente kennenlernte, eine Art von Mittelwesen zwischen Geistern und Menschen, die, sobald ich durch diese Schriften mit ihnen bekannt wurde, einen ganz andern Reiz für mich hatten als die aus gröberm Ton gebildeten rohen Einwohner von Armorika. Urteile selbst, ob das, was ich aus diesen Quellen von der hohen Schönheit und Vollkommenheit der elementarischen Nymphen erfuhr, geschickt war, meine Abneigung gegen die Töchter meines Landes zu vermindern; und ob, nachdem ich von der Möglichkeit, zur Gemeinschaft und sogar zu den innigsten Verbindungen mit diesen herrlichen Wesen zu gelangen, versichert war, etwas natürlicher sein konnte als die Entschließung, die ich von meinem vierzehnten Jahr an faßte, allen Umgang mit den Töchtern der Menschen zu entsagen, um durch die pünktlichste Beobachtung aller Vorschriften der Weisen mich des hohen Glückes, vielleicht dereinst von einer Sylphide oder Salamandrin geliebt zu werden, fähig und würdig zu machen.

Meine Mutter, eine Frau von großer Schönheit und Tugend, und meine einzige Schwester, ein junges Mädchen, die ein Abdruck ihrer Mutter schien, waren ganz allein von diesem Gelübde ausgenommen: die erste, weil ich mich überredete, daß sie selbst eines dieser höhern Wesen sei, als woran mich ihre großen Vorzüge vor allen Weibern, die ich je gesehen hatte, und die außerordentliche Achtung, die ihr ein so großer Weiser als mein Vater bezeigte, gar nicht zweifeln ließen. Da mir die Erziehung, die ich in einem einsamen Druidenhaus erhielt, das Vergnügen, sie zu sehen, nur selten und auf kurze Zeit erlaubte, so befestigte sich diese Meinung um so mehr in meinem Gemüte; und indem ich in dieser in gleichem Grade majestätischen und liebreizenden Frau eine Sylphide sah, erhielten die Ideen, die sich in meiner Phantasie von diesen geistigen Schönheiten bildeten, mehr Bestimmtheit und Leben und würkten um so viel stärker auf mein Herz, als sie ohnedies hätten tun können. Die Kenntnisse, die ich aus der Geschichte von den verderbten Sitten der Weiber in den Hauptstädten der Welt bekam, trugen nicht wenig dazu bei, meine Abneigung von den Erdetöchtern zu unterhalten. Diese wurde endlich zu einem beinahe körperlichen Ekel, so daß es, als ich siebzehn bis achtzehn Jahre hatte, unmöglich war, mich dahin zu bringen, nur eine Viertelstunde in einer Frauenzimmergesellschaft auszudauern.

Mein Vater schien diese seltsame Wendung meiner Phantasie (wie er es nannte), sobald er sie gewahr wurde, zu mißbilligen und mit allerlei Gründen zu bestreiten; und meine Schwester erlaubte sich bei allen Gelegenheiten, über meine Unempfindlichkeit zu scherzen und mir mit der Rache ihres Geschlechts zu drohen: aber beides würkte keine Veränderung in meiner Denkungsart. Von meinem Vater glaubte ich, daß er mich bloß auf die Probe stellen wolle; und meine Schwester, wiewohl ich sie zärtlich liebte, vermochte wenig über mich, weil sie durch ihre Verbindungen mit verschiedenen Erdetöchtern alles Recht an mein engeres Vertrauen verwürkt hatte.

Es sind nun ungefehr acht oder neun Wochen, als mich auf einem der einsamen Spaziergänge, die ich zuweilen in diesen Gegenden mache, eine nahe bei mir im Gebüsch auffliegende Taube von ungewöhnlicher Schönheit verleitete, ihr nachzugehen, indem sie so zahm schien, so niedrige und kurze Sätze machte und sich so oft wieder ganz nahe vor mir niederließ, daß ich hoffte, sie würde sich von mir fangen lassen. Sie schien sich eine Lust daraus zu machen, mich in einem Umfang von zwei- bis dreitausend Schritten im Kreise herumzuführen, bis ich sie endlich, da die Nacht hereinbrach, ganz aus den Augen verlor.

Ich befand mich in einer so wilden Einöde, daß ich, ungeachtet sie nicht sehr weit von dem Schlosse des Druiden, meines Vaters, entfernt sein konnte, mich nicht erinnerte, jemals so tief in den Wald eingedrungen zu sein. Es war schon zu dunkel, um mich wieder herauszufinden, und ich sah mich bloß nach irgendeinem Obdach oder einer Höhle um, wo ich die Nacht, die um diese Zeit sehr kurz war, zubringen könnte, als ich auf einmal dem Eingang dieses nehmlichen Turmes, worin wir uns jetzt befinden, gegenüberstand. Ich glaubte einen hellen Schein in dem mittlern Teile des Turmes zu sehen; und wiewohl die öde Stille, die in und um denselben herrschte, mir einiges Grauen erweckte, so gewann doch die Neugier die Oberhand. Ich ging hinein; eine über dem Eingang der Treppe hangende Lampe wies mir den Weg; ich stieg hinauf und kam endlich in dieses Gemach, welches ich von einer Art von Morgenröte beleuchtet fand, ohne zu sehen, wodurch dieser Glanz hervorgebracht wurde. In der Tat hatte ich keine Zeit, mich darnach umzusehen, denn eine junge Dame, die auf diesem Ruhebette schlummerte, fesselte meinen Blick beim ersten Eintritt. Ein langes feuerfarbnes Gewand von dünner Seide hüllte sie bis zu den Füßen ein. Es war nach griechischer Weise gefaltet und mit einem schimmernden Gürtel unter dem Busen zusammengehalten, dessen Schönheit ein purpurfarbner Schleier, der ihr Gesicht bedeckte, mehr erraten als sehen ließ.

Eine der vermummten Personen im Vorsaal flüsterte bei diesen Worten der andern zu: ‹Nun ist's hohe Zeit, unsers Weges zu gehen.› Hiermit stand sie leise auf, schlich sich mit einer kleinen Flasche, die sie unter ihrem Mantel hervorzog, in den obern Teil des Turmes, kam aber bald wieder zurück und stahl sich mit der andern vermummten Person ebenso unvermerkt wieder weg, als sie gekommen waren.

Ein Grieche», fuhr der Jüngling vom Turme fort, «würde geglaubt haben, in das Schlafgemach der Aurora gekommen zu sein; in mir ließ das, was ich sah und fühlte, keinen andern Gedanken entstehen, als daß ich eine dieser himmlischen Nymphen vor mir sähe, deren bloße Idee seit mehrern Jahren hinlänglich gewesen war, jedem Eindruck, welchen irdische Schönheiten auf meine Sinne hätten machen können, das Gegengewicht zu halten. Die unbeschreiblichen Empfindungen, die ihr Anblick mir einflößte, erhöhten diesen Gedanken gar bald zur Gewißheit. Es war ein süß verwirrtes Gemisch von ganz neuen, nie gefühlten Regungen, ein blitzschnelles Abwechseln von Glut und Frost, von Grauen und Entzücken, wofür die menschliche Natur keine Bilder und die Sprache keine Worte hat. Es würde also vergebens sein, Osmandyas, wenn ich versuchen wollte, dir zu beschreiben ...»

«Und unnötig dazu», fiel ihm Osmandyas ein; «denn was du fühltest, kann nicht außerordentlicher, nicht reiner noch stärker gewesen sein, als was ich beim ersten Anblick meiner bezaubernden Bildsäule empfand.»

Der Jüngling vom Turme war im Begriff, etwas hierauf zu sagen, als eine plötzliche Besinnung es auf seinen Lippen zurückhielt. «Du hast recht», fuhr er nach einer kleinen Pause fort; «solche Erfahrungen lassen sich weder beschreiben noch vergleichen. Wer sie beschreiben will, setzt seinen Zuhörer in den Fall, entweder gar nichts zu denken, oder das, was er selbst in dieser Art erfahren hat, zum Bild und Maße dessen, was der andere erfuhr, zu machen. Du müßtest nicht nur an meinem Platze, du müßtest ich selbst gewesen sein, um die unbeschreibliche Leidenschaft zu begreifen, die diese göttliche Schöne, sogar in ihrem Schlummer und in einer Verhüllung, die den größten Teil ihrer Reizungen verbarg, in mir zu erschaffen fähig war.»

Osmandyas, der (mit aller seiner Schwärmerei für eine Bildsäule) mehr Philosoph war, als man ihm zutrauen sollte, lächelte dem Jüngling vom Turme stillen Beifall zu, und dieser fuhr in seiner Erzählung folgendermaßen fort:

«Es gibt Gefühle, die so rein und einfach sind und die Seele so ganz erfüllen, daß sie allen Begriff von Zeit ausschließen. Dasjenige, in welches die meinige zerfloß, indem ich, allmählich kühner, mit leisem Tritt und zurückgehaltnem Atem der schlummernden Göttin mich näherte und in wonnevollem Anschauen unbeweglich vor ihr stand, war ohne Zweifel von dieser Art; denn ich kann nicht sagen, ob ich eine oder zwei Stunden oder noch länger in dieser Entzückung verharrte; aber als die himmlische Erscheinung wieder verschwunden war, schien es mir nur ein Augenblick gewesen zu sein.»

«Armer Freund!» rief Osmandyas, «so war es nur ein Traum?»

«Du irrest weit, mein Lieber», antwortete der andere; «aber sie erwachte, richtete sich auf, betrachtete mich einige Augenblicke mit Verwunderung, und indem sie mit der linken Hand eine Bewegung machte, die zu schnell war, als daß ich sie deutlich hätte sehen können, schwand sie aus meinen Augen. Ich stand von der dichtesten Finsternis umgeben und würde vor Schrecken zu Boden gesunken sein, wenn ich nicht, eben da ich die Besinnung zu verlieren anfing, von unsichtbaren Armen aufgehalten worden wäre. Als ich wieder zu mir selbst kam, fand ich mich auf eben dem Ruhebette, wo ich die Dame liegen gesehen hatte; der anbrechende Tag warf eine schwache Helle durch das gefärbte Glasfenster; ich sah mich voll Erstaunen um und erkannte den Ort; aber von ihr war keine Spur mehr übrig als ihr Bild, das ich in meiner Seele fand, und das neue Wesen, das sie mir gegeben hatte.

Ich verließ den Turm und kehrte nach Hause, wo mein Außenbleiben einige Unruhe verursacht hatte. Ich erzählte, wie ich mich verspätet und endlich von ungefehr einen Turm im Walde gefunden, wo ich die Nacht wenigstens bequemer als im Walde zugebracht hätte; aber von dem, was mir darin begegnet war, ließ ich mir nichts merken. Niemand wußte etwas von einem solchen Turme, aber jedermann wollte eine seltsame Veränderung in meinem Gesichte wahrnehmen und beunruhigte mich mit der Vermutung, daß mir etwas Außerordentliches zugestoßen sein müsse.

Ich machte mich los, so gut ich konnte, und brachte den Tag in Betrachtungen über mein wundervolles Abenteuer zu. Die Meinung, worin man war, daß ich die vergangene Nacht schlecht geruht hätte, gab mir einen Vorwand, mich früher als gewöhnlich schlafen zu legen. Ich fand Mittel, mich heimlich davonzumachen, eilte dem Walde zu und suchte, so gut es in der Dämmerung möglich war, den Weg, der mich gestern zum Turme geführt hatte; aber da die Dunkelheit immer zunahm, würde mir's schwerlich gelungen sein, ihn zu finden, wenn ich nicht ein paar hundert Schritte vor mir ein Licht wahrgenommen hätte, dem ich zu folgen beschloß. Es bewegte sich immer vor mir her und brachte mich auf einem viel kürzern Weg so nahe an meinen Turm, daß ich ihn, wiewohl das Licht verschwand, um so weniger verfehlen konnte, weil der Mond inzwischen aufgegangen war und durch eine Öffnung im Gebüsch einen hellen Glanz auf einen Teil der Ruinen warf, woraus der Turm hervorragte.

Stelle dir vor, wie mir ward, als ich, in einer Entfernung von zwanzig bis dreißig Schritten, auf einem Stück einer umgestürzten Säule die nehmliche Dame sitzen fand, die ich in der vorigen Nacht auf dem Ruhebette gesehen hatte. Ihr Anzug war eben derselbe, außer daß ihr zurückgeschlagener Schleier, wiewohl ich noch zu fern war, ihre Gesichtszüge deutlich zu erkennen, mir den schönsten Kopf zeigte, den ich jemals gesehen zu haben glaubte. Sie saß auf ihren linken Arm gestützt und sah nach dem Mond, als ob sie das Bild eines Geliebten darin suche. Der unwiderstehliche Reiz, den ihr diese Stellung gab, würde mich in fliegender Eile zu ihren Füßen hingeworfen haben, wenn nicht zu gleicher Zeit die Majestät ihrer Gestalt, nebst dem Gedanken an das, was sie war, mich zurückgeschreckt und in ehrfurchtsvoller Entfernung gehalten hätte.

Sobald sie mich gewahr wurde, hüllte sie sich ein und stand auf, mir entgegenzugehen. ‹Suchtest du hier jemand, Klodion?› fragte sie mit einer Stimme, die in meiner Seele wiederklang. ‹Wen könnte ich hier suchen als dich selbst?› antwortete ich. ‹Ist dies Schmeichelei oder Empfindung deines Herzens?› erwiderte sie lächelnd. ‹Ein Blick in meine Seele›, versetzte ich, ‹würde dir diese Frage am besten beantworten; denn seit dem gestrigen Abend, der mir die Wonne, dich zu sehen, verschaffte, hat dein Bild alle Spuren anderer Eindrücke in ihr ausgelöscht.› – ‹Das ist viel›, sprach sie, ‹für eine Bekanntschaft, die wenigstens von *deiner* Seite noch so jung und unvollständig ist. Denn was mich betrifft, so muß ich gestehen, der Zufall war mir günstiger als dir; ich kenne dich schon lange; und wenn du dich mit *meinen*

Augen sehen könntest, so würdest du in dieser Versicherung die Antwort auf die deinige finden.›

Ich warf mich zu ihren Füßen und küßte ihre dargebotne wunderschöne Hand in einem Taumel von Liebe und Entzücken. Was ich ihr in diesem Zustande sagte, weiß ich selbst nicht; aber sie fand für gut, mich baldmöglichst wieder zu mir selbst zu bringen. Sie hieß mich aufstehen und führte mich, weil die Nacht ungewöhnlich schön und warm war, in die Gegend hinter den Ruinen, die, bei aller ihrer Anmut und scheinbaren Freiheit der Natur, zuviel Geschmack und Harmonie in den mannigfaltigen Teilen, woraus sie zusammengesetzt war, verriet, um die verschönernde Hand der Kunst verbergen zu können. Wir irrten durch Lustgänge von wohlriechenden Gebüschen, die uns bald zu großen, mit Blumenrändern eingefaßten Rasenplätzen, bald auf einem sanft steigenden Pfade zu hohen, mit Bäumen und Strauchwerk bewachsenen Felsenwänden führten, wo wir uns unvermerkt eingeschlossen fanden, bald in kleine Täler, wo murmelnde Quellen sich zwischen zerstreuten Bäumen und leichten Gebüschen schlängelten und zuletzt in einen Kanal zusammenflossen, welcher dem Ganzen die Gestalt einer Halbinsel gab, die mit allen ihren abwechselnden Schönheiten, in der magischen Beleuchtung des Mondscheins, bei der heitersten Luft und am Arme der Göttin meines Herzens, so sonderbare Eindrücke auf meine Sinne machte, daß ich mich in eine Gegend des Feenlandes versetzt glaubte: ein Gedanke, der in dieser Lage um so natürlicher war, weil ich mir nicht erklären konnte, wie ein so reizender Ort, der so nahe an dem Schlosse meines

Vaters zu liegen schien, mir bis zu dieser Stunde hätte verborgen bleiben können.

Meine schöne Unbekannte unterhielt mich, indessen wir in diesen Zaubergärten bald umherirrten, bald auf eine Moosbank oder unter eine lieblich dämmernde Laube uns setzten, mit tausend angenehmen Dingen auf eine Art, die mir von der Schönheit ihres Geistes und von dem Umfang ihrer Kenntnisse die größte Meinung gab, und mit einer so einnehmenden Offenheit und Vertraulichkeit, als ob wir uns immer gekannt hätten. Endlich kamen wir mittelst einer über den Kanal geworfenen Brücke in den Wald zurück, und auf einmal fand ich mich wieder den Trümmern und dem Turm gegenüber, wo ich sie angetroffen hatte. Die Morgenröte war nun im Anbruch. ‹Wir müssen uns trennen›, sagte die Unbekannte; ‹aber wenn dir meine Gesellschaft angenehm gewesen ist, so steht es bei dir, mich, so oft du willst, um die nehmliche Stunde wie heute in diesem Turme zu finden.› Und hiermit führte sie mich von einer andern Seite an den Eingang eines durch den Wald gehauenen Weges, der durch einige Krümmungen mich in weniger als einer Viertelstunde nach meiner Wohnung zurückbrachte. Sie begleitete mich eine Zeitlang und verschwand so unvermerkt, daß ich einige Schritte fortging, eh' ich gewahr wurde, daß sie mich verlassen hatte.

Ich brauche dir nicht zu sagen, lieber Osmandyas, ob ich von der Erlaubnis, die mir meine wundervolle Unbekannte gab, Gebrauch machte. Glücklicherweise schien weder mein Vater noch sonst jemand von unserm Hause auf mein Tun und Lassen achtzuhaben. Ich schützte bald Spaziergänge, bald die Jagd, bald Besuche in der Nachbarschaft vor, um mein nächtliches Außenbleiben zu beschönigen; und man beruhigte sich damit, ohne genauer nachzufragen oder sich darüber zu wundern, daß ich gewöhnlich die erste Hälfte des Tages verschlief und alle Nächte abwesend war.

Auf diese Weise brachte ich etliche Wochen lang in dem geheimen Umgang mit meiner Unbekannten wahre Götternächte zu. Ich durfte ihr alles sagen, was ich für sie empfand, sie ließ mich hinwieder in ihrer Seele lesen; und wiewohl meine Ehrfurcht und ihre majestätische Sittsamkeit meine Begierden in so engen Schranken hielten, daß eine Vestalin über das, was sie mir bewilligte, nicht hätte erröten dürfen, so wußte sie doch den kleinsten Gunstbezeigungen so viel Wert und Bedeutung zu geben und war so unerschöpflich an Unterhaltung, Witz und guter Laune, daß ich mich für den glücklichsten aller Sterblichen hielt.

Sie entdeckte mir in diesen Stunden der zärtlichen Vertraulichkeit, daß sie von dem ersten Augenblicke, da sie mich gesehen, beschlossen habe, mich zum Meister ihres Herzens und ihrer Person zu machen, wofern sie mich dessen bei näherer Erforschung meines Charakters würdig fände. Sie gestand, daß meine Abneigung von den Erdetöchtern und meine Parteilichkeit für die elementarischen Schönen mir kein kleines Verdienst in ihren Augen gegeben habe; indessen beharrte sie doch darauf, mir aus ihrem Namen und Stande ein Geheimnis zu machen, bis sie genugsame Ursache hätte, von der Aufrichtigkeit und Beständigkeit meiner Liebe eine bessere Meinung zu fassen, als die Liebe der Männer gewöhnlich verdiene.

Da ich sie würklich über alles liebte, so war es mir leicht, mich zu jeder Probe zu erbieten, auf welche sie meine Treue stellen wollte; aber so groß war meine Ehrerbietung für sie und meine Furcht, durch allzu feurige Begierden die zarte Empfindlichkeit eines Wesens ihrer Gattung zu erschrekken, daß ich es nicht wagte, sie um Abkürzung einer Probezeit, die mir ebenso unnötig als beschwerlich vorkam, zu bitten. Sogar des verhaßten Schleiers, der mir noch immer mehr als die Hälfte ihres Gesichtes verbarg, wurde nur mit großer Behutsamkeit erwähnt. Denn da sie sich über die Proben, auf welche sie meine Zärtlichkeit stellen wollte, nicht deutlich erklärte: wer sagte mir, ob nicht gerade dies eine Probe war, woraus sie sehen wollte, wie weit ich meine Gefälligkeit gegen ihre kleinen Grillen oder Eigenheiten zu treiben fähig wäre?

Es waren nun ungefehr vier bis fünf Wochen verflossen, seitdem meine Liebe zu der schönen Unbekannten, wiewohl beinahe bloß mit geistiger Speise genährt, täglich zugenommen und endlich die ganze Stärke der feurigsten Leidenschaft gewonnen hatte, als ich sie einstmals, gegen ihre bisherige Gewohnheit, weder unter den Trümmern noch in irgendeiner Laube oder einem kleinen Tempel des Zaubergartens, sondern im Turm auf dem nehmlichen Ruhebette fand, wo ich sie zum ersten Mal gesehen hatte. Ein kleiner Regen, der diesen Abend gefallen war, hatte sie (wie sie sagte) befürchten lassen, daß mir die Luft im Freien nachteilig sein könnte; und sie schien übrigens hier ebensowenig von meiner Leidenschaft zu besorgen als an den Orten, wo wir bisher alle Nächte einige Stunden beisammen gewesen waren.

Mein ehrerbietiges Betragen rechtfertigte ihr Vertrauen; indes wurde doch unsere Unterredung unvermerkt zärtlicher, als sie jemals gewesen war. Sie selbst schien es mir mehr als gewöhnlich zu sein; ihr Ton war die Stimme der Liebe, und das schöne Feuer ihrer Augen blitzte durch den doppelten Schleier, der von ihrer Stirne auf ihren Busen herabhing. Ich sprach mit Entzücken von der Wonne der Liebe und von den Hoffnungen, zu welchen sie mich aufgemuntert hatte; und zum ersten Mal wagte ich's, ihr in den zärtlichsten Ausdrücken eine Ungeduld zu zeigen, von welcher sie nicht beleidigt zu werden schien. ‹Nur noch sieben Tage›, sagte sie. ‹Sieben Jarhunderte!› rief ich, indem ich zu ihren Füßen fiel.

Sie ließ sich endlich erbitten, die sieben Tage auf drei zu vermindern. ‹Schenke›, sagte sie mit einem gerührten bittenden Tone, ‹noch diese drei Tage meiner Furcht, einen Unbeständigen glücklich zu machen. Du selbst›, fuhr sie fort, ‹wende diese Zeit dazu an, dein Herz zu prüfen, ob du einer so reinen, so getreuen, so standhaften Liebe fähig bist, als die Wesen meiner Gattung von ihren Liebhabern fordern. Denke nicht, daß diese Prüfung überflüssig sei, und rechne nicht auf die Zärtlichkeit meines Herzens, wenn du jemals fähig wärest, mir ungetreu zu werden. Sie würde mir zwar keine grausame Rache erlauben; aber niemals würdest du mich wiedersehen. Ich atme nur für dich; aber ich verlange dagegen, daß dein Herz mir ganz und allein angehöre. Glaubst du, daß mein Besitz eines solchen Opfers wert sei, und findest du dich fähig, in jeder Probe rühmlich zu bestehen: so komm in der dritten Nacht nach dieser wieder hierher und laß uns die Schwüre einer ewigen Treue gegeneinander auswechseln. Aber heute verlaß mich, Klodion!› – ‹Verlang es nicht, angebetete Beherrscherin meines Herzens›, rief ich indem ich ihre Knie mit der feurigsten Inbrunst umarmte; ‹laß mich hier zu deinen Füßen . . .›

In diesem Augenblick erstarb die zauberische Morgenröte, die das Zimmer erfüllt hatte, in pechschwarze Finsternis, und die schöne Unbekannte war meinen Armen entschlüpft. Vergebens flehte ich, ihr wieder sichtbar zu werden, vergebens tappte ich überall nach ihr herum: sie war verschwunden, und ich mußte mich, wie grausam ich auch diese Prüfung fand, mit der Hoffnung beruhigen, daß ich in drei Tagen die reichste und vollkommenste Vergütung für den Schmerz, den sie mir verursachte, erhalten würde.

Die Zwischenzeit zwischen dieser und der dritten Nacht war eine Kluft in meinem Leben. Ich existierte bloß als eine Uhr, welche Stunden, Minuten und Sekunden zählte. Unter lauter Zählen kam endlich doch der sehnlich erwartete Abend, und ich eilte früher als gewöhnlich dem Walde zu. Aber wie es auch zugegangen sein mag, ich konnte den Weg, den mich die Unbekannte gelehrt hatte, nicht wiederfinden, wie hartnäckig ich ihn suchte. Endlich verirrte ich mich in dem Walde, geriet auf unbekannte Wege, kam wieder zurück, um andere zu suchen, und wurde endlich von der Nacht überfallen, ohne den Turm, das Ziel meiner ungeduldigsten Wünsche, erreicht zu haben.

Zuletzt erblickte ich ein Licht, und ich ging ihm nach, in der festen Hoffnung, daß es mich wieder auf den rechten Weg bringen werde. Nachdem es mich ziemlich lange wie in einem Labyrinth herumgeführt hatte, fand ich mich, soviel ich im

Dunkeln erkennen konnte, unter dem Portal eines prächtigen Palasts.

Ein wohlgekleideter Diener mit einer Fackel in der Hand kam heraus, betrachtete mich und fragte mit Ehrerbietung: ‹Edler Herr, ist Euer Name Klodion?› Ich war nicht gewohnt, meinen Namen zu verläugnen, wie auffallend mir auch die Frage vorkam; aber kaum hatte ich mit Ja geantwortet, so wandte sich der Diener und flog mit einem Ausruf der lebhaftesten Freude in den Palast zurück.

In wenigen Augenblicken öffneten sich beide Flügel der Pforte; sechs schöne, prächtig gekleidete Jungfrauen, denen sechs Sklaven ebenso viele Wachsfackeln vortrugen, kamen heraus, hießen mich willkommen und ergriffen ehrerbietig meine Hände, um mich in den Palast hineinzuführen. Ich bat sie um Entschuldigung, sagte ihnen, ich wäre irregegangen, wäre ganz und gar nicht an dem Orte, wo ich erwartet würde, und könnte mich hier keinen Augenblick verweilen. ‹Verzeihet uns, edler Herr›, versetzte eine der Jungfrauen; ‹Ihr seid, zu unser aller Freude, an dem Orte, wo Ihr schon lange mit Schmerzen erwartet werdet!› – ‹Dies ist unmöglich›, sagte ich; ‹Ihr spottet meiner, und ich habe keine Zeit, mich aufhalten zu lassen.› Mit diesem wollte ich mich eilends davonmachen, aber die Sklaven versperrten mir mit ihren Fackeln den Weg, die Jungfrauen warfen sich vor mir auf die Erde, und die älteste unter ihnen, welche schon gesprochen hatte, beschwor mich bei dem Leben meiner Dame, sie nur einen Augenblick anzuhören. ‹Was wir von Euch bitten, großmütiger Ritter›, sagte sie, ‹ist etwas, das Ihr allein vermöget; es wird Euch keine Viertelstunde aufhalten, und es ist, was kein Mann Eures Standes und Ansehens dem Flehen so vieler Unglücklichen versagen kann. Gewähret uns unsre Bitte, und niemand in diesem Palaste soll sich unterstehen, Euch einen Augenblick länger, als Ihr wollet, aufzuhalten.› Die übrigen fünf Jungfrauen vereinigten sich mit der ersten, mich mit tränenden Augen zu beschwören, daß ich mich erbitten lassen möchte; und da ich keine Möglichkeit sah, ihnen ihre Bitte unter solchen Umständen abzuschlagen, und längeres Weigern nur so viel verlorne Zeit mehr gewesen wäre, folgte ich ihnen, aber so mißmutig, daß ich kaum höflich sein konnte, in das Innere des Palastes.

Sie führten mich durch eine lange, stark erleuchtete Galerie und durch verschiedene Zimmer, wovon das letzte nur von einer einzigen Lampe schwach erhellt war. Eine große Pforte in der Mitte desselben führte in ein anderes, und zu beiden Seiten der Pforte standen zwei Riesen mit ungeheuern Streitkolben, um den Eingang zu bewachen. Ich blieb stehen und sah die Jungfrau, die meine Führerin war, an, denn ich war unbewaffnet; aber in diesem Augenblicke fuhr ein feuriger Drache, mit einem funkelnden Schwert im Munde, aus der Decke vor mir herab; die Jungfrau bat mich, dieses mir zugedachte Schwert von ihm anzunehmen und meinen Weg zu verfolgen. Ich gehorchte ihr, der Drache verschwand; und so wie ich, das Schwert um meinen Kopf schwingend, der Pforte nahte, fielen die Riesen zu Boden.

Ich trat in einen schwarz ausgeschlagenen Saal, in dessen Mitte sich aus einer hohen und von einer Menge Pechpfannen erleuchteten Kuppel ein bleicher Lichtstrom herabstürzte, der die furchtbare Dunkelheit der Wände nur desto auffallender machte. Unter der Kuppel stand auf einer drei

Stufen hohen Estrade ein großer, mit schwarzem Sammet beschlagener Sarg. Sechs Mohren, mit runden Schürzen von Goldstoff um die Hüften, mit feuerfarbnen Federbüschen auf dem Kopfe und mit bloßen Säbeln in der Faust, umringten den Sarg in drohender Stellung; aber kaum blitzte das wundervolle Schwert in meiner Hand in ihre Augen, so sanken sie zu Boden und verschwanden. Zwei von den Jungfrauen, die mich hierherbegleitet hatten, stiegen hinauf und hoben den Deckel des Sarges ab. Diejenige, die bisher das Wort geführt hatte, winkte mir herauf.

Ich stieg hinauf und erblickte in dem dumpfen Lichte, das aus der Kuppel auf den Sarg herabfiel, eine darin liegende Dame von ausnehmender Schönheit, mit einem Pfeile, der bis zur Hälfte des Schaftes in ihrer linken Brust steckte.

Indem ich mit Entsetzen von diesem Anblick zurückfuhr, sprach die Jungfrau zu mir: ‹Ihr sehet hier den mitleidenswürdigen Gegenstand, dessen Befreiung Euch das Schicksal aufbehalten hat. Diese junge Dame, unsre Gebieterin, hatte das Unglück, einem Genius von großer Macht, wider ihren Willen, die heftigste und hartnäckigste Leidenschaft einzuflößen. Ihr Abscheu vor ihm war so groß als seine Liebe; denn er ist das häßlichste aller Wesen, wie sie das liebenswürdigste ist. Nachdem er sie lange vergebens mit seinen verhaßten Anmaßungen gequält und nie etwas andres als die entschlossensten Erklärungen ihres unüberwindlichen Widerwillens von ihr hatte erhalten können, verwandelte sich endlich seine Liebe in Wut. Er brachte sie mit Gewalt in diesen Saal, legte sie in diesen Sarg und stieß ihr mit eigner Hand diesen Pfeil in die Brust. Seit mehr als einem Jahre kommt er alle Morgen und zieht den Pfeil aus ihrem Busen. Sogleich ist die Wunde geheilt, die Dame kommt wieder zu sich selbst, und er verfolgt sie aufs neue den ganzen Tag mit seiner verabscheuten Leidenschaft. Aber da sie unbeweglich auf ihrer Weigerung beharret, so stößt er ihr alle Abend den Pfeil wieder in die Brust, legt sie in den Sarg und entfernt sich, indem er, bei den Anstalten, die er zu ihrer Verwahrung getroffen hat, sicher ist, sie des Morgens wiederzufinden. Denn außer den Riesen und Mohren, die zu ihrer Bewachung bestellt sind, hat er einen Talisman über die Pforte dieses Palastes gesetzt, der ihn unsichtbar macht; und als ob es daran noch nicht genug wäre, versetzt er uns und den ganzen Palast durch die Geister, die ihm untertan sind, alle Tage an einen andern Ort. Gleichwohl hat er mit allen diesen Vorkehrungen nicht verhindern können, daß es nur von Euch abhängt, dem schrecklichen Schicksal unsrer geliebten Gebieterin ein Ende zu machen. Ein berühmtes Orakel, welches ich deswegen um Rat fragte, gab mir zur Antwort: Dieses Abenteuer könne von niemand als von einem jungen gallischen Ritter namens Klodion zustande gebracht werden, der sich zur bestimmten Zeit einfinden und unter dem Schutz einer höhern Macht die Bezauberungen unsers Tyrannen zerstören würde. Nach langem Warten sind wir endlich so glücklich gewesen, Euch zu finden, edler Ritter, und es ist kein Zweifel, daß Ihr der Befreier seid, den uns das Orakel versprochen hat. Der Umstand, daß Euch allein dieser Palast nicht unsichtbar war; das bezauberte Schwert, das Euch auf eine so wunderbare Art zugeschickt wurde; die Gewalt, die es Euch über die Sklaven unsers Feindes gab: alles versichert uns eines glücklichen Ausgangs. Vollendet nun das Werk des Schicksals, wohltätiger Ritter! Keine Macht in der Welt, außer dem Genius und Euch selbst, vermöchte diesen Pfeil aus der Brust unsrer unglücklichen Gebieterin zu ziehen. Versuchet es! Wenn es Euch gelingt, so hat der verhaßte Tyrann alle seine Gewalt über die schöne Pasidora verloren, und ihre unbegrenzte Dankbarkeit wird die Belohnung Eurer Großmut sein.›

Ich versicherte die Jungfrau, wenn das Verdienst, das ich mir um ihre Gebieterin machen sollte, auch zehnmal größer wäre, so verlangte ich keine andere Belohnung, als daß ich nicht einen Augenblick länger abgehalten würde, mich aus diesem Palaste zu entfernen. Die Jungfrau, ohne mir hierauf zu antworten, bat mich zu bedenken, daß ihre Dame, solange der bezauberte Pfeil in ihrem Herzen stecke, noch immer in der Gewalt ihres Verfolgers sei, welcher alle Augenblicke kommen könne, sie, wenn ich länger zögerte, meinen Augen zu entrücken und vielleicht an einen Ort zu verbergen, wo es mir unendlich schwerer sein würde, das mir vom Schicksal aufgetragene Werk zustande zu bringen.

Ich näherte mich also der jungen Dame, deren Schönheit mir so blendend vorkam, daß ich mir nicht getraute, sie recht zu betrachten. Schaudernd faßte ich den Pfeil, und indem ich ihn mit einiger Mühe herauszog, verschwand auf einmal der Glanz, der die Mitte des Saales bisher erleuchtet hatte. Ein lauter Donnerschlag erschütterte den ganzen Palast, und ich befand mich einige Augenblicke in einen dichten schweflichten Nebel eingehüllt. Aber als er sich verlor, wie groß war mein Erstaunen, mich in einem von allen Seiten schimmernden und von einer Menge kristallner Kronleuchter erhellten Saale zu finden und den Sarg, worin die junge Dame gelegen hatte, in einen prachtvollen Thron verwandelt zu sehen, auf welchem ich sie in der Stellung einer Person erblickte, die nur eben aus einer langen Ohnmacht wieder ins Leben zurückgekommen ist. Ihr Gesicht lag auf dem Busen einer der Jungfrauen, während die andern, um sie her kniend, ihre Freude über die Befreiung ihrer Gebieterin zu bezeigen schienen. Sie stand auf, um sich wegzubegeben; und indem sie, an zwei Jungfrauen gelehnt, langsam bei mir vorbeiging, warf sie einen Blick voll zärtlicher Dankbarkeit auf mich, der mir in die Seele drang. Meine Augen folgten ihr unfreiwillig, bis ich sie aus dem Gesichte verlor.

Verwirrt von so unerwarteten und seltsamen Begebenheiten stand ich und fragte mich selbst, warum ich länger hier verweile, als eine der Jungfrauen zurückkam und mich im Namen ihrer Gebieterin ersuchte, den Palast nicht zu verlassen, bis sie mir für den wichtigen Dienst, den ich ihr erwiesen, gedankt haben würde. ‹Da sie sich in dem Aufzuge, worin sie im Sarge lag, mit Anständigkeit nicht wohl vor Euch sehen lassen kann›, fuhr sie fort, ‹so seid so gütig, nur so lange zu verziehen, bis sie sich umgekleidet hat. Es wird nicht lange währen.›

Wie peinlich mir auch dieser neue Aufschub war, so hielt ich es doch für unmöglich, ohne Beleidigung aller Gesetze der Höflichkeit mich dessen zu weigern. Ich ließ mich also von der Jungfrau in ein Zimmer führen, wo sie mich ersuchte, einen Augenblick auszuruhen und mich einiger Erfrischungen zu bedienen, womit ich einen Tisch von Ebenholz auf Silberfüßen, der neben einem Lehnstuhl stand, reichlich versehen fand. In der Tat hatte mich das lange Herumirren im Walde und der Verdruß über die abenteuerlichen Hindernisse, die mir so sehr zur Unzeit aufstoßen mußten, so abgemattet, daß einige Minuten Ruhe und etwas Erfrischung mir sehr gelegen kamen. Indessen fand ich doch die Zeit, die ich hier mit Erwarten verlieren mußte, unendlich lang. Die Jungfrau, welche sich entfernt hatte, um mich wieder abzuholen, wenn ihre Dame bereit sein würde, meinen Besuch anzunehmen, zögerte, und eine Viertelstunde verging nach der andern, ehe sie wiederkam.

Unglücklicherweise brach indessen der Tag an, und ich sah mit einem unbeschreiblichen Schmerz, daß die Zeit, in welcher ich mich in dem Turme hätte einfinden sollen, verstrichen war. Ich hätte bei dem Gedanken, von meiner Unbekannten vergebens erwartet worden zu sein, von Sinnen kommen mögen. Was mußte sie von mir denken? Welches Hindernis konnte groß genug sein, mein Außenbleiben zu entschuldigen? Und wie konnt' ich, da sie Ursache hatte, sich so unbegreiflich von mir beleidigt zu glauben, jemals Vergebung von ihr zu erhalten hoffen?

In diesen niederschlagenden Betrachtungen fand mich die Jungfrau, da sie mich zu ihrer Gebieterin abholte. Ich folgte ihr mit einer Unruhe und mit einem Ausdruck von Verdruß und Traurigkeit in meinem Gesichte, der ihr aufzufallen schien; aber – kann ich es dir gestehen, Osmandyas, ohne von dir ebensosehr verachtet zu werden, wie ich mich selbst verachte? – beim ersten Blicke, den die allzu reizende Pasidora auf mich heftete, verschwand, wie durch Bezauberung, aller Unmut aus meiner Seele; und was auch die Folgen des Dienstes sein möchten, den ich (wiewohl als bloßes Werkzeug einer höhern Macht) einer so liebenswürdigen Person geleistet hatte, so konnte ich mich's unmöglich reuen lassen, ihrer Rettung mein Glück aufgeopfert zu haben. ‹Meine Unbekannte selbst›, dachte ich wie ein Tor, ‹würde mein Außenbleiben billigen, wenn sie die Ursache desselben sehen würde.›

Ich fand die schöne Pasidora auf einem Kanapee sitzen, der die Bequemlichkeiten eines Ruhebettes hatte, wie es sich für eine Person zu schicken schien, auf deren lieblichem Gesichte noch einige Blässe und etwas Schmachtendes als Spuren dessen, was sie so lange gelitten hatte, zurückgeblieben war. Sie bat mich, neben ihr Platz zu nehmen, und dankte mir mit einem gefühlvollen Tone für das, was ich für sie getan hatte. Der Klang ihrer Stimme rührte mich sonderbar. Es war nicht die Stimme meiner Unbekannten; aber sie hatte etwas so Ähnliches mit ihr, daß mein Herz um so viel mehr zu ihrem Vorteil eingenommen wurde. Sie sprach wenig, aber ihre schönen Augen sprachen desto mehr. Ihre Blicke waren ebenso viele Pfeile der Liebe, die gerade ins Herz trafen, aber zu süße Wunden machten, als daß man daran denken konnte, sich ihnen zu entziehen. Jeder Teil ihres schönen Gesichtes war dieser zaubervollen Augen würdig, und alles zusammen machte ein Ganzes aus, das an Feinheit und Harmonie der Züge, an Vollkommenheit der Formen und Reinheit der Farbe alles unendlich übertraf, was ich je gesehen hatte. Denke dir noch hinzu, was die Seele der Schönheit ist, den Ausdruck der zartesten Empfindlichkeit und ein gewisses verborgenes Lächeln, das ihren Mund und ihre Wangen umfloß und alle Augenblicke neue Reize entstehen machte, die ebenso schnell wieder verschwanden, um andern Platz zu machen; und sage, ob es möglich war...»

«Armer Klodion», fiel ihm der schöne Fremde ins Wort, «wo blieb das Bild deiner liebenswürdigen Unbekannten, daß du fähig sein konntest, ein Gesicht, das nicht das ihrige war, so genau und so unbehutsam anzusehen?»

«Du wirst mich noch mehr bedauern, vielleicht auch entschuldigen, wenn du alles gehört haben wirst», fuhr der Sohn des Druiden fort. «So schwer es war, die Augen von einem so liebreizenden Gesichte zu verwenden, so fehlte es doch nicht an Versuchungen dazu. Die schöne Pasidora hatte auf ihrem weichen Polstersitz eine halb liegende Stellung genommen, welche mit allem möglichen Anstand die Reizungen ihrer ganzen Person in das vorteilhafteste Helldunkel setzte, das der schlaueste Maler zu einem Bilde von großer Würkung wählen könnte. Ihr Anzug war ein zauberisches Mittelding von Pracht, Geschmack und Simplizität. Ein leichter Schleier von durchsichtiger weißer Seide vertrat die Stelle des Kopfputzes, bloß um den Glanz ihrer Augen zu mildern und ihrem Gesicht einen Schein von reizender Mattigkeit zu geben. Eine sechsfache Schnur von großen Perlen schmückte ihre rundlichen Arme, als wär' es bloß, um die Weiße derselben noch auffallender zu machen. Ihre pechschwarzen Haare, gleichfalls mit Perlenschnuren durchwunden, fielen in langen, zierlich krausen Locken an dem schönsten Halse, der jemals einen so schönen Kopf trug, auf ihren Busen herab, der etwas weniger, als gewöhnlich ist, verhüllt war, vermutlich um ihrem Retter die Sorge zu benehmen, daß der bezauberte Pfeil eine Narbe zurückgelassen haben möchte. Gesteh es, liebster Osmandyas, meine Treue gegen die Unbekannte wurde auf eine schwere Probe gesetzt! Es war grausam, meinem Herzen und meinen Sinnen zugleich nachzustellen, und es gibt vielleicht keinen Sterblichen, der gegen die vereinigte Macht so vieler Reizungen ausgehalten hätte.

Ich fühlte die Gefahr, und meine Unruhe, welche (wie ich glaube) mehr ängstlich als zärtlich scheinen mußte, konnte der schönen Pasidora nicht verborgen bleiben. Sie fragte mit einem teilnehmenden Tone, was mir fehle, und setzte hinzu: Sie würde untröstlich sein, wenn mir das Verdienst, das ich mir um sie gemacht, vielleicht ein größeres Opfer kosten sollte, als sie mir zu vergüten fähig wäre.

Diese Rede war ein Dolch in mein Herz. Es fehlte wenig, daß ich meine geliebte Unbekannte nicht um ihren Beistand angerufen hätte. Ich erneuerte ihr in meinem Herzen die Schwüre einer ewigen unverbrüchlichen Treue; aber jeder Blick auf die allzu reizende Zauberin machte mich wider Willen treulos. Ich fühlte zu gleicher Zeit, daß mich nur die schleunigste Flucht retten könne und daß nicht einmal der Wunsch zu fliehen in meiner Gewalt war.

Während dies in meiner Seele vorging, bemühte ich mich, der schönen Pasidora eine Antwort zu geben, die ihr den Zustand meines Herzens verbärge, ohne ihre Eigenliebe zu beleidigen. Ich sagte ihr etwas, das nur sehr höflich sein sollte, aber, wie ich besorge, sehr zärtlich war; wenigstens schien sie es dafür genommen zu haben, weil sie sich dadurch berechtigt hielt, unter dem Vorwande der Dankbarkeit mich ihre Zuneigung mit weniger Zurückhaltung als bisher merken zu lassen.

Die Gefahr wurde jetzt mit jedem Augenblicke größer, und es war hohe Zeit, daß ich alle meine Kräfte zusammenraffte. Ich sagte ihr also: Es gebe für mich keine Belohnung in der Welt, die mit dem Vergnügen zu vergleichen sei, einer Person von ihrem Werte vielleicht mit meinem Schaden nützlich gewesen zu sein. Da ich aber versichert worden wäre, daß sie von ihrem Verfolger nun nichts weiter zu besorgen habe, so bäte ich um die Erlaubnis, mich von ihr zu beurlauben, weil eine Sache von der äußersten Wichtigkeit für mich meine Gegenwart an einem Orte erfordere, wo ich schon gestern, als ein unvermuteter Zufall mich vor die Pforte ihres Palastes gebracht, erwartet worden sei.

Diese Bitte, deren sie sich ganz und gar nicht versehen zu haben schien, brachte einen sehr sichtbaren Ausdruck von Verdruß in ihre schönen Gesichtszüge. Sie verbarg mir nicht, wie sehr es ihr auffalle, daß nach der Art, wie sie mir ihre Dankbarkeit beweise, die Entfernung von ihr die einzige Belohnung sei, die ich zu wünschen habe. Ich entschuldigte mich mit der Notwendigkeit, aber vermutlich in einem Tone, der sie glauben machte, daß mein Herz, wenigstens zur Hälfte, auf ihrer Seite sei. Denn auf einmal klärte sich ihr Gesicht wieder auf, und sie sagte mir mit der offensten und gelassensten Miene: Sie würde sich's nicht verzeihen können, wenn mir der Wunsch, sie zu verbinden, das geringste Opfer kosten sollte; das, was sie mir bereits schuldig sei, gäbe ihr kein Recht, noch neue Gefälligkeiten von mir zu erwarten; und wenn ich ihr nur diesen einzigen Tag schenken wollte, so wolle sie sich's gern gefallen lassen (setzte sie lächelnd hinzu), die Nacht derjenigen zu überlassen, welcher die vorige zugedacht gewesen sei.

Mein Unglück wollte, daß ich, bei so großer Ursache, mich vor ihr zu fürchten, nicht bedachte, wieviel ich wagte, wenn ich einen ganzen Tag der Macht ihrer Reizungen und der Verführung ihrer übel verhehlten Liebe ausgesetzt bliebe. Kurz, lieber Osmandyas, ich willigte ein; und nachdem sie einen so wichtigen Sieg über mich erhalten hatte, befahl sie einer ihrer Jungfrauen, mich in ein Zimmer zu führen, wo ich einige Stunden der Ruhe pflegen könnte.

Kaum sah ich mich allein, so war mein erster Gedanke, mir die Sicherheit, worin man wegen meines Bleibens war, zunutze zu machen und, ungeachtet meines der schönen Pasidora gegebenen Wortes, heimlich davonzugehen. Glücklich, wenn ich dieser Eingebung meines guten Genius gefolgt wäre! Aber der Gedanke, eine so liebenswürdige Person, die sich auf mein Wort verließ, zu hintergehen, hatte etwas so Niedriges und Grausames in meinen Augen, daß ich es unmöglich über mich gewinnen konnte, ihm Platz zu geben. Je weniger ich mir indessen den Zustand meines Herzens verbergen konnte, desto stärker war mein Vorsatz, mich gegen alle die Eindrücke zu waffnen, die ihre Schönheit und Liebe auf mich machen würden.

Gegen Mittag wurde ich wieder zu der Dame des Palastes gerufen. Ich fand sie in einem herrlichen Saale, der gegen eine Terrasse des Gartens offenstand, mitten unter ihren Jungfrauen, in einem morgenländischen Anzuge, der allen Grazien ihrer anmutsvollen Formen ein freieres Spiel zu geben schien. Ich konnte mich kaum enthalten, mich zu ihren Füßen zu werfen, und fühlte alle meine mutigen Entschließungen bei ihrem ersten Anblick dahinsterben.

Der peinliche Kampf, der jetzt von neuem in meinem Innern anfing, mußte mir ein zwangvolles und verlegenes Ansehen geben; aber sie schien es so wenig zu bemerken, daß sie vielmehr desto muntrer aussah und, wiewohl sie selbst über der Tafel wenig sprach, doch ihren Jungfrauen immer Gelegenheit gab, mich mit angenehmen Gesprächen zu unterhalten.

Nach der Tafel trug sie mir ein Schachspiel an; und wenn (wie ich nicht zweifeln kann) ihre Absicht war, mich in einem so engen Kreise, allen ihren zauberischen Reizungen gegenüber, vollends um die wenige Vernunft, von der ich noch Meister war, zu bringen, so hätte sie kein schlaueres Mittel, diese Absicht zu erreichen, wählen können. Du kannst dir einbilden, Osmandyas, wie oft ich schachmatt ward und ob Pasidora große Ursache hatte, auf die Siege, die sie im Spiel über mich erhielt, stolz zu sein; aber desto sichtbarer funkelte in ihren unwiderstehlichen Augen das Vergnügen des Sieges, den sie über mein Herz davongetragen hatte.

Indessen kam der Abend herbei und lud uns durch seine Schönheit zu einem Spaziergang in die Gärten ein, die an die Terrasse des Palastes stießen. Sie schienen von sehr weitem Umfang zu sein und alles, was die Natur Großes, Schönes und Anmutiges hat, in der geschmackvollesten Abwechselung in sich zu vereinigen. Da mir unbegreiflich war, wie dieser Palast und diese Gärten, von denen ich nie etwas gehört hatte, in eine mir so bekannte Gegend gekommen sein könnten, so bestärkte mich dies um so mehr in dem Gedanken, daß die schöne Pasidora eine Fee oder eines von den elementarischen Wesen sei, mit denen meine Einbildungskraft vertraut genug war, daß es nichts Befremdendes für mich hatte, sie meinen Sinnen dargestellt zu sehen. Unvermerkt verloren sich die Jungfrauen, die uns einige Zeit begleitet hatten; unvermerkt wurden wir beide, Pasidora und ich, immer stiller; unvermerkt wirkte die schöne Natur, die laue, von Blumendüften durchwürzte Luft, das Säuseln der Blätter, das Singen der Vögel, das Rieseln der Quellen und, was über das alles ist, die wunderbare Magie der Schlaglichter und des lieblichen Wettstreites zwischen Licht und Schatten um die Zeit, wenn die Sonne sich zum Untertauchen neigt; unvermerkt fühlten wir uns, ohne es zu sagen, in einen Einklang von zärtlichen Rührungen gestimmt; unvermerkt drückte ich Pasidorens willige Hand an mein höher schlagendes Herz; unvermerkt hatte ich aus ihren in Liebe zerfließenden Augen ein zauberisches Vergessen alles Vergangenen und Zukünftigen eingesogen; und unvermerkt befanden wir uns in einem kleinen Marmortempel, mitten in einem dichten Gebüsche von Myrten, eingeschlossen.

Ich sehe, du zitterst für mich, Osmandyas – und ich erröte fortzufahren. Die liebenswürdige Verräterin sank auf einen Polstersitz, und ich zu ihren Füßen, ihre Hand in sprachlosem Entzücken mit Küssen überdeckend, als auf einmal der ganze Tempel in Flammen stand, ein heftiger Donnerschlag mich zu Boden warf, Pasidora aus meinen Armen verschwand und meine Unbekannte mir mit zürnender Stimme zurief: ‹Treuloser, du hast mich auf ewig verloren!›

Verschone mich, Freund, mit der weitern Erzählung; ich habe keinen Atem mehr für das, was ich dir erzählen müßte, und keine Kräfte, die Qualen dieser schrecklichen Nacht noch einmal auszuhalten. Seit dieser Zeit bin ich der elendeste unter den Menschen, wie ich ohne diese unselige Probe der glücklichste gewesen wäre. Denn nun seh' ich es und bin ganz überzeugt, daß es meine geliebte Salamandrin selbst war, die sich mir unter dem Namen Pasidora unverschleiert zeigte und durch alle die Reizungen, wovon ich während unsres nächtlichen Umgangs im Turme nur einige einzelne Strahlen erblickt hatte, mit allen diesen Schauspielen und Kunstgriffen, die sie zu meiner Verblendung anwandte, mich zur Untreue an ihr selbst verleitete. Die Grausame! Wie konnte sie zweifeln, daß mein Herz einer solchen Probe unterliegen würde? Oder wie kann sie es von dem ihrigen erhalten, mich so unerbittlich dafür zu bestrafen, daß ich, unter einem andern Namen und unter dem Zauber, den sie auf meine Augen geworfen hatte, doch nur *sie selbst* liebte!»

«Auch bin ich gewiß», sagte Osmandyas, «sie wird, sie kann nicht unerbittlich bleiben. Daß sie dich liebt, ist zu offenbar...»

«Du kennst, wie es scheint, das Zartgefühl der Wesen ihrer Gattung nicht», unterbrach ihn der unglückliche Liebhaber der schönen Salamandrin; «sie verzeihen auch nicht den Gedanken, nicht den Schatten einer Untreue. Sie wird mir nie vergeben!» sagte er, mit tränenden Augen die Hände ringend. «Es sind nun mehrere Wochen seit dieser unglücklichen Katastrophe, daß ich alle Nächte in diesem Turme zubringe. Sie hat meinen Schmerz, meine Reue, meine Verzweiflung sehen können und ist ungerührt geblieben! Was hab' ich nicht versucht, sie zu bewegen! Wie hab' ich ihr gefleht! Denn wiewohl sie mir immer unsichtbar blieb, so bin ich doch gewiß, daß sie mich gehört hat. Aber ich habe sie auf ewig verloren! Dies waren die schrecklichen Worte, worin sie mir mein Urteil ankündigte, und es ist nur zu gewiß, daß es unwiderruflich ist. Da ich aller Hoffnung entsagt habe, jemals wieder glücklich zu werden, so war ich entschlossen, mein Leben in diesem Turme zu enden, den ich seit drei Tagen nicht mehr verlassen habe. Meine Liebe, die mich töten sollte, und das wenige, was ich von der Speise zu mir nehme, die ich täglich, ohne zu wissen wie, in diesem verborgenen Schranke finde, hat mir bisher ein verhaßtes Leben gefristet. Aber, ich gesteh' es, seit mir die Götter auf eine so unverhoffte Art den Sohn des Kalasiris zugeschickt haben, ist ein schwacher Strahl von Hoffnung in meine Seele gefallen; und vielleicht ist es ein Zeichen, daß meine angebetete Salamandrin meinen Tod nicht will, weil sie noch gütig genug ist, für die Erhaltung meines Lebens zu sorgen. Denn es nur zu desto längerer Qual mir zu fristen, wie ich in meiner düstern Verzweiflung wähnte – einer solchen Grausamkeit kann ein Herz wie das ihrige nicht fähig sein.»

«Wer sie auch sein mag», sagte der Sohn des weisen Kalasiris, «so ist es unmöglich, daß sie so sehr ihre eigene Feindin sei, um einen Fehler nicht zu verzeihen, den du mit so ernstlicher Reue gebüßt hast und der, wenn man's genau besieht, für ihre Eigenliebe mehr schmeichelhaft als beleidigend ist. Aber erlaube mir, da du mich selbst wieder daran erinnert hast, dich zu fragen, woher du meinen Vater zu kennen scheinst? Warst du jemals in Ägypten?»

«Eh' ich dir antworte», erwiderte der Jüngling vom Turme, «laß dich bitten, mit dem wenigen fürliebzunehmen, was ich dir vorsetzen kann. Wir bedürfen beide einiger Erfrischung.» Hiermit öffnete er den geheimen Schrank und zog noch etwas kalte Küche und Früchte und eine Flasche Wein hervor, die er vorher nicht darin wahrgenommen hatte. «Meine unsichtbaren Verpfleger», sagte er, indem er seinen Vorrat auf den Fußteppich auslegte, «haben, wie es scheint, auf meinen Gast gerechnet.»

«Eine gute Vorbedeutung für uns beide», versetzte Osmandyas, indem er der Bewirtung seines neuen Freundes Ehre machte.

Der weise Mann hatte wohl recht, der den betrübten Seelen Wein zu geben befahl. Das Mittel schlug bei den beiden Jünglingen so wohl an, daß sie, unvermerkt ihres Kummers, zu vergessen und guten Muts zu werden anfingen.

«Es kommt mir auf einmal ein wunderlicher Gedanke», fing jetzt der Sohn des Druiden an. «Was sagtest du dazu, wenn deine Bildsäule von meiner Bekanntschaft und sogar meine nächste Verwandte wäre?» Der Ägypter starrte ihn mit großen Augen an. «Wenigstens», fuhr jener fort, «wär' es keine Unmöglichkeit, wie du hören wirst, wenn ich dir erzähle, wie ich dazu gekommen bin, deinen Vater zu kennen.

Es sind nun über drei Jahre, seitdem uns meine vortreffliche Mutter durch den Tod entrissen wurde. Mein Vater, wiewohl er für den weisesten aller Druiden anerkannt wird, fand in dem ganzen

Schatze der Geheimnisse, welche ihm die Natur entdeckt hatte, keines, das ihm diesen Verlust erträglich machte. Er sah sich gezwungen, seine Zuflucht zu dem gemeinsten Mittel in solchen Fällen zu nehmen, und befahl mir und meiner Schwester Klotilde, welche damals ungefehr fünfzehn Jahre alt war, uns zu einer großen Reise anzuschicken. ‹Ich will nach Ägypten reisen und in den Armen meines Freundes Kalasiris Trost suchen›, sagte er. Ich erfuhr bei dieser Gelegenheit, daß sie einander in ihrer Jugend kennengelernt und seit mehr als dreißig Jahren, der großen Entfernung ungeachtet, die engste und vertrauteste Freundschaft unterhalten hätten.

Nachdem wir die berühmtesten Städte und Inseln der Griechen besucht hatten, langten wir zu Memphis an und wurden von dem ehrwürdigen Kalasiris mit unbeschreiblicher Freude empfangen. Die beiden Alten schienen durch das Vergnügen, einander nach so langer Zeit wiederzusehen, verjüngt zu werden und fanden in ihrem wechselseitigen Umgang so große Unterhaltung, daß mein Vater sich leicht überreden ließ, ein ganzes Jahr zu Memphis zuzubringen. Du hieltest dich damals in Griechenland auf, und ich selbst, nachdem ich mich etliche Tage in dem Hause deines Vaters erholt hatte, schloß mich in den großen Tempel der Isis ein, um in euern Mysterien initiiert zu werden. Ich brachte den größten Teil des Jahres damit zu; und weil ich begierig war, auch die Merkwürdigkeiten von Oberägypten zu besehen, und sodann noch eine Reise zu den äthiopischen Gymnosophisten tun wollte, so erhielt ich die Erlaubnis, noch zwei Jahre dazu anzuwenden, und mein Vater kehrte ohne mich nach Armorika zurück. Deine

Schwester Thermutis hielt sich zur Zeit unsrer Ankunft bei einer Schwester ihrer Mutter auf; ich war nicht mehr in euerm Hause, als sie zurückkam, und ich habe sie nie gesehen. Mein Abscheu vor dem Geschlechte, zu dem sie gehörte, war damals schon so groß, daß mein Vater, als er mir von seinem Vorhaben sprach, mich mit der Tochter eines seiner Freunde zu vermählen, kein andres Mittel, mich wieder zu beruhigen, fand als ein feierliches Versprechen, mich mit Anträgen dieser Art auf immer zu verschonen. Die Furcht, daß Thermutis diejenige sei, die er mir zugedacht, war ein neuer Beweggrund für mich, allen Gelegenheiten, wo ich sie hätte sehen können, sorgfältig auszuweichen. Aber zwischen ihr und Klotilden entspann sich eine Freundschaft, die so weit ging, daß man sie die Unzertrennlichen zu nennen pflegte; und wie es endlich zum Scheiden kommen sollte, fand sich's, daß Klotilde entweder zu Memphis bleiben oder Thermutis mit ihrer Freundin nach Armorika ziehen müßte, wenn ihre Väter nicht beide Töchter auf einmal verlieren wollten. Der meinige hatte inzwischen eine so große Zärtlichkeit für deine Schwester gefaßt, daß Kalasiris sich gern überreden ließ, ihm seine Rechte an sie abzutreten; hingegen bat er sich dafür die Bilder seines Freundes und Klotildens aus, damit er wenigstens etwas hätte, das ihm die Trennung von ihnen versüßte. Der Druide, mein Vater, besitzt unter andern wunderbaren Kenntnissen auch das Geheimnis, den feinen Ton, woraus das ägyptische Porzellan gemacht wird, so zuzubereiten, daß die daraus verfertigten Bilder im Feuer einen Schmelz erhalten, der ihnen eine bis zur Täuschung gehende Ähnlichkeit mit dem würklichen Leben gibt. Ein griechischer

Künstler, der mit ihm nach Memphis gekommen war, verfertigte die Bilder, mein Vater vollendete das Werk mittelst seines erwähnten Geheimnisses, und so entstanden...»

Hier bewog eine sehr unerwartete Wahrnehmung den Sohn des Druiden, auf einmal einzuhalten; und dies war nichts Geringers, als daß sein junger Freund über einer Erzählung, die so viel Interesse für ihn hätte haben sollen – eingeschlafen war. Dieser Zufall kam ihm, ungeachtet er die kleine Flasche leer sah, unbegreiflich vor; allein, indem er noch im Nachdenken darüber begriffen war, sank er selbst, von einem unwiderstehlichen Schlummer überwältigt, auf ein hinter ihm liegendes Polster zurück.

Wir können nicht sagen, wie lange die beiden Jünglinge in diesem magischen Schlafe verharrten. Genug, sie erwachten ungefehr zu gleicher Zeit, und man stelle sich ihr Erstaunen vor, als sie die Augen aufschlugen und Osmandyas seine geliebte Bildsäule und Klodion seine angebetete Salamandrin vor sich sah.

Beide glaubten in diesem Augenblick aus einem schönen Traume zu erwachen und schlossen eilends die Augen wieder, um weiter fortzuträumen; aber da sie fanden, daß sie nun nichts mehr sahen, so öffneten sie die Augen wieder und sahen mit Entzücken die nehmliche Erscheinung vor ihrer Stirne stehen. Osmandyas erblickte seine Bildsäule, mit ihrem Täubchen auf dem Schoße auf eben demselben Ruhebettchen sitzend und ebenso lebenatmend und liebeblickend, wie er sie so oft in dem Kabinette seines Vaters gesehen hatte. Klodion sah seine Unbekannte in ihrem feuerfarbnen Gewande, mit dem schimmernden Gürtel um den

Leib und dem purpurnen Schleier über ihrem Gesichte, wie er sie mehrmals in diesem Turme gesehen hatte. Beide wußten nicht, was sie denken und ob sie ihren Augen trauen sollten; aber beide sprangen in eben demselben Nu von ihren Polstern auf, um in sprachloser Entzückung sich ihren Geliebten zu Füßen zu werfen, als eine verborgene Tür aufging und die majestätischen Alten, Taranes und Kalasiris, Hand in Hand zwischen sie tretend, durch eine so unvermutete Erscheinung ihr Erstaunen auf die höchste Spitze trieben. Taranes ergriff lächelnd die Hand des jungen Ägypters und sagte, indem er ihn zu der Bildsäule führte: «Belebe sie, wenn du kannst, und sei glücklich!» Zu gleicher Zeit führte Kalasiris den Sohn des Druiden zu der vermeinten Salamandrin und sagte, indem er ihren Schleier wegzog: «Verzeihet einander – euer Glück; denn es würde nicht so vollkommen sein, wenn es euch weniger gekostet hätte.»

Die Augenblicke, die nun folgten, sind von denen, die sich weder malen noch beschreiben lassen. Osmandyas, in die Arme seiner geliebten Bildsäule sinkend, fühlte mit sprachloser Wonne ihr Herz zum ersten Male dem seinen entgegenschlagen; Klodion, zu den Füßen der liebenswürdigen Thermutis, hatte alles das Feuer der Liebe, das ihn aus den Augen der zauberischen Pasidora überströmte, vonnöten, um von der Wonne, in beiden seine geliebte und wieder versöhnte Salamandrin zu finden, nicht entseelt zu werden. Nie hatte die Liebe vier Sterbliche so glücklich gemacht; und nie hatten zwei Väter das Vergnügen, in der Wonnetrunkenheit ihrer Kinder ihre eigenen Entwürfe vollzogen zu sehen, in solchem Grade genossen.

Der Turm mit den drei Zinnen war zu enge für so viele Glückliche. Sie eilten in die Gärten hinab, die hinter den Ruinen in einem sanften Abhang sich bis in die Ebne herabzogen, und Klodion erkannte nun auf einmal in dem nächtlichen Elysium der Salamandrin die Zaubergärten, in welche ihn die Fee Pasidora bei Tage geführt hatte. Auch zeigte ihm die schöne Thermutis, daß es nur auf die Salamandrin angekommen wäre, ihn durch einen kleinen Schlangenweg bis zu Pasidorens Palast zu führen, der ihm bei ihren nächtlichen Spaziergängen von einigen Gebüschen und einem kleinen Pappelwäldchen versteckt worden war.

Unvermerkt befanden sich die beiden ehrwürdigen Alten mit ihren glücklichen Kindern in dem kleinen Tempel, den die Verwandlung der Fee Pasidora in die eifersüchtige Salamandrin dem schönen Klodion unvergeßlich gemacht hatte. Sie ließen sich auf die ringsherum laufenden Polstersitze nieder, und der Oberdruide Taranes, da er in den Augen der beiden Jünglinge das Verlangen las, das, was in ihrem schönen Abenteuer noch rätselhaft war, sich erklären zu können, befriedigte ihre Neugier folgendermaßen:

«Die Freundschaft, welche mich mit dem ehrwürdigen Kalasiris verbindet, war von ihrem ersten Anfang an so beschaffen, daß es uns vielleicht unmöglich gewesen wäre, in der ganzen Welt den dritten Mann dazu zu finden. Aber sobald wir uns, beide, jeder mit einem Sohne und einer Tochter gesegnet sahen, deren erste Jugend die schönsten Hoffnungen von dem, was sie einst sein würden, fassen ließ, beschlossen wir, wo möglich, nur eine einzige glückliche Familie aus ihnen zu machen. Wir fragten bei eurer Geburt nicht die Sterne um

Rat; aber wir kamen überein, daß euer Glück ebensosehr das Werk euers eigenen Herzens und unsrer Vorsicht als das Werk des Schicksals sein sollte, und machten uns ein Geschäft daraus, auf alle Winke und Spuren achtzugeben, die uns den Weg zeigen würden, wo das, was der Himmel über euch beschlossen hätte, mit euern Wünschen und den unsrigen in einem Punkte zusammenträfe.

Bei dem Besuche, den ich vor mehr als drei Jahren meinem Freunde Kalasiris gab, erneuerte sich das Verlangen, unser lange verabredetes Familienbündnis zustande zu bringen, mit doppelter Wärme. Aber der Sohn des Kalasiris war abwesend; und meinem Sohne Klodion, der von seiner ersten Jugend an ein so seltsames, aber hartnäckiges Vorurteil gegen die Erdentöchter gefaßt hatte, würde es gefährlich gewesen sein, die liebenswürdige Thermutis, die ihm, wenn er sie für ein Wesen von höherer Ordnung hielte, vielleicht unendliche Liebe eingeflößt haben würde, als die Tochter des Kalasiris sehen zu lassen. Osmandyas sollte in dem Laufe seiner Reisen und Studien nicht unterbrochen, Klodion in seiner grillenhaften, aber Nachsicht verdienenden Laune nicht voreilig gestört und der sanft aufkeimenden Neigung unsrer Töchter sollte Zeit gelassen werden, sich zu entwickeln und zur Reife zu kommen. Denn Thermutis hatte meinen Sohn mehr als einmal gesehen, ohne von *ihm* gesehen werden zu können; und Klotilde hatte nichts als die Versicherung einer großen Ähnlichkeit zwischen Osmandyas und seiner Schwester vonnöten, um ganz zu *seinem* Vorteil eingenommen zu sein.

Wie gewiß wir uns aber auch zum voraus hielten, daß alles am Ende nach unsern Wünschen ausgehen würde, so fanden wir doch für nötig, eine wechselseitige Zuneigung, die das Glück oder Unglück des ganzen Lebens unsrer Kinder entscheiden sollte, auf die stärksten Proben zu setzen; und so veranstalteten wir das doppelte Abenteuer, dessen Ausgang unsere Entwürfe so schön gerechtfertigt hat. Osmandyas lernte Klotilden nicht anders als in Gestalt einer Bildsäule kennen, und Klodion glaubte in Thermutis eine Salamandrin zu lieben. Die zwei Jahre, mein Sohn, die du noch mit deinen Reisen zubrachtest, nachdem ich mit Thermutis und Klotilden schon wieder in Armorika angelangt war, gaben uns hinlängliche Zeit, die zu unserm Vorhaben benötigten Anstalten zu treffen. Der wildeste Teil des an meine Wohnung angrenzenden Waldes wurde in die Gärten der vermeinten Salamandrin umgeschaffen; und der neu erbaute Pavillon, welcher den beiden Schwestern während deiner Zurückkunft zur gemeinschaftlichen Wohnung diente, wurde an einen solchen Ort gestellt und auf eine so geschickte Weise verborgen, daß Thermutis ihre zweifache Rolle sehr bequem spielen konnte und der Gedanke, daß es mit deinen Abenteuern in einer dir, wie du glaubtest, so wohl bekannten Gegend nicht natürlich zugehe, um so notwendiger in dir entstehen mußte, weil alle unsere Hausgenossen in Pflicht genommen waren, dir aus dem, was in deiner Abwesenheit vorgegangen, und aus allem, was dir das Wundervolle der Sache hätte enträtseln können, ein Geheimnis zu machen.»

«Und daß es», fuhr Thermutis lächelnd fort, «mit den Wunderdingen im Palast der Fee Pasidora sehr natürlich zugegangen, wird dir der Augenschein zeigen, wenn du diesen Zauberpalast, mit allen seinen Jungfrauen, Mohren und Drachen und allem übrigen Zubehör, als ein Geschenk von mir annehmen willst, das der Hand und dem Herzen der Eigentümerin folget...»

«Und das ich mit Vergnügen bestätige», fiel der ehrwürdige Kalasiris ein. «Was dich anbetrifft, mein Sohn Osmandyas», fuhr er fort, indem er sich an Klotildens Liebhaber wendete, «so wird auch dir alles begreiflich werden, wenn ich dir...»

«Das Geheimnis der beiden Bildsäulen hab' ich ihm bereits aufgeschlossen», sagte Klodion; «aber eh' ich noch damit fertig war, sah ich ihn eingeschlummert, vermutlich durch eine geheime Kraft des Weins in der kleinen Flasche...»

«Die wir selbst heimlich in den Schrank hineinpraktizierten», sagten die beiden Schönen, «als uns die Ungeduld, zu erfahren, ob Osmandyas, den wir mit Schmerzen erwarteten, glücklich angelangt sei, auf den Einfall brachte, in reisende Mannspersonen verkleidet nach dem Turme zu reiten, wo wir, ohne daß ihr uns gewahr wurdet, einem Teil eures Gespräches zuhörten.»

Die Täuschung des Wunderbaren hat etwas so Anziehendes und Zauberisches für die meisten Menschen, daß man oft schlechten Dank bei ihnen verdient, wenn man sie hinter die Kulissen führt und die vermeinten Wunder einer künstlichen Täuschung vor ihren Augen in ihre wahre Gestalt herabwürdiget. Aber hier war das Wahre selbst so schön und außerordentlich, daß es aller Vorteile, die es von der Illusion gezogen hatte, leicht entbehrte. Der Sohn des Kalasiris fand unendliche Mal mehr in der liebenswürdigen Tochter des Druiden, als ihm seine so schwärmerisch geliebte Bildsäule versprochen hatte; und Klodion, dem seine aufs höchste gespannte Einbildungskraft nichts Vollkommneres als die göttliche Thermutis vorzustellen vermochte, hielt sich nun versichert, daß eine Erdentochter ihrer Art das Urbild zu den Sylphiden und Salamandrinnen gewesen sein müsse, womit eine phantastische Geisterlehre die reinern Elemente bevölkert hat.

Alboflede

—

Mehr als hundert Jahre vor dem Einfall der Franken in Gallien lebte in einer einsamen kleinen Insel, welche die Seine eine Meile oberhalb der Stadt Troyes macht, eine außerordentliche Frau namens Alboflede. Das, was dem ersten Anblick am meisten auffiel, war ihr Alter und ihre Häßlichkeit. Beides übertraf alles, was man sich davon einbilden kann; die eisgrauen Parzen hätten jung und die häßlichste der Gorgonen reizend neben ihr geschienen; das mag genug davon sein, denn ich male nicht gerne, was niemand ansehen mag. Man erzählte Wunderdinge von ihrer Macht und von dem Umfang ihrer geheimen Wissenschaften; das Volk hielt sie für eine gewaltige Hexe; wäre sie so schön gewesen, als sie abscheulich war, so würde man sie für eine Fee gehalten haben. Indessen stand sie doch im ganzen Lande in Ansehen; die gemeinen Leute fürchteten sie; die vornehmen hingegen bewarben sich um ihre Gunst, in Hoffnung, von ihren Zauberkünsten und von ihrer Gabe, das Künftige vorherzusehen, bei Gelegenheit guten Gebrauch zu machen. Sie wohnte am Ufer des Flusses in einem kleinen Palaste, der auf einer Galerie von marmornen Pfeilern ziemlich weit über das Wasser hinragte; und die dazugehörigen Gärten nahmen den ganzen Rest der kleinen Insel ein. Sie waren mit den seltensten Pflanzen und Gewächsen des ganzen Erdbodens angefüllt und immer in dem schönsten Stande unterhalten, ungeachtet man keine Hände sah, die ihrer warteten. Wer Albofleden besuchen wollte, fand am jenseitigen Ufer eine vergoldete Gondel, die von selbst ging und diejenigen, deren Besuch ihr angenehm war, in wenig Augenblicken hinüberbrachte: jedem andern wäre es unmöglich gewesen, sie von der Stelle zu bewegen. Wer den Zutritt erhielt, wurde sehr wohl aufgenommen; man konnte nicht herrlicher bewirtet werden, wiewohl im ganzen Hause weder männliche noch weibliche Bediente zum Vorschein kamen.

Es begab sich eines Tages, daß die Gondel ein Paar junge Liebende hinüberführte, die von einer heftigen Begierde geplagt wurden, das Schicksal ihrer wechselseitigen Leidenschaft zu erfahren. Albofleде nahm sie gütig auf, und nachdem sie ihnen einige Erfrischungen vorgesetzt (denn sie schienen von den Beschwerden eines langen Weges erschöpft zu sein), erkundigte sie sich nach dem Bewegungsgrunde ihres Besuches.

«Wir kommen», antwortete der Jüngling, «dich, der nichts Zukünftiges verborgen ist, um das Glück unsrer Liebe zu befragen. Ich liebe die schöne Selma, seitdem ich sie kenne; und daß sie sich erbitten ließ, mich hieher zu begleiten, verrät dir schon genug von dem Geheimnis unsrer Herzen, um sie eines förmlichern Geständnisses zu überheben. Aber mächtige Hindernisse stehen unserm Glück entgegen. Wir fürchten, durch die Hartherzigkeit der Unsrigen auf ewig getrennt zu werden. Rate uns, weise Frau, was wir tun sollen!»

«Wieder nach Hause gehen und ruhig erwarten, was das Schicksal und die Liebe über euch beschlossen haben», antwortete Alboflede.

Das Mädchen seufzte. «Das ist unmöglich», rief der Jüngling; «habe Mitleiden mit uns, gütige Fee! Schlage das Blatt im Buche der Schicksale auf, worauf das unsrige geschrieben ist, und entdeck uns, wie wir dem Elend entgehen können, zu einer hoffnunglosen Liebe verdammt zu sein, wie wir die Hindernisse überwinden können, die uns mit ewiger Trennung bedrohen!»

«Laßt euch Besseres raten», sagte Alboflede, «und unterdrückt einen Vorwitz, dessen Befriedigung euer Schicksal nicht ändern, aber wohl verschlimmern könnte. Eine wohltätige Hand hat den dichten Vorhang gewebt, der die Zukunft vor den Augen der Sterblichen verbirgt; aber unerbittlich bestraft sie diejenigen, die ihn aufzuheben und mit unbescheidenem Blick in das Verbotene einzudringen wagen. Ich selbst, meine Kinder, bin ohne mein Verschulden ein unglückliches Beispiel dieser Wahrheit; und damit fremde Erfahrung euch die Qualen einer zu späten Reue erspare, will ich euch, wenn ihr Lust zu hören habt, meine Geschichte erzählen.»

Die jungen Leute dankten ihr für die Gefälligkeit, so sie ihnen dadurch erweisen wollte. Sie folgten ihr in den Garten; und indem sie durch ein mit Blumen besetztes Parterre hingingen, pflanzte sich auf einmal der schönste Blumenstrauß vor den Busen der jungen Selma, ohne daß man sah, wie es damit zuging. Alboflede lächelte über das angenehme Erschrecken des Mädchens, tat aber nicht, als ob sie es bemerkt hätte. Bald darauf ließ sie ihre beiden Gäste unter einem hoch aufgeschossenen, voll blühenden Rosengebüsche Platz nehmen und begann ihre Erzählung folgendermaßen:

«Mein Vater, ein Druide dieses Landes, dem ich in seinem Alter geboren wurde, war der Astrologie mit solcher Leidenschaft ergeben, daß er über der Betrachtung des Himmels und der Sterne sich unvermerkt angewöhnte, alles Irdische, als seiner Aufmerksamkeit unwürdig, mit Geringschätzung anzusehen. Er bekümmerte sich wenig um meine Erziehung; aber da er in dem Augenblick meiner Geburt mein Horoskop gestellt und gefunden hatte, daß ich alle Weiber meiner Zeit an Schönheit und Leichtigkeit übertreffen würde, so stiegen ihm über die Verbindung zweier so gefährlicher Eigenschaften von Zeit zu Zeit Gedanken in den Kopf, die ihn, nach dem Maße, daß ich heranwuchs, beunruhigten. Der erste Teil meines Horoskops – wie unglaublich es euch, meine Kinder, in diesem Augenblick auch immer vorkommen mag – war auf eine so vollkommne Art in Erfüllung gegangen, daß mein Vater um so weniger zweifelte, auch den andern Teil, mehr als ihm lieb war, realisiert zu sehen. Zu meinem Unglück hatte er die Leichtigkeit des Körpers, die mir die Sterne weissagten, für Leichtigkeit des Sinnes genommen; und diese Vorstellung setzte sich so fest in seinem Kopfe, daß er mich, von meiner frühen Jugend an, als ein Mädchen ansahe, das die größte Gefahr liefe, ein Schandfleck seines Namens und ihres Geschlechtes zu werden. Indessen schien meine Schönheit mit jedem Tage neuen Zuwachs zu erhalten; wer mich sah, wurde in meine Figur vernarrt; aber niemand war es mehr als ich selbst. Mein Vater betrachtete dies als die erste Würkung meiner unglücklichen Anlage zur Koketterie, die er in den Sternen entdeckt hatte; und in der guten Absicht, aus dieser meiner Schwachheit selbst ein Mittel zur Erhaltung meiner Ehre zu ziehen, nahm er mich einsmals auf die Seite und entdeckte mir mit großem Ernst als ein Geheimnis von der äußersten Wichtigkeit für das Glück meines Lebens: Die Reizungen, auf die ich einen so großen Wert legte, hingen lediglich von meiner Unerbittlichkeit ab, und der erste Sieg, den eine Mannsperson über mich erhielte, würde mich zur häßlichsten Person auf dem ganzen Erdboden machen. ‹Ich beklage dich, meine Tochter›, setzte er hinzu; ‹aber es steht nicht in meiner Macht, was in den Sternen von dir geschrieben ist, auszulöschen. Alles, was ich tun kann, ist, daß ich dich von deinem Schicksale benachrichtige und dir rate, wenn dir anders daran gelegen ist, so zu bleiben, wie du bist, den Mannspersonen aus dem Wege zu gehen. Sie so nahe kommen zu lassen, daß sie dich anreden könnten, oder gar stehenzubleiben und sie anzuhören, würde schon zu gefährlich sein; das Sicherste ist, davonzulaufen, eh' es soweit kommt; ein Mädchen, das die Unvorsichtigkeit hat, auf die Stimme dieser Lockvögel zu horchen, ist immer in Gefahr, auf der Leimstange hängenzubleiben; und ich habe dir gesagt, was bei dir die Folge davon sein würde.›

Mein guter Vater hätte die Hälfte seiner Warnungen ersparen können, wenn er einen Begriff davon gehabt hätte, in welchem Grad ich in mich selbst oder, was mir damals gleich viel galt, in meine Figur verliebt war. Indessen, da ich in die Wahrheit seiner Worte nicht den geringsten Zweifel setzte und alles im buchstäblichen Sinne nahm, konnte doch alle Gleichgültigkeit, womit ich meine bisherigen Liebhaber anzusehen gewohnt war, mich nicht verhindern, von der fürchterlichen Gefahr, womit mich mein Vater bedrohet hatte, von Zeit zu Zeit in große Beängstigung gesetzt zu werden. Natürlicherweise mußten es meine armen Anbeter entgelten, deren Anzahl mit jedem Tage zunahm, und dies um so mehr, da keiner unter ihnen sich des kleinsten Vorzugs bei mir rühmen konnte. Vergebens trugen sie mir in der einzigen Sprache, die ihnen erlaubt war, in Blicken und Seufzern, ihr Anliegen vor; vergebens ermüdeten sie die arme Echo Tag und Nacht mit Wiederholung meines Namens; umsonst kratzten sie ihn in alle Bäume der Gegend: der bloße Gedanke, diese schönen Augen, deren mörderischen Glanz die Herren in tausend Oden und Elegien verwünschten, einem von ihnen zu gefallen, verlöschen zu sehen, machte, daß ich sie lieber alle mit *einem* Blick hätte versteinern mögen. Dieses Betragen entfernte nach und nach alle ehrerbietigen Liebhaber von mir; aber es fanden sich mitunter auch Verwegene, die sich nicht abweisen lassen wollten und die mir so viele Gelegenheit gaben, meine Schnellfüßigkeit zu zeigen, daß ich es in diesem Stücke gar bald mit allen Atalanten und Camillen der Dichter hätte aufnehmen können. Diese Gelegenheiten kamen endlich gar zu oft; ich wurde es überdrüssig, immer zu laufen, ohne Lust dazu zu haben, und mich von den verhaßten Nebenbuhlern meiner eignen Schönheit in der süßen Beschäftigung stören zu lassen, in irgendeinem kristallnen Bache mich an meinem eigenen Anschauen zu ergötzen. Ich zog mich, um dieses reinen Vergnügens desto ruhiger zu genießen, in eine Einöde zurück; aber gerade in dieser Einöde war es, wo der erzürnte Liebesgott das Mittel fand, eine grausame

Rache an seiner unbesonnenen Verächterin auszuüben.

Von allen den Reizungen, womit die Natur mich zu meinem Unglück so verschwenderisch beschenkt hatte, waren meine Haare vielleicht die geringste; indessen hatten sie die schönste Farbe von der Welt und waren so lang und dicht, daß ich sie nur aufzulösen brauchte, um bis auf die Füße über und über von ihnen bedeckt zu werden. Eines Tages, da ich an dem Rande eines Flusses, worin ich mich gebadet hatte, im Begriff war, meine Haare auszukämmen, und ganz allein zu sein glaubte, kam auf einmal ein schneeweißer, von Jägern verfolgter Hirsch angesprengt, stürzte sich ins Wasser, schwamm an das diesseitige Ufer herüber und legte sich, äußerst abgemattet und mit Blicken, die um meinen Schutz zu bitten schienen, zu meinen Füßen nieder, während daß seine Verfolger am gegenseitigen Ufer in lärmender Verwirrung eine Stelle suchten, wo sie ohne Gefahr über den Fluß setzen könnten. Niemals in meinem Leben hatte ich für irgendeine Kreatur soviel Anmutung gefühlt als für dieses schöne Tier, das auf eine so rührende Art mein Mitleiden zu erregen wußte. Ich legte meine Hand auf seinen Rücken und fing an, es sanft zu streicheln und zu liebkosen; aber kaum hatte ich es berührt, als es sich in einen wunderschönen jungen Menschen verwandelte, der sich berechtigt hielt, diese Liebkosungen zu erwidern und seine Liebeserklärung damit anzufangen, womit man sie gewöhnlich zu endigen pflegt. Ich gestehe, daß mein Schrecken über ein so unvermutetes Wunder im ersten Anblick mit ich weiß nicht was für einem Gefühl, das mehr Angenehmes als Widriges hatte, vermischt war; aber mein zur andern Natur gewordener Abscheu vor allem, was einem Manne gleichsah, bekam sogleich wieder die Oberhand. Zudem hatte mich der wundervolle Unbekannte in einem Zustande überfallen, der von dem gewöhnlichen Negligé der Grazien wenig verschieden war. Ich machte mich also eilends auf die Füße, und da die Scham meiner natürlichen Leichtigkeit einen neuen Grad von Geschwindigkeit gab, so schien ich mehr zu fliegen als zu laufen. Aber mein neuer Liebhaber, den das, was mich beschämte, desto verwegner machte, schien nicht nur seine vorige Hirschnatur behalten, sondern noch zum Überfluß die Flügel der Liebe an seine Fersen bekommen zu haben; denn ein Vorsprung von fünf bis sechs Schritten war alles, was ich mit der höchsten Anstrengung meiner Kräfte über ihn gewinnen konnte. In währendem Lauf wehte der Wind die langen dichten Haare, die mir sonst eine zulängliche Bedeckung gegeben hätten, dergestalt auseinander, daß sie zu Verrätern an mir wurden und den Augen meines Verfolgers einen Vorteil über mich gaben, gegen welchen alle meine Geschwindigkeit zu kurz kommen mußte. Dieser Umstand brachte meine Vernunft in eine solche Unordnung, daß ich mich unbesonnenerweise in das erste beste Gebüsche warf, aber eben dadurch den Unfall, dem ich entfliehen wollte, beschleunigte. Um es kurz zu machen, Kinder – ich verfing mich mit meinen langen Haaren in einem Busche; der schöne Unbekannte holte mich ein, und wiewohl ich einen Teil meiner verhaßten Locken aufopferte, mich von ihm loszureißen, so blieb es mir unmöglich, meinem Schicksal zu entrinnen.

Ich gestehe, daß der Übermut, womit der Unbekannte sich seines Vorteils über mich bediente, nicht vermögend war, das sympathetische Gefühl gänzlich auszulöschen, das mich beim ersten Anblick für ihn eingenommen hatte; und mein Unglück würde mir vielleicht weniger unerträglich, als es an sich selbst war, vorgekommen sein, wenn der Gedanke, daß es mich meine ganze Schönheit koste, es nicht zum Grausamsten, was mir begegnen konnte, gemacht hätte. Die Flucht meines Liebhabers, den vielleicht nur mein entsetzliches Geschrei und die Furcht, entdeckt zu werden, vertrieben hatte, schien mir die erste Bekräftigung zu sein, daß die Vorhersagung meines Vaters in Erfüllung an mir gegangen sei. Mein Schmerz, meine Verzweiflung war unaussprechlich. Ich hatte das Herz nicht, mich selbst anzusehen. Das Tageslicht wurde mir verhaßt; ich floh in die ödesten Wildnisse, verbarg mich in die dunkelsten Felsenklüfte und hörte nicht auf, ein Unglück zu beweinen, das gleichwohl bloß in meiner Einbildung bestand. Ein einziger Blick in einen der Bäche oder Brunnen, worin ich mich sonst mit so innigem Wohlgefallen zu spiegeln pflegte, würde mir meinen fatalen Irrtum benommen haben; aber ein Spiegel war jetzt in meiner Einbildung das schrecklichste aller schrecklichen Dinge, und die Furcht vor meinem eignen Anblick machte, daß ich einem Bach auf tausend Schritte auswich. Zu meinem Unglück mischten sich endlich, aus Bosheit oder Mitleiden, auch die Feen in meine Angelegenheiten. In einer unseligen Stunde, da meine Verzweiflung eben aufs höchste gestiegen war, kam mir eine derselben in den Weg und versprach mir, in der guten Meinung, mich zu trösten, mir jede Gabe zu bewilligen, um die ich sie bitten würde. ‹Oh›, rief ich, ohne mich einen Augenblick zu besinnen, ‹wenn du das willst, mitleidige Fee, so verwandle meine Gestalt augenblicklich in das Gegenteil dessen, was sie jetzt ist; mache mich mir selbst so unähnlich als möglich, dies ist die höchste Wohltat, die du mir erweisen kannst.› Die Fee betrachtete mich einige Augenblicke mit Erstaunen; aber sie hatte nun einmal ihr Wort gegeben, und ein Feenwort ist, wie ihr wißt, unwiderruflich. Meine Bitte wurde mir gewährt; was zuvor nur eine Einbildung gewesen war, die mir ein wohlgemeinter Betrug meines Vaters in den Kopf gesetzt hatte, wurde nun Würklichkeit; und aus dem schönsten Mädchen in der Welt ward ich auf der Stelle in ein so abscheuliches Geschöpf verwandelt, daß die Fee selbst meinen Anblick nicht aushalten konnte und sich eilends davonmachte. Allein, vor Freude über die vermeinte Wiederherstellung meiner Schönheit wurde ich den Ausdruck des Abscheues in ihrem Gesichte nicht gewahr und bildete mir ein, daß sie bloß nach Feenart wieder verschwunden sei, um mir den Dank für die unschätzbare Gabe, so ich von ihr empfangen zu haben glaubte, zu ersparen. Bald darauf begegnete mir eine andere Fee, da ich eben im Begriff war, einen Bach zu suchen, worin ich mich beschauen könnte. Auch sie bot mir eine Gabe an, und ich besann mich noch weniger als das erste Mal. ‹Gib mir›, rief ich in der Freude meines Herzens, ‹gib mir die Gabe, mit allen den Reizungen, die ich jetzt besitze, soviel Jahre zu leben, als ich Haare auf meinem Kopfe habe!› Die kleine Fee sahe mich mit dem Erstaunen an, womit man eine Person, die man für klug hielt, Wahnsinn sprechen hört; sie zuckte die Achseln und schien einen Augenblick unschlüssig, ob sie mir ein so unbegreifliches Begehren bewilligen sollte: allein, da sie ihr Wort gegeben hatte, so konnte sie sich, ebensowenig als die erste, nicht entbrechen, es zu halten. Die Fee verschwand, und ich Unglückliche glaubte mich kaum im Besitz einer Schönheit, deren Dauer ich, nach der ungeheuren Menge von Haaren, die ich wiederbekommen zu haben vermeinte, für unermeßlich hielt, als ich einem Brunnen zulief, um mich, nach einer so langen Trennung von mir selbst, wieder mit vollen Zügen an meinem Anschauen zu erlaben. Aber stellt euch die ganze Unaussprechlichkeit meines Entsetzens vor, da ich nichts als das Ideal der Häßlichkeit, eine Karikatur von allem, was Alter und Ungestaltheit Widerliches und Grausenhaftes hat, kurz, eben die Figur darin erblickte, die ihr vor euch seht! Unmöglich konnt' ich glauben, daß ich dieses Scheusal sei; ich sah mich überall nach dem Gegenstande des verhaßten Bildes um, das mir das meinige verdecke; aber da ich es alle die Bewegungen machen sah, die ich selbst machte, fand ich mich endlich gezwungen, der abscheulichen Wahrheit Platz zu geben, und erkannte nun zu spät, in welchem Grade ich ein Spiel mißgünstiger Sterne und ein Opfer des frommen Betruges meines Vaters und meiner eigenen Leichtgläubigkeit, Eigenliebe und raschen Übereilungen gewesen war. Es würde Unbarmherzigkeit sein, meine Kinder, wenn ich euch mit einer Beschreibung des Zustandes, in den mich diese Entdeckung stürzte, quälen wollte. Tausendmal trieb mich die Verzweiflung, meinem Leben ein Ende zu machen; aber immer hielt mich ein unsichtbarer Arm mit stärkerer Gewalt zurück. Die Zeit, deren abstumpfende Würkung auf unsre Sinnen uns zuletzt das Angenehmste gleichgültig und das Widrigste erträglich macht, vermochte endlich soviel, daß ich mich meinem Schicksal mit einiger Gelassenheit unterwarf; aber was am meisten dazu beitrug, war die Gewißheit, daß mein Elend nicht länger als drei Jahre dauern würde, welches gerade soviel Jahre waren, als mir die Feen Haare auf meinem kahlen Kopfe gelassen hatten. Meine angenehmste Beschäftigung war jetzt, die Stunden und Augenblicke zu überrechnen, die mich dem letzten Ziele meiner Wünsche näher brachten; und indem ich auf diese Art mein verhaßtes Dasein in den dunkelsten Wäldern und einsamsten Wildnissen hinschleppte, hatte ich den zwölften Monat meines letzten Jahres erreicht, als ich in einer finstern Nacht, worin ich lange zwischen Felsen und Abgründen herumgeirret war, bei eben dieser Insel anlangte, wo ich seitdem meine Wohnung aufgeschlagen habe. Ich glaubte daselbst, durch die Gebüsche, die ihre Ufer bekränzten, ein Feuer zu erblicken, das über alle umliegende Gegenstände eine so große Klarheit verbreitete, als ob es heller Tag wäre. Ungeachtet mir nach meiner eigenen Figur nichts verhaßter war als das Licht, so bemächtigte sich doch meiner in diesem Augenblick eine Neubegierde, der ich nicht widerstehen konnte.

Ich watete durch eine seichte Stelle des Flusses, die ich bei diesem Lichtglanze gewahr wurde, und erstaunte nicht wenig, als ich in dem Gebüsche, wo mir das schöne Feuer zu brennen geschienen, einen kleinen Neger schlafend fand und entdeckte, daß ein Halsband von Karfunkeln, das er um seinen schwarzen Hals hatte, die einzige Ursache des hellen und beinahe blendenden Glanzes war, der einen Teil der Insel so herrlich erleuchtete. Ich konnte eine gute Weile nicht Herz genug fassen, mich ihm zu nähern, denn er kam mir noch häßlicher und abscheulicher vor als ich selbst. Aber plötzlich wandelte mich eine so heftige Begierde an, die Besitzerin dieses wundervollen Schmuckes zu sein, daß ich mich stark genug fühlte, es dem dreiköpfigen Cerberus selbst aus dem Rachen zu reißen. Diese Begierde war desto unsinniger, da ich nur noch wenige Tage zu leben hatte und das Halsband, wie unschätzbar es auch an sich selbst sein mochte, mir zu nichts helfen konnte, als meine Häßlichkeit in ein auffallenderes Licht zu setzen: aber sie war stärker als meine Vernunft und meine Eigenliebe zusammengenommen; und so kam ich, mit furchtsamen Schritten, dem kleinen Ungeheuer, vor dessen Anblick ich alle Augenblicke hätte ohnmächtig werden mögen, endlich nahe genug, um zu bemerken, daß das Halsband nur mit einem schwachen seidenen Faden umgebunden war. Ich bemächtigte mich desselben ohne Mühe und war im Begriff, mich mit meiner kostbaren Beute davonzumachen, als der Neger erwachte und mich bei einem Zipfel meines Rocks zurückhielt. ‹Wohin so eilig, schöne Alboflede›, rief er mir zu, indem er einen Rüssel aufsperrte, vor dessen Anblick ich hätte umsinken mögen. Ihm entfliehen zu wollen war keine Möglichkeit, da ich mit meiner Gestalt auch die Geschwindigkeit, die mich retten konnte, verloren hatte. Meine Verlegenheit und Verwirrung schien den Unhold in gute Laune zu setzen. ‹Wenn du erst den ganzen Wert des Kleinodes kenntest, das du mir entwenden wolltest›, sprach er lachend und unbekümmert, daß ihn das Lachen noch zehnmal häßlicher machte, als wenn er sauer sah; ‹aber sei gutes Mutes, schöne

Alboflede! Ich bin darum nicht böse auf dich, und wenn du dich nur zu einer kleinen Gefälligkeit bequemen kannst, so soll es mir auf das Halsband nicht ankommen, da es mir ohnehin zu nichts nütze ist, als die Lichter des Nachts dabei zu ersparen.› – ‹Und worin soll die kleine Gefälligkeit bestehen?› fragte ich ihn mit weggewandtem Gesicht, indem ich ein paar Schritte zurücktrat, um von seinem Atem nicht erreicht zu werden. ‹In weiter nichts›, erwiderte er mit einem abscheulich freundlichen Zähnefletschen, ‹als mich zu lieben und die Meinige zu werden.› Alle Knochen an meinem ganzen Leibe klapperten zusammen bei diesem Antrag und bei der Vorstellung, die meine Einbildungskraft damit verband, indem sie mich wider Willen an den schneeweißen Hirsch erinnerte. ‹Nicht um die ganze Welt, und wenn sie aus lauter Karfunkeln zusammengesetzt wäre›, schrie ich, indem ich ihm sein Halsband mit Abscheu vor die Füße warf. ‹Ich lasse mir Gerechtigkeit widerfahren›, versetzte der grinsende Wechselbalg, indem er das Halsband mit großer Gelassenheit von der Erde aufhob; ‹ich bin freilich nicht der Liebenswürdigste, und ich kann es einer jungen Dame von so außerordentlicher Schönheit, wie du bist, nicht verargen, wenn sie bei einem Antrage wie der meinige ein wenig zusammenfährt.› – ‹Dieser unmenschliche Spott›, rief ich, vor Zorn außer mir, ‹beweiset mir, daß deine Seele noch abscheulicher ist als deine Außenseite.› – ‹Er beweist nichts, schöne Alboflede›, sagte der Neger, indem er mir, meines Sträubens ungeachtet, das funkelnde Kleinod um den dürren schwarzgelben Hals herumschlang; ‹ich sage nichts, als was dir dieser Spiegel auch sagen wird!› Mit diesen Worten hielt er mir einen großen Spiegel vors Gesicht, und – wie soll ich euch mein Erstaunen, meine Bestürzung und mein Entzücken ausdrücken? – ich erblickte mich wieder in meiner ehmaligen Gestalt, im vollen Glanze der Schönheit und Jugend, kurz, so vollkommen alles, was ich gewesen war, daß ich weder dem Spiegel noch meinen Augen zu glauben mir getraute. ‹Ist's möglich?› rief ich in stammelnder Wonnetrunkenheit, indem ich, aus Furcht, der Spiegel könnte bezaubert sein, wie eine Närrin mitten in den Fluß hineinlief, um mich in seiner unverdächtigen Flut zu bespiegeln. Der Neger, der sich einbilden mochte, daß ich ihm entlaufen wolle, rannte mir so eilig nach, daß er mich auf einen Sprung einholte; aber wie er mich so ruhig und über eine dunkle Stelle des Wassers hingebückt in meinem eignen Anschauen vergeistert stehen sah, begnügte er sich, mir ganz sachte von hintenzu das Halsband wieder abzulösen und dadurch meiner ganzen Wonne auf einmal ein Ende zu machen. Denn in dem Augenblicke, da das Halsband wieder in seinen Händen war, stand ich wieder so alt und häßlich, wie ihr mich sehet, da und suchte mit meinen zusammengerunzelten und ausgelöschten kleinen Schweinsaugen vergebens, wo mein so inniggeliebtes Ich auf einmal hingekommen wäre. Man müßte selbst in einer solchen Lage gewesen sein, um sich eine wahre Vorstellung davon zu machen. Der verwünschte Neger ging mit seinem Halsband in den Klauen ganz kaltblütig wieder zurück, und ich, als ob ich ihm meine geraubte Schönheit wieder abjagen wollte, lief ihm nach und würde ihm, solange er sie in seinen Händen hatte, trotz meinem Abscheu vor seinem widerlichen Mohrengesichte bis ans Ende der Welt nachgelaufen sein. Er schien Mitleiden mit meiner gewaltsamen Lage zu tragen, und sein Ton wurde immer höflicher und zärtlicher, ohne daß ich seine Figur darum erträglicher fand. Er führte mich in seinen kleinen Palast, zeigte mir alle seine Seltenheiten und Schätze und entdeckte mir im Vertrauen, daß er der Sohn einer Fee und, vermöge der Kenntnisse, womit er von seiner Mutter begabt worden, sehr außerordentliche Dinge zu tun imstande sei. Aber mit allem dem stehe es nicht in seiner Macht, mir das Halsband anders als auf die gemeldete Bedingung wiederzugeben. ‹Verlangen, daß du mich so, wie ich bin, würklich lieben solltest›, setzte er hinzu, ‹hieße vielleicht etwas Unmögliches von dir fordern; aber so unbillig bin ich nicht; ich will zufrieden sein, wenn du, sobald du mit dem Halsbande deine Schönheit wieder von mir erhalten, dich nur ebenso gegen mich *beträgst,* als ob du mich liebtest; und damit dir deine Gefälligkeit weniger koste, so wisse, daß sie das einzige Mittel ist, den schneeweißen Hirsch, der dir vielleicht nicht gleichgültig ist, wiederzusehen.› Ich würde bei diesen Worten rot geworden sein, wenn eine so pergamentartige Haut wie die meinige hätte erröten können; es war mir unbegreiflich, woher der kleine Neger soviel von meiner Geschichte wissen könne, und meine Verlegenheit nahm mit der Begierde nach dem Halsbande sichtbarlich zu. Was soll ich euch sagen? Im Grunde konnte kein Preis für das Gut, dessen Erwerbung in meine Willkür gestellt war, zu groß sein. Wenigstens dachte ich damals so, und jede andre würde vielleicht an meinem Platze ebenso gedacht haben. Genug, ich erhielt das Halsband mit aller meiner Schönheit wieder, und der abscheuliche kleine Mohr verwandelte sich, sobald ich ihm meine Dankbarkeit zu beweisen anfing, zu meinem großen Erstaunen in den wunderschönen Jüngling, der in Gestalt eines schneeweißen Hirsches mein Herz gewonnen hatte und dessen Ungezogenheit die Quelle aller meiner Abenteuer gewesen war. Ich erfuhr nun von ihm selbst, daß eine Intrige mit einer ebenso mächtigen als eifersüchtigen Fee an seiner Verwandlung Ursache gewesen. Er konnte seine eigentümliche Gestalt unter keiner andern Bedingung wiedererhalten, als wenn er in seiner häßlichen Negermaske die schönste Person in der Welt dahin bringen könnte, die Seinige zu werden; und von wem konnte er dies jemals zu erhalten hoffen als von einer Person, über die er sich den Vorteil zu verschaffen gewußt hatte, daß es von ihm abhing, ob sie die schönste oder die häßlichste ihres Geschlechtes sein sollte?

Alquif (so nannte sich mein neuer Gemahl) war ein großer Zauberer; aber das Halsband, wiewohl es für ein Meisterstück der magischen Kunst gelten konnte, vermochte doch nicht das Werk der Feen gänzlich zu vernichten. Die Kraft dieses mächtigen Talismans erstreckte sich bloß auf die Stunden der Nacht; sobald der Tag anbrach, verschwand meine Schönheit zugleich mit dem wundervollen Glanz des Halsbandes, und ich erhielt alle die Häßlichkeit wieder, womit mich die erste Fee begabet hatte. Alquif hatte, sobald er mich wieder in diesem Zustande sah, nichts Angelegneres, als das einzige graue Haar, das ich noch auf meinem Kopfe hatte, durch die stärksten Zaubermittel so fest und dauerhaft zu machen, daß es die ganze Anzahl von Jahren aushalten könnte, für welche mir die außerordentliche Fülle meiner Haare im Stande meiner Schönheit Gewähr leistete; und da der Tag die Zeit war, wo meine Gesellschaft einem jungen Manne, der das Vergnügen liebte, eben nicht die angenehmste sein konnte, so wandte er ihn in den ersten Wochen unsrer Verbindung dazu an, mich in die Mysterien der Kunst, worin er einer der größten Meister war, einzuführen. Aber kaum sah er mich, durch den schnellen Fortgang, den ich darin machte, in den Stand gesetzt, seines Beistandes entbehren zu können, so überließ er sich seinem natürlichen Unbestand und entfernte sich von dieser Insel, ohne daß wir uns seitdem wiedergesehen haben. Ich habe euch diese Geschichten erzählt, meine Kinder», fuhr Alboflede fort, «um euch zu überzeugen, daß das Vorherwissen unsrer Schicksale uns nicht nur ganz unnütz dazu ist, ihnen auszuweichen, sondern daß es sogar das Mittel wird, uns unangenehme Schicksale zu *machen,* in welche wir, ohne jenen Vorwitz und eine unzeitige Geschäftigkeit und Einmischung in das Werk der höhern Mächte, die unser Verhängnis leiten, nie geraten wären. Hätte der Druide, mein Vater, sich nicht einfallen lassen, mir die Nativität zu stellen, so wäre ich aller der unsäglichen Leiden und Kränkungen überhoben geblieben, die er mir bloß durch das Mittel zuzog, wodurch er mein vermeintliches Unglück verhüten wollte. Lasset euch also durch Albofledens Erfahrung warnen: hütet euch, euerm Schicksal eigenmächtig vorgreifen zu wollen; lasset die Götter walten und erwartet in Geduld, was sie über eure Liebe und euer Glück beschlossen haben!»

Während daß die alte Zauberin ihre jungen Gäste solchergestalt unterhielt und ihre wunderreiche Erzählung (die diese für ein ausgemachtes Märchen hielten) mit so weisen Lehren bekrönte, war unvermerkt die Nacht eingebrochen; und Alboflede hatte kaum den dreifachen Kragen, womit sie bei Tage ihren Hals zu verhüllen pflegte, abgelegt, als das funkelnde Halsband auf hundert Schritte im Durchmesser einen neuen Tag verbreitete und die Alte vor den erstaunten Augen der beiden Liebenden in einem Glanz von Schönheit und Jugend dastand, der sie beinahe zu Boden warf. «Ihr sehet», sagte sie zu ihnen, «daß ich euch kein Märchen erzählt habe, wie ihr euch vermutlich einbilden mochtet.» Die jungen Leute erröteten; und da sie nicht Philosophen genug waren, um das Wunderbare, was sie mit Augen sahen, für ein Märchen ihrer eigenen Einbildungskraft zu halten, so ließen sie es dabei bewenden und begnügten sich, Albofleden, oder vielmehr die Göttin der Schönheit, die so unverhofft ihren Platz eingenommen hatte, mit großen Augen anzustarren. Auf einmal trat ein Adonis von sechzehn Jahren, dem Ansehen nach so schön wie der schönste Engel, den Guido Reni jemals gemalt hat, zwischen sie hin und bediente die kleine Gesellschaft aus goldnen Schalen mit den köstlichsten Erfrischungen. Alboflede sagte ihnen, daß es ein Sylphe und dieser Sylphe das einzige Wesen sei, mit welchem sie das Vergnügen der Einsamkeit in ihrer kleinen Insel teile. Die junge Selma gestand sich selbst, daß sie, nach dem schönen Arbogast, ihrem Liebhaber, nie etwas gesehen habe, das mit diesem Sylphen zu vergleichen sei. Aber das Wahre von der Sache war, daß sie ihren schönen Arbogast mit Augen der Liebe, das ist mit blinden oder wenigstens verblendeten Augen, ansah; denn in der Tat mußte man so eingenommen sein, als sie es war, um eine Vergleichung zwischen beiden nicht lächerlich zu finden.

Kaum hatte sich der würkliche oder vorgebliche Sylphe (denn wir getrauen uns nicht zu entscheiden, ob er das eine oder andere war) wieder entfernt, so erneuerten die beiden Liebenden ihre erste Bitte mit so vieler Zudringlichkeit, daß Alboflede alle Mühe, die sie sich gegeben hatte, verloren sah. «Ihr seid also», sagte sie lächelnd, «wie alle jungen Leute; die Lehren und Warnungen der Weisheit glitschen, wie Töne ohne Sinn und Bedeutung, von euern Ohren ab. Ihr wollt alles selbst erfahren und auf eure eigene Unkosten klüger werden. Nun, wohlan dann! Tretet in diesen Kreis», fuhr sie fort, indem sie mit einem elfenbeinernen Stab einen Kreis um sie her zog; «ich will das Buch des Schicksals für euch aufschlagen, und ihr sollt den Ausgang eurer Liebe vernehmen.» Sogleich trat der schöne Sylphe wieder auf, indem er seiner Gebieterin in der einen Hand ein goldnes Rauchfaß und in der andern ein großes Buch, das mit goldnen Buckeln beschlagen und reich mit Edelsteinen besetzt war, darreichte. Sie nahm das Buch aus seiner Hand, und als sie aus einer diamantnen Büchse einige Körner in das Rauchfaß geworfen hatte, stieg ein lieblicher, sanft betäubender Dampf daraus in die Höhe und erfüllte in einem Augenblick die ganze Gegend. «Höret nun euer Schicksal», sagte sie zu den Liebenden, die, in eine Wolke von Wohlgeruch eingehüllt, zitternd vor ihr standen. Sie schlug das Buch auf und las mit lauter Stimme: «Ihr werdet getrennt werden!»

Die armen Seelen, denen bei allen diesen Zeremonien vorhin schon wenig Gutes ahndete, mußten sich aneinander anhalten, um vor Schmerz über diese schreckliche Weissagung nicht umzusinken. «Doch nicht auf lange? Nicht auf ewig?» fragte

Selma mit erstickter Stimme. «Was können wir tun, um wieder vereiniget zu werden?» fragte Arbogast. «Indem ihr einander auf entgegengesetzten Wegen suchet, werdet ihr euch unverhofft wiederfinden», las Alboflede von einem andern Blatte herab. Sie schloß hierauf das Buch wieder zu und gab es dem Sylphen zurück, der damit verschwand.

Die Liebenden fielen der schönen Zauberin zu Füßen und dankten ihr für die Gewährung ihrer Bitte. «Wir unterwerfen uns unserm Schicksale», sagten sie; «wie groß auch die uns erwartenden Leiden sein mögen, welche Wollust ist in dem Gedanken, für das, was man liebt, zu leiden!» – «Das werdet ihr erfahren», sagte Alboflede. «Aber wir werden uns wiederfinden», riefen die Liebenden. «Welche Wonne! wir werden uns wiederfinden und glücklich sein!» – «Das wollen wir hoffen», sagte Alboflede. «Wir müssen uns trennen, so will es unser unerbittliches Schicksal», riefen die Liebenden, einander in die Arme sinkend; «jeder Augenblick, den wir länger säumen, verzögert die selige Stunde des Wiedersehens.» – «Romanhafte Seelen!» sagte Alboflede mit einem gütig bedaurenden Blicke; «so tretet denn eure Wanderung an, du ostwärts da hinaus, du westwärts dort hinaus; und verlasset euch darauf, daß Alboflede mit euch sein wird!» Sie erlaubte ihnen hierauf, einander noch einmal und abermal zu umarmen; mit einem Strome von Tränen rissen sie sich endlich voneinander los, und nachdem sie sich von Albofleden beurlaubt hatten, traten sie mit wankenden Schritten ihren Leidensweg an; ostwärts er, westwärts sie, nicht ohne sich, solange sie konnten, umzusehen und einander von ferne Küsse zuzuwerfen.

Aber kaum waren sie, jedes auf seinem eigenen Schlangenwege, ein paar hundert Schritte im Walde, der Alboffedens Gärten auf der mitternächtlichen Seite umfaßte, fortgegangen, als jedes, von einer angenehmen Betäubung überwältiget, auf eine Moosbank hinfiel, um durch Veranstaltung der wohltätigen Zauberin in einem magischen Traume alle die Abenteuer zu durchlaufen, die eine Folge ihrer törichten Entschließung gewesen sein würden, wenn Alboflede nicht Mittel gefunden hätte, sie zu vereiteln. Arbogast und Selma träumten beide einerlei Traum; er fing mit dem Augenblick ihres Abschiedes von Albofleden an und führte sie durch verworrene und größtenteils unangenehme Begebenheiten, nach einer zehnjährigen Trennung (wie es ihnen däuchte), beide in eine große Stadt, wo Selma die unverhoffte Freude hatte, ihren geliebten Arbogast – in den Armen einer andern wiederzufinden.

Die Zauberin hatte es so veranstaltet, daß die beiden Liebenden, wiewohl sie sich voneinander zu entfernen glaubten, in den Schlangengängen ihres Lustwaldes wieder so nahe zusammenkamen, daß sie in dem Augenblicke, da sie von der Betäubung des magischen Schlummers überwältigt wurden, nur durch eine leichte Wand von Myrten und Rosen getrennt waren; auf ihren Wink mußte der Sylphe den schlafenden Arbogast auf die nehmliche Moosbank tragen, wo Selma eingeschlummert war. Der zehnjährige Traum, in welchem sie eine unendliche Menge romanhafter Abenteuer bestanden zu haben glaubten, währte in der Tat nicht länger als eine einzige Stunde. Alboflede, welche während dieser Zeit der träumenden Selma immer gegenübergesessen, war die erste

Person, die ihr in die Augen fiel, als sie, vor Schrekken und Unwillen, ihren Liebhaber nach so langer Trennung in fremden Armen zu finden, erwachte und, ohne zu merken, daß sie das alles nur geträumt hatte, in die bittersten Klagen und Vorwürfe über ihren Treulosen ausbrach. In eben diesem Augenblick erwachte auch Arbogast, nicht ohne große Verwirrung, Selma und die Zauberin zu Zeugen des Verbrechens zu haben, dessen er sich schuldig glaubte, aber fest entschlossen, sich dadurch nicht aus dem Vorteil werfen zu lassen, den er über seine Geliebte zu haben versichert war.

«Räche mich an diesem Ungetreuen, große Fee», rief die ergrimmte Selma, indem sie sich Albofleden zu Füßen warf. «Welche Unverschämtheit!» rief Arbogast, von Selmas Hitze ebenfalls in Feuer gesetzt. «Du unterstehst dich, mir meine Untreue vorzuwerfen, du?» – «Habe ich dich», schrie Selma, «nicht in den verhaßten Armen einer...» – «Und war ich nicht, ohne daß du etwas von mir wissen wolltest, Galeerensklave auf der nehmlichen Brigantine, wo ich mit diesen meinen Augen sah, wie du dich, ohne Widerstand, von dem Hauptmann der Seeräuber in seine Kajüte führen ließest?» schrie Arbogast. «Wie, meine Kinder?» rief Alboflede mit lächelnder Verwunderung, «in dem Augenblicke, da ich euch nach einer so langen und schmerzlichen Trennung wieder zusammenbringe, in dem seligen Augenblicke des Wiedersehens, da meine einzige Furcht war, daß ihr vor Liebe und Entzücken einander in den Armen sterben würdet, sind die bittersten Vorwürfe euer Willkomm?» – «Oh, wenn du erst alles wüßtest, große Fee», riefen beide wie aus einem Munde. «Ich weiß mehr, als ihr euch einbildet», antwortete Alboflede; «und ihr könnt euch nur bei mir bedanken, daß euch das alles nur geträumt hat. Es würde euch würklich und im ganzen Ernste begegnet sein, wenn ich nicht klüger gewesen wäre als ihr und euch die romanhafte Reise, die ihr zu unternehmen im Begriff waret, nicht innerhalb eines Bezirkes von zweihundert Schritten und binnen einer einzigen Stunde hätte vollenden lassen. Noch einmal, meine Kinder, ihr habt nur geträumt und seid nicht aus diesem Garten gekommen; gebt einander die Hände und verzeihet einander, was ihr *nicht* getan habt, aber getan haben würdet, wenn ich, weniger gütig, euch den Folgen eures Vorwitzes und eurer Übereilung preisgegeben hätte. Kehret nun ungesäumt wieder zu den Eurigen! Euer Traum wird in kurzem nur schwache Spuren in eurer Seele zurücklassen. Aber hütet euch, solang ihr lebet, vor der törichten Ungeduld, die Früchte euers Schicksals pflücken zu wollen, bevor sie reif sind; liebet euch, seid standhaft und getreu, leidet geduldig, was ihr nicht ändern könnet, ohne euch größern Übeln auszusetzen, und hoffet immer das Beste von den unsichtbaren Mächten, in deren Schoße die Zukunft liegt.»

Mit diesen Worten ließ Alboflede die beiden Liebenden von sich. Sie dankten ihr für ihre Güte und versprachen Gehorsam. Bald nach ihrer Zurückkunft wurden sie würklich getrennt; aber sie erinnerten sich der Worte Albofledens und ihres Traumes und erwarteten, so geduldig als ihnen möglich war, was die Götter über sie beschlossen hätten. In kurzem verschwanden die Hindernisse, die sie für unübersteiglich gehalten hatten: sie wurden wieder vereiniget, liebten einander und waren glücklich.

Pertharit und Ferrandine

—

Es war einmal ein König in der Lombardei, der der häßlichste Mann in seinem ganzen Lande war; seine Gemahlin hingegen wurde für die schönste Frau in Italien gehalten; dafür aber war er der beste Mann von der Welt und sie die wunderlichste und unerträglichste aller Weiber. Der gute König durfte sich kaum unterfangen, sie anzusehen; ihr so nahe zu kommen, daß ihre Nasen einander hätten berühren können, daran war gar nicht zu gedenken; und gleichwohl machte sie ihm immer Vorwürfe, daß sie keine Kinder hatte. Er, seines Orts, hätte sich darüber trösten können; denn er hatte aus seiner ersten Ehe einen Sohn und eine Tochter, die von seinem Volke bis zum Anbeten geliebt, aber desto mehr von ihrer Stiefmutter gehaßt und verfolgt wurden, welches dann dem armen Manne alle Freude, die er sonst an seinen Kindern hätte haben können, verbitterte. Die Königin besaß zwar nichts weniger, als was man ein zärtliches Herz nennt, aber sie war eifersüchtig auf ihre Schönheit; und wenn etwa zufälligerweise in ihrer Gegenwart die Rede von einer jungen Person war, die sich durch ihre Reize auszeichnete, so konnte man darauf rechnen, daß sie in kurzem verschwinden würde; denn die Königin ließ sie sogleich entführen und in aller Stille so weit wegschaffen, daß man nichts wieder von ihr zu sehen noch zu hören bekam. Dafür hätte man aber auch ihre Hofdamen für Geld sehen lassen können, so ausgesucht vollkommen waren sie in der häßlichen Gattung. Der König hingegen, wie übel er selbst von der Natur in seinem Äußerlichen verwahrloset worden war, hatte recht seine Freude daran, die schönsten und wohlgemachtesten Mannspersonen, die nur zu finden waren, an seinem Hofe zu sehen; aber es brauchte alle mögliche Mühe, sie dazubehalten, so widrig war ihnen der tägliche Anblick der Fratzengesichter, die den Hof der Königin ausmachten.

Der König indessen, ungeachtet der Beweise von Verachtung und Abscheu, die er tagtäglich von seiner Gemahlin empfing, war so jämmerlich in sie verliebt, daß er sie alles machen ließ, was sie wollte. Sie war unumschränkter Herr über seine Einkünfte und über seine Untertanen; und diese ungerechte Gewalt erstreckte sich sogar bis auf seine Kinder. Die Prinzessin mußte es teuer büßen, daß sie ebenso schön war als ihre eifersüchtige Stiefmutter; sie wurde in eine Mansarde unterm Dache des Palastes eingesperrt, wo sich kein Mensch unterstehen durfte, ihr die Cour zu machen. Die Königin hatte ihr eine alte mißgeschaffne Furie zur Hofmeisterin zugegeben, die, wenn sie die arme Prinzessin den ganzen Tag ausgescholten hatte, sie auch noch mitten in der Nacht aus dem Schlafe weckte, um ihr Grobheiten zu sagen, und die sich alle mögliche Mühe gab, ihr durch übel gemachte Kleider die Taille zu verderben und sie um ihre schöne Gesichtsfarbe zu bringen. Die

Prinzessin war die sanftmütigste Person von der Welt, und Tränen waren also das einzige, was ihr in ihrem Leiden einige Erleichterung verschaffte. Dem Prinzen wurde von den Hofleuten, die zu seiner Bedienung angestellt waren, nicht viel besser begegnet; denn die Königin hatte sie ausgewählt, und sie hingen gänzlich von ihren Winken ab; aber es fehlte viel, daß der Prinz ihre Mißhandlungen so geduldig ertragen hätte wie seine Schwester.

Der König hatte einen Vetter, welcher Erzherzog von Plazenz war. Dieser Prinz hatte das Unglück gehabt, seinen Verstand zu verlieren, weil er eine einzige Nacht in einem gewissen Schlosse geschlafen, wohin er sich auf der Jagd verirrt hatte. Es spukte in diesem Schlosse; und seinem Sagen nach hatte er so außerordentliche Dinge darin gesehen, daß sie ihn aus seinen fünf Sinnen hinausgeschreckt hatten. Dieser Erzherzog hatte ebenfalls einen Sohn und eine Tochter, die er über alles liebte, und das mit Rechte; denn es waren die zwei vollkommensten Geschöpfe, die jemals geatmet hatten. Der Prinz nannte sich Pertharit, die Prinzessin Ferrandine. Der Zustand, worin sie ihren armen Vater sahen, brachte sie beinahe selbst um den Verstand. Sie ließen sich bei einer berühmten Zauberin Rats erholen, die nicht weit vom See Avernes wohnte und so alt, aber dabei so munter und kräftig aussah, daß man sie für die cumäische Sibylle hielt: man nannte sie nur die alte Messerscheiden-Mutter, weil die Grotte, worin sie sich aufhielt, mit lauter Messerscheiden tapeziert war. Jedermann, der sie um Rat fragte, mußte ihr ein Messer zum Geschenke mitbringen, welches sie, bevor sie die Antwort gab, in eine von den Scheiden steckte. Der ganze Trost, den die Kinder des wahnsinnigen Erzherzogs von ihr erhielten, war, sie möchten den Verstand ihres Vaters nur an eben dem Orte suchen, wo er ihn verloren hätte. Der Prinz und die Prinzessin waren sogleich dazu entschlossen; aber die Minister und die sämtlichen Räte widersetzten sich. Es wäre genug, sagten sie, daß ihr gnädigster Herr närrisch geworden sei; es sei gar nicht nötig, daß der Rest der Familie sich in Gefahr setze, es ebenfalls zu werden. Aber wie sehr sie sich sperrten, Pertharit beharrte dabei, daß er allein für sie beide gehen wolle. Allein, das wollte seine Schwester nicht zugeben; und so war dann, nach vielen vergeblichen Bemühungen, sie davon abzuhalten, das Ende vom Liede, daß der schöne Pertharit und die liebreizende Ferrandine miteinander gingen.

Der ganze Hof begleitete sie bis vor die Pforte des bezauberten Schlosses. Sie gingen ganz allein hinein. Die Hofleute warteten vierzehn Tage lang im Walde auf ihre Zurückkunft; aber sie hätten sich zu Tode warten können, der Prinz und die Prinzessin kamen nicht wieder. Ganz Plazenz wollte in Verzweiflung darüber geraten. Anfangs schrie alles, man sollte gehen und die alte Scheiden-Mutter mit ihrer ganzen Bude lebendig verbrennen; aber das fanden sie denn doch, bei näherer Überlegung, nicht für ratsam; denn die Hexen der damaligen Zeit ließen sich nicht so geduldig verbrennen wie die armen Hexen unsers Jahrhunderts. Der Geheimeratspräsident, ein kluger und anschlägiger Mann, riet, man sollte vielmehr eine Deputation von den angesehensten Personen im Lande, jede mit einem goldnen und mit Edelsteinen besetzten Messer in der Hand, zu ihr schicken und sie um ihren Beistand bitten lassen. Dieser Rat wurde befolgt. Die Schönheit des Geschenkes schien einen günstigen Eindruck auf die Fee zu machen; und nachdem sie die Messer jedes in seine gehörige Scheide gesteckt, öffnete sie einen alten Schrank und zog aus einem Schubfach einen Kamm und ein Halsband hervor. Der Kamm stak in einem Futteral, und das Halsband war von hellpoliertem Stahl und mit einem kleinen goldnen Vorlegschloß zugemacht. «Hier», sagte die Zauberin, «geht mit diesen zwei Dingen von einem Hofe zum andern, so lange, bis ihr eine Dame gefunden habt, die schön genug ist, um dieses Halsband aufzuschließen, und einen so vollkommnen Mann, daß er imstand ist, diesen Kamm aus seinem Futteral herauszuziehen; sobald ihr sie gefunden haben werdet, könnt ihr nur wieder nach Hause gehen. Dies ist alles, was ich zum Besten eurer Herrschaft tun kann.»

Die Deputierten hatten mit ihrem Kamm und Halsband bereits ganz Italien vergebens durchzogen, als sie bei dem Könige der Lombardei, zu Mirandola, wo er damals seinen Hof hielt, anlangten. Das Unglück des Erzherzogs, seines Vetters, und seiner beiden Kinder war ihm vorhin schon bekannt. Er zweifelte nicht, daß seine Gemahlin überflüssig schön sei, um das Halsband aufzuschließen, und daß sich unter den auserlesenen Jünglingen, die er an seinem Hofe beisammen hatte, unfehlbar einer finden würde, der den Kamm aus seinem Futteral zu ziehen würdig wäre; aber was er nicht begriff, war, was seinem Verwandten zu Plazenz damit gedient sein könne. Indessen ließ er, sobald die Deputierten ihre baldige Ankunft hatten wissen lassen, alle Anstalten zu ihrem Empfang machen. Die Königin hatte nun Tag und Nacht nichts zu tun, als sich zu baden und sich frisieren und herausputzen zu lassen; und doch, mit allem Vertrauen, das sie in ihre Schönheit setzen konnte, konnte sie nicht verhindern, über den Gedanken, daß sie bei dieser Gelegenheit mit der Prinzessin in eine gefährliche Konkurrenz kommen würde, in große Unruhe zu geraten, wiewohl man alles mögliche getan hatte, um die Schönheit derselben zugrunde zu richten. Die Hofmeisterin, als eine getreue Dienerin der boshaften Gesinnungen der eifersüchtigen Königin, lief sogar in der ganzen Stadt herum, um irgendeinen dienstfertigen Arzt aufzutreiben, der ihr in der Geschwindigkeit die Pocken geben könnte. Da sich keiner finden wollte, so geriet sie in große Versuchung, ihr ein Auge auszuschlagen und vorzugeben, daß sie durch einen Zufall darum gekommen sei. Inzwischen ließ der Prinz, der den Gesandten entgegenreiten wollte, allen jungen Herren vom Hofe sagen, sie möchten sich bereithalten, ihn zu begleiten; aber wiewohl er unendlich geliebt wurde, so getraute sich doch aus Furcht vor der Königin keiner, dem Prinzen bei dieser Gelegenheit aufzuwarten. Es verdroß ihn, wie man denken kann, nicht wenig; aber er verbiß seinen Unwillen aus Achtung gegen den König, seinen Vater, dem er aufs zärtlichste ergeben war. Er beschloß also, ohne Gefolge hinauszureiten; aber da er eben das Pferd, das man ihm vorgeritten hatte, besteigen wollte, näherte sich ihm einer der edeln Jünglinge und beschwor ihn, dieses Pferd nicht zu reiten, weil es das wildeste und bösartigste Tier von der Welt sei; der Oberstallmeister der Königin, sein Vater, habe es auf ausdrücklichen Befehl der Königin aussuchen müssen, damit dem Prinzen ein Unglück begegnen sollte. Der Prinz raunte ihm ins Ohr, er möchte sich ja nichts merken lassen, und bestieg das Pferd ohne die geringste Furcht. Er war ein sehr guter Reiter und überhaupt in allen Stükken der vollkommenste junge Mann, den man sehen konnte, den schönen Pertharit allein ausgenommen; und wohl ihm, daß er das war! denn der verwünschte Gaul roch kaum die freie Luft, so fing er so unbändig an, zu wiehern und sich zu bäumen und von vorn und hinten auszuschlagen, als ob ihm alle böse Geister in den Leib gefahren wären. Der Prinz, der ihn ganz blutrünstig gepeitscht hatte, schwamm selbst im Wasser, so sehr hatte er sich angestrengt, den unartigen Gaul zur Räson zu bringen; er glaubte auch wirklich, daß es ihm gelungen sei, indem er ganz ruhig mitten unter den Abgesandten einherschritt; aber kaum waren sie auf der großen Brücke, über welche man in die Stadt passieren mußte, so fing das unartige Tier wieder an, sich zu bäumen, setzte mit einem Sprung über das Brustgeländer weg und stürzte sich mit dem Prinzen in den Fluß. Das Pferd ersoff, wie billig; der Prinz hingegen, der ein sehr geschickter Schwimmer war, kam mit leichter Mühe wieder ans Land und retirierte sich, ohne die mindeste Empfindlichkeit zu zeigen, in seine Zimmer, um sich anders anzuziehen.

Der König und die Königin befanden sich mit ihrem ganzen Hofe auf einer Bühne, die in dem größten Platze der Stadt aufgerichtet war, und erwarteten daselbst die Ankunft der Abgesandten, um die Probe, worauf es ankam, vorzunehmen. Der Prinz, der sich von dem unangenehmen Vorfall wieder vollkommen erholt hatte, fand sich ebenfalls ein, schön wie ein Apollo, und wurde mit allgemeinem Zujauchzen des Volkes empfangen.

Die Abgesandten erschienen gleich nach dem Prinzen. Die Königin, anstatt auf ihr Kompliment achtzugeben, sagte zum Prinzen, es wäre eine sonderbare Grille von ihm gewesen, sich so zur Unzeit zu baden, und fragte ihn in einem spöttischen Tone, ob ihm das Bad wohl zugeschlagen habe. Die sämtlichen Meerkatzen ihres Hofes fanden den Einfall äußerst witzig und rissen ihre garstigen Mäuler auf, um überlaut zu lachen. Sie lachten noch, als man die Prinzessin ankommen sah, bei deren Anblick sogleich ein dumpfes Gemurmel unter allen Anwesenden entstand. Vielen traten vor Schmerz und Mitleiden die Tränen in die Augen; die Hofleute knirschten vor Unwillen, wiewohl sie es zu verbergen suchten, und die Abgesandten wußten nicht, was sie bei Erblickung dieser Prinzessin denken sollten, die sie mehrmals mit der unvergleichlichen Ferrandine hatten vergleichen hören. Sie war schlecht angezogen und noch schlechter coiffiert; denn man hatte ihr die Haare auf einer Seite ganz weggeschnitten, und um sie noch lächerlicher aussehen zu machen, hatten sie ihr das Gesicht mit gelber Farbe bepinselt. Sie war so beschämt, sich in einem solchen Aufzug sehen zu lassen, daß sie alle Augenblicke stehenblieb und sich nicht erwehren konnte, vor Scham und Verdruß die hellen Tränen zu vergießen; aber ihre Hofmeisterin schupfte sie von hinten zu auf eine sehr grobe Art vorwärts und nötigte sie, neben der Königin Platz zu nehmen, die in dem höchsten Glanz ihrer Schönheit paradierte und ganz mit Diamanten bedeckt war. Man hätte denken sollen, sie könnte mit diesem Triumphe zufrieden sein; aber ihre Hofdamen schlugen, um ihn noch vollständiger zu machen, ein kicherndes Gelächter auf, wie die gedemütigte Prinzessin gezwungen wurde, sich neben ihr hinzusetzen.

Der König saß mit niedergeschlagenen Augen da und hätte vor Beschämung und Mitleiden in die Erde sinken mögen; und weil er sich nicht stark genug fühlte, weder der Königin seinen gerechten Unwillen zu zeigen noch diesen Anblick auszuhalten, so sagte er zu den Abgesandten: Da er für seine Person keinen Anspruch an die Ehre, dieses Abenteuer zu bestehen, machen könne, so wolle er seinen Platz hiermit seinem Sohne überlassen haben – und damit begab er sich weg.

Der Prinz, der nun die Person des Königs vorstellte, ließ unverzüglich zum Werke schreiten, und das Halsband wurde auf seinen Befehl zuerst der Hofmeisterin der Prinzessin überreicht. Da sie wenigstens ebenso häßlich als boshaft war, so war ans Aufmachen gar nicht zu gedenken. Der Prinz (nicht halb so streng als Hamilton, der Gewährsmann dieser Geschichte) begnügte sich, ihr, statt aller Strafe, die sie verdient hatte, zu befehlen, sich sogleich mit der Prinzessin, seiner Schwester, wegzubegeben und sie so anzukleiden und auszuschmücken, wie es ihrem Rang und Alter zukomme, mit dem Bedeuten, daß sie ihm mit ihrem Kopfe dafür stehen würde! Die Königin, die ihn niemals aus diesem Tone hatte reden hören, war ganz verblüfft darüber; aber was konnte sie machen? Der Befehl des Prinzen, dem alles Volk den lautesten Beifall zugeklatscht hatte, litt keine Einwendung; er wurde vollzogen, und die Prinzessin kam so schön und glänzend zurück, daß man nicht merkte, daß ihr die Hälfte ihrer Haare abgeschnitten worden waren.

Die Proben hatten indessen ihren Anfang genommen; alle Mannspersonen verloren ihre Mühe, da sie, einer nach dem andern, versuchten, den Kamm aus seinem Futterale zu ziehen; und es war eine rechte Lust zu sehen, was für ein unaufhörliches Gelächter das Volk aufschlug, wie das Halsband bei den Damen der Königin herumging. Endlich nahm sie es selbst, und nach einiger Mühe gelang ihr's, es aufzumachen; aber es schnappte sogleich wieder mit einem so entsetzlichen Knalle zu, daß die Königin davon zu Boden fiel und für tot weggetragen wurde.

Der Prinz und seine Schwester waren nun allein noch übrig, und die armen Abgesandten fingen an zu besorgen, daß sie auch von diesem Hofe unverrichteter Dingen würden abziehen müssen; aber der Prinz berührte kaum das Futteral, so ging der Kamm von sich selbst heraus, und das Halsband öffnete sich in der Hand der Prinzessin, ohne sich wieder zuzuschließen. Ein lautes Jubelgeschrei stieg von allen Seiten zu der Bühne, wo sie standen, empor; aber es wurde sogleich auf eine schreckenvolle Art unterbrochen. Denn die Erde fing zu erbeben an, und es folgte ein Sturm mit Blitzen und Schloßen darauf, der die ganze Versammlung in wenig Augenblicken auseinandertrieb. Man suchte den Prinzen und die Prinzessin, aber vergebens; sie waren verschwunden, und niemand konnte sagen noch begreifen, was aus ihnen geworden sei.

Die Zeitung von dieser Begebenheit setzte das ganze Reich in die äußerste Bestürzung; der König konnte sich gar nicht darüber trösten, und die Hofleute, nachdem sie die tiefe Trauer angelegt, zerstreuten sich, um die Verlornen auf dem ganzen Erdboden zu suchen. Aber das Seltsamste von diesem ganzen Abenteuer war, daß die Betrübnis und Verzweiflung der Königin über alles ging. Ihr Haß gegen die Kinder ihres Gemahls hatte sich, wunderbarerweise, auf einmal in die zärtlichste Liebe verwandelt, und zugleich in eine so heftige Liebe, daß sie sich die Haare aus dem Kopfe riß, wie sie hörte, daß sie nirgends zu finden seien. Sie schickte zum Könige und ließ ihn bitten, zu ihr zu kommen, damit sie ihn um Vergebung bitten könnte; denn anstatt der Verachtung und des Abscheues, womit sie ihm sonst begegnet war, liebte sie ihn jetzt bis zur Anbetung und stellte sich ihn in ihrer Einbildung als den liebenswürdigsten aller Menschen vor. Aber der König, der sich's nicht aus dem Kopfe bringen konnte, daß sie seine Kinder durch irgendeinen heimlichen Anschlag aus dem Wege geräumt habe, wiewohl er noch immer schwach genug war, sie zu lieben, und nicht daran denken konnte, sie zu bestrafen, wollte sich doch selbst für diese Schwachheit bestrafen und tat ein Gelübde, sie in seinem ganzen Leben nicht wiederzusehen.

Der Sturm, der, vorerzähltermaßen, am Tage der Proben alle Anwesenden auseinander stöberte, hatte sich in zwei Wirbel geteilt, deren einer den Prinzen und der andere die Prinzessin aufhob und durch die Lüfte davonführte, um sie ziemlich weit von Hause wieder niederzusetzen. Die Prinzessin, sobald sie wieder zu sich selbst gekommen war, sah sich mitten in einem sehr öden und ihr ganz unbekannten Walde; allein, hülflos und in einer Lage, die durch die Vorstellungen ihrer Einbildungskraft mit jedem Augenblicke schrecklicher wurde. Wohin sie ihre Augen drehte, sah sie nichts als Felsen und Abgründe, und niemand als der Widerhall antwortete ihr, wenn sie ihren Bruder bei seinem Namen um Hülfe rief. Indem sie nun auf Geratewohl in verworrenen und unwegsamen Felsenpfaden herumkletterte, wurde sie zwei große Wölfe gewahr, die auf Raub ausgingen und, sobald sie sie erblickten, mit offnem Rachen auf sie losgingen. Sie hielt sich für verloren; aber indem sie, um wenigstens das Entsetzliche einer solchen Todesart nicht zu sehen, die Hand vor die Augen hielt, taten die Wölfe einen Satz zurück und fingen nicht anders an zu laufen, als ob hundert Hunde hinter ihnen her wären. Eben dasselbe begegnete ihr mit verschiedenen andern Raubtieren, die in dieser Wildnis zu Hause waren und alle mit ebenso schüchterner Eilfertigkeit wie die beiden Wölfe vor ihr flohen, sobald sie das Halsband gewahr wurden. Mittlerweile war sie in einen Weg geraten, der durch den ganzen Wald ging und sie unvermerkt in eine minder rauhe Gegend desselben führte, wo sie auf einige Schäfer stieß, die ihre Herden hüteten. Sie verdoppelte ihre Schritte, um zu den Schäfern zu kommen und Hülfe bei ihnen zu suchen; aber wie sie den Mund zum Reden auftat, erblickten die Schafe das Halsband, gerieten in Angst und zerstreuten sich durch den ganzen Wald. Die Schäfer liefen ihnen, was sie konnten, nach; und nun fing die Prinzessin zum ersten Mal an, die geheime Kraft ihres Halsbandes zu bemerken, und es war ihr sehr leid, die Entdeckung nicht früher gemacht zu haben; jedoch fühlte sie sich dadurch nicht wenig beruhigt. Sie begab sich wieder tiefer in den Wald hinein, in Hoffnung, einen von den Schäfern wieder aufzutreiben; aber sie mochte laufen und rufen, soviel sie wollte, die

Leute waren einmal erschreckt, und keiner wollte ihr standhalten. Die gute Prinzessin war von dem beständigen Laufen in einer so rauhen Gegend so abgemattet, daß ihre Kräfte eben zu ersinken anfingen, wie ihr zu gutem Glück in einiger Entfernung ein altes Schloß in die Augen fiel. Dieser Anblick gab ihr neue Kräfte, und sie richtete ihren Lauf mit verdoppelten Schritten dahin. Wie sie dem Schlosse ziemlich nahe war, lief ein schneeweißer Fuchs quer über den Weg, kehrte aber gleich wieder um, blieb etliche Schritte weit von ihr stehen und betrachtete sie mit der größten Aufmerksamkeit. Die Prinzessin ihrerseits tat desgleichen; denn es war unmöglich, ihn anzusehen und nicht von ihm bezaubert zu werden. Aus Furcht, ihn ebenfalls zu verscheuchen, verbarg sie ihr Halsband, so schnell sie konnte; sie hätte ihn um alles in der Welt nicht wieder aus dem Gesichte verlieren mögen, denn außer einem gewissen Ausdruck von Feinheit und Verstand, den alle Füchse in ihrer Physiognomie haben, hatte er noch eine ihm ganz eigene Grazie und etwas Vornehmes in seinem Blicke. Sie näherte sich ihm, um zu sehen, ob er sich von ihr anrühren lassen oder ihr wenigstens in das Schloß folgen würde; aber er wollte weder das eine noch das andere, sondern fing an, auf eine andere Seite zu laufen, doch nicht so schnell, daß er ihr aus den Augen kam. Endlich, nachdem sie den ganzen Rest des Tages damit zugebracht hatte, ihm mit einer über ihre Kräfte gehenden Standhaftigkeit zu folgen, fehlte nur noch wenig, daß sie vor Mattigkeit umgefallen wäre, als sie den weißen Fuchs in eine Art von kleinem Palast, der in der anmutigsten Gegend von der Welt am Ufer eines Baches stand, hineingehen sah. Sie blieb einen Augenblick, ungewiß, was sie tun sollte, stehen; aber das Verlangen, ihrem liebenswürdigen Füchschen zu folgen, überwand alle Bedenklichkeiten. Sie ging also hinein. Der weiße Fuchs, der die Höflichkeit selbst war, empfing sie an der Pforte, nahm die Schleppe ihres Rockes zwischen die Zähne und trug sie ihr, wie sehr sie sich auch dagegensetzte, so lange nach, bis sie durch den Schloßhof einen Saal des Palasts erreichte, den sie mit allen Bequemlichkeiten versehen fand. Sie warf sich sogleich auf einen Kanapee hin, und wie sie ihren lieben weißen Fuchs zu ihren Füßen sah, der die zärtlichsten Blicke zu ihr emporschickte, vergaß sie auf einmal nicht nur alles bereits ausgestandenen Ungemachs, sondern würde auch, so däuchte ihr's, sich der ganzen übrigen Welt gern entschlagen haben, wenn sie nur immer in dieser Lage hätte bleiben können.

Wir wollen sie also auf einige Augenblicke lassen, wo sie ist, um zu sehen, was indessen aus dem Prinzen, ihrem Bruder, geworden war. Während der eine Wirbelwind die Prinzessin aufgehoben und mitten in einem Walde wieder abgesetzt hatte, wurde der Prinz von dem andern bis ans Ufer des Meeres fortgeführt. Er ging da mit großen Schritten hin und wider, seinem seltsamen Abenteuer und allem, was ihm diesen Tag am Hofe seines Vaters begegnet war, nachdenkend. Da er dort nichts als hassens- oder vergessenswürdige Gegenstände gesehen hatte, so erinnerte er sich bloß seiner Schwester und daß sie von einem allzu schwachen Vater den grausamen Behandlungen einer Stiefmutter preisgegeben sei, die jetzt, wegen dessen, was vorgegangen, mehr als jemals gegen sie erbittert sein würde. Diese traurigen Gedanken führten ihn unvermerkt an den Fuß eines Felsen, der sich ziemlich sanft vom Ufer erhob und bis ins Meer hineinragte. Er bestieg den Felsen, um sich besser umsehen zu können, und erblickte hinter ihm nichts als eine öde unangebaute Wildnis, aber vorwärts in einiger Entfernung eine Insel, die ihm der lieblichste Ort in der ganzen Welt zu sein däuchte. Er ward es nicht müde, nach ihr hinzusehen, und es fiel ihm sogleich ein, die Prinzessin, seine Schwester, könnte gar wohl in dieser Insel sein. Wie oft er sich auch sagte, daß es eine bloße leere Einbildung sei, der Gedanke stieg ihm immer wieder auf.

Der Gipfel des Felsen war mit Moos und kurzem dichten Grase bedeckt; er streckte sich in das Gras, lehnte den Kopf an einen bemoosten Stein, und indem er, auf den rechten Arm gestützt, mit traurigen Blicken nach der Insel hinsah, sank er in eine Art von Traum, woraus er von Zeit zu Zeit wieder erwachte, um die Insel zu betrachten, die mit dem frischesten Grün tapeziert und mit tausend blühenden Bäumen besetzt war, welche von ferne die anmutigste Landschaft bildeten. Er verwandte die Augen nicht von diesem Gegenstande, bis es anfing, so dunkel zu werden, daß er ihn nicht mehr erkennen konnte. Er stieg nun wieder von dem Felsen herab, begab sich tiefer ins Land hinein, und da sich nirgends eine Spur von Bewohnern zeigen wollte, brachte er die Nacht, so gut er konnte, in einer Felsenhöhle zu. Sobald der Tag wieder angebrochen, war sein erster Gedanke, einen Weg zu suchen, der ihn wieder an den Hof seines Vaters führen könnte, wo seine Schwester ohne Zweifel seiner sehr benötiget wäre; aber er konnte sich die Einbildung nicht aus dem Kopfe bringen, daß sie in der Insel sei. Wie lächerlich ihm diese Grille vorkam, so brachte sie ihn doch unvermerkt wieder an den Strand des Meeres. Er wollte die Felsenspitze wieder besteigen, um seine bezaubernde Insel desto besser sehen zu können, aber es war ihm unmöglich, den gestrigen Fußpfad wiederzufinden. Er ging um den Felsen herum, um einen andern zu suchen, als sich von der entgegenstehenden Seite die schönste Stimme von der Welt hören ließ. Er urteilte sogleich, daß es eine weibliche sei, und setzte sich mehr als einmal in den Fall, den Hals zu brechen oder ins Meer zu fallen, indem er den Ort zu erreichen suchte, wo er singen hörte. Endlich wurde der Boden ebner, und es däuchte ihm, er könne kaum zehn Schritt von der Sängerin entfernt sein; gleichwohl sah er noch immer nichts, vermutete aber, daß sie hinter einer andern Ecke des Felsens verborgen sein müsse. Er schlich sich so leise, als ihm möglich war, hinzu, als ihm neben dem Orte, wohin er wollte, die frisch im Sande ausgebreitete Haut eines großen Seefisches in die Augen fiel. Er entsetzte sich vor diesem Anblick; die Bewegung, die er machte, indem er ihm ausweichen wollte, verursachte einiges Getöse, und in dem nehmlichen Augenblicke hörte er etwas ins Meer springen. Er kehrte zurück, und die Fischhaut war nicht mehr da. Nun näherte er sich dem Orte, woher die singende Stimme gekommen war; er fand niemand, aber seine Verwunderung war unbeschreiblich, da er in einer Grotte, die in den Felsen gehauen war, das schönste Bad von der Welt antraf. Diese Grotte war etwas mehr als ein bloßes Werk der Natur, denn sie war überall mit Marmor bekleidet, und die Badekufen waren von Ebenholz und mit goldnen Platten gefüttert. Er wußte nicht, was er von dem allem denken sollte, wiewohl er bis in die Nacht darüber nachdachte. Er brachte sie, wie die vorige und noch zwei oder drei andere, in einem Gehölze zu, wo er auf der Erde schlief und wenigstens von seinen Mahlzeiten nicht an der Ruhe verhindert wurde; denn einige wilde Früchte, die er bei Tage zusammensuchte, waren alles, was ihm diese öde Gegend, sein Leben zu fristen, reichen konnte. Für einen Prinzen war dies eben keine sehr wollüstige Lebensart, aber das war seine geringste Anfechtung; er hatte andere, die ihm näher zu Herzen gingen. Zwei- oder dreimal war er mit jedem Morgen an den Strand gekommen, ohne etwas zu hören noch zu sehen. Endlich fiel ihm der Fußpfad wieder ins Gesicht, der ihn das erste Mal auf die Felsenspitze geleitet hatte. Er bestieg sie mit Ungeduld, um sich am Anblick seiner schönen Insel wieder zu ergötzen. Nicht lange, so hörte er die nehmliche Stimme wieder singen, die ihn das erste Mal so sehr bezaubert hatte. Er stieg eilends herab, und wie er nur noch drei Schritte von der Grotte entfernt war, lag die blutige Fischhaut wieder da. Er entsetzte sich vor ihr wie das erste Mal, er machte das nehmliche Getöse und sah einen Augenblick darauf einen ungeheuren Fisch ins Meer springen, und die Haut war fort. Er fand die Grotte im vorigen Stande, außer daß Wasser in der Kufe war; und da er merkte, daß es noch lau war, so zweifelte er nicht, man müsse sich soeben darin gebadet haben; aber er konnte sich nicht vorstellen, daß es dieser Fisch sei, der sich alle Morgen die Haut abziehen lasse, um zu baden, und noch weniger, daß ein solches Ungeheuer so anmutig singen könnte. Er ging an den Ort, wo er den Fisch ins Meer hatte springen sehen, und bemerkte noch eine Art von Furche, die sich auf der Oberfläche des Wassers nach der Insel hinzog.

Des folgenden Morgens legte er sich hinter ein großes Felsenstück, das am Eingang der Grotte lag, in Hinterhalt und hatte die Augen unverwandt auf die Insel geheftet, von wannen, seiner Einbildung nach, der Fisch herkam, als er etwas Weißes aus derselben hervorstechen sah, das in der Ferne einem Rachen mit einem Segel glich; aber sobald es nahe genug war, daß er alles deutlich genug erkennen konnte, sah er die schönste Kreatur der Welt, die auf einer großen Seemuschel stand und, indem sie mit der einen Hand das Ende eines großen weißen Segels emporhielt, das mit dem andern Ende an diesen wundervollen Wagen befestiget war, ihn mit Hülfe der Zephyrn nach ihrem Gefallen lenkte. Der Prinz warf sich sogleich auf die Knie nieder, in der festen Meinung, daß es nichts Geringers als die Göttin Thetis oder eine ihrer Schwestern sei; denn würklich konnte nichts dieser Göttin, so wie sie gewöhnlich von den Malern und Dichtern vorgestellt wird, ähnlicher sehen, ausgenommen, daß sie weder so blond noch so nackend war. Sie richtete ihren Lauf gerade nach dem Orte, wo der Prinz noch immer auf seinen Knien lag und sich zehntausend Augen wünschte, um sie genug ansehen zu können; seine Aufmerksamkeit schien sie so wenig zu befremden, daß sie vielmehr, ihm gegenüber, ganz nahe am Ufer stillhielt und ihn mit gleichem Interesse zu betrachten schien. Was den armen Prinzen betrifft, so war es, von dem Augenblick an, da er diese allzu reizende Nymphe erblickt hatte, um seine Freiheit geschehen. Bewunderung und Liebe bemächtigten sich seiner mit solcher Gewalt, daß er ganz außer sich war und daß ihm der Schweiß in großen Tropfen auf der Stirne stand. Er zog sein Schnupftuch hervor, um sich abzuwischen, und im Herausziehen fiel ihm der Kamm mit seinem Futteral aus der Tasche. Die schöne Nymphe wurde denselben kaum gewahr, so entfuhr ihr ein lauter Schrei, und sie näherte sich dem Ufer, um ans Land zu steigen; aber der Prinz, ganz beschämt, daß vor den Augen seiner Göttin eine sich so wenig für einen Helden schickende Sache aus seiner Tasche gekommen sein sollte, fiel augenblicklich über den verwünschten Kamm her und steckte ihn eilfertig und ungehalten wieder ein. Die Nymphe tat hierüber einen noch lautern und schmerzlichern Schrei, kehrte ihm unmittelbar den Rücken zu, fuhr nach der Insel zurück und verschwand aus seinen Augen. Der Prinz geriet darüber in unbeschreibliche Traurigkeit; alle seine Begierden und Wünsche zogen ihn unwiderstehlich nach dieser Insel; und da er kein Fahrzeug fand, das ihn hätte hinüberbringen können, so war er eben im Begriff, das Abenteuer des Leander zu wagen, und hatte zu diesem Ende schon angefangen, sich auszukleiden, als er von der Spitze des Felsens her eine Art von Gewinsel hörte, wie die Hunde zu machen pflegen, wenn sie Mitleiden erregen wollen. Er schaute empor und erblickte den weißen Fuchs, der, auf seine Hinterfüße aufgerichtet, noch immer fortwinselte und mit seinen Vorderfüßen allerlei pantomimische Gebehrden gegen die Insel machte. Der Prinz betrachtete ihn mit großer Aufmerksamkeit, während daß ein kleines Fahrzeug, welches auf das Schreien und Zeichengeben des weißen Fuchses von der Insel abgestoßen war, mit vollem Segel gegen das Gestade zusteuerte. Der Fuchs stieg herab, tat bei

Erblickung des Prinzen vor Freuden zwei oder drei große Sätze und wollte nicht aufhören, ihm die Hände zu küssen und die Füße zu lecken, wiewohl der Prinz, der gleich auf den ersten Blick die zärtlichste Hochachtung für ihn gefaßt hatte, es auf keine Weise zulassen wollte. Während dieser beiderseitigen Höflichkeitsbezeugungen war der Nachen ans Land gekommen. Der weiße Fuchs gab dem Prinzen durch Zeichen zu verstehen, er möchte sich wieder vollends ankleiden und mit ihm in den Nachen steigen. Das war es eben, was der Prinz so sehnlich wünschte; aber eh' er einstieg, um an einen Ort überzufahren, wo er seine Göttin wiederzusehen hoffte, fiel ihm die Beschämung ein, die ihm sein Kamm zugezogen hatte; zornig zog er ihn aus der Tasche und war im Begriff, ihn ins Meer zu werfen, als ihm der weiße Fuchs mit einem kläglichen Schrei an den Ärmel sprang, ihm den Arm mit aller Gewalt zurückhielt und schlechterdings nicht von ihm ablassen wollte, bis er den Kamm mit dem Futteral wieder in seine Tasche gesteckt hatte. Das Fahrzeug fing, sobald sie eingestiegen waren, von selbst zu gehen an; es hatte sich aber noch nicht zwanzig Schritte vom Ufer entfernt, als man ein Getrampel von Pferden hörte und einen Augenblick darauf sich ein Mann zu Pferde am Ufer sehen ließ, der von verschiedenen andern verfolgt zu werden schien. Dieser Reiter erblickte nicht so bald den weißen Fuchs, als er seinen Bogen spannte, einen Pfeil auflegte und den Fuchs damit durch den Leib schoß, der mit einem großen Seufzer seine Augen traurig nach dem Prinzen kehrte und sie dann schloß, als ob er sie nie wieder öffnen würde. Der Prinz hätte nicht betrübter über diesen Unfall sein können, wenn der Pfeil ihn selbst getroffen hätte; Schmerz und Wut verdrängten in diesem Augenblick alle andere Empfindungen in seiner Brust, und er stürzte sich ins Meer, um hinüberzuschwimmen und den Tod des armen Fuchses zu rächen. Aber wie er wieder am Lande war, fand er niemand mehr und verlor in kurzem die Hoffnung der Rache mit den Spuren des Mörders, den die Felsen, womit die ganze Küste umgeben war, seinem Nachsetzen entzogen. Er kehrte also ans Gestade zurück, um zu versuchen, ob er das Fahrzeug noch erreichen könnte und ob dem weißen Fuchse vielleicht noch zu helfen sei; aber alles war wieder verschwunden, auf dem Meere wie auf der Erde. Nie in seinem ganzen Leben hatte er den Kopf so voll verschiedener durch- und gegeneinander laufender Bewegungen und das Herz so voll Zärtlichkeit und Schmerz gehabt als jetzt. Er konnte sich nicht entschließen, einen Ort zu verlassen, wo er ein Zeuge so vieler außerordentlicher Begebenheiten gewesen war; der Fuchs, die Nymphe und der Fisch beschäftigten seine Gedanken wechselweise, ohne daß er begreifen konnte, was sie wären noch was aus ihnen geworden sei; aber das wußte er gewiß, daß er niemals eine Liebe, einen Abscheu und eine Freundschaft in sich gefühlt hatte, die mit seiner Liebe für die Nymphe, mit seinem Abscheu vor der Fischhaut und mit seiner Freundschaft für den armen unglücklichen weißen Fuchs zu vergleichen gewesen wäre. Die einbrechende Nacht und einige Blitze, die ein nahes Gewitter verkündigten, unterbrachen ihn endlich in seiner Träumerei und nötigten ihn, sich nach einem Orte, wo er Schirm haben könnte, umzusehen. Die Grotte mit dem Bade fiel ihm zuerst ein; er ging auf sie zu und war nicht wenig betroffen, da er sie sehr stark erleuchtet sah und, wie er näher kam, die nehmliche Stimme hörte, die er schon zweimal gehört hatte. Er schlich sich, so leise als er konnte, bis zum Eingang der Grotte und hielt den Atem zurück, um ja nichts von dem Gesang der schönsten Stimme, die sein Ohr jemals getroffen hatte, zu verlieren. Er war so nahe dabei und horchte so aufmerksam auf die Worte ihres Gesanges, daß er keine Silbe davon verlor. Sie lauteten folgendermaßen:

O Prinz, auf ewig dieses Herzens König!
Wofern dir nicht vor meinem Anblick graut,
so kämme mich in diesem Bad ein wenig,
und dann verbrenne meine Haut!

Wie geheimnisvoll und unbegreiflich auch der Sinn dieser Worte war, so schmeichelten sie doch seinem Herzen und einer so süßen Hoffnung, daß er sich nicht länger zurückhalten konnte. Sobald er in die Grotte hineintrat, hörte der Gesang auf; sie war mit einer unendlichen Menge von Wachskerzen erleuchtet, die in lauter Scheiden von Ebenholz mit Gold garniert staken, und alle Kerzen hatten die Form eines Messers, das halb aus seiner Scheide gezogen ist. Diese sonderbare Illumination überraschte ihn ungemein; aber wie wurde ihm erst zumute, da er die Badekufe ringsum mit einem Zelte von weißem Atlas, der mit einem Rande von lauter in Gold gestickten Messerscheiden eingefaßt war, umgeben sah und, ehe er Zeit hatte, sich von seinem Erstaunen zu erholen, mit einem sehr zärtlichen Seufzer diese Worte aus dem Zelt hervorkommen hörte: «Prinz, ich bin diejenige, die du liebst: tue alles, was ich dich heißen werde, wie widersinnisch es dir auch immer vorkommen mag, und erschrick nicht über das, was du sehen wirst, sobald sich mein Zelt öffnen wird; denn durch die geringste Furcht, die du blicken ließest, würdest du mich auf ewig verlieren.»

In diesem Augenblick öffnete sich das Zelt, und der Prinz erblickte etwas, worüber der herzhafteste Mann in Ohnmacht hätte sinken mögen: ein scheußlicher Krokodilskopf kam mit offnem Rachen aus dem Bad hervor und schien ihm ganz nahe auf den Leib rücken zu wollen. Er bebte nicht zurück, aber er schwitzte Todesschweiß, und sein Herz pochte wie ein Hammer, indem er sich Gewalt antat, dem Ungeheuer mit starren Augen in den Rachen zu sehen. Immittelst schloß sich dieser gräßliche Rachen wieder und schob sich zurück, um ihm unter demselben das schönste und lieblichste Engelsgesicht sehen zu lassen, das er sogleich für das Gesicht seiner angebeteten Nymphe erkannte. Aber dieser Krokodilskopf, der sich an den Kopf der Nymphe anschmiegte, stellte gleichwohl eine ziemlich häßliche Coiffure vor, indem er sich so knapp an ihre Stirne und Backen anpaßte, daß man nicht ein einziges von ihren Haaren sehen konnte. Demungeachtet verlor sich das Entsetzen des Prinzen beim ersten Blick, den die schönen Augen seiner Nymphe auf ihn hefteten; er warf sich auf seine Knie und öffnete schon den Mund, um ihr, weiß der Himmel was für zärtlichen Unsinn vorzusagen, als sie ihm in die Rede fiel: «Was wollen Sie, lieber Prinz», sagte sie; «die Zeit ist edel; warum kämmen Sie mich nicht?» – «Kämmen?» sprach er bei sich selbst; «und wie soll ich das anfangen?» Die Nymphe schien über sein Zaudern ungehalten zu werden; er nahm also seinen Kamm und wollte ihn geschwind aus dem Futteral herausziehen, erschrak aber nicht wenig, da er merkte, daß der Kamm nur allmählich und nicht anders als durch die äußerste Gewalt, die er anwenden mußte, herausging. Aber so, wie er auch hervorkam, trat der Krokodilskopf zurück und deckte endlich die schönsten Haare auf, die man je gesehen hatte. Wie der Kamm bald heraus war, verschwand der Krokodilskopf gänzlich, und der Prinz erblickte nun seine geliebte Nymphe in ihrer ganzen Schönheit. Vor Freude und Liebe außer sich, bemühte er sich sehr eifrig, den Kamm vollends herauszuziehen, indem er leicht glauben konnte, daß eine Dame, die einen so scheußlichen Überkopf getragen hatte, des Kämmens wohl vonnöten habe; und so, wie die andere Hälfte des Kamms nach und nach aus dem Futteral herausging, kam auch der übrige Teil der Nymphe aus dem Bade hervor. Lilien, Alabaster und neugefallner Schnee hätten gegen das, was er jetzt sahe, gelb ausgesehen; und doch war diese verblendende Weiße nichts in Vergleichung mit den Grazien, die alle diese Schönheiten belebten. Die Nymphe ragte nun mit den Schultern und bis an die Hälfte der Arme aus dem Wasser hervor, und man hätte sehen sollen, wie sehr der Prinz arbeitete, um seinen Kamm vollends herauszudruchsen. Aber die Nymphe unterbrach ihn in der Arbeit, indem sie ihm sagte, es wäre nun genug; er solle den Kamm lassen, wo er sei, und dafür eilends ihre Haut verbrennen. «Ich?» rief er, «ich, eine solche Haut verbrennen? Eher soll meine eigene mit meiner ganzen Person und mit der ganzen Natur zu Asche werden, ehe ich fähig wäre, einer so liebenswürdigen Haut nur mit einer Nadelritze wehe zu tun.» – «Ich zweifle nicht an Ihrer Liebe», versetzte die

Nymphe; «aber jetzt ist die Rede bloß davon, mir zu gehorchen; kommt Ihnen ein anderer zuvor, so verlieren Sie mich auf ewig; denn es ist nun einmal geschrieben, daß ich nur demjenigen zuteil werden kann, der meine Haut verbrennt hat.» Der Prinz konnte sich unmöglich zu einer so grausamen Tat entschließen, und während daß Mitleiden, Liebe und Gehorsam in seinem Herzen stritten, sagte ihm die Nymphe Lebewohl, das Zelt schloß sich wieder über ihr zu, und alle Lichter verloschen.

Jetzo, aber zu spät, kam den guten Prinzen eine gewaltige Reue an, daß er nicht wenigstens so viel Herz gefaßt und ihre schöne Haut an irgendeinem kleinen Fleckchen verbrannt habe, da sie es doch selbst verlangte und er so viel damit zu gewinnen oder zu verlieren hatte. Er nahm sich fest vor, seinen Fehler bei der ersten Gelegenheit wiedergutzumachen, und damit ihm niemand zuvorkommen könnte, legte er sich neben den Eingang der Grotte nieder, um den Tag daselbst zu erwarten. Einen Augenblick drauf flimmerte ihm ein neuer Schein in die Augen; er glaubte, es käme aus der Grotte, die wieder erleuchtet worden wäre; aber es war ein Feuer, welches unter den vordersten Bäumen des Waldes, der sich gegen das Gestade hinzog, angezündet worden war. Indem er ein paar Schritte weiter vorwärtsging, um zu sehen, was dort vorgehe, erblickte er die abscheuliche Fischhaut, die vor ihm auf der Erde lag. Voller Unwillen, diesen grausenhaften Gegenstand abermals vor Augen sehen zu müssen, ergriff er sie. «Verwünschte Haut», rief er, «du verdienst, anstatt derjenigen verbrannt zu werden, der du so wenig ähnlich bist!» – und so lief er aus allen seinen Kräften mit ihr dem Feuer zu. Wie er hinkam, sah er eine Dame neben demselben sitzen, die, sobald sie ihn mit einer so scheußlichen Last beladen auf sie zukommen sah, mit einem großen Schrei auffuhr und sich in den dunkelsten Teil des Waldes stürzte. Der Prinz warf die Haut ins Feuer, und kaum fing die Flamme sie zu ergreifen an, so war es nicht anders, als ob eine Mine mit hunderttausend Zentner Pulver in die Luft flöge. Er bemächtigte sich eines Brandes und lief, was er konnte, nach der Grotte zurück; aber sein Brand war ihm unnütz; er fand alle Lichter wieder angezündet und die Kufe noch voll Wassers, die Nymphe hingegen und das Zelt waren verschwunden. Der arme Prinz geriet darüber beinahe in Verzweiflung, denn er nahm es für gewiß, daß irgendein andrer, weniger zärtlicher Liebhaber, nachdem er sie tüchtig gekämmt und gesengt, sie zur Belohnung für seine Mühe davongeführt haben werde.

Er stürzte wie wahnsinnig aus der Grotte, um ihnen nachzurennen, ohne zu wissen, wo hinaus, und durchlief den ganzen Wald, traf aber keinen Menschen an. Mit Anbruch des Tages befand er sich wieder an der Stelle, wo das Feuer gebrannt hatte; er wollte sehen, ob noch etwas von der scheußlichen Haut übrig wäre; er fand aber nichts als Asche. Allein, wie groß war sein Erstaunen und seine Freude, da er wenige Schritte davon das Halsband im Grase liegen sah! Er zweifelte nun nicht, daß seine Schwester die Frau gewesen sei, die sich in den Wald geflüchtet hatte. Das Verlangen, sie wiederzufinden, verdrängte jetzt auf einen Augenblick alle andern Gedanken aus seiner Seele; allem Anschein nach konnte sie nicht weit entfernt sein; und würklich hatte er kaum angefangen, sie zu suchen, als sie ihm von selbst in die Hände lief, indem sie mit großem Eifer nach dem Halsbande umhersuchte, dessen Verlust sie erst bei wiederkommendem Tage gewahr worden war. Man kann sich leicht vorstellen, wie lebhaft ihr Entzükken sein mußte, einander nach einer so wunderbaren Trennung so unverhofft wiederzufinden, und mit welcher Ungeduld sich jedes nach dem, was dem andern zugestoßen war, erkundigte. Die Prinzessin berichtete ihrem Bruder alles, was wir bereits von dem Abenteuer mit dem weißen Fuchse wissen, ohne daß der Prinz sich gleich merken ließ, daß er von seiner Bekanntschaft sei, und fuhr sodann in ihrer Erzählung folgendermaßen fort: «O mein liebster Bruder», sagte sie, «wenn du ihn gekannt hättest, es wäre dir so unmöglich gewesen als mir, nicht in ihn verliebt zu werden! Seine zärtliche Aufmerksamkeit für mich hatte etwas Übernatürliches; er schien meine Gedanken zu erraten, so geschickt wußte er allen meinen Wünschen zuvorzukommen. In der Tat hatte ich keinen andern, als nie wieder von ihm getrennt zu werden; und meine erste Sorge war deswegen, mein Halsband vor ihm zu verstecken, weil es alle Tiere davonlaufen machte. Der kleine Palast, wo wir wohnten, war mit anmutigen Gärten versehen, worin mich der Fuchs spazierenführte, wenn er glaubte, daß ich Lust habe, der frischen Luft zu genießen. Wiewohl ihm die Sprache fehlte, so schien er doch alles, was ich ihm sagte, zu verstehen und wußte auch mir zu erkennen zu geben, daß er von meinem guten Willen zu ihm entzückt sei; indessen schien er mich doch durch seine Blicke und Gebehrden immer um etwas zu bitten, und ich hätte oft vor Schmerz vergehen mögen, daß ich nicht erraten konnte, was er wollte. Endlich erfuhr ich es zu meinem Unglück. Ich hatte das Halsband in einem Busche am Ende des Gartens versteckt; der weiße Fuchs wurde es auf einem unserer Spaziergänge gewahr, und anstatt wie andre davor zu fliehen, ließ er mich stehen und fiel auf einen Sprung über das Halsband her; aber er hatte es kaum berührt, so schnappte es mit eben dem Getöse zu, wie es in den Händen der Königin getan hatte. Bei diesem Getöse machte der arme Fuchs einen Sprung zurück, und mit einem andern setzte er über die Gartenmauer weg, so daß ich ihn seitdem nie wieder gesehen habe. Ich steckte das verhaßte Halsband wieder zu mir, weil es mir in dieser Wildnis gegen die Raubtiere unentbehrlich war; und ich hatte es kaum in der Hand, so öffnete es sich wieder. Ich verließ den kleinen Palast, der mir ohne meinen Gesellschafter unerträglich war, und irre seit dieser Zeit mit unendlichem Ungemach in Wäldern, Felsen und Klüften herum; aber von allem, was ich ausgestanden, ist die Trennung von meinem getreuen und geliebten weißen Fuchs das einzige, was mir unerträglich ist. Gestern überfiel mich die Nacht an dem Orte, wo ich das Feuer angezündet hatte, bei welchem du mich mit der abscheulichen Haut erschrecktest; und sobald ich mich von meinem Entsetzen über den fürchterlichen Knall, den ich im Fliehen hörte, wieder erholt hatte, kam ich zurück, um das Halsband zu suchen, das ich vor Schrecken vermutlich hatte fallen lassen.»

Nach Endigung dieser Erzählung bat die Prinzessin ihren Bruder, sie an diesen Ort hinzuführen; aber alles Suchens ungeachtet, fand sich das Halsband nicht wieder. Ihre Betrübnis über diesen Verlust war nicht so groß, als sie gewesen sein würde, wenn sie den Prinzen nicht wieder angetroffen hätte. Seine Gegenwart beruhigte sie über alle Gefahren, vor welchen die talismanische Tugend des Halsbandes sie beschützt hatte; und ihr Vertrauen auf seine Gefälligkeit und Freundschaft ging so weit, daß sie noch weit mehr von ihm erwartete. «Lieber Bruder», sprach sie, indem sie ihm die Hände drückte und in Tränen ausbrach, «ich muß dir meine ganze Schwachheit gestehen! Ich kann nicht mehr ohne den weißen Fuchs leben; und wenn du nicht die Güte hast, ihn mir auf dem ganzen Erdboden suchen zu helfen, so wirst du mich vor Gram und Schmerzen sterben sehen.»

Dem guten Prinzen traten die Tränen in die Augen, indem er sich die Verzweiflung seiner Schwester vorstellte, wenn sie das Schicksal ihres armen Lieblings erfahren würde; und da er es unmöglich über sein Herz bringen konnte, ihr diesen tödlichen Schlag zu geben, so verschwieg er ihr, was er wußte, und versprach ihr alles, was sie wollte, wofern sie ihm nur erlaubte, den Rest dieses Tages das Ufer des Meeres zu durchstreichen. Es kostete der Prinzessin viel Überwindung, ihm hierin nachzugeben, so groß war ihre Ungeduld, dem weißen Fuchs nachzujagen. Sie teilten die Gegend, die sie durchsuchen wollten, unter sich; und die Grotte mit dem Bade war der Ort, wo sie, ihrer Abrede gemäß, wieder zusammentrafen, nachdem sie ein paar Stunden vergebens das ganze Gestade durchkrochen hatten. Die Prinzessin erstaunte nicht wenig über die wunderbaren Dinge, die sie in der Grotte sah. Während sie sich mit Betrachtung derselben aufhielt, bestieg der Prinz den höchsten Gipfel des Felsens, wo er seine Augen, so weit sie reichen konnten, über Land und

Meer hinschweifen ließ, ohne daß sich ihnen weder auf dem Lande noch dem Meere etwas von demjenigen zeigte, was er so ängstlich suchte. Bei dem Nachdenken, worein er hier verfiel, kam ihm auch der Krokodilskopf und die Fischhaut wieder in den Sinn, und zum ersten Mal stieg der Gedanke in ihm auf, ob am Ende die Haut der Nymphe, die er hätte verbrennen sollen, diese nehmliche Fischhaut sei, die er in seinem Unwillen ins Feuer geworfen hatte. Je mehr er alle Umstände verglich, je wahrscheinlicher kam ihm diese Vermutung vor, und je weniger konnte er sich selbst verzeihen, daß sie ihm nicht eher eingefallen war. «Ich hätte also», sagte er bei sich selbst, «die eine Hälfte dessen, was die Nymphe von mir verlangte, bereits bewerkstelligt, ohne zu wissen, was ich tat; aber warum entzieht sie mir die Gelegenheit, auch das übrige zu tun? Möchte sie doch hier sein», rief er aus, indem er seinen Kamm mit der größten Leichtigkeit aus dem Futteral zog, «ich wollte sie so gut kämmen, als sie in ihrem Leben nie gekämmt worden ist!»

Er hatte diese Worte kaum ausgesprochen, als ihn ein Geschrei, das aus dem Walde zu kommen schien, stutzen machte; er wandte sich um und erblickte eine Frau, die mit fliegenden Haaren und in größter Unordnung zwischen den Bäumen hin rannte, um vor einem Reiter, der hinter ihr her jagte, zu entfliehen. Der Entfernung ungeachtet wurde er gewahr, daß dieser Mann einen Bogen in der Hand hatte; und da er nicht zweifelte, daß es kein anderer als der Mörder des weißen Fuchses sei und daß die von ihm verfolgte Person eines schleunigen Beistandes bedürfe, rannte er dem Walde zu. Er hatte sie zwar aus den Augen verloren, aber ihr Schreien diente ihm zum Wegweiser.

Die Dame hatte im Laufen einen Fall getan. Der Reiter war abgestiegen, hatte sich ihrer bemächtigt und war eben im Begriff, sie auf sein Pferd zu setzen, als der Prinz anlangte. Die Schönheit dieser Person blendete ihn beim ersten Anblick; aber wie erstaunte er, da er sie für die Königin, seine Stiefmutter, erkannte! Da er von der Veränderung ihrer Gesinnungen noch nichts wußte und sich nur ihrer Grausamkeiten gegen ihn und seine Schwester erinnerte, so hätte er sich's schier reuen lassen, so früh angekommen zu sein. Demungeachtet war er großmütig genug, sie von ihrem Räuber loszumachen, und eben wollte er mit dem Degen in der Faust die ihr zugefügte Beleidigung und den Tod des weißen Fuchses rächen, als ihm die Königin den Arm zurückhielt und ihm sagte, daß es der Erzherzog von Plazenz sei. Der Prinz zweifelte keinen Augenblick daran, sobald er ihn genauer ins Auge gefaßt hatte; denn es konnte schwerlich noch ein andrer Erzherzog in der Welt sein, der den Schildhaltern des dänischen Wappens so ähnlich gesehen hätte. Er hatte einen zottichten Bart, seine Haare standen wie Borsten in die Höhe, seine Blicke waren wild und grimmig und seine Kleider in so schlimmen Umständen, daß ein Schurz von Eichenlaub ihm beßre Dienste getan haben würde. Die Königin warf sich dem Prinzen zu Füßen, umfaßte seine Knie, bat ihm alles Unrecht ab, so sie ihm und seiner Schwester getan hatte, und beschwor ihn, dem Könige, ihrem Gemahl und seinem Vater, mit ihr zu Hülfe zu eilen, den dieser verwünschte Erzherzog soeben mit einem Pfeile verwundet habe. Der Prinz geriet über diese Nachricht in solche Wut, daß er sich umwandte, um den Erzherzog, seines Wahnsinns ungeachtet, zu töten;

aber glücklicherweise hatte sich dieser, während die Königin redete, wieder auf sein Pferd geschwungen und war ohne Zweifel auf irgendein neues Abenteuer ausgezogen.

Indessen die Königin und der Prinz mit großen Schritten dem Orte zueilten, wo der verwundete König lag, erzählte sie dem Prinzen, wie ihr Herz auf einmal gegen die ganze königliche Familie umgekehrt worden sei; wie der König, der sie nicht mehr sehen wollen, den Hof verlassen habe, um seine Kinder aufzusuchen; wie sie, voller Verzweiflung über die Abreise ihres Gemahls, ihm ohne Begleitung und Equipage nachgefolgt sei und, da sie ihn binnen drei Monaten nirgends finden können, sich endlich bei der Messerscheiden-Mutter Rats erholt habe. Diese habe sie nach der Scheiden-Insel führen lassen, wo sie mit der schönsten Prinzessin in der Welt bekannt worden, aber auch mit der unglücklichsten, indem sie durch Bezauberung gezwungen sei, einen Tag um den andern die Gestalt eines Meerungeheuers anzunehmen. Sobald dieser Tag komme, stelle sich ihr eine große Fischhaut dar, der sie unmöglich widerstehen könne; der Abscheu, den sie vor derselben habe, sei so entsetzlich, daß sie lieber tausendmal den Tod leiden wollte, und dennoch sei sie genötiget, sich in dieselbe einzuwickeln und sich ins Meer zu stürzen.

Der Prinz, voller Freuden über das Licht, das ihm diese Erzählung gab, konnte sich nicht enthalten, die Königin bei dieser Stelle zu umarmen und sie zu versichern, daß diejenige, von welcher sie rede, von dieser abscheulichen Haut nicht wieder werde geängstiget werden; er warf sich nun der Königin ebenfalls zu Füßen und beschwor sie, ihn unverzüglich in die Insel zu führen, wo diese anbetungswürdige Prinzessin sich aufhalte. «Dies war eben die Sache, lieber Prinz, warum ich Sie aufsuchte», sagte die Königin; «aber wiewohl ich so glücklich gewesen bin, Sie zu treffen, so kann es uns doch nichts helfen, wenn wir nicht auch die Prinzessin, Ihre Schwester, finden; denn von euer beider Gegenwart hängt das kostbarste Leben in der Welt ab.» – «Wessen Leben?» rief der Prinz in großer Unruhe. «Des weißen Fuchses», versetzte die Königin, «den wir vielleicht nicht mehr lebendig antreffen, wenn wir noch lange verziehen.» Die Königin konnte ihre Tränen bei diesem Gedanken nicht zurückhalten. «O Gott!» rief sie, «der arme Fuchs kam von Zeit zu Zeit, uns zu besuchen, und gewann uns durch seine Liebenswürdigkeit das Herz ab. Gestern gab er uns ein Zeichen, daß man ihm die Schaluppe aus der Insel schicken sollte. Ich befand mich am Ufer, um ihn zu erwarten; die schöne Bezauberte war bei mir; aber sie konnte nicht bleiben, bis er ankam: sie ging beiseite, als ob sie allein ihren Gedanken nachhängen wollte; bald darauf hörte ich sie laut aufschreien und sah, wie sie sich in Gestalt des abscheulichsten Ungeheuers ins Meer stürzte. Ich beklagte ihr Schicksal, aber ich bekam bald noch größere Ursache, mich zu betrüben, als die Schaluppe ankam und ich den armen weißen Fuchs in seinem Blute schwimmend und aufs äußerste gebracht erblickte. Ich nahm ihn eilends in meine Arme und trug ihn so sanft, als ich konnte, in den Scheiden-Palast, wo er so gut bedient wird, als ob er der einzige Sohn des größten Königs wäre. Die Wundärzte erklärten seine Wunde für tödlich; aber die Gouvernantin der Insel, die seine große Freundin ist, tat der Fee der

Orakel einen Fußfall und erhielt die Antwort von ihr: Wenn ich den Prinzen und die Prinzessin der Lombardei binnen vierundzwanzig Stunden nach der Insel bringen könnte, so würde der weiße Fuchs gerettet sein; ich hätte zu diesem Ende weiter nichts zu tun, als mich in die Schaluppe zu setzen, denn sie würde mich von selbst an dies Ufer überführen, wo ich Nachricht von ihnen erhalten würde. Ich landete gestern beim Eintritt der Nacht an; ich durchlief den Wald, um Euch aufzusuchen, und wurde auf die angenehmste Art überrascht, da ich wider alles Verhoffen den König antraf. Er wollte mir anfangs entfliehen; aber ich fiel ihm zu Füßen und überzeugte ihn mit solcher Wahrheit von meiner Reue und von der Veränderung meiner Sinnesart, daß er der Zärtlichkeit, die er immer zu mir getragen, nicht länger widerstehen konnte; indessen sagte er mir, er könne nicht bleiben, bis er seine Kinder gefunden habe. Ich meldete ihm, daß ich ebenfalls im Begriff sei, Euch aufzusuchen, und erzählte ihm alles übrige, was Ihr schon gehört habt. Er berichtete mich hinwieder, daß der Erzherzog, sein Vetter, der seit etlichen Tagen Mittel gefunden, seinen Wächtern zu entwischen, in dieser Gegend herumirre und nach allem, was ihm in den Weg komme, mit Pfeilen schieße ... Diesen nehmlichen Morgen machten wir selbst eine traurige Erfahrung hievon. Wie wir anfangen wollten, den Wald zu durchsuchen, kam uns der Erzherzog unvermerkt auf die Spur und schoß den König mit einem Pfeil in die Schulter; er hatte schon einen andern aufgelegt, um auch nach mir zu schießen, aber auf einmal hielt er sich zurück, und nachdem er mich einige Augenblicke betrachtet hatte, sprang er vom Pferde und kam auf mich zu, um sich meiner zu bemächtigen und mich auf sein Pferd zu setzen. Die Angst gab mir so viel Stärke und Leichtigkeit, daß er mich bald aus den Augen verlor; allein, da er sehr wohl beritten war, holte er mich bald wieder ein, und ohne Ihre Hülfe, mein lieber Prinz, würde ich unfehlbar seine Beute geworden sein.»

Diese Erzählung ging eben zu Ende, da sie an den Ort kamen, wo der König verwundet worden war; aber sie fanden ihn nicht mehr dort, und dies warf sie beide in neue Verlegenheit. Aus Mitleiden und Pflicht hätten sie ihn gerne aufgesucht, aber die Gefahr des armen weißen Fuchses war noch dringender. Sie empfahlen also den König, wo er auch sein möchte, seinem guten Engel und eilten, was sie konnten, der Grotte des Bades zu, um die Prinzessin abzuholen und mit ihr nach der Scheiden-Insel hinüberzufahren. Wie sie in die Grotte hineinkamen, fanden sie die Prinzessin in trostlosem Schmerz auf dem Rande des Bades sitzen; sie hielt den Kopf des Königs, ihres Vaters, auf ihrem Schoß und überströmte ihn mit ihren Tränen, weil sie ihn für tot hielt; aber es war eine bloße Ohnmacht, die ihm der Eifer, womit er dem Räuber seiner Gemahlin nachsetzte, und ein starker Blutverlust zugezogen, da er kaum noch so viel Kräfte behalten hatte, die Grotte, wo er Hülfe zu finden hoffte, zu erreichen. Glücklicherweise wurde er durch das gewöhnliche Mittel in solchen Fällen, nehmlich einen tüchtigen Kübel voll frischen Wassers, womit sie ihn begossen, bald wieder zu sich selbst gebracht. Die Damen stillten das Blut durch Bäusche von Gaze, die sie sich von ihren Kleidern rissen, darauf nahmen ihn seine Gemahlin und sein Sohn unter die Arme und brachten ihn in die

Schaluppe, die so gefällig war, sich so nahe bei der Grotte als möglich ans Ufer anzulegen.

Während daß die Schaluppe mit ihnen davonruderte, erfuhr die Prinzessin aus dem Munde der Königin das traurige Abenteuer ihres geliebten weißen Fuchses. Sie geriet darüber in solche Verzweiflung, daß sie sich ins Meer stürzen wollte und bloß durch die Versicherung zurückgehalten werden konnte, daß ihre Gegenwart das einige Rettungsmittel seines Lebens sei.

Es ist nichts Süßeres für ein verliebtes Herz als der Gedanke, dem Geliebten das Leben wiedergeben zu können. Die Ungeduld der Prinzessin war itzt so groß, daß ihr das Fahrzeug unbeweglich vorkam, wiewohl es so schnell als ein Pfeil ging; sie langten in wenig Minuten an und flogen dem Palast zu.

Der weiße Fuchs, auf ein kleines Bette neben einem guten Kaminfeuer ausgestreckt, war seinem Ende nah; seine Augen waren geschlossen und sein ganzer Leib ohne Bewegung, aber auf den ersten Schrei der Prinzessin öffnete er die Augen, blickte sie, wiewohl sterbend, mit unbeschreiblicher Zärtlichkeit an und wedelte ein wenig, aber äußerst schwach, mit dem Schwanze. Sie warf sich der Länge nach vor ihm auf den Boden hin, aber die Statthalterin der Insel zog sie beim Arme und sagte, indem sie sie aufhob: «Wo denken Sie hin? Es kommt hier darauf an, den Fuchs ins Leben zurückzubringen, nicht ihn zu bejammern.» Der König der Lombardei war, seiner eigenen Schwachheit ungeachtet, mit der nehmlichen Torheit angesteckt worden, die alle Leute beim Anblick dieses liebenswürdigen Tiers ergriff; und während die Statthalterin sprach, hörte er nicht auf, zu jammern und dem Kranken an den Puls zu fühlen. Sie befahl, daß man ihn in ein anderes Zimmer bringen sollte, und indessen daß er von den Wundärzten verbunden wurde, sagte die Statthalterin zu der Prinzessin: «Nun, was zaudern Sie? Das Leben des weißen Fuchses ist in Ihren Händen. Sobald Sie ihm das Halsband angetan haben, wird er sich wieder so wohl befinden, als er in seinem Leben nie gewesen ist; aber ich muß Ihnen sagen, Sie haben, um ihn zu retten, nur noch wenig Augenblicke übrig.» Dies fehlte der armen Prinzessin noch, um sie völlig zur Verzweiflung zu bringen: zu wissen, daß ein Leben, wofür sie tausendmal das ihrige gegeben hätte, von dem Halsband abhing, das sie – verloren hatte. Sobald es herauskam, erhob sich ein allgemeines Jammergeschrei. Alle Anwesenden schrien: «O weh! Das Halsband ist verloren!», und tausend Stimmen brachen auf einmal aus ebensoviel Messerscheiden, womit das Zimmer ausgeziert war, hervor, fielen in tausendfachen kläglichen Tönen in das Jammergeschrei ein und riefen: «O weh! Das Halsband ist verloren!»

Der König der Lombardei, der sich eben unter den Händen der Wundärzte befand, fragte sie, was der abscheuliche Lärm, der ihm zu Ohren drang, bedeute. Einer von ihnen lief hin, um sich zu erkundigen, und kam mit der Nachricht zurück, warum es zu tun sei. «Wahrlich, viel Lärms um ein Halsband!» sagte der König; «hier ist eines, das ich diesen Morgen im Walde gefunden habe; ich wünsche, daß es das rechte sein möge, denn hoffentlich wird es dann dem abscheulichen Geheul ein Ende machen, das mir unerträglich ist.» Die Sonde mußte dem guten König vermutlich sehr weh getan haben, daß er das Halsband diesem nehmlichen Fuchse, der ihm noch kaum so lieb gewesen war, auf eine so verdrießliche Art zu Hülfe schickte. Wie der Wundarzt mit dem Halsband erschien, lag der arme Kranke schon in den letzten Zügen, und die Prinzessin, die sich das Leben nehmen wollte, hätte rasend werden mögen, so viele Scheiden zu sehen und nicht ein einziges Messer darin zu finden. Sie riß dem Wundarzt das Halsband mit Ungestüm aus der Hand und legte es ihrem sterbenden Liebling um den Hals. Augenblicklich dehnte er sich aus, und anstatt des weißen Fuchses lag der schönste Jüngling, den man mit den Augen sehen konnte, vor ihr da, so frisch und gesund, als ob ihm nie das mindeste gefehlt hätte. Diese Verwandlung schien die Prinzessin im ersten Augenblick vor Erstaunen und Freude in ein steinernes Bild verwandelt zu haben; aber den Augenblick darauf setzte sie die Erinnerung an alle die unschuldigen Liebkosungen, womit sie den weißen Fuchs ohne Bedenken und Zurückhaltung überhäuft hatte, in die äußerste Verlegenheit. Beschämt und mit gesenkten Augen eilte sie aus dem Zimmer, eben da man dem schönen Pertharit Kleider brachte; denn daß er und der weiße Fuchs nur eine Person gewesen, hat der scharfsinnige Leser vermutlich schon lange gemerkt, wiewohl wir beflissen gewesen sind, ihm das Vergnügen, es selbst zu erraten, nicht durch die geringste Anleitung zu verkümmern.

Sobald der schöne Pertharit angekleidet war, eilte er, seine geliebte Prinzessin aufzusuchen. Ihre beiderseitige Entzückung, und alles, was sie einander sagten, und die Freude der Prinzessin, da sie hörte, wer er sei und mit welcher Inbrunst sie, vom ersten Augenblick ihrer Bekanntschaft an, von ihm angebetet worden: alle diese Dinge lassen sich besser einbilden als beschreiben. Sie wurden aber bald durch das Zudringen aller derjenigen unterbrochen, die an seinem Unglück teilgenommen hatten und ihm nun über die glückliche Verwandlung seines Schicksals ihre Freude bezeugten; und darauf gingen sie alle zusammen, dem Könige der Lombardei ihre Aufwartung zu machen.

Der Prinz war die einzige Person, die von dieser erfreulichen Begebenheit nichts wußte. Er hatte den Palast sogleich wieder verlassen, da er seine schöne Nymphe nicht darin erblickte; er hatte die ganze Insel vergebens durchstrichen und kam eben traurig und mutlos wieder zurück, als der schöne Pertharit aus dem Palast herausging, um ihn aufzusuchen. Sie flogen einander mit offnen Armen entgegen, und es brauchte nur wenig Augenblicke, um dem Prinzen über alles, was er noch nicht wußte, Licht zu geben. Pertharit wandte sich hierauf an die Statthalterin, welche herbeigekommen war, und beschwor sie, mit den Leiden der schönen Ferrandine Mitleiden zu haben. «Ach», rief der Prinz, «vergessen Sie einen Augenblick den Anteil, den Sie an Ferrandine nehmen, um auf Mittel zu denken, die schöne bezauberte Nymphe von den entsetzlichen Qualen, die sie leidet, zu befreien!» – «Sie sind größer, diese Qualen, als Sie sich einbilden», antwortete die Statthalterin; «indessen kann ihr bald geholfen werden, wenn Sie noch im Besitz Ihres Kammes sind.» Der Prinz zog ihn sogleich aus der Tasche. «Wohlan», sagte die Statthalterin, «Sie müssen die Nymphe kämmen, deren Erlösung Ihnen so nahe am Herzen liegt. Wollen Sie mir schwören, daß Sie es tun wollen?» – «Ob ich es schwören will?» rief der Prinz. «O gewiß schwöre ich's; man führe mich nur auf der Stelle zu ihr!» – «Nur sachte», versetzte die Statthalterin; «und wenn nun diese Nymphe, nachdem sie durch Ihren Beistand in den Besitz aller ihrer Reizungen und ihrer vormaligen Ruhe wieder eingesetzt worden, wenn sie Ihnen dann selbst zumuten würde, die schöne Ferrandine, Pertharits Schwester, zu heuraten, würden Sie einwilligen?» – «Nein», rief der Prinz mit der größten Lebhaftigkeit, «eher wollte ich den Tod leiden!» – «Aber wenn die Ruhe der Nymphe um keinen andern Preis zu erhalten ist, was wollen Sie tun?» – «Eilen und sie befreien», sagte er; «wenn sie nur die Ruhe ihres Lebens durch mich erhält, mag ich sie doch mit dem meinigen bezahlen müssen!» – «So kommen Sie dann», antwortete die Statthalterin, «und kämmen sie, wenn Sie das Herz haben!»

Mit diesen Worten nahm sie ihn bei der Hand und führte ihn, in Begleitung aller übrigen, vor die Pforte eines Saales, die sich sogleich auftat, wie er sich ihr näherte. Aber wie groß war sein Entsetzen, als er mitten in diesem Saale die unglückliche Nymphe in einem Lehnstuhle sitzen sah, der ganz in Feuer zu stehen schien. Ihr Busen und ihre Arme waren halb entblößt, und an diesem allein erkannte er sie; denn ihre Haut war statt der Haare von lauter Flammen umgeben, ihr Gesicht ganz aufgedunsen und die Augen so weit herausgetrieben, als ob sie ihr aus dem Kopfe fallen wollten. «Sehen Sie, Prinz», sagte die Statthalterin, «in was für einen Zustand Sie ihre angebetete Nymphe gesetzt haben, um sie von dem Krokodilskopf und von ihrer Haut zu befreien! Gehen Sie nun und kämmen Sie!» Er ließ sich's nicht zweimal sagen, wiewohl das Abenteuer keines von den leichtesten war. Er zog seinen Kamm hervor und warf sich damit mitten in den Saal. Aber kaum war er mit der Hand, worin er den Kamm hielt, durch die Flammen, die wie dichtes aufgelöstes Haar um ihren Kopf und Nacken herwallten, hindurchgefahren, als sie plötzlich verschwanden und die Nymphe, frischer als Aurora und glänzender als die Sonne, aufstand und ihm ihre Hand darbot, die er auf seinen Knien küßte. Der schöne Pertharit und die Nymphe fielen nun einander um den Hals und umarmten sich mit Zeichen der äußersten Zärtlichkeit. Der Prinz wurde in den ersten Bewegungen von Eifersucht, die dieser Anblick in seinem Busen erregte, durch die Namen von Bruder und Schwester unterbrochen, die ihn zu seiner unbeschreiblichen Freude belehrten, daß seine geliebte Nymphe die unvergleichliche Ferrandine sei, deren Hand er unwissend ausgeschlagen und die er nun bald zu besitzen hoffte. Sein Glück kam ihm wie ein Traum vor, aus dem er alle Augenblicke zu erwachen fürchtete, und er konnte sich nicht aus seinem Erstaunen erholen, wenn er bedachte, daß diese himmlische Schönheit, die er unter so mancherlei Gestalten angebetet hatte, die weltberühmte Ferrandine und der schöne Pertharit der nehmliche weiße Fuchs sei, den seine Schwester so heftig geliebt hatte.

Diese vier Liebenden, die vollkommensten und glücklichsten, die vermutlich damals auf dem ganzen Erdenrunde zu finden waren, begaben sich nun miteinander in das Zimmer des Königs der Lombardei, wo sie die Königin antrafen, die durch die zärtlichste Aufmerksamkeit sich beeiferte, ihm die Aufrichtigkeit ihrer Zuneigung zu beweisen. Da seine Wunde an der Schulter nicht viel zu bedeuten hatte, so brauchte es nur wenig Zeit, um ihn völlig wiederherzustellen. Inzwischen erzählte der schöne Pertharit, um ihm die Zeit zu vertreiben, wie es mit seiner und seiner Schwester Verwandlung zugegangen.

«Sobald wir», sagte er, «in das unbewohnte Schloß im Walde hineingetreten waren, um den verlornen Verstand des Erzherzogs, unsers Vaters, darin zu suchen, wurden wir sogleich von einer unendlichen Menge Gespenster und fürchterlicher Schreckbilder überfallen, die uns die ganze Nacht durch ängstigten. Mit Anbruch des Tages stand auf einmal eine Frau vor uns, die, ungeachtet ihres hohen Alters und ihrer mit lauter Messerscheiden garnierten Kleidung, ein ziemlich ehrwürdiges Ansehen hatte und in der einen Hand einen Kamm, in der andern ein Halsband trug. ‹Hier, Pertharit›, sagte sie zu mir, ‹lege dieses Halsband an, und du, Ferrandine›, fuhr sie fort, sich an meine Schwester wendend, ‹kämme dich mit diesem Kamme, wenn ihr wollt, daß euer Vater seinen Verstand wieder überkomme; und um euch in den Unfällen, die euch zustoßen möchten, zu trösten, wisset, daß, sobald man dir, Pertharit, dies Halsband angelegt, und dich, Ferrandine, mit diesem Kamme gekämmt und deine Haut verbrannt haben wird, alle euere Leiden aufhören und euch alles zuteile werden wird, was euer Herz wünschet.› Mit diesen Worten verschwand die alte Frau wieder und ließ uns, wie man sich vorstellen kann, in keiner geringen Verlegenheit über den geheimnisvollen Sinn ihrer Rede. Indessen, um je bälder, je lieber aus dem verwünschten Schlosse zu kommen und meinen Vater wiederherzustellen, eilte ich, mir das

Halsband anzulegen. Aber kaum hatte ich es an, so sah ich mich in einen schneeweißen Fuchs verwandelt. Meine Schwester tat einen entsetzlichen Schrei, wie sie das Unglück sah, das mir begegnet war. Da mich meine Vernunft bei dieser kläglichen Verwandlung nicht verlassen hatte, so fühlte ich es in seinem ganzen Umfang; und um meine arme Schwester vor dem Fallstricke, den uns die Scheiden-Mutter gelegt hatte, zu warnen, suchte ich ihr, in Ermanglung der Sprache, durch Zeichen zu erkennen zu geben, daß sie sich ja nicht kämmen möchte. Aber meine Gebehrden betrogen sie; sie nahm sie gerade im gegenteiligen Sinne, und in Hoffnung, daß der Kamm vielleicht die Würkung des Halsbandes wieder aufheben würde, fing sie an, sich damit zu kämmen. Aber kaum berührte der Kamm ihre Haare, so sah ich sie, auf eben die Art, wie ihr alle gesehen habt, in lauter Flammen verwandelt. In voller Angst warf sie den Kamm von sich, lief zum Schlosse hinaus und dem Walde zu und hörte nicht auf zu laufen, bis sie das Ufer, dieser Insel gegenüber, erreicht hatte. Ich folgte ihr, nachdem ich mein Halsband ebenfalls abgeworfen, auf dem Fuße nach und sah, daß sie, sobald sie in der Badegrotte bei der Kufe voll Wassers angelangt war, sich auskleidete, um hineinzuspringen; aber unglücklicherweise fiel ihr die abscheuliche Fischhaut in die Augen, und wiewohl sie sich mit ängstlichem Geschrei von ihr zu entfernen suchte, so fühlte sie sich doch durch eine unsichtbare Gewalt genötiget, sich in diese Haut einzuwickeln und ins Meer zu stürzen. Von dieser Zeit an kam ich alle Tage zu der Grotte zurück, um ihr Unglück zu beweinen und sie, wo möglich, wiederzusehen. Als ich nun eines Tages auf die Spitze des Felsens hinaufgeklettert war und nach dem Schlosse dieser Insel hin winselte, in der Meinung, daß Ferrandine sich dahin geflüchtet haben könnte, sah ich eine Schaluppe zu mir herüberkommen. Ich sprang hinein, und sie setzte mich an der Insel ab, wo ich, zu meinem unbeschreiblichen Troste, meine Schwester an einem ihrer guten Tage fand. Sie erzählte mir, wie gütig sie von der Statthalterin aufgenommen worden und wie freundlich ihr in diesem Schlosse begegnet werde; aber sie preßte mir Tränen aus, indem sie mir sagte, daß sie, einen Tag um den andern, sowie die Fischhaut sich ihren Augen darstelle, genötiget sei, sich dareinzuwikkeln, ins Meer zu springen und nach der Badegrotte hinüberzuschwimmen, wo die Haut sie wieder verlasse, während sie sich in dieser prächtigen Kufe bade. Die Statthalterin, die an unserm Unglück vielen Anteil zu nehmen schien, erlaubte mir, Ferrandinen von Zeit zu Zeit zu besuchen, und wir redeten die Zeichen miteinander ab, die ich ihnen von der Spitze des Felsens geben wollte. Ich kehrte in den Wald zurück, um die Ursache unsres Unfalls, den Kamm und das Halsband, zu suchen, die nun das einzige Mittel, uns wieder herauszuhelfen, sein sollten; und das Glück, oder vielmehr die Zaubereien der Scheiden-Mutter, führten mich in den kleinen Palast, den ich seitdem immer bewohnt habe und wo mir mit der schönen Prinzessin der Lombardei alles das begegnet ist, was sie euch schon selbst berichtet hat.»

Sobald der schöne Pertharit mit seiner Erzählung fertig war, nahm die Statthalterin das Wort. «Billig ist es nun an *mir*», sagte sie, «den erlauchten Personen, die in diese wundervolle Geschichte verflochten sind, einiges Licht darüber zu geben, wer diese sogenannte Scheiden-Mutter ist, die in diesem allem die Hauptrolle gespielt hat, und was sie dazu gebracht, dem Erzherzog und seiner liebenswürdigen Familie so übel mitzuspielen, und was alle die Messerscheiden bedeuten, die überall das Symbol ihrer Gegenwart und ihres Einflusses sind.» Da die sämtlichen Anwesenden sich sehr neugierig bezeigten, die Geschichte einer so merkwürdigen Person zu hören, erledigte sich die Statthalterin ihres Versprechens folgendermaßen:

«Philoklea – denn dies ist der wahre Name derjenigen, die seit ungefehr einem Jahrhundert unter dem seltsamen Namen der Messerscheiden-Mutter bekannt ist – war die Tochter eines Königs von Armorika. Sie brachte die Anlage zu einer Schönheit mit auf die Welt, die in der Folge so vollkommen wurde, daß sie Wunder tat. Glücklicherweise hatte das Gestirne, das sie mit diesem beneideten Vorzuge begabte, sie zu gleicher Zeit mit einem Geiste ausgerüstet, dessen Vollkommenheiten den Glanz ihrer Schönheit beinahe verdunkelten und wenigstens verhinderten, daß sie nicht selbst davon verblendet wurde. Die Anbeter ihrer Reizungen konnten sich nur insofern Hoffnung machen, ihrem Herzen beizukommen, als sie fähig waren, durch Geist und Wissenschaft ihre Achtung zu erlangen. Da es lange währte, bis sich Liebhaber einstellten, die ihrer Aufmerksamkeit würdig schienen, so war die Einsamkeit und das Studieren ihr einziges Vergnügen. Der König, ihr Vater, der prächtigste und zugleich der unwissendste Fürst seiner Zeit – ungeachtet er in seinem Leben in keinem Buche las –, hatte doch, um sich auch in dieser Art von Aufwand hervorzutun, mit großen Kosten eine Sammlung der seltensten und kuriosesten Bücher, die in der ganzen Welt aufzutreiben waren, zusammengebracht. Diese Bibliothek war Philokleens gewöhnlichster Aufenthalt, und hier schöpfte sie die Anfangsgründe der wunderbaren Kenntnisse, durch welche sie in der Folge so berühmt wurde. Eine unermüdete Anstrengung schloß ihr in kurzem die Bedeutung der unbekanntesten Schriftzeichen und den Sinn der dunkelsten Bücher auf, womit diese Sammlung angefüllt war. Bei allem dem blieb ihr doch das kostbarste dieser Bücher lange Zeit unverständlich. Es enthielt eine unendliche Menge ausgemalter Abbildungen von Pflanzen, Blumen und Tieren, die bald untereinandergemischt, bald in einer gewissen Ordnung zusammengestellt und öfters durch die Zeichen der Planeten und Sternbilder unterbrochen waren. Wie rätselhaft und geheimnisvoll auch diese hieroglyphische Sprache war, so wußte sie doch durch unablässiges Forschen und Vergleichen, sich auch von dieser endlich Meister zu machen, und fand sich für alle Mühe, die es sie gekostet hatte, reichlich durch die großen Geheimnisse belohnt, die ihr dieses Buch offenbarte. Ihr Vater, der ihre allzu große Liebe zum Studieren für ihren einzigen Fehler ansah, drohte ihr öfters, daß er die ganze Bibliothek in Brand stecken lassen wollte. Einsmals kam er, um sie mitten aus ihren Büchern heraus und auf die Jagd mitzuschleppen. Sie stieg zu Pferde, und in einem schimmernden Jagdkleide, mitten unter einem glänzenden Gefolge von beiderlei Geschlechte, löschte sie alle übrigen Damen aus und bezauberte alle Männerherzen, ohne die mindeste Kenntnis davon zu nehmen. Die Jagd war kaum angegangen, als Philokleens Pferd, von dem Geschrei der Jäger und Hunde erschreckt, mit ihr durchzugehen anfing. Ein großer Fluß setzte sich endlich seinem Lauf entgegen; aber es stürzte sich hinein, schwamm hindurch und hielt nicht eher still als mitten in einem großen Walde. Philoklea stieg ab, band ihr Pferd an einen Baum und lustwandelte einige Zeit unter den Bäumen hin und her, sehr vergnügt, durch diesen Zufall von einem ihr unangenehmen Gedränge von Menschen entfernt worden zu sein. Endlich setzte sie sich auf eine Art von Moosbank am Fuße einer alten Eiche nieder und überließ sich ihren Gedanken, die sie so weit führten, daß sich der Tag schon zu neigen anfing, als sie durch einen ziemlich lauten Schrei aus ihrer Träumerei erweckt wurde. Sie schaute auf und sah einen großen Uhu, der von Ast zu Ast herunterfiel und sich endlich durch eine unendliche Menge von Lappen und Fetzen, die an seinen Füßen herabhingen, in einem der untersten Äste verwickelte. Da sie keine Person war, die sich vor einem Uhu fürchtete, so machte sie sich ein Vergnügen daraus, ihn loszuwickeln und in Freiheit zu setzen; allein, anstatt davonzufliegen, setzte er sich ein paar Schritte weit von Philokleen auf die Erde und fing an, ihr mit großer Aufmerksamkeit in die Augen zu sehen, denn die zunehmende Dunkelheit hatte ihm den Gebrauch seiner eigenen wiedergegeben. Die Prinzessin erwartete, daß er anfangen würde zu sprechen, da sie so lange von ihm begafft worden war; aber er tat bloß einen kleinen Schrei, schlug mit den Flügeln, flog davon, setzte sich wieder auf eine andere Eiche und ließ abermals einen kleinen Schrei hören. Philoklea, die etwas Geheimnisvolles in dem Betragen dieser Eule zu finden glaubte, näherte sich ihr: aber die Eule verschwand, und aus dem Ort, wo sie gesessen hatte, schoß ein Lichtstrahl hervor; aber ehe die Prinzessin Zeit hatte zu untersuchen, was es sein könnte, zeigten sich eine große Menge Fackeln in dem Walde, und sie wurde von den Personen, welche sie zu suchen ausgeschickt worden waren, nach dem Hofe ihres Vaters zurückgebracht.

Seit diesem Tage wurde Philokleen die Bibliothek verboten; alles, was sie erhalten konnte, war, daß man ihr das Buch der Hieroglyphen ließ, weil ihr Vater es für ein bloßes Bilderbuch ansah, mit dessen Durchblättern sie sich die Zeit vertreiben wolle. Sie nahm es gemeiniglich mit sich, wenn sie in dem Walde, wo sie den Uhu angetroffen hatte, einsam spazierenging. Einsmals kam ihr die Lust an, zu sehen, was aus ihm geworden sei; sie ging ziemlich tief in den Wald hinein und guckte mit großer Emsigkeit an allen Bäumen hinauf, in Hoffnung, ihn endlich gewahr zu werden oder wenigstens den Baum zu entdecken, aus dem sie den Lichtstrahl hatte hervorbrechen sehen; aber vergebens. Sie wurde endlich vom Suchen so müde, daß sie sich ins Gras hinlegte und in einen tiefen Schlaf versank, aus welchem sie plötzlich auf eine sehr unangenehme Art erweckt wurde, indem sie sich von einer Art von Waldmenschen angepackt fühlte, der am ganzen Leibe mit Haaren bewachsen war und (die Hörner und Bocksfüße ausgenommen) genauso aussah, wie man die Satyrn abzubilden pflegt. Ihr Geschrei und ihr Bestreben, sich aus den gewaltsamen Armen dieses Unholdes loszuwinden, würde, da er eine unmenschliche Stärke hatte, vergebens gewesen sein, wenn nicht auf einmal der Uhu, mit etwas Glänzendem in seinen Klauen, auf das Ungeheuer herabgeschossen wäre und es tot zu ihren Füßen hingestreckt hätte. Sie glaubte, daß ihn ein Donnerkeil erschlagen hätte; aber da sie ihn genauer betrachtete, erblickte sie das Heft eines Messers, dessen Klinge in seinem Herzen stak. Kaum hatte sie es herausgezogen, als alle Stellen der Klinge, die nicht mit Blute befleckt waren, ihre Augen durch einen Glanz verblendeten, der im Dunkeln immer heller wurde. Sie ging zu einer Quelle hin, die nicht weit davon aus einem Felsen sprang, um das Blut von der Klinge wegzuwaschen; aber ihre Mühe war vergeblich, das Wasser machte die Farbe des Blutes nur desto lebhafter. Ihr Erstaunen über dieses Wunder machte bald einem noch größern Platz. Sie kam auf den Einfall, die Klinge an dem Felsen zu reiben, um zu versuchen, ob sich die Flecken nicht wegschleifen ließen; aber kaum hatte die Spitze der Klinge den Felsen berührt, so war es, als ob das Messer lebendig werde, und indem sie seiner Bewegung nachgab, ohne es aus der Hand zu lassen, fing es an, gewöhnliche Buchstaben zu schreiben, aber in einer Sprache, wozu der Schlüssel nirgends als in dem mehr erwähnten Buche zu finden war. Der Uhu, der sich ebensowenig von Philokleen als von dem Messer zu trennen Lust hatte, saß nicht weit davon auf dem Felsen und schien auf das, was vorging, sehr aufmerksam zu sein. Als das Messer zu schreiben aufhörte, las die Prinzessin folgende Worte:

Schöne Prinzessin mit dem goldnen Messer,
rupfe den Uhu damit, so wird ihm besser!

Philoklea, die von der Wichtigkeit dieses Messers hohe Begriffe zu fassen anfing, hielt sich verbunden, alles, was es schreiben würde, mit dem Gehorsam, den man einem Orakel schuldig ist, zu vollziehen. Sie ergriff also den Uhu, der sich willig seinem Schicksal unterwarf, und fing an, ihn zu berupfen, nicht ohne innerliche Vorwürfe, daß sie ihm für den wichtigen Dienst, den er ihr geleistet, so übel mitspielen sollte. Aber, siehe da! ehe sie noch mit der Arbeit fertig war, wurde der häßlichste aller Uhus unter ihren Fingern zum schönsten aller Menschen!

Vor Bestürzung ließ sie das Messer aus der Hand fallen; aber der schöne Jüngling hob es sogleich wieder auf, und indem er es der Prinzessin auf seinen Knien darreichte, sagte er ihr so witzige und verbindlichste Sachen, daß sie sich nicht enthalten konnte, ihm mit einer Gefälligkeit zuzuhören, womit noch keine Mannsperson von ihr begünstiget worden war.

Vermutlich», fuhr die Statthalterin fort, indem sie sich an den König und die übrigen Anwesenden wandte, «werdet ihr nicht viel weniger neugierig sein, als es Philoklea damals war, zu erfahren, was es mit dem gewesenen Uhu für eine Bewandtnis hatte; ich will also die Erzählung, die er ihr davon machte, ins Kurze zusammenziehen, wiewohl wir unsre Hauptperson eine kleine Weile darüber aus den Augen verlieren werden.

Es lebte einst in Armorika ein berühmter Druide, der sich Kaspar der Alleswisser nannte, denn er hatte in einer von ihm selbst erfundenen Sprache ein Buch verfaßt, worin alle Wissenschaft der Weisen vor und nach Adam enthalten war. Dieses Buch war nach seinem Tode in die Bibliothek des Königs gekommen und war das nehmliche, woraus Philoklea ihre größten Geheimnisse gelernt hatte. Dieser Kaspar der Alleswisser hatte einen Sohn, der so schön war, daß er in sich selbst verliebt wurde und kein größeres Vergnügen in der Welt kannte, als den ganzen langen Tag vor einem Bach oder Brunnen zu stehen und sein eigenes Bild darin anzuschauen. Dies war die Ursache, warum ihn sein Vater Narzissus nannte; indessen machte ihm diese Narrheit seines Sohnes so viel Unlust, daß er ihn eines Tages in sein Laboratorium kommen ließ und, nachdem er ihm wegen seiner abgeschmackten Selbstgefälligkeit einen derben Verweis gegeben, hinzusetzte: ‹Mein Sohn, ich sehe wohl, daß du nimmermehr zu nichts gut sein wirst, solang ich dich bei mir behalte; ich will dir also einen Auftrag geben, wodurch du Gelegenheit bekommen wirst, die Welt zu sehen, aber unter der Bedingung, daß du dich nie wieder in einem Bache beschauest; denn das sage ich dir, das erste Mal, da du diesem Verbot ungehorsam bist, wirst du so häßlich werden, daß du vor deiner eigenen Gestalt erschrecken wirst; und wofern du jemals in diesen Fall kommst, so wird niemand als eine Dame, die mein Buch lesen und verstehen kann, dir diese Schönheit wiedergeben können, die dir den Kopf verrückt hat und die du alsdann verachten wirst. Noch mehr: mit deiner ersten Gestalt wird dir alsdann auch alle meine Wissenschaft mitgeteilt werden, ebenso wie derjenigen, in deren Hände mein Buch geraten wird, wofern sie den Schlüssel zu einer von mir erfundenen und mir allein bekannten Sprache zu finden weiß. Merke wohl auf das, was ich dir sagen will! Es ist irgendwo in der Welt ein Wald, und in diesem Wald ein Baum, der nicht leicht zu finden ist, und in diesem Baum eine goldene Messerscheide, aber von einem Golde, das nicht zerschmelzt, wie jedes andere Gold tun wird, wenn es von dem Messer berührt wird, das ich dir geben will. Diese Scheide ist es, mein Sohn, die du suchen und, wenn du sie gefunden hast, mir überbringen sollst.› Mit diesen Worten gab er ihm das Messer, umarmte ihn und schickte ihn fort.

Narzissus durchsuchte alle Wälder, die er auf seiner Wanderschaft vor sich fand, mit einer solchen Emsigkeit, daß er in drei Jahren nicht mehr als zwanzig Meilen zurücklegte. Endlich kam er an den Hof des Königs, dessen Tochter Philoklea ist; da es ihm aber bloß darum zu tun war, die Scheide zu suchen, und er diese an keinem Hofe, sondern in einem Walde finden sollte, so eilte er sogleich wieder fort, ohne sich gezeigt zu haben, und geriet in ein sehr anmutiges Gehölze, das größtenteils von einem Flusse umgeben war, dessen Wasser den Kristall an Klarheit übertraf. Um tiefer in den Wald hineinzukommen, mußte er über den Fluß; und indem er hinüberging, wandelte ihn die Neugier an, zu sehen, ob die Beschwehrden der Reise seiner Schönheit keinen Abbruch getan hätten. Er vergaß der väterlichen Warnung und bückte sich über das Wasser herab; aber wie groß war sein Entsetzen, da ihm, statt der Züge des schönen Narzissus, ein großer Uhu entgegensah! Der Schrei, den er vor Schrecken tat, verdoppelte seine Bestürzung, denn es war der Schrei einer Eule, und ehe er den zweiten tun konnte, sah er sich von Kopf zu Fuß in eine Horneule von der ersten Größe verwandelt. Er behielt zwar noch seine Vernunft; aber er hatte so wenig, daß es nicht der Mühe wert war, sie ihm zu nehmen. Voller Verzweiflung eilte er nun den dunkelsten Gegenden des Waldes zu, wo er sein trauriges Leben damit zubrachte, sich den Tag über in einem hohlen Baum zu verbergen und des Nachts Waldratten oder Fledermäuse zu seiner

Nahrung zu fangen und die Scheide des Messers zu suchen, welches er sorgfältig aufbewahrt hatte. Er suchte so lange, bis der Glanz, den diese wundervolle Scheide im Dunkeln von sich warf, ihn den Baum, worin sie steckte, finden ließ; aber wie viele Mühe er sich auch deswegen gab, so konnte er es doch nie dahin bringen, weder die Scheide herauszuziehen noch sein Messer hineinzustecken. Alles, was er tun konnte, war, das Messer auf eben diesem Baume nahe bei der Scheide zu verbergen und sich immer in der Nähe desselben aufzuhalten. Endlich fügte es ein glücklicher Zufall, daß die Prinzessin Philoklea sich in diese Gegend des Waldes verirrte und von der Nacht überfallen wurde. Der Uhu verliebte sich sterblich in sie, sobald es dunkel genug war, daß er sie sehen konnte; aber sein Zustand würde durch eine Liebe, wovon er sich so wenig zu versprechen hatte, eher verschlimmert als gebessert worden sein, wenn ihm nicht eine geheime Stimme innerlich zugeflüstert hätte, daß dies vielleicht die Dame sei, die ihm seine vorige Gestalt wiedergeben könne. Bald darauf war er glücklich genug, sie vermittelst seines Messers aus den zottichten Armen des wilden Mannes zu retten, der sie, wie ich bereits gemeldet, im Schlaf überfallen hatte; und da er, durch eine Folge dieses Abenteuers, mit seiner ursprünglichen Schönheit auch noch allen Verstand und alle Wissenschaften seines Vaters, Kaspar des Alleswissers, erhielt: so war die Gegenliebe der schönen Philoklea das einzige, was er noch zu wünschen hatte, um der glücklichste aller Menschen zu sein. Und wie hätte die Prinzessin ihm diese versagen können, da er nun, nachdem der Geist seines Vaters in ihn übergegangen war, unter allen Sterblichen der einzige war, den sie ihrer Liebe würdig halten konnte? Um es kurz zu machen, sie überließen sich der Sympathie, welche natürlicherweise zwischen zwei Personen vorwalten mußte, die vergebens eine dritte ihresgleichen in der Welt gesucht hätten: sie liebten sich und teilten einander alle ihre Wissenschaften und Geheimnisse mit. Er beschenkte sie mit der Gabe, sich unsichtbar zu machen und niemals alt zu werden; und sie mußte ihm schwören, das wundervolle Messer niemals zu veräußern, an dessen Besitz ihre gemeinschaftliche Glückseligkeit gebunden war, und niemanden weder ihr Abenteuer noch ihre Verbindung mit ihm zu entdecken. Vermittelst des Geheimnisses, sich unsichtbar zu machen, welches der glückliche Narziß besaß, führten sie viele Jahre das beneidenswürdigste Leben, ohne daß man etwas davon gewahr wurde. Indessen fehlte ihnen gleichwohl noch die goldene Scheide, die sie mit aller ihrer Wissenschaft nicht aus dem Baume herauszuziehen vermochten. Dieses Abenteuer war einem andern aufbehalten; aber unglücklicherweise blieb der Besitz des Messers immer unsicher, solange man nicht zugleich im Besitz der Scheide war.

Die schöne Philoklea hielt sich, diese Zeit über, noch immer am Hofe ihres Vaters auf, wo die Mühe, alle die Anträge und Bewerbungen, die ihre Schönheit ihr zuzog, von sich abzuhalten, das einzige war, was ihre geheime Glückseligkeit verbitterte, wiewohl im Grunde sie nur desto reizender machte. Sie allein erhielt sich immer im Glanz einer unverwelklichen Jugend, während alles um sie her unvermerkt alterte; aber eben dieses Umstandes wegen wurde sie endlich eines Aufenthaltes überdrüssig, wo sie selbst, ihrer ewigen Jugend ungeachtet, zuletzt etwas Altes zu werden anfing. Sie verließ also ihr Vaterland, um in Begleitung ihres unsichtbaren Liebhabers in fremden Ländern neue Entdeckungen zu machen. Sie besuchte Ägypten, Afrika, Persien und Indien und brachte verschiedene Jahrhunderte mit diesen Reisen zu, die an einer Menge merkwürdiger Zufälle und Abenteuer fruchtbar waren. Als sie endlich nach Europa zurückkam, fand sie es überall von dem Ruhm des weisen Merlins erfüllt. Die Neugier, durch sich selbst zu erkundigen, ob die Wunder, die man von seiner Wissenschaft erzählte, eines so großen Ruhmes würdig seien, bewogen sie, nach Britannien überzugehen und, unter einer unkenntlichen Gestalt, am Hofe des Königs Artus zu erscheinen, wo Merlin sich aufzuhalten pflegte. Wie gut sie sich auch verborgen zu haben glaubte, so konnte sie doch nicht verhindern, daß der schlaue Zauberer Verdacht bekam. Er bot allen seinen Künsten auf, sich bei ihr einzuschmeicheln; aber sie war zu scharfsichtig, um nicht bald zu merken, daß seine Freundschaft die Maske geheimer Absichten war und daß er auf nichts Geringers ausging, als sie des Messers zu berauben, von dessen Scheide er sich durch ein Geheimnis, das ihm allein bekannt war, zum Besitzer gemacht hatte. Sie erhielt die Bestätigung dieser Vermutung von dem Messer selbst, von welchem sie, sobald sie es mit der Spitze auf einen dichten Körper setzte, über alles, was sie zu wissen verlangte oder nötig hatte, ein immer zuverläßliches Orakel erhielt. Da sie sich mit aller ihrer Wissenschaft vor den Kunstgriffen eines so geschmeidigen und vielgestaltigen Menschen nicht sicher hielt, so verließ sie Britannien wieder und zog sich an den Fuß des Apenninischen Gebürges zurück, wo sie, um desto weniger entdeckt werden zu können, die Gestalt annahm, unter welcher sie euch bekannt ist. Aber alle ihre Vorsicht war vergebens. Eines Tages, da ihr der Zauberer Merlin, und was sie von ihm zu befürchten hatte, ganz wieder aus dem Sinne gekommen war, sah sie, auf einem ihrer Spaziergänge, einen glänzenden Wagen von dem Gipfel des Berges herabsteigen. Aus diesem Wagen stieg ein Zauberer von so ehrwürdigem Ansehen, daß es unmöglich gewesen wäre, ihm etwas Arges zuzutrauen. ‹Schon lange›, sagte er, indem er ihr die Scheide ihres Messers darbot, ‹suche ich die ehrwürdige Besitzerin des Messers, für welches diese wundervolle Scheide gemacht ist, um ihr einen Schatz einzuhändigen, der ihr angehört und mir unnütz ist, wiewohl ich der einzige Sterbliche bin, der das Messer in die Scheide stecken kann.› Die Freude der Prinzessin beim Anblick eines Kleinods, dessen so lange schon gewünschter Besitz das einzige war, was ihre Glückseligkeit unzerstörbar machen konnte, war so groß, daß sie auf einen Augenblick ihre Klugheit überwog. Sie reichte dem Unbekannten ihr Messer hin, um es in die goldne Scheide zu stecken; aber er hatte es kaum in der Hand, als er damit aus ihren Augen verschwand. Ihre Verzweiflung über diesen Verlust und über die Art, wie sie sich um das Kostbarste, was sie besaß, hatte bringen lassen, ist mit keinen Worten auszudrücken; aber sie fühlte erst die ganze Größe ihres Verlustes, da sie bei ihrer Zurückkunft ihren geliebten Narzissus nicht mehr fand. Vergebens suchte sie ihn viele Jahre lang auf dem ganzen Erdboden. Endlich kehrte sie wieder an den Ort zurück, wo sie alles, was ihr das Liebste war, verloren hatte. Das Verlangen, das nun ihre einzige Leidenschaft ist, ihr verlornes Messer, wenn auch Jahrhunderte darüber hingehen sollten, wiederzubekommen, brachte sie auf den seltsamen Einfall, überall, wo sie sich sehen läßt, eine Art von Buden zu errichten, die mit Scheiden angefüllt sind, und von allen, die etwas bei ihr zu suchen haben, das Geschenk eines Messers zu verlangen: in Hoffnung, daß unter so vielen Messern endlich einmal das rechte in eine von diesen Scheiden werde gesteckt werden. Das Schlimmste war indessen, daß der Verlust des Messers, ohne welches sie keine Hoffnung hat, mit ihrem geliebten Narzissus wieder vereiniget zu werden, ihre sonst äußerst sanfte und wohltätige Sinnesart so vergällte, daß sie, um die Menschen in den Fall zu setzen, ihrer Hülfe recht oft vonnöten zu haben, sich ein ordentliches Geschäfte daraus machte, unerhörte und abenteuerliche Zufälle und Schicksale zu erfinden, in welche sie die Leute verwickelte. Vornehmlich war sie ebenso sinnreich als unbarmherzig, diejenigen zu quälen, die eine gegenseitige Sympathie dazu bestimmt hat, nur durch ihre gegenseitige Liebe glücklich sein zu können. Sie schien in den Qualen, so sie diesen Unglücklichen zubereitete, eine Erleichterung ihrer eigenen zu finden; und wiewohl sie zu gutherzig war, sie am Ende nicht dafür zu belohnen: so können doch Pertharit und Ferrandine mit ihren Geliebten bezeugen, daß sie ihnen das Glück, womit ihre Liebe endlich bekrönt wird, teuer genug verkauft hat.»

Hier endigte die Statthalterin ihre Erzählung, mit der Versicherung, daß sie die Scheiden-Mutter von nun an um so gewisser als ihre Freundin betrachten könnten, da sie große Hoffnung habe, in kurzem wieder zu ihrem Messer und seiner Scheide, und mit beiden zum Besitz ihres Geliebten und ihrer vormaligen Zufriedenheit, zu gelangen. Dieser Versicherung zufolge endigten sich nun die Abenteuer des ganzen königlichen Hauses so glücklich, daß sie versucht waren, sowohl ihre vormaligen Leiden als ihr jetziges Glück für ein Märchen zu halten. Der König wurde geheilt; der Erzherzog fand seinen Verstand wieder, und mehr als er jemals gehabt hatte; der schöne Pertharit und seine Prinzessin erhielten die bezauberte Insel, die Badegrotte und das ganze Land umher zum Hochzeitsgeschenke; und die schöne Ferrandine machte den Prinzen der Lombardei zum glücklichsten aller Longobarden seiner Zeit.

Der eiserne Armleuchter

Ein türkisches Märchen

—

Ein reisender Derwisch wurde zu Bassora von einer Krankheit überfallen. Er nahm seine Zuflucht in die Hütte einer guten armen Witwe, die sich in einer der Vorstädte mit ihrem einzigen Sohne Nardan, einem Knaben von sechzehn Jahren, von ihrer Handarbeit und einem kleinen Garten, der ihr ganzer Reichtum war, notdürftig nährte. Das gute Mütterchen wartete und pflegte den Kranken mit so großer Sorgfalt, daß er nach Verfluß einiger Wochen sich wieder völlig hergestellt befand.

Da er während dieser Zeit Gelegenheit genug gehabt hatte, wahrzunehmen, daß ihr der junge Nardan mehr zur Last als zum Troste gereichte und daß sie für die Zukunft seinetwegen nicht wenig verlegen war, so tat er ihr, zum Beweise seiner Dankbarkeit, den Vorschlag, ihr alle weitere Sorge für ihren Sohn abzunehmen und ihn, falls sie in eine Trennung von ihm einwilligen wollte, wie sein eignes Kind zu halten. Der Stand, das Alter, die Miene und das Betragen des Derwisch flößten Ehrfurcht und Vertrauen ein; die Witwe nahm sein Anerbieten an, und in wenigen Tagen machte er sich mit dem jungen Nardan auf den Weg, nachdem er ihnen eröffnet hatte, daß er eine Reise von zwei bis drei Jahren zu tun gedächte, ehe er nach Magrebi, dem Orte seines gewöhnlichen Aufenthalts, zurückkehren würde.

Während dieser langen Zeit, in welcher der Derwisch mit seinem jungen Gefährten alle Länder, die dem Gesetze des Propheten folgen, durchwanderte, schien er nichts Angelegneres zu haben, als sich durch alle nur ersinnliche Beweise einer väterlichen Zärtlichkeit das Zutrauen und die Liebe dieses Jünglings zu erwerben. Er ließ es ihm an nichts fehlen, er bemühte sich, ihm die Lehren der Weisheit ins Gemüte zu prägen und ihm Mäßigung der Begierden und Geringschätzung aller ungewissen und vergänglichen Güter einzuflößen; er teilte ihm eine Menge nützlicher und angenehmer Kenntnisse mit, zeigte ihm überall, wo sie hinkamen, alles, was der Aufmerksamkeit eines Reisenden würdig war, pflegte seiner in einer tödlichen Krankheit und stellte ihn wieder her; kurz, er tat alles an ihm, was der beste Vater für seinen einzigen Sohn zu tun fähig sein kann.

Der junge Nardan schien von so vieler Güte nicht wenig gerührt zu sein und bezeugte seinem Wohltäter die Dankbarkeit seines Herzens tausendmal in den stärksten Ausdrücken; aber der Derwisch antwortete ihm allemal: «Mein Sohn, ein dankbares Herz spricht durch Taten; wir wollen sehen, wenn Zeit und Gelegenheit kommt.»

Sie hatten nun über drei Jahre mit dieser Wanderschaft zugebracht, als sie sich eines Tages in einer ganz abgelegenen Gegend unvermerkt von hohen Bergen und schroff überhangenden Felsen ringsum eingeschlossen sahen. Das Grauen, das den jungen Nardan bei diesem Anblick befiel, verdoppelte sich, als der Derwisch auf einmal stillhielt, ihn bei der Hand ergriff und sagte: «Endlich, mein Sohn, sind wir am Ziel unsrer Reise angekommen; in wenig Augenblicken wirst du die Gelegenheit finden, mir für alles, was ich an dir getan habe, deine Erkenntlichkeit zu beweisen. Sei aufmerksam, schweige und gehorche!»

Der Jüngling erblaßte bei diesen Worten, indem er einen furchtsamen Blick auf den Derwisch warf, als ob er den Sinn dieser geheimnisvollen Anrede und sein Schicksal in den Augen des Alten ausspähen wollte; da er aber nichts als die gewöhnliche Heiterkeit und Güte darin zu sehen glaubte, faßte er sogleich wieder ein Herz und schwur ihm zu, daß er sich, was es auch antreffen möchte, auf seine Treue und auf seinen Gehorsam verlassen könne.

Der Derwisch hieß ihn hierauf einige dürre Reiser und Baumblätter zusammenlesen, und nachdem er sie vermittelst eines Brennglases angezündet hatte, warf er etliche Weihrauchkörner aus einer kleinen Büchse, die er bei sich trug, in die Flamme und murmelte eine Art von Gebet dazu her, wovon Nardan nichts verstehen konnte.

Auf einmal tat sich die Erde vor ihnen auf, es zeigten sich einige Stufen von weißem Marmor, und der Derwisch sagte zu seinem Pflegsohn: «Noch einmal, mein Sohn, es steht jetzt bei dir, mir einen großen Dienst zu erweisen; du findest vielleicht in deinem ganzen Leben keine so gute Gelegenheit, mir zu zeigen, daß du kein undankbares Herz hast. Steige getrost in diese Höhle hinab; du wirst sie mit unermeßlichen Reichtümern angefüllt finden; aber laß dich ihren Schimmer nicht verblenden, rühre nichts davon an und denke an nichts anders, als dich eines eisernen Leuchters mit zwölf Armen zu bemächtigen, dessen ich benötiget bin und um dessentwillen ich diese weite Reise hieher unternommen habe. Du wirst ihn neben der Tür eines offnen Kabinetts ohne Mühe gewahr werden. Geh, mein lieber Nardan, und hol ihn mir unverzüglich herauf.»

Nardan versprach, allem, was ihm der Alte befohlen hatte, getreulich nachzuleben, und stieg herzhaft in die Höhle hinab. Als er etwa zwanzig Stufen zurückgelegt hatte, sah er sich in einem großen Saale, der auf dicken Pfeilern von Jaspis ruhete und zur Rechten und Linken in verschiedene offne Gemächer führte. Das Ganze war von einer großen Menge hell brennender Lampen erleuchtet, bei deren Lichte seine Augen von dem Funkeln und Flimmern eines unermeßlichen Schatzes von Edelsteinen und gemünztem Golde geblendet wurden, welche haufenweise in den Gemächern aufgeschüttet lagen. Dieser Anblick, wiewohl ihn der Derwisch darauf vorbereitet hatte, brachte die ganze Seele des jungen Menschen in Unordnung; er vergaß, was ihm sein Wohltäter so ernstlich befohlen hatte, und anstatt den verbotenen Schatz nicht anzurühren, hätte er lieber tausend Arme und Hände haben mögen, um alles auf einmal forttragen zu können. Aber während er alle seine Taschen und sogar die Falten seines Turbans mit den schönsten Diamanten, Rubinen, Smaragden und Saphiren vollstopfte, schloß sich mit einem donnernden Getöse die Öffnung der Höhle zu, und die Lampen loschen eine nach der andern aus.

Mitten in der Angst, die ihn bei diesem fürchterlichen Zufall überfiel, behielt Nardan doch noch so viel Besonnenheit, daß er sich eilends des eisernen Leuchters bemächtigte. «Es muß», dacht' er, «ein Talisman von außerordentlicher Tugend sein, sonst würde ihn gewiß der Derwisch nicht allen Reichtümern dieses großen Schatzes vorgezogen haben.» Wie schrecklich auch seine Lage in diesem Augenblick war, so trieb ihn doch der Instinkt der Selbsterhaltung an, statt sich der Verzweiflung zu überlassen, mit dem Leuchter in der Hand zu versuchen, ob er nicht irgendeinen verborgenen Ausweg finden könne. Unter den bittersten Vorwürfen, die er sich selbst über seinen Ungehorsam gegen den Derwisch machte, und unter manchem angstvollen Stoßgebet zum Himmel entdeckte er, eben als die letzte Lampe verlosch, einen schmalen Gang, durch dessen Krümmungen er sich mit unsäglicher Mühe aus diesem unterirdischen Kerker emporarbeitete. Es währte eine ziemliche Weile, bis er eine mit Dornen dicht überwachsene Öffnung gewahr wurde, durch die er, nicht ohne einen guten Teil seiner Kleidung und seiner Haut zurückzulassen, endlich wieder an das Tageslicht hervorgekrochen kam.

Mit der Freude eines Menschen, der soeben aus dem fürchterlichsten Traum erwacht und sich überzeugt, daß es nur ein Traum war, sah er sich nach dem Derwisch um, in der Absicht, ihm den Leuchter einzuhändigen und sich dadurch seiner Verbindlichkeiten auf eine Art zu entledigen, die ihn um so weniger Überwindung kostete, weil ein eiserner Leuchter, dessen allenfallsige talismanische Tugend er nicht kannte, ihm am Ende doch zu nichts helfen konnte. Zu gleicher Zeit dachte er darauf, wie er sich mit guter Art von dem Alten losmachen wollte, als dessen Unterstützung er nun nicht mehr bedurfte und der ihn nur verhindert hätte, seines in der Höhle erbeuteten Schatzes froh zu werden. Aber er hätte sich diese Mühe ersparen können: denn so weit seine Augen und seine Stimme reichten, war kein Derwisch zu sehen noch zu hören; und erst nachdem er lange hin und her geloffen und sich ganz außer Atem geschrien hatte, wurde er gewahr, daß er sich in einer ganz unbekannten Gegend befinde und daß es nicht mehr dieselbe sei, wo sich die unterirdische Höhle aufgetan hatte. Ohne zu begreifen, wie es damit zuging, schlenderte er eine Zeitlang auf dem ersten besten Fußpfade fort, machte aber sehr große Augen, als er sich auf einmal vor der Haustür seiner Mutter sah, von welcher er wenigstens ein paar hundert Meilen wert entfernt zu sein geglaubt hatte.

Er erzählte ihr alles offenherzig, was sich mit ihm zugetragen, und setzte die Wahrheit seiner Geschichte außer allen Zweifel, indem er ganze Hände voll Edelsteine von unermeßlichem Wert aus seinen Taschen hervorzog, über deren Anblick die gute Frau beinahe selbst zum Steine geworden wäre. Sie verstand sich zwar nicht sonderlich auf Juwelen; doch wußte sie so viel davon, daß der zehnte Teil dessen, was ihr in die Augen blitzte, mehr als hinlänglich war, ihr und ihrem Sohne auf ihre ganze Lebenszeit alle weitere Nahrungssorgen zu ersparen. Sie glaubte aus allem, was ihr Nardan berichtete, schließen zu können, der heilige Mann habe sie für das Gute, so sie an ihm getan, auf eine großmütige Art belohnen und übrigens bloß eine Probe machen wollen, ob Nardan auch Mut und Besonnenheit genug haben werde, sich aus der Gefahr, womit er ihn sein Glück erkaufen ließ, herauszuziehen. Beide überließen sich nun der Freude, auf einmal so reich zu sein; sie konnten gar nicht aufhören, ihre Augen an dem funkelnden Schatz zu weiden, und fingen schon an, über den Gebrauch, den sie davon machen wollten, uneinig zu werden, als alles plötzlich vor ihren Augen verschwand. Mit einem lauten Schrei griffen sie beide in die Luft, als ob sie den verschwindenden Schatz zurückhalten wollten; sie rieben sich die Augen, tappten hundertmal auf dem leeren Tisch herum, durchsuchten ebensooft alle Winkel ihrer kleinen Stube; aber alles vergebens: der Schatz war weg und kam nicht wieder.

Nun fing Nardan wieder an, sich selbst wegen seines Ungehorsams und seiner Undankbarkeit Vorwürfe zu machen, zumal wie er sahe, daß ihm der eiserne Leuchter geblieben war. «Es geschieht mir recht», rief er; «ich habe wieder verloren, was ich mir verstohlnerweise zueignen wollte, und das einzige, was ich dem Derwisch zu überliefern gesonnen war, ist mir geblieben. Aber wo bleibt er selbst, und warum ist er nun auf einmal so gleichgültig gegen etwas, woran ihm diesen Morgen noch so viel gelegen war?» – «Er wird vermutlich wiederkommen», sagte die Mutter, «und wer weiß, ob er nicht so gütig ist, uns für den Leuchter, den du ihm doch mit Gefahr deines Lebens geholt hast, wenigstens so viel zu geben, daß wir uns über den Verlust der funkelnden Steine trösten können, die uns nicht bestimmt waren und uns am Ende doch nur zur Last gewesen wären.»

Als es Nacht wurde, steckte Nardan ohne eine andere Ursache, als weil es ihm just am bequemsten war, das einzige Licht, so sie anzuzünden pflegten, in den eisernen Leuchter. Sogleich erschien ein Derwisch, der, nachdem er sich eine ganze Stunde lang mit immer zunehmender Geschwindigkeit um den Leuchter herumgedreht hatte, ihnen einen Asper (ungefehr soviel als ein Kreuzer oder drei gute Pfennige) zuwarf und verschwand.

Man kann sich vorstellen, wie eine so seltsame Erscheinung auf solche Köpfe würken mußte; der erste aller Philosophen würde seinen Schlaf darüber verloren haben. Nardan und seine Mutter konnten die ganze Nacht kein Auge zutun; sie hörten nicht auf, über diese wunderbare Begebenheit miteinander zu plaudern, und Nardan geriet endlich auf den Einfall, was wohl daraus werden möchte, wenn in jeden Arm des Leuchters ein Licht gesteckt würde.

Der Vesuch wurde nicht länger als bis zur nächsten Nacht aufgeschoben. Der Leuchter hatte, wie wir wissen, zwölf Arme. Nardan steckte in jeden ein Licht, und augenblicklich sprangen zwölf Derwische hervor, drehten sich eine Stunde lang um den Leuchter herum, warfen ihnen sodann jeder einen Asper zu und verschwanden. Dieser Erfolg gefiel ihnen so gut, daß sie es in der nehmlichen Nacht noch einmal mit zwölf neuen Lichten versuchten; aber die Derwische wollten nicht wiederkommen, und die Erfahrung belehrte sie eine lange Reihe von Nächten durch, daß der wunderbare Armleuchter seine Kraft in vierundzwanzig Stunden nur einmal äußerte.

Wie mäßig nun auch das Einkommen war, welches er ihnen auf diese Weise verschaffte, so war es doch hinlänglich, sie einige Tage lang sehr glücklich zu machen. Zwölf Asper des Tages war in der Tat mehr als alles, worauf sie in ihrer gewöhnlichen Lage jemals hatten rechnen können; es reichte zu ihren notwendigsten Bedürfnissen zu, und noch vor kurzem würden sie sich mit einer solchen Einnahme reich geachtet haben, aber der würkliche Besitz brachte gar bald andere Gedanken hervor. Was sie hatten, däuchte ihnen wenig, und sie fühlten nun täglich lebhafter, wie viel ihnen mangelte. «Mit zwölf Asper des Tags ist man doch nur ein armer Teufel», sagte Nardan seufzend; «was ist das gegen die königlichen Schätze, die ich aus der unterirdischen Gruft mitbrachte?»

Diese Erinnerung und die Vergleichung seines gegenwärtigen Zustandes mit den glänzenden Aussichten, die ihm sein vermeinter Reichtum gegeben hatte, wurde für den unglücklichen jungen Menschen eine Quelle von Mißvergnügen, Unzufriedenheit und unaufhörlichen Träumereien und Projekten, wovon immer eines das andere zerstörte. Das letzte, woran er sich festhielt, war, eine Reise zu seinem alten Wohltäter zu tun und ihm mit dem Leuchter ein Geschenke zu machen. In den ersten Tagen, nachdem er die talismanische Tugend des Leuchters entdeckt hatte, kam ihm nichts weniger in den Sinn, als sich seines dem Derwisch gegebenen Wortes zu entledigen; aber nun, da er die Erfüllung desselben als eine gute Spekulation betrachtete, die ihn bei seinem alten Freunde wieder in Gunst und vielleicht in den Besitz seines verschwundenen Schatzes setzen könnte, nun beschloß er auf einmal, ehrlich und sogar großmütig genug zu sein, um – wie das Sprüchwort sagt – eine Wurst nach einer Speckseite zu werfen. Seine Mutter wollte sich anfangs nicht dazu verstehen: «Ein Sperling in der Hand, mein Sohn», sagte sie, «ist besser als eine Goldammer auf dem Dache»; aber Nardan gab sich nicht zufrieden, bis er halb in Gutem, halb mit Unwillen ihre Einwilligung erhielt; und so machte er sich des nächsten Tages früh mit seinem eisernen Armleuchter auf den Weg. Nach einigen Tagreisen langte er auch glücklich zu Magrebi an und erkundigte sich sogleich im Tore nach dem Derwisch Abunadar, der in dieser kleinen Stadt so bekannt war, daß ihm jedes Kind seine Wohnung zeigen konnte.

Nardan hatte sich, nach dem Stande des Derwischen, eine kleine Hütte oder eine Zelle in einem armen Klösterchen vorgestellt; aber wie groß war sein Erstaunen, als man ihn vor die Pforte eines Palastes führte, den er eher für die Wohnung eines großen Fürsten angesehen hätte. Die Menge der Bedienten, wovon der Vorhof und die Vorsäle wimmelten, der Reichtum ihrer Kleidung und die Pracht, die ihm von allen Seiten entgegenschimmerte, vermehrten sein Erstaunen mit jedem Augenblicke. «Unmöglich», dacht' er, «kann ich in dem rechten Hause sein; die Leute haben mich nicht verstanden oder wollen mich zum besten haben, daß sie mich, anstatt in die Hütte eines Derwisch, in den Palast ihres Königs führten.»

In dieser Verlegenheit blieb er eine gute Weile in einem Winkel stehen und war eben im Begriff, sich ein Herz zu nehmen und einen von den vornehmen Herren im Vorsaale zu fragen, wo er wäre, als ein Bedienter aus dem innern Teile des Hauses herauskam und zu ihm sagte: «Willkommen, Nardan! Der Derwisch, mein Gebieter, der dich schon lange erwartet, wird dich mit Vergnügen sehen.»

Mit diesen Worten führte ihn der Bediente durch verschiedene Zimmer in einen herrlichen Saal, wo er den Derwisch auf einem mit Gold und Perlen gestickten Sofa sitzen fand. Nardan, vom

Anblick aller dieser unerwarteten Umstände geblendet, wollte sich vor ihm niederwerfen, wenn es Abunadar nicht verhindert hätte; aber als er sich, wiewohl mit vielem Stottern, in weitläufige Versicherungen seiner Treue und Dankbarkeit verwikkelte und sich ein Verdienst daraus machen wollte, daß er eine so weite Reise unternommen habe, um seinem hohen Wohltäter den eisernen Leuchter zuzustellen, den er mit Gefahr seines Lebens für ihn erworben habe, fiel ihm der Alte in die Rede. «Du bist ein undankbarer Mensch», sagte er; «bildest du dir ein, mir Schwarz für Weiß vormachen zu können? Ich lese in deiner Seele und weiß deine geheimsten Gedanken; nimmermehr würdest du mir den Armleuchter gebracht haben, wenn du seine Tugend gekannt hättest.» – «Ich kenne sie sehr wohl», rief Nardan, «und eben dies war die Ursache.» – «Du weißt nichts», unterbrach ihn der Derwisch abermal, «aber du sollst sie sogleich kennenlernen!»

Mit diesen Worten befahl er einem Sklaven, zwölf Wachslichter zu holen, und sobald sie wieder allein waren, steckte er sie in die zwölf Arme des Leuchters und zündete sie an. Sogleich erschienen die zwölf Derwische und begannen ihren gewöhnlichen Tanz. Als sie sich eine Weile herumgedreht hatten, gab Abunadar jedem einen Schlag mit einem Stocke, und augenblicklich verwandelten sie sich in zwölf Haufen Goldstücke, Diamanten und Rubinen. «Siehst du nun», sagte Abunadar, «wie man es anstellen muß, um sich den Besitz dieses wundervollen Leuchters zunutze zu machen? Übrigens muß ich dir sagen, daß ich mir diesen Talisman aus keinem andern Grunde gewünscht habe, als weil er das Werk eines Weisen ist, den ich ehre, und weil es mir Vergnügen machen wird, ihn den Fremden, die mich besuchen, als eine Seltenheit zeigen zu können. Um dich davon zu überzeugen, will ich dir den Schlüssel zu meinen Vorratskammern anvertrauen. Geh, schließe sie auf, sieh dich darin um und urteile dann selbst, ob ich reich genug bin, den Leuchter entbehren zu können!»

Nardan gehorchte. Er durchlief zwölf große Gewölbekammern, die so mannigfaltige und unermeßliche Reichtümer enthielten, daß er zweifelhaft war, ob er wache oder träume, und seinen eigenen Sinnen kaum glaubte, wiewohl er alles mit seinen Augen sah und mit seinen Händen betastete. Er fand hier ganze Magazine voll reicher Gold- und Silberstoffe und aller Arten kostbarer Waren, die in Persien, Indien und China gearbeitet worden; gemünztes und ungemünztes Gold lag in pyramidenförmigen Haufen aufgeschüttet, und eine Menge großer Schränke von Sandelholze waren mit Perlen, Edelsteinen, kostbaren Gefäßen und allerlei künstlichen Werken angefüllt, woran der Reichtum der Materie gegen die Kunst der Arbeit für nichts zu achten war. Dieser Anblick war mehr, als die Weisheit des armen Nardans aushalten konnte: Neid und Lüsternheit nach allem, was er sah, preßten ihm, mitten im Bewundern und Anstaunen, die herbesten Seufzer aus; und nun hätte er sich selbst prügeln mögen, daß er wider Wissen und Willen die Reichtümer des alten Derwisch durch einen Schatz vermehrt hatte, der allein mehr wert war als alles übrige zusammengenommen. «Oh, wenn ich das hätte wissen können, was ich nun weiß!» rief er einmal über das andere aus; und da er es in der Kunst, die Bewegungen seiner Seele zu verbergen, trotz aller seiner Bemühung noch nicht weit gebracht hatte, so war es bei seiner Zurückkunft dem weisen Abunadar ein leichtes, alles zu sehen, was in seinem Inwendigen vorging. Aber ohne sich etwas davon merken zu lassen, überhäufte er den jungen Menschen mit Freundlichkeit, behielt ihn etliche Tage in seinem Hause und befahl, daß ihm ebenso gut aufgewartet werden mußte als ihm selbst.

Endlich, als der Abend vor dem Tage, an welchem Nardan wieder abreisen wollte, gekommen war, sagte er zu ihm: «Mein Sohn Nardan, ich zweifle nicht, du werdest durch das, was dir begegnet ist, von deiner Undankbarkeit geheilt worden sein, und damit hättest du schon viel gewonnen; indessen bin ich dir eine Erkenntlichkeit dafür schuldig, daß du eine so weite Reise unternommen hast, um mir etwas zu bringen, wovon du wußtest, daß es mir Vergnügen machen würde. Ich will dich nicht aufhalten. Reise glücklich! Du wirst morgen vor der Pforte ein Pferd gesattelt finden, das dich nach deiner Heimat tragen wird, und einen Sklaven mit zwei Kamelen, die du mit so viel Gold, als sie tragen können, und mit so viel Edelsteinen, als du dir selbst in meinen Schatzkammern aussuchen willst, beladen kannst.» Mit diesen Worten überreichte er ihm nochmals den Schlüssel zu seinem Schatze und wünschte ihm eine gue Nacht, ohne die Danksagungen, in die sich der entzückte Nardan ergoß, abzuwarten.

Es gehört vermutlich unter die unmöglichen Dinge, einem habsüchtigen Menschen so viel zu geben, bis er genug hat. Nardan brachte die ganze Nacht in einer Bewegung zu, die ihn keinen Augenblick ruhen ließ; nicht etwa vor Freuden über die Freigebigkeit des Derwisch, der ihn doch, über alles, was er billigerweise erwarten konnte, beschenkt und aus einem Burschen von zwölf Asper des Tags zu einem der reichsten Leute in der Welt gemacht hatte, sondern aus Verdruß, daß er den Leuchter zurücklassen sollte, der ihm, seitdem er das Geheimnis desselben wußte, mehr wert zu sein schien als zehn Königreiche mit allen ihren Schatzkammern. «Er war mein», sagte er, indem er sich mit der Faust vor die Stirne schlug; «niemals wäre Abunadar ohne mich zum Besitze desselben gekommen. Und warum ist nun *er* der Herr dieses Schatzes aller Schätze? Weil ich ein so guter Narr gewesen bin und ihn damit beschenkt habe. Es ist gar nicht schön von ihm, der ein alter Mann und ohnehin so reich ist, daß er sich auf Unkosten eines armen jungen Menschen, an dem er wie ein Vater zu handeln versprach, noch mehr und auf eine so ungeheure Art bereichern will. Meint er etwa, sich seiner Schuld durch das armselige Geschenk, womit ich mich abfinden lassen soll, zu entledigen? Was sind zwei mit Gold und Edelsteinen beladene Kamele gegen den Leuchter, der mir täglich zwölfmal soviel verschaffen würde? Oh, wahrhaftig, Abunadar ist ein Geizhals, ein unersättlicher Mann und ein Undankbarer obendrein; er verdient nicht, der Besitzer eines solchen Schatzes zu sein; ich kann mich nicht an ihm versündigen, wenn ich ihm den Leuchter wieder nehme, dessen er gar nicht bedarf und wovon er keinen bessern Gebrauch machen will, als groß damit zu tun!»

Alle diese Betrachtungen, die der undankbare Nardan mit sich selbst anstellte, endigten sich mit dem festen Vorsatz, das Vertrauen, das der Derwisch durch Übergebung des Schlüssels in seine Redlichkeit setzte, sich zunutze zu machen und den Leuchter heimlich wieder mitzunehmen. «Ich nehme ja nur, was ohnehin von Rechts wegen mein ist», dachte er; «und sollte ich auch eine kleine Sünde daran tun, so kann ich ja mit dem zehnten Teile dessen, was ich in einer einzigen Nacht durch den Leuchter gewinne, eine herrliche Moschee bauen und ein großes Kloster für zweihundert Derwische stiften, die Tag und Nacht für mich beten und den Engel Arsail schon bewegen werden, diese Kleinigkeit in meinem Schuldregister auszustreichen.»

Mit diesen frommen Gedanken bewaffnet, begab sich Nardan, sobald der Tag angebrochen war, mit etlichen großen Säcken in die Schatzkammer des alten Derwisch, suchte sich aus, was ihm gefiel, und vergaß nicht, vor allen Dingen den Leuchter in einen der Säcke zu stecken, die er, der Erlaubnis seines Wohltäters zufolge, mit Gold und Edelsteinen bis obenan vollstopfte. Er belud damit die zwei Kamele, die vor der Pforte auf ihn warteten, stellte dem Derwisch seinen Schlüssel wieder zu, nahm unter tausend Danksagungen und Wünschen für sein langes Leben Abschied, trabte nun auf seinem schönen arabischen Pferde mit seinen zwei Kamelen vergnügt und wohlgemut davon und langte mit allen seinen Reichtümern glücklich wieder zu Bassora an. Seine Mutter bezeugte große Freude über seine Zurückkunft, zumal da sie aus seinem Aufzug und den zwei beladenen Kamelen schloß, daß er von dem alten Derwisch wohl aufgenommen worden. Aber Nardan nahm sich kaum Zeit, sie zu grüßen, so groß war seine Ungeduld, sich von der Fortdauer der neu entdeckten Tugend seines Talismans zu überzeugen. Er eilte, die Ladung seiner Kamele in eine Kammer mitten im

Hause zu schaffen, schloß sich ein, zog den eisernen Leuchter aus dem Sacke hervor, steckte zwölf Lichter auf und zündete sie an, nachdem er sich zuvor mit einem tüchtigen Haselstocke versehen hatte. Sogleich erschienen die zwölf Derwische und begannen ihren alten Ringeltanz; Nardan gab jedem einen derben Schlag mit seinem Stecken, aber unglücklicherweise hatte er nicht in Acht genommen, daß der alte Abunadar diese Operation mit der linken Hand verrichtete. Nardan bediente sich der rechten, mit der er alles zu tun gewohnt war, und die zwölf Derwische hatten kaum ihren Schlag empfangen, so zogen sie, statt sich in Haufen Gold und Edelsteine zu verwandeln, jeder einen entsetzlichen Knüttel unter seinem langen Rock hervor und schlugen damit unbarmherzig auf den armen Nardan zu, bis er zu Boden fiel. Sie verschwanden hierauf, indem sie alles, was er aus Abunadars Palaste mitgebracht – das Pferd, die Kamele samt ihrer Ladung, den Sklaven und den Leuchter –, mit sich nahmen, und ließen den unglücklichen Nardan halb tot auf der Erde liegen, um, solang er noch lebte, seine Habsucht, Undankbarkeit und – Unachtsamkeit zu beweinen.

Der Greif vom Gebürge Kaf

Ein morgenländisches Märchen

—

Als Sultan Soliman, der Sohn Daads, den Thron der Welt bestieg, erklärte er den Greif vom Gebürge Kaf zum König aller befiederten Scharen. Ungeachtet dieser Würde, die diesen Wundervogel zum Befehlshaber über siebzehnhundert verschiedene Gattungen von Vögeln machte, fuhr er fort, ein Diener des großen Fürsten zu bleiben, und kam alle Morgen, ihm seine Aufwartung zu machen.

Es begab sich eines Tages, daß der Greif bei einer Versammlung der Weisen, die vor Soliman gehalten wurde, zugegen war. Einer von ihnen sagte, es sei unmöglich, etwas gegen die Ratschlüsse des Königs der Geister auszuführen. «Und ich», fiel ihm der Greif ins Wort, «ich behaupte, daß ich imstande bin, etwas zu verhindern, das im Divan der Geister beschlossen worden ist.» Die Weisen stellten ihm vergebens die Ungereimtheit eines solchen Vermessens vor; er blieb bei seiner Rede, und Geoncha, der sie gehört hatte, beschloß, ihn beim Worte zu nehmen. «Ihr habt gehört», sagte er zu den Geistern, die seinen Thron im Dschinnistan umgaben, «wessen sich der Greif vermessen hat. Wohlan! Er soll uns eine Probe seiner Kunst sehen lassen. Ich will, daß der Sohn des Königs vom

Morgen die Tochter des Königs vom Abend zum Weibe nehme. Gehe, Edris, eröffne dem Soliman meine Entschließung; wir wollen doch sehen, wie es der Greif anfangen will, sie zu hintertreiben.»

Soliman eröffnete dem Greif, was ihm Edris zu wissen getan hatte, und machte ihm nochmals Vorstellungen über die Unvernunft seines Unternehmens; aber er beharrte zuversichtlich auf seiner Rede und behauptete, er wolle schon Mittel finden, diese Heurat zu verhindern. «Ich will dir nicht verhalten», sagte der Sultan, «daß die Königin vom Abend in diesem Augenblick von einer Tochter entbunden worden ist, die man dem Sohn des Königs vom Morgen zum Weibe bestimmt.» Statt der Antwort spannte der Greif seine ungeheuren Flügel aus und erhob sich in die Lüfte, ohne daß sich unter allen Vögeln nur einer gefunden hätte, der seiner Meinung gewesen wäre; das einzige Käuzlein ausgenommen, welches versicherte, daß es dem Greif gelingen würde.

Dieser durchschnitt die Lüfte mit unglaublicher Geschwindigkeit, langte in kurzem am Hof des Königs vom Abend an und entdeckte, nachdem er sich eine Weile umgesehen hatte, die neugeborne Prinzessin in ihrer Wiege, mitten unter ihren Ammen und Wärterinnen. Er stürzte aus der Höhe auf sie herab, die Weiber liefen vor Schrecken davon, und er packte die Wiege mit seinem krummen Schnabel und trug sie in sein Nest auf dem Berge Kaf. Der Greif, welcher eigentlich zu reden eine Greifin war, nahm die Verrichtungen einer Amme bei der kleinen Prinzessin auf sich selbst; und da seine Milch von der besten Art war, so gedeihete das Kind so wohl, daß es bald entwöhnt werden konnte. Kurz, die Prinzessin wuchs heran, genoß der vollkommensten Gesundheit und wurde so groß und schön, als sie am Hofe ihres Vaters schwerlich geworden wäre. Der Greif sparte keine Mühe, ihr eine gute Erziehung zu geben; er lehrte sie lesen und schreiben und ließ sich mit ihr in Unterredung über das, was sie auf sein Geheiß gelesen hatte, ein. Die Prinzessin, die keine andere Mutter zu haben glaubte, gehorchte ihrer vermeinten Mutter in allem und beschäftigte sich den ganzen Tag allein im Neste, während der Greif alle Morgen wie gewöhnlich am Hofe des Sultans Soliman erschien und die Dienste, die er ihm auftrug, ausrichtete. Aber er vergaß nie, des Abends zurückzukommen, seinem lieben Mädchen zu essen zu bringen und sich mit ihr von tausend Dingen zu unterhalten. Endlich erreichte die Prinzessin das Alter der Mannbarkeit, und um eben diese Zeit starb der König der Abendländer, und sein Sohn, ein Prinz von sechzehn Jahren, bestieg den Thron, den jener erlediget hatte.

Der junge Fürst war ein so großer Liebhaber der Jagd, daß kein Tag verging, wo er dieser Lustbarkeit nicht nachgehangen hätte. Endlich wurde er's überdrüssig, immer in denselben Gegenden und die nehmlichen Tiere zu jagen. «Gehen wir zu Schiffe», sagte er zu seinen Wesiren, «und jagen in Gegenden, wo wir noch nie gewesen sind; während unsrer Abwesenheit wird das Wild in diesen Revieren Zeit gewinnen, sich wieder zu vermehren.» Da die Wesire des jungen Königs keine Leute waren, die gegen eine so weise Entschließung etwas einzuwenden gehabt hätten, so wurden unverzüglich die nötigen Anstalten gemacht. Sie ließen eine Menge kleiner Fahrzeuge bauen, um überall desto leichter anländen zu können; der junge König und seine Wesire und Höflinge stiegen ein und segelten mit gutem Winde davon.

Nachdem sie auf verschiedenen Inseln, wo sie landeten, gejagt hatten, überfiel sie einst mitten auf dem Meer ein so entsetzlicher Sturm, daß alle Schiffe, die zu ihrer Flotte gehörten, versenkt oder zerstreut wurden; nur das einzige, worauf der König sich befand, blieb unbeschädigt und langte am Fuß des Berges Kaf an. Einige von seinen Leuten stiegen ans Land, gerieten aber in große Bestürzung, es ganz unbewohnt zu finden und sich überall von lauter wilden, himmelhohen und unersteiglichen Felsen umgeben zu sehen. Gleichwohl bestand der Prinz darauf, in diesen unwirtbaren Gegenden zu jagen, und da er von Natur etwas unvorsichtig war, verlor er sich unvermerkt von seiner Gesellschaft und ging oder kletterte eine Zeitlang ganz allein auf Geratswohl herum. Endlich erblickte er einen Baum, wie er in seinem Leben noch keinen gesehen hatte; er war so dick, daß ihn vierhundert Männer nicht hätten umspannen können; die Höhe war einer so ungeheuren Dicke gemäß, und was den Prinzen nicht weniger in Erstaunen setzte, war, ein Nest auf diesem wunderbaren Baum zu sehen, das die größten Paläste an Größe übertraf. Es hatte mehrere Stockwerke übereinander und war aus großen Balken von Zedern, Sandelholz und andern aromatischen Hölzern zusammengefügt. Der junge König stand schon eine gute Weile in Betrachtung dieser seltsamen Wunder der Natur und Kunst vertieft, als er durch eine Öffnung des Gebälks eine junge Person erblickte, die ihm ein noch viel größeres Wunder schien. Nicht lange, so wurde sie ihn ebenfalls gewahr. Nachdem sie sich eine geraume Weile mit wechselseitigem Erstaunen und Vergnügen angesehen hatten, entwickelte sich (als die erste Würkung der wechselseitigen Sympathie, mit der sie geboren waren) bei dem Prinzen der Gedanke, sich zu dem schönen Mädchen hinauf zu wünschen, und bei ihr, daß er diesen Gedanken haben möchte. «Diese junge Person», dachte die Prinzessin, «ist, dem Ansehen nach, ein Wesen meiner Gattung! Oh, wie gerne möchte ich sie bei mir haben können! Meine Mutter ist eine sehr gute Person, aber es fehlt viel daran, daß sie so schön wäre wie diese. Freilich hat sie die Flügel vor uns voraus.» – «Leider! Hätte ich Flügel, oh, wie bald wollte ich an deiner Seite sein, um mich nie wieder von dir zu trennen!»

In der Tat wären Flügel dem Prinzen oder ihr hier sehr nötig gewesen, denn der Schaft des Baums war bis zu seinen untersten Zweigen so hoch und glatt, daß es schlechterdings eine Unmöglichkeit war, hinauf- oder herabzusteigen. Beide schienen diese Unmöglichkeit mit gleich großem Schmerz zu fühlen; aber die Liebe, die sich des Prinzen beim ersten Anblick der jungen Person bemächtigt hatte und die eines der mächtigsten Triebräder ist, wodurch der Himmel seine Absichten bewerkstelliget, findet Mittel, das Unmögliche selbst möglich zu machen. Sie fing damit an, daß sie die Einbildungskraft und den Scharfsinn des Prinzen erhöhte. «Wie dieses junge Mädchen auch in dieses Nest gekommen sein mag», dachte er, «wo ein Nest ist, muß ein Vogel sein, der es gebaut hat, und ein so ungeheures Nest kann nur das Werk eines ungeheuren Vogels sein.» Auf einmal erinnerte er sich, daß ihm seine Amme große Wunderdinge von dem Vogel Greif, der auf einem hohen

Berge am Ende der Welt wohne, erzählt hatte, und sogleich war es etwas Ausgemachtes bei ihm, daß dieses Nest die Wohnung des Vogels Greif sein müsse, daß er die junge Person entführt habe und – wie einem Liebhaber zuweilen auch die widersinnigsten Einfälle zu Kopfe steigen – daß er vielleicht in sie verliebt sei oder sie aus irgendeiner andern geheimen Absicht in diesem unzugangbaren Zauberturme gefangenhalte. Dieses alles vorausgesetzt, fing er an, hin und her zu sinnen, ob er nicht ein Mittel ausdenken könnte, den Greif selbst, wenn er wieder zurückkäme, zum Werkzeuge seiner Zusammenkunft mit dem holden Mädchen zu machen, das seine schönen Arme so wehmütig bald zum Himmel emporstreckte, bald zu ihm herunter faltete, und dadurch sein Verlangen, bei ihr zu sein, zur heftigsten Leidenschaft entflammte.

In diesem Augenblicke wurde er eines toten Kamels gewahr, das nicht weit von ihm im Grase lag und erst vor kurzem das Leben verloren zu haben schien. Sogleich fiel es wie ein Blitz in seine Seele, was er tun müßte, um diesen Zufall zu Befriedigung seines brennenden Verlangens zu benutzen. Er zog sein Weidmesser heraus, weidete das Kamel aus, ließ es in der Sonnenhitze austrocknen und füllte es mit allerlei wohlriechenden Kräutern an, die in Menge auf dieser Höhe des Gebürges zu finden waren. Die junge Prinzessin beobachtete dies alles mit großer Aufmerksamkeit, und der Prinz gab sich viele Mühe, ihr durch Zeichen zu verstehen zu geben, was seine Absicht bei diesem Unternehmen sei. Als endlich die Sonne unterging, hörte er ein gewaltiges Rauschen, wie das Tosen eines Sturmwindes, in der Luft; er schloß daraus, daß der Greif im Anzuge sei, und eilte, in den ausgeweideten Leib des Kamels zu kriechen, wo er Mittel fand, sich so gut einzuschließen, daß ihn niemand darin gesucht hätte. Der Greif kam indessen bei seiner Pflegtochter an, besorgte ihre Abendmahlzeit und unterhielt sie mit allerlei Neuigkeiten, die er an Solimans Hofe gehört hatte. Am folgenden Morgen, da er sich mit Anbruch des Tages wieder zu seiner gewöhnlichen Abreise anschickte, machte ihn die junge Prinzessin das Kamel bemerken und bezeugte ein großes Verlangen, dieses seltsame Tier in der Nähe zu sehen. Der Greif, der es für etwas sehr Unbedeutendes hielt, diese kindische Neugier zu befriedigen, und gewohnt war, ihr in allen ihren unschuldigen Wünschen zu willfahren, besann sich keinen Augenblick; er holte das Kamel herauf und flog davon.

Man kann sich leicht vorstellen, was nun erfolgte, da der junge Prinz einmal im Neste war. Die Prinzessin überließ sich in ihrer unwissenden Unschuld dem süßen Hang der Sympathie, und der Prinz, der nicht ganz so unwissend war, seiner Leidenschaft. Die Freude, die sie aneinander hatten, war unbeschreiblich. Sie konnten zwar nicht miteinander reden, aber die Liebe lehrte sie gar bald eine Sprache, die eine ganz andere Deutlichkeit und Wärme hat als die schönste aller andern Sprachen und in der sie nicht müde wurden, einander ihre gegenseitigen Empfindungen aufs lebhafteste auszudrücken. Die Energie dieser ihnen beiden ganz neuen Sprache war so groß, daß die Prinzessin, noch eh' der Greif wieder von Solimans Hofe zurückkam, bereits in Umständen war, die alle Maßregeln dieses vermessenen Vogels zernichteten. Sobald dieser durch das Getöse seiner Flügel seine Annäherung verkündigte, kroch der Prinz in sein Kamel zurück, welches der Greif als ein Spielzeug seiner kleinen Pflegtochter betrachtete und keiner weitern Aufmerksamkeit würdigte. Die Speisen, der er ihr alle Abend aus Solimans Küche zutrug, reichten überflüssig zu, ein Paar junge Liebende zu sättigen, die beinahe schon von ihrer bloßen Liebe hätten leben können; und da sie alle Zeit vom Aufgang der Sonne bis zu ihrem Niedergang für sich allein hatten, so vergingen ihnen die neun ersten Monate ihres Beisammenseins wie einzelne Tage.

Inzwischen rückte die Stunde heran, wo die Torheit des Greifs vom Berge Kaf durch den Augenschein gehämt werden sollte, und Edris wurde abermals abgeschickt, den Sultan von dem, was vorgegangen war, zu unterrichten. Soliman ließ den Greif zu sich rufen und fragte ihn, ob er die Verbindung der Tochter des Königs vom Abend mit dem Sohne des Königs vom Morgen verhindert habe. «Das habe ich», antwortete der Greif; «die Prinzessin ist von ihrer Geburt an in meiner Gewalt gewesen, und den Prinzen möcht' ich sehen, der sich rühmen könnte, ihr nahegekommen zu sein! Kurz, sie ist in meinem Nest auf dem Berge Kaf; das ist genug gesagt, Herr, um dich zu überzeugen, daß sie in ihrem Leben niemand als mich gesehen hat.» – «Geh», sagte der Sultan, «und bringe sie mir auf der Stelle her; ich will mit meinen eigenen Augen sehen, ob du mir die Wahrheit sagst.» Der Greif ließ sich diesen Befehl mit Freuden gefallen, und Soliman berief indessen alle Weisen und Schriftgelehrten und seinen ganzen Hof zusammen, um Zeugen dessen, was erfolgen würde, abzugeben.

Die junge Prinzessin erschrak nicht wenig, da sie ihre Pflegmutter zu einer so ungewöhnlichen Stunde wiederkommen sah, und hatte kaum noch Zeit genug, den Prinzen, mit dem sie in Freiheit zu sein geglaubt hatte, wieder unbemerkt in sein Kamel zu verbergen. «Meine Tochter», sagte der Greif, «du mußt unverzüglich mit abreisen; Soliman verlangt dich zu sehen, und ich komme deswegen, um dich an seinen Hof zu tragen.» Die Prinzessin erschrak über diese Nachricht noch heftiger, denn wie hätte sie sich entschließen können, ihren Geliebten im Neste des Greifs vom Berge Kaf allein zurückzulassen? Aber so jung und unerfahren sie war, der schlaueste aller Ratgeber, die Liebe, ließ sie in dieser Not nicht unberaten. «Wie willst du mich hinbringen?» fragte sie. «Auf meinem Rücken», antwortete der Greif. Die Prinzessin bezeugte eine große Angst vor einer so ungewohnten Art zu reisen. «Wir haben», sagte sie, «so viel Länder und Meere zu passieren; der Anblick so vieler neuen Gegenstände und die Höhe und Geschwindigkeit deines Flügels wird mich schwindlicht machen; ich werde ganz unfehlbar herabfallen, mein Tod ist gewiß; ich kann mich unmöglich zu einer solchen Art zu reisen entschließen. Wenn es aber ja sein muß, liebe Mutter, so erlaube mir wenigstens, daß ich mich in dieses Kamel einschließe; ich werde dann nichts sehen, und so wirst du mich ohne alle Gefahr tragen können.» Der Greif fand den Einfall vortrefflich und hatte über diese Probe des Verstandes und der Besonnenheit seiner Pflegtochter eine große Freude. Die Prinzessin schloß sich zu ihrem lieben Prinzen in das Kamel ein, ohne daß der Greif den geringsten Verdacht schöpfte; und so eilte dieser in triumphierender Ungeduld mit seiner schönen Last davon, ohne zu merken, daß die Prinzessin unterwegs, vermutlich unter dem unsichtbaren Beistand irgendeiner guten Fee, von einem wunderschönen Knäblein entbunden wurde.

Als sie nun bei Soliman angelangt waren, der sie mitten unter seinen Weisen und Hofleuten erwartete, befahl der Sultan dem Greif, das Kamel zu öffnen; und nun denke man sich das allgemeine Erstaunen, als der Prinz und die Prinzessin mit dem Knäblein im Arme zum Vorschein kamen. «Wie?» sagte Soliman zu dem bestürzten Greif, «so verhinderst du die Ausführung dessen, was Geoncha beschlossen hat?»

Die Beschämung, der Verdruß und das allgemeine unmäßige Gelächter aller Anwesenden machten den Greif auf eine fürchterliche Art an allen Gliedern und Federn seines ungeheuren Körpers zittern; er flog davon und verschloß sich von diesem Tage an in sein Nest auf dem Berge Kaf, den er nie wieder verlassen hat.

«Wo ist das Käuzlein», fragte Soliman, «das der Vermessenheit des Greifs seinen Beifall gab?» Aber das Käuzlein war so klug gewesen, sich in Zeiten zu entfernen; und seitdem hält es sich immer an einsamen Orten auf und fliegt nur bei Nacht aus.

Nachwort

Im Jahre 1697 erschienen in Frankreich zwei Märchensammlungen, die beide alsbald einen glanzvollen Siegeszug durch die europäische Literatur antreten sollten. Die eine Sammlung hatte Charles Perrault zum Verfasser; seine «Histoires ou contes du temps passé» sind nach der Inschrift auf dem Titelblatt der Erstausgabe als «Contes de ma mère l'oye», als «Märchen meiner Mutter Gans», berühmt geworden. Perraults Stoffe gehen fast durchgehend auf alte orientalisch-europäische Märchenüberlieferungen zurück; sie sind vorgeprägt durch «Die ergötzlichen Nächte» («Le piacevoli notti») des Venezianers Giovan Francesco Straparola und den «Pentamerone» des Neapolitaners Giambattista Basile, die beide am Anfang der neueren europäischen Märchenliteratur stehen.

Unter den Märchen, die Perrault erzählt, finden sich solche, die dem deutschen Leser gemeinhin in der romantischen Stilisierung durch die Brüder Grimm vertraut geworden sind, «Rotkäppchen», «Aschenputtel», «Dornröschen» oder «Der gestiefelte Kater». Den schlicht-volkstümlichen Ton der Grimmschen «Kinder- und Hausmärchen» haben Perraults «Contes» allerdings nicht. Sie zeigen vielmehr eine raffiniert auskalkulierte Balance zwischen Naivität und höfischem Geschmack; die Welt des einfachen Volkes und die Gesellschaftskultur des französischen Ancien Régime sind hier auf eine Weise miteinander vermischt, die sich deutlich von den betont bürgerlichen, ja bereits biedermeierlichen Zügen der Grimmschen Märchen unterscheidet.

Gleichwohl handelt es sich sowohl bei der Perraultschen wie bei der Grimmschen Sammlung um Märchen, die in einer langen mündlichen und weitgehend anonymen Erzähltradition wurzeln, um Märchen eben, wie sie im Volk erzählt wurden – auch wenn die jüngere Märchenforschung den Begriff des Volksmärchens längst nicht mehr mit der romantischen Mystifikation einer Art «dichtender Volksseele» erklärt. Von gänzlich anderer Art als die Volksmärchen sind die Texte der mit Perrault konkurrierenden Sammlung, die vier Doppelbände der «Contes nouveaux ou les fées à la mode» der Madame d'Aulnoy. Diese Feenmärchen sind ausgesprochene Kunstmärchen, und sie fanden beim Publikum einen solchen Anklang, daß innerhalb weniger Jahre mehr als ein halbes Dutzend ähnlicher Sammlungen erschien; wer auf sich hielt, versuchte selbst als Autor hervorzutreten. Es war eine typische Salonliteratur, gedacht für die Salons und entstanden in den Salons, wo das «mitonner», das Erzählen solcher Märchen, gepflegt wurde; die Widerspiegelung höfischen Lebensstils, die Anhäufung «luxuriöser Requisiten», die «Exklusivität des Personals»* und der Ton aristokratischer Konversation geben den Feenmärchen eine unver-

* Jens Tismar, Kunstmärchen, Stuttgart ²1983, S. 19.

wechselbare Prägung. Hinzu tritt, bis hin zur parodistischen Übertreibung, eine sehr viel stärkere Akzentuierung des Elements des Wunderbaren, auch ist die Erzählstruktur, die sich nicht zuletzt am höfisch-heroischen Roman der Zeit orientiert, komplizierter und verschachtelter als bei den durchweg linear erzählten Volksmärchen.

Zu Perrault und der Comtesse d'Aulnoy samt dem Kometenschweif ihrer zahlreichen Nachahmer gesellte sich wenige Jahre später ein dritter Autor mit einer Sammlung, die ihre Vorgänger in der Wirkung noch übertraf. Als der französische Arabist und Reisende Jean Antoine Galland im Jahre 1704 eine erste Auswahlübersetzung von dreißig Märchen aus der persisch-arabischen Sammlung von «Tausendundeine Nacht» («Alf laila wa-laila») herausgab, konnte er nicht im entferntesten des Zuspruchs gewiß sein, den diese Geschichten in der lesenden Welt finden würden. Doch der Erfolg war überwältigend. Bis 1717 erschienen die zwölf Bände seiner Ausgabe, die vielfach neu aufgelegt und alsbald in andere europäische Sprachen übertragen wurde. «Les mille et une nuits» reüssierten rasch zu einem Standardwerk der Weltliteratur, und so unterschiedliche Autoren wie Lichtenberg, Jean Paul oder Goethe, wie August Wilhelm Schlegel, Stendhal, Coleridge oder De Quincey, wie Hofmannsthal oder Borges haben sich als begeisterte Leser der orientalischen Märchen bekannt. In ihnen kam zum Zauber des Wunderbaren der Reiz des Exotischen hinzu. Vieles, was das europäische Publikum aus zahllosen Reiseberichten kannte und wofür nicht zuletzt die 1697 erschienene «Bibliothèque orientale» d'Herbelots ein neues, allgemeines Interesse geweckt hatte, kehrte hier wieder, doch hatte der Leser das zusätzliche Vergnügen, jenes ganze fremdartige kulturelle Panorama mit seinen Karawansereien, seinen Badestuben und fürstlichen Palästen, wie es etwa auch ein Reisebericht vor ihm ausbreiten mochte, mit solch phantastischen Erfindungen wie den fliegenden Teppichen oder dem Geist in der Flasche gekreuzt zu sehen.

An genuinem Lokalkolorit, wie es die heutigen vollständigen Übersetzungen bieten, war Galland freilich wenig gelegen. Um die orientalischen Märchen dem Geschmack des gebildeten französischen Publikums anzupassen, dämpfte er das allzu realistische Element, ja tilgte es mitunter sogar vollständig. Das gilt auch hinsichtlich der freizügig geschilderten Liebesszenen und der sensualistisch ausgemalten Schönheitskataloge des morgenländischen Originals; der «skandalöse Anstand» (Borges), den Galland seinen Arabern hat angedeihen lassen, ist oft gerügt worden. Das hinderte aber nicht, daß es gerade das Thema der sinnlichen Liebe, daß es die Intimissima des Serails waren, die in den zahllosen Nachahmungen der Gallandschen Sammlung, angefangen bei Crébillons oder Diderots erotischen Romanen bis hin zu der anonymen Ware der ausgesprochen pornographischen Orientalia, welche von der Jahrhundertmitte an zu erscheinen begannen, immer ungenierter in den Vordergrund traten.

Die Feenmärchen, deren Prototyp Madame d'Aulnoy geschaffen hatte, sind mit den orientalischen Märchen aus der Nachfolge der «Mille et une nuits» im 18. Jahrhundert eine innige Verbindung eingegangen; eine Flut von sogenannten arabischen, persischen, indischen, mongolischen, tatarischen und chinesischen Märchen ergoß sich über die europäische Lesewelt, vom trivialen Dutzendprodukt bis hin zu einem Werk von höchster poetischer Inspiration, wie es William Beckfords «Vathek» darstellt.

Erst relativ spät wurden die orientalischen und Feenmärchen auch in Deutschland populär. Die Rezeption beginnt mit dem «Cabinet der Feen» (1761–65), einer von F. E. Bierling übersetzten neunbändigen Sammlung, die erstmals für eine gewisse Breitenwirkung sorgte. War bis dahin nur der französisch sprechende Teil des Publikums, der Adel und das gebildete Bürgertum, mit den Feerien vertraut, so drangen diese jetzt, wie Wieland später feststellte, in alle sozialen Schichten vor. «Alle Alter, Geschlechter und Stände, junge und alte, hohe und niedrige, gelehrte und ungelehrte, beschäftigte und müßige Personen versammeln sich um den Erzähler wunderbarer Begebenheiten und hören mit Vergnügen, was sie unglaublich finden.»

In den Jahren 1781–85 veröffentlichte sodann Johann Heinrich Voß seine Übersetzung von Gallands «Les mille et une nuits», von Wieland als ein «Meisterwerk» gerühmt, «wozu sich ein Mann von Genie und der Übersetzer der Odyssee mit Ehren bekennen» dürfe*. Den unmittelbaren Anstoß für Wielands Sammlung gab aber die große, einundvierzig Bände umfassende Anthologie «Le cabinet des fées; ou collection choisie des contes des

---

* Christoph Martin Wieland, Dschinnistan oder auserlesene Feen- und Geister-Mährchen, herausgegeben von Siegfried Mauermann, in: Wieland, Gesammelte Schriften, 1. Abteilung, Band 18, Berlin 1938, S. 16 [zitiert als Wieland/ Mauermann].

fées et autres contes merveilleux» (1785–89), eine Bestandsaufnahme des Wunderbaren am Ende eines Jahrhunderts, das doch eigentlich dem Wunderbaren abgeschworen hatte, ein am Vorabend der Französischen Revolution errichtetes Monument einer Gattung, der eben diese Revolution dann die gesellschaftlichen Grundlagen entzog. Ein Jahr später schon, 1786, begann «Dschinnistan» zu erscheinen und brachte es bis zum Revolutionsjahr auf genau drei Bände, gleichzeitig gab Wielands nachmaliger Schwiegersohn August Johann Liebeskind, der auch am «Dschinnistan» mitgearbeitet hat, unter dem Titel «Palmblätter» (1786–1800) eine Sammlung von morgenländischen Erzählungen heraus, eine Jugendlektüre mit treuherzig-moralisierender Tendenz, an der Herder aber, der ein Vorwort dazu lieferte, gerade deswegen zu rühmen fand, daß sie ohne «falsche Schminke» und den «falschen Schwulst» der französischen Vorbilder daherkäme*.

Die große Resonanz beim Publikum, die das Genre des Märchens im 18. Jahrhundert gefunden hat, darf uns nicht über seine geringe offizielle Reputation hinwegtäuschen. Von den Poetiken meist nicht einmal erwähnt, nahm es im hierarchisch strengen Kastensystem der literarischen Gattungen den Platz eines Paria ein; sich mit ihm einzulassen, war eines ernsthaften Mannes nicht würdig, das ganze Zauberwesen schien den gesunden Menschenverstand verhöhnen zu wollen und

* Morgenländische Erzählungen. Aus der Sammlung «Palmblätter». Nach der von J. G. Herder und A. J. Liebeskind besorgten Ausgabe neu herausgegeben von Hermann Hesse, Frankfurt/M. 1979, S. 16.

lag im Widerstreit mit den Gesetzen der Wirklichkeit. Wieland kennt das Mißtrauen gegenüber der ästhetischen Inferiorität der Gattung, ja, er selbst findet den Applaus, der ihr in der aufgeklärten Lesewelt zuteil geworden ist, eher unbegreiflich, und nur mit entsprechend schlechtem Gewissen scheint er die Märchen zu verteidigen. Nicht nur, wie er deutlich sieht, daß die Jugend in ihnen «Nahrung für ihre Imagination» findet und «der müßige Teil des schönen Geschlechtes» sie als «ein Mittel gegen die Langeweile» benutzt: «sogar Personen aus den ernsthaft-beschäftigten Klassen» suchen «eine angenehme Erholung von ermüdender Anstrengung in dieser Art von Lektüre» und ziehen sie «zu diesem Zwecke vielen andern Gemüts-Ergötzungen» vor, wenngleich nicht alle aufrichtig genug sind, es zu gestehen* – offenbar spielte das Märchen damals eine ähnliche Rolle bei den Gebildeten unter seinen Verächtern wie heute der Kriminalroman.

Wieland, dem es um Popularität und literarischen Anspruch zugleich geht, will aber dem Publikum keine «Ammen-Märchen» vorsetzen, «im Ammen-Ton erzählt», sondern vielmehr eine Sammlung, die er, «was die Schreibart und die Reinigkeit der Sprache betrifft, womöglich klassisch zu machen» versucht hat**. Aus dem Wust der Feerien, der die Buchhandlungen überschwemmt, will er nur das Beste aussuchen und zugleich mit seiner Sammlung jenen schlechten Übersetzern das Feld streitig machen, die diese Märchen bisher «ohne Geschmack, in einer nachlässigen inkorrek-

* Wieland/Mauermann, S. 3.

** ebd., S. 9.

ten, gesudelten Schreibart»* den deutschen Lesern vermittelt haben.

In seinem Verhalten zum Original ist er dabei mit großer übersetzerischer Freiheit verfahren, doch ist der Grad der Bindung an die Vorlage von Stück zu Stück durchaus verschieden. So folgt er etwa in «Himmelblau und Lupine» sehr genau dem französischen Text, in anderen Märchen bietet er eine «zwangfreie», aber «doch überhaupt mit dem Original ziemlich gleichen Schritt haltende Übersetzung». Oft greift er nur einzelne Motive heraus und kombiniert sie mit anderen, rundet hier ein Fragment zu einem Ganzen oder läßt Motive «in einer anderen Verbindung erscheinen»**. So sind diese Stücke weniger Übersetzungen als vielmehr freie schöpferische Nachahmungen Wielands, und mit Recht konnte er in der Vorrede zum ersten Band sagen: «... und überhaupt hält sich der H. berechtigt, die Märchen, die er in dieser Sammlung gibt, nach seiner Weise zu erzählen und sich alle Veränderungen, die er damit vorzunehmen für gut findet, ebenso ungescheut zu erlauben, als ob sie durch Eroberung sein Eigentum geworden wären.»***

Insgesamt hat Wieland diese Märchen «wielandisiert», hat sie seinem Stil, seinem Geschmack am pointiert-witzigen, am geistreich-arabeskenhaften Ton völlig eingeschmolzen. In der Tat kam die Feerie, der er schon mit «Idris und Zenide» und dem Biribinker-Märchen des «Don Sylvio von Rosalva» gehuldigt hatte, der Wielandschen Muse

* Wieland/Mauermann, S. 4.
** ebd., S. 11.
*** ebd., S. 8f.

wie kaum eine andere Gattung entgegen. Geist, Witz, übermütige Laune, Bizarrerie und galante Frivolität konnten sich hier auf die glänzendste Weise entfalten, auf der anderen Seite drückt sich in dem ironischen und persiflierenden Umgang mit dem Zauberapparat Wielands aufklärerisch-bürgerliche Haltung aus.

Obwohl der Titel einen orientalischen Hintergrund suggeriert, kennt Wielands Feen- und Genien-Land Dschinnistan keine geographische und historische Begrenzung. Dschinnistan, das ist das «arkadische Rokoko-Eiland» (Cysarz) aus «Nadir und Nadine» so gut wie Sumatra oder ein phantastisches Vorderindien wie in «Adis und Dahy»; es ist Frankreich («Alboflede»), die Lombardei («Pertharit und Ferrandine») oder Thessalien, die klassische Zauberlandschaft des antiken Griechenlands, die Wieland in «Timander und Melissa» (statt des unbestimmten Cangam der Vorlage) zum Schauplatz wählt, weil hier «Feerei und Zauberkünste von uralten Zeiten her» zu Hause sind (232)*. Dschinnistan, das kann eine orientalische Spätantike mit Isis-Kult und orphischen Mysterien sein («Die Salamandrin und die Bildsäule»), oder aber es handelt sich wie in «Himmelblau und Lupine» oder im «Goldenen Zweig» einfach um jene schimärischen und nirgendwo kartographierten Provinzen des Wunderbaren, deren jede «an das Reich der Feen grenzet». Einen ausgesprochen orientalischen Hintergrund haben «Adis und Dahy», «Neangir und seine Brüder», «Der eiserne Armleuchter» und «Der Greif vom Gebürge Kaf», während

* Seitenangaben in Klammern beziehen sich auf die vorliegende Ausgabe.

«Der Stein der Weisen» Tristan-Sage und okkultistische Ägyptomanie des 18. Jahrhunderts miteinander vermengt. Alles in allem haben wir jenes Gemisch aus Feerie und Exotismus vor uns, wie es sich in Frankreich herausgebildet hatte.

Was dieses Dschinnistan innerlich zusammenhält, ist das Gesetz des Wunderbaren, das in ihm mit der gleichen Unumschränktheit herrscht wie in der wirklichen Welt die Newtonschen Gesetze. Mit «talismanischer Tugend» begabte Requisiten erweisen ihre Macht: der Ring der Gewalt, ein magisches Halsband, magische Nebel, aphrodisiakische Zauberelixiere, sprechende Taschenuhren, die laufen können und die – wenn man sie um Mitternacht mit dem richtigen Schlüssel aufzieht – sich in zwei schöne zirkassische Tänzerinnen verwandeln; geheimnisvolle Hieroglyphenrollen, kabbalistische Bücher und verzauberte Schaukeln – beinah jeder Gegenstand des Alltags vermag in Dschinnistan zum Träger übernatürlicher Kräfte zu werden. Weissagende Träume schließen den Märchenhelden die Zukunft auf, sie geraten vor prächtige Paläste oder vor unterirdische, von Krokodilen, Basilisken und Drachen bewachte Höhlen und reisen in den Fängen eines Greifen oder muschelförmigen, mit Hirschen bespannten oder von Schwänen gezogenen Wagen, vom Himmel aber senkt sich ein wunderbares Luftgefährt herab, eine phantastische Montgolfiere im Rokoko-Styling, die den Prinzen Timander aus seiner Heimat Thessalien hinwegträgt:

> Eine unzählbare Menge schneeweißer Tauben trugen eine Art von Thron, der aus lauter Rosen von allen Farben zusammengesetzt war, durch die Luft daher

> und setzten ihn vor seine Füße auf die Erde. Er hatte kaum Zeit genug, diese seltsame Erscheinung, die er für eine Würkung seiner Phantasie zu halten versucht war, etwas genauer zu betrachten, als eine dieser Tauben, deren Hals und Schwingfedern in der schönsten Purpurfarbe glühten, ihm in ihrem Schnabel ein Rosenblatt überreichte, worauf mit goldnen Buchstaben eine Einladung ... geschrieben war ... der junge Prinz entschloß sich, zu sehen, was das Ende dieser seltsamen Begebenheit sein würde, und setzte sich in den Rosenthron. In diesem Augenblick stimmten eine Menge bunt durcheinander flimmernder Kanarienvögel, die mit den Tauben gekommen waren, einen so lauten und durchdringenden Jubelgesang an, daß der Prinz bei minder starken Nerven sein Gehör darüber hätte verlieren können; und ehe man die Hand umkehren konnte, war der Thron wieder aufgehoben und schwebte so schnell wie ein Luftballon unter leichten Rosenwölkchen daher. (237f.)

Den Märchenrequisiten entsprechen das Personal und die märchentypischen Elemente der Handlungsführung. Dschinnistan ist ein Land, bevölkert von Sultanen und Genien, von Prinzen und Prinzessinnen, von Feen und Amoretten, von galanten Schäfern und astrologiekundigen Druiden, von Odalisken und leichtgeschürzten Nymphen, von affengesichtigen Groteskwesen und Liebhabern, die sich im Bauch eines Kamels versteckt halten, und sie alle sind in eine ununterbrochene Folge von Verzauberungen und Entzauberungen, von Verkleidungen, Verwandlungen und kompliziertesten Verwicklungen aller Art verstrickt, die jedoch stets in glücklichen Wiedererkennungsszenen und Märchenhochzeiten ihr gutes Ende finden. Wieland unterstreicht das vexatorische Qui pro quo immer wieder durch eingeschobene Erzählungen und einen gelegentlich virtuos und verwirrend übersteigerten Wechsel der Erzählperspektive, der den Leser in die Handlung wie in einen Irrgarten hineinlockt: eine Technik, die einerseits an die Struktur von «Tausendundeine Nacht» anknüpft, die aber andererseits – und besonders, wenn man die stets ironisch betonte Distanz zur Vorlage einbezieht – bereits Formen romantischen Erzählens vorwegnimmt.

«Witzige, launenvolle, satirische, empfindsame, moralische und unmoralische, allegorische, rätselhafte, ja sogar politische und metaphysische» Märchen haben die französischen Autoren geschrieben*, und Wieland tut es ihnen nach. Sein «Dschinnistan» zeichnet sich nicht zuletzt dadurch aus, daß es, so gut das bei dem beschränkten Umfang der Sammlung überhaupt möglich war, doch versucht, einen Eindruck von der Vielfalt der Gattung zu geben. Fast jedes Märchen ist in einem typologischen Sinn zugleich Muster einer Gattungsvarietät, steht für ein Dutzend anderer Texte, die ähnlich aufgebaut sind, sich eines ähnlichen Motiv-Arsenals bedienen oder die gleichen Handlungsabläufe durchspielen.

Wieland hätte sich selbst untreu werden müssen, hätte er nicht auch dem Geist der Frivolität in «Dschinnistan» Einlaß gewährt. Zwar waren drastische Erotika der Art, wie sie etwa Crébillon mit seinem galanten Feenroman «Der Schaumlöffel» verfaßt hatte, dem prüderen deutschen Publikum nicht zuzumuten. War schon das Wunderbare eines

* Wieland/Mauermann, S. 4.

«ernsthaften Mannes» nicht würdig, um wieviel weniger dann, wenn es sich mit dem Frivolen mischte; hier war neben der Vernunft auch die Sittlichkeit gefährdet. Dem Vorsatz, so zu schreiben, daß «jede Person von Geschmack», gleich welchen Standes und welchen Geschlechts, daß vor allem auch die Jugend die Märchen ohne Gefahr für «Verstand oder Herz und Sitten» zur Hand nehmen könne*, ist Wieland zum Glück nicht mit jenem Rigorismus nachgekommen, mit dem die Vorrede dies ankündigt.

Im Gegenteil! Wieland verleugnet nicht seine Lust an der ironisch-anspielungsreichen Galanterie, die sich noch der kleinsten stilistischen Einzelheit mitteilt. So wenn Osman, der eine Bildsäule liebt, diese mit der feurigsten Inbrunst umarmt und sein Herz «an ihren unelastischen Busen» drückt («Die Salamandrin und die Bildsäule», S. 334) oder wenn ein junger Mann, durch Feenzauber in einen dreifüßigen Kochtiegel verwandelt, «kein kleines Vergnügen» darin findet, «alle Morgen von einer so hübschen Frau ausgescheuert zu werden» («Neangir und seine Brüder», S. 113).

Unübertroffen ist Wieland vor allem aber bei der Schilderung jener verfänglich-voyeuristischen Szenen, die ihm schon bei den Zeitgenossen den Ruf des lizenziösen Autors eingetragen haben. Nicht selten präsentieren sich seine Heldinnen dem Leser in verführerisch durchscheinenden Gewändern, deren kunstvoll arrangierte und doch wie absichtslos wirkende Unordnung die «Reizungen» der Schönen mehr ahnen lassen als verhüllen, wobei der orientalische Rahmen als raffinierte Va-

---

* ebd., S. 5.

riante auch einmal nur eine Tigerhaut als exotisches Negligé zuläßt. In solch provozierend halb enthüllender Manier, bei der ein Mehr an Eindeutigkeit schon ein Weniger an Wirkung wäre, malt Wieland etwa seine Feenkönigin von der Roseninsel, die «in ein langes rosenfarbenes Gewand gekleidet» ist, «welches sie auf eine sehr wohlanständige Art bedeckte, ohne gleichwohl, je nachdem sie ihre Lage und Stellung veränderte, eine ihrer schönen Formen unangedeutet zu lassen» (241). Und wenn der in einen Schmetterling verwandelte Timander der vertraute Gespiele der schönen, unschuldigen Melissa wird und «sogar die Erlaubnis» erhält, «sie alle Morgen im Bette zu besuchen», so ist das für Wieland die willkommene Gelegenheit, seine Heldin in Situationen der Intimsphäre zu überraschen, die jedem «anderen als einem Schmetterling» hätten gefährlich werden müssen (255/252).

Nirgendwo ist das Feenmärchen mit dem literarischen Rokoko eine graziösere Verbindung eingegangen als in Wielands «Dschinnistan». Dennoch haben wir es nicht mit der nostalgischen Beschwörung einer im Untergang begriffenen Welt zu tun. Bei den französischen Autoren aus dem ersten Drittel des Jahrhunderts ist der feudalistische Charakter der Feenwelt im Grunde nie in Frage gestellt: die Märchenpaläste mit ihrem verschwenderischen Prunk stehen so unerschütterlich fest wie die Kultur von Versailles, die ihnen zum Modell diente. In Wielands Sammlung, die scheinbar nur die französischen Muster kopiert, kündigen sich die mit der Revolution unmittelbar bevorstehenden gesellschaftlichen Umwälzungen in einer merkbaren Umwertung der erzählerischen Motive an, wie sie sich im Zeichen der empfindsamen und vorromantischen Literatur längst überall in Europa durchzusetzen begonnen hatte, einer ideologischen Verschiebung, die an die Stelle des höfisch-aristokratischen Geschmacksideals Elemente eines bürgerlichen Weltverständnisses setzte.

So stellt Wieland – und dieser Zug ist ganz seine eigene Erfindung – in «Timander und Melissa» dem Hofstaat der Roseninsel ein Bild bürgerlich-genügsamen Glücks entgegen. Während die Fee Pasithea über ihr Land im Stile absolutistischer Prachtentfaltung herrscht, lebt Melissa, ihre Nebenbuhlerin um die Gunst Timanders, in einem Hüttchen inmitten eines ländlichen Idylls, wo es nicht luxuriös, sondern nur hübsch und reinlich zugeht, wo es statt eines Parks im Geschmack Le Nôtres nur einen großen Obst- und Küchengarten gibt, statt der Nymphen und Amoretten nur einige Kühe im Grase, statt des prächtigen Kanals nur einen mit Weiden bewachsenen Bach und statt des großartigen Palastes nur ein «angenehmes kleines Gütchen» (254). Doch bezaubert von diesem Küchengarten-Idyll erklärt Timander am Ende: «... ich verschmähe gegen dieses Landmädchen alle Königstöchter, und wenn sie mir so viele Kronen zubrächten als sie Haare auf dem Kopfe haben!» (262)

Mit der gleichen ausdrücklichen Hinwendung zum Landleben endet der «Goldene Zweig». Denn auch Alazin und Klaremonde, aus bösem Feenzauber zuletzt zurückverwandelt in ein elegantes Schäferpärchen der arkadischen Jeunesse dorée, wenden sich einer nützlichen agrarischen Tätigkeit zu, die in der Zucht der eßbaren und heilsamen Pflanzen und der fruchtbaren Bäume besteht und in der

Unterweisung der jungen Schäferinnen in der Pflege der Seidenraupen und der Zubereitung ihres kostbaren Gespinstes. Geradezu programmatisch erhebt Wieland Einspruch gegen seine Quelle, die das glückliche Paar standesgemäß in einen Palast einziehen läßt:

> Die Frau d'Aulnoy versichert uns zwar, sie [die Fee und der Geist Alzindor] wären unserm glücklichen Paare wieder erschienen und hätten es mit einem Palaste von Diamanten und mit einem Garten beschenkt, worin alle Bäume von Golde, alle Blätter von Smaragd und alle Blumen und Früchte von gewachsnen Rubinen, Saphiren, Türkisen, Amethysten und Chrysolithen gewesen seien. Aber wir können versichern, daß kein wahres Wort daran ist. Um was hätte ein solches Haus und ein solcher Garten die Glücklichen glücklicher machen können? (312)

Wie hier durch den dezidierten Gegensatz von Hütte und Palast die höfische Welt des französischen Feenmärchens zugunsten der Propagierung eines Landleben-Ideals, das deutlich rousseauistische Züge trägt, ideologisch abgewertet wird, so entzaubert Wieland im «Stein der Weisen» den Feenzauber insgesamt. Dieses geistes- und kulturgeschichtlich gewiß interessanteste Märchen – weitgehend eine eigene Erfindung Wielands – knüpft eine allegorisierende Sittensatire auf die Ägyptomanie des 18. Jahrhunderts und derb-drastische Märchenkomik, die mit dem Motiv des geprügelten Esels auf Apulejus und den antiken Roman zurückverweist, durch das Band des Feenzaubers zusammen.

Der hoffärtige, wollüstige, geizige und zugleich verschwendungssüchtige König Mark von Cornwall wird durch den Hochstapler Misfragmutosiris, der sich ihm als Adept ägyptischer Geheimwissenschaften und als Goldmacher andient, um seine Schätze geprellt. Damit greift Wieland ein damals hochaktuelles Thema auf. Okkultismus, Mesmerismus, Swedenborgsche Mystik, Rosenkreuzerei, Kryptokatholizismus, das Unwesen geheimer Gesellschaften grassierten etwa seit den siebziger Jahren in Europa und bildeten den Gegenstand von Debatten, die in den Journalen so leidenschaftlich ausgetragen wurden wie in den privaten Korrespondenzen oder in den Konversationen der literarischen Zirkel. Eine große Rolle bei dieser obskurantistischen Schwarmgeisterei spielte dabei alles, was irgend mit der Kultur des alten Ägypten zu tun hatte. Noch war der Stein von Rosette nicht entziffert, aber überall taten sich Scharlatane hervor, die sich der Kenntnis der Hieroglyphen rühmten und das Publikum durch Wunderheilungen, Geisterseherei, Goldmacherkünste und eben durch den «ägyptischen» Schwindel zum besten hielten, allen voran der italienische Hochstapler Cagliostro. Schillers «Geisterseher» und Goethes «Groß-Cophta» sind durch Cagliostro inspiriert, und zumindest Züge von ihm sind auch in die Gestalt des ägyptischen Scharlatans eingegangen.

Misfragmutosiris übertölpelt den König mit einem illusionistischen Hokuspokus, dessen Bestandteile ein schummrig beleuchtetes Geheimkabinett, der Glanz falscher Juwelen, viel Weihrauch und ein pseudo-ägyptisches Kultritual sind: eine Szene, die sich für den düpierten König, aber auch für den Leser erst im nachhinein als raffiniert ausgedachter Schwindel entlarvt. Wir haben es hier nicht mehr mit dem Wunderbaren des Märchens zu tun, sondern mit einer rational aufhellbaren Pseudo-Phantastik, die zwar mit Märchenmitteln operiert, zuletzt aber als betrügerischer Schein entlarvt wird. Es gibt kaum ein besseres Beispiel für die eigenartige Ambiguität aus heimlicher Faszination und rationalistischem Mißtrauen, womit das Jahrhundert der Vernunft der Gattung Märchen begegnet ist, als den «Stein der Weisen» aus Wielands «Dschinnistan».

Willy Richard Berger

Editorische Notiz

Die erste Ausgabe von «Dschinnistan» erschien in drei Bänden in den Jahren 1786 (1. Band), 1787 (2. Band) und 1789 (3. Band) in Winterthur, und zwar unter dem Titel «Dschinnistan oder auserlesene Feen- und Geister-Mährchen, theils neu erfunden, theils neu übersetzt und umgearbeitet». Der erste Band enthielt eine Ankündigung des Verlegers sowie eine nicht namentlich gezeichnete, aber zweifellos von Wieland selbst verfaßte Vorrede, die auch für den zweiten Band mitgegolten hat. Erst mit der Vorrede zum dritten Band tritt Wieland aus der bis dahin gewahrten Anonymität heraus und gibt sich als Herausgeber zu erkennen. Die Erstausgabe ist mit Titelvignetten und kleinen Kupferstichbildern geschmückt, die jeweils eine markante Textstelle zum Gegenstand haben und mit deren Entwurf und Ausführung Johann Ulrich Schellenberg betraut worden war.

Von den neunzehn Märchen der ursprünglich umfangreicher geplanten Sammlung gehen zwölf auf das Konto von Wieland selbst, die anderen steuerte sein Freundeskreis bei: der Weimarer Kammerherr von Einsiedel vier Stücke («Der Zweikampf», «Das Labyrinth», «Die klugen Knaben» und «Die Prinzessin mit der langen Nase») sowie August Johann Liebeskind die Märchen «Der Korb» und «Lulu oder die Zauberflöte» – letzteres hat Schikaneder zum Libretto von Mozarts «Zauberflöte» inspiriert. «Der Palast der Wahrheit» ist allenfalls zur Hälfte Wielands eigene Übersetzung, der erste Teil entstammt der Feder einer unbekannten Autorin, möglicherweise Caroline von Wolzogens. Die französischen Originale sind größtenteils im «Cabinet des fées» abgedruckt; bei der Auswahl der Autoren griff Wieland auf Pajon, Petis de la Croix, Madame de Lintot, Madame Fagnan, den Comte d'Hamilton, den Comte Caylus und auf Madame de Genlis zurück. Die beiden Märchen «Der Stein der Weisen» und «Die Salamandrin und die Bildsäule» hat Wieland selbst als Produkt der eigenen Phantasie ausgegeben, doch weiß man inzwischen, wie anfechtbar auch diese Behauptung ist; das Sujet zur «Salamandrin» hat er z. B. aus den «Voyages de Zulma dans le pais des fées» aus dem «Cabinet des fées» entlehnt.

Unsere Ausgabe bringt nur jene zwölf Märchen, die im engeren Sinn, sei es als Umdichtung, sei es als eigenständiger Text, dem Wielandschen Werk zugehören. Textvorlage ist die Winterthurer Erstausgabe, aus der auch die Illustrationen übernommen sind. Die verschiedenen Vorreden sind weggelassen, aber in ihren Grundzügen und dort, wo sie über das bloß literarhistorische Spezialinteresse hinausgehen, ins Nachwort eingearbeitet. Die Inkonsequenzen, Unachtsamkeiten und offensichtlichen Versehen der Winterthurer Ausgabe wurden stillschweigend korrigiert, Schreibweise und Zeichensetzung sind behutsam dem heutigen Gebrauch angeglichen.

Inhalt